· 평화

(중)

KB163284

일러두기

1. 원문에서 프랑스어로 쓰인 부분은 굵은 글씨로 표기하고, 프랑스어가 아닌 그 밖의 외국어는 굵은
   글씨로 표기하되 문장 끝에 외국어의 출처를 밝혔다. 또 원문에서 강조를 위해 이탤릭체로 표시한
   부분은 고딕체로 표시했다.
2. 인명이나 지명은 국립국어원의 외래어 표기법을 따랐다.

을유세계문학전집 · 99

전쟁과 평화

VOINA I MIR

(중)

레프 톨스토이 지음, 박종소 · 최종술 옮김

❈ 을유문화사

옮긴이 **박종소**

서울대학교 노어노문학과와 동 대학원을 졸업했으며, 러시아 모스크바 국립대학교 어문학부에서 박사 학위를 받았다. 현재 서울대학교 노어노문학과 교수로 재직 중이다. 공저로 『한 단계 높은 러시아어 1, 2』, 번역서로는 바실리 로자노프의 『고독』, 표도르 도스토옙스키의 『아저씨의 꿈』, 블라디미르 솔로비요프의 『악에 관한 세편의 대화』, 베네딕트 예로페예프의 『모스크바발 페투슈키행열차』, 류드밀라 울리츠카야의 『우리 짜르의 사람들』 등이 있으며 공역으로 『말의 미학』, 『무도회가 끝난 뒤』 등 다수가 있다.

옮긴이 **최종술**

서울대학교 노어노문학과와 동 대학원을 졸업했다. 러시아학술원 산하 러시아문학연구소에서 박사 학위를 받았다. 현재 상명대학교 러시아어권지역학전공 교수로 재직 중이다. 저서로 『알렉산드르 블로크-노을과 눈보라의 시, 타오르는 어둠의 사랑 노래』, 번역서로 알렉산드르 블로크의 『블로크 시선』, 블라디미르 나보코프의 『절망』, 공역으로 리디야 긴즈부르크의 『서정시에 관하여』 등이 있다.

을유세계문학전집 99
전쟁과 평화(중)

발행일·2019년 12월 15일 초판 1쇄 │ 2023년 8월 30일 초판 2쇄
지은이·레프 톨스토이│옮긴이·박종소, 최종술
펴낸이·정무영, 정상준│펴낸곳·(주)을유문화사
창립일·1945년 12월 1일│주소·서울시 마포구 서교동 479-48
전화·02-733-8153│FAX·02-732-9154│홈페이지·www.eulyoo.co.kr
ISBN 978-89-324-0481-3 04890   978-89-324-0330-4(세트)

• 값은 뒤표지에 표시되어 있습니다.
• 옮긴이와의 협의하에 인지를 붙이지 않습니다.

차례

등장인물

드루베츠코이가(家)

안나 미하일로브나 드루베츠카야 공작 부인 프랑스식 이름은 아네트.

보리스 드루베츠코이 공작 안나의 아들. 애칭은 보랴, 보렌카.

로스토프가(家)

일리야 안드레예비치 로스토프 백작 프랑스식 이름은 엘리. 애칭은 일리유시카, 일류시카.

나탈리야 로스토바 백작 부인 일리야의 부인.

베라 일리니치나(혹은 일리니시나) 로스토바 백작 영애 일리야의 맏딸. 애칭은 베루시카, 베로치카.

니콜라이 일리이치 로스토프 백작 일리야의 맏아들.

나탈리야 일리니치나 로스토바 백작 영애 일리야의 작은딸. 프랑스식 이름은 나탈리, 애칭은 나타샤.

표트르 일리이치 로스토프 백작 일리야의 작은아들. 애칭은 페탸, 페티카.

소피야 알렉산드로브나 로스토프 백작 부부의 조카딸. 프랑스식 이름은 소피, 애칭은 소냐, 소뉴시카.

베주호프가(家)

키릴 블라디미로비치 베주호프 백작

표트르 키릴로비치(혹은 키릴리치) 베주호프 키릴의 아들. 프랑스식 이름은 피에르, 애칭은 페탸, 페트루샤 등.

피에르의 사촌인 마몬토프가(家)의 세 자매 각각의 이름은 카테리나(프랑스식 이름은 카티시), 올가, 소피야.

볼콘스키가(家)

니콜라이 안드레예비치(혹은 안드레이치) 볼콘스키 공작

안드레이 니콜라예비치 볼콘스키 공작 니콜라이의 아들. 프랑스식 이름은 앙드레, 애칭은 안드류샤.

마리야 니콜라예브나 볼콘스카야 공작 영애 니콜라이의 딸. 프랑스식 이름은 마리, 애칭은 마샤, 마셴카.

옐리자베타 카를로브나 볼콘스카야 공작 부인 안드레이의 아내. 프랑스식 이름은 리즈, 애칭은 리자, 리자베타.

니콜라이 안드레예비치 볼콘스키 공작 안드레이와 리자의 아들. 프랑스식 이름은 니콜라, 애칭은 니콜루시카, 니콜렌카, 니콜린카, 니콜라샤, 코코, 콜랴.

쿠라긴가(家)

바실리 세르게예비치(혹은 세르게이치) 쿠라긴 공작

이폴리트 바실리예비치(혹은 바실리이치) 쿠라긴 공작 바실리의 큰아들.

아나톨 바실리예비치 쿠라긴 공작 바실리의 작은아들.

옐레나 바실리예브나 쿠라기나 공작 영애 바실리의 딸. 프랑스식 이름은 엘렌, 애칭은 룔랴.

그 밖의 인물

드론 자하리치 보구차로보 마을의 촌장.

라브루시카 데니소프의 종졸. 이후 니콜라이 로스토프의 종졸이 됨.

라스톱친 모스크바 총독.

마리야 드미트리예브나 아흐로시모바 모스크바 사교계의 노부인.

뮈라 나폴레옹의 매제이자 프랑스 장군. 후에 나폴리 왕국의 왕이 됨.

바그라티온 러시아군 사령관.

바실리 드미트리치 데니소프 경기병 장교이자 니콜라이 로스토프의 친구. 애칭은 바샤, 바시카.

빌라르스키 폴란드 백작인 프리메이슨.

스페란스키 알렉산드르 1세 때 개혁을 주도한 정치가.

아락체예프 군인이자 정치가로 알렉산드르 1세의 총신.

아말리야 예브게니예브나 부리엔 마리야 공작 영애의 프랑스인 말벗. 애칭은 아멜리, 부리옌카, 아말리야 카
  를로브나.

안나 파블로브나 셰레르 페테르부르크에서 귀족 살롱을 이끄는, 마리야 페오도로브나 황태후의 시녀.

알폰스 카를리치 베르크 보리스의 친구인 젊은 러시아 장교. 아돌프라고도 불림.

야코프 알파티치 볼콘스키 영지의 관리인.

오시프(혹은 이오시프) 바즈데예프 프리메이슨의 주요 인사.

줄리 카라기나 마리야 공작 영애의 친구이자 부유한 상속녀.

티혼 볼콘스키 노공작의 하인. 애칭은 티시카.

쿠투조프 러시아군 총사령관.

투신 쇤그라벤 전투에서 러시아 포병 중대를 이끈 대위.

표도르 이바노비치(혹은 이바니치) 돌로호프 아나톨의 친구인 러시아 장교. 애칭은 페댜.

플라톤 카라타예프 프랑스군의 포로 막사에서 피에르와 친해진 농부 출신의 말단 병사.

드미트리 바실리예비치 로스토프가의 집사. 애칭은 미텐카.

제2권

제3부

I

1808년 알렉산드르 황제는 나폴레옹 황제와의 새로운 회담을 위해 에르푸르트에 다녀왔고,* 페테르부르크 상류 사회에서는 이 장엄한 회담에 대해 많은 말들이 오갔다.

1809년 세계의 두 지배자, 사람들이 그렇게 부르던 나폴레옹과 알렉산드르의 관계는 그해 나폴레옹이 오스트리아에 전쟁을 선포하자 러시아 군단이 이전의 동맹자인 오스트리아 황제에 맞서 이전의 적인 보나파르트를 돕기 위해 국경을 넘을 정도였고,* 상류 사회에서 알렉산드르 황제의 누이들 가운데 한 명과 나폴레옹의 결혼 가능성이 거론될 정도였다. 이런 대외 정책에 대한 판단 외에도 당시 러시아 사회는 정부가 전 분야에 걸쳐 시행하고 있던 국내 개혁에 특히 활기찬 관심을 쏟았다.

그러는 동안에도 삶은, 건강과 질병과 노동과 휴식에 대해 나름의 중요한 관심사를 가진, 사상과 학문과 시와 음악과 사랑과 우정과 질투와 열정에 대해 나름의 관심사를 가진 사람들의 진정한 삶은 여느 때처럼, 나폴레옹 보나파르트와의 정치적 친밀함이나 적대감 밖에서, 온갖 잠재적인 개혁 밖에서 그런 것들과 무관하게 흘러가고 있었다.

안드레이 공작은 시골에 틀어박혀 두 해를 보냈다. 피에르가 자신의 영지에서 시도한, 그러나 이 일에서 저 일로 끊임없이 우왕좌왕하며 별다른 성과도 내지 못한 모든 계획들을 안드레이 공작은 그게 누구든 아무에게도 이야기하지 않고 눈에 띄는 노력도 없이 전부 이루어 냈다.

그는 피에르에게 모자란 실무적 끈기를 최고 수준으로 갖추고 있었고, 그것이 그의 쪽에서 일을 크게 벌여 애쓰지 않고도 일이 추진되어 나가도록 해 주었다.

3백 명의 농노로 이루어진 그의 한 영지에서는 농노들이 자유 농민*에 편입되고 (이것은 러시아에서의 첫 번째 사례들 가운데 하나였다) 다른 영지들에서는 부역이 소작료로 대체되었다. 보구차로보에서는 산모를 도울 박식한 조산원을 그가 부담하는 경비로 초빙하였고, 사제도 급료를 받으며 농부와 하인의 자식들에게 읽고 쓰기를 가르쳤다.

안드레이 공작은 자신의 시간 가운데 절반을 리시예 고리에서 아버지와 아직 보모들의 품에 있는 아들과 보냈다. 나머지 절반의 시간은 보고차로보 수도원(아버지는 공작의 마을을 그렇게 불렀다)에서 지냈다. 피에르 앞에서는 세상의 모든 외적 사건들에 대한 무관심을 내비쳤지만, 그는 열심히 그것들을 주시했고 많은 책들을 받아 보았다. 그리고 삶의 소용돌이 한복판인 페테르부르크에서 새로운 손님들이 그나 그의 아버지에게 다녀갈 때마다 국내외 정치에서 벌어지는 온갖 일들에 대한 그 사람들의 지식이 시골에 칩거하는 자신보다 한참 뒤처진 것을 보며 놀라곤 했다.

영지에 관한 업무 외에, 다방면의 책들을 탐독하는 것 외에, 그 무렵 안드레이 공작은 아군이 치른 지난 두 번의 불행한 원정을 비판적으로 분석하고, 아군의 군사 규약과 법규의 수정안을 작성하는 일에 몰두했다.

1809년 봄, 안드레이 공작은 자신이 후견을 맡은 아들의 랴잔 영지로 떠났다.

그는 콜랴스카에 앉아 따사로운 봄 햇살을 즐기며 갓 올라온 풀과, 자작나무의 새잎과, 새파란 하늘에 흩어져 흐르며 막 부풀기 시작한 하얀 구름들을 바라보았다. 그는 아무것도 생각하지 않고 즐거운 기분으로 멍하니 양옆을 바라보고 있었다.

마차는 한 해 전 피에르와 이야기를 나누던 나루터를 지났다. 지저분한 마을, 탈곡장, 가을에 파종한 곡물이 파릇파릇한 들판, 다리 옆에 잔설이 있는 비탈, 진창이 된 오르막, 곡물을 베고 난 그루터기와 여기저기 푸름이 짙어 가는 떨기나무 숲 지대를 지나 길 양옆에 자작나무가 우거진 숲으로 들어섰다. 숲속은 무덥다시피 했고 바람 소리조차 들리지 않았다. 끈끈한 초록 잎사귀가 온통 흩뿌려진 자작나무는 미동조차 하지 않았고, 지난해의 나뭇잎들 밑에서 그것들을 밀어 올리며 파릇파릇한 어린 풀과 보라색 꽃이 고개를 내밀었다. 자작나무 숲 곳곳에 흩어진 작은 전나무들이 늘 푸른 거친 잎으로 겨울을 떠올리게 하며 불쾌감을 자극했다. 말들은 숲에 들어가자 콧김을 내뿜고 한층 눈에 띄게 땀을 흘리기 시작했다.

하인 표트르가 마부에게 뭐라고 말하자 마부가 수긍하는 기색으로 대꾸했다. 하지만 표트르는 그것으로는 성이 차지 않는 모양이었다. 그는 마부석에서 주인을 돌아보았다.

"공작 각하, 정말 가뜬하지요!" 그가 공손히 웃으며 말했다.

"뭐라고?"

"가뜬하다고요, 공작 각하."

'무슨 말을 하는 거야?' 안드레이 공작은 생각했다. '그래, 분명

봄에 관한 소리일 거야.' 그는 양옆을 돌아보며 생각했다. '그래, 벌써 모든 게 다 푸르구나. 정말 빠르군! 자작나무도, 귀룽나무도, 오리나무도 벌써……. 그런데 참나무가 보이질 않네. 그래, 저기 있군, 참나무.'

길가에 참나무 한 그루가 서 있었다. 숲을 이룬 자작나무들보다 열 배는 더 오래 살았을 그 나무는 여느 자작나무보다 열 배는 더 굵고 두 배는 더 컸다. 두 아름 정도 되는 거대한 참나무였다. 오래 전에 꺾인 듯한 큰 가지들과 묵은 생채기로 뒤덮이고 갈라진 나무 껍질들이 보였다. 참나무는 옹이투성이의 거대한 팔과 손가락을 꼴사납게 비대칭으로 벌린 채 생글거리는 자작나무들 사이에서 늙고 성마르고 남을 업신여기는 추한 인간처럼 서 있었다. 오직 그 하나만이 봄의 매력에 복종하지 않으려 하고, 봄도 햇살도 보려 하지 않고 있었다.

'봄, 사랑, 행복!' 참나무는 이렇게 말하는 듯했다. '어떻게 너희는 언제나 똑같은 이 어리석고 무의미한 속임수에 질리지도 않는단 말이냐! 다 한결같다, 다 기만이다! 봄도, 태양도, 행복도 없다. 저길 보아라, 짓밟혀 죽은 전나무들이 언제나 똑같은 모습으로 웅크리고 있지 않느냐. 여기도 보아라. 나는 꺾이고 껍질이 벗겨진 손가락들을, 등이든 옆구리든, 그 어디에서 자라났든 뻗어 냈다. 저것들도 자라났고, 나도 이렇게 서 있다. 나는 너희의 희망과 속임수를 믿지 않는다.'

숲을 지나치는 동안 안드레이 공작은 참나무로부터 무언가를 기다리는 듯 여러 번 돌아보았다. 참나무 밑동에도 꽃과 풀이 있었다. 그러나 참나무는 변함없이 얼굴을 찌푸린 채 추하고 고집스럽게 그것들 사이에 꼼짝 않고 서 있었다.

'그래, 저 나무가 옳다. 저 참나무가 천 번이고 옳아.' 안드레이 공작은 생각했다. '다른 젊은 것들은 이 속임수에 다시 넘어가라지. 하지만 우리는 삶을 안다. 우리의 생은 끝났어!' 참나무와 연관된 일련의 새로운 생각들, 절망적이지만 서글프면서도 즐거운 생각들이 안드레이 공작의 영혼 속에서 태동했다. 이번 여정에서 그는 자신의 삶을 전부 새롭게 곱씹다가 이전과 똑같은 결론에, 이제 아무것도 시작할 필요가 없다는, 악을 행하지 않고 무엇도 불안해하거나 바라지 않으며 남은 생을 마저 살아야 한다는, 마음에 위안이 되는 절망적인 결론에 다다른 것 같았다.

2

라잔 영지의 후견과 관련된 일로 안드레이 공작은 군의 귀족회
장인 일리야 안드레예비치 로스토프 백작을 만나야 했다. 안드레
이 공작은 5월 중순에 그의 집으로 향했다.

무더운 봄날이었다. 숲은 어느새 완전히 푸른 옷을 입고 있었
다. 먼지투성이에 너무 더워서 물가를 지나칠 때는 멱을 감고 싶
을 정도였다.

안드레이 공작은 일에 관해 귀족회장에게 물어야 할 이런저런
것들로 근심하며 즐겁지 않은 마음으로 정원의 가로수 길을 따라
로스토프가의 오트라드노예 저택으로 다가갔다. 오른쪽 나무들
뒤에서 여자의 즐거운 외침이 들리더니 그의 콜랴스카를 가로질
러 달려가는 아가씨들 무리가 보였다. 다른 아가씨들 앞에서 콜랴
스카 쪽으로 가까이 매우 가냘픈, 이상하리만치 가냘픈 검은 머
리, 검은 눈의 아가씨가 뛰어오고 있었다. 노란 꽃무늬 무명 원피
스를 입고 하얀 손수건을 머리에 동여맸는데, 손수건 아래로 곱게
빗은 머리카락이 몇 가닥 빠져나와 있었다. 아가씨는 뭐라고 소리
쳤지만, 낯선 사람인 것을 알자 눈길도 주지 않고 소리 내어 웃으
며 다시 뛰어갔다.

안드레이 공작은 불현듯 알 수 없는 아픔을 느꼈다. 날은 너무나 화창하고, 태양은 너무나 찬란하고, 주위의 모든 것이 너무나 유쾌하다. 그런데 저 가냘프고 아름다운 아가씨는 그의 존재를 모르고 또 알고 싶어 하지도 않으며, 자신만의 어떤, 분명 철없는, 하지만 즐겁고 행복한 삶에 만족하고 기뻐했다. '저 아가씨는 무엇이 저리 기쁠까? 그녀는 무슨 생각을 할까? 군대의 규약은, 랴잔의 소작 제도를 정비하는 문제는 아니다. 무슨 생각을 할까? 그리고 무엇에 행복해하는 것일까?' 안드레이 공작은 자신도 모르게 호기심을 느끼며 스스로에게 묻고 있었다.

1809년 일리야 안드레이치 백작은 오트라드노예에서 이전과 다름없이, 그러니까 현의 거의 모든 사람들을 초대해서 사냥과 연극과 만찬과 연주를 즐기며 지내고 있었다. 그는 여느 새로운 손님에게도 그러듯이 안드레이 공작을 반겼고 거의 강제로 자기 집에 묵게 했다.

늙은 주인 부부와 다가오는 명명일 때문에 노백작의 집을 가득 채운 손님들 중에서도 최고의 귀빈들이 안드레이 공작을 상대한 그 따분한 하루 내내 볼콘스키는 모임의 또 다른 절반을 차지한 젊은 사람들 틈에서 뭔가에 소리 내어 웃고 즐거워하는 나타샤를 여러 번 흘깃거리며 계속해서 스스로에게 물었다. '그녀는 무슨 생각을 할까? 무엇에 저토록 기뻐하는 걸까?'

밤에, 새로운 곳에 홀로 남게 된 그는 오랫동안 잠을 이룰 수 없었다. 책을 읽다가 촛불을 껐다가 다시 초에 불을 붙였다. 안에서 덧창을 닫은 방은 후덥지근했다. 그는 필요한 서류들이 도시에 있는데 아직 오지 않았다고 우기면서 자기를 붙잡아 둔 멍청한 노인네(그는 로스토프를 그렇게 불렀다)에게 화가 났고, 눌러앉은 자신에게도 화가 났다.

안드레이 공작은 자리에서 일어나 창으로 다가갔다. 덧창을 열자마자 마치 오랫동안 창이 열리길 조심스레 기다렸다는 듯 달빛이 방 안으로 쏟아져 들어왔다. 그는 창문을 열었다. 밤은 생기롭고 여전히 밝았다. 창문 바로 앞에 한쪽은 검고 다른 쪽은 은빛으로 빛나는, 가지치기한 나무들이 줄지어 늘어서 있었다. 나무들 아래에는 잎과 줄기가 군데군데 은빛으로 빛나는, 이슬에 젖은 싱싱하고 구불구불한 식물이 무성했다. 검은 나무들 너머 멀리 이슬에 빛나는 지붕 같은 것이 있고, 그 오른쪽에 줄기와 옹이가 하얗게 반짝이는 크고 무성한 나무 한 그루가 있었다. 그리고 별이 거의 보이지 않는 봄 하늘에는 만월에 가까운 달이 떠 있었다. 안드레이 공작은 창턱에 팔꿈치를 괴었고, 그의 눈길은 하늘에 머물렀다.

안드레이 공작의 방은 중간층이었다. 그리고 위쪽 방들에도 사람들이 있었는데 자지 않고 있었다. 위에서 여자의 말소리가 들려왔다.

"한 번만 더." 여자 목소리가 말했다. 안드레이 공작은 이내 누구인지 알아차렸다.

"아니, 도대체 언제 자려고?" 다른 목소리가 대답했다.

"안 잘 거야. 도저히 잘 수가 없어. 나도 어쩔 수 없어! 자, 마지막으로……."

두 여자의 목소리가 어느 곡의 끝부분을 이루는 한 소절을 부르기 시작했다.

"아, 정말 아름다워! 자, 이제 자자, 끝."

"넌 자, 난 못 자겠어." 창으로 다가온 첫 번째 목소리가 대답했다. 옷자락 스치는 소리와 숨소리까지 들리는 것으로 보아 그녀는 창밖으로 몸을 완전히 내민 듯했다. 달과 그 빛과 그림자가 그런 것처럼, 모든 것이 잠잠해지고 돌처럼 굳어 버렸다. 안드레이 공작 역시 어쩌다 그곳에 있게 된 것을 들킬까 봐 살짝 움직이는 것도 두려웠다.

"소냐! 소냐!" 첫 번째 목소리가 다시 들렸다. "어머, 어떻게 잘 수가 있어! 저것 좀 봐, 얼마나 아름다운지! 아, 너무 아름답다! 일어나 봐, 소냐." 그녀는 거의 울먹이는 목소리로 말했다. "정말 이렇게 아름다운 밤은 한 번도, 한 번도 없었어."

소냐는 마지못해 뭐라고 대꾸했다.

"아냐, 달이 어떤지 좀 보라니까! 아, 너무 아름다워! 이리 와, 부탁이야, 제발, 이리 와 봐. 자, 보여? 이렇게 웅크리고 앉아서, 이렇게 말이야, 무릎 아래를 끌어안고, 더 세게, 최대한 세게, 있는 힘을 다해야지. 그리고 나는 거야. 이렇게!"

"그만해, 그러다 떨어져."

실랑이하는 소리와 소냐의 불만스러운 목소리가 들렸다.

"정말 1시가 넘었어."

"아, 넌 항상 내 기분을 망치기만 해. 됐어, 가, 가."

다시 모든 것이 잠잠해졌다. 하지만 안드레이 공작은 그녀가 여전히 그곳에 앉아 있다는 것을 알았다. 때로는 조용히 바스락대는 소리가, 때로는 한숨 쉬는 소리가 들렸다.

"아, 이런! 맙소사! 도대체 이게 뭐야!" 갑자기 그녀가 소리쳤다. "자라면서 성화를 부리는데 자야겠지!" 그러고는 창문을 쾅 닫았다.

'내 존재에 대해선 신경도 안 쓰는구나!' 안드레이 공작은 왠지 그녀가 자신에 대해 무슨 말이라도 하지 않을까 내심 기대도 하고 두려워도 하며 그녀의 말소리에 귀를 기울이던 중에 생각했다. '또 그녀야! 꼭 일부러 그런 것 같잖아!' 그는 생각했다. 갑자기 그의 영혼 속에서 그의 삶 전체에 모순되는 전혀 예상치 못한 풋풋한 생각과 희망이 너무나 복잡하게 뒤얽히며 일었다. 그래서 그는 스스로도 자신의 상태를 이해할 수 없다고 느끼며 이내 잠에 빠져들었다.

3

다음 날 안드레이 공작은 귀부인들이 나오기를 기다리지 않고 백작에게만 작별 인사를 한 후 집으로 떠났다.

안드레이 공작이 집으로 돌아오는 길에 그 늙은 옹이투성이 참나무가 그토록 기묘하고 잊지 못할 강한 인상을 안겼던 자작나무 숲에 다시 들어선 때는 이미 6월 초였다. 숲에서 말방울은 한 달 전보다 더욱 적막하게 울렸다. 숲은 온통 충만하게 채워져 그늘로 뒤덮이고 무성하게 우거져 있었다. 숲에 드문드문 자란 어린 전나무들도 전체적인 아름다움을 깨뜨리지 않고 전체의 특성을 흉내 내며 솜털에 덮인 새순의 부드러운 초록으로 물들고 있었다.

온종일 무더웠다. 어디에선가 금방이라도 뇌우가 내릴 것 같았지만, 작은 먹구름이 길의 흙먼지와 싱싱한 잎사귀에 빗방울을 흩뿌렸을 뿐이었다. 숲의 왼편은 그늘져 어두웠다. 물기에 젖어 윤기가 도는 오른편 숲은 바람에 살랑살랑 흔들리며 햇살을 받아 반짝반짝 빛났다. 꽃이 흐드러지게 피어 있었다. 꾀꼬리들이 지저귀는 소리가 때로는 멀리서, 때로는 가까이에서 울려 퍼졌다.

'그래, 여기, 이 숲에, 나와 같은 생각이었던 참나무가 있었어.' 안드레이 공작은 생각했다. '그래, 어디 있지?' 안드레이 공작은 길 왼편을 쳐다보며 다시 생각했다. 그러다가 무심결에 찾고 있던 참나무를, 그것이 그 나무인지를 알아보지 못한 채 황홀한 눈으로 바라보았다. 모습이 크게 변한 늙은 참나무는 싱그럽고 짙푸른 녹음을 덮개처럼 펼친 채 저녁 햇살 속에서 가볍게 흔들리며 더없는 기쁨에 잠겨 있었다. 옹이투성이 손가락도, 생채기도, 늙은이의 비탄과 불신도, 그 무엇도 보이지 않았다. 1백 년 된 거친 나무 껍질을 뚫고 싱싱한 어린 잎사귀들이 줄기도 없이 움을 틔워서 그 노인이 그것들을 낳았다고는 믿을 수 없을 정도였다. '맞아, 바로 그 참나무야.' 안드레이 공작은 생각했다. 그러자 기쁨과 갱생이라는 이유 없는 봄의 감정이 갑자기 밀려왔다. 동시에 그의 삶의 모든 최고의 순간들이 불현듯 떠올랐다. 하늘이 드높던 아우스터리츠도, 비난에 찬 죽은 아내의 얼굴도, 나룻배 위의 피에르도, 밤의 아름다움에 흥분한 소녀도, 그 밤도, 그 달도, 그 모든 것이 갑자기 뇌리에 떠올랐다.

'아니, 서른한 살에 인생은 끝난 게 아니야.' 안드레이 공작은 단호하게 결심을 굳혔다. '내가 내 안에 있는 모든 것을 아는 것으로는 충분하지 않아. 모든 사람들이 그것을 알게 해야 해. 피에르도, 하늘로 날아오르고 싶어 하던 그 소녀도, 모두들 나를 알게 해야 해. 나의 삶이 나 혼자만을 위해 흘러가지 않도록, 사람들이 그 소녀처럼 나의 삶과 무관하게 살지 않도록 해야 해. 나의 삶이 모든 사람들에게 반영되도록, 그들 모두가 나와 더불어 살아가도록 해야 해!'

여행에서 돌아온 안드레이 공작은 가을에 페테르부르크로 떠날 결심을 하고 그 결심에 대한 갖가지 이유를 궁리했다. 왜 페테르부르크로 가야만 하는지, 그리고 그곳에서 근무까지 해야 하는지에 대한 이성적이고 논리적인 근거들이 그가 원하는 대로 매 순간 준비되었다. 한 달 전에는 시골을 떠나야겠다는 생각을 하리라고는 상상도 할 수 없었던 것과 마찬가지로, 이제 그는 어떻게 자신이 한때 삶에 활동적으로 참여할 필요성을 의심할 수 있었는지 이해조차 되지 않았다. 만약 인생에서 얻은 모든 경험을 일에 적용하지 않고 다시 삶에 활동적으로 참여하지 않으면, 그것들은 헛되이 사라지고 무의미해질 것이 틀림없었다. 인생에서 나름의 교훈을 얻고 난 후에도 또다시 유용한 존재가 될 가능성과 행복과 사랑의 가능성을 믿는다면 스스로를 비하하는 셈이 되리라는 생각이 어떻게 전에는 그런 빈약하기 짝이 없는 근거의 토대 위에서 그처럼 명백하게 여겨졌는지 이해할 수 없었다. 이제 이성은 전혀 다른 것을 속삭였다. 이번 여행 이후 안드레이 공작은 시골에서 지내는 것을 지루해했다. 예전의 일에 더 이상 흥미를 느끼지 못했고, 서재에 혼자 앉아 있을 때면 자주 자리에서 일어나 거울로 다가가서는 오랫동안 자신의 얼굴을 바라보곤 했다. 그러고 나선 얼굴을 돌려 고인이 된 리자의 초상화를 쳐다보았다. 머리를 **그리스풍으로** 곱슬곱슬 부풀려 올린 그녀가 금빛 액자에서 다정하고 유쾌하게 그를 바라보았다. 그녀는 더 이상 남편에게 예전의 무서운 말을 하지 않았다. 호기심 어린 눈으로 꾸밈없이 즐겁게 그를 바라보았다. 그러면 안드레이 공작은 뒷짐을 진 채 때로는 찌푸린 얼굴로, 또 때로는 미소를 머금고 오랫동안 방 안을 거닐며, 비이성적이고 말로 표현할 수 없는, 범죄처럼 은밀한, 피에르와 명예와 창가의 아가씨와 참나무와 여성의 아름다움과 사랑에 관련된, 자신의 삶을 송두리째 바꾸어 놓은 상념들을 곰곰이 곱씹었다. 그리고 그런 순간에 누가 서재에 들어오면 그는 유난히 무뚝뚝하고 엄하고 단호한 태도를 취하곤 했는데, 특히 불쾌할 정도로 논리적이었다.

"오빠……." 그런 순간에 마리야 공작 영애가 들어와 이렇게 말하곤 했다. "오늘 니콜루시카는 산책하면 안 돼. 엄청 추워."

그런 순간들에 안드레이 공작은 누이에게 유난히 딱딱하게 대했다. "날이 따뜻하다면 애가 루바시카만 입고 나가겠지. 날이 추우니까 따뜻한 옷을 입혀야 하는 거지. 그런 옷은 이럴 때를 위해 준비된 거야. 춥다는 사실에서 얻는 결론은 바로 이런 거지, 공기가 필요한 아이를 집 안에 있게 하는 게 아니야." 마치 그의 안에서 일어나고 있던 그 모든 은밀하고 비논리적인 내적 노동에 대해 누군가를 벌하기라도 하듯 그는 유난히 논리적으로 말했다. 그런 경우에 마리야 공작 영애는 그러한 지적 노동이 얼마나 남자들을 메마르게 하는지에 대해 생각했다.

4

1809년 8월에 안드레이 공작은 페테르부르크에 왔다. 젊은 스페란스키의 명예와 그가 벌이는 대변혁의 에너지가 절정에 달한 때였다.* 바로 그 8월에 군주는 콜랴스카를 타고 가다 굴러떨어져 한쪽 다리를 다쳤고, 3주 동안 페테르고프*에 머무르며 매일 그리고 오직 스페란스키만 만났다. 궁정 관등의 폐지와 8등 문관 및 5등 문관의 임용 시험에 관한, 그토록 유명하고 사회를 어수선하게 만든 두 칙령*뿐 아니라 국무 협의회부터 지방 행정 구역의 최소 단위 관청에 이르기까지 사법, 행정, 재정에 걸쳐 현존 러시아 통치 질서를 개조할 헌법 전체*가 그때 마련되고 있었다. 알렉산드르 황제가 권좌에 오를 때 품었고, 그 자신이 농담 삼아 **공안위원회**라고 부르던 차르토리스키, 노보실체프, 코추베이, 스트로가노프 같은 조력자들*의 도움으로 실현하려 애쓰던 저 모호한 자유주의적 염원이 이제 현실에서 구체화되고 있었다.

이제는 그들 전부를 대신해 스페란스키가 내정 분야를, 그리고 군사 분야는 아락체예프가 맡았다.* 안드레이 공작은 도착하자마자 시종 자격으로 궁정에 가서 군주를 알현했다. 군주는 그를 두 번 만났지만 단 한 마디도 건네지 않았다. 안드레이 공작은 전에도 군주가 자신을 싫어하는 것 같다고, 자신의 얼굴과 존재 전부를 불쾌해한다고 느꼈다. 그를 바라보는 군주의 밀어내는 듯한 무정한 시선에서 안드레이 공작은 이 추측에 대해 예전보다 더욱 강한 확신을 갖게 되었다. 궁정 신하들은 안드레이 공작을 대하는 군주의 냉담함을, 볼콘스키가 1805년 이래 복무하지 않은 것에 대해 폐하께서는 불만스러워하신다는 것으로 그에게 설명했다.

'우리가 자신에 대한 호감과 반감을 통제하지 못한다는 것은 내가 잘 알지.' 안드레이 공작은 생각했다. '그러니 군대 규약에 관한 제안서를 폐하께 직접 제출하는 일은 아예 생각할 것도 없어. 그러지 않아도 문제가 자명해지겠지.' 그는 아버지의 친구인 연로한 원수에게 자신의 제안서에 관해 말을 전했다. 원수는 시간을 정해 그를 다정하게 맞아 주었고 군주에게 보고하겠노라 약속했다. 며칠 후 안드레이 공작은 국방 대신 아락체예프 백작에게 출두하라는 통보를 받았다.

지정된 날 오전 9시, 안드레이 공작은 아락체예프 백작의 대기실에 모습을 드러냈다.

안드레이 공작은 아락체예프를 개인적으로 알지 못하는 데다 한 번도 만난 적이 없었지만, 그가 아락체예프에 대해 아는 모든 것들은 그의 마음속에서 이 사람에 대한 존경을 거의 불러일으키지 못했다.

'그는 국방 대신이고 황제 폐하의 신임을 받는 인물이야. 그의 개인적 자질은 마땅히 누구도 상관할 바가 아닌 거야. 내 제안서를 검토하는 일이 그에게 맡겨졌어. 따라서 내 제안서를 진척시킬 수 있는 이는 그 사람뿐이야.' 안드레이 공작은 아락체예프 백작의 대기실에 있는 유력하거나 유력하지 않은 많은 인물들 틈에서 기다리며 생각에 잠겼다.

안드레이 공작은 대부분 부관으로 지냈던 자신의 복무 시절에 유력한 인물들의 대기실을 많이 보았다. 그래서 그런 대기실의 다양한 특징들을 잘 알았다. 아락체예프 백작의 대기실은 아주 독특한 성격을 띠었다. 그곳에서 알현 순서를 기다리는 유력하지 않은 인물들의 얼굴에는 창피와 복종의 감정이 쓰여 있었다. 보다 관등이 높은 사람들의 얼굴에는 허물없음과 자신에 대한, 자신의 처지에 대한, 자신이 기다리는 인물에 대한 냉소의 가면 아래 감춰진, 거북함이라는 공통된 감정이 드러나 있었다. 어떤 사람들은 생각에 잠겨 왔다 갔다 했고, 어떤 사람들은 소곤거리다가 소리 내어 웃기도 했다. 안드레이 공작은 아락체예프 백작에 관련되어 있던 표현인 '실라 안드레이차'*라는 **별명**과 '아저씨가 그냥 두지 않을 것이다'라는 말을 들었다. (중요한 인물인) 한 장군은 그렇게 오래 기다려야 하는 데 모욕을 느낀 듯 다리를 번갈아 꼬고 자조적인 미소를 흘리며 앉아 있었다.

그러나 문이 활짝 열리자마자 모든 얼굴에는 순식간에 단 하나의 느낌인 두려움만 떠올랐다. 안드레이 공작은 당직 장교에게 자신이 온 것을 한 번 더 보고해 달라고 청했다. 그러나 당직 장교는 깔보는 듯한 표정으로 그를 바라보며 때가 되면 차례가 올 것이라고 말했다. 몇 명의 인물이 부관에게 이끌려 대신의 집무실에 들어갔다가 나온 이후, 굴욕감과 두려움 어린 표정으로 안드레이 공작에게 깊은 인상을 남긴 장교가 무시무시한 문 안으로 들어갔다. 장교의 알현은 오랫동안 계속되었다. 갑자기 문 안쪽에서 벽력같은 불쾌한 목소리가 들리더니 얼굴이 창백해진 장교가 입술을 바들바들 떨며 나와서는 머리를 움켜잡고 대기실을 빠져나갔다.

그에 뒤이어 안드레이 공작이 문으로 안내되었고, 당직 장교가 "오른쪽, 창가로 가십시오"라고 소곤거리며 말했다.

안드레이 공작은 잘 정돈된 소박한 집무실로 들어갔다. 긴 허리, 머리카락을 짧게 깎은 긴 머리통, 굵은 주름, 갈색이 도는 흐릿한 녹색 눈동자 위의 찌푸린 눈썹, 축 늘어진 붉은 코를 한 마흔 살 가량의 남자가 탁자 옆에 있었다. 아락체예프가 시선을 주지 않은 채 그에게 고개를 돌렸다.

"당신은 뭘 청원하렵니까?" 아락체예프가 물었다.

"저는 아무것도…… 청원하려는 것이 아닙니다, 대신 각하." 안드레이 공작이 나직이 말했다. 아락체예프의 눈이 그를 향했다.

"앉으시오." 아락체예프가 말했다. "볼콘스키 공작."

"저는 어떤 청원도 하지 않습니다. 황제 폐하께서 제가 제출한 제안서를 각하께 보내셔서……."

"친애하는 공작, 당신의 제안서를 읽었습니다." 아락체예프가 그의 말을 끊었다. 그는 처음 몇 마디만 부드럽게 말했을 뿐, 다시 그의 얼굴을 쳐다보지 않은 채 점점 더 불평과 멸시에 찬 어조로 빠져들었다. "새 군사 법규를 제안하신다고요? 법률은 많습니다. 옛날 법률을 시행하는 사람은 아무도 없어요. 요즘에는 다들 법안을 씁니다. 쓰는 게 행하는 것보다 쉬우니까요."

"저는 황제 폐하의 뜻에 따라 제가 제출한 제안서를 각하께서 어떻게 처리하실지 확인하러 왔습니다." 안드레이 공작이 정중하게 말했다.

"당신의 제안서는 결재를 해서 위원회로 보냈어요. 난 승인할 수 **없습니다**." 아락체예프는 일어나 책상에서 서류 한 장을 가져오며 말했다. "여기 있습니다." 그러고는 안드레이 공작에게 서류를 건넸다.

서류에는 대문자를 쓰지 않고, 정자법을 무시하고 구두점도 없이 연필로 가로로 이렇게 적혀 있었다. "근거 없이 작성됨 왜냐하면 프랑스 군법을 모방하여 베꼈으므로 그리고 그 군법은 불필요하게 군 복무 규정을 벗어남."

"제안서는 어떤 위원회에 회부되었습니까?" 안드레이 공작이 물었다.

"군법위원회입니다. 공작을 위원으로 넣도록 제안했어요. 단, 무급으로요."

안드레이 공작이 미소를 지었다.

"바라지도 않습니다."

"무급 위원입니다." 아락체예프가 다시 한번 말했다. "당신을 만나 영광이었소. 어이! 불러! 또 누군가?" 그는 안드레이 공작에게 고개를 숙이며 큰 소리로 외쳤다.

5

위원회 위원으로 등록되었다는 통지를 기다리는 동안 안드레이 공작은 옛 친분, 특히 그가 알기로, 세력이 있고 그에게 도움이 될 수 있는 인물들과의 친분을 회복했다. 불안한 호기심에 괴로워하며 수백만 명의 운명이 걸린 미래가 준비되고 있던 그 지고한 활동 분야로 저항할 수 없이 이끌리던 전투 전야에 느꼈던 것과 비슷한 감정을 그는 페테르부르크에서 경험하고 있었다. 노인들의 분노를 통해, 문외한들의 호기심을 통해, 사정에 밝은 사람들의 조심스러움을 통해, 모든 사람들의 초조와 근심을 통해, 날마다 새롭게 존재를 확인하게 되던 무수한 위원회를 통해 그는 1809년 지금 이곳 페테르부르크에서 그가 아직 모르는, 그에게 천재적으로 보이는 신비로운 인물 스페란스키가 총사령관인 어떤 거대한 시민전쟁이 준비되고 있음을 느꼈다. 그리고 그가 어렴풋이 알고 있던 개혁의 과업과 그 주요 활동가인 스페란스키가 그에게 너무도 열정적인 관심의 대상으로 대두되기 시작해 군법 문제는 그의 의식 속에서 급속히 부차적인 자리로 밀려났다.

안드레이 공작은 당시 페테르부르크 사회의 온갖 상류 사회 모임에서 환대를 받기에 더할 나위 없이 유리한 상황들 중 하나에 놓여 있었다. 개혁파는, 첫째, 그가 지성과 대단한 박식함으로 명성이 자자하고, 둘째, 자기 영지의 농노들을 해방함으로써 자유주의자라는 평판을 얻었기 때문에, 진심으로 그를 반기며 꾀었다. 불만을 품은 원로파는 개혁을 비판하며 마치 아버지가 아들을 대하듯 대놓고 그에게 공감을 호소했다. 여성들의 모임인 **사교계도** 기쁘게 그를 맞이했다. 그가 부유한 명문가 출신의 신랑감인 데다, 잘못 알려진 죽음과 아내의 비극적 종말에 관한 낭만적인 이야기의 후광이 드리운 거의 새로운 인물이었기 때문이다. 게다가 예전부터 그를 알던 사람들은 모두 그가 5년 동안 더 좋은 쪽으로 많이 변했다고, 온화해지고 성숙해졌다고, 예전의 허위와 오만과 냉소가 사라지고 세월이 흐르면서 생기는 차분함이 묻어난다고 입을 모아 말했다. 모두가 그에 대해 말하고, 그에게 관심을 보이고, 그를 보고 싶어 했다.

아락체예프 백작을 방문한 다음 날 저녁에 안드레이 공작은 코추베이* 백작의 집을 찾았다. 그는 백작에게 **실라 안드레이차**(코추베이는 안드레이 공작이 국방 대신의 대기실에서 알아차린 바와 같은 무언가에 대한 모호한 냉소를 흘리며 아락체예프를 그렇게 불렀다)를 만난 일을 이야기해 주었다.

"친구……." 코추베이가 말했다. "이 문제에 있어서조차 당신은 미하일 미하일로비치를 피해 가지 못합니다. **그는 실무에 대단히 능한 사람이에요.** 내가 그에게 말하지요. 그가 저녁에 오겠다고 약속했습니다……."

"스페란스키가 군법과 무슨 상관이 있습니까?" 안드레이 공작이 물었다.

코추베이가 빙긋 웃으며 볼콘스키의 순진함에 놀랐다는 듯 고개를 절레절레 흔들었다.

"며칠 전 그와 당신에 대해 얘기를 나눴습니다." 코추베이가 말을 이었다. "당신의 자유농민에 대해서요……."

"아, 그게 당신이었소, 공작, 농노들을 해방했다는 사람이?" 예카테리나 시대의 노인이 볼콘스키를 경멸하는 눈빛으로 돌아보고는 말했다.

"작은 영지라 수익을 전혀 못 냈습니다." 볼콘스키가 쓸데없이 노인을 자극하지 않으려는 듯 그의 앞에서 행동을 부드럽게 하려고 애쓰며 대답했다.

"뒤처질까 봐 두려운 게지요." 노인이 코추베이를 쳐다보며 말했다.

"도무지 이해할 수가 없어요." 노인이 계속해서 말했다. "그들에게 자유를 주면 땅은 누가 경작합니까? 법을 만드는 것은 쉽지만, 통치하기는 어려워요. 백작, 그건 내가 지금 당신에게 물으려는 것과 똑같은 문제요. 모두가 시험을 치러야 한다면 누가 대신이 된단 말이오?"

"시험에 통과하는 사람이겠지요." 코추베이가 다리를 포개면서 그를 돌아보며 대꾸했다.

"프라니치니코프라는 사람이 내 밑에서 일하고 있어요. 훌륭한 사람이고, 황금 같은 인물이지. 그런데 예순 살이오. 과연 이 사람이 시험을 보러 가겠소……?"

"네, 그런 좀 곤란하겠군요. 교육이 그다지 널리 보급되지 않았으니까요. 하지만……." 코추베이 백작은 말을 끝맺지 않고 자리에서 일어났다. 그러고는 안드레이 공작의 팔을 잡고서 안으로 들어오는 사람을 맞이하러 갔다. 키가 크고 머리가 벗어진 금발의 마흔 살가량 된 남자였는데, 이마가 훤히 드러나고 길쭉한 얼굴은 보기 드물게 기이한 흰색이었다. 그 사람은 파란 연미복을 입고 목에 십자가를 걸었으며, 가슴 왼편에는 별 모양의 훈장을 달았다. 스페란스키였다. 안드레이 공작은 곧바로 그를 알아보았다. 인생의 중요한 순간이면 그렇듯 그의 영혼 속에서 무언가가 떨렸다. 그것이 존경이었는지, 질투였는지, 기대였는지 그는 몰랐다. 스페란스키의 전체 모습은 그를 한눈에 알아보게 하는 독특한 유형을 띠었다. 어색하고 굼뜬 동작에 깃든 차분함과 자신만만함을 안드레이 공작은 자신이 몸담고 살아온 사회의 어느 누구에게서도 본 적이 없었다. 반쯤 감긴 살짝 젖은 눈동자의 단호하면서도 부드러운 눈길을 그는 어느 누구에게서도 보지 못했다. 아무것도 의미하지 않는 미소의 단호함을, 그처럼 가늘고 고르고 조용한 목소리를, 무엇보다 부드러운 하얀 얼굴과, 특히 손, 다소 넓적하면서도 보기 드물게 통통하고 부드러운 하얀 손을 그는 누구에게서도 보지 못했다. 안드레이 공작은 그런 하얗고 부드러운 얼굴을 병원에서 오래 지낸 병사들에게서나 보았다. 그 사람이 바로 스페란스키였다. 국무 대신이자 군주의 조언자로, 에르푸르트에서 군주와 동행하며 나폴레옹과 수차례 만나 회담을 한 사람이었다.*

스페란스키는 (큰 모임에 들어설 때 흔히 자신도 모르게 그러기 마련인데) 이 얼굴 저 얼굴로 시선을 옮기지 않았고 말을 서두르지도 않았다. 그는 사람들이 자기 말을 들을 것이라는 확신을 가지고 조용히 말했고, 오직 자신과 말을 나누는 상대의 얼굴만 바라보았다.

안드레이 공작은 스페란스키의 말 한마디 한마디, 몸짓 하나하나를 주의 깊게 지켜보았다. 가까운 사람들을 엄격히 판단하는 사람들이 그러듯 안드레이 공작은 새로운 인물, 특히 스페란스키처럼 명성을 통해 알고 있던 인물을 만나게 되면 언제나 그 사람에게서 인간적 덕목들의 완전무결함을 기대했다.

스페란스키는 코추베이에게 좀 더 일찍 오지 못해 유감스럽다고, 궁정에서 붙잡혀 있었다고 말했다. 그는 군주가 자신을 붙잡아 두었다곤 말하지 않았다. 그리고 그 겸손한 척하는 가식을 안드레이 공작은 알아차렸다. 코추베이가 안드레이 공작을 소개하자 스페란스키는 똑같은 미소를 머금은 채 천천히 볼콘스키에게로 시선을 옮겨 말없이 그를 바라보았다.

"당신을 알게 되어 매우 기쁩니다. 모든 이들처럼 나도 당신에 대해 들었습니다." 그가 말했다.

코추베이가 아락체예프가 볼콘스키를 접견한 일에 대해 몇 마디 하자 스페란스키는 더욱 환하게 미소를 지었다.

"군법위원회 의장이 내 친한 친구인 마그니츠키* 씨입니다." 그는 음절 하나하나, 단어 하나하나를 또렷이 발음하며 말했다. "당신이 원한다면 그를 만나게 해 줄 수 있습니다. (그는 마침표에서 잠시 쉬었다.) 그 사람에게서 공감과 이성적인 모든 것에 협력하려는 열망을 발견하게 되기를 소망합니다."

스페란스키 주위에 즉시 작은 모임이 형성되었다. 자신의 관리인 프라니치니코프에 대해 말하던 노인도 스페란스키에게 질문을 던졌다.

안드레이 공작은 대화에 끼지 않고 스페란스키의, 얼마 전까지만 해도 보잘것없는 신학생이었다가 이제는, 볼콘스키가 생각하기에, 자기 두 손에, 그 하얗고 통통한 두 손에 러시아의 운명을 거머쥔 사람의 모든 움직임을 관찰했다. 안드레이 공작은 스페란스키가 노인에게 대꾸할 때 보여 준 경멸에 찬 놀랄 만한 침착함에 충격을 받았다. 그는 측량할 수 없이 높은 곳에서 노인에게 너그러이 말을 건네는 것 같았다. 노인이 지나치게 큰 소리로 말하기 시작하자 스페란스키는 미소를 지으며 자신은 군주가 원하는 것의 좋고 나쁨을 논할 수 없다고 말했다.

전체 모임에서 잠시 말을 나눈 스페란스키가 자리에서 일어나 안드레이 공작에게 다가와 그를 부르더니 방의 반대편 끝으로 데려갔다. 그는 볼콘스키에게 관심을 기울일 필요가 있다고 생각하는 듯했다.

"공작, 저 훌륭한 노인장이 끌어들인 활기찬 대화 탓에 당신과 제대로 말을 나누지 못했군요." 그는 온화하면서도 경멸 어린 미소를 지으며 말했다. 그 미소를 통해 방금 말을 나눈 사람들의 보잘것없음을 안드레이 공작과 더불어 자신도 잘 안다고 고백하는 듯했다. 그런 태도에 안드레이 공작은 으쓱한 기분이 들었다. "난 오래전부터 당신을 압니다. 첫째, 당신이 당신의 농민들에게 벌인 일을 통해서요. 우리의 첫 번째 사례예요. 이런 사례를 따르는 사람들이 더 많아지면 아주 바람직하겠지요. 둘째, 당신이 궁정 관등에 대한 새로운 칙령에 분개하지 않는 시종들 가운데 한 사람이기 때문입니다. 칙령이 너무 많은 소문과 악평을 불러일으키고 있지요."

"네." 안드레이 공작이 말했다. "아버지는 제가 그러한 권리를 누리는 것을 바라지 않으셨습니다. 저는 낮은 관등부터 근무를 시작했습니다."

"구시대 사람인 당신의 아버님이 우리 동시대인들보다 더 뛰어나신 듯합니다. 그저 당연한 정의를 회복하려는 이 조치를 저렇게 비판하고 있으니 말입니다."

"하지만 제가 생각하기에는 그 비판들에도 근거가 있습니다." 안드레이 공작은 자신이 느끼기 시작하던 스페란스키의 영향력에 저항하고자 애쓰며 말했다. 모든 점에서 스페란스키에게 동의한다는 것은 그로서는 불쾌한 일이었다. 그는 반박하고 싶었다.

평소 말이 능숙하던 안드레이 공작은 지금 스페란스키와 대화를 나누며 표현에 어려움을 느끼고 있었다. 그는 저명한 인물의 됨됨이를 관찰하는 데 지나치게 몰두해 있었다.

"개인적 야망을 위한 것이겠지요." 스페란스키가 조용히 말참견했다.

"어느 정도는 국가를 위해서이기도 합니다." 안드레이 공작이 말했다.

"어떤 의미에서……?" 스페란스키가 조용히 눈을 내리깔며 물었다.

"저는 **몽테스키외의 숭배자입니다.**"* 안드레이 공작이 말했다. "그리고 군주제의 근본이 명예라는 그의 생각은 **제게 의심할 여지가 없는 것으로 보입니다. 제게는 귀족 계급의 몇 가지 권리와 특권이 그 감정의 보전을 위한 수단으로 생각됩니다.**"

스페란스키의 하얀 얼굴에서 미소가 사라졌고, 그러자 그의 인상이 훨씬 나아졌다. 아마도 안드레이 공작의 생각이 그의 흥미를 끈 것 같았다.

"**당신이 그런 시각으로 이 문제를 바라본다면……**" 그가 입을 열었다. 그는 프랑스어로 표현하는 데 어려움을 느끼는 것이 분명했고 러시아어를 구사할 때보다 더 느리게 말했지만 완벽할 정도로 침착했다. 그는 명예, **오뇌르**는 근무 과정에 해악을 끼치는 특권에 의해 지지될 수 없다고, 명예, **오뇌르**는 비난받을 만한 행동을 하지 않는다는 부정적인 개념이거나, 칭찬과 그것을 표현하는 포상을 받기 위한 경쟁의 한 원천이라고 말했다.

그의 논거는 간결하고 단순 명료했다.

"이 명예, 즉 경쟁의 원천을 유지하는 것은 위대한 황제 나폴레옹의 **레지옹 도뇌르** 같은 제도입니다. 직무의 성공에 해악을 끼치지 않고 그것을 위해 협조하는 제도이지, 신분 혹은 궁정의 특권이 아니지요."

"제가 논쟁을 하려는 건 아니지만, 궁정의 특권이 똑같은 목적을 성취한 것에 대해 부정할 수는 없습니다." 안드레이 공작이 말했다. "궁정의 신하들은 제각기 위엄 있게 지위를 지키는 것이 의무라고 생각하니까요."

"하지만 당신은 그 지위를 이용하려 하지 않았습니다, 공작." 스페란스키는 미소를 지음으로써 자신의 상대에게 거북한 논쟁을 친절한 말로 끝내고 싶다는 뜻을 나타내며 말했다. "당신이 수요일에 우리 집을 방문하는 영광을 제게 베풀어 주신다면 마그니츠키와 상의해서 당신에게 흥미로울 만한 것을 알려 드리겠습니다." 그리고 덧붙였다. "아울러 난 당신과 좀 더 자세히 대화를 나누는 기쁨을 누리고요." 그는 눈을 감고 허리를 굽혀 인사했다. 그러고는 **프랑스식**으로 작별 인사 없이 눈에 띄지 않으려고 애쓰며 홀에서 나갔다.

6

페테르부르크에 머물던 첫 시기에 안드레이 공작은 은둔의 삶을 통해 형성되었던 사고방식이 페테르부르크에서 자신을 사로잡은 자질구레한 고민들에 의해 전부 흐려진 것을 느꼈다.

저녁에 집으로 돌아오면 그는 시간이 정해진 불가피한 방문이나 **만남**을 수첩에 적어 두었다. 어느 곳이든 제시간에 도착할 수 있도록 하루를 관리하는 생활의 메커니즘은 삶의 에너지 대부분을 앗아 갔다. 그는 아무것도 하지 않았다. 아무 생각도 하지 않았고 생각할 겨를도 없었다. 말만 하고 다녔으며, 전에 시골에서 생각할 시간이 있었던 것에 대해 성공적으로 말했다.

이따금 그는 같은 날 여러 모임에서 똑같은 말을 되풀이했던 일들을 불만스러운 심정으로 깨닫곤 했다. 하지만 그는 여러 날 온종일 너무나 바빠서 아무것도 하지 않았다는 것을 생각할 틈이 없었다.

코추베이의 집에서 처음 만났을 때처럼 스페란스키는 그다음 수요일에 볼콘스키를 맞아 오랫동안 얼굴을 맞대고 신뢰에 찬 말을 나눔으로써 안드레이 공작에게 강렬한 인상을 안겼다.

안드레이 공작은 수많은 사람들을 경멸스럽고 무가치한 존재로 여겨 왔다. 그는 다른 사람들에게서 자신이 지향하던 완벽함의 살아 있는 이상을 찾기를 간절히 원했다. 그는 그렇듯 완벽하게 이성적이고 덕망 있는 인간의 이상을 스페란스키에게서 찾았다고 쉽게 믿었다. 만약 스페란스키가 안드레이 공작과 똑같은 계급 출신이고 똑같은 교육을 받고 똑같은 정신적 습성을 갖춘 사람이었다면, 볼콘스키는 영웅적 측면이 아닌 그의 나약한 인간적 측면을 이내 발견했을 것이다. 그러나 지금 그에게는 낯선 이 논리적인 사고방식은 완전히 이해되지 않는다는 바로 그 점 때문에 더더욱 그에게 존경을 불러일으키고 있었다. 게다가 스페란스키는, 안드레이 공작의 능력을 높이 평가해서인지 아니면 그를 자기편으로 끌어들일 필요가 있다고 생각해서인지, 안드레이 공작 앞에서 특유의 편견 없고 침착한 이성으로 교태를 부렸고 자부심과 결합된 교묘한 아첨으로 안드레이 공작을 치켜세웠다. 그 자부심은 자신과 더불어 상대가 다른 **모든 사람들의** 온갖 어리석음을, 자신들의 생각이 지닌 합리성과 깊이를 이해할 유일한 사람임에 대한 무언의 인정을 의미했다.

수요일 저녁 그들 사이에 긴 대화가 오가는 동안 스페란스키는 자주 이런 말을 했다. "**우리** 사이에는 뿌리 깊은 습성의 일반적인 수준을 벗어나는 모든 것이 고려되지요……." 혹은 미소를 머금은 채 "하지만 **우리**는 늑대들도 배부르고 양들도 무사하기를 바라지요……" 하기도 하고, 또는 "**저들**은 이것을 이해할 수 없습니다……"라고 말하기도 했다. 그리고 '우리, 당신과 나, 우리는 누가 **저들**이고 누가 **우리**인지 압니다' 하는 표정을 계속 지었다.

스페란스키와 나눈 그 최초의 긴 대화는 안드레이 공작의 내면에 스페란스키를 처음 보았을 때 느꼈던 감정을 한층 강하게 심어주었다. 그는 스페란스키에게서 힘과 끈기로 권력을 얻은 뒤 그것을 오직 러시아의 축복만을 위해 사용하는 인간의 이성적으로 엄정하게 사고하는 원대한 지성을 보았다. 안드레이 공작의 눈에 비친 스페란스키는 삶의 모든 현상을 이성적으로 설명하는, 이성적인 것만을 현실적인 것으로 인정하는, 모든 것에 합리성의 척도를 적용하는 사람, 바로 그 자신이 너무도 되고 싶었던 그런 사람이었다. 스페란스키가 설명하면 모든 것이 너무도 단순하고 명확하게 밝혀져 안드레이 공작은 자기도 모르게 모든 점에서 그와 동의하고 있었다. 만약 그가 이의를 제기하고 논박했다면, 그것은 단지 일부러 독립성을 지키고 싶어서, 스페란스키의 견해에 완전히 종속되고 싶지는 않아서였다. 모든 것이 훌륭하고 모든 것이 좋았다. 다만 한 가지가 안드레이 공작의 마음을 어지럽혔다. 그것은 자신의 마음속에 타인을 들이지 않는 거울처럼 차가운 스페란스키의 시선과, 권력을 가진 사람들을 대할 때 대개 손을 보게 되듯이 안드레이 공작이 무심결에 본 그의 하얗고 부드러운 손이었다. 거울 같은 시선과 부드러운 손은 무슨 까닭인지 안드레이 공작에게 염증을 일으켰다. 스페란스키에게서 느낀 사람들에 대한 지나친 경멸과, 그가 자신의 견해를 뒷받침하기 위해 끌어들이는 다양한 논증 방식이 안드레이 공작에게 불쾌감을 안겼다. 스페란스키는 비교를 제외한 모든 가능한 사유의 도구를 사용했고, 안드레이 공작이 보기에는 지나치게 대담하게 이 도구에서 저 도구로 옮겨 가곤 했다. 어떤 순간에는 실천적인 활동가의 관점에서 몽상가들을 비판하고, 어떨 때는 풍자가의 관점에서 적수들을 냉소적으로 조롱하기도 했다. 엄격하게 논리적이 되는가 하면, 갑자기 형이상학의 영역으로 솟구쳐 오르기도 했다. (이 마지막 논증 도구를 그는 특히 자주 사용했다.) 그는 문제를 형이상학의 높이로 격상시키고 공간과 시간과 사유의 정의로 옮겨 가서는, 거기서 반박을 끌어내며 다시 논쟁의 토대로 하강했다.

안드레이 공작을 놀라게 한 스페란스키의 지성이 지닌 주요 특징은 대체로 이성의 힘과 합법칙성에 대한 흔들리지 않는 신념이었다. 어쨌든 생각하는 모든 것을 다 표현할 수는 없다는, 안드레이 공작의 머릿속에 흔히 떠오르던 상념이 스페란스키의 뇌리에는 결코 떠오를 수 없는 듯했고, 내가 생각하는 모든 것, 내가 믿는 모든 것이 허황된 것이 아닐까 하는 의심도 결코 떠오른 적이 없는 것 같았다. 그리고 스페란스키의 그런 독특한 사고방식이 무엇보다 안드레이 공작의 마음을 끌었다.

스페란스키와 친분을 나누던 처음 얼마 동안 안드레이 공작은 언젠가 보나파르트에 대해 품었던 것과 흡사한 열렬한 환희의 감정을 그에 대해 품었다. 스페란스키가 사제의 아들이었다는, 많은 사람들이 그랬듯이 어리석은 인간들이 그를 성직자의 아들*이니 사제의 자식이니 하며 저속하게 경멸할 수 있었던 상황이 안드레이 공작으로 하여금 스페란스키에 대한 자신의 감정을 특히 소중하게 대하고 자기 안에서 무의식적으로 더 키워 나가게 만들었다.

볼콘스키가 스페란스키의 집에서 보낸 그 첫 번째 밤에 법전편찬위원회에 관해 열심히 이야기하던 끝에 스페란스키는 안드레이 공작에게 법전위원회는 150년 동안 존재하면서 수백만 루블을 썼지만 아무것도 이룬 것이 없다고, 로젠캄프는 비교법의 모든 조항에 라벨을 붙였다고 냉소적으로 말했다.*

"그리고 그게 전부입니다. 그걸 위해 국가는 수백만 루블을 썼어요!" 그가 말했다. "우리는 원로원에 새로운 사법권을 부여하기를 원합니다. 하지만 우리에겐 법이 없어요. 바로 그래서, 공작, 지금 당신 같은 사람들이 봉직하지 않는 것은 죄악입니다."

안드레이 공작은 그러려면 법률적 교양이 필요한데 자신은 그것을 갖추지 못했다고 말했다.

"그걸 갖추고 있는 사람은 아무도 없습니다. 그렇다면 당신이 원하는 게 도대체 뭡니까? 그건 힘써서 벗어나야 하는 **악순환**(라틴어)이에요."

일주일 후 안드레이 공작은 군법제정위원회의 위원이 되었고, 전혀 예기치 못했던 법전편찬위원회 한 분과의 책임자가 되었다. 스페란스키의 요청에 따라 그는 편찬 중인 민법 제1부를 맡아 **나폴레옹 법전**과 **유스티니아누스 법전**의 도움으로* 인권 항목을 편찬해 나갔다.

7

두 해 전인 1808년에 영지를 돌아보고 페테르부르크로 돌아온 피에르는 뜻하지 않게 페테르부르크 프리메이슨의 지부장이 되었다. 그는 지부의 회식과 추도식을 거행했고, 새 회원을 모집했으며, 여러 지부를 통합하고 헌장 진본을 확보하는 데 관심을 쏟았다. 그는 회당 건축에 돈을 내놓았고, 대부분의 회원들이 박하게 내거나 제때 내지 않던 기부금을 힘닿는 한 채워 넣었다. 그는 교단이 페테르부르크에 세운 빈민원을 거의 혼자서 자기 자금으로 유지해 나갔다.

그 와중에도 그의 삶은 예전처럼, 똑같은 오락과 방종 속에 흘러갔다. 그는 실컷 먹고 마시는 것을 좋아해서 부도덕하고 경멸받을 만한 짓이라고 여기면서도 자신이 몸담은 독신자 사회의 유흥을 자제할 수 없었다.

그러나 자신의 일과 유흥에 중독되어 정신없이 한 해를 보내고 나서 피에르는 프리메이슨의 토대 위에 더 굳건히 서려고 애쓸수록 자신이 딛고 선 그 토대가 발밑으로 점점 더 꺼져 가는 것을 느끼기 시작했다. 그와 더불어 그는 자신이 딛고 선 토대가 발밑으로 더 깊이 꺼질수록 자신이 그만큼 더 부지불식간에 그것과 얽힌 것을 느꼈다. 프리메이슨에 다가가고 있었을 때 그는 늪의 평평한 표면에 안심하고 한 발을 내딛는 사람의 심정을 느꼈다. 발을 내딛자 그는 빠졌다. 자신이 딛고 선 토대의 견고함을 충분히 확인하기 위해 다른 발까지 내딛자 그는 더 깊이 빠져서 자기도 모르는 사이에 이제는 무릎까지 늪에 잠긴 채 걷고 있었다.

이오시프 알렉세예비치는 페테르부르크에 없었다. (그는 최근에 페테르부르크 지부의 일을 피해 모스크바에서 두문불출하며 살고 있었다.) 모든 형제들, 즉 지부 회원들은 피에르가 삶에서 알고 지내는 사람들이었다. 그들 속에서 그가 삶에서 대부분 나약하고 보잘것없는 인간들로 알고 있던 B. 공작이 아닌, 이반 바실리예비치 D.가 아닌, 석공 조합의 형제들만 보는 것은 어려운 일이었다. 프리메이슨의 앞치마와 표식 아래 그는 그들이 착용한, 그들이 삶에서 성취한 제복과 십자 훈장을 보았다. 절반은 피에르와 같은 부자였던 열 명의 회원에게서 기부금을 모으고 20루블, 30루블, 그것도 대부분 후불로 적힌 수입금을 계산하다가 종종 그는 각 형제는 자신의 전 재산을 이웃을 위해 내놓기로 약속한다는 프리메이슨의 맹세를 떠올렸고, 그러면 그가 떨치려고 애쓰던 의혹이 영혼 속에서 솟구치곤 했다.

피에르는 자신이 알고 있는 형제들을 네 부류로 구분하고 있었다. 첫 번째 부류에는 지부 업무에도, 인도적인 사업에도 적극적으로 참여하지 않고 교단 이론의 신비에만 몰두하는, 하느님을 일컫는 세 가지 명칭이나 유황과 수은과 소금, 이 세 물질의 기원이나, 아니면 사각형과 솔로몬 신전의 모든 형상들이 갖는 의미의 문제에만 관심을 쏟는 형제들을 포함시켰다. 피에르는 이 부류의 형제들을 존경했다. 대부분 나이 든 형제들이, 그리고 피에르의 견해로는 이오시프 알렉세예비치도 여기에 속했다. 하지만 그는 그들의 관심사를 공유하지 않았다. 그의 마음은 프리메이슨의 신비주의적인 측면으로는 기울지 않았다.

두 번째 부류에는 자신을 비롯해 자신과 비슷한, 추구하며 동요하는, 프리메이슨 안에서 아직 올곧고 명료한 길을 찾지 못했지만 찾기를 바라고 있는 형제들을 포함시켰다.

피에르가 세 번째 부류에 포함시킨 형제들은 (그들의 수가 가장 많았다) 프리메이슨 안에서 외적 형식과 의식 외에는 아무것도 보지 않는, 그 외적 형식의 내용과 의미는 신경 쓰지 않고 그것의 엄격한 수행을 중시하는 사람들이었다. 빌라르스키, 심지어 본부의 대수장조차도 그랬다.

마지막으로 네 번째 부류에는 다수의 형제들, 특히 최근에 공동체에 가입한 사람들이 속했다. 피에르가 관찰한 바에 따르면, 그들은 아무것도 믿지 않고, 그 무엇도 바라지 않고, 지부에 아주 많았던 젊고 부유하고 인맥과 가문이 탄탄한 형제들과 그저 가까워지기 위해 들어온 사람들이었다.

피에르는 자신의 활동에 불만을 느끼고 있었다. 프리메이슨, 적어도 그가 이곳에서 알던 프리메이슨은 때때로 외적인 모습 하나에만 토대를 둔 것 같았다. 그는 프리메이슨 자체를 의심하지 않았지만, 러시아의 프리메이슨이 그릇된 길로 나아가 그 기원에서 벗어난 것은 아닐까 하는 의혹을 품었다. 그래서 그해 말 피에르는 교단의 최고 신비를 좀 더 자세히 접하기 위해 외국으로 갔다.

1809년 여름이 가기 전에 피에르는 페테르부르크로 돌아왔다. 러시아의 프리메이슨 회원들과 외국의 회원들이 나눈 편지를 통해 베주호프가 외국에서 많은 고위층 인물들의 신임을 얻는 데 성공했고, 많은 신비를 깨달아 최고 수준에 올랐으며, 러시아 석공

조합의 사업 전반에 도움이 될 만한 많은 것을 가져온다는 소식이 알려졌다. 페테르부르크의 프리메이슨 회원들이 전부 그에게 와서 아첨을 떨었다. 그들의 눈에 피에르는 무언가를 감추고 준비하는 것 같았다.

피에르가 교단의 최고 지도자들이 페테르부르크 형제들에게 전달하라고 한 것을 2급 지부에서 알리겠다고 약속하여 그곳에서 기념집회가 열리기로 정해졌다. 집회는 만원이었다. 통상적인 의식 후에 피에르는 자리에서 일어나 연설을 시작했다.

"사랑하는 형제들이여……." 그는 한 손에 연설문 원고를 쥐고 얼굴을 붉히며 더듬더듬 입을 열었다. "지부 안에서 평온하게 우리의 신비를 지키고 있는 것으로는 불충분합니다. 행동할…… 행동할 필요가 있습니다. 우리는 미몽에 빠져 있습니다. 우리에게는 행동이 필요합니다." 피에르는 자신의 공책을 들고 읽기 시작했다. "순수한 진리를 전파하고 미덕의 승리를 안겨 주기 위해 우리는 사람들을 편견으로부터 정화하고, 시대정신에 부합하는 규범을 전파하고, 젊은이들의 교육을 책임지고, 최고의 지성들과 끊어지지 않는 끈으로 하나가 되고, 담대하게 그리고 분별 있게 미신과 불신앙과 어리석음을 타파하고, 우리에게 맡겨진 사람들을 목적의 단일성으로 서로 연결되는 권력과 힘을 가진 이들로 육성해야 합니다.

이 목적을 이루기 위해서는 미덕이 악덕보다 우위에 있도록 해야 합니다. 정직한 사람이 이 세상에서도 덕행에 대한 영원한 상을 받도록 애써야 합니다. 그러나 오늘날 너무 많은 정치 제도들이 우리의 이 원대한 계획을 방해하고 있습니다. 이런 상황에서 도대체 무엇을 해야 하겠습니까? 혁명을 도와 모든 것을 무너뜨리고 힘으로 힘을 몰아내야 합니까……? 아니요, 우리는 그런 것과 아주 거리가 멉니다. 모든 강제적인 개혁은 비난받아 마땅합니다. 사람들이 지금의 모습 그대로 남아 있는 한, 그것은 악을 전혀 개선하지 못하기 때문이고, 지혜는 폭력을 필요로 하지 않기 때문입니다.

교단의 모든 계획은 굳건하고 덕망 있는, 그리고 신념, 어디에서든 온 힘을 다해 악덕과 어리석음을 억압하고 재능과 미덕을 보호하겠다는 이 신념의 단일성으로 결합된 사람들을 육성하는 것에 기초해야 합니다. 훌륭한 사람들을 쓰레기 더미에서 끌어내 우리 공동체에 들어오게 해야 합니다. 오직 그때에야 우리 교단은 권력을 가지게 되어, 무질서를 비호하는 자들의 두 손을 느끼지 못하게 결박하고 그들이 깨닫지 못하는 사이에 그들을 지배하게 될 것입니다. 한마디로 국민들의 유대를 깨뜨리지 않으면서 온 세상에 퍼져 나갈 보편적인 지배적 통치 체제를 정립해야 합니다. 그런 통치 체제 아래 여타의 모든 지배 형태는 통상적인 방식으로 존속하며 우리 교단의 위대한 목적, 즉 악에 대한 선의 승리를 이루는 데 방해되는 것만 아니면 무엇이든 할 수 있을 것입니다. 그리스도교 자체가 그러한 목적을 전제로 했습니다. 그리스도교는 사람들에게 지혜롭고 선한 자가 되라고, 자신의 유익을 위해 가장 훌륭하고 가장 지혜로운 사람들의 본보기와 가르침을 따르라고 가르쳤습니다.

모든 것이 암흑에 잠겨 있던 시절에는 설교 하나만으로 충분했습니다. 진리의 새로움이 진리에 특별한 힘을 부여했습니다. 그러나 오늘날 우리에게는 훨씬 더 강력한 수단이 요구됩니다. 이제는 자신의 감정에 지배받는 인간이 덕행 속에서 감성적인 매력을 발견해야 합니다. 정열을 근절할 수는 없습니다. 다만 우리는 그것이 고결한 목적을 향하도록 애써야 합니다. 그렇게 함으로써 저마다 선행의 범위 안에서 자신의 정열에 부응할 수 있도록 해야 하며, 우리 교단이 그 수단을 제공해야 하는 것입니다.

각 나라에서 몇몇 훌륭한 사람이 우리 공동체 사람이 되기만 하면, 그들이 저마다 다른 두 사람을 길러 내고 그들 모두가 서로 긴밀히 연합할 것입니다. 그때에는 인류의 안녕을 위해 이미 은밀히 많은 것을 해 온 우리 교단에 모든 것이 가능해질 것입니다."

연설은 지부에 강한 인상을 주었을 뿐 아니라 동요도 낳았다. 그 연설에서 일루미나티 교의의 위험한 의도를 본* 대부분의 형제들은 피에르를 놀라게 한 냉담한 태도로 그의 연설을 받아들였다. 대수장이 피에르를 반박하기 시작했다. 피에르는 열렬하게 자신의 생각을 피력했다. 그토록 격렬한 회의는 오랜만이었다. 파가 나뉘었다. 어떤 사람들은 피에르를 일루미나티라고 비판하며 비난했고, 다른 사람들은 그를 지지했다. 그 집회에서 피에르는 어떠한 진리도 두 사람에게 똑같이 받아들여지지 않게 하는, 인간 정신의 무한한 다양성에 처음으로 놀랐다. 그의 편에 선 것처럼 보이던 회원들조차 자기 식으로 그를 이해하고 있었다. 그들이 가한 이런저런 제약과 수정에 피에르는 동의할 수 없었다. 피에르의 주된 욕구는 바로 자신의 생각을 자신이 이해한 그대로 다른 사람들에게 정확히 전하는 것이었기 때문이다.

집회가 끝날 무렵 대수장은 베주호프에게 악의와 야유를 담아 그의 격한 기질을 질책하며, 단지 선행에 대한 사랑뿐 아니라 싸움에 대한 집착도 논쟁에서 그를 이끌었다고 지적했다. 피에르는 대꾸하지 않고 자신의 제안을 받아들일지 말지 짧게 물었다. 그럴 수 없다는 대답이 돌아왔다. 그러자 피에르는 통상적인 형식적 절차가 끝나기를 기다리지 않고 지부에서 나와 집으로 돌아갔다.

8

피에르가 그토록 두려워하던 우울이 다시 그를 덮쳤다. 지부에서 연설을 한 후 사흘 동안 그는 집 안 소파에 드러누워 누구도 맞아들이지 않았고 아무 데도 가지 않았다.

그 무렵 그는 아내로부터 편지를 받았다. 그녀는 그에게 만나 달라고 애원하며, 그로 인한 슬픔과 자기 평생을 그에게 바치고 싶다는 바람에 대해 썼다.

편지 말미에 그녀는 며칠 안에 외국에서 페테르부르크로 돌아갈 것이라고 알렸다.

편지에 이어 다른 사람들보다 피에르의 존경을 덜 받는 프리메이슨 형제들 가운데 한 사람이 피에르의 고독 속으로 뛰어들었다. 그는 형제로서 하는 충고의 모양새로 화제를 피에르의 부부 관계로 돌리더니 아내에 대한 피에르의 엄격함은 온당하지 않다는, 피에르가 잘못을 뉘우치는 아내를 용서하지 않는 것은 프리메이슨의 첫 규범을 저버리고 있다는 생각을 표명했다.

또 그때 그의 장모, 즉 바실리 공작의 아내가 사람을 보내 아주 중요한 일에 대해 의논하려고 하니 몇 분이라도 방문해 달라고 간청했다. 피에르는 자신에 대한 음모가, 자신을 아내와 결합시키려는 모의가 있었다는 것을 알았다. 하지만 그가 처한 상황에서는 불쾌감조차 들지 않았다. 어떻게 되든 상관없었다. 피에르가 삶에서 대단히 중요한 문제로 여기는 것은 아무것도 없었다. 그리고 지금 그를 사로잡은 우울의 영향 아래 그에게는 자신의 자유도, 아내를 벌하겠다는 고집도 소중하게 여겨지지 않았다.

'의인도 없고 죄인도 없다. 그러니 그녀도 죄인이 아닌 거야.' 그는 생각했다. 설령 피에르가 아내와 결합하는 데 즉각 동의를 표명하지 않았다 해도 그것은 단지 자신이 우울한 상태에서 그 무엇도 실행에 옮길 힘이 없었기 때문이다. 아내가 그에게 왔더라도 그는 지금은 그녀를 내쫓지 않았을 것이다. 피에르의 마음을 차지한 우울함에 비하면 아내와 사느냐 마느냐는 아무 상관 없지 않았던가?

아내에게도 장모에게도 아무 답변을 하지 않고 있다가 피에르는 어느 날 밤늦게 길 떠날 채비를 하고 이오시프 알렉세예비치를 만나러 모스크바로 떠났다. 피에르는 일기에 이렇게 썼다.

모스크바, 11월 17일.

은인에게 갔다가 지금 막 돌아와 이번 만남에서 경험한 모든 것을 서둘러 적어 둔다. 이오시프 알렉세예비치는 가난하게 살며 3년째 고통스러운 담낭 질환을 앓고 있다. 누구도 그에게서 신음 소리나 불평하는 말을 들어 본 적이 단 한 번도 없다. 지극히 소박한 식사를 할 때를 제외하고 그는 아침부터 늦은 밤까지 학문을 연구한다. 그는 침상에 누운 채 나를 친절하게 맞아 곁에 앉혔다. 내가 동방과 예루살렘 기사들의 신호를 보내자 그도 똑같이 답하고는 온화한 미소를 지으며 내가 프로이센과 스코틀랜드 지부에서 무엇을 알아내고 얻었는지 물었다. 나는 할 수 있는 한 모든 것을 말했다. 내가 우리 페테르부르크 지부에 제안한 원칙을 전했고, 내가 받은 불쾌한 대접과, 나와 형제들 사이에 벌어진 불화를 털어놓았다. 이오시프 알렉세예비치는 꽤 오랫동안 침묵과 생각에 잠겨 있던 끝에 그 모든 것에 대한 자신의 시각을 말했다. 순간 내 모든 과거와 내 앞에 놓인 모든 미래의 길이 환히 밝아 왔다. 그는 교단의 세 가지 목적이 무엇인지 기억하느냐고 물어 나를 놀라게 했다. 그것은 신비의 수호와 인식, 그것의 지각을 위한 자기 정화와 교화, 그리고 그와 같은 정화의 지향을 통한 인류의 교화이다. 이 세 가지 중에서 가장 주되고 우선적인 목적은 무엇인가? 물론 자기 정화와 교화다. 우리가 어떠한 상황에 상관없이 언제나 지향할 수 있는 목적은 오직 이것뿐이다. 하지만 그와 더불어 이 목적은 우리에게 가장 많은 노력을 요구한다. 그런 까닭에 우리는 오만함에 길을 잃고 헤매다가 이 목적을 간과한 채 자신의 더러움으로 인해 감히 지각할 자격이 없는 신비에 손을 대거나, 스스로가 추악함과 음란함의 사례이면서 인류의 교화에 손을 대기도 한다. 일루미나티는 사회 활동에 몰두하고 오만함으로 꽉 찼기 때문에 순수한 교리가 아니다. 이런 근거를 바탕으로 이오시프 알렉세예비치는 내 연설과 나의 모든 활동을 비판했다. 나는 마음속 깊이 그의 말에 동의했다. 우리의 대화가 내 가정사에 이르자 그는 이렇게 말했다. "내가 당신에게 말했듯이 참된 프리메이슨의 중요한 본분은 자기완성이에요. 우리는 종종 자신에게서 삶의 모든 어려움을 제거하면 이 목적을 더 빨리 성취하리라고 생각하지요. 하지만 그 반대입니다. 선생." 그가 내게 말했다. "사회적 동요의 환경 속에서만 우리는 세 가지 목적을 성취할 수 있습니다. 첫 번째가 자기 인식. 인간은 오직 비교를 통해서만 자신을 인식할 수 있기 때문입니다. 두 번째는 완성. 그것은 투쟁을 통해서만 성취됩니다. 그리고 마지막으로 중요한 덕목, 즉 죽음에 대한 사랑의 성취이지요. 인생의 숱한 곡절만이 우리에게 삶의 허무함을 보여 줄 수 있고, 우리가 타고난 죽음에 대한 사랑이나 새 생명으로의 부활을 촉진할 수 있습니다." 이오시프 알렉세예비치가 견디기 힘든 육체적 고통에도 불구하고 결코 삶을 괴로워하지 않고, 자신의 내적 인간이 너무나 깨끗하고 지고함에도 불구하고 자신이 아직 충분히 준비되지 않았다고 느끼는 죽음을 사랑하는 만큼 그 말은 더더욱 훌륭하다. 그런 다음 은인은 내게 우주의 위대한 사각형의 의미를 충분히 설명했고, 숫자 3과 7이 만물의 기초임을 환기시켰다. 그는 페테르부르크 형제들과의 소통을 멀리하지 말라고, 지부에서 2급 직분만 맡아 형제들의 주의를 오만에 대한 집착에서 자기 인식과 완성의 참된 길로 돌리도록 노력하라고 조언했다. 그 밖에 개인적으로 나를 위해 무엇보다 우선 스스로를 주시하라고 충고하며, 그 목적을 위해 내가 지금 쓰고 있고, 앞으로의 나의 모든 행동을 기록할 바로 이 공책을 주었다.

페테르부르크, 11월 23일.

나는 다시 아내와 살고 있다. 장모가 눈물 바람으로 내게 와서 엘렌이 여기 있다는, 그녀가 자기 말을 끝까지 들어 달라고 내게 애원하고 있다는, 그녀에겐 죄가 없다는, 내가 그녀를 방치해서 그녀가 불행하다는 등의 말과 다른 많은 말을 했다. 나 스스로에게 그녀를 보는 것을 허용하기만 해도 내가 그녀의 바람을 더 이상 거부하지 못하리라는 것을 나는 알았다. 의심 속에서 나는 누구의 도움과 조언에 의지해야 할지 몰랐다. 은인이 이곳에 있다면 내게 말해 주었을 텐데. 나는 내 방에 틀어박혀 이오시프 알렉세예비치의 편지들을 거듭 읽으며 그와의 대화를 떠올렸다. 그리고 그 모든 것으로부터 간청하는 자를 뿌리쳐서는 안 되고 모두에게, 하물며 나와 얽힌 사람에게는 더더욱 도움의 손길을 내밀어야 한다는, 자신의 십자가는 스스로 짊어져야 한다는 결론을 이끌어 냈다. 그러나 내가 선을 위해 그녀를 용서하는 것이라면 그녀와 나의 결합은 정신적인 목적 하나만 띠도록 하자. 그렇게 나는 결심했고, 이오시프 알렉세예비치에게도 그렇게 편지를 썼다. 나는 아내에게 옛일을 모두 잊어주길 부탁한다고, 내가 그녀에게 저질렀을지도 모를 잘못을 용서해 주기 바란다고, 나에게는 그녀를 용서할 것이 아무것도 없다고 말했다. 나는 그녀에게 이런 말을 할 수 있어 기뻤다. 그녀를 다시 보는 것이 내겐 얼마나 힘겨운 일이었는지 그녀가 모르게 하자. 나는 큰 집의 2층에 거처를 정하고 갱생의 행복한 기분을 맛보고 있다.

9

늘 그렇듯 당시에도 상류 사회는 궁정과 큰 무도회에 다 같이 모이면서도 저마다 나름의 미묘한 특색을 띠는 여러 모임으로 나뉘어 있었다. 그중에서 가장 큰 모임은 루먄체프 백작과 **콜랭쿠르**의 프랑스 모임인 나폴레옹 동맹이었다.* 엘렌은 남편과 페테르부르크에 정착하자마자 이 모임에서 가장 눈에 띄는 자리 하나를 차지했다. 프랑스 대사관의 인사들과, 지성과 정중함으로 이름난 이 일파의 많은 사람들이 그녀에게 왔다.

엘렌은 두 황제의 유명한 회담이 이루어졌을 때 에르푸르트에 있었고, 유럽의 모든 주목할 만한 나폴레옹주의자들과의 연줄을 그곳으로부터 가져왔다. 에르푸르트에서 그녀는 눈부신 성공을 거두었다. 나폴레옹도 그녀를 극장에서 보고 누구인지 물으며 그 아름다움에 찬사를 보냈다. 피에르는 그녀가 아름답고 우아한 여성으로서 거둔 성공에 놀라지 않았다. 해가 갈수록 그녀는 더 아름다워졌기 때문이다. 그러나 지난 2년 동안 아내가 '**아름다운 만큼이나 총명한 매력적인 여인**'이라는 평판을 얻은 것에 대해서는 놀라고 있었다. 유명한 **리뉴 공***은 그녀에게 여덟 쪽에 걸친 편지를 썼다. 빌리빈은 베주호바 백작 부인 앞에서 처음으로 말하려고

재치 있는 말을 아껴 두었다. 베주호바 백작 부인의 살롱에 받아들여지는 것은 지성의 학위로 여겨졌다. 젊은이들은 엘렌의 살롱에서 말할 거리를 찾기 위해 야회 전에 책들을 통독했고, 대사관의 비서관들, 심지어 공사들까지 그녀에게 외교 비밀을 털어놓아 엘렌은 어느 정도 세력을 갖게 되었다. 그녀가 매우 어리석다는 것을 알고 있던 피에르는 정치와 시와 철학에 대한 말이 오가던 그녀의 야회와 만찬에 어쩌다 자리하게 되면 의혹과 두려움 같은 이상한 감정에 휩싸이곤 했다. 그 야회들에서 그는 마술사가 매번 이제 금방 속임수가 탄로 날 것이라고 예감하며 느끼는 감정과 비슷한 감정을 맛보았다. 하지만 그런 살롱을 이끄는 데 필요한 것이 그야말로 어리석음뿐이어서 그런지, 아니면 속아 넘어가는 사람들 스스로 기만 자체에서 만족을 찾았기 때문인지 속임수는 들통나지 않고 있었다. **매력적이고 지적인 여성**이라는 평판이 엘레나 바실리예브나 베주호바에게 너무나 확고하게 확립되어 그녀는 저속하고 어리석은 말을 얼마든지 할 수 있었고, 그렇게 해도 다들 그녀의 말 한마디 한마디에 매료되어 그 속에서 그녀 자신은 추측도 못한 심오한 의미를 찾곤 했다.

피에르는 바로 이 눈부신 사교계 여성에게 꼭 필요한 남편이었다. 그는 아무도 방해하지 않았다. 격조 높은 응접실의 전체적인 분위기를 망치지 않을뿐더러 아내의 우아함과 재치에 상반된 모습으로 그녀에게 유리한 배경이 되어 주기까지 하는 얼빠진 괴짜, **대인** 남편이었다. 피에르는 이 두 해 동안 실체가 없는 관심사에 계속 몰두하면서 그 밖의 모든 것에는 진심 어린 경멸의 태도를 취한 탓에 그의 흥미를 끌지 못하던 아내의 모임에서 무심하고 태연하고 모두에게 친절한 언행을 보였다. 인위적으로 몸에 밴 것이 아니어서 무의식적인 존경을 불러일으키는 그런 언행이었다.

그는 극장에 들어가듯 아내의 응접실에 들어갔다. 모두와 알았고, 모두를 똑같이 반가워했으며, 모두에게 한결같이 무심했다. 이따금 그도 관심을 끌던 대화에 끼었는데, 그럴 때는 **대사관원 여러분들**이 그 자리에 있든 없든 개의치 않고 중얼중얼 자신의 의견을 말했다. 간혹 그 의견은 그 순간의 분위기에 전혀 맞지 않았다. 그러나 **페테르부르크에서 가장 뛰어난 여성**의 괴짜 남편에 대한 세간의 평가가 이미 확고하게 굳어져서 누구도 그의 상식에 어긋난 언행을 **진지하게** 받아들이지 않았다.

매일같이 엘렌의 집을 드나들던 많은 젊은이들 가운데 군 복무에서 이미 크게 성공한 보리스 드루베츠코이는 엘렌이 에르푸르트에서 돌아온 후에 베주호프가에서 가장 가까운 사람이 되었다. 엘렌은 그를 **나의 시동**이라 부르며 그를 아이 대하듯 했다. 그를 향한 그녀의 미소는 모두에게 보내는 미소와 똑같았지만, 피에르는 가끔 그 미소를 보는 것이 불쾌했다. 보리스는 각별하고 품위 있고 우수가 깃든 정중함으로 피에르를 대했다. 그런 식의 정중함은 또한 피에르를 불안하게 했다. 피에르는 3년 전 아내가 그에게 안긴 모욕으로 너무도 극심한 고통을 겪은 터라, 이제 그는 첫째, 자신이 자기 아내의 남편이 아니었던 것으로, 둘째, 자신에게 의심을 허용하지 않음으로써 그 같은 모욕의 가능성으로부터 자신을 구하고 있었다.

'아니야, 이제 **블루스타킹***이 된 그녀는 예전의 정욕을 완전히 버렸어.' 그는 속으로 중얼거렸다. '블루스타킹이 애욕을 품은 예는 없었지.' 그는 어디서 끌어낸 것인지 모를 법칙을 확고히 믿으며 마음속으로 되풀이했다. 그러나 이상한 일이었다. 아내의 응접실에 있는 보리스의 존재가 (그는 거의 항상 있었다) 피에르에게 육체적인 영향을 끼쳤다. 그것은 그의 팔다리를 옭아매고, 무의식적인 행동의 자유를 그에게서 앗아가 버렸다.

'참 이상하게 혐오감이 드네.' 피에르는 생각했다. '전에는 그를 꽤 좋아했는데 말이야.'

세상의 눈에 비친 피에르는 대지주, 유명한 아내의 다소 눈이 멀고 우스꽝스러운 남편, 똑똑한 괴짜, 아무것도 하지 않지만 누구에게도 해를 끼치지 않는 훌륭하고 선량한 젊은이였다. 그러나 이 기간 동안 피에르의 영혼 속에서는 그에게 많은 것을 깨닫게 하고 그를 많은 영적인 의혹과 기쁨으로 이끈, 복잡하고 힘든 내적 발전의 노동이 벌어졌다.

그는 계속 일기를 썼다. 다음은 그 시기에 쓴 것이다.

11월 24일.

8시에 일어나 성서를 읽은 다음 근무하러 갔다가 (피에르는 은인의 조언에 따라 여러 위원회들 중 한 곳의 직무를 맡았다) 만찬에 맞춰 돌아와서 혼자 식사를 했고 (백작 부인에게는 내가 불쾌하게 여기는 손님들이 많이 와 있었다) 적당히 먹고 마신 후에는 형제들을 위한 저작을 옮겨 적었다. 저녁 무렵 백작 부인에게 들러 B.에 관한 우스꽝스러운 이야기를 해 주었다. 모두가 큰 소리로 웃고 있을 때에야 그런 짓을 하지 말았어야 했다는 생각이 들었다.

행복하고 편안한 기분으로 잠자리에 든다. 위대하신 주여, 당신의 길을 걷도록 나를 도우소서. 첫째는 평정과 느림으로 분노를 조금이라도 이기게 하시고, 둘째는 절제와 혐오로 음욕을 이기게 하시고, 셋째는 공허한 법석을 멀리하되 국가적 직무와, 가정을 돌보는 일과, 친구 관계와, 경제 활동을 그만두지 않게 하소서.

11월 27일.

늦게 일어났다. 눈을 뜨고서도 게으름을 부리며 오랫동안 침대에 누워 있었다. 주여, 당신의 길을 걸을 수 있도록 나를 도우시고 나를 강하게 하소서. 성서를 읽었지만 그 내용에 맞는 감동이 일지 않았다. 우루소프 형제가 와서 세상의 소란에 대해 말을 나누었다. 그는 군주가 새로 지시한 일들을 이야기했다. 나는 비판하려다가 나의 원칙과 은인의 말씀을 떠올렸다. 참된 프리메이슨은 참여를 요구받을 때는 국가에서 열렬한 활동가가 되어야 하고, 부름을 받지 않은 일에는 차분한 관망자가 되어야 한다. 나의 혀는 나의 적이다. 형제 G. V.와 O.가 나를 방문했고, 새로운 형제를 받아들일 준비와 관련된 대화가 오갔다. 그들이 나에게 레토르의 임무를 맡긴다. 나는 나 자신이 미약해서 합당치 않다고 느낀다. 그러고 나서 대화는 사원의 일곱 기둥과 일곱 계단, 즉 일곱 가지 학문, 일곱 가지 미덕, 일곱 가지 악덕, 성령의 일곱 가지 선물에 대한 해석으로 접어들었다. 형제 O.는 아주 달변이었다. 밤에 입회식이 이루어졌다. 방의 새로운 설비가 광경을 웅장하게 만드는 데 큰 도움이 되었다. 입회자는 보리스 드루베츠코이였다. 내가 그를 추천했고, 내가 레토르이기도 했다. 어두운 건물 안에 그와 함께 있는 내내 이상한 감정이 나를 동요시켰다. 나는 내 안에서 그를 향한 증오심을 발견했다. 그 증오심을 극복하려는 나의 노력은 헛되다. 바로 그 때문에 진정 나는 그를 악의 길에서 구해 진리의 길로 이끌고 싶다. 하지만 그에 대한 악한 생각들이 나를 떠나지 않고 있었다. 나에게는 그가 공동체에 들어오려는 목적이 단지 사람들과 가까워지려는, 우리 지부에 속한 사람들의 후원을 받기 위해서라는 생각이 들었다. 그가 우리 지부에 N.과 S.가 없는지 여러 차례 물었다는 (나는 그에게 그것에 대해 답해 줄 수 없었다) 근거 외에, 내가 관찰한 바에 따르면 그가 우리의 신성한 교단에 존경을 느끼지 못하고 영적 인간의 개선을 바라기에는 지나치게 자신의 외적 인간에 골몰하고 만족하고 있다는 것 외에 나에게는 그를 의심할 근거가 없었다. 그러나 내게 그는 진실하게 보이지 않았고, 어두운 건물 안에서 그와 마주 보고 서 있던 내내 내 말에 대해 멸시에 찬 미소를 짓는 것 같았다. 그래서 나는 그의 드러난 가슴에 들이댄 장검으로 정말 그를 찌르고 싶은 마음이 들었다. 나는 말을 잘하지 못해서 형제들과 대수장에게 나의 의심을 제대로 전할 수 없었다. 자연의 위대한 건축자시여, 거짓의 미로에서 벗어나게 하는 진실한 길을 내가 찾도록 도우소서.

일기장에는 그다음 세 장을 건너뛰어 이렇게 적혀 있었다.

형제 V.와 단둘이 오랫동안 유익한 대화를 나누었다. 그는 내게 형제 A.를 따르라고 조언했다. 비록 합당치 못한 존재이긴 해도 내게 많은 가르침을 주었다. 아도나이는 세상을 창조한 이의 이름이다. 엘로힘은 만물을 다스리는 이의 이름이다. **모든 것**이라는 의미를 지닌 세 번째 이름, 말해질 수 없는 이름.* 형제 V.와 나눈 대화는 선의 길 위에서 나를 북돋워 생기롭게 하고 확고히 세워 준다. 그가 있는 곳에는 의심이 들어설 자리가 없다. 사회 과학의 빈약한 학설과 모든 것을 아우르는 우리의 신성한 가르침의 차이가 내게는 명확하다. 인간의 학문은 이해하기 위해 모든 것을 나누고, 관찰하기 위해 모든 것을 죽인다. 그러나 교단의 신성한 학문에서는 모든 것이 통일되어 있고, 모든 것이 전체와 생명의 상태로 인식된다. 삼위일체는 물질의 세 가지 기원으로, 유황과 수은과 소금이다. 기름과 불의 성질을 가진 유황. 그것은 소금과 결합할 때 자신이 가진 불의 성질로써 소금 안에 갈망을 일으키고, 갈망을 통해 수은을 끌어당기고 붙잡아 보존한다. 그리고 공동으로 개별적인 몸들을 만들어 낸다. 수은은 유동성과 휘발성을 지닌 영적 본질, 즉 그리스도이고 성령이고 그분이다.

12월 3일.

늦게 잠을 깼다. 성서를 읽었는데 아무 느낌이 없었다. 그 후 밖으로 나와서 홀을 거닐었다. 묵상하고 싶었지만, 그 대신 상상은 4년 전에 있었던 한 사건을 제시했다. 결투 후에 모스크바에서 나를 만난 자리에서 돌로호프 씨는 나에게 이제 배우자가 없어도 충만한 정신적 평온을 누리기를 바란다고 말했다. 나는 그때 아무 대꾸도 하지 않았다. 그런데 지금 그 만남을 세세해 기억해 내고는 마음속으로 그에게 이루 말할 수 없이 악의에 찬 말과 신랄한 대답을 던졌다. 격노한 자신을 발견한 후에야 나는 정신을 차리고 그 생각을 내던졌다. 그러나 뉘우침이 충분치 않았다. 그 뒤에 보리스 드루베츠코이가 와서 이런저런 사건에 대해 이야기했다. 나는 그가 온 순간부터 그의 방문이 불만이었던 터라 뭔가 불쾌한 말을 해 버렸다. 그가 반박했다. 나는 폭발해서 불쾌하고 심지어 난폭하기까지 한 많은 말을 그에게 퍼부었다. 그는 침묵했고, 이미 늦은 뒤에야 나는 잘못을 깨달았다. 맙소사, 나는 그를 전혀 다룰 줄 모른다! 나의 자존심 때문이다. 나는 스스로를 그보다 높이고 있고, 그래서 그보다 훨씬 더 저열해진다. 그는 나의 무례함에 관대한데 나는 반대로 그에게 경멸을 품고 있기 때문이다. 오, 하느님, 그 앞에서 내가 나의 혐오스러움을 더 많이 보게 하시고, 그것이 그에게도 유익하도록 행동하게 하소서. 식사 후에 잠이 들었다. 잠에 빠져드는 순간, 나의 왼쪽 귀에 대고 말한 목소리를 또렷하게 들었다. "너의 날이다."

꿈을 꾸었다. 나는 어둠 속을 걸어가다 갑자기 개들에게 둘러싸이지만 두려움 없이 걷는다. 갑자기 작은 개 한 마리가 왼쪽 넓적다리를 물고 놓아주지 않는다. 나는 두 손으로 개의 목을 조르기 시작했다. 개를 떼어 놓자마자 좀 더 큰 다른 개가 가슴에 달라붙었다. 그 개를 떼어 내자 더 큰 또 다른 개가 나를 물어뜯기 시작했다. 나는 그 개를 들어 올렸다. 높이 들수록 개는 점점 더 커지고 무거워졌다. 갑자기 형제 A.가 걸어가다 내 팔을 잡아끌고 어떤 건물로 데려갔다. 그곳에 들어가려면 좁은 판자를 건너가야 했다. 걸음을 내딛는데 판자가 휘어져 떨어졌다. 나는 겨우 손이 닿은 담을 기어오르기 시작했다. 안간힘을 쓴 끝에 나는 두 다리는 한쪽에, 몸통은 반대쪽에 매달려 있도록 몸을 끌어 올렸다. 주위를 둘러보니 형제 A.가 담장 위에 서서 큰 가로수 길과 정원을 가리키는 것이 보였다. 정원에는 크고 아름다운 건물이 보였다. 나는 잠을 깼다. 주여, 자연의 위대한 건축자시여! 나의 정욕인 개들을, 그 가운데서도 과거의 모든 정욕의 힘을 자기 안에 그러모은 마지막 개를 내게서 떼어 내도록 나를 도우소서. 그리고 내가 꿈에서 그 모습과의 대면을 이룬 미덕의 사원으로 내가 들어서도록 날 도우소서.

12월 7일.

꿈을 꾸었다. 이오시프 알렉세예비치가 내 집에 앉아 있고, 나는 너무 기뻐서 그를 대접하길 원하는 것 같다. 나는 그칠 줄 모르고 낯선 사람들과 떠들다가 문득 이것이 그의 마음에 들지 않으리라는 생각이 들어 다가가 그를 안기를 원하는 것 같다. 그러나 다가가자마자 그의 얼굴이 변해서 젊어진 것이 보인다. 그가 교단의 가르침 가운데 무언가를 조용조용 말하는데, 너무 조용하게 말해서 나는 알아들을 수가 없다. 그러고 나서 우리 모두 방에서 나온 것 같다. 그때 기이한 일이 일어났다. 우리는 바닥에 앉거나 누워 있었다. 그가 내게 무언가를 말하고 있었다. 그런데 그에게 섬세한 감수성을 보여 주고 싶은 마음이 들었던지 나는 그의 말에 귀를 기울이지 않고 내 내적 인간의 상태와 내게 드리운 하느님의 은총을 생각하기 시작했다. 그러자 나의 두 눈에 눈물이 고였고, 그가 이런 나의 모습에 주목하자 흡족한 기분이 들었다. 그러나 그는 노여운 빛으로 나를 쳐다보더니 하던 말을 끊고 벌떡 일어났다. 나는 겁이 나서 그가 한 말이 나와 관련된 것이 아닌지 물었다. 하지만 그는 아무 대답도 없이 다정한 표정을 지었다. 그러고 나서 문득 정신을 차려 보니 우리는 내 침실의 더블 침대에 있었다. 그가 침대 가장자리에 누웠고, 나는 마치 그를 애무하고 싶은 욕망에 달아오른 듯 바로 그의 옆에 누웠다. 그러자 그가 내게 묻는 듯하다. "사실대로 말해 봐요. 당신의 주된 애착은 무엇입니까? 당신은 그걸 알아냈습니까? 내 생각에 당신은 이미 그걸 알아냈어요." 나는 그 질문에 당황해서 게으름이 나의 주된 애착이라고 대답했다. 그는 믿지 못하겠다는 듯 고개를 저었다. 그러자 더욱더 당황한 나는 비록 그의 조언에 따라 아내와 살고 있지만 남편으로서는 아니라고 대답했다. 이에 대해 그는 아내에게서 나의 애무를 빼앗아서는 안 된다고 반박하며, 그것이 나의 의무임을 느끼게 했다. 그러나 나는 그것이 부끄럽다고 대답했다. 그러고는 갑자기 모든 것이 자취를 감추었다. 나는 잠에서 깨어났고, 상념 속에서 성서의 한 구절을 떠올렸다. **'생명은 사람들의 빛이었다. 그 빛이 어둠 속에서 비치고 있다. 그러나 어둠이 빛을 이겨 본 적이 없다.'*** 이오시프 알렉세예비치의 얼굴은 나이보다 젊어 보이고 밝았다. 이날 은인으로부터 편지를 받았다. 편지에서 그는 부부 생활의 의무에 대해 썼다.

12월 9일.

꿈을 꾸다 가슴이 두근대는 것을 느끼며 깼다. 꿈에서 나는 모스크바에 있는 내 집의 큰 소파 방에 있고 응접실에서 이오시프 알렉세예비치가 나오는 것 같았다. 그 즉시 나는 그에게 부활의 과정이 이루어졌음을 알고 그를 향해 달려간 듯하다. 나는 그의 입과 두 손에 입을 맞추고, 그가 내게 말하는 듯하다. "자네는 내 얼굴이 달라진 것을 알아차렸는가?" 나는 그를 품에 계속 끌어안은 채 바라보았다. 얼굴은 젊지만 머리에 머리카락이 없고 외모가 완전히 달라져 보이는 것 같다. 그리고 나는 그에게 이렇게 말하는 것 같다. "당신과 우연히 마주쳤다 해도 전 당신을 알아보았을 겁니다." 그와 동시에 난 생각한다. '내가 진실을 말한 걸까?' 갑자기 그가 죽은 시체처럼 누워 있는 것이 보인다. 그러더니 그는 점차 정신을 차리고 알렉산드리아 종이로 된 큰 책을 들고서 나와 함께 큰 서재로 들어갔다. "제가 그 책을 썼습니다" 하고 내가 말하는 듯하다. 그러자 그는 고개를 끄덕여 응답했다. 내가 책을 펼치자 그 책의 모든 면에 아름다운 그림들이 있었다. 나는 그 그림들이 한 영혼과 그 연인의 정사를 나타내는 것임을 아는 듯하다. 그리고 여러 지면에서 투명한 몸에 투명한 옷을 걸치고 구름을 향해 날아오르는 한 소녀의 아름다운 그림을 보는 듯하다. 나는 이 소녀가 다름 아닌 노래 중의 노래*를 묘사한 것임을 아는 듯하다. 그리고 이 그림들을 보며 나쁜 짓을 한다고 느끼면서도 그것들을 뿌리치지 못하는 듯하다. 주여, 나를 도우소서! 오, 하느님, 이렇게 나를 내버려 두는 것이 당신이 행하시는 일이라면 당신의 뜻대로 이루어지이다. 그러나 만일 나 자신이 그 원인이라면 내가 무엇을 해야 할지 가르쳐 주소서. 당신이 정녕 나를 버리시면 나는 나의 음란함으로 멸망할 것입니다.

II

    로스토프가의 재정 형편은 그들이 시골에서 지낸 두 해 동안 조금도 나아지지 않았다.

    니콜라이 로스토프가 자신의 뜻을 굳게 지켜 비교적 적은 돈을 쓰며 벽지의 연대에서 계속 근무했음에도 불구하고, 오트라드노예에서의 생활 방식과 특히 미텐카의 업무 처리는 해마다 빚을 걷잡을 수 없이 늘려 갔다. 분명 노백작의 머리에 떠오르던 유일한 도움은 봉직이었고, 그래서 그는 자리를 구하러 페테르부르크로 갔다. 일자리를 찾고 그와 동시에, 그의 말에 따르면 마지막으로 소녀들을 즐겁게 해 주기 위해서였다.

    로스토프 일가가 페테르부르크에 오고 얼마 안 있어 베르크가 베라에게 청혼했고, 그 청혼은 받아들여졌다.

    모스크바에서는 로스토프 일가가 자신들이 어느 사회에 속해 있었는지도 모르고 생각도 해 보지 않고 상류 사회에 속해 있었지만, 페테르부르크에서 그들의 교제 범위는 뒤죽박죽 불분명했다. 페테르부르크에서 그들은 촌뜨기였다. 모스크바에서 로스토프가의 사람들이 어느 사회에 속하는지 묻지도 않고 생계를 돌봐 준 바로 그 사람들이 그런 촌뜨기 수준으로는 자신을 낮추려 하지 않았다.

로스토프가는 페테르부르크에서도 모스크바에서처럼 손님맞이를 즐기며 지냈다. 오트라드노예의 이웃인 늙고 가난한 지주와 그 딸들, 시녀인 페론스카야, 피에르 베주호프, 군 우체국장의 아들로 페테르부르크에서 근무하는 남자 등 온갖 인물들이 그들의 밤참에 모였다. 남자들 가운데 보리스, 노백작이 길에서 마주쳐 집으로 끌고 온 피에르, 그리고 베르크는 로스토프가의 페테르부르크 저택에서 금방 한 식구가 되었다. 베르크는 여러 날을 온종일 로스토프가에서 보내며 청혼할 작정인 젊은이가 보여 줄 만한 그런 관심을 맏이인 베라 백작 영애에게 기울였다.

베르크가 아우스터리츠 전투에서 다친 오른팔을 모두에게 보여 주며 불필요한 장검을 왼손에 쥐고 다닌 것은 헛되지 않았다. 그가 그 사건을 너무도 집요하고 의미심장하게 모두에게 이야기해서 다들 그 행동의 합목적성과 가치를 믿었다. 그리하여 베르크는 아우스터리츠 전투로 두 개의 포상을 받았다.

핀란드 전쟁*에서도 그는 무공을 세우는 데 성공했다. 그는 총사령관 옆에 있던 부관을 죽인 유탄 파편을 주워 지휘관에게 가져갔다. 아우스터리츠 전투 이후에 그랬던 것처럼 그가 그 사건에 대해 어찌나 오랫동안 집요하게 모든 사람들에게 이야기했던지 또 다들 응당 그렇게 해야 했나 보다고 믿었다. 베르크는 핀란드 전쟁으로도 두 개의 포상을 받았다. 1809년 그는 훈장을 주렁주렁 단 근위대 대위가 되어 페테르부르크에서 특별하고 유리한 직책을 맡고 있었다.

비록 몇몇 자유사상가들이 베르크의 장점을 들을 때 빙긋거리기도 했지만, 베르크가 상관에게 뛰어난 평가를 받는 꼼꼼하고 용맹스러운 장교이며, 앞길이 창창하고 사회에서 확고한 위치까지 확보한 겸손하고 도덕적인 젊은이라는 점은 인정하지 않을 수 없었다.

4년 전 모스크바 극장의 아래층 일반석에서 독일인 동료와 마주친 베르크는 그에게 베라 로스토바를 가리키며 이렇게 말했다. **"저 아가씨는 내 아내가 될 거야."**(독일어) 그리고 그 순간부터 그녀와 결혼하기로 결심했다. 이제 페테르부르크에서 로스토프가와 자신의 지위를 저울질해 본 뒤 그는 때가 왔다고 판단하여 청혼을 한 것이다.

베르크의 청혼은 처음에는 그로서는 달갑지 않은 당혹과 함께 받아들여졌다. 내력도 확실하지 않은 리보니아 귀족*의 아들이 로스토바 백작 영애에게 청혼한다는 것이 처음엔 이상하게 여겨졌다. 그러나 베르크의 성격이 그렇듯 순박하고 선량한 이기주의였기에, 로스토프가 사람들은 저도 모르게 베르크 자신이 이것은 좋은 일이다, 심지어 아주 좋은 일이다 하고 그토록 확신한다면 분명 좋은 일일 것이라고 생각하게 되었다. 게다가 로스토프가의 재정 형편이 아주 엉망이었고, 구혼자가 이를 모를 리 없었다. 무엇보다 베라는 스물네 살이었고 사교계의 모든 자리에 드나들고 있었다. 그녀가 의심할 여지 없는 아름다움과 분별을 갖추었는데도 지금까지 누구 한 사람 그녀에게 청혼한 적이 없었다. 승낙이 떨어졌다.

"자, 알겠습니까?" 베르크는 그저 누구에게나 친구가 있다는 것을 알았기 때문에 친구라고 부르던 동료에게 말했다. "이제 알겠지요? 나는 이 모든 것을 다 헤아렸습니다. 내가 모든 문제를 심사숙고하지 않았다면, 그리고 이 일이 어떤 이유로든 달갑지 않았다면 나는 결혼하려 하지 않았을 겁니다. 그런데 지금은, 오히려 이제는 내 아버지와 어머니가 생활을 보장받게 되었습니다. 나는 그분들에게 오스트제이스키* 지역에 있는 토지를 임대받게 해 드렸습니다. 나와 아내는 페테르부르크에서 나의 봉급과 그녀의 재산과 나의 꼼꼼함으로 살아갈 수 있습니다. 잘 살 수 있습니다. 나는 결코 돈 때문에 결혼하는 게 아닙니다. 그런 것은 천한 짓이라고 여깁니다. 하지만 아내도 자기 몫을 가져오고 남편도 자기 몫을 가져와야 합니다. 내게는 직무가 있고, 그녀에게는 인맥과 약간의 재산이 있습니다. 우리 시대에 그것은 어떤 의미를 갖습니다. 그렇지 않습니까? 하지만 무엇보다도 그녀는 아름답고 존경할 만한 아가씨이며 나를 사랑합니다……."

베르크는 얼굴을 붉히고 씩 웃었다.

"나도 그녀를 사랑합니다. 그녀가 신중하기 때문이지요. 아주 좋은 성품입니다. 그녀의 여동생은 한 가족인데도 완전히 딴판이에요. 불쾌한 데다 지성도 없습니다. 정말이지…… 알겠지요? 불쾌합니다. 내 약혼녀는……. 나중에 우리 집에 오십시오." 베르크는 계속 말했다. 그는 식사하러 오라고 하려다가 마음이 바뀐 듯 "차 마시러" 오라고 말했다. 그러고는 혀를 재빨리 내밀어 담배 연기로 행복에 대한 그의 염원을 충만하게 구현한 작은 둥근 고리를 만들어 내뱉었다.

베르크의 청혼이 부모에게 불러일으킨 처음의 당혹감 이후에 그런 경우에 흔히 있는 축제처럼 떠들썩한 기쁨이 집안에 찾아왔다. 그러나 진정한 기쁨이 아니라 표면적인 기쁨에 지나지 않았다. 이 혼인에 관한 가족들의 감정에서 곤혹스러움과 수치심이 뚜렷하게 느껴졌다. 지금 그들은 자신들이 베라를 그다지 사랑하지 않았고 이제는 그녀를 기꺼이 떼어 버린 것에 부끄러움을 느끼는 것 같았다. 누구보다 당혹스러워한 사람은 노백작이었다. 아마 그는 자신이 곤혹스러운 이유를 말로 표현할 수 없었겠지만 그 원인은 돈 문제였다. 그는 자신이 가진 게 무엇인지, 빚이 얼마인지, 베라에게 지참금으로 무엇을 줄 수 있는지 확실하게 알지 못했다. 딸들이 태어났을 때 각자에게 지참금으로 농노가 3백 명씩 할당되었다. 그 마을들 중 한 곳은 이미 팔렸고, 다른 한 곳은 저당을 잡혔는데 지불 기한이 한참 지나서 매각해야 했다. 그래서 영지를 주는 것은 불가능했다. 돈도 없었다.

베르크가 약혼자가 된 지 벌써 한 달이 지났고 결혼식까지는 겨우 일주일이 남았다. 백작은 여전히 지참금 문제에서 마음의 결정을 내리지 못했고, 이에 대해 아내와 말을 나누지도 않고 있었다. 백작은 베라에게 랴잔 영지 일부를 떼어 줄까, 숲을 매각할까, 어음을 담보로 돈을 빌릴까 고민했다. 혼인을 며칠 앞둔 어느 날, 베르크는 아침 일찍 백작의 서재에 들어와 즐거운 미소를 지으며 미래의 장인에게 베라 백작 영애의 지참금으로 무엇을 줄지 알려 달라고 정중히 요청했다. 백작은 오래전부터 예상해 오던 이 질문에 너무 당황한 나머지 머리에 처음 떠오른 생각을 경솔하게 말해 버렸다.

"자네가 염려해 주니 좋네, 좋아. 만족할 걸세……."

그는 베르크의 어깨를 툭 치더니 대화를 끝내려고 자리에서 일어났다. 그러나 베르크는 환하게 웃는 낯빛으로 만약 베라의 지참금으로 무엇을 받게 될지 확실히 알지 못하면, 그리고 그녀에게 할당된 몫의 일부라도 미리 받지 못하면 부득이 결혼을 단념할 수밖에 없다고 말했다.

"왜냐하면, 생각해 보십시오, 백작님. 만약 지금 아내를 부양할 일정한 자금도 없이 결혼하려 한다면 저는 비열한 행동을 하게 되는 겁니다……."

백작이 관대한 모습을 보이고, 또 새로운 요구를 받지 않기를 원하며 어음으로 8만 루블을 주겠다고 말한 것으로 대화는 마무리되었다. 베르크는 부드러운 미소를 짓고 백작의 어깨에 입을 맞추었다. 그리고 그는 매우 감사하지만 3만 루블을 현금으로 받지 않고는 도저히 새로운 삶을 꾸릴 수가 없다고 말했다.

"백작님, 다만 2만 루블이라도……." 그는 덧붙였다. "그럼 어음으로는 6만 루블만 주시면 됩니다."

"그래, 그래, 좋아." 백작이 빠르게 말했다. "이보게, 그저 미안할 뿐이네. 2만 루블 주고, 더해서 어음 8만 루블도 주지. 자, 내게 입을 맞춰 주게."

I2

나타샤는 열여섯 살이었다. 4년 전 보리스와 입을 맞춘 뒤 그와 함께 손가락을 꼽으며 세어 보던 바로 그 1809년이었다. 그 후로 그녀는 보리스를 한 번도 보지 못했다. 소냐와 어머니 앞에서 보리스에 대한 말이 나오면 그녀는 이미 결정 난 일이라는 듯 전에 있었던 일은 다 어린애 장난이었다고, 얘기할 가치도 없고 오래전에 다 잊었다고 거리낌 없이 말하곤 했다. 그러나 그녀의 마음속 깊은 곳에서는 보리스에게 한 약속이 장난이었는지 아니면 구속력이 있는 진지한 약속이었는지에 관한 질문이 그녀를 괴롭히고 있었다.

1805년 모스크바에서 군대로 떠난 바로 그때 이후, 보리스는 로스토프가 사람들을 만나지 않았다. 그는 몇 번을 모스크바에 오고 오트라드노예에서 멀지 않은 곳을 지나치면서도 로스토프가를 한 번도 방문하지 않았다.

보리스가 자신을 만나고 싶어 하지 않는다는 생각이 가끔 나타샤의 머리에 떠올랐고, 그녀의 이런 추측은 어른들이 그에 대해 말할 때의 서글픈 어조로 확인되곤 했다.

"요즘 시대에는 옛 친구들을 기억해 주지 않는구나." 백작 부인은 보리스에 대한 이야기가 나온 뒤에는 이렇게 말하곤 했다.

　최근 로스토프가에 발길이 뜸해진 안나 미하일로브나 또한 왠지 유별날 정도로 위엄 있게 행동하며 매번 환희와 감사에 젖어 아들의 훌륭한 면과 눈부신 출세를 입에 올렸다. 로스토프 일가가 페테르부르크에 왔을 때 보리스가 그들을 방문하러 왔다.

　그가 그들에게 가면서 흥분하지 않은 것은 아니었다. 나타샤에 대한 기억은 보리스에게 가장 시적인 추억이었다. 하지만 동시에 그는 자신과 나타샤의 어린 시절 관계가 그녀에게도 자신에게도 구속이 될 수 없다는 것을 그녀는 물론이고 그녀의 가족에게도 분명히 느끼게 해 주겠다는 확고한 목적을 품고 가고 있었다. 그는 베주호바 백작 부인과의 내밀한 관계 덕분에 사교계에서 눈부신 지위를 얻었고, 그를 완전히 신임하는 중요한 인물의 후원으로 군대에서도 눈부신 지위에 올랐다. 그리고 그에게는 페테르부르크의 가장 부유한 신붓감들 가운데 한 명과 결혼하겠다는 계획이 싹트고 있었다. 그 계획은 아주 쉽게 실현될 수 있었다. 보리스가 로스토프가의 응접실에 들어섰을 때 나타샤는 자기 방에 있었다. 그가 왔다는 말에 그녀는 빨갛게 상기되고, 다정한 미소 이상으로 환하게 빛나는 얼굴로 뛰어들다시피 응접실로 왔다.

　보리스는 짧은 원피스를 입고 곱슬머리 아래로 검은 눈동자를 반짝이며 아이처럼 거침없이 웃던, 그가 4년 전에 알던 그 나타샤를 기억하고 있었다. 그래서 전혀 다른 나타샤가 들어왔을 때 그는 당황했고 얼굴은 환희에 찬 놀라움을 드러냈다. 그런 그의 얼굴 표정이 나타샤는 기뻤다.

　"어때, 옛 말괄량이 친구를 알아보겠니?" 백작 부인이 말했다. 보리스는 나타샤의 손에 입을 맞추고 나서 그녀에게 일어난 변화에 깜짝 놀랐다고 말했다.

"정말 아름다워졌어요!"

'물론이죠!' 나타샤의 빛나는 두 눈이 대답했다.

"아빠는 늙었죠?" 그녀가 물었다. 나타샤는 자리에 앉아 보리스와 백작 부인의 대화에 끼지 않고 말없이 자신의 어린 시절 약혼자를 아주 세세히 살펴보았다. 그는 자신에게 머무는 집요하고 다정한 눈길의 무게를 느끼며 이따금 그녀를 쳐다보았다.

보리스의 군복, 박차, 넥타이, 머리 모양, 이 모든 것이 최신 유행을 따랐고 **아주 고상했다**. 나타샤는 그것을 금방 알아차렸다. 그는 백작 부인 옆의 안락의자에 약간 비스듬히 앉아 더할 나위 없이 깨끗하고 꼭 맞는 왼손 장갑을 오른손으로 매만지면서 독특하고 섬세하게 입술을 오므리며 페테르부르크 상류 사회의 오락에 대해 이야기했다. 또 부드러운 조소를 머금고 옛 모스크바 시절과 모스크바의 지인들을 추억하기도 했다. 나타샤가 느낀 대로, 그가 특권 귀족 계층의 이름을 대며 자신이 참석한 공사의 무도회와, NN과 SS에게 초대받은 일을 말한 것은 우연이 아니었다.

나타샤는 눈을 치뜨고 그를 바라보며 줄곧 말없이 앉아 있었다. 이 시선이 보리스를 점점 더 불안하고 당혹스럽게 했다. 그는 더 자주 나타샤를 돌아보며 이야기를 멈추었다. 그는 10분 남짓 앉아 있다가 작별 인사를 하고 일어섰다. 여전히 호기심 어리고 도발적이고 살짝 조소 깃든 눈동자가 그를 바라보고 있었다. 첫 방문 후에 보리스는 나타샤가 예전과 조금도 다름없이 매력적으로 보이지만 그 감정에 굴복해서는 안 된다고 스스로에게 말했다. 재산이 거의 없는 아가씨와의 결혼은 그의 경력에 파멸이 될 것이고, 결혼할 목적 없이 예전의 관계를 회복하는 것은 품위 없는 행동이 될 것이기 때문이었다. 보리스는 나타샤와의 만남을 피하기로 스스로에게 다짐했다. 하지만 그런 결심에도 불구하고 며칠 후 다시 로스토프가에 갔고, 자주 드나들며 온종일 그곳에서 시간을 보내곤 했다. 그는 나타샤와 의논해야만 할 것 같은 생각이 들었다. 옛일은 전부 잊어야 한다고, 그 모든 것에도 불구하고…… 그녀는 자신의 아내가 될 수 없다고, 재산이 없는 자신에게 결코 시집보내지 않을 것이라고 그녀에게 말해야 할 것 같았다. 하지만 여전히 그렇게 하지 못했고, 그런 해명의 말을 꺼내기가 거북했다. 날이 갈수록 그는 점점 더 혼란에 빠졌다. 어머니와 소녀가 보기에 나타샤는 예전처럼 보리스에게 빠진 것 같았다. 그녀는 그가 좋아하는 노래를 불러 주고, 그에게 앨범을 보여 주며 거기에 글을 쓰게 했다. 그가 옛일을 추억하게 내버려 두지 않고 새로운 것이 얼마나 아름다운지 깨닫게 만들었다. 그리하여 그는 하려던 말을 꺼내지도 못한 채, 자신이 무엇을 하고 있고 무엇을 위해 오곤했는지, 이 일이 어떻게 끝날지 알지 못한 채 날마다 안갯속을 헤매고 있었다. 보리스는 엘렌에게 가는 발길을 끊었고, 그녀로부터 매일같이 비난하는 쪽지를 받으면서도 로스토프가에서 온종일 머물며 하루하루를 보냈다.

13

　어느 날 저녁, 노백작 부인이 얇은 웃옷을 걸치고 곱슬머리 가
발을 벗은 머리에는 나이트캡을 쓰고서 하얀 옥양목 나이트캡 아
래로 성긴 머리카락 한 타래를 늘어뜨린 채 깔개 위에서 머리를
조아리고 탄식과 신음 소리를 내며 저녁 기도를 하고 있을 때, 그
녀의 방문이 삐걱 소리를 내더니 머리카락에 컬페이퍼를 만 나타
샤가 똑같이 얇은 웃옷을 입고 맨발에 슬리퍼를 신고서 뛰어 들어
왔다. 백작 부인은 뒤를 돌아보며 얼굴을 찌푸렸다. "과연 이 침상
이 나의 관(棺)이 되옵니까?" 그녀는 마지막 기도문을 끝맺는 중
이었다. 기도할 기분이 망가졌다. 얼굴이 발갛고 생기 넘치던 나
타샤는 기도 중인 어머니를 보자 갑자기 달음질을 멈추고 몸을 쪼
그리더니 스스로를 위협하듯 자기도 모르게 혀를 내밀었다. 어머
니가 계속 기도하는 것을 보고 그녀는 발끝으로 침대로 뛰어가서
자그마한 두 발을 재빨리 비벼 슬리퍼를 벗어 던지고는 백작 부인
이 자신의 관이 되지 않을까 두려워하던 침상 위로 팔짝 뛰어올
랐다. 깃털 이불에 덮인 높다란 침상에는 베개 다섯 개가 큰 것부
터 차례로 놓여 있었다. 나타샤는 팔짝 뛰어올라 깃털 이불에 몸
을 파묻고 벽 쪽으로 구르더니 이불 밑에서 장난을 치기 시작했

다. 몸을 길게 뻗었다가 턱까지 무릎을 구부리고는 발을 찼다. 그러고 나선 들릴락 말락 킥킥대며 머리까지 이불을 덮어쓰기도 하고 이불 속에서 어머니를 몰래 엿보기도 했다. 기도를 마친 백작부인은 엄한 얼굴을 하고 침대로 다가갔다. 그러나 머리까지 이불을 덮어쓴 나타샤를 보고는 특유의 선하고 옅은 미소를 지었다.

"그만, 그만, 그만." 어머니가 말했다.

"엄마, 잠깐 얘기 좀 해도 돼요, 네?" 나타샤가 말했다. "자, 목에 한 번이오. 음, 한 번 더 할게요." 그녀는 어머니의 목을 껴안고 턱 아래에 입을 맞추었다. 나타샤가 어머니를 대하는 태도는 겉보기에는 무례한 행동이었다. 하지만 그녀는 아주 세심하고 능숙해서 어떻게 팔로 껴안아도 늘 어머니가 아픔도 불쾌감도 거북함도 느끼지 않게 할 수 있었다.

"자, 오늘은 또 뭐냐?" 어머니는 베개 위에 편안하게 자리를 잡고는 나타샤가 두 발을 차고 두어 번 몸을 구른 뒤에 한 이불 아래 나란히 누워 두 손을 내놓은 채 진지한 표정을 지을 때까지 기다렸다가 말했다.

밤에 백작이 클럽에서 돌아오기 전에 이렇게 이루어지던 나타샤의 방문은 어머니와 딸이 가장 좋아하는 즐거움 중 하나였다.

"도대체 오늘은 뭐야? 나도 너한테 할 말이 있는데……."

나타샤가 한 손으로 어머니의 입을 막았다.

"보리스 얘기죠……. 알아요." 그녀가 진지하게 말했다. "저도 그래서 왔어요. 말씀하지 마세요. 알아요. 아니에요, 말씀하세요!" 그녀는 손을 뗐다. "말씀하세요, 엄마. 그 사람 사랑스럽죠?"

"나타샤, 넌 열여섯이야. 난 네 나이에 결혼했어. 넌 보랴가 사랑스럽다고 말하지. 그 애는 정말 사랑스러워. 난 그 애를 아들처럼 사랑해. 하지만 도대체 네가 바라는 건 뭐냐? 무슨 생각을 하고 있어? 넌 완전히 그 애 얼을 빼놓았어. 내 눈에 보여…….”

백작 부인은 이렇게 말하며 딸을 돌아보았다. 나타샤는 자기 앞 침대의 네 모퉁이에 새겨진 마호가니 스핑크스 가운데 하나를 꼼짝 않고 똑바로 바라보며 누워 있었다. 그래서 백작 부인에게는 딸의 옆얼굴밖에 보이지 않았다. 그 얼굴에 떠오른 유난히 진지하고 골똘한 표정에 백작 부인은 깜짝 놀랐다.

나타샤는 귀를 기울이며 생각에 잠겼다.

“뭐가 어때서요?” 그녀가 말했다.

“넌 그 애를 완전히 홀려 놓았어. 왜 그랬니? 그 애에게 바라는 게 뭐냐? 네가 알다시피, 넌 그 애와 결혼할 수 없잖니.”

“왜요?” 나타샤는 자세를 바꾸지 않은 채 말했다.

“그 애는 어리니까, 가난하니까, 친척이니까……. 그리고 너도 그 애를 사랑하지 않으니까.”

“어머니가 그걸 어떻게 아세요?”

“난 알지. 애야, 그건 좋지 못한 행동이야.”

“만약 제가 원하면…….” 나타샤가 말했다.

“바보 같은 소리 그만해.” 백작 부인이 말했다.

“하지만 제가 원하면…….”

“나타샤, 난 진지하게…….”

나타샤는 백작 부인이 끝까지 말하게 두지 않고 그녀의 큰 손을 자기 쪽으로 끌어당겨서는 손등에, 그다음에는 손바닥에 입을 맞추었다. 그러고 나선 다시 그 손을 뒤집어 “1월, 2월, 3월, 4월, 5월” 하고 속삭이며 어머니의 손가락 위쪽 뼈마디에, 마디와 마디 사이에, 그런 다음 또다시 뼈마디에 입을 맞추기 시작했다.

“말씀하세요, 엄마, 왜 말이 없으세요? 말씀하세요.” 그녀가 어머니를 돌아보며 말했다. 어머니는 부드러운 눈길로 딸을 바라보고 있었다. 그렇게 바라보다가 하려던 말을 잊은 모양이었다.

"얘야, 그러면 안 돼. 모두가 너희의 어린 시절 관계를 이해하는 건 아니야. 우리 집을 드나드는 다른 젊은 사람들이 그 애와 네가 그처럼 가까운 모습을 보면 네가 해를 입을 수도 있어. 무엇보다 그 애를 부질없이 괴롭히게 돼. 그 애는 아마 자신에게 맞는 돈 많은 짝을 찾았을 거야. 지금은 정신이 나가서 저러는 거지."

"제정신이 아니라고요?" 나타샤가 되물었다.

"내 얘기를 해 주마. **사촌**이 한 사람 있었는데……."

"알아요. 키릴 마트베이치죠. 하지만 그분은 노인이잖아요?"

"늘 노인이었던 것은 아니지. 그러니까, 나타샤, 내가 보랴와 말을 좀 해 봐야겠다. 그 애는 그렇게 자주 오면 안 돼……."

"왜 안 돼요, 만약 보리스가 오고 싶어 하면요?"

"그래 봤자 아무 소득이 없다는 걸 내가 아니까 그렇지."

"엄마가 어떻게 알아요? 안 돼요, 엄마, 보리스한테 말하지 말아요. 절대로 말하지 마세요. 정말 말도 안 돼요!" 나타샤가 제 물건을 빼앗기지 않으려는 사람의 말투로 말했다. "그럼 결혼하지 않을게요. 그러니까 보리스도 즐겁고 나도 즐거우면 그냥 오게 두세요." 나타샤는 생글생글 웃으며 어머니를 쳐다보았다.

"결혼하지 않고 **이렇게** 있을게요." 그녀는 되풀이 말했다.

"얘, 그게 무슨 말이냐?"

"그냥 **이렇게요**. 뭐, 결혼할 필요는 없어요. 그냥…… **이렇게요**."

"이렇게, 이렇게." 백작 부인은 그 말을 되풀이하더니 갑자기 온몸을 들썩이며 노인의 선한 웃음을 터뜨렸다.

"그만 웃으세요, 그만요." 나타샤가 소리쳤다. "침대가 다 흔들려요. 엄마는 정말 나랑 닮았어요. 정말 잘 웃으세요……. 잠깐만요……." 그녀는 백작 부인의 두 손을 잡고 6월인 한쪽 손의 새끼

손가락 마디에 입을 맞추었고, 계속해서 다른 손에 있는 7월과 8월에 입을 맞추었다. "엄마, 그런데 보리스는 사랑에 푹 빠진 걸까요? 엄마 눈에는 어때요? 엄마한테도 그런 사람이 있었어요? 보리스는 정말 사랑스러워요, 정말, 정말 사랑스러워요! 단, 완전히 제 취향은 아니에요. 그는 식당 시계처럼 너무 좁은 사람이에요. 모르시겠어요……? 좁고, 아시겠어요, 회색이에요, 연회색……."

"무슨 바보 같은 소리냐?" 백작 부인이 물었다.

나타샤가 말을 계속했다.

"정말 모르시겠어요? 니콜렌카는 이해할 텐데……. 베주호프는 파란색, 빨강이 섞인 암청색이에요. 그리고 그 사람은 사각형이에요."

"넌 그 사람에게도 교태를 부리고 있구나." 백작 부인이 웃으며 말했다.

"아니에요, 그 사람은 프리메이슨이에요. 알게 됐어요. 그 사람은 훌륭한 사람, 빨강이 섞인 암청색의 사람이에요. 엄마한테 어떻게 설명해야 할지……."

"백작 부인." 문밖에서 백작의 목소리가 들렸다. "아직 안 자?" 나타샤는 맨발로 팔짝 뛰어내려 슬리퍼를 손에 쥐고 자기 방으로 달려갔다.

그녀는 오랫동안 잠을 이룰 수 없었다. 그녀는 자신이 이해하는 것, 자기 내면에 있는 것을 다 알아줄 수 있는 사람은 결코 아무도 없다고 생각했다.

'소냐?' 그녀는 머리카락을 굵게 땋아 내린 채 웅크리고 잠든 새끼 고양이를 쳐다보며 생각했다. '아니야, 쟤가 뭘 알겠어! 소냐는 정숙해. 소냐는 니콜렌카를 사랑하게 된 후로 더 이상 아무것도 알고 싶어 하지 않아. 엄마, 엄마도 몰라. 정말 놀라워, 내가 얼마나 총명한지. 정말…… 그녀는 사랑스러워.' 그녀는 자신을 삼인 칭으로 부르며 아주 지적인, 더할 나위 없이 지적이고 더할 나위 없이 훌륭한 어떤 남자가 자신에 대해 이런 말을 한다고 상상하면서 마음속으로 계속 중얼거렸다. '그녀는 전부, 전부 다 지녔어.' 그 남자가 말을 계속했다. '범상치 않게 총명하고, 사랑스럽고, 게다가 아름답고, 정말 보기 드물게 아름답고 민첩해. 수영도 잘하고 승마도 잘하지. 또 목소리는! 놀라운 목소리라고 할 만해!' 그녀는 케루비니의 오페라* 가운데 자신이 좋아하는 한 소절을 부르고 침대로 달려가더니 이제 곧 잠들 것이라는 즐거운 생각에 웃음을 터뜨리곤 두냐샤를 큰 소리로 불러 촛불을 끄게 했다. 그리고 두냐샤가 방에서 나가기도 전에 이미 그녀는 다른 세상으로, 훨씬 더 행복한 꿈의 세상으로 건너갔다. 꿈속의 모든 것이 현실에서와 마찬가지로 경쾌하고 아름다웠다. 그리고 현실과 달라서 훨씬 더 좋았다.

다음 날 백작 부인은 보리스를 집으로 초대해 이야기를 나누었고, 그날 이후 그는 더 이상 로스토프가에 오지 않았다.

14

1810년 새해 전야인 12월 31일 예카테리나 여제 시대의 어느 고관 집에서 **송년 파티**를 위한 무도회가 열렸다. 외교단과 군주가 무도회에 참석하기로 되어 있었다.

영국 강변로*에 있는 그 유명한 저택은 수많은 조명으로 빛났다. 붉은 모직을 깔고 조명을 밝힌 현관 입구 옆에는 경찰대가 서 있었다. 헌병대뿐 아니라 현관 입구에는 경시 총감과 수십 명의 경찰관들이 있었다. 에키파시들이 떠나기 무섭게, 붉은 제복을 입은 하인들과 모자에 깃털을 단 하인들을 태운 새로운 에키파시들이 속속 당도하고 있었다. 카레타에서 제복을 입고 별 모양의 훈장과 수장(袖章)을 단 남자들이 연이어 내렸다. 새틴과 담비 모피를 휘감은 귀부인들이 시끄럽게 내려지는 발판을 조심스럽게 밟고 내려와서 현관 입구의 모직 천을 따라 서둘러 소리 없이 지나갔다.

새로운 에키파시가 다가오면 거의 매번 군중 속에서 속삭임이 퍼지고 모자들이 벗겨졌다.

"폐하신가……?" "아니, 대신이야. 왕자님이시네. 공사고……. 정말 깃털 안 보여……?" 군중 틈에서 그런 말들이 들려왔다. 군중 가운데 다른 이들보다 차림새가 좋은 한 사람이 모든 이들을 다 아는지 당대 최고 고관들의 이름을 대고 있었다.

벌써 손님의 3분의 1이 무도회에 도착했다. 그러나 그 무도회에 참석해야 할 로스토프가 사람들은 아직도 분주하게 단장하고 있었다.

로스토프가에서는 이번 무도회를 위해 많은 말과 준비가 있었고, 초대장이 오지 않을까 봐, 의상이 준비되지 않을까 봐, 모든 것이 딱 맞게 갖춰지지 않을까 봐 몹시 전전긍긍했다.

로스토프가 사람들과 함께 무도회에 갈 사람은 백작 부인의 친구이자 친척인 마리야 이그나티예브나 페론스카야였다. 야위고 얼굴색이 누르스름한 이 옛 궁정의 시녀가 지방 출신인 로스토프가 사람들을 페테르부르크 상류 사회에서 이끌어 주고 있었다.

로스토프가 사람들은 밤 10시에 시녀를 데리러 타브리체스키 정원*에 들러야 했다. 그러나 이미 10시 5분 전인데도 아가씨들은 아직 의상을 입지 않은 상태였다.

난생처음 큰 무도회에 가게 된 나타샤는 아침 8시에 일어나 열에 들뜬 불안과 움직임 속에 온종일을 보냈다. 아침부터 그녀의 모든 힘은 자신과 엄마와 소냐, 그들 모두가 더할 나위 없이 아름답게 차려입는 데 쏠려 있었다. 소냐와 백작 부인은 자신의 몸치장을 전적으로 나타샤의 손에 맡겼다. 백작 부인은 자홍색 벨벳 드레스를 입고, 그들 둘은 장밋빛 실크 슬립 위에 하늘하늘한 하얀 드레스를 입고 코르사주에 장미꽃을 달아야 했다. 머리 모양은 **그리스풍**으로 하기로 했다.

중요한 것은 이미 다 끝낸 상태였다. 무도회를 위해 그들은 다리, 팔, 목, 귀를 특별히 공들여 씻고 향수를 뿌리고 분을 발랐다. 실크 레이스 스타킹과 나비 리본이 달린 하얀 새틴 구두도 신었다. 머리치장도 거의 끝나 있었다. 소냐는 옷을 거의 다 차려입었다. 백작 부인도 마찬가지였다. 그런데 나타샤가 모두를 분주하게 돕다가 그만 늦고 말았다. 그녀는 가냘픈 어깨에 화장복을 걸치고 아직도 거울 앞에 앉아 있었다. 이미 옷을 입은 소냐는 방 한가운데 서서 장식 핀 밑에서 삐걱대는 마지막 리본을 자그마한 손가락으로 아프도록 누르며 고정하고 있었다.

"그게 아냐, 그게 아니라니까, 소냐!" 나타샤는 머리칼을 틀어 올리다 말고 고개를 돌리며 두 손으로 머리칼을 잡은 채 말했다. 그 바람에 머리칼을 쥐고 있던 하녀는 미처 손을 놓지 못했다. "나비 리본을 그렇게 하면 안 되지. 이리 와 봐." 소냐는 쪼그리고 앉았다. 나타샤가 리본을 다른 식으로 꽂았다.

"아가씨, 제발 이러시면 안 돼요." 나타샤의 머리칼을 잡고 있던 하녀가 말했다.

"아, 이런, 잠깐! 이렇게 하는 거야, 소냐."

"너희 아직도 안 됐니?" 백작 부인의 목소리가 들렸다. "벌써 10시야."

"금방이에요, 금방. 엄마는 준비 다 하셨어요?"

"모자*에 핀만 꽂으면 돼."

"저 없이 하시면 안 돼요." 나타샤가 소리쳤다. "엄마는 못하실 거예요!"

"하지만 벌써 10시야."

무도회에 10시 30분에 도착하기로 했는데, 아직 나타샤가 옷을 입어야 했고 타브리체스키 정원에도 들러야 했다.

머리치장을 끝낸 나타샤는 아래로 무도화가 보이는 짧은 페티코트 위에 어머니의 얇은 웃옷을 걸친 채 소냐에게 뛰어가 그녀를 살펴보고는 어머니에게로 달려갔다. 나타샤는 어머니의 고개를 돌려 모자를 핀으로 고정하고 그녀의 희끗한 머리카락에 입을 맞추자마자 자신의 치맛단을 꿰매던 하녀들에게 다시 뛰어갔다.

지나치게 긴 나타샤의 치마가 문제였다. 두 하녀가 실을 이로 끊으며 서둘러 치맛단을 꿰맸다. 다른 하녀는 입술과 이로 핀을 물고 백작 부인과 소냐 사이를 뛰어다녔다. 또 다른 하녀는 한 손을 높이 들어 하늘하늘한 드레스를 전부 잡고 있었다.

"마브루샤, 어서!"

"거기 골무 좀 주세요, 아가씨."

"이제 다 됐냐?" 백작이 문밖에서 들어오며 말했다. "여기 향수 가져왔다. 페론스카야가 벌써 기다리다 지쳤을 거야."

"됐어요, 아가씨." 하녀가 단을 꿰맨 하늘하늘한 드레스를 두 손가락으로 들어 올리고 입으로 무언가를 훅 불어 털어 내며 말했다. 그 몸짓으로 자신이 들고 있던 드레스가 공기처럼 가볍고 깨끗하다는 것을 보여 주었다.

나타샤가 드레스를 입기 시작했다.

"금방 가요, 금방. 들어오지 마세요, 아빠!" 얼굴 전체를 덮고 있던 하늘하늘한 드레스에 파묻힌 그녀가 문을 연 아버지에게 소리쳤다. 소냐가 문을 쾅 닫았다. 그리고 1분 후 백작을 안으로 들였다. 파란 연미복 차림에 긴 양말과 단화를 신은 그는 몸에 향수를 뿌리고 머리에 포마드를 발랐다.

"아빠, 정말 멋져요, 근사해요!" 나타샤가 방 한가운데 서서 하늘하늘한 드레스 주름을 매만지며 말했다.

"잠깐요, 아가씨, 잠깐만요." 하녀는 무릎을 꿇은 채 드레스를 반듯하게 매만지고 입의 한끝에서 다른 끝으로 혀를 놀려 핀을 옮기며 말했다.

"아니야." 소냐가 나타샤의 드레스를 훑어보고 낙담한 목소리로 외쳤다. "아무래도 안 되겠어. 그래도 길어!"

나타샤는 몸거울에 모습을 비춰 보려고 좀 더 물러났다. 드레스가 길었다.

"하느님께 맹세코, 아가씨, 전혀 길지 않아요." 바닥을 엉금엉금 기어 아가씨를 따라가던 마브루샤가 말했다.

"음, 길면 다시 꿰매요. 금방 될 거예요." 결단력 있는 두냐샤가 가슴께의 숄에서 바늘을 뽑아 다시 마룻바닥에서 일감에 매달리며 말했다.

그때 모자와 벨벳 드레스 차림의 백작 부인이 부끄러운 듯 조용히 들어왔다.

"오, 나의 아름다운 여인이여!" 백작이 외쳤다. "너희 모두보다 더 예쁘다!" 그가 안으려 하자 백작 부인은 얼굴을 붉히며 옷이 구겨지지 않게 뒤로 물러섰다.

"엄마, 모자를 좀 더 비스듬하게 쓰세요." 나타샤가 말했다. "핀을 다시 꽂아 드릴게요." 그러고는 앞으로 달려갔고, 바느질을 하던 하녀들이 미처 그녀를 따라잡지 못해서 하늘하늘한 드레스가 살짝 찢어졌다.

"맙소사! 이게 뭐야? 하느님께 맹세하는데 내 잘못이 아니야……."

"괜찮아요, 제가 꿰맬게요. 안 보일 거예요." 두냐샤가 말했다.

"아름다워요, 나의 여왕님!" 문밖에서 들어오던 보모가 말했다. "소뉴시카도요. 아, 다들 아름다워요!"

10시 45분, 마침내 그들은 카레타를 타고 출발했다. 하지만 타브리체스키 정원에도 들러야 했다.

페론스카야는 이미 준비를 마친 상태였다. 늙고 아름답지 않았지만 그녀의 집에서도 로스토프가에서와 똑같은 상황이 벌어졌다. 비록 그렇게 분주하지는 않았으나 (그녀에겐 이것이 익숙한 일이었다) 그녀도 똑같이 늙고 추한 몸을 씻고 향수를 뿌린 후 분을 발랐으며, 똑같이 귀 뒤쪽을 공들여 씻었다. 심지어 그녀가 기장* 달린 노란 드레스를 입고 응접실로 나왔을 때 늙은 하녀가 여주인의 의상에 열광적으로 감탄한 것도 로스토프가에서와 똑같았다. 페론스카야는 로스토프가 사람들의 옷차림을 칭찬했다.

　　로스토프가 사람들은 그녀의 취향과 옷차림을 칭찬하고 머리모양과 드레스를 조심하며 카레타에 제각기 자리를 잡고 11시에 출발했다.

15

나타샤는 그날 아침부터 한가할 틈이 잠시도 없어서 자기 앞에 무엇이 놓여 있을지 단 한 번도 생각해 보지 못했다.

축축하고 차가운 공기 속에서 희미한 어둠에 잠긴 비좁고 흔들리는 카레타를 타고 가며 그녀는 처음으로 그곳 무도회의 환한 홀에서 무엇이 자신을 기다리고 있을지를 떠올렸다. 음악, 꽃, 춤, 군주, 페테르부르크의 눈부신 젊은이들. 그녀를 기다리는 것이 너무도 아름다워서 그녀는 그 일이 일어날지조차 믿지 못했다. 그것은 카레타의 춥고 비좁고 어두운 인상과는 조금도 어울리지 않았다. 현관 입구의 붉은 천을 밟으며 현관으로 들어가 외투를 벗고 어머니 앞에서 소냐와 나란히 불빛이 환한 계단을 따라 꽃들 사이를 걷기 시작했을 때에야 비로소 그녀는 자신을 기다리고 있는 모든 것을 실감했다. 그제야 비로소 자신이 무도회에서 어떻게 처신해야 하는지를 떠올렸고, 무도회에 온 아가씨에게 필수적이라 여기던 당당한 몸가짐을 보여 주려고 애썼다. 그러나 자신에겐 다행스럽게도 그녀는 눈이 어른거리는 것을 느꼈다. 아무것도 또렷이 보이지 않았고, 맥박이 1분에 1백 번을 뛰었고, 피가 심장에서 세차게 뛰기 시작했다. 그녀는 자신을 우스꽝스럽게 만들지 모를 태도를 취할 수 없었다. 흥분으로 숨이 멎을 것만 같았다. 그녀는 흥분을 감추려고 온 힘을 다해 애쓰며 걸었다. 이런 모습이야말로 무엇보다 그녀에게 잘 어울리는 태도였다. 그들의 앞에도 뒤에도 똑같이 무도회 의상을 입은 손님들이 똑같이 조용히 말을 나누며 들어가고 있었다. 계단에 늘어선 거울들마다 하얀색, 하늘색, 장미색 드레스를 입고 드러난 팔과 목에 다이아몬드와 진주를 감은 귀부인들이 비쳤다.

나타샤는 거울을 바라보았다. 거울에 비친 모습으로는 자신과 다른 사람들을 구별할 수 없었다. 모든 것이 하나의 눈부신 행렬로 뒤섞이고 있었다. 첫 번째 홀 입구에 이르자 목소리와 발걸음과 인사말의 단조로운 소음이 나타샤의 귀를 먹먹하게 했다. 빛과 광채는 더욱더 그녀의 눈을 부시게 만들었다. 30분 전부터 출입문 옆에 서서 입장하는 사람들에게 **"뵙게 되어 정말, 정말 반갑습니다"** 하고 똑같은 말을 되풀이하던 주인 내외가 로스토프가 사람들과 페론스카야도 똑같이 맞이했다.

하얀 드레스를 입고 검은 머리칼에 똑같은 장미를 꽂은 두 소녀가 똑같이 무릎을 구부리며 인사했지만 여주인은 자신도 모르게 가냘픈 나타샤에게 더 오래 눈길을 주었다. 그녀는 나타샤를 바라보고는 그녀에게만 여주인으로서의 미소에 더해 특별한 미소를 보냈다. 여주인은 나타샤를 바라보며 이젠 돌아오지 않는 자신의 황금빛 소녀 시절과 자신의 첫 무도회를 떠올렸는지 모른다. 주인도 눈으로 나타샤를 좇으며 백작에게 어느 쪽이 딸인지 물었다.

"매력적입니다!" 그가 자기 손가락 끝에 입을 맞추며 말했다.

홀에는 손님들이 군주를 기다리느라 출입문 앞에 북적대며 서 있었다. 백작 부인은 이 무리의 앞 열에 자리를 잡았다. 나타샤는 자신에 대해 묻는 몇몇 목소리와 자신을 바라보는 시선을 듣고 느껬다. 그녀는 그 사람들이 자신에게 호감을 품었다는 것을 알아차렸다. 이러한 관찰이 그녀를 다소 진정시켜 주었다.

'우리 같은 사람들도 있고, 우리보다 못한 사람들도 있구나.' 그녀는 생각했다.

페론스카야가 무도회에 참석한 인물들 중에 가장 저명한 이들의 이름을 백작 부인에게 가르쳐 주었다.

"여기 이 사람은 네덜란드 공사예요. 보이죠, 머리 희끗한 사람." 페론스카야는 희끗한 은발의 곱슬머리가 무성한 작은 노인을 가리키며 말했다. 그는 부인들에게 둘러싸여 무언가로 웃기고 있었다.

"저 여자가 페테르부르크의 여왕인 베주호바 백작 부인이에요." 그녀가 홀에 들어오던 엘렌을 가리키며 말했다.

"참 아름답죠! 마리야 안토노브나*에게 뒤지지 않을 거예요. 보세요. 늙은이, 젊은이 할 것 없이 저 여자 뒤에 엉겨 붙어 있잖아요. 아름다운 데다 총명하기도 해요. 사람들 말이 왕자가…… 저 여자 때문에 정신이 나갔다고 해요. 저기 저 두 여자는 예쁘지도 않은데 훨씬 더 많은 사람들에게 둘러싸여 있죠."

그녀가 아주 못생긴 딸과 함께 홀을 가로질러 가는 귀부인을 가리켰다.

"백만장자 신붓감이에요." 페론스카야가 말했다. "그리고 구혼자들이죠."

"이 사람은 베주호바의 동생 아나톨 쿠라긴이에요." 그녀는 머리를 높이 쳐들고 귀부인들 너머 어딘가를 바라보며 그들 옆을 지나가던 잘생긴 근위 기병을 가리키면서 말했다. "정말 잘생겼죠! 그렇지 않아요? 저 남자를 그 부유한 여자와 결혼시키려 한다고 해요. 당신 **사촌** 드루베츠코이도 몹시 달라붙고 있어요. 수백만

이 된다고 하니까요. 그 사람이 바로 프랑스 공사예요." 그녀는 콜랭쿠르를 가리키며 묻는 백작 부인에게 대답했다. "보세요, 어느 나라의 왕 같잖아요. 역시 멋져요. 프랑스인들은 정말 멋져요. 사교계에 더 멋진 사람들은 없어요. 아, 저기 그녀도 있네요! 아니에요, 그래도 우리 마리야 안토노브나가 가장 아름다워요! 참 간소한 차림이네요. 매력적이에요!"

"저 안경 쓴 뚱뚱한 남자는 세계적인 파르마존*이에요." 페론스카야가 베주호프를 가리키며 말했다. "아내와 나란히 세워 놔 봐요. 정말이지 어릿광대예요!"

피에르는 마치 장터의 군중을 뚫고 나아가듯 뚱뚱한 몸을 비틀대서 좌우로 밀친 사람들에게 똑같이 무심하고 선량하게 고개를 끄덕이며 걸어갔다. 그는 무리를 헤치고 나아가면서 누군가를 찾는 것 같았다.

나타샤는 피에르의 얼굴을, 페론스카야가 어릿광대라고 부른 그의 얼굴을 기쁨에 차서 바라보았다. 그녀는 피에르가 사람들 틈에서 자기들을, 특히 그녀를 찾고 있다는 것을 알았다. 피에르가 무도회에 와서 그녀에게 파트너를 소개해 주겠다고 약속했던 것이다.

하지만 그들 못미처에서 베주호프는 하얀 제복 차림의 키가 크지 않고 아주 잘생긴 짙은 갈색 머리 남자 곁에서 걸음을 멈추었다. 그 남자는 창가에 서서 별 모양 훈장과 수장을 단 키 큰 남자와 이야기를 나누고 있었다. 나타샤는 하얀 제복의 젊은 남자를 한눈에 알아보았다. 볼콘스키였다. 아주 젊어지고 유쾌해지고 멋있어진 것처럼 보였다.

"저기 아는 사람이 또 있어요. 볼콘스키예요. 보이세요, 엄마?" 나타샤가 안드레이 공작을 가리키며 말했다. "기억하세요, 오트라드노예에서 우리 집에 묵었잖아요."

"아, 저 사람을 알아요?" 페론스카야가 말했다. "참을 수가 없어요. 지금은 다들 저 사람 때문에 넋이 나가 있어요. 저 끝이 없는 오만함이라니! 아버지를 닮았어요. 스페란스키와 결탁해서 무슨 기획안을 쓰고 있어요. 숙녀들을 어떻게 대하는지 보세요! 숙녀가 말하는데 고개를 돌렸잖아요." 그녀는 그를 가리키며 말했다. "저 사람이 나한테 저 숙녀들 대하듯 하면 마구 욕을 퍼부어 줄 거예요."

16

갑자기 주위가 술렁이기 시작했다. 군중이 수군거리며 몰려들었다가 다시 양옆으로 갈라지더니, 음악 소리가 울려 퍼지는 가운데 양쪽에 늘어선 사람들 사이로 군주가 들어왔다. 연회를 주최한 부부가 그를 뒤따랐다. 군주는 만남의 이 첫 순간으로부터 서둘러 벗어나려는 듯 좌우로 고개를 끄덕이며 빨리 걸었다. 악사들이 당시 그를 위해 쓴 가사로 널리 알려져 있던 폴로네즈를 연주했다. 가사는 이렇게 시작되었다. "알렉산드르여, 옐리자베타여, 우리는 당신들에게 매혹되었습니다." 군주가 응접실로 들어가자 사람들이 문가에 몰려들었다. 표정이 달라진 몇몇 인물이 황급히 들어갔다가 나왔다. 사람들이 다시 응접실 문에서 물러났다. 응접실에서 여주인과 이야기를 나누는 군주의 모습이 보였다. 당황한 모습의 청년 하나가 귀부인들을 떠밀며 옆으로 비켜 달라고 청했다. 몇몇 귀부인들은 사교계의 규범을 까맣게 잊은 얼굴을 하고 옷차림을 망치며 앞으로 몰려들었다. 남자들이 귀부인들에게 다가가 폴로네즈의 짝을 짓기 시작했다.

모두가 양옆으로 갈라서자 군주가 미소를 머금고 박자와 상관없이 여주인의 손을 이끌며 응접실에서 나왔다. 군주의 뒤를 주인이 M. A. 나리시키나와 함께 따랐고, 그 뒤를 공사들과 대신들과 장군들이 따랐다. 페론스카야는 잠시도 입을 다물지 않고 그들의 이름을 알려 주었다. 절반 이상의 귀부인들이 파트너를 구해 폴로네즈를 추거나 출 준비를 하고 있었다. 나타샤는 파트너가 없어 벽 쪽으로 밀려난 소수의 귀부인들 틈에 어머니와 소냐와 함께 자신이 남은 것을 느꼈다. 그녀는 가녀린 두 팔을 늘어뜨리고 서서, 겨우 알아볼 수 있는 가슴을 고르게 들먹이며 숨을 죽인 채 겁에 질린 빛나는 눈으로 앞을 바라보고 있었다. 더할 나위 없이 큰 기쁨과 더할 나위 없이 큰 슬픔에 모두 준비된 표정이었다. 군주도, 페론스카야가 가리킨 중요한 인물들도 그녀의 마음을 끌지 못했다. 그녀에게는 한 가지 생각뿐이었다. '정말 아무도 나한테 와 주지 않으려나? 정말 나는 첫 번째 사람들 틈에서 춤을 추지 못하는 건가? 정말 이 모든 남자들이 날 보지 못하는 건가? 지금 저 남자들은 나를 보지 않는 것 같아. 날 본다 해도 "아! 저 여자는 아니야. 딱히 볼 게 없잖아!"라고 말하는 듯한 표정으로 보고 있어. 아니야, 그럴 리 없어!' 그녀는 생각했다. '내가 얼마나 춤을 추고 싶어 하는지, 내가 얼마나 춤을 잘 추는지, 나와 춤을 추면 얼마나 즐거울지 저 사람들은 알아야 해.'

꽤 오랫동안 이어지던 폴로네즈가 이미 나타샤의 귀에는 구슬프게, 추억이 되어 울리기 시작했다. 그녀는 울고 싶었다. 페론스카야는 그들 곁을 떠났다. 백작은 홀 반대편 끝에 있었고, 백작 부인과 소냐와 그녀는 마치 숲속인 듯 낯선 군중 틈에서 누구의 흥미도 끌지 못하는 불필요한 사람으로 외따로이 서 있었다. 안드레이 공작이 그들을 알아보지 못하는 듯 어떤 귀부인과 함께 곁을 지나쳤다. 잘생긴 아나톨은 자신이 이끌던 귀부인에게 미소 띤 얼굴로 무언가를 말하다가 벽을 쳐다보는 시선으로 나타샤의 얼굴을 힐끔 쳐다보았다. 보리스는 그들 곁을 두 번 지나갔는데 그때마다 고개를 돌렸다. 춤을 추지 않던 베르크와 그의 아내가 나타샤 일행 쪽으로 다가왔다.

마치 무도회가 아니면 가족 간의 대화를 나눌 다른 장소가 없기라도 한 듯 이곳 무도회에서 이렇듯 가족적인 친밀감을 나누는 것이 나타샤에게는 모욕적으로 느껴졌다. 베라가 자신의 초록 드레스에 대해 뭐라고 했지만 그 말을 듣지도, 베라를 바라보지도 않았다.

마침내 군주가 마지막 춤 상대인 귀부인 옆에 멈춰 서자 (그는 세 명과 춤을 추었다) 음악이 뚝 그쳤다. 노심초사하던 부관이 로스토프가 사람들에게 달려들어 그렇지 않아도 벽에 붙어 선 그들에게 또 어딘가로 비켜 달라고 청했다. 그러고는 이내 악단에서 또렷하고 조심스러운 왈츠 소리가 매혹적인 선율로 울려 퍼졌다. 군주가 미소를 머금고 홀을 주시했다. 1분이 지났다. 누구도 먼저 시작하려 하지 않았다. 진행 담당 부관이 베주호바 백작 부인에게 다가가 춤을 청했다. 그녀는 미소를 지으면서 부관을 바라보지는 않고 들어 올린 손을 그의 어깨에 얹었다. 자기 일의 대가인 진행 담당 부관은 자신의 귀부인을 꼭 끌어안고서 자신만만하게 서두르지 않으면서 리듬에 맞춰, 처음에는 원의 가장자리를 따라 미끄러지듯 그녀와 함께 나아가다가 홀의 구석에서 왼손을 잡고 그녀를 돌렸다. 점점 빨라지는 음악 사이로 부관의 빠르고 민첩한 다리에서 울리는 규칙적인 박차 소리만 들렸다. 춤 상대인 귀부인의 벨벳 드레스는 3박자에 맞춰 회전할 때마다 마치 불꽃을 일으키며 펄럭이는 듯했다. 나타샤는 그들을 바라보다가 왈츠의 그 첫 바퀴를 추는 사람이 자신이 아니라는 사실에 금방이라도 눈물을 쏟을 것 같았다.

하얀 (기병대) 대령 군복 차림에 긴 양말과 단화를 신은 안드레이 공작은 활기차고 쾌활한 모습으로 로스토프가 사람들에게서 멀지 않은 원의 첫 열에 서 있었다. 피르고프 남작이 다음 날 예정된 국가평의회* 첫 회의에 대해 그와 말을 나누고 있었다. 안드레이 공작은 스페란스키와 가까운 데다 입법위원회 활동에 참여하고 있어 다양한 해석이 나돌던 다음 날 회의에 대해 확실한 정보를 줄 수 있었다. 하지만 그는 피르고프의 말을 듣지 않고 군주를 보거나, 춤출 준비를 하면서도 선뜻 원 안에 들어오지 못하던 남자들을 쳐다보기도 했다.

안드레이 공작은 군주 앞에서 소심함을 보이는 그 남자들과 조마조마하며 춤을 신청받기를 바라고 있는 여자들을 관찰했다.

피에르가 안드레이 공작에게 다가가 그의 팔을 잡았다.

"당신은 늘 춤을 추잖아요. 이곳에 나의 **피보호자**인 로스토바 아가씨가 있습니다. 그녀에게 가서 춤을 신청해 주세요." 그가 말했다.

"어디?" 볼콘스키가 물었다. "실례하겠습니다." 그는 남작을 돌아보며 말했다. "우리, 이 이야기는 다른 장소에서 마저 합시다. 무도회에선 춤을 추어야지요." 그는 피에르가 가리킨 방향으로 나아갔다. 절망에 빠져 얼어붙어 가는 나타샤의 얼굴이 안드레이 공작의 눈에 들어왔다. 그는 그녀를 알아보았고 그녀의 기분을 짐작했다. 그리고 그녀가 사교계에 처음 나왔음을 알아차렸다. 그는 창가에서 그녀가 하던 말을 떠올리며 즐거운 표정으로 로스토바 백작 부인에게 다가갔다.

"당신에게 내 딸을 소개해도 될까요?" 백작 부인이 얼굴을 붉히며 말했다.

"기쁘게도 이미 아는 사이입니다. 영애가 절 기억한다면 말입니다." 안드레이 공작은 그의 무례함에 대한 페론스카야의 지적에 완전히 상반되게 정중하고 깍듯이 고개를 숙이고는, 춤을 신청하는 말을 끝맺기도 전에 나타샤의 허리를 안고자 그녀에게 다가가 팔을 들며 말했다. 그러고는 왈츠를 청했다. 절망도 환희도 모두 맞을 태세로 숨죽인 나타샤의 얼굴이 갑자기 행복과 감사에 넘치는 어린아이의 미소로 환하게 빛났다.

'오랫동안 당신을 기다렸어요.' 깜짝 놀라고 행복한 소녀는 안드레이 공작의 어깨에 한 손을 올리며 그렁그렁한 눈물 사이로 찬란하게 빛나던 미소로 이렇게 말한 듯했다. 그들은 원에 들어간 두 번째 쌍이었다. 안드레이 공작은 한창때 춤을 가장 잘 추는 사람들 중 한 명이었다. 나타샤는 탁월하게 춤을 추었다. 새틴 무도화에 싸인 조그만 두 발은 그녀와 상관없이 빠르고 경쾌하게 자기 일을 했고, 그녀의 얼굴은 행복의 환희로 빛났다. 그녀의 드러난 목과 두 팔은 엘렌에 비하면 앙상하고 아름답지 않았다. 어깨는 야위고, 가슴은 빈약하고, 팔은 가늘었다. 그러나 엘렌은 이미 그녀의 몸을 스친 수천의 시선들로 인해 마치 광택제를 발라 놓은 것 같았다. 그에 비해 나타샤는 처음으로 몸을 드러낸, 반드시 그렇게 하지 않으면 안 된다고 설득하지 않았다면 몹시 부끄러워했을 소녀처럼 보였다.

안드레이 공작은 춤추기를 좋아했다. 또 모두가 자신에게 건네던 정치적이고 지적인 대화에서 벗어나고 싶은 데다, 군주의 참석으로 조성된 그 당혹스러움의 원(圓)이 불쾌하여 얼른 깨뜨리고도 싶어 춤을 추러 나갔다. 나타샤를 선택한 것은 피에르가 그녀를 지목했기 때문이기도 하고, 예쁜 여자들 가운데 그녀가 가장 먼저 눈에 들어왔기 때문이기도 했다. 그러나 생동감 넘치면서도 바르르 떠는 그 가냘픈 몸을 끌어안은 순간, 그녀가 그의 가까이에서 움직이고 그의 가까이에서 미소 지은 바로 그 순간, 그녀의 매력의 술이 그의 머릿속으로 쏟아져 들어왔다. 그녀와 떨어져 숨을 돌리며 춤추는 사람들을 바라보았을 때 그는 소생하고 젊어진 듯한 기분을 느꼈다.

17

 안드레이 공작 다음에는 보리스가 나타샤에게 다가와 춤을 청했다. 무도회를 시작한 춤꾼 부관도 다가왔고, 또 다른 청년들도 춤을 청했다. 나타샤는 넘쳐 나는 춤 상대를 소냐에게 넘기며 발갛게 상기된 얼굴로 밤새도록 쉬지 않고 춤을 추었다. 그녀는 그 무도회에서 모든 사람들의 관심을 끈 일들을 전혀 알아차리지 못했고, 보지도 못했다. 그녀는 군주가 프랑스 공사와 오랫동안 이야기하던 것도, 그가 어떤 귀부인과 각별한 호의를 드러내며 말을 나누던 것도, 왕자가 이런저런 행동을 하고 이런저런 말을 하던 것도, 엘렌이 큰 성공을 거두고 누군가의 특별한 관심을 끈 것도 알아차리지 못했다. 심지어 군주도 보지 못했다. 군주가 떠난 사실을 알아차린 것도 단지 그가 떠난 후에 무도회가 더 활기를 띠었기 때문이다. 밤참 전에 안드레이 공작이 다시 나타샤와 흥겨운 코티용*을 한 차례 추었다. 그는 그녀에게 오트라드노예의 가로수 길에서 두 사람이 처음 만났던 것과, 달밤에 그녀가 잠을 이루지 못하던 것과, 그가 우연히 그녀의 말을 들었던 장면에 대해 상기시켜 주었다. 안드레이 공작이 무심코 엿들은 그녀의 말에 깃든 감정 속에 무언가 부끄러운 것이 있었던 듯 나타샤는 그 기억을 환기하며 얼굴이 빨개져서 애써 자신을 변명하려 했다.

안드레이 공작은 사교계에서 성장한 모든 사람들과 마찬가지로 사교계의 일반적인 자국이 묻지 않은 것과 마주치기를 좋아했다. 놀라움과 기쁨과 수줍음을 숨기지 않는, 심지어 프랑스어에서 실수를 하는 나타샤가 그랬다. 그는 각별히 부드럽고 세심하게 그녀를 대했다. 곁에 앉아서 아주 단순하고 사소한 것들에 대해 이야기를 나누면서 안드레이 공작은 기쁨의 광채가 넘쳐 나는 그녀의 눈동자와 미소를 즐거이 바라보았다. 그 미소는 그들이 나누던 대화가 아닌 그녀의 내적인 행복으로 떠오르는 것이었다. 나타샤가 춤 신청을 받고 생긋 웃으며 일어나 홀을 누비며 춤을 출 때면 안드레이 공작은 특히 그 수줍음 어린 우아함에 넋을 잃었다. 코티용 도중에 나타샤는 피겨를 한 차례 추고 나서 또 힘겹게 숨을 몰아쉬며 자기 자리로 돌아갔다. 새로운 춤 상대가 다시 춤을 청했다. 그녀는 지쳐서 숨을 헐떡였고, 거절할 생각인 듯했다. 그러나 이내 명랑하게 파트너의 어깨에 손을 올리며 안드레이 공작을 향해 생긋 웃었다.

'쉴 수 있다면, 당신과 잠시 앉아 있을 수 있다면 기쁠 텐데요. 난 지쳤어요. 하지만 당신도 보다시피 사람들이 나에게 춤을 신청해요. 난 그게 기쁘고 행복해요. 난 모두를 사랑해요. 당신과 난 이걸 다 이해하잖아요.' 그리고 그 미소는 또 많고 많은 것을 말했다. 파트너가 자신을 놓아주자 나타샤는 피겨를 위해 두 숙녀를 데리러 홀을 가로질러 뛰어갔다.

'만약 그녀가 사촌에게 먼저 갔다가 다른 부인에게 가면 그녀는 내 아내가 될 거야.' 안드레이 공작은 그녀를 바라보며 느닷없이 속으로 말했다. 그녀는 사촌에게 먼저 다가갔다.

'가끔 정말 황당한 생각이 든다니까!' 안드레이 공작은 생각했다. '하지만 이것 하나는 확실해. 이 아가씨는 너무도 사랑스럽고 너무도 특별해서 이곳에서 춤을 추며 한 달을 채 보내기도 전에 결혼할 거야…… 여기선 드문 일이지.' 나타샤가 가슴 위의 흐트러진 장미꽃을 바로잡으며 곁에 앉을 때 그는 이런 생각을 했다.

코티용이 끝날 무렵 파란 연미복을 입은 노백작이 춤을 추는 사람들 쪽으로 다가왔다. 그는 안드레이 공작을 집으로 초대하면서 딸에게 즐거운지 물었다. 나타샤는 대답하지 않고 '어떻게 그런 질문을 하실 수 있어요?' 하고 비난하는 미소를 지을 뿐이었다.

"제 인생에 이렇게 즐거웠던 적은 없어요!" 그녀가 말했다. 안드레이 공작은 그녀의 가냘픈 두 팔이 아버지를 끌어안기 위해 올라가려다가 바로 내려온 것을 보았다. 나타샤는 이제껏 삶에서 한 번도 맛보지 못했던 그런 행복에 젖어 있었다. 인간이 완전히 선하고 훌륭해져서 악과 불행과 슬픔의 가능성을 믿지 않을 때의 그 행복의 절정에 그녀는 도달해 있었다.

피에르는 그 무도회에서 처음으로 아내가 상류 사회에서 차지한 지위에 모욕감을 느꼈다. 그는 침울한 상태에서 넋이 나가 있었다. 이마를 가로질러 굵은 주름 한 가닥이 자리 잡고 있었다. 그는 창가에 서서 누구를 보는 것도 아니면서 안경 너머를 바라보고 있었다.

나타샤가 밤참 자리에 가다가 그의 옆을 지나쳤다.

그늘이 드리워진 피에르의 불행한 얼굴이 그녀를 놀라게 했다. 그녀는 그를 마주 보고 걸음을 멈추었다. 그를 돕고 그에게 자신의 넘치는 행복을 전해 주고 싶었다.

"정말 즐거워요, 백작님." 그녀가 말했다. "그렇지 않아요?"

피에르는 무슨 말을 하는지 이해하지 못한 듯 멍하니 미소를 지었다.

"네, 정말 기쁩니다." 그가 말했다.

'어떻게 이런 사람들이 무언가에 불만을 품을 수 있을까?' 나타샤는 생각했다. '특히 이 베주호프같이 훌륭한 사람이 말이야.' 나타샤의 눈에는 무도회에 참석한 모든 이들이 하나같이 서로를 사랑하는 선하고 다정하고 훌륭한 사람들이었다. 누구도 서로에게 모욕을 줄 수 없었고, 그래서 모두가 행복할 것이 분명했다.

18

다음 날 안드레이 공작은 전날의 무도회를 떠올렸다. 하지만 그의 생각은 그것에 오래 머물지 않았다. '그래, 아주 멋진 무도회였어. 그리고 또…… 그래, 로스토바는 정말 사랑스러워. 그녀에겐 신선하고 독특하고 페테르부르크적이지 않은, 남다른 무언가가 있어.' 이것이 전날의 무도회에 대해 그가 생각한 전부였다. 그는 차를 마신 후 자리에 앉아 일을 시작했다. 그러나 피로해서인지 잠을 못 자서인지 일하기에 좋지 않은 날이었다. 안드레이 공작은 아무것도 하지 못했고, 자주 그러던 대로 계속 자기 일을 스스로 비판하다가 누가 왔다는 말을 듣고 기뻐했다.

그를 찾아온 사람은 온갖 위원회에서 근무하고 페테르부르크의 모든 모임을 드나들던 비츠키였다. 그는 새로운 사상과 스페란스키의 열렬한 추종자였고, 이런저런 근심으로 여념이 없는 페테르부르크의 소식통이었으며, 유파를 옷처럼 유행에 따라 고르는, 하지만 바로 그런 이유로 그 유파의 가장 열렬한 주창자처럼 보이는 사람들 가운데 한 명이었다. 그는 모자를 벗자마자 걱정스러운 얼굴로 안드레이 공작에게 다가와서는 곧바로 말을 늘어놓았다. 그는 오늘 아침 군주가 개최한 국가평의회 회의의 자세한 내용을 방금 막 알고는 그에 대해 감격스럽게 이야기했다. 군주의 연설은 예사롭지 않았다.* 그것은 입헌 군주들만 하는 연설 중 하나였다. "폐하께서는 평의회와 원로원이 국가 **기구**라고 곧장 말씀하셨습니다. 통치는 독단이 아닌 **확고한 원칙**을 토대로 삼아야 한다고 하셨습니다. 재정을 개혁하고 결산 보고서를 공개해야 한다고도 말씀하셨습니다." 비츠키는 어떤 말들을 유독 강조하고 의미심장하게 눈을 크게 뜨기도 하면서 이야기했다.

"그렇습니다, 오늘의 사건은 획기적인 사건, 우리 역사에서 가장 위대한 획기적인 사건입니다." 그는 이렇게 결론지었다.

안드레이 공작은 그토록 초조하게 기다리며 그토록 중요한 의미를 부여해 왔던 국가평의회에 관한 이야기를 들으며 막상 그 사건이 일어난 지금 그것이 자신에게 감동을 주지 않았을 뿐 아니라 아주 하찮게 여겨졌다는 데 놀라고 있었다. 그는 조용히 조소를 머금고 비츠키의 열광적인 이야기를 들었다. 지극히 단순한 생각이 머리에 떠올랐다. '나와 비츠키가 무슨 상관인가, 군주가 원로원에서 무슨 말을 하고 싶어 했는지가 우리와 무슨 상관이란 말인가? 과연 이 모든 것이 나를 더 행복하고 더 좋게 만들어 줄 수 있는가?'

이 단순한 생각이 개혁에 관한 이전의 모든 관심을 안드레이 공작에게서 앗아 갔다. 바로 이날 안드레이 공작은 스페란스키의 집에서 '**친한 사람들끼리**' 식사를 해야 했다. 집주인은 그를 초대하며 그렇게 말했다. 그가 그토록 열광하던 사람의 가족과 벗들로 구성된 이 만찬 모임이 이전에는 안드레이 공작의 관심을 강하게 끌었다. 더욱이 지금까지 그는 가정생활 속의 스페란스키를 본 적이 없었다. 하지만 이제 그는 가고 싶은 생각이 들지 않았다.

그러나 정해진 만찬 시각에 안드레이 공작은 타브리체스키 정원 옆에 있는 스페란스키의 크지 않은 집에 들어서고 있었다. (수도원의 청결함을 연상시키는) 예사롭지 않은 청결함이 두드러진 작은 집의 세공 마루 식당에서 조금 늦게 도착한 안드레이 공작은 스페란스키의 친밀한 지인들인 그 **친한 사람들끼리**의 모임의 사람들이 이미 5시에 전부 와 있는 것을 보았다. 여성은 (아버지를 닮아 얼굴이 긴) 스페란스키의 작은딸과 그녀의 가정 교사 외에는 아무도 없었다. 손님은 제르베, 마그니츠키 그리고 스톨리핀이었다.* 현관방에서부터 커다란 목소리들과 무대 위에서 웃는 소리와 비슷한 낭랑하고 또렷한 웃음소리가 들려왔다. 하, 하, 하. 누군가가 스페란스키의 목소리를 닮은 목소리로 또렷하게 박자에 맞춰 웃었다. 안드레이 공작은 스페란스키의 웃음소리를 들어 본 적이 없어서 정치가의 그 낭랑하고 날카로운 웃음소리는 이상하게 그를 놀라게 했다.

안드레이 공작은 식당으로 들어갔다. 사람들이 두 창문 사이, 자쿠스카가 차려진 작은 식탁 곁에 서 있었다. 스페란스키는 별 모양 훈장을 단 회색 연미복과, 또 유명한 국가평의회 회의에서의 모습이었을 하얀 조끼와 높이 부풀린 하얀 넥타이 차림으로 유쾌한 얼굴을 하고 식탁 곁에 서 있었다. 손님들이 그를 에워싸고 있었다. 마그니츠키가 미하일 미하일로비치에게 어떤 일화를 들려주고 있었다. 스페란스키는 마그니츠키가 말할 내용을 앞질러 웃으며 듣고 있었다. 안드레이 공작이 식당에 들어섰을 때 마그니츠키의 말은 다시 웃음소리에 묻혔다. 스톨리핀은 치즈를 얹은 빵조각을 우적우적 씹으며 커다란 저음으로 말했다. 제르베는 목쉰 소리로 조용히 웃었고, 스페란스키는 날카롭고 또렷한 소리로 웃었다.

스페란스키가 여전히 웃으며 안드레이 공작에게 하얗고 부드러운 손을 내밀었다.

"여기서 당신을 보니 무척 기쁩니다, 공작." 그가 말했다. "잠시만……." 그는 마그니츠키를 돌아보며 그의 이야기를 끊었다. "오늘 우리는 약속을 했습니다. 즐겁게 식사하고 일에 대해서는 한마디도 하지 말자고 말입니다." 그러고는 이야기하던 사람을 다시 돌아보고 또 웃음을 터뜨렸다.

안드레이 공작은 놀라움과 환멸의 슬픔을 느끼며 웃고 있는 스페란스키를 바라보았다. 그는 스페란스키가 아니라 다른 사람이었다. 안드레이 공작은 그렇게 느꼈다. 전에 안드레이 공작이 스페란스키의 모습에서 비밀스럽고 매력적인 면으로 여기던 모든 것이 갑자기 훤히 들여다보이면서 추해졌다.

식탁에서의 대화는 한순간도 그칠 줄 몰랐고, 마치 재미있는 일화 모음으로 이루어진 것 같았다. 마그니츠키가 이야기를 채 끝내기 전에 다른 누군가가 더 재미있는 무언가를 들려줄 준비가 되었다고 선언했다. 일화는 대부분 관직 세계에 관한 것이거나 아니면 관리들에 관한 것이었다. 이 모임에서는 그런 인물들의 보잘것없음이 너무도 확정적으로 결론 나서 그들에 대해 유일하게 취할 수 있었던 태도는 악의 없는 희화화뿐인 듯했다. 스페란스키는 오늘 아침 평의회에서 귀먹은 고관이 그의 견해를 묻는 질문에 자신도 같은 의견이라고 대답하더라는 이야기를 했다. 제르베는 등장인물 전원의 몰상식한 언행이 멋진 어느 검열의 전말에 대해 이야기했다. 스톨리핀은 말을 더듬으며 대화에 끼어들어서는 대화에 심각한 성격을 부여할 기미를 보이며 구체제의 학정에 대해 열을 내며 말하기 시작했다. 마그니츠키가 스톨리핀의 성마른 성향을 놀렸다. 제르베가 끼어들어 농담을 하면서 대화는 다시 이전의 유쾌한 방향으로 흘러갔다.

스페란스키는 업무 후에 친구들과의 모임에서 휴식을 취하며 유쾌한 시간을 보내는 것을 좋아하는 듯했다. 손님들 역시 그의 바람을 알고 있어서 그를 유쾌하게 하고 자신들도 즐기려고 노력했다. 그러나 안드레이 공작은 이런 오락이 무겁고 즐겁지 않았다. 스페란스키의 날카로운 목소리는 안드레이 공작에게 불쾌한 인상을 주었고, 그칠 줄 모르는 가식적인 음색의 웃음소리는 그의 기분을 상하게 했다. 안드레이 공작은 웃을 수 없었고 자신이 그 모임의 분위기를 무겁게 할까 봐 염려스러웠다. 그러나 아무도 그가 전체 분위기에 어울리지 못하는 것을 알아차리지 못했다. 모두가 무척 즐거운 듯 보였다.

그는 여러 차례 대화에 끼려 했지만 매번 그의 말은 물 밖으로 튀는 코르크 마개처럼 튕겨 나갔다. 그는 그들과 어울려 농담을 할 수도 없었다.

그들이 나누는 대화에 저속하거나 부적절한 내용은 아무것도 없었다. 모든 것이 기지가 넘쳐서 웃음을 자아낼 만했다. 그러나 즐거움의 소금을 이루는 바로 그 무언가가 없었을 뿐 아니라, 그들은 그런 것이 있다는 것도 몰랐다.

식사를 마친 후에 스페란스키의 딸과 가정 교사는 일어났다. 스페란스키는 하얀 손으로 딸을 쓰다듬고 입을 맞추었다. 안드레이 공작에게는 이 몸짓이 부자연스럽게 느껴졌다.

남자들은 영국식으로 식탁에 남아 포트와인을 마셨다. 나폴레옹의 스페인 원정* 얘기가 나와서 다들 한목소리를 내던 중에 안드레이 공작이 그들의 말을 반박하기 시작했다. 스페란스키가 빙긋 미소를 보이고는 대화의 방향을 돌리고 싶은 듯 화제와 관계없는 일화를 꺼냈다. 모두 잠시 입을 다물었다.

식탁 앞에 잠시 앉아 있던 스페란스키는 와인의 병마개를 닫더니 "요즘은 좋은 술이 부츠를 신고 돌아다녀서 말이에요"라고 말한 후 하인에게 병을 건네고 일어섰다. 다들 일어나서 계속 웅성대며 응접실로 갔다. 스페란스키는 특사가 가져온 봉투 두 개를 전달받았다. 그는 그것들을 쥐고 서재로 갔다. 그가 응접실을 나서자마자 전반적인 유쾌함이 싹 가시고 손님들은 신중하고 조용하게 말을 나누기 시작했다.

"자, 이제 낭송을 합시다!" 스페란스키가 서재에서 나오며 말했다. "놀라운 재능이에요!" 그는 안드레이 공작을 향해 말했다. 마그니츠키는 즉시 자세를 잡고 페테르부르크의 몇몇 유명 인사를 대상으로 쓴 익살스러운 프랑스어 자작시를 낭송하기 시작했다. 그는 박수 때문에 여러 차례 낭송을 중단했다. 안드레이 공작은 시 낭송이 끝나기를 기다려 스페란스키에게 다가가 작별 인사를 했다.

"이렇게 일찍 어딜 가십니까?" 스페란스키가 물었다.

"야회에 참석하기로 약속해서요⋯⋯."

그들은 잠시 침묵했다. 안드레이 공작은 어떤 접근도 허용하지 않는 그의 거울 같은 눈동자를 가까이 들여다보았다. 그러자 스페란스키와 그와 연관된 자신의 모든 활동에서 무언가를 기대할 수 있었다는 것이, 스페란스키가 하던 일에 중요한 의미를 부여할 수 있었다는 것이 우스꽝스럽게 느껴졌다. 안드레이 공작이 스페란스키의 집을 떠난 후, 그 정확하고 유쾌하지 않은 웃음은 오래도록 그의 귓가에서 울렸다.

집으로 돌아온 안드레이 공작은 지난 네 달 동안의 페테르부르크 생활을 마치 새로운 것인 양 되돌아보기 시작했다. 그는 분주히 애쓰며 추구하던 자신의 모습과 군법 기획안에 관한 일을 떠올렸다. 그 기획안은 보고되었지만, 아주 형편없는 다른 기획안이 군주에게 이미 제출되었다는 이유만으로 다들 묵살하려고 했다. 그는 베르크가 속해 있던 위원회 회의를 떠올렸다. 이 회의에서 회의의 형식과 진행 과정에 관한 모든 것이 얼마나 열렬히 지속적으로 토의되었는지, 그 바람에 일의 본질에 관련된 모든 것이 얼마나 간단히 다루어지고 말았는지를 떠올렸다. 그는 자신의 입법 활동에 관해, 자신이 로마 법전과 프랑스 법전의 조항들을 얼마나 고심하며 러시아어로 옮겼는지에 대해 떠올렸다. 그러자 자신이 부끄러워졌다. 그러고 나서 그는 보구차로보와 시골에서 자신이 행한 일과 랴잔 여행을 떠올렸다. 농부들과 드론 촌장이 생각났다. 그는 자신이 항목별로 분류한 인권을 그들에게 적용해 보곤 어떻게 그런 무익한 일에 그토록 오래 매달릴 수 있었던지에 대해 놀랐다.

19

다음 날 안드레이 공작은 아직 가 보지 못한 몇몇 집을 방문했다. 그중에는 지난 무도회에서 친분을 회복한 로스토프가도 있었다. 예의상 로스토프가를 방문해야 하기도 했지만, 안드레이 공작은 자신에게 즐거운 추억을 남긴 그 특별하고 생기발랄한 아가씨가 집에 있는 모습을 보고 싶었다.

나타샤는 그를 가장 먼저 맞은 사람들 가운데 한 명이었다. 그녀는 평소 입는 파란 원피스 차림이었는데, 안드레이 공작에게는 그 모습이 무도회 드레스를 입었을 때보다 더 아름다워 보였다. 그녀와 로스토프가의 온 가족이 안드레이 공작을 오랜 친구처럼 진심으로 맞아 주었다. 예전에 안드레이 공작이 엄격히 비판했던 가족 전부가 이제는 아름답고 소박하고 선한 사람들로 이루어진 것 같았다. 특히 노백작의 환대와 선량함이 페테르부르크에서는 놀라울 정도로 다정하게 느껴져 안드레이 공작이 식사를 거절할 수 없을 정도였다. '그래, 이들은 선량하고 훌륭한 사람들이야.' 볼콘스키는 생각했다. '물론 자신들은 나타샤 안에 간직해 둔 보물을 털끝만큼도 이해하지 못하지만. 그래도 이 유난히 시적이고 생명이 넘쳐 나는 매력적인 아가씨를 돋보이게 하는 데 더할 나위

없이 좋은 배경을 이루는 선량한 사람들이야!'

안드레이 공작은 나타샤의 내면에서 그에게는 완전히 낯선, 그가 모르는 어떤 기쁨으로 충만한 특별한 세계를, 그때 오트라드노예의 가로수 길과 달빛 어린 밤의 창가에서 그를 그토록 약 올리던 그 낯선 세계를 느끼고 있었다. 그러나 이제 그 세계는 더 이상 그를 약 올리지 않았다. 그것은 이미 낯선 세계가 아니었다. 직접 그 세계에 발을 내디디며 그는 그 속에서 새로운 기쁨을 발견하고 있었다.

만찬 후에 나타샤는 안드레이 공작의 요청에 따라 클라비코드를 연주하며 노래하기 시작했다. 안드레이 공작은 창가에 서서 부인들과 이야기를 나누며 그녀의 노래에 귀를 기울였다. 소절 중간에 안드레이 공작은 입을 다물었다. 느닷없이 자신에게는 그 가능성을 전혀 생각지 못하던, 눈물로 목이 메는 것을 느꼈다. 그는 노래하는 나타샤를 바라보았다. 그의 영혼 속에서 새롭고 행복한 무언가가 일어났다. 행복했다. 동시에 그는 서글펐다. 그에게는 울 일이 결코 전혀 없었다. 그러나 금방이라도 울음을 터뜨릴 것만 같았다. 무엇 때문에? 옛사랑 때문에? 작은 공작 부인 때문에? 자신의 환멸 때문에……? 미래에 대한 희망 때문에? 그렇기도 하고 그렇지 않기도 했다. 무엇보다 그가 울고 싶었던 것은 불현듯 생생하게 인식된, 그의 안에 있던 한없이 위대하고 불명확한 무언가와 그 자신, 그리고 심지어 그녀의 존재 상태였던 협소하고 육체적인 무언가 사이의 무시무시한 대립 때문이었다. 이 대립이 그녀가 노래하는 동안 그를 괴롭히면서 또한 기쁘게 했다.

나타샤는 노래를 끝내자마자 그에게 다가와 자기 목소리가 마음에 드는지 물었다. 이렇게 묻고는, 그 말을 한 후에야 그런 질문을 해선 안 되었다는 것을 깨닫고 당혹스러워했다. 그는 그녀를 바라보며 미소 짓고는, 그녀가 하는 모든 것과 마찬가지로 그녀의 노래도 마음에 든다고 말했다.

안드레이 공작은 밤늦게 로스토프가를 떠났다. 그는 습관대로 잠을 자려고 누웠지만 이내 잠을 이룰 수 없다는 것을 알았다. 그는 촛불을 켜고 나서 침대에 앉기도 하고 일어서기도 하고 다시 눕기도 했다. 불면이 조금도 괴롭지 않았다. 그는 마치 답답한 방에서 자유로운 세상으로 나온 것처럼 영혼 속에서 새로운 기쁨을 느꼈다. 로스토바를 사랑하게 되었다는 생각은 들지도 않았다. 그녀에 대해 생각하지도 않았다. 그저 그녀를 머릿속에 그려 보았을 뿐인데 그로 인해 그의 삶 전체가 새로운 빛 속에서 떠오르고 있었다. '내가 무엇 때문에 기를 쓰고 있을까? 무엇 때문에 이 출구 없는 비좁은 틀 속에서 부산을 떨고 있나? 삶이, 삶 전체가 충만한 기쁨과 함께 내 앞에 열려 있는데.' 그는 속으로 중얼거렸다. 그리고 많은 시간이 흐른 후 처음으로 행복한 미래의 계획을 세우기 시작했다. 그는 아들의 교육에 신경을 써야겠다고, 교사를 구해 아들을 맡겨야겠다고 결심했다. 그다음에는 퇴직하고 외국에 나가 영국과 스위스와 이탈리아를 둘러보기로 마음먹었다. '내 안에서 이토록 많은 힘과 젊음을 느끼는 동안에는 스스로의 자유를 누려야 해.' 그는 속으로 말했다. '피에르가 옳아. 행복해지려면 행복의 가능성을 믿어야 한다고 했지. 이제 난 그 말을 믿어. 죽은 자들을 장사 지내는 일은 죽은 자들에게 맡기자. 살아 있는 동안에는 살아야 하고 행복해야 해.' 그는 생각했다.

20

　어느 날 아침 새로 맞춘 깨끗한 제복을 입고 알렉산드르 파블로비치 군주처럼 구레나룻에 포마드를 발라 앞쪽으로 쓸어내린 아돌프 베르크 대령이 피에르를 찾아왔다. 피에르는 모스크바와 페테르부르크에서 많은 사람들을 알던 만큼 그도 알고 있었다.

　"방금 백작 부인, 그러니까 당신 부인에게 들렀다 왔습니다. 대단히 불행하게도 내 청이 이루어질 수 없었습니다. 백작, 당신에게서는 더 많은 행복을 얻기를 바랍니다." 그가 미소를 지으며 말했다.

　"무엇이 필요합니까, 대령? 부탁이 있으면 말씀하세요."

　"백작, 난 이제 새로운 집에 완전히 자리 잡았습니다." 베르크는 이런 말이 절대 불쾌하게 들릴 리 없다는 점을 아는 듯 소식을 전했다. "그래서 우리 부부의 지인들을 위해 작은 야회를 마련하고 싶습니다. (그는 더욱 즐겁게 미소를 지었다.) 나는 백작 부인과 당신이 우리 집에 차 한잔과 그리고…… 저녁도 들러 오는 영광을 베풀어 주시길 청합니다."

　베르크 같은 사람들의 모임을 스스로에게 모욕적인 것이라고 여기던 옐레나 바실리예브나 백작 부인만 그런 초대를 무자비하게 거절할 수 있었다. 베르크는 왜 집에서 작고 멋진 모임을 열고 싶은지, 왜 이것이 자신에게 기쁜 일이 되는지, 왜 카드나 좋지 못한 일에는 돈을 아끼지만 좋은 모임을 위해서는 기꺼이 지출하려고 하는지 아주 명확하게 설명했다. 그래서 피에르는 차마 거절하지 못하고 참석하겠다고 약속했다.

"감히 이런 부탁을 해도 된다면, 백작, 늦지만 마십시오. 8시 10분 전에 와 주시길 부탁합니다. 카드놀이도 같이합시다. 우리 장군님도 오실 겁니다. 그분은 나에게 아주 잘해 주십니다. 저녁 식사에 함께해 주세요, 백작. 꼭 부탁합니다."

이날 피에르는 늘 지각하는 습관을 깨고 8시 10분 전이 아닌 8시 15분 전에 베르크의 집에 도착했다.

베르크 부부는 야회에 필요한 것을 마련해 놓고 벌써 손님을 맞을 준비가 되어 있었다.

베르크와 아내는 작은 반신상들과 작은 그림들과 새 가구로 꾸민 깨끗하고 밝은 서재에 앉아 있었다. 베르크는 새로 맞춘 제복의 단추를 모두 채운 뒤 아내 옆에 앉아서 언제나 자기보다 높은 사람들과 교제할 수 있고 또 그래야 한다고, 그런 때에만 교제의 즐거움이 있기 때문이라고 설명하고 있었다.

"당신은 무언가를 본받게 될 거고 무언가를 부탁할 수도 있어. 내가 제일 낮은 관등에 있을 때부터 어떻게 살아왔는지 봐. (베르크는 자신의 삶을 햇수가 아닌 가장 높은 포상을 기준으로 계산했다.) 내 동료들은 지금도 보잘것없는데, 난 연대장의 공석 대기자이고, 당신 남편이 되는 행운을 얻었잖아. (그는 일어나서 베라의 손에 입을 맞추었는데 그녀에게 다가가는 중에 양탄자의 접힌 귀퉁이를 바로 폈다.) 내가 무엇으로 이 모든 걸 얻었겠어? 중요한 건 지인을 고르는 수완이야. 물론 덕망과 꼼꼼함도 갖추어야 하지⋯⋯."

베르크는 연약한 여성에 대한 자신의 우월함을 의식하며 미소를 짓고는 어쨌든 이 사랑스러운 아내도 남성의 가치, **남자 됨**(독일어)을 이루는 것을 다 이해할 수 없는 연약한 여성이라는 것을 생각하고 입을 다물었다. 그때 베라 역시 선량하고 좋은 남편, 하지만 베라가 이해하는 바에 따르면, 다른 모든 남자들과 마찬가지로 인생을 잘못 이해하고 있는 남편에 대한 자신의 우월함을 의식하며 미소를 지었다. 베르크는 아내를 보며 얻은 판단으로 모든 여성을 연약하고 어리석은 존재로 여겼다. 그리고 베라는 남편 한 사람만 보고 내린 판단을 전체로 확대하며, 남자들은 전부 이성을 자기들의 전유물로 여기면서도 아무것도 이해하지 못하는 오만하고 이기적인 존재로 생각했다.

베르크가 일어섰다. 그는 자신이 비싼 값을 치른 아내의 레이스 망토가 구겨지지 않도록 조심스럽게 그녀를 안고 입술 한가운데에 입을 맞추었다.

"다만 한 가지, 아이는 너무 빨리 생기지 않았으면 좋겠어." 그는 무의식적인 관념의 연상 작용에 따라 이렇게 말했다.

"네." 베라가 대답했다. "나도 그건 전혀 원하지 않아요. 사회를 위해 살아야죠."

"유수포바 공작 부인도 똑같은 것을 걸쳤어." 베르크는 망토를 가리키며 행복하고 선량한 미소를 머금고 말했다.

그때 베주호프 백작이 도착했다는 전갈이 있었다. 부부는 자기만족의 미소를 주고받았다. 저마다 이 방문의 영광이 자기 덕분이라고 생각했다.

'바로 이게 교제 능력이라는 거야.' 베르크는 생각했다. '이런 게 곧 처세술이지!'

"다만 제발 내가 손님들을 상대할 때 말 좀 가로채지 말아요."
베라가 말했다. "각자 어떻게 상대해야 할지, 어떤 모임에서 무슨
말을 해야 할지는 나도 아니까."

베르크도 미소를 지었다.

"안 돼. 남자들은 가끔 남자다운 대화를 나눠야 하거든." 그가
말했다.

피에르는 새 응접실로 안내되었다. 그곳에는 대칭과 청결과 질
서를 깨뜨리지 않고는 앉을 곳이 없었다. 그래서 베르크가 귀빈에
게 안락의자나 소파의 대칭을 깨도록 관대하게 권한 것은, 이 점
에서 병적으로 망설이는 듯한 그가 문제 해결을 손님의 선택에 맡
긴 것은 충분히 이해되는 일이었다. 피에르는 대칭을 깨뜨리고 의
자를 자기 쪽으로 끌어당겼다. 그러자 베르크와 베라가 앞다투어
손님을 상대하며 곧바로 야회를 시작했다.

베라는 머릿속으로 프랑스 대사관 이야기로 피에르를 상대해
야겠다고 결정하고는 즉시 그 이야기를 시작했다. 베르크는 남성
적인 이야기도 필요하다고 판단하여 아내의 말을 끊고 오스트리
아와의 전쟁 문제를 건드렸다. 그러고는 자기도 모르게 일반적인
이야기에서 사적인 이야기로 건너뛰어, 오스트리아 원정에 참가
하도록 제안받은 일과 그것을 받아들이지 않은 이유에 대해 말했
다. 대화가 몹시 매끄럽지 않았음에도, 베라가 남성적 요소의 개
입에 화를 냈음에도, 또 손님이 한 명뿐이었어도 부부는 **야회**가 아
주 순조롭게 시작되었다고, 야회가 두 개의 물방울처럼 대화와 차
와 불 밝힌 양초가 있는 여느 야회와 다를 바 없다고 만족스럽게
느꼈다.

곧바로 베르크의 오랜 동료인 보리스가 왔다. 그는 우월한 위치
에 있는 보호자 같은 느낌을 풍기는 태도로 베르크와 베라를 대했

다. 보리스에 뒤이어 한 귀부인이 대령과 함께 왔고, 그다음에 장군이, 그러고는 로스토프가 사람들이 도착했다. 그러자 야회는 전혀 의심할 바 없이 일반적인 야회와 비슷해졌다. 베르크와 베라는 응접실의 그런 움직임을 보면서, 그 두서없는 말소리와 드레스 스치는 소리와 인사말을 들으면서 기쁨의 미소를 억누를 수가 없었다. 모든 것이 여느 집의 야회와 비슷했다. 집을 칭찬하고, 베르크의 어깨를 툭툭 치고, 아버지처럼 자의적으로 보스턴 게임 테이블의 배치를 지시하던 장군의 모습이 특히 비슷했다. 장군은 손님들 가운데 자기 다음의 귀빈으로 여긴 일리야 안드레이치 백작 옆에 앉았다. 늙은이들은 늙은이들끼리, 젊은이들은 젊은이들끼리 모이고, 여주인은 티 테이블 옆에 앉았다. 그 위에는 파닌*가(家)의 야회 때와 똑같은, 쿠키들이 담긴 은제 바구니가 놓여 있었다. 모든 것이 여느 집의 야회와 완벽하게 똑같았다.

21

　피에르는 최고의 귀빈들 가운데 한 명으로 일리야 안드레이치, 장군, 대령과 보스턴 게임을 하는 자리에 앉아 있어야만 했다. 피에르는 테이블을 사이에 두고 나타샤의 맞은편에 앉게 되었다. 무도회 날 이후 그녀에게 일어난 이상한 변화가 그를 놀라게 했다. 나타샤는 말이 없었다. 무도회에서만큼 아름답지 않았을 뿐 아니라 모든 것에 대해 온화하고 무심한 표정을 짓지 않았더라면 못생겨 보였을 것이다.

　'무슨 일이 있나?' 그녀를 쳐다보면서 피에르는 생각했다. 그녀는 티 테이블 옆 언니 곁에 앉아 있었다. 그에게는 눈길도 주지 않고 자기 쪽으로 다가앉은 보리스에게 마지못해 뭐라고 대꾸했다. 같은 종류의 카드를 모두 털고 다섯 판을 이겨 파트너를 기쁘게 한 피에르는 카드를 모으다가 인사말과 응접실로 들어오는 누군가의 발소리를 듣고 그녀를 다시 흘긋 쳐다보았다.

　'그녀에게 무슨 일이 일어난 거야?' 피에르는 더욱 놀라며 속으로 중얼거렸다.

　안드레이 공작이 조심스럽고 부드러운 표정으로 그녀 앞에 서서 무슨 말을 하고 있었다. 그녀는 고개를 들고 얼굴을 빨갛게 붉힌 채, 분명 가쁜 숨을 애써 억누르며 그를 바라보고 있었다. 그리고 조금 전까지 꺼져 있던 어떤 내면의 불꽃이 그녀 안에서 환한 빛을 내며 타올랐다. 그녀의 모습이 매력 없던 모습에서 다시 무도회에서와 똑같은 모습으로 변했다.

안드레이 공작이 피에르에게 다가왔다. 피에르는 친구의 얼굴에서도 새로운 젊은 표정을 보았다.

피에르는 카드놀이를 하는 동안 나타샤에게 등을 보이기도 하고 마주 보기도 하면서 여러 차례 자리를 옮겨 앉았다. 세 판 승부를 여섯 번 하는 내내 그녀와 친구를 관찰했다.

'두 사람 사이에 아주 중요한 무언가가 일어나고 있어.' 피에르는 생각했다. 그러자 한편으론 기쁘면서 또 한편으론 쓰라린 감정이 마음을 뒤흔들어 카드놀이를 잊게 했다.

세 판 승부를 여섯 번 하고 나자 장군이 이런 식으로는 카드를 못하겠다고 하며 일어선 덕분에 피에르는 자유를 얻었다. 나타샤는 한쪽에서 소냐와 보리스와 함께 대화를 나누고 있었다. 베라는 미묘한 웃음을 띤 채 안드레이 공작과 무언가에 대해 이야기하고 있었다. 피에르는 친구에게 다가가 대화 내용이 혹 비밀이 아닌지 묻고 그들 옆에 앉았다. 나타샤에 대한 안드레이 공작의 관심을 눈치챈 베라가 야회에는, 진정한 야회에는 감정에 대한 미묘한 암시가 반드시 있어야 하는 법이라고 생각하여 안드레이 공작이 혼자 있는 때를 포착해 감정 전반과 자기 여동생에 대한 이야기를 나누기 시작했다. 그녀가 그토록 지적인 손님을 (그녀는 안드레이 공작을 그렇게 여겼다) 상대하기 위해서는 자신의 외교적 수완을 발휘해야 했다.

그들에게 다가간 피에르는 베라가 자기만족에 겨워 대화에 푹 빠져 있고, 안드레이 공작은 (그에게는 좀처럼 없던 일인데) 당황해하는 듯한 모습을 보았다.

"어떻게 생각하세요?" 베라가 미묘한 미소와 함께 말하고 있었다. "공작, 당신은 통찰력이 대단해서 사람들의 성향을 아주 금방 파악하잖아요. 나탈리에 대해 어떻게 생각해요? 그 애가 자신이 사랑하는 것에 한결같을 수 있을까요? 그 애가 다른 여자들처럼 (베라 자신을 의미한 것이었다) 한번 남자를 사랑하면 영원히 그 남자에게 충실한 여자로 남을까요? 나는 그런 게 진정한 사랑이라고 생각해요. 어떻게 생각하세요, 공작?"

"그런 미묘한 문제를 풀기에는 당신의 여동생에 대해 아는 게 너무 없네요." 안드레이 공작이 조소에 찬 미소를 머금고 대답했다. 그는 그 미소 아래 당혹스러움을 감추고 싶었다. "그리고 내가 본 바로는 인기가 적은 여성일수록 더욱더 한결같은 법입니다." 그는 이렇게 덧붙이고 그 순간 다가온 피에르를 쳐다보았다. "네, 사실이에요, 공작. 우리 시대에는……." (자신은 우리 시대의 특징에 대한 발견과 평가를 끝냈으며, 인간의 특성은 시대와 함께 변한다고 여기는 편협한 사람들이 언급하기 좋아하는 대로 우리 시대에 대해 언급하며) 베라는 말을 이었다. "우리 시대에는 아가씨들이 너무 많은 자유를 누려서 **구애를 받는 즐거움**이 종종 내면의 진실한 감정을 억누르기도 해요. **나탈리도 그런 것에 매우 민감하다는 점을 인정해야만 해요.**" 나탈리에 대한 이야기로 돌아오자 안드레이 공작은 다시 불쾌하게 인상을 찌푸릴 수밖에 없었다. 그는 일어서려 했다. 그러나 베라는 더한층 미묘한 미소를 지으며 말을 계속했다.

"저 애만큼 **구애**를 받은 사람도 없을 거예요." 베라가 말했다. "하지만 아주 최근까지도 저 애는 결코 아무도 진지하게 좋아한 적이 없어요. 그건 당신이 알잖아요, 백작." 그녀는 피에르를 돌아보았다. "심지어 우리의 사랑스러운 **사촌** 보리스도요. **우리끼리 하는 이야기지만** 보리스는 너무나도, 너무나도 **다정한 마음의 나라**에 있었어요⋯⋯." 그녀는 당시 유행하던 사랑의 지도를 암시하며 말했다.

안드레이 공작은 얼굴을 찌푸린 채 잠자코 있었다.

"당신은 보리스와 친하잖아요?" 베라가 그에게 말했다.

"네, 그를 압니다⋯⋯."

"분명 보리스가 어린 시절에 나타샤를 좋아했다고 당신에게 말했을 텐데요?"

"어린 시절에 좋아했다고요?" 안드레이 공작은 별안간 생각지도 않게 얼굴을 붉히고 물었다.

"네. **당신도 알다시피 사촌 남매 사이의 그런 친밀한 관계가 자주 사랑으로 이어지니까요. 사촌 관계란 위험한 거예요. 그렇지 않나요?**"

"아, 당연하지요." 안드레이 공작은 이렇게 말하고는 갑자기 부자연스럽게 활기를 띠며 자기도 모스크바에 사는 쉰 살 먹은 사촌 누나들과의 교제를 조심해야겠다고 피에르에게 농담을 던졌다. 그러고는 농담이 오가는 도중에 일어나 피에르의 손을 잡고 한쪽으로 끌고 갔다.

"무슨 일입니까?" 친구의 이상한 활기를 놀란 눈으로 바라보다 그가 자리에서 일어나며 나타샤에게 던진 시선을 눈치챈 피에르가 말했다.

"자네와 꼭, 꼭 나눌 얘기가 있네." 안드레이 공작이 말했다. "자네는 우리의 여성용 장갑을 알지.* (그는 사랑하는 여인에게 주라며 새롭게 선택된 형제에게 주던 프리메이슨의 장갑에 대해 말하고 있었다.) 난⋯⋯ 아니, 아니야, 나중에 이야기하지⋯⋯." 그는 이상하게 눈동자를 빛내며 불안한 몸짓으로 나타샤에게 다가가 곁에 앉았다. 피에르는 안드레이 공작이 뭔가를 묻자 그녀가 얼굴을 확 붉히고 대답하는 것을 보았다.

하지만 그때 베르크가 피에르에게 다가와 스페인 원정을 화제로 삼은 장군과 대령의 논쟁에 참여해 달라고 집요하게 청했다.

베르크는 만족스럽고 행복했다. 기쁨의 미소가 얼굴에서 떠날 줄 몰랐다. 야회는 매우 훌륭했고, 자신이 본 다른 야회들과 완전히 똑같았다. 모든 것이 비슷했다. 여성들의 미묘한 대화도, 카드놀이도, 카드놀이를 하는 동안 점점 목소리를 높이는 장군도, 사모바르도, 쿠키도. 그러나 한 가지, 그가 야회에서 늘 보고 따라 하고 싶어 하던 것이 아직 부족했다. 바로 남자들 사이의 떠들썩한 대화와 뭐든 중요하고 지적인 것에 대한 논쟁이 부족했다. 다행히 장군이 그런 대화를 시작했고, 베르크는 피에르를 바로 그 대화에 끌어들였다.

22

이튿날 안드레이 공작은 일리야 안드레이치 백작의 초대를 받아 로스토프가에 식사를 하러 가서 하루 종일 그들과 함께 시간을 보냈다.

집 안의 모든 사람들은 안드레이 공작이 누구 때문에 드나드는지 알았고, 그도 굳이 숨기지 않고 온종일 나타샤와 함께 있으려 했다. 놀란, 하지만 행복하고 환희에 찬 나타샤의 영혼 속에서뿐 아니라 집 안 곳곳에서 곧 이루어질 중요한 무언가를 앞둔 두려움이 느껴졌다. 안드레이 공작이 나타샤와 말을 나눌 때면 백작 부인은 슬픔 어린 진지하고 엄한 눈길로 그를 바라보았다. 그러다 그가 자신을 돌아보면 당장 소심하면서도 짐짓 위엄 있게 별 대수롭지 않은 이야기를 꺼내곤 했다. 소냐는 나타샤 곁을 떠나기가 두려웠고, 그들과 함께 있을 때는 방해가 될까 두려웠다. 나타샤는 잠시라도 그와 단둘이 남으면 두려운 기다림으로 창백해졌다. 안드레이 공작은 소심함으로 그녀를 놀라게 했다. 그녀는 그가 자신에게 무언가를 말해야 하는데 결단을 내리지 못하고 있다는 것을 느꼈다.

저녁에 안드레이 공작이 떠나자 백작 부인이 나타샤에게 다가와 속삭였다.

"어떻게 됐어?"

"엄마! 제발, 지금은 저한테 아무것도 묻지 마세요. 이걸 어떻게 말로 해요?" 나타샤가 말했다.

하지만 그럼에도 그날 밤 흥분되기도 하고 겁이 나기도 한 나타샤는 눈동자를 움직이지 않고 오래도록 어머니의 침대에 누워 있었다. 그녀는 어머니에게 그가 자신을 칭찬했다고, 외국에 갈 예정이라고, 그녀의 가족이 이번 여름에 어디에서 지낼지 물었다고, 보리스에 관해 물었다고 이야기했다.

"하지만 이런 건, 이런 건…… 나에게 한 번도 없던 일이에요!" 그녀가 말했다. "다만 그 사람과 있으면 전 무서워요. 그 사람과 있으면 늘 무서워요. 이게 뭘 의미할까요? 그러니까, 이번엔 진짜예요, 그렇죠? 엄마, 주무세요?"

"아니, 얘야, 나도 두렵단다." 어머니가 대답했다. "이제 내 방으로 가렴."

"괜찮아요. 난 안 잘 거예요. 잔다는 건 정말 어리석은 짓이에요! 엄마, 엄마, 이런 일은 나한테 한 번도 없었어요!" 그녀는 내면에서 인식하던 감정 앞에서 놀라움과 두려움을 느끼며 말했다. "누가 생각이나 했겠어요……!"

나타샤에게는 오트라드노예에서 안드레이 공작을 처음 보았을 때 벌써 그를 사랑하게 된 것만 같았다. 그녀는 자신이 그때 선택한 (그녀는 이 점을 굳게 확신했다) 남자, 바로 그 남자가 지금 자신을 다시 만나서 자신에게 관심을 보이는 것 같은 이 예기치 못한 이상한 행복에 놀란 듯했다. '우리가 이곳에 있는 지금, 그도 우연치 않게 페테르부르크에 와야 했던 거야. 그리고 우리는 그 무도회에서 만나야 했던 거야. 이건 다 운명이야. 이게 운명이란 건,

그 모든 일이 이것으로 이끌렸다는 건 분명해. 그를 보기만 했던 그때도 난 뭔가 특별한 것을 느꼈어.'

"그 사람이 너한테 또 무슨 말을 했냐? 무슨 시 같은 게 있지 않았어? 한번 읊어 보렴……" 어머니는 안드레이 공작이 나타샤의 앨범에 써 준 시에 대해 물으며 시름에 잠긴 표정으로 말했다.

"엄마, 그 사람이 홀아비인 게 창피하진 않죠?"

"그만, 나타샤. 하느님께 기도해라. **결혼은 하늘이 맺어 주는 거란다.**"

"사랑하는 엄마, 엄마를 얼마나 사랑하는지 몰라요. 기분이 너무 좋아요!" 나타샤가 외쳤다. 그러고는 행복과 흥분의 눈물을 흘리며 어머니를 껴안았다.

바로 그 시각, 안드레이 공작은 피에르의 집에서 나타샤를 향한 자신의 사랑과 그녀와 결혼하려는 확고한 결심에 대해 그에게 털어놓고 있었다.

그날 엘레나 바실리예브나 백작 부인은 성대한 야회를 열었다. 프랑스 공사가 참석했고, 얼마 전부터 백작 부인의 집을 빈번하게 드나들던 왕자를 비롯해 많은 훌륭한 귀부인들과 남자들이 함께 했다. 피에르는 아래층에 내려와 홀들을 잠시 돌아보았고, 뭔가에 골몰한 멍하고 암울한 표정으로 손님들을 놀라게 했다.

피에르는 무도회 이후 내면에서 우울증의 발작이 다가오는 것을 느끼며 필사적인 노력으로 맞서 싸우고 있었다. 아내가 왕자와 친밀해진 이후 피에르는 생각지도 않게 시종의 직위를 하사받았고, 그때부터 그는 상류 사회에서 괴로움과 수치심을 느끼게 되었다. 인간사의 부질없음에 대한 암울한 생각이 더 자주 그를 찾아오기 시작했다. 바로 그때 자신의 보호 아래 있는 나타샤와 안드레이 공작 사이에서 그가 눈치챈 감정은 자신과 친구가 처한 상반된 상태로 인해 그 암울한 기분을 한층 깊어지게 했다. 그는 아내와 나타샤와 안드레이 공작에 대한 생각을 똑같이 피하려고 노력했다. 또다시 영원에 비하면 모든 것이 보잘것없게 여겨졌고, 또다시 '무엇을 위해?'라는 질문이 떠올랐다. 그래서 그는 악령의 접근을 물리치기 바라며 밤낮없이 프리메이슨 저작에 매달렸다. 밤 11시가 넘어 백작 부인의 방을 나온 피에르는 담배 연기 자욱하고 천장이 낮은 위층 자기 방 책상 앞에 낡은 할라트 차림으로 앉아 스코틀랜드 문서의 원본을 베껴 썼다. 그때 누군가가 들어왔다. 안드레이 공작이었다.

"아, 당신이군요." 피에르는 무심하고 불만스러운 표정으로 말했다. "일하던 참입니다." 그는 불행한 사람들이 자기 일거리를 바라보며 짓는, 인생의 불운에서 구원받은 표정으로 공책을 가리키며 말했다.

안드레이 공작은 생의 활기를 되찾은, 환희에 찬 빛나는 얼굴로 피에르 앞에 멈춰 서서 그의 슬픈 얼굴을 알아차리지 못한 채 행복의 이기주의가 어린 미소를 지었다.

"이보게, 친구." 그가 말했다. "어제 말하려던 것 때문에 오늘 자네에게 왔지. 이런 비슷한 걸 느껴 본 적이 한 번도 없어. 난 사랑에 빠졌네, 친구."

피에르는 갑자기 무거운 한숨을 내쉬고 안드레이 공작 옆의 소파에 털썩 앉았다.

"나타샤 로스토바죠, 맞아요?" 그가 말했다.

"그래, 맞아, 아니면 누구겠어? 나도 믿지 못할 일이지만, 이 감정이 나 자신보다 강해. 어제 난 괴롭고 고통스러웠지. 하지만 이 괴로움도 세상 무엇을 준대도 내놓지 않을 거야. 이전의 난 산 게 아니었어. 이제야 비로소 난 살아 있네. 하지만 그녀 없이는 살 수 없어. 그런데 과연 그녀는 날 사랑할까……? 그녀에 비하면 난 늙은이잖아. 왜 자네는 아무 말이 없나……?"

"나요? 나? 내가 뭐라고 했습니까?" 피에르는 일어나서 방 안을 거닐며 불쑥 말했다. "난 항상 그렇게 생각했어요……. 그 아가씨는 굉장한 보물입니다, 굉장한……. 보기 드문 아가씨예요. 친구, 부탁이니 너무 깊이 생각하지 말아요. 의심하지 말고 결혼해요, 결혼해요, 결혼해……. 당신보다 행복한 남자는 없을 거라고 확신합니다."

"하지만 그녀는?"

"그녀는 당신을 사랑합니다."

"말도 안 되는 소리 하지 마……." 안드레이 공작은 미소 띤 얼굴로 피에르의 눈을 바라보며 말했다.

"사랑합니다, 내가 알아요." 피에르는 성난 목소리로 외쳤다.

"아니, 들어 봐." 안드레이 공작이 그의 손을 잡고 만류하며 말했다. "내가 어떤 상태인지 자네가 알까? 난 모든 것을 누구에게든 털어놓아야 해."

"자, 자, 말하세요. 난 정말 기쁩니다." 피에르가 말했다. 그러자 정말로 얼굴이 변하고 주름살이 펴졌다. 그는 기쁜 표정으로 안드레이 공작의 말에 귀를 기울였다. 안드레이 공작은 전혀 다른, 새로운 사람처럼 보였고, 실제로도 그랬다. 그의 우울, 삶에 대한 멸시와 환멸은 어디로 간 것일까? 피에르는 그가 고백을 결심한 유일한 사람이었다. 하지만 그는 이미 그것을 넘어 마음속에 있던 모든 것을 피에르에게 털어놓고 있었다. 그는 주저하지 않고 가볍게 미래의 장기적인 계획을 세우며 아버지의 변덕 때문에 자신의 행복을 희생할 수는 없다고, 아버지에게 이 결혼을 허락하고 그녀를 사랑하게 만들든 아니면 아버지의 동의 없이 해결하든 하겠다고 말했다. 그는 자신을 지배하는 감정을 자신과 무관한, 이상하고 낯선 무언가인 양 놀라워하기도 했다.

"내가 이처럼 사랑할 수 있다고 누가 나에게 말했다면 나는 그말을 믿지 않았을 거야." 안드레이 공작은 말했다. "이건 예전에 내가 느끼던 감정과는 전혀 달라. 내게는 온 세상이 둘로 나뉘어 있어. 하나는 그녀야. 거기에는 온갖 행복과 희망과 빛이 있지. 나머지 절반은 그녀가 없는 곳이야. 거기에는 오직 우울과 어둠뿐이네……."

"어둠과 암흑." 피에르가 말했다. "네, 네, 나도 이해합니다."

"난 빛을 사랑하지 않을 수 없어. 그건 내 잘못이 아니야. 그리고 난 몹시 행복하네. 자넨 날 이해하지? 난 자네가 나 때문에 기쁘다는 걸 알아."

"네, 그럼요." 피에르는 부드러우면서도 우울한 눈빛으로 친구를 바라보았다. 안드레이 공작의 운명이 밝아 보일수록 자신의 운명은 더 암울하게 여겨졌다.

23

결혼을 위해서는 아버지의 허락이 필요했다. 이를 위해 안드레이 공작은 다음 날 아버지에게로 떠났다.

아버지는 겉으로는 평정을 유지했지만 속으로는 분개하며 아들의 전언을 받아들였다. 그는 자신의 삶은 이미 끝나 가는데 누군가가 삶을 변화시키려 하고 삶 속에 새로운 무언가를 들이려 하는 것을 납득할 수 없었다. '그냥 내가 원하는 대로 남은 삶을 살게 내버려 둬. 그러고 나서 원하는 대로 하면 되잖아.' 노인은 속으로 말했다. 그러나 아들에게는 중요한 경우에 이용하던 외교술을 썼다. 그는 차분한 어조를 취하고 모든 일을 검토했다.

첫째, 이 결혼은 가문, 재산, 명성 면에서 대단치 않았다. 둘째, 안드레이 공작은 팔팔한 청춘이 아니고 건강도 좋지 않은데 (노인은 특히 이 점에 기댔다) 그녀는 너무 젊다. 셋째, 어린 여자가 맡기에는 딱한 일인 그의 아들이 있었다. 마지막으로 넷째, 아버지는 조소 어린 눈빛으로 아들을 바라보며 말했다. "내가 부탁하마. 이 문제를 한 해 연기해라. 외국에 나가 치료를 받고 네가 원하는 대로 니콜라이 공작을 위해 독일인도 찾아봐. 그런 다음에도 사랑이든 열정이든 고집이든, 네가 뭐라 부르든 그것이 강하거든 그때 결혼해라. 이게 내 마지막 말이다. 명심해라, 마지막······."
공작은 그 무엇도 자신의 결정을 바꿀 수 없다는 것을 보여 주는 어조로 말을 맺었다.

안드레이 공작은 분명하게 깨달았다. 노인은 그나 그의 미래의 신부의 감정이 한 해의 시험을 이겨 내지 못하거나 혹은 노공작 자신이 한 해가 가기 전에 죽기를 바라고 있었다. 그래서 그는 아버지의 뜻을 따라, 청혼을 하되 결혼은 1년 미루기로 결심했다.

로스토프가를 마지막으로 방문한 밤 이후 3주가 지나 안드레이 공작은 페테르부르크로 돌아왔다.

어머니와 의논한 다음 날 나타샤는 온종일 볼콘스키를 기다렸지만 그는 오지 않았다. 그다음 날도, 또 그다음 날도 마찬가지였다. 피에르 역시 오지 않았다. 안드레이 공작이 아버지에게 간 사실을 모르던 나타샤는 그가 오지 않는 이유를 알 길이 없었다.

그렇게 3주가 흘렀다. 나타샤는 아무 데도 가려 하지 않고 그림자처럼 하릴없이 침울하게 이 방 저 방 돌아다녔다. 밤에는 아무도 모르게 흐느꼈고, 밤이면 들르곤 하던 어머니에게도 가지 않았다. 그녀는 끊임없이 얼굴을 붉히고 짜증을 냈다. 모두가 자신의 실망을 알고 비웃고 동정하는 것 같았다. 마음속 슬픔이 극심한 상황에서 이 허영의 고통은 그녀의 불행을 더욱 깊어지게 했다.

어느 날 그녀는 백작 부인에게 와서 무언가 말하려다가 와락 울음을 터뜨렸다. 그녀의 눈물은 무엇 때문에 벌을 받았는지 자신은 모르는, 마음을 다친 아이의 눈물이었다. 백작 부인이 나타샤를 달랬다. 나타샤는 처음엔 어머니의 말에 귀를 기울이다가 불쑥 말을 가로막았다.

"그만하세요, 엄마. 전 생각하지도 않고, 생각하고 싶지도 않아요! 그러니까 잠깐 드나들다 발길을 끊은 거예요. 발길을 끊은 거라고요⋯⋯."

그녀의 목소리가 떨렸다. 그녀는 울음을 터뜨릴 것 같았지만 마음을 추스르고 침착하게 말을 이어 갔다.

"그리고 전 결혼하고 싶지 않아요. 게다가 그 사람이 무서워요. 이제는 마음이 완전히, 완전히 편안해졌어요⋯⋯."

그 대화를 나눈 다음 날 나타샤는 아침마다 즐거움을 주는 옷이라며 특별히 여기던 헌 옷을 걸쳤다. 그리고 아침부터 무도회 이후 그만둔 예전의 생활 방식을 시작했다. 그녀는 차를 마신 후 강한 공명 때문에 특히 좋아하던 홀로 가서 솔페지오(성악 연습곡)를 불렀다. 첫 번째 과제를 끝낸 그녀는 홀 한가운데에 서서 특히 좋아하던 한 악절을 반복했다. 그녀는 텅 빈 홀에 흘러넘쳐 공간 전체를 가득 채우고 서서히 사라진 그 소리들의 (마치 그녀로서는 전혀 예기치 못한 듯한) 매력에 기쁜 마음으로 귀를 기울였다. 그러자 갑자기 즐거워졌다. '그걸 자꾸 생각해 봤자 뭐 하겠어? 이대로가 좋아.' 그녀는 속으로 말하고 홀 안을 이리저리 거닐기 시작했다. 울림이 좋은 세공 마루 위를 평범한 걸음으로 걷지 않고, 매 걸음마다 뒤축으로 디뎠다가 (그녀는 좋아하는 새 구두를 신고 있었다) 구두코로 걸음을 떼며 자기 목소리에 귀를 기울일 때처럼 뒤축의 규칙적인 울림과 구두코의 삐걱거림에도 즐겁게 귀를 기울였다. 거울 옆을 지나가다 그녀는 거울을 들여다보았다. '저 여자가 나야!' 자기 모습을 본 그녀의 표정은 이렇게 말하는 듯했다. '음, 좋아. 난 누구도 필요하지 않아.'

하인이 무언가를 치우려고 홀에 들어오려 했다. 하지만 그녀는 하인을 들이지 않고 그의 등 뒤로 문을 닫고는 다시 자신의 산책을 계속했다. 이날 아침 그녀는 자신이 좋아하는, 자신에 대한 사랑과 매료의 상태로 다시 돌아왔다. '저 나타샤는 정말 매력적이군요!' 그녀는 다시 어떤 집합적인 삼인칭 남성 인물의 말로 자신에 대해 말했다. '예쁘고 목소리도 좋고 젊어요. 아무도 성가시게 하지 않지요. 그녀를 그냥 가만히 내버려 둬요.' 그러나 사람들이 아무리 오래 내버려 두어도 그녀는 이미 평온해질 수 없었고, 즉시 이 점을 느꼈다.

현관문이 열리더니 누군가가 "집에 계신가?" 하고 물었다. 그리고 누군가의 발소리가 들려왔다. 나타샤는 거울을 보고 있었지만 자기 모습이 눈에 들어오지 않았다. 그녀는 현관방에서 나는 소리에 귀를 기울이고 있었다. 그녀가 자기 모습을 보았을 때 얼굴이 창백했다. 그였다. 문이 닫히는 바람에 그의 목소리가 겨우 들렸지만 그녀는 분명히 알 수 있었다.

나타샤는 두려움에 휩싸인 창백한 얼굴로 응접실에 뛰어 들어갔다.

"엄마, 볼콘스키가 왔어요!" 그녀가 말했다. "엄마, 끔찍해요. 못 견디겠어요! 괴롭고…… 싫지 않아요! 전 어떡해요……?"

백작 부인이 미처 그녀에게 대답하기도 전에 안드레이 공작이 불안하고 진지한 얼굴로 응접실에 들어섰다. 나타샤를 보자마자 그의 얼굴이 환하게 빛났다. 그는 백작 부인과 나타샤의 손에 입을 맞추고 소파 옆에 앉았다.

"오랜만에……." 백작 부인이 입을 열었다. 그러나 안드레이 공작이 그녀의 질문에 대답하며 말을 가로막았다. 서둘러 용건을 말하려는 듯했다.

"아버지를 찾아뵙느라 요즘 계속 오지 못했습니다. 아주 중요한 문제 때문에 아버지와 의논을 해야 했습니다. 어젯밤에 막 돌아왔습니다." 나타샤를 쳐다보고 나서 그가 말했다. "백작 부인과 의논할 일이 있습니다." 그는 잠시 침묵한 후 덧붙였다.

백작 부인은 무겁게 한숨을 쉬고 나서 눈을 내리깔았다.

"얼마든지요." 그녀가 말했다.

나타샤는 자리를 피해야 한다는 걸 알았지만 그럴 수 없었다. 갑자기 목이 꽉 죄어 왔다! 그녀는 눈을 동그랗게 뜨고 안드레이 공작을 무례하게 똑바로 바라보았다.

'지금? 이 순간……! 아니야, 그럴 리 없어!' 그녀는 생각했다.

그가 다시 그녀를 쳐다보았고, 그 시선은 그녀가 착각한 것이 아님을 확인시켜 주었다. 그랬다. 지금, 이 순간 그녀의 운명이 결정되고 있었다.

"나가 있으렴, 나타샤. 내가 부르마." 백작 부인이 속삭이는 소리로 말했다.

나타샤는 겁에 질려 애원하는 눈길로 안드레이 공작과 어머니를 쳐다보고는 밖으로 나갔다.

"백작 부인, 따님에게 청혼을 하러 왔습니다." 안드레이 공작이 말했다.

백작 부인의 얼굴이 확 붉어졌다. 그러나 그녀는 아무 말도 하지 않았다.

"당신의 청혼이……." 백작 부인이 침착하게 입을 열었다. 그는 말없이 그녀의 눈을 바라보다. "당신의 청혼이…… (그녀는 당황했다) 우리는 기쁩니다. 난…… 당신의 청혼을 받아들이겠어요. 난 기뻐요. 남편도……. 바라건대…… 하지만 저 아이한테 달린 거니까……."

"허락해 주시면 그녀에게 말하겠습니다. 허락해 주시겠습니까?" 안드레이 공작이 말했다.

"네." 백작 부인은 이렇게 말하고 손을 내밀었다. 그가 그녀의 손 위로 허리를 굽히자 그녀는 서먹함과 다정함이 뒤섞인 감정으로 그의 이마에 입술을 댔다. 그녀는 그를 아들처럼 사랑하고 싶었다. 하지만 그가 낯설고 무서운 사람으로 느껴졌다.

"난 남편이 허락할 거라고 믿어요." 백작 부인이 말했다. "하지만 당신 아버님은⋯⋯."

"제 계획을 말씀드렸더니 아버지는 한 해가 지나기 전에는 결혼하지 않는 것을 허락의 조건으로 제시하셨습니다. 그래서 이 사실을 말씀드리고 싶었습니다." 안드레이 공작이 말했다.

"사실, 나타샤가 아직 어리긴 하지만 1년은 너무 길군요!"

"달리 어쩔 도리가 없었습니다." 안드레이 공작은 한숨을 쉬며 말했다.

"그 아이를 당신에게 보낼게요." 백작 부인은 이렇게 말하고 방에서 나갔다.

"주여, 우리에게 자비를 베푸소서." 그녀는 딸을 찾으며 계속 같은 말을 되풀이했다. 나타샤는 침실에 있다고 소냐가 말했다. 얼굴이 하얗게 질린 나타샤는 침대 위에 앉아 메마른 눈으로 이콘을 바라보고 빠르게 성호를 그으며 속삭이는 소리로 무언가를 중얼거리고 있었다. 어머니를 보자 그녀는 벌떡 일어나 달려갔다.

"뭐예요? 엄마⋯⋯? 뭐예요?"

"가라, 그 사람에게 가 봐. 그 사람이 너에게 청혼을 했구나." 백작 부인은 차갑게 말했다. 나타샤에게는 그렇게 느껴졌다. "가렴⋯⋯ 어서 가." 어머니는 달려가던 딸의 뒤에다 서글픔과 질책 어린 어조로 중얼거리고는 무겁게 한숨을 쉬었다.

나타샤는 자신이 어떻게 응접실에 들어왔는지 전혀 기억하지 못했다. 문을 열고 들어왔다가 그를 보고는 그 자리에 멈춰 섰다. '정말 이 낯선 남자가 이제 나의 **전부**가 된 것인가?' 그녀는 스스로에게 물었고, 곧바로 대답했다. '그래, 전부야. 이제 나에게는 이 한 사람이 세상 무엇보다 더 소중해.' 안드레이 공작은 눈을 떨군 채 그녀에게 다가갔다.

"처음 본 순간부터 당신을 사랑했습니다. 내가 희망을 품어도 되겠습니까?"

그는 그녀를 쳐다보았다. 그녀의 표정에 어린 진지한 열정이 그를 놀라게 했다. 그녀의 얼굴은 이렇게 말하고 있었다. '뭐 하러 물어요? 그걸 뭐 하러 의심해요? 말로 표현할 수 없는 느낌을 말해서 뭐 해요.'

그녀는 가까이 다가와 멈춰 섰다. 그가 그녀의 손을 잡고 입을 맞추었다.

"날 사랑합니까?"

"네, 네." 나타샤는 화난 듯이 말했다. 그러고 나서 한 번, 또 한 번 크게 한숨을 쉬고 점점 더 가쁘게 숨을 내뱉더니 흐느끼기 시작했다.

"왜요? 무슨 일이에요?"

"아, 너무 행복해요." 그녀는 눈물을 흘리며 미소를 짓고 대답했다. 그리고 그에게 가까이 몸을 숙였고, 이래도 되는지 스스로에게 묻는 듯 잠시 생각하더니 입을 맞추었다.

안드레이 공작은 그녀의 손을 잡고 눈을 바라보았다. 자기 마음속에서 그녀에 대한 이전의 사랑은 찾을 수 없었다. 그의 마음속에서 무언가가 갑자기 방향을 바꾸었다. 갈망에 깃든 이전의 시적이고 비밀스러운 매력은 어디에도 없었다. 대신 그녀의 여성적이고 아이 같은 연약함에 대한 연민, 그녀의 헌신적인 사랑과 신뢰에 대한 두려움, 영원히 그와 그녀를 묶은 의무에 대한 힘겹고도 기쁜 자각이 마음을 채우고 있었다. 지금의 감정은 이전처럼 눈부시고 시적이지는 않았으나 더 진지하고 더 강했다.

"한 해가 지나기 전에는 결혼할 수 없다고 **어머니**가 말씀하셨습니까?" 안드레이 공작은 그녀의 눈을 계속 바라보며 말했다.

'정말 이게 나일까, 그 여자아이일까? (다들 나에 대해 그렇게 말했어.)' 나타샤는 생각했다. '정말 지금 이 순간부터 난 낯설고 사랑스럽고 지적인, 나의 아버지마저 존경하는 이 남자와 동등한 **아내**인 걸까? 과연 이게 사실일까? 이제는 더 이상 장난으로 살아서는 안 되고, 이제 난 어른이고, 이제는 나의 모든 일과 말에 대한 책임을 스스로 져야 하는 것이 과연 사실일까? 참, 그가 나에게 뭘 물었더라?'

"아니요." 그녀는 대답했다. 그러나 그녀는 그가 한 질문을 이해하지 못했다.

"용서하십시오." 안드레이 공작이 말했다. "하지만 당신은 너무나 젊고, 나는 이미 인생을 너무나 많이 겪었습니다. 난 당신이 두렵습니다. 당신은 자신을 모릅니다."

나타샤는 그가 하는 말의 의미를 헤아리려 애쓰며 주의를 집중해 들었지만 이해할 수 없었다.

"나의 행복을 미루는 이 1년이 나에겐 몹시 힘들겠지만……." 안드레이 공작은 말을 이었다. "당신은 이 기간 동안 자신을 시험하게 될 겁니다. 한 해가 지난 후에 날 행복하게 해 주길 부탁합니다. 하지만 당신은 자유롭습니다. 우리의 약혼은 비밀로 남을 겁니다. 당신이 나를 사랑하지 않는다고 깨닫게 되면 다른 사람을……." 안드레이 공작은 부자연스러운 미소를 지으며 말했다.

"왜 그런 말을 하세요?" 나타샤가 그의 말을 가로막았다. "당신이 오트라드노예에 온 바로 그날부터 내가 당신을 사랑했다는 걸 당신은 알잖아요." 그녀는 자신이 진실을 말한다고 굳게 확신하며 말했다.

"한 해 동안 당신은 자신을 알게 될 겁니다……."

"꼬박…… 1년이라고요!" 갑자기 나타샤가 말했다. 결혼이 한 해 연기된 것을 이제야 겨우 깨달은 것이다. "아니, 왜 한 해를? 어째서 한 해를……?" 안드레이 공작은 결혼이 연기된 이유를 그녀에게 설명했다. 나타샤는 그의 말을 듣지 않았다.

"다른 방법은 없나요?" 그녀가 물었다. 안드레이 공작은 아무 대답도 하지 않았다. 그러나 얼굴 표정으로 결정을 바꿀 수 없다는 것을 말하고 있었다.

"너무해요! 안 돼요, 이건 너무해요, 너무해!" 나타샤가 갑자기 이렇게 말하며 다시 흐느끼기 시작했다. "1년을 기다리다가 난 죽을 거예요. 그럴 수는 없어요. 그건 너무해요." 그녀는 약혼자의 얼굴을 쳐다보고 연민과 의혹의 표정을 읽었다.

"아니, 아니에요. 뭐든 하겠어요." 그녀는 눈물을 뚝 그치고 말했다. "난 너무 행복해요!"

아버지와 어머니가 방으로 들어와 약혼한 두 남녀를 축복했다.

그날부터 안드레이 공작은 약혼자로서 로스토프가를 드나들기 시작했다.

24

약혼식은 없었고, 볼콘스키와 나타샤의 약혼 소식은 누구에게도 알려지지 않았다. 안드레이 공작이 그러기를 고집했다. 자기 때문에 결혼이 연기되었으므로 모든 괴로움도 자신이 짊어져야 한다고 말했다. 그는 스스로를 자신의 말로 영원히 속박했지만 나타샤를 구속하고 싶지는 않으니 완전한 자유를 허락한다고 말했다. 만약 반년 뒤에 그를 사랑하지 않는다고 느껴, 그를 거절한다 해도 그것은 그녀의 권리일 것이다. 물론 부모도 나타샤도 그런 말을 듣고 싶어 하지 않았다. 그러나 안드레이 공작은 자기 의견을 고집했다. 안드레이 공작은 매일 로스토프가에 갔지만 약혼자로서 나타샤를 대하지는 않았다. 그는 그녀를 **존칭**으로 불렀고 손에만 입을 맞추었다. 청혼한 날 이후 안드레이 공작과 나타샤 사이에는 예전과 전혀 다른 친밀하고 꾸밈없는 관계가 형성되었다. 그들은 마치 이제껏 서로를 몰랐던 듯했다. 그도 그녀도 그들이 아직 **아무것도** 아니었을 때 서로를 어떻게 바라보았는지 회상하기를 좋아했다. 이제 두 사람은 자신을 완전히 다른 존재로 느꼈다. 그때는 가장된 모습이었는데 지금은 꾸밈없이 진솔해진 것이다. 처음에는 가족들 사이에서 안드레이 공작을 불편해하는 기색이 느껴졌다. 그는 낯선 세계에서 온 사람처럼 보였다. 그래서 나타샤는 가족들이 안드레이 공작을 친숙하게 느끼도록 하는 데 오랜 시간을 들였다. 그는 그저 특별해 보이는 것뿐이라고, 우리와 똑같은 사람이라고, 자기는 그가 무섭지 않다고, 그러니까 누구도 그를 두려워하면 안 된다고 모두에게 자랑스럽게 단언했다. 며칠이 지나자 가족들은 그에게 익숙해져서 그가 있어도 거리낌 없이 이전의 생활 방식대로 지냈고, 그도 그 생활을 함께했다. 그는 백작과는 영지 경영에 대해, 백작 부인과 나타샤와는 의상에 대해, 소냐와는 앨범과 자수에 대해 이야기를 나누었다. 이따금 로스토프가의 식구들은 자기들끼리 있을 때나 안드레이 공작이 있는 자리에서도 이 모든 일이 어떻게 일어나게 되었는지, 그 전조가 얼마나 뚜렷했던지를 말하며 놀라곤 했다. 안드레이 공작이 오트라드노예에 온 것도, 그들이 페테르부르크에 온 것도, 안드레이 공작이 처음 왔을 때 보모가 나타샤와 안드레이 공작이 닮았다고 한 것도, 1805년에 안드레이와 니콜라이가 충돌했던 것도, 또 그 밖의 많은 전조들도 가족들은 언급했다.

약혼한 남녀가 있을 때 늘 따라다니기 마련인 시적인 따분함과 침묵이 집 안을 지배했다. 자주 다들 함께 앉아서 침묵했다. 이따금 식구들이 일어나 자리를 뜨고 약혼자와 약혼녀 단둘이 남았을 때도 여전히 계속 침묵했다. 그들이 자신들의 미래에 대해 이야기하는 일은 드물었다. 안드레이 공작은 그 이야기를 하는 것을 두려워하고 부끄러워했다. 나타샤는 늘 짐작하던 그의 모든 감정과 마찬가지로 이 감정도 함께 나누었다. 한번은 나타샤가 그의 아들에 대해 묻기 시작했다. 안드레이 공작은 얼굴을 붉혔다. 요즘 그에게서 자주 볼 수 있는 모습이었는데, 나타샤는 특히 그 모습을 좋아했다. 그는 아들이 그들과 함께 살지 않을 것이라고 말했다.

"왜요?" 나타샤가 깜짝 놀라며 물었다.

"그 아이를 할아버지에게서 빼앗을 순 없어요. 그리고 또……."

"그 아이를 정말 사랑해 줄 텐데요!" 나타샤는 즉시 그의 생각을 짐작하고 말했다. "하지만 당신과 나를 비난할 빌미를 남기고 싶어 하지 않는 거 알아요."

노백작은 이따금 안드레이 공작에게 다가와 입을 맞추고 페탸의 교육이나 니콜라이의 군 복무에 대한 조언을 구했다. 노백작 부인은 그들을 바라보며 한숨을 쉬었다. 소냐는 매 순간 군더더기가 될까 봐 걱정하며 그들이 굳이 바라지 않을 때도 단둘이 남겨 둘 구실을 찾으려고 애썼다. 안드레이 공작이 말할 때 (그는 이야기를 아주 잘했다) 나타샤는 자랑스러운 표정으로 귀를 기울였다. 자신이 말할 때면 그가 유심히 바라보는 것을 알아채고 두려움과 기쁨을 느꼈다. 그녀는 의혹에 싸여 스스로에게 물었다. '그는 내 안에서 무엇을 찾는 걸까? 저 시선으로 무엇을 얻으려는 걸까? 저 시선으로 그가 찾는 것이 내 안에 없으면 어떡하지?' 가끔 그녀는 특유의 미치도록 즐거운 기분에 젖었다. 그럴 때 그녀는 안드레이 공작이 소리 내어 웃는 모습을 보고 듣는 것을 특히 좋아했다. 그는 좀처럼 소리 내어 웃지 않았다. 그 대신 일단 소리 내어 웃기 시작하면 그 웃음에 자신을 온전히 내맡겼다. 그런 웃음 후에 매번 그녀는 그와 좀 더 가까워진 기분을 느꼈다. 점점 가까워 오는 임박한 이별에 대한 생각이 위협하지만 않았다면 나타샤는 더할 나위 없이 행복했을 것이다.

페테르부르크를 떠나기 전날, 안드레이 공작은 무도회 이후로 로스토프가를 한 번도 찾지 않은 피에르를 데려왔다. 피에르는 어찌할 바를 몰라 하며 당황한 모습이었다. 그는 어머니와 이야기를 나누었다. 나타샤는 소냐와 함께 체스 테이블 앞에 앉아서 함께 두자며 안드레이 공작을 불렀다. 그가 그들에게 다가갔다.

"당신은 오래전부터 베주호프를 알지요?" 그가 물었다. "그를 좋아합니까?"

"네, 훌륭한 사람이에요. 하지만 몹시 우스꽝스러워요."

그리고 그녀는 피에르에 대해 말할 때면 언제나 그렇듯 그의 산만함에 얽힌 일화들, 심지어 사람들이 그에 대해 꾸며 낸 일화들까지 이야기했다.

"실은 그에게 우리의 비밀을 고백했습니다." 안드레이 공작이 말했다. "나는 그를 어릴 때부터 압니다. 황금 심장이에요. 부탁입니다, 나탈리." 그가 갑자기 진지하게 말했다. "난 떠납니다. 무슨 일이 일어날지는 하느님만 아십니다. 당신의 사랑이 식을…… 그래요, 이런 말을 해선 안 된다는 걸 압니다. 한 가지, 내가 없는 동안 당신에게 무슨 일이 생기든……."

"무슨 일이 생기다니요……?"

"어떤 슬픔이 있든……." 안드레이 공작이 말을 이었다. "당신에게 부탁합니다, **마드무아젤 소피**, 무슨 일이 있든 그 한 사람에게만 조언과 도움을 구하십시오. 아주 멍하고 우스꽝스러운 사람이지만 황금 심장 그 자체니까요."

아버지와 어머니도, 소냐도, 안드레이 공작 자신도 약혼자와의 이별이 나타샤에게 어떤 영향을 미칠지 예견할 수 없었다. 이날 그녀는 발갛게 흥분된 얼굴과 메마른 눈을 하고 무엇이 그녀를 기다리는지 깨닫지 못하는 듯 집 안을 돌아다니며 아주 하찮은 일들에 매달렸다. 그가 작별 인사를 하며 그녀의 손에 마지막 입맞춤을 하던 순간에도 그녀는 울지 않았다.

"떠나지 말아요!" 정말 남아야 하지 않을까 하고 그를 주저하게 만들었던, 그 후로 그가 오래도록 기억했던 그 목소리로 이렇게 말했을 뿐이었다. 그가 떠난 후에도 그녀는 눈물을 보이지 않았다. 그러나 며칠을 울지 않고 방에 틀어박혀 무엇에도 관심을 보이지 않고 이따금 이렇게 말할 뿐이었다. "아, 그는 왜 떠난 걸까!"

하지만 그가 떠나고 2주가 지나자 그녀는 마찬가지로 주변 사람들의 예상과 달리 마음의 병에서 깨어나 예전과 다름없는 모습이 되었다. 다만 아이들이 오랜 병을 앓고 난 후에 달라진 얼굴로 침대에서 일어나듯, 그녀의 정신적 용모는 달라져 있었다.

25

니콜라이 안드레예비치 볼콘스키 공작의 건강은 아들이 떠나고 지난 한 해 몹시 약해졌다. 성격도 전보다 훨씬 더 신경질적이 되었고, 이유 없이 터뜨리는 격렬한 분노는 대부분 마리야 공작 영애에게 쏟아졌다. 그는 가능한 한 더 잔인하게 정신적으로 괴롭히기 위해 그녀의 가장 아픈 곳을 애써 샅샅이 찾는 것 같았다. 마리야 공작 영애에게는 두 가지 열정과 그에 따른 두 가지 기쁨이 있었다. 조카 니콜루시카와 종교였다. 둘 다 공작이 공격하고 조롱할 때 즐겨 들먹이는 주제였다. 무슨 말을 하든 그는 대화를 노처녀들의 미신이나 아이들을 응석받이로 만들고 망치는 문제로 이끌었다. "너는 그 애(니콜루시카)를 너 같은 노처녀로 만들고 싶은 게지. 쓸데없다. 안드레이 공작에게는 처녀가 아니라 아들이 필요해." 그는 이렇게 말했다. 아니면 마리야 공작 영애가 있는 자리에서 **마드무아젤 부리엔**을 향해 우리 신부들과 이콘이 마음에 드느냐고 물으며 조롱하곤 했다…….

그는 끊임없이 마리야 공작 영애에게 심한 모욕을 주었다. 그러나 딸은 그를 용서하기 위해 심지어 자신을 억누르지도 않았다. 과연 그가 그녀 앞에서 잘못을 저지를 수 있을까? 그녀를 사랑하던 (어쨌든 그녀는 이 점을 알았다) 아버지가 과연 그녀에게 부당한 행동을 할 수 있었을까? 그렇다면 정의란 무엇인가? 공작 영애는 정의라는 오만한 말에 대해 단 한 번도 생각한 적이 없었다. 인류의 온갖 복잡한 율법들은 그녀에게 하나의 단순하고 명백한 율법, 스스로 하느님이면서 인류를 위해 사랑으로 고통을 감내한 그분이 우리에게 가르친 사랑과 자기희생의 율법으로 집약되었다. 다른 사람들의 정의와 불의가 그녀와 무슨 상관이란 말인가? 그녀가 몸소 고통을 감내하고 사랑해야 했다. 그리고 그렇게 하고 있었다.

겨울에 안드레이 공작이 리시예 고리를 다녀갔다. 마리야 공작 영애가 오랫동안 그에게서 보지 못한, 쾌활하고 온화하고 다정한 모습이었다. 그녀는 그에게 무언가 일어났다는 예감이 들었지만, 그는 마리야 공작 영애에게 자신의 사랑에 대해 아무 말도 하지 않았다. 떠나기 전에 안드레이 공작은 아버지와 무언가에 대해 오랫동안 대화를 나누었고, 마리야 공작 영애는 출발을 앞두고 두 사람이 서로에게 불만이 있음을 알아차렸다.

안드레이 공작이 떠난 직후 마리야 공작 영애는 페테르부르크에 있는 친구 줄리 카라기나에게 편지를 보냈다. 아가씨들이 늘 그런 공상을 하는 대로 마리야 공작 영애는 줄리를 오빠의 아내로 맺어 주는 상상을 했다. 그때 줄리는 튀르크에서 전사한 오빠의 상중에 있었다.

슬픔은 우리의 공통된 운명인가 봐요, 사랑하는 다정한 친구 **줄리**.

당신의 상실은 너무 끔찍해요. 당신들을 사랑하시면서도 당신과 당신의 훌륭한 어머님을 시험하시려는 하느님의 특별한 은혜라고밖에 달리 해석할 도리가 없네요. 아, 나의 친구, 종교가, 아니 오직 종교만이 우리를 위로해 줄 수 있다고는 말하지 않겠어요. 하지만 우리를 절망에서 벗어나게 해 줄 수는 있어요. 종교만이 그 도움 없이는 인간이 이해할 수 없는 것을 우리에게 설명해 줄 수 있어요. 삶에서 행복을 찾을 줄 알고 아무에게도 해를 끼치지 않으면서 다른 사람들의 행복을 위해 꼭 필요한 선량하고 고결한 존재들이 무엇을 위해, 왜 하느님의 부름을 받는 걸까요? 악하고 무익하고 해로운, 혹은 자신과 다른 사람들에게 짐이 되는 사람들은 무엇을 위해, 왜 살아남는 걸까요? 내가 본, 그리고 내가 결코 잊지 못할 첫 번째 죽음, 사랑하는 올케의 죽음이 나에게 그런 인상을 주었어요. 당신이 당신의 훌륭한 오빠가 무엇을 위해 죽어야 했는지 운명에 묻는 것과 마찬가지로 나도 사람에게 어떤 악도 행하지 않았고 선한 생각 말곤 아무것도 마음에 담지 않았던 그 천사 같은 리자가 무엇을 위해 죽어야 했는지 물었답니다. 도대체 이유가 뭘까요, 친구? 이제 그로부터 5년의 세월이 흘러 난 내 보잘것없는 지성으로 무엇을 위해 그녀가 죽어야 했는지, 어떻게 해서 그 죽음이 창조주의 무한한 은총의 표현이었는지 분명히 이해하기 시작했어요. 창조주의 모든 행위는 설령 우리가 그 대부분을 이해하지 못한다 해도 당신의 피조물을 향한 그분의 무한한 사랑의 발현일 뿐이에요. 종종 그런 생각이 들어요. 어쩌면 그녀는 어머니의 모든 의무를 감당할 힘을 갖기에는 천사처럼 지나치게 순수했는지도 몰라요. 그녀는 젊은 아내로서는 나무랄 데가 없었어요. 그러나 어머니가 될 수는 없었는지도 몰라요. 지금 그녀는 우리에게, 특히 안드레이 공작에게 지극히 순수한 연민과 추억을 남겼을 뿐 아니라 아마 저곳에서도 내가 감히 바랄 수 없는 자리를 받을 거예요. 하지만 그녀 한 사람에 대해서는 말할 것도 없이 때 이른 그 끔찍한 죽음은 모든 슬픔에도 불구하고 나와 오빠에게 이루 말할 수 없이 좋은 영향을 주었어요. 그때 상실의 순간에는 이런 생각이 내 머리에 떠오를 수 없었죠. 그때라면 무서워서 이런 생각들을 몰아냈을 테지만 지금은 의심할 여지 없이 너무나 명백해요. 나의 친구, 당신에게 이 얘기를 하는 것은 오직 나에게 삶의 규범이 된 복음의 진리, 즉 우리의 머리카락 한 올도 그분의 뜻이 아니면 땅에 떨어지지 않는다는 점을 당신이 납득하도록 하기 위해서예요. 그분의 뜻을 이끄는 것은 오직 우리를 향한 무한한 사랑뿐이에요. 그러니 우리에게 무슨 일이 일어나든 그것은 우리의 행복을 위한 것이죠. 당신은 우리가 다음 겨울을 모스크바에서 보낼지 물었지요? 당신을 보고 싶은 바람은 간절하지만 그런 것은 생각지도 바라지도 않아요. 부오나파르트가 그 원인인 데는 당신도 깜짝 놀랄 거예요. 바로 이런 이유랍니다. 아버지의 건강이 눈에 띄게 쇠약해졌어요. 아버지는 반박을 참지 못하시고 성마른 성격이 되셨어요. 당신이 알다시피 그 짜증은 주로 정치적 사안을 향해 있어요. 아버지는 부오나파르트가 유럽의 모든 군주들과, 특히 위대한 예카테리나의 손주인 우리 군주와 대등하게 일을 처리한다는 생각을 못 견뎌 하세요! 내가 정치 문제에 전혀 관심 없는 건 당신도 알잖아요. 하지만 난 아버지 말씀과 아버지가 미하일 이바노비치와 나누시는 대화를 통해 세상에서 벌어지는 모든 일을, 특히 사람들이 부오나파르트에게 표하는 모든 경의를 알고 있어요. 그 사람은 온 세상 가운데 리시예 고리에서만 위대한 인간으로 인정받지 못하는 것 같아요. 프랑스 황제로는 더더욱 인정받지 못하죠. 아버지는 부오나파르트에 대한 그런 경의를 견디지 못하세요. 내 생각에 아버지는 무엇보다도 정치적 사안에 대한 자신의 시각 때문에, 그리고 누구에게나 거리낌 없이 견해를 표명하시는 태도가 불러일으킬지 모를 충돌에 대한 예감 때문에 모스크바에 가는 것을 내켜 하지 않으시는 듯싶어요. 부오나파르트 때문에 불가피하게 일어날 논쟁으로 아버지는 치료를 통해 얻은 것을 다 잃으실 거예요. 아무튼 이 문제는 곧 결정이 날 거예요. 우리 가족의 삶은 오빠 안드레이가 왔던 일만 빼면 예전과 다름없어요. 내가 이미 썼듯이 그는 최근에 아주 많이 변했어요. 큰 슬픔을 겪은 후에 그는 올해 들어서야 겨우 이제 정신적으로 완전히 되살아났어요. 그는 내가 알던 어릴 적 모습으로 바뀌었어요. 황금 심장을 가진 선하고 다정한 사람으로요. 그런 마음을 가진 사람이 또 있을지 모르겠어요. 자기 삶이 끝나지 않았다는 것을 깨달은 듯해요. 하지만 그런 정신적 변화와 함께 육체적으로 아주 쇠약해졌어요. 전보다 더 여위고 신경질적이 되었어요. 오빠가 걱정인데, 의사들이 오래전부터 권한 외국 여행을 이번에 실행에 옮겨서 기뻐요. 그 여행이 오빠를 회복시켜 주기를 바라고 있어요. 당신이 편지에 쓰길, 페테르부르크에서는 오빠에 대해 가장 활동적이고 교양 있고 지적인 젊은이들 가운데 한 사람이라고 한다죠. 가족에 대한 나의 자부심을 용서해요. 난 그 점을 한 번도 의심해 본 적이 없어요. 오빠가 이곳에서 자기 농부들부터 귀족들에 이르기까지 모두에게 행한 선행은 셀 수가 없어요. 페테르부르크에서 오빠는 마땅한 대우를 받았을 뿐이에요. 대체 어떻게 해서 소문이 페테르부르크에서 모스크바에 닿는지 놀라워요. 당신이 편지에 쓴, 오빠와 작은 로스토바가 결혼할 거라는 그릇된 가짜 소문은 특히 놀랍네요. 난 안드레이가 누군가와, 특히 그녀와 결혼할 거라고는 생각하지 않아요. 바로 이런 이유 때문이에요. 첫째, 내가 알기로 그는 죽은 아내에 대해 좀처럼 얘기는 하지 않지만, 그 상실의 슬픔이 가슴에 너무 깊이 뿌리내려서 그녀에게는 후임자를, 우리 작은 천사에게는 계모를 선사하겠다는 결심을 하지 못할 거예요. 둘째, 내가 아는 한, 그 아가씨는 안드레이 공작이 좋아할 만한 부류의 여성이 전혀 아니기 때문이에요. 안드레이 공작이 그녀를 아내로 선택하리라고는 생각하지 않아요. 솔직히 말할게요. 난 그러길 바라지 않아요. 그런데 내가 너무 말을 많이 했네요. 두 번째 장이 끝나 가요. 잘 있어요, 나의 사랑하는 친구. 하느님이 당신을 거룩하고 강한 보살핌 아래 지켜 주시길. 나의 사랑하는 친구 **마드무아젤 부리엔**이 당신에게 입맞춤을 보냅니다.

마리

26

한여름에 마리야 공작 영애는 안드레이 공작이 스위스에서 보낸 생각지도 못한 편지를 받았다. 편지에서 그는 뜻밖의 이상한 소식을 그녀에게 전했다. 자신과 로스토바의 약혼 사실을 밝혔던 것이다. 편지는 온통 약혼녀에 대한 사랑의 환희와 누이에 대한 다정한 우애와 믿음으로 넘쳐 나고 있었다. 그는 지금처럼 사랑한 적이 없다고, 이제야 겨우 삶을 이해하고 알았다고 썼다. 리시예 고리에 갔을 때 아버지와는 이 문제로 이야기를 나눴지만 그녀에게는 아무 말도 하지 않은 것을 용서해 달라고 부탁했다. 그가 그녀에게 이 사실을 말하지 않은 것은 마리야 공작 영애가 아버지에게 허락을 구하다 목적은 이루지 못하고 아버지의 화만 북돋아 그 불만으로 인한 괴로움을 전부 혼자 짊어질 것 같았기 때문이라고 했다. 하지만 그가 쓰기를, 당시에는 일이 지금처럼 완전히 정해진 상태가 아니었다.

"그때 아버지는 나에게 한 해의 기간을 정해 주셨어. 이제 이미 **여섯** 달, 정해진 기간의 절반이 지나갔네. 나의 결심은 어느 때보다 더 확고해. 의사들이 이곳 온천에 붙잡아 두지 않았다면 나는 지금 러시아에 있었을 거야. 하지만 현재로서는 귀국을 세 달 더

미루어야 해. 너는 나를, 그리고 나와 아버지의 관계를 알지. 나는 아버지에게 아무것도 바라지 않아. 이전에도 그랬고, 앞으로도 언제나 나는 독립적인 존재야. 하지만 아버지가 우리와 함께하실 시간이 얼마 남지 않은 지금, 아버지의 뜻을 거역해서 노여움을 산다면 나의 행복이 절반은 깨지고 말 거야. 난 이제 아버지께도 같은 문제에 대해 편지를 쓸 거야. 네게 부탁한다. 좋은 때를 골라 편지를 전해 드리고 아버지께서 이 모든 일을 어떻게 보고 계시는지, 기간을 세 달 단축하는 데 동의하실 가망이 있는지 나에게 알려 다오."

많은 망설임과 의혹과 기도 끝에 마리야 공작 영애는 아버지에게 편지를 전했다. 다음 날 노공작은 차분하게 말했다.

"오빠에게 편지를 쓰거라. 기다리라고, 내가 죽을 때까지……. 머지않았다. 곧 자유롭게 해 줄 게다……."

공작 영애는 무어라 반박하고 싶었지만 아버지는 허용하지 않고 점점 더 언성을 높였다.

"결혼해라, 결혼해, 나의 아들아……. 훌륭한 가문이구나! 똑똑한 사람들이다, 그렇지? 부자야, 그렇지? 그래. 니콜루시카에게는 좋은 계모가 생기겠구나. 그 녀석에게 내일이라도 결혼하라고 편지해라. 니콜루시카의 계모가 된다고, 그 여자가. 그럼 난 부리엔카와 결혼하마! 하, 하, 하, 그 녀석에게도 계모가 없으면 안 되지! 다만 한 가지, 내 집에 여자는 더 이상 필요 없다. 결혼해서 혼자 힘으로 살라고 해라. 너도 그놈 집으로 이사 가면 되겠구나?" 그는 마리야 공작 영애를 돌아보았다. "하느님이 함께하시길. 속이 다 시원하구나, 시원하다…… 시원해!"

그 격분 이후 공작은 이 문제에 대해 더 이상 말을 꺼내지 않았다. 그러나 아들의 소심함에 대한 억눌린 분노는 아버지와 딸의 관계에서 표출되었다. 예전의 조롱의 구실에 새로운 한 가지, 계모와 **마드무아젤 부리엔**의 친절에 관한 대화가 더해졌다.

"왜 나는 그녀와 결혼하면 안 되는 게냐?" 그가 딸에게 말했다. "훌륭한 공작 부인이 될 게다!" 최근에 마리야 공작 영애는 아버지가 실제로 그 프랑스 여인을 점점 더 가까이하는 것을 보게 되어 당혹스럽기도 하고 놀랍기도 했다. 마리야 공작 영애는 아버지가 편지를 어떻게 받아들였는지에 대해 안드레이 공작에게 편지를 썼다. 그러나 결국엔 아버지도 그 생각을 받아들일 것이라는 희망을 주며 오빠를 위로했다.

니콜루시카와 그의 양육, **앙드레** 그리고 종교는 마리야 공작 영애의 위안이자 기쁨이었다. 하지만 그 밖에도 사람은 저마다 개인적인 희망이 필요한 터라 마리야 공작 영애의 영혼 가장 깊숙한 은밀한 곳에는 삶에서 크나큰 위안을 주는 염원과 희망이 숨어 있었다. 하느님의 사람들, 공작 몰래 그녀를 찾아오던 유로디비와 순례자들이 그 기쁜 염원과 희망을 주었다. 인생을 더 많이 살수록, 삶을 더 많이 경험하고 관찰할수록 마리야 공작 영애는 이곳 지상에서 향락과 행복을 찾는, 이 불가능하고 헛되고 부도덕한 행복을 이루기 위해 애쓰고 고통당하고 싸우고 서로 악을 행하는 사람들의 근시안에 그만큼 더 놀라고 있었다. '안드레이 공작은 아내를 사랑했어. 아내가 죽었어. 그는 그게 부족해서 자신의 행복을 다른 여자와 연결 지으려 해. 아버지는 그걸 원하지 않으셔. 안드레이를 위해 더 좋은 가문의 더 부유한 배우자를 원하기 때문이야. 그렇게 그들 모두 한순간에 불과한 행복을 잡기 위해 싸우고 고통받고 또 고통을 주면서 자신의 영혼을, 자신의 불멸의 영혼을 타락시키고 있어. 우리 자신이 이걸, 하느님의 아들인 그리스도가 이 땅에 내려와 이 삶은 순간적인 것이고 시련이라고 우리에게 말한 걸 알면서도 우리는 계속 이 삶에 매달리고 그 안에서 행복을 찾을 것이라고 생각해. 어떻게 아무도 그걸 깨닫지 못했을까?' 마리야 공작 영애는 생각했다. '어깨에 배낭을 짊어지고 공작의 눈에 띌까 두려워하며 뒷문 계단으로 날 찾아오는, 그것도 공작에게 고초를 당하지 않기 위해서가 아니라 공작을 죄에 빠뜨리지 않기 위해 그렇게 하는 이 멸시받은 하느님의 사람들 외에는 아무도. 사람들에게 해를 끼치지 않고 그들을 위해 기도하면서, 자신을 핍박하는 사람들을 위해서도 자신을 보호하는 사람들을 위해서도 기도하면서, 무엇에도 집착하지 않고 거친 누더기를 걸친 채 가명으로 이리저리 떠돌아다니기 위해 가족과 고향과 세상 행복에 대한 온갖 염려를 버리는 것. 이런 진리와 삶보다 더 고귀한 진리와 삶은 없다!'

페도시유시카라는 순례자가 있었다. 이미 30년 넘게 맨발에 쇠사슬을 차고 돌아다니던 쉰 살의 자그맣고 온순한 곰보 여자였다. 마리야 공작 영애는 특히 그녀를 사랑했다. 어느 날 이콘 램프 하나 밝힌 어두운 방에서 페도시유시카가 자신이 살아온 이야기를 들려주었을 때, 마리야 공작 영애는 인생의 올바른 길을 발견한 사람은 페도시유시카 한 사람이라는 생각이 불현듯 너무도 강렬하게 뇌리에 떠올라 직접 순례의 길을 떠나기로 결심했다. 페도시유시카가 잠을 자러 가자 마리야 공작 영애는 오랫동안 이에 대해 생각하다가 마침내 아무리 이상하게 보여도 순례를 떠나야만 한다고 결정했다. 그녀는 참회 사제인 아킨피 신부에게만 자신의 계획을 털어놓았다. 참회 사제는 계획에 찬성했다. 마리야 공작 영애는 순례자 여인들을 위한 선물이라는 구실로 루바시카, 나무껍질 신발, 카프탄, 검은 머릿수건 등 자신을 위한 순례자 옷가지를 빠짐없이 장만했다. 그리고 마리야 공작 영애는 비밀 장롱으로 다가가 계획을 실행에 옮길 때가 벌써 온 것은 아닌지 주저하며 서 있곤 했다.

여자 순례자들의 이야기를 들으며 그녀는 종종 그들에게는 기계적인 말이지만 그녀로서는 깊은 의미로 충만한 그들의 단순한 말에 흥분해서 몇 번이나 모든 것을 버리고 집에서 달아날 마음을 먹곤 했다. 상상 속에서 그녀는 이미 페도시유시카와 함께 거친 누더기를 걸친 자신이 지팡이를 짚고 작은 배낭을 짊어진 채 흙먼지 날리는 길을 따라 걸으며 질투도 인간의 사랑도 욕망도 없이 이 성자에게서 저 성자에게로 순례를 계속하다가 결국 슬픔도 없고 탄식도 없고 영원한 기쁨과 더없는 행복이 있는 그곳으로 향하는 모습을 보고 있었다.

'한 장소에 도착하면 기도하겠어. 그리고 익숙해지고 애착을 느끼기 전에 계속 앞으로 나아가야지. 두 다리로 설 수 없을 때까지 걷다가 어딘가에 드러누워 죽는 거야. 그러면 마침내 슬픔도 탄식도 없는 고요한 영원의 안식처에 들어가겠지!' 마리야 공작 영애는 그렇게 생각했다.

그러나 아버지와 특히 어린 코코를 보면 결심이 약해져서 조용히 흐느끼며 자신이 죄인이라고 느끼곤 했다. 그녀는 하느님보다 아버지와 조카를 더 사랑했다.

제4부

I

성서에서는 타락하기 이전 태초의 인간에게는 노동의 부재, 무위가 행복의 조건이었다고 말한다. 무위에 대한 사랑은 타락한 인간에게도 똑같이 남았다. 그러나 저주는 여전히 인간을 짓누르고 있다. 우리가 얼굴의 땀방울 속에서 일용할 양식을 얻어야 하는 데다, 정신적 특성상 한가롭게 고요히 있을 수 없기 때문이다. 우리는 하릴없이 지내는 것을 죄악시해야 한다고 은밀한 목소리가 말한다. 만일 인간이 아무것도 하지 않으면서 자신을 쓸모 있고 의무를 다하는 존재로 느낄 그런 상태를 찾는다면, 그는 태초의 더없는 행복의 한 측면을 발견한 셈일 것이다. 모든 구성원이 그런 의무적이고 흠잡을 데 없는 무위를 누리는 계층이 있다. 바로 군인 집단이다. 군 복무의 주된 매력은 바로 이 의무적이고 비난할 여지 없는 무위에 있었고, 앞으로도 그럴 것이다.

니콜라이 로스토프는 1807년 이후 파블로그라드 연대에서 계속 복무하며 바로 그런 더없는 행복을 만끽하고 있었다. 이미 그는 데니소프에게 인계받은 기병 중대를 지휘하고 있었다.

로스토프는 모스크바의 지인들이 다소 **저급한 태도**로 볼 수도 있을, 그러나 동료들과 부하들과 상관들로부터 사랑과 존경을 받으며 자기 생활에 만족하는 거칠고 선량한 사내가 되었다. 최근, 그러니까 1809년 그는 집에서 보내오는 편지에서 형편이 계속 더 나빠지고 있다는, 이젠 집으로 돌아와 늙은 부모를 기쁘게 하고 안심시킬 때가 되지 않았느냐는 어머니의 한탄을 더 빈번하게 접하고 있었다.

　그 편지들을 읽으면서 니콜라이는 세상의 모든 혼란을 피해 조용하고 평화롭게 살던 이 환경에서 자신을 끌어내려 한다는 두려움을 느꼈다. 그는 조만간 상황의 혼란과 재정비, 관리인들의 정산, 다툼, 음모, 인맥, 사교계, 소냐의 사랑과 그녀에게 한 약속이 있는 삶의 소용돌이 속으로 다시 들어가야 한다는 것을 느꼈다. 그 모든 것이 끔찍할 정도로 어렵고 복잡했다. 그래서 어머니의 편지에 '사랑하는 어머니'로 시작해 '어머니의 순종적인 아들'로 끝나던 차가운 고전적인 편지로 답하고, 언제 집에 갈지에 대해서는 침묵했다. 1810년 그는 나타샤가 볼콘스키와 약혼했다는 것과, 혼인은 노공작이 허락하지 않아서 한 해 뒤에 한다는 것을 알리는 가족의 편지를 받았다. 이 편지는 니콜라이에게 슬픔과 모욕을 안겨 주었다. 첫째, 그는 가족들 가운데 가장 사랑하는 나타샤를 집에서 떠나보내는 것이 슬펐다. 둘째, 경기병의 관점에서 자신이 그 자리에 없었던 것이 유감스러웠다. 자신이 볼콘스키라는 자에게 그와의 인척 관계가 그리 대단한 영광도 아니며, 나타샤를 사랑한다면 미치광이 아버지의 허락은 없어도 된다는 점을 알려 주었을 것이기 때문이다. 순간 그는 약혼한 나타샤를 보기 위해 휴가를 신청할까 망설였다. 그러나 마침 기동 훈련을 앞두고 있는데다 소냐와의 혼란스러운 상황도 떠올라 니콜라이는 다시 휴가를 연기했다. 하지만 그해 봄 그는 어머니가 백작 몰래 쓴 편지를 받았고, 그 편지가 그를 집으로 가도록 설득했다. 그녀는 니콜라이가 와서 일을 봐주지 않으면 모든 영지가 경매에 넘어가서 거지가 될 것이라고 썼다. 백작이 너무 나약하고 미텐카를 너무 믿은 탓에, 너무 착해서 모두가 그를 속이는 탓에 모든 것이 점점 더 악화되고 있었다. "제발 이렇게 애원하마. 나와 네 가족을 불행하게 만들고 싶지 않거든 당장 와 다오." 백작 부인은 그렇게 썼다.

편지는 니콜라이에게 영향을 미쳤다. 그에게는 무엇을 **해야 할지** 말해 주던 보통 사람의 상식이 있었다.

이제 퇴역할 수 없다면 휴가를 받아서라도 가야 했다. 왜 떠나야 했는지는 몰랐다. 그러나 그는 식사 후 잠을 푹 자고 나서, 오랫동안 사람을 태운 적이 없고 무서울 정도로 난폭한 회색 수말 마르스에 안장을 얹으라고 명령했다. 그러고는 땀에 흠뻑 젖도록 달린 수말을 몰고 숙소로 돌아와 라브루시카와 (데니소프의 하인은 로스토프 곁에 남았다) 저녁에 찾아온 동료들에게 휴가를 내고 집에 갈 것이라고 알렸다. 자신이 특히 관심을 갖고 있던 것, 즉 최근의 기동 훈련으로 자신이 기병 대위로 승진할지 아니면 안나 훈장을 받을지 사령부의 확인을 받지 못한 채 떠난다는 것이 아무리 괴롭고 이상하게 생각되었어도, 폴란드 백작이 가격을 흥정했을 때 로스토프 자신이 2천 루블에 팔아 보겠다고 내기를 건 적갈색 말 세 필을 골루홉스키 백작에게 팔지 않고 그냥 떠난다는 것이 아무리 이상하게 생각되었어도, 그들의 판나* 보르조좁스카에게 무도회를 열어 준 창기병들을 약 올리기 위해 경기병들이 판나 프샤즈데츠카를 위해 열기로 한 무도회가 자기도 없이 진행되리라는 것이 아무리 납득할 수 없이 여겨졌어도, 그는 그 분명하고 멋진 세계를 떠나 어딘가로, 모든 것이 어리석은 혼란에 지나지 않던 그곳으로 가야 한다는 것을 알았다. 일주일 뒤에 휴가증이 나왔다. 연대뿐 아니라 여단에서도 동료 경기병들이 한 사람당 15루블씩 비용을 대서 로스토프에게 만찬을 베풀어 주었다. 두 악단이 연주를 하고, 두 합창단이 노래를 불렀다. 로스토프는 바소프 소령과 트레파크를 추었다. 술 취한 장교들이 로스토프를 헹가래 치고 얼싸안았다가 떨어뜨렸다. 제3중대 병사들이 한 번 더 그를 헹가래 치며 "우라!" 하고 함성을 질렀다. 그런 다음 로스토프를 썰매에 태워 첫 번째 역참까지 배웅했다.

언제나 그렇듯 여정의 절반인 크레멘추크에서 키예프까지는 로스토프의 생각이 아직 뒤에, 기병 중대에 머물러 있었다. 그러나 절반을 넘어서자 그는 이미 적갈색 말 세 필과 자신의 기병 특무 상사와 판나 보르조줍스카를 잊고, 오트라드노예에서 무엇을 어떤 모습으로 발견하게 될지 불안한 마음으로 스스로에게 묻기 시작했다. 오트라드노예에 가까이 갈수록 그는 더 강하게, 훨씬 더 강하게 (도덕적 감정도 거리의 제곱에 반비례하는 인력의 법칙에 종속되어 있는 듯했다) 집 생각을 했다. 오트라드노예로 가는 마지막 역참에서 그는 마부에게 보드카 값으로 3루블을 주었다. 그리고 사내아이처럼 숨을 헐떡이며 집의 현관 계단을 뛰어 올라갔다.

만남의 감격 후에, 그리고 기대와는 다른 이상한 불만의 감정을 (모든 것이 똑같아, 도대체 난 무엇 때문에 그토록 서둘렀을까!) 느낀 후에 니콜라이는 집이라는 자신의 옛 세계에 완전히 익숙해졌다. 아버지와 어머니는 여전했고 그저 조금 늙었을 뿐이었다. 그들에게서 새로운 점은 예전에 없던 불안과 때때로의 불화였다. 니콜라이는 곧 그것이 열악한 재정 형편에서 비롯되었음을 알아차렸다. 소냐는 어느새 스무 살이었다. 그녀는 더 이상 아름다워지기를 멈추었다. 현재 모습 이상의 어떤 것도 기대할 수 없었다. 하지만 그것으로도 충분했다. 그녀는 니콜라이가 온 이후 온통 행복과 사랑으로 넘쳐 났다. 이 아가씨의 진실하고 흔들림 없는 사랑이 그를 기쁘게 했다. 누구보다 페탸와 나타샤가 니콜라이를 놀라게 했다. 페탸는 이미 변성기에 접어든 열세 살의 덩치 크고 잘생기고 쾌활하고 영리한 장난꾸러기 소년이었다. 니콜라이는 나타샤의 모습에 오랫동안 놀라움을 감추지 못했고, 그녀를 보자 웃음을 터뜨렸다.

"완전히 달라졌구나." 그가 말했다.

"뭐? 못생겨졌어?"

"아니, 그 반대야. 게다가 어떤 위엄 같은 게 느껴지는데. 공작 부인?" 그는 그녀에게 소곤거렸다.

"응, 그럼, 그럼." 나타샤는 기쁘게 말했다.

나타샤는 자신과 안드레이 공작의 사랑 이야기와 그가 오트라드노예에 왔던 일을 들려주고 그의 최근 편지를 보여 주었다.

"어때, 기뻐?" 나타샤가 물었다. "난 지금 너무 평온하고 너무 행복해."

"정말 기뻐." 니콜라이가 대답했다. "그는 훌륭한 사람이야. 어때, 사랑에 깊이 빠졌어?"

"어떻게 말해야 할까?" 나타샤가 대답했다. "난 보리스에게도 선생님에게도 데니소프에게도 사랑을 느꼈어. 하지만 이번은 전혀 달라. 평온하고 굳건한 느낌이야. 난 그 사람보다 훌륭한 사람은 없다는 걸 알아. 그래서 지금 난 평온하고 좋아. 예전과는 전혀 달라……."

니콜라이는 나타샤에게 결혼이 한 해 연기된 것에 대한 불만을 드러냈다. 그러나 나타샤는 어쩔 수 없는 일이었다고, 시아버지의 뜻을 거역하며 그 가족이 되는 것은 꼴사나울 것이라고, 자기도 그러기를 원했다고 주장하며 오빠의 말을 격렬하게 반박했다.

"오빠는 전혀, 전혀 이해를 못하지." 그녀가 말했다. 니콜라이는 입을 다물고 그녀의 말에 동의했다.

니콜라이는 누이를 보며 종종 의아한 느낌이 들었다. 약혼자와 떨어져 있는 사랑에 빠진 약혼녀로는 보이지 않았다. 예전과 조금도 다름없이 온화하고 차분하고 명랑했다. 그것은 니콜라이를 놀라게 했고, 볼콘스키의 청혼마저 의심하게 만들었다. 그는 그녀의 운명이 이미 정해졌다고 믿지 않았다. 더욱이 그녀와 안드레이 공작이 함께 있는 모습을 본 적도 없었다. 그에게는 계속 이 예정된 혼인에 뭔가 잘못된 구석이 있다는 느낌이 들었다.

'왜 연기했을까? 왜 약혼식을 올리지 않았지?' 그는 생각했다. 한번은 어머니와 이야기를 나누면서 어머니도 자기와 똑같이 때때로 마음 깊은 곳에서 그 결혼을 미심쩍게 보고 있다는 것을 알고는 놀랐고, 부분적으로는 만족의 느낌도 들었다.

"그가 이렇게 썼단다." 그녀는 모든 어머니가 딸이 장차 누릴 행복한 결혼 생활에 대해 품기 마련인 악감정을 숨긴 채 안드레이 공작의 편지를 아들에게 보여 주며 말했다. "12월 전에는 못 온다는구나. 도대체 무슨 일이 그를 그렇게 붙잡아 둘 수 있을까? 틀림없다, 병이야! 건강이 아주 안 좋은 거야. 나타샤한테는 말하지 마라. 그 애가 명랑하다고 생각하지 마. 그 애는 마지막 처녀 시절을 보내고 있는 거야. 그 사람 편지를 받을 때마다 그 아이에게 무슨 일이 일어나는지 나는 안다. 하지만 괜찮을 거야. 다 잘될 거야." 그녀는 매번 그렇게 말을 맺었다. "그는 훌륭한 사람이야."

2

집에 와서 처음 얼마 동안 니콜라이는 진지하다 못해 울적하기까지 했다. 어머니가 그를 불러들인 이유인 그 어리석은 영지 경영 문제에 곧바로 개입하지 않으면 안 된다는 점이 그를 괴롭혔다. 어깨에서 그 무거운 짐을 얼른 내려놓기 위해 집에 온 지 사흘째 되는 날, 그는 어디 가느냐는 나타샤의 질문에 화난 표정으로 대꾸도 하지 않고 눈썹을 찌푸린 채 곁채에 사는 미텐카에게 가서 **총결산**을 요구했다. 이 **총결산**이 무엇이었는지에 대해 니콜라이는 겁에 질려 어찌할 바를 몰라 하는 미텐카보다도 훨씬 더 몰랐다. 미텐카의 이야기와 회계 보고는 오래 이어지지 않았다. 곁채의 현관방에서 기다리던 촌장과 농민 대표와 지방 서기는 두렵고도 흡족한 마음으로 처음에는 젊은 백작의 점점 높아지고 높아지던 목소리가 으르렁거리며 포효하는 것을 들었고, 연이어 빗발치듯 쏟아지는 욕과 무시무시한 말을 들었다.

"강도! 은혜도 모르는 놈! 이 개새끼를 난도질해 버릴 테다. 아버지 몰래…… 도둑질이나 하고…… 이 악당 놈아."

사람들은 얼굴이 온통 벌겋고 눈에 핏발 선 젊은 백작이 미텐카의 목덜미를 움켜잡고 질질 끌어내어 말을 하는 사이사이 적당한 때를 골라 발과 무릎으로 날렵하게 그의 엉덩이를 걷어차면서 "꺼져! 더러운 놈, 여기에 네놈 냄새도 남기지 마!"라고 고함치는 모습을 조금 전 못지않게 흡족하고도 두려운 심정으로 보았다.

미텐카는 쏜살같이 여섯 계단을 날 듯이 뛰어 내려가서는 꽃밭으로 달아났다. (그 꽃밭은 오트라드노예에서 죄인들의 구원의 장소로 유명한 곳이었다. 미텐카도 시내에서 술에 취해 올 때면 그 꽃밭에 숨곤 했고, 미텐카로부터 몸을 피하던 오트라드노예의 많은 주민들도 그 꽃밭이 지닌 구원의 힘을 알았다.)

미텐카의 아내와 처제들이 놀란 얼굴을 하고 방문 뒤에서 현관으로 몸을 쑥 내밀었다. 방 안에는 깨끗한 사모바르가 끓고 있고, 관리인의 높은 침대에는 조각보로 기워 만든 누비이불이 두툼하게 깔려 있었다.

젊은 백작은 그들에게 신경도 쓰지 않고 숨을 헐떡이면서 단호한 걸음으로 옆을 지나쳐 집 안으로 들어갔다.

하녀들을 통해 곁채에서 일어난 일을 즉각 알게 된 백작 부인은 한편으로 이제 형편이 좋아질 것이라는 점에서 안도감이 들었지만, 다른 한편으로는 아들이 이 일을 어떻게 감당할지 불안했다. 그녀는 여러 번 발뒤꿈치를 들고 그의 방문으로 다가가 그가 연신 파이프를 뻑뻑 피워 대는 소리를 들었다.

다음 날 노백작이 아들을 한쪽으로 불러 겸연쩍은 미소를 지으며 말했다.

"그게 말이다, 얘야, 공연히 혈기를 부렸더구나! 미텐카에게 전부 들었다."

'이곳, 이 어리석은 세계에서 결코 아무것도 이해하지 못하리란 걸 난 알고 있었어.' 니콜라이는 생각했다.

"넌 그가 7백 루블을 기입하지 않았다고 화를 냈는데, 그 금액은 이월된 거야. 네가 그다음 장을 보지 않은 게야."

"아버지, 그자는 더러운 놈이에요. 도둑이라고요. 전 알아요. 그리고 이미 끝난 일입니다. 하지만 아버지가 원하지 않으시면 그자에게 아무 말 하지 않겠습니다."

"아니다, 얘야. (백작은 당황스러웠다. 그는 자신이 아내의 영지를 제대로 관리하지 못해서 아이들에게 미안한 짓을 했다고 느끼고 있었지만 어떻게 바로잡아야 할지 몰랐다.) 아니다, 부탁하마, 맡아 다오. 난 늙고, 난⋯⋯."

"아니에요, 아버지. 제가 아버지께 불쾌한 짓을 했다면 용서해 주세요. 전 아버지보다 잘하지 못합니다."

'빌어먹을 그 농부들이니 돈이니 이월이니 하는 따위 것들은 내 알 바 아니야.' 그는 생각했다. '예전에 카드 여섯 장으로 하는 게임에서 귀퉁이를 접는 의미가 뭔지는 이해했지만 이월이라니, 아무것도 모르겠어.' 그는 속으로 중얼거렸고, 이후로는 더 이상 사무에 개입하지 않았다. 다만 어느 날 백작 부인이 아들을 자기 방으로 불러 안나 미하일로브나의 2천 루블짜리 어음이 있는데 어떻게 처리하면 좋을지 니콜라이의 생각을 물었다.

"어떻게 하냐면요." 니콜라이가 대답했다. "어머니가 이 일이 제게 달렸다고 하셨으니까. 전 안나 미하일로브나를 좋아하지 않고, 보리스도 좋아하지 않아요. 하지만 한때 우리 친구였고, 또 가난하잖아요. 이렇게 하죠!" 그러고는 어음을 찢어 버려, 이 행동으로 노백작 부인에게 기쁨의 눈물을 흘리게 했다. 그 후 젊은 로스토프는 이미 더 이상 어떤 사무에도 개입하지 않고 그에게 아직은 새로운 일인, 노백작의 집에서 대규모로 꾸리고 있던 개사냥에 심취했다.

3

어느새 겨울이 성큼 다가와 있었다. 아침 서리가 가을비에 젖은 땅을 얼리고, 가을밀의 싹이 벌써 촘촘하게 돋아나 가축에 짓밟힌 가을 파종 밭의 암갈색 고랑들과 봄갈이 작물의 연노란 그루터기와 붉은 메밀 고랑들 사이에서 파릇파릇 선명하게 도드라져 보였다. 8월 말에는 검은 겨울 경작지와 그루터기들 사이에서 아직 초록의 섬으로 남아 있던 언덕 꼭대기와 숲이 선명한 초록의 가을 파종 작물들 사이에서 금빛과 선명한 붉은빛의 섬이 되었다. 회색 토끼가 이미 털의 절반을 잃었고(털을 갈았고), 여우 새끼들이 뿔뿔이 흩어지기 시작했으며, 젊은 늑대들은 개보다 더 커졌다. 사냥을 하기에 가장 좋은 때였다. 열정적인 젊은 사냥꾼인 로스토프의 개들은 이미 사냥에 알맞은 체격이 된 데다 발덧이 날 정도여서 사냥꾼 전체 회의 때 개들에게 사흘간 휴식을 주고 9월 16일에 아직 손을 타지 않은 늑대 새끼들이 있던 두브라바*를 시작으로 사냥을 떠난다는 결정이 내려졌다.

9월 14일의 상황은 그랬다.

그날 온종일 사냥대는 집에 머물렀다. 살이 에일 듯 춥고 맑은 날이었다. 그러나 저녁부터 축축하게 흐려지고 따뜻해졌다. 9월

15일, 젊은 로스토프는 아침에 할라트 차림으로 창밖을 내다보고 사냥하기에 더 이상 좋을 수 없는 그런 아침을 보았다. 마치 하늘이 녹아 바람도 없이 땅으로 내려오는 듯했다. 대기 중에 있던 유일한 움직임은 실안개나 짙은 안개의 미세한 물방울이 위에서 아래로 떨어지는 조용한 움직임뿐이었다. 정원의 앙상해진 나뭇가지에 투명한 물방울이 맺혀 방금 떨어진 잎사귀 위로 똑똑 떨어졌다. 채소밭의 흙은 양귀비처럼 촉촉한 윤기를 띠며 검게 보이다가 멀리 떨어지지 않은 곳에서 어둑하고 축축한 안개의 장막과 하나로 어우러졌다. 니콜라이는 진흙투성이가 된 젖은 현관 계단으로 나왔다. 시드는 잎사귀와 개들의 냄새가 났다. 엉덩이가 튼실하고 커다란 검은 퉁방울눈을 가진 검은 점박이 암캐 밀카가 주인을 보고 일어나 뒷다리를 쭉 펴며 기지개를 켜더니 토끼처럼 드러누웠다. 그러고는 느닷없이 껑충 뛰어올라 곧바로 그의 코와 콧수염을 핥았다. 꽃밭의 작은 샛길에서 주인을 본 다른 보르조이 개는 등을 활처럼 구부리고 현관 계단으로 쏜살같이 달려와서 꼬리를 쳐들고는 니콜라이의 다리에 몸을 비볐다.

"오, 고이!" 그때 가장 깊은 베이스 음과 가장 가는 테너 음을 합친 아무나 흉내 낼 수 없는 사냥꾼의 외침이 들렸다. 뒤이어 집 모퉁이에서 사냥개를 훈련시키고 관리하는 사냥개지기 대장인 다닐로가 나왔다. 희끗한 우크라이나풍 단발머리에 얼굴이 주름투성이인 사냥꾼은 한 손에 구부러진 사냥 채찍을 쥐고서 독립적 기질과 세상 모든 것에 대한 경멸을 드러내는 사냥꾼 고유의 표정을 짓고 있었다. 그는 주인 앞에서 체르케스 모자를 벗고 가소로운 듯 주인을 바라보았다. 주인은 그 멸시에 모욕을 느끼지 않았다. 니콜라이는 모든 것을 경멸하고 모든 것 위에 서 있는 다닐로도 어차피 자신의 농노이고 사냥꾼이라는 것을 알았다.

"다닐라!" 니콜라이가 말했다. 그는 이 사냥 날씨와 이 사냥개들과 사냥꾼을 보고, 사랑하는 여인 앞에 선 남자처럼 한번 빠지면 이전의 모든 계획을 잊게 되는 사냥의 기분에 자신이 벌써부터 억누를 수 없이 휩싸인 것이 겸연쩍었다.

"백작 각하, 무슨 일로 부르셨습니까?" 사냥을 하며 고함을 지르느라 목이 쉰 하급 사제의 베이스가 물었고, 반짝이는 검은 두 눈동자가 입을 다문 주인을 힐끗 쳐다보았다. '왜, 못 참겠어?' 그 두 눈은 마치 그렇게 말하는 듯했다.

"좋은 날이지, 어? 쫓고 달리기에 말이야, 어때?" 니콜라이가 밀카의 귀 뒤를 긁어 주며 말했다.

다닐로는 대꾸 없이 눈만 껌벅거렸다.

"새벽에 우바르카를 보내서 들어 보게 했습니다." 잠시 침묵한 후 그의 베이스가 말했다. "우바르카 말이 오트라드노예 금렵구(禁獵區)로 **데려갔는데** 거기서 울부짖었답니다." (데려갔다는 말은 두 사람이 알고 있던 암늑대가 새끼들을 데리고 오트라드노예 숲으로 갔다는 뜻이었다. 그곳은 집에서 2베르스타 떨어진 작은 외딴 숲이었다.)

"가야겠지?" 니콜라이가 말했다. "우바르카를 데려와."

"분부대로 하겠습니다!"

"그럼 밥 주는 건 미뤄 둬."

"알겠습니다."

5분 후 다닐로는 우바르카와 함께 니콜라이의 서재에 서 있었다. 다닐로는 큰 키가 아니었는데도 방에서 그를 보면 인간 생활을 위한 가구와 세간들 사이의 마루에서 말이나 곰을 보는 것 같은 인상을 자아냈다. 다닐로 자신도 이것을 느껴 평소처럼 방문 바로 옆에 서서 어떻게든 주인의 방을 부수지 않기 위해 목소리를 낮추어 말하고 움직이지 않으려 애썼고, 서둘러 할 말을 다하고 천장 아래에서 하늘 아래 탁 트인 공간으로 나가려 했다.

심문을 끝내고 개들에게 아무 문제가 없다는 자백을 받아 낸 후 (다닐로도 가고 싶어 했다) 니콜라이는 안장을 얹으라고 지시했다. 그러나 다닐로가 막 나가려는 순간, 아직 머리도 안 빗고 옷도 갈아입지 않은 채 보모의 큰 숄을 걸친 나타샤가 잰걸음으로 방에 들어왔다. 페탸도 함께 뛰어 들어왔다.

"가는 거지?" 나타샤가 말했다. "그럴 줄 알았어! 소냐는 안 갈 거라고 했어. 오늘은 사냥을 나가지 않을 수 없는 그런 날이란 걸 난 알았지."

"가자." 니콜라이가 마지못해 대꾸했다. 그는 진지하게 늑대를 사냥해 볼 생각이었기 때문에 오늘은 나타샤와 페탸를 데려가고 싶지 않았다. "가자. 하지만 늑대 사냥만 할 거야. 너에겐 지루한 날이 될 거야."

"이게 나의 가장 큰 즐거움이란 걸 오빠도 알잖아." 나타샤가 말했다. "나빠. 오빠는 가면서, 안장을 얹으라고 해놓고 우리한테는 아무 말도 안 했어."

"러시아인들을 가로막는 모든 방해가 헛되도다,* 가자!" 페탸가 외쳤다.

"하지만 정말 넌 안 돼. 어머니가 넌 가면 안 된다고 말씀하셨잖아." 니콜라이가 나타샤를 돌아보며 말했다.

"아니, 갈 거야. 꼭 갈 거야." 나타샤가 단호하게 말했다. "다닐라, 우리 안장도 얹으라고 해 줘. 그리고 미하일로에게 내 사냥개를 데려가게 해." 그녀가 사냥개지기 대장을 돌아보며 말했다.

다닐로에게는 그처럼 방 안에 있는 것조차 부적절하고 힘들게 느껴졌고, 하물며 주인 아가씨와 무언가 교섭한다는 것은 불가능한 일로 여겨졌다. 그는 눈을 내리깔고 마치 이 일은 자기와 상관 없다는 듯 어떻게든 예상치 않게 주인 아가씨를 다치게 하는 일이 없도록 애쓰며 서둘러 방을 나갔다.

4

 늘 대규모 사냥을 해 오다 이제는 사냥 전반에 대한 관리를 아들에게 맡긴 노백작은 이날 9월 15일에는 들뜬 기분으로 자신도 떠날 채비를 했다.

 한 시간 후 사냥대 전원이 현관 계단 앞에 모였다. 이제 사소한 일에 신경 쓸 겨를이 없다고 말하던 니콜라이는 엄격하고 진지한 표정으로 그에게 뭐라고 얘기하던 나타샤와 페탸의 곁을 지나쳤다. 그는 사냥대의 모든 부분을 살펴보고 사냥개들과 사냥꾼들을 우회로로 앞서 보낸 뒤, 자신의 돈 지방 적황색 말을 타고 자신의 사냥개들을 휘파람으로 이끌며 탈곡장을 지나 오트라드노예 금렵구로 이어지는 들판을 향했다. 비플란카라는 이름의, 꼬리와 갈기가 흰색인 노백작의 적황색 거세마는 백작의 마부가 끌고 갔다. 노백작은 그에게 할당된 짐승들의 통로를 향해 작은 드로시키*를 타고 곧장 가기로 되어 있었다.

 사냥개들은 모두 쉰네 마리였고, 여섯 명의 사냥개 감독과 고참 사냥개지기들이 개들에게 딸려 있었다. 보르조이 개를 이끌고 들판의 숲 언저리를 지키는 사람은 주인들 외에 여덟 명이 더 있었고, 그들 뒤에서 마흔 마리 이상의 보르조이 개들이 달렸다. 그리하여 주인의 사냥개들과 합쳐 130마리가량의 개와 스무 명의 말 탄 사냥꾼이 들판으로 나왔다.

개들은 주인과 자기 이름을 알았다. 사냥꾼들은 자기 임무, 장소와 역할을 알았다. 울타리를 벗어나자마자 다들 소란과 대화를 뚝 그치고 오트라드노예 숲으로 이어지는 길과 들판을 따라 고르고 침착하게 간격을 벌리며 나아갔다.

말들은 길을 건널 때 어쩌다 물웅덩이를 첨벙거리기도 하면서 모피 깔개 위를 걷듯 들판을 지나갔다. 안개 낀 하늘이 눈에 띄지 않게 차분히 계속 땅으로 내려왔다. 대기는 차분하고 따뜻하고 고요했다. 이따금 사냥꾼의 휘파람 소리, 말의 콧김 소리, 채찍 소리, 혹은 자기 자리를 벗어난 개의 날카로운 비명 소리가 들렸다.

1베르스타 남짓 나아가자 로스토프 사냥대의 맞은편으로 개들을 거느린 말 탄 사람 다섯 명이 안개 속에서 모습을 드러냈다. 희끗한 콧수염을 덥수룩하게 기른 활기차고 잘생긴 노인이 앞장서 오고 있었다.

"안녕하세요, 아저씨!" 노인이 다가오자 니콜라이가 말했다.

"당연하지……! 내 그럴 줄 알았다." 아저씨가 말했다. (그는 니콜라이의 먼 친척으로 로스토프가의 그다지 부유하지 않은 이웃이었다.) "못 참을 줄 알았다. 가는 게 좋지. 당연하지! (이것은 아저씨가 입버릇처럼 하는 말이었다.) 당장 금렵구를 차지해. 우리 기르치크가 보고한 바로는, 일라긴가 사람들이 사냥대를 이끌고 코르니키에 머물고 있다는구나. 그 사람들이 네 늑대 새끼들을 코앞에서 가로챌지도 모른다. 당연하지!"

"거기로 가는 길입니다. 어떠세요, 사냥개들을 불러 모을까요?" 니콜라이가 물었다. "모으는 게……."

사냥개들을 합친 뒤, 아저씨와 니콜라이는 나란히 말을 달렸다.

숄을 두르고 그 아래로 생기 넘치는 얼굴과 반짝이는 눈을 드러낸 나타샤가 말을 몰고 그들에게 다가왔다. 페탸와, 보모가 그녀에게 붙인 사냥꾼이자 조마사인 미하일로가 그녀와 동행했다. 페탸는 무엇 때문인지 소리 내어 웃으며 말을 채찍으로 치고 고삐를 잡아당겼다. 나타샤는 자신의 검은 아랍치크 위에 능숙하고 자신만만하게 앉아 정확한 손놀림으로 손쉽게 고삐를 죄어 말을 세웠다.

아저씨는 못마땅한 표정으로 페탸와 나타샤를 쳐다보았다. 그는 진지한 사냥에 아이들의 장난질이 끼어드는 것을 좋아하지 않았다.

"안녕하세요, 아저씨, 우리도 가요." 페탸가 소리쳤다.

"참 반갑구나, 반가워. 개들을 밟아 죽이면 안 돼." 아저씨가 엄하게 말했다.

"니콜렌카, 트루닐라는 정말 사랑스러운 개야! 날 알아봤어." 나타샤가 좋아하는 자신의 사냥개에 대해 말했다.

'무엇보다 트루닐라는 그냥 개가 아니라 사냥개라고.' 니콜라이는 이렇게 생각하고, 이 순간 그들을 갈라놓아야 했던 거리를 느끼게 하려고 애쓰며 엄한 눈초리로 누이를 힐끗 쳐다보았다. 나타샤는 그 뜻을 이해했다.

"아저씨, 우리가 누군가에게 방해가 될 거라곤 생각하지 마세요." 나타샤가 말했다. "우리는 제자리에서 꼼짝도 하지 않을 거예요."

"좋았어요, 백작 따님." 아저씨가 말했다. "말에서 떨어지지만 마세요." 그러고는 덧붙였다. "당연하지! 붙잡고 매달릴 게 없으니까."

1백 사젠쯤 떨어진 곳에 오트라드노예 금렵구가 섬처럼 모습을 드러냈다. 사냥개 감독들이 그곳으로 다가갔다. 로스토프는 어디에서부터 사냥개들을 풀어놓을지 아저씨와 최종적으로 결정하고 나타샤에게 있어야 할 곳과 절대 뛰어다녀서는 안 될 곳을 가리키고는 골짜기 위의 우회로로 향했다.

"어이, 조카, 다 큰 놈을 상대하는 거야." 아저씨가 말했다. "절대 그냥 어루만져선 안 돼."

"상황을 봐서요." 로스토프가 대답했다. "카라이, 횟!" 그는 아저씨의 말에 이런 부름으로 답하며 외쳤다. 카라이는 혼자 큰 늑대를 잡은 적이 있는 것으로 알려진, 늙고 추한 털북숭이 수캐였다. 다들 자리를 잡고 섰다.

사냥에 대한 아들의 열정을 아는 노백작은 늦지 않도록 서둘렀다. 그리하여 사냥개 감독들이 자기 자리에 닿기도 전에 일리야 안드레이치는 쾌활하고 불그레한 얼굴로 두 뺨을 실룩이며 검은 말들이 모는 마차를 타고 파릇파릇 돋은 가을밀밭을 따라 자신에게 할당된 짐승들의 통로로 갔다. 그런 다음 외투를 가지런히 하고 사냥 도구를 몸에 찬 뒤 털이 반드르르하고 살지고 온순하고 착한, 자기 자신처럼 백발이 성성한 자신의 비플란카에 기어올랐다. 드로시키와 그에 딸린 말들은 돌려보냈다. 사냥이 취향은 아니어도 사냥하는 법을 확실히 알고 있던 일리야 안드레이치 백작은 자신이 서 있기로 한 떨기나무 숲 가장자리로 말을 몰고 들어가 고삐를 정리하고 안장 위에서 자세를 바로잡은 뒤, 준비가 되었다는 듯 미소 띤 얼굴로 주위를 둘러보았다.

곁에는 시종 세몬 체크마리가 서 있었다. 오랜 세월 말을 탔지만 이제는 몸집이 비대했다. 체크마리는 가죽끈에 매인 커다란 늑대 사냥개 세 마리를 붙들고 있었다. 개들은 용맹하긴 했지만 주인과 말처럼 피둥피둥했다. 영리한 늙은 개 두 마리는 따로 누워 있었다. 1백 걸음 남짓 떨어진 숲 가장자리에는 백작의 또 다른 마부인 미티카가 서 있었다. 그는 저돌적인 기수이자 열정적인 사냥꾼이었다. 백작은 오랜 습관에 따라 사냥하기에 앞서 사냥꾼의 보드카 한 잔을 은잔에 따라 들이켜고, 입가심으로 안주를 먹고, 또 입가심으로 좋아하는 보르도 포도주 반병을 마셨다.

일리야 안드레이치는 마차를 타고 온 데다 술을 마셔서 약간 불그레했다. 촉촉한 눈동자가 유난히 반짝였다. 외투로 몸을 감싼 그는 산책할 채비를 끝낸 어린아이의 표정을 띠고 안장에 앉아 있었다.

마르고 뺨이 홀쭉한 체크마리는 채비를 끝내고 30년을 사이좋게 함께 살아온 주인을 쳐다보며, 그의 즐거운 기분을 알고 유쾌한 대화를 기대했다. 그때 또 다른 인물이 숲에서 조심스럽게 (이미 교육을 받은 듯했다) 말을 몰고 다가와 백작 뒤에 멈춰 섰다. 여성용 헐렁한 상의를 입고 높은 고깔모자를 쓴 수염이 희끗한 노인이었다. 어릿광대 나스타시야 이바노브나였다.

"어이, 나스타시야 이바노브나." 백작이 그에게 한쪽 눈을 찡긋하며 소곤소곤 말했다. "자네, 짐승들을 놀라게 해서 들로 달아나게만 해 봐. 다닐로가 가만두지 않을 거야."

"저도…… 풋내기는 아닙지요." 나스타시야 이바노브나가 웃으며 말했다.

"쉬!" 백작이 조용히 하라는 주의를 주고 세몬을 돌아보았다.

"나탈리야 일리니치나 봤나?" 그가 세몬에게 물었다. "어디 있어?"

"아가씨와 표트르 일리이치는 자로보 풀밭에서 떨어져 서 있었습니다." 세몬이 빙그레 웃으며 대답했다. "숙녀분인데도 열의가 대단합니다."

"놀랍지, 세몬, 그 애가 말 타는 모습 말이야…… 어?" 백작이 말했다. "여느 남자 못지않지!"

"어떻게 놀라지 않겠습니까? 대담하고 민첩합니다!"

"그런데 니콜라샤는 어디 있나? 랴돕스키 언덕에 있나?" 백작이 계속 소곤거리며 물었다.

"맞습니다. 어디에 있어야 할지 아니까요. 게다가 승마 기술에 대해 어찌나 세세하게 아는지 저와 다닐로도 가끔 깜짝깜짝 놀랍니다." 주인의 비위를 맞추는 법을 알고 있던 세묜이 말했다.

"잘 타지, 어? 말 위에서는 또 어떤가, 응?"

"그림이 따로 없지요! 얼마 전 자바르지노 풀밭에서 여우를 쫓을 때처럼요. 맹렬한 기세로 달렸지요. 빽빽한 숲에서부터요. 말이 1천 루블인데 말 탄 사람은 값을 매길 수가 없습니다! 네, 그런 훌륭한 젊은이는 찾아보기 힘들죠!"

"찾아보기 힘들다……." 백작은 세묜의 말이 그렇게 빨리 끝나서 아쉬운 듯 되풀이했다. "그래, 찾아보기 힘들지." 그는 외투 앞깃을 젖혀 코담뱃갑을 꺼내며 말했다.

"얼마 전에 훈장을 전부 달고 아침 예배를 보고 나왔을 때 미하일 시도리치가……." 세묜은 두세 마리의 사냥개가 짖는 소리와 함께 고요한 대기 속에 또렷하게 울려 퍼진 사냥감 모는 소리를 듣고 말을 채 끝맺지 못했다. 그는 고개를 숙이고 가만히 귀를 기울이고는 말없이 주인에게 경고의 손짓을 보냈다. "새끼들을 몰고 있어요……." 그가 속삭였다. "곧장 랴돕스코이로 향하고 있습니다."

백작은 얼굴에서 웃음 지우는 것을 잊은 채, 냄새를 맡지도 않으면서 코담뱃갑을 손에 쥐고 숲속 좁은 길을 따라 멀리 앞쪽을 바라보았다. 개 짖는 소리에 뒤이어 다닐로가 저음의 뿔피리를 불어 늑대를 쫓고 있음을 알리는 소리가 들려왔다. 사냥개들이 처음의 세 마리 개와 합류했고, 늑대 몰이의 신호인 독특한 으르렁 소리와 함께 음색을 다양하게 바꾸며 짖기 시작한 사냥개들의 울음 소리가 들려왔다. 사냥개 감독들은 더 이상 고함과 채찍으로 사냥 개들을 부추기지 않고 "울률류!" 하는 소리로 덤벼들게 했다. 모든 목소리 가운데 때로는 굵고 낮고, 때로는 날카롭고 가는 다닐 로의 목소리가 두드러졌다. 그의 목소리는 온 숲을 가득 채우며 숲을 빠져나가 저 멀리 들판에서 울리는 것 같았다.

몇 초 동안 말없이 귀를 기울이고 나서 백작과 마부는 사냥개들 이 두 무리로 나뉘었다고 확신했다. 유난히 격렬하게 짖어 대던 큰 무리는 점차 멀어졌고, 다른 한 무리는 숲 기슭을 따라 쏜살같 이 달려 백작을 지나쳤다. 그 무리에서 "울률류!" 하는 다닐로의 소리가 들렸다. 두 추격조는 합류하여 흘러넘치다가 둘 다 멀어졌 다. 세묜은 한숨을 쉬고 젊은 수캐가 휘감아 놓은 가죽끈을 바로 잡으려고 허리를 굽혔다. 백작도 한숨을 내쉬다가 손에 들린 코담 뱃갑을 보고는 뚜껑을 열어 한 줌 꺼냈다.

"제자리로!" 세묜이 숲 가장자리 밖으로 나간 수캐에게 고함을 질렀다. 백작은 부르르 떨다가 코담뱃갑을 떨어뜨렸다. 나스타시 야 이바노브나가 말에서 내려 그것을 주우려 했다.

백작과 세묜은 그를 바라보았다. 종종 있는 일이지만 마치 개들 이 짖는 소리와 다닐로의 "울률류!" 소리가 바로 그들 코앞에서 나는 것처럼 늑대 모는 소리가 갑자기 순식간에 가까워졌다.

백작은 주위를 둘러보다가 오른쪽에서 미티카를 보았다. 그가 휘둥그레진 눈으로 백작을 바라보며 모자를 들어 올려 반대편 앞 쪽을 가리켰다.

"조심하세요!" 그는 벌써 한참 전부터 이 말이 밖으로 내보내 달라고 고통스럽게 매달렸던 듯 들리는 목소리로 외쳤다. 그리고는 개를 풀고 백작 쪽으로 말을 타고 달려왔다.

　백작과 세묜은 숲 가장자리에서 달려 나오다가 늑대를 보았다. 늑대는 부드럽게 몸을 흔들며 그들 왼편으로, 그들이 서 있던 숲 가장자리를 향해 조용히 달려갔다. 사나운 개들이 날카롭게 짖어대고는 가죽끈에서 벗어나 말들의 다리를 지나쳐 늑대에게로 내달렸다.

　늑대는 달리던 걸음을 멈추고 후두염 환자처럼 이마가 넓은 머리를 개들 쪽으로 거북하게 돌리고는 여전히 부드럽게 몸을 흔들며 한 번, 또 한 번 펄쩍 뛰어오르더니 꼬리를 흔들고서 숲 가장자리 안쪽으로 자취를 감추었다. 바로 그 순간 맞은편 숲 가장자리에서 슬피 우는 듯한 울부짖음과 함께 첫 번째, 두 번째, 세 번째 사냥개가 허둥지둥 뛰쳐나왔고, 모든 사냥개들이 들판을, 늑대가 기어 들어간(달려간) 그 장소를 쏜살같이 달려갔다. 사냥개들에 이어 개암나무 덤불이 양옆으로 갈라지면서 땀으로 거무스름해진 다닐로의 밤색 말이 모습을 드러냈다. 말의 길쭉한 등에는 모자도 없이 땀에 젖은 벌건 얼굴 위로 헝클어진 백발을 드러낸 다닐로가 몸을 앞으로 숙인 채 작은 덩어리처럼 앉아 있었다.

　"울률률류, 울률류······!" 그가 외쳤다. 백작을 본 순간 그의 눈동자에서 번갯불이 번득였다.

　"도대······!" 그는 긴 채찍을 들어 백작을 위협하며 고함쳤다.

　"늑대를 달아······! 사냥꾼이라는 작자들이!" 당황하고 놀란 백작에게 더 이상 말할 가치도 없다는 듯 그는 백작에게 치미는 모든 분노를 모아 밤색 거세마의 움푹 들어간 축축한 양 옆구리를 채찍으로 때리고 사냥개들을 뒤쫓아 질주했다. 백작은 벌 받은 사람처럼 서서 주위를 두리번거리며 미소로 세묜에게 자신의 처지에 대한 동정을 불러일으키려고 애썼다. 그러나 세묜은 이미 없었다. 그는 보호림으로 늑대가 들어가지 못하도록 덤불 주위로 말을 달리고 있었다. 보르조이 개를 이끌고 숲 언저리를 지키는 사람들도 맹수를 쫓아 양쪽에서 이리저리 말을 달렸다. 그러나 늑대는 떨기나무 덤불을 통해 빠져나갔고, 단 한 명의 사냥꾼도 늑대를 잡지 못했다.

5

한편 니콜라이 로스토프는 맹수를 기다리며 자기 자리를 지켰
다. 추격이 가까워지고 멀어지는 것을 통해, 아는 개들의 소리를
통해, 사냥개 감독들의 목소리가 가까워지고 멀어지고 높아지는
것을 통해 그는 '섬'에서 무슨 일이 일어나는지 감지했다. 그는 섬
에 새로 태어난(어린) 늑대들과 큰(늙은) 늑대들이 있다는 것을
알았다. 사냥개들이 두 무리로 나뉘었다는 것을, 어디선가 몰이가
벌어졌다는 것을, 무언가가 잘못되었다는 것을 알았다. 그는 매
순간 맹수가 자기 쪽으로 오기를 기다렸다. 맹수가 어느 쪽에서
달려올지, 어떻게 맹수를 몰아서 잡을지에 대해 수천 가지의 가정
을 세웠다. 희망이 절망으로 바뀌어 갔다. 그는 늑대가 자기 쪽으
로 오게 해 달라고 몇 번이나 하느님에게 기도했다. 사람들이 사
소한 이유로 강한 동요에 사로잡힌 순간에 기도하며 품는 열정적
이고 양심적인 감정으로 기도했다. '저를 위해 이 일을 해 주신다
고 해서 당신에게 무슨 수고가 들겠습니까!' 그는 하느님에게 말
했다. '당신은 위대한 분이며 당신에게 이런 청을 드리는 것이 죄
라는 것을 압니다. 하지만 제발 큰 놈이 제 쪽으로 기어 나오게, 저
쪽에서 지켜보는 아저씨의 눈앞에서 카라이가 그놈의 목덜미를

죽도록 꽉 물고 늘어지게 해 주소서.' 그 30분 동안 로스토프는 어린 사시나무 위로 보기 드문 두 그루 참나무가 솟은 숲 가장자리와, 끝자락이 침식된 골짜기와, 오른쪽 덤불 너머로 보일 듯 말 듯하던 아저씨의 모자를 향해 집요하고 절박하고 불안한 시선을 수천 번이나 던졌다.

'아니야, 내게 그런 행운은 없을 거야.' 로스토프는 생각했다. '그렇지만 어려운 일도 아닐 텐데! 없을 거야! 난 항상 카드에서나 전장에서나 모든 일에 운이 따르지 않았어.' 아우스터리츠와 돌로호프가 선명하게, 그러나 빠르게 교체되며 그의 상상 속에서 어른거렸다. '내 인생에서 단 한 번만이라도 큰 늑대를 몰아 잡을 수 있다면 더 이상 아무것도 안 바랄 거야!' 그는 귀를 곤두세우고 왼쪽을, 그리고 다시 오른쪽을 긴장된 시선으로 돌아보며 늑대 모는 소리의 아주 작은 기척에도 귀를 기울이면서 생각했다. 그가 다시 오른쪽을 쳐다보았을 때 텅 빈 들판으로 무언가가 그를 향해 달려오는 것이 보였다. '아니야, 그럴 리 없어!' 오랫동안 기다리던 꿈이 실현되는 순간에 한숨을 쉬게 되듯이, 로스토프도 숨을 크게 몰아쉬며 생각했다. 더할 나위 없는 행운이 실현되었다. 그것도 소란도 없이, 광채도 없이, 전조도 없이 너무도 간단하게. 로스토프는 자신의 눈을 믿지 못했다. 그 의혹은 조금 더 지속되었다. 늑대는 앞으로 내달리며 중간에 있던 수레바퀴 자국을 힘겹게 뛰어넘었다. 늙은 맹수였다. 등이 희끗하고 잔뜩 부른 배는 불그레했다. 맹수는 아무도 보지 않는다고 확신한 듯 느긋하게 달렸다. 로스토프는 숨을 죽이고 개들을 돌아보았다. 개들은 늑대를 보지 못하고 아무것도 모른 채 눕거나 서 있었다. 늙은 카라이는 고개를 돌리고 누런 이빨을 드러낸 채 신경질적으로 벼룩을 찾으면서 이빨을 딱딱거리며 뒷다리를 긁었다.

"울률률류." 로스토프는 입술을 뾰족하게 내밀고 소곤거렸다. 개들이 쇠줄을 흔들며 벌떡 일어나 귀를 쫑긋 세웠다. 카라이는 뒷다리를 마저 다 긁고 일어나더니 귀를 세우고 털이 덥수룩한 꼬리를 살짝 말았다.

'풀까? 풀지 말까?' 니콜라이는 늑대가 숲을 떠나 그에게로 달려오는 동안 속으로 중얼거렸다. 갑자기 늑대의 인상이 싹 달라졌다. 늑대는 아직 한 번도 본 적 없는 인간의 눈이 자신에게 향한 것을 본 듯 흠칫 몸을 떨더니 사냥꾼 쪽으로 고개를 살짝 돌리고 멈춰 섰다. 돌아설까, 앞으로 갈까? '에잇! 상관없어. 앞으로!' 늑대는 마치 속으로 그렇게 말한 듯했고, 더 이상 주위를 둘러보지 않고 부드러우면서도 큰 보폭으로, 자유롭지만 단호하게 앞으로 내달리기 시작했다.

"울률류……!" 니콜라이는 자신의 것이 아닌 목소리로 외쳤다. 그러자 그의 훌륭한 말이 알아서 늑대의 진로를 막기 위해 도랑을 뛰어넘어 언덕 아래로 쏜살같이 질주했다. 개들은 말을 앞질러 더 빨리 달려갔다. 니콜라이는 자신의 외침을 듣지 못했고, 자신이 말을 달리고 있다는 것도 느끼지 못했다. 개들도, 자신이 말을 달리고 있는 곳도 보지 못했다. 방향을 바꾸지 않고 속도를 높여 협곡을 따라 달려가던 늑대만을 보았다. 엉덩이가 튼실한 검은 점박이 개 밀카가 맹수 근처에 가장 먼저 나타나 접근하기 시작했다. 더 가까이, 더 가까이……. 밀카는 맹수에게 다가갔다. 그러나 늑대가 밀카를 슬쩍 곁눈질하자 늘 그랬던 것처럼 밀카는 속력을 내는 대신 갑자기 꼬리를 들고는 앞다리로 땅을 딛고 멈춰 섰다.

"울률률류류!" 니콜라이가 소리쳤다.

털이 붉은 류빔이 밀카 뒤에서 뛰쳐나오더니 늑대에게 쏜살같이 달려들어 뒤쪽 넓적다리를 물었다가 그 즉시 겁을 먹고 다른 쪽으로 펄쩍 뛰었다. 늑대는 웅크리고 앉아 이빨을 딱딱 부딪고는 다시 일어나 앞으로 달려갔다. 모든 개들이 가까이 가진 못하고 1아르신 정도 거리를 두고 늑대를 따라갔다.

'달아나잖아! 안 돼, 그럴 순 없어.' 니콜라이는 목쉰 소리로 계속 외치며 생각했다.

"카라이! 울률류!" 그는 유일한 희망인 늙은 수캐를 눈으로 찾으며 외쳤다. 카라이는 노쇠한 힘을 다해 몸을 최대한 쭉 펴고는 늑대의 진로를 차단하려고 애쓰며 맹수의 옆쪽으로 힘겹게 달렸다. 그러나 늑대의 빠른 질주와 개의 느린 질주를 보니 카라이의 계산이 틀린 것이 분명했다. 니콜라이는 앞쪽에 그다지 멀리 떨어지지 않은 숲을 보았다. 거기까지 달려가면 늑대는 틀림없이 달아날 것이었다. 앞쪽에 거의 마주 보고 달려오는 개들과 사냥꾼이 나타났다. 아직 희망은 있었다. 니콜라이가 모르는 다른 무리에 속한, 몸통이 길쭉한 적갈색 젊은 수캐가 앞에서 늑대에게 쏜살같이 달려들어 쓰러뜨리려는 참이었다. 늑대는 예상보다 빨리 몸을 일으키더니 적갈색 수캐에게 달려들어 이를 딱딱거렸다. 옆구리가 찢어져 피투성이가 된 수캐는 날카로운 비명을 지르고 머리를 땅에 박았다.

"카라유시카! 아버지……!" 니콜라이는 울었다…….

늑대가 멈춘 덕에 늙은 수캐는 뒷다리에 엉겨 붙은 털을 흔들며 늑대의 길을 차단하고 어느새 늑대와 다섯 걸음 떨어진 곳에 서 있었다. 늑대는 위험을 느낀 듯 카라이를 곁눈질하고는 꼬리를 다리 사이에 더 깊이 감추고 속도를 높여 달렸다. 그러나 그 순간, 니콜라이는 카라이에게 무언가가 일어난 것만 보았을 뿐인데 눈 깜짝할 사이에 카라이는 늑대를 덮치고 있었다. 카라이가 늑대와 함께 앞에 있던 도랑으로 곤두박질쳤다.

도랑에서 늑대와 함께 우글대는 개들, 그 아래로 늑대의 회색 털과 쭉 뻗은 뒷다리와 바짝 붙은 귀와, 카라이에게 목덜미를 물린 채 겁에 질려 헐떡이는 늑대의 머리를 본 것은, 니콜라이가 그 광경을 본 것은 그의 생애에서 가장 행복한 순간이었다. 그는 말에서 내려 늑대를 찌르기 위해 이미 안장 머리를 잡고 있었다. 그런데 갑자기 개들 사이에서 맹수의 머리가 쑥 솟더니, 이어 앞다리가 도랑 끝을 디뎠다. 늑대는 이를 으드득 갈고는 (카라이는 더이상 늑대의 목을 물고 있지 않았다) 뒷다리로 도랑을 박차고 나와 꼬리를 말고 다시 개들에게 떨어져서 앞으로 움직였다. 카라이는 상처를 입었는지 털을 곤두세운 채 힘겹게 도랑에서 기어나왔다.

"오, 하느님! 왜……?" 니콜라이는 절망에 차서 외쳤다.

아저씨네 사냥꾼이 다른 쪽에서 늑대의 앞을 가로지르며 말을 달렸다. 그의 개들이 맹수를 멈춰 세웠다. 늑대는 또다시 포위되었다.

니콜라이, 그의 마부, 아저씨와 그의 사냥꾼은 늑대가 주저앉으면 당장이라도 말에서 내릴 태세로 "울륫류!" 소리치고 고함을 지르며 맹수 주위를 빙빙 돌았고, 늑대가 몸을 흔들면서 자신을 구해 줄 것이 분명한 보호림 쪽으로 움직일 때는 어김없이 앞으로 돌진했다.

이 몰이가 막 시작되었을 때 다닐로는 "울륫류!" 소리를 듣고 숲의 가장자리로 달려 나왔다. 그는 카라이가 늑대를 물고 있는 것을 보며 상황이 종료되었다고 생각하여 말을 세웠다. 그러나 사냥꾼들이 말에서 내리지 않고 늑대가 몸을 흔들며 다시 달아나기 시작하자, 다닐로는 자신의 밤색 말을 늑대 쪽이 아니라, 카라이처럼 맹수의 진로를 막기 위해 숲 쪽으로 똑바로 몰았다. 그렇게 방향을 잡은 덕분에 그는 아저씨의 개들이 두 번째로 늑대를 멈추게 했을 때 늑대에게 접근할 수 있었다.

다닐로는 칼집에서 뽑은 단검을 왼손에 쥐고 마치 도리깨질을 하듯 밤색 말의 팽팽한 옆구리에 채찍을 휘두르며 묵묵히 말을 달렸다.

니콜라이는 밤색 말이 가쁜 숨을 헉헉대고 할딱대며 자기 옆을 지나쳤을 때에야 비로소 다닐로를 보고 그 기척을 들었다. 뒤이어 몸뚱이가 떨어지는 소리를 들었고, 다닐로가 개들 한가운데에서 늑대의 엉덩이 위에 엎어져 늑대의 귀를 잡으려 하는 것을 보았다. 사냥꾼들에게나 개들에게나 늑대에게나 이제 다 끝난 듯했다. 맹수는 두려움에 귀를 붙이고 일어나려 애썼지만 개들이 달라붙었다. 다닐로는 몸을 약간 일으켜 쓰러질 것처럼 한 걸음을 내딛고는 마치 휴식을 위해 드러눕듯 체중을 전부 실으며 늑대 위에 엎드려 귀를 잡았다. 니콜라이는 늑대를 찌르고 싶었지만, 다닐로가 "그럴 필요 없어요. 묶읍시다"라고 소곤거리더니 자세를 바꾸어 한쪽 발로 늑대의 목을 밟았다. 그들은 늑대의 입에 막대기를 밀어 넣고 말에 굴레를 씌우듯 가죽끈으로 동여맨 후 다리를 묶었다. 그런 다음 다닐로는 늑대를 양옆으로 두어 번 굴렸다.

행복하고도 기진맥진한 얼굴로 그들은 옆으로 물러서며 산 채로 잡은 큰 늑대를 콧김을 내뿜는 말 위에 얹고는 늑대를 향해 날카롭게 짖어 대던 개들을 데리고 모두가 모이기로 한 장소로 갔다. 사냥개들은 새끼 늑대 두 마리를 잡았고, 보르조이 개들은 세 마리를 잡았다. 사냥꾼들이 포획물과 이야깃거리를 가지고 모여들어서는 다들 큰 늑대를 보러 다가왔다. 늑대는 입에 막대기를 문 채 이마가 넓은 머리를 축 늘어뜨리고 유리 같은 큰 눈동자로 자신을 에워싼 개들과 사람들의 무리를 바라보았다. 사람들이 건드리면 늑대는 묶인 다리를 부르르 떨며 사나우면서도 순박하게 모두를 바라보았다.

일리야 안드레이치 백작도 말을 몰고 다가와서 늑대를 만져 보았다.

"오, 굉장히 큰 놈이군." 그가 말했다. "커, 그렇지?" 그는 옆에 서 있던 다닐로에게 물었다.

"큽니다, 백작 각하." 다닐로가 황급히 모자를 벗으며 대답했다.

백작은 자신이 멍청하게 놓친 늑대와, 다닐로와 충돌한 일을 떠올렸다.

"하지만 이보게, 자네, 성깔 있더군." 백작이 말했다. 그러나 다닐로는 아무 말도 않고 부끄러운 듯 어린아이처럼 유순하고 즐거운 미소를 지을 뿐이었다.

6

노백작은 집으로 향했다. 나타샤와 페탸는 금방 간다고 약속하곤 사냥대에 남았다. 사냥대는 아직 때가 일러 더 멀리 갔다. 한낮에 그들은 어린 나무들이 빼곡히 자란 골짜기에 사냥개들을 풀었다. 그루터기가 남은 밭에 선 니콜라이의 눈에 사냥꾼들이 전부 보였다.

니콜라이 맞은편에 가을밀이 파릇파릇한 밭이 있고, 그곳에 솟은 개암나무 관목 뒤 구덩이에 사냥꾼 한 명이 서 있었다. 사냥개들을 풀자마자 니콜라이는 자신이 알고 있는 개 볼토른이 간간이 사냥감을 쫓는 소리를 들었다. 다른 개들이 합세해 잠자코 있다가 다시 쫓다가 했다. 1분 후 '섬'에서 여우를 쫓는 목소리가 들려왔다. 그러자 사냥개들이 서로 뒤엉킨 채 니콜라이에게서 멀리 밀밭 쪽으로 골짜기의 가장자리를 따라 쫓아갔다.

붉은 모자를 쓴 사냥개 담당들이 울창한 골짜기 가장자리를 따라 말을 달리는 것이 보이고 개들도 보였다. 그는 매 순간 반대쪽 밀밭에 여우가 나타나기를 기다렸다.

구덩이에 서 있던 사냥꾼이 움직이더니 개들을 풀었다. 니콜라이는 다리가 짧고 기묘하게 생긴 붉은 여우를 보았다. 여우는 꼬리를 세우고 털을 부풀린 채 황급히 밀밭을 달려갔다. 개들이 여우를 따라잡기 시작했다. 둘의 거리가 좁혀졌다. 여우는 개들 사이에서 원을 그리며 이리저리 움직였고, 점점 더 잦게 뱅글뱅글 돌며 털이 복슬복슬한 꼬리로 몸을 휘감았다. 그러자 누군가의 하얀 개가 덮치고, 뒤이어 검은 개가 덮치고 모든 것이 한데 뒤섞였다. 그러고 나서 개들은 제각기 엉덩이를 다른 곳으로 향한 채 가볍게 몸을 흔들며 별 모양으로 섰다. 사냥꾼 둘이 개들 쪽으로 말을 몰고 왔다. 한 사람은 붉은 모자를 썼고, 다른 낯선 사냥꾼은 녹색 카프탄을 입었다.

'이건 뭐야?' 니콜라이는 생각했다. '저 사냥꾼이 갑자기 어디서 나타난 거야! 아저씨의 사냥꾼도 아니야.'

사냥꾼들은 개들에게서 여우를 잡아챘다. 그들은 말에서 내린 뒤 여우를 안장 꽁무니에 비끄러매지 않고 오랫동안 서 있었다. 그들 주위로 고삐에 매인 말들이 돌출된 안장을 얹은 채 서 있고 개들은 누워 있었다. 사냥꾼들은 두 손을 내저으며 여우를 가지고 무언가를 했다. 그곳에서 싸움을 알리는 신호인 뿔피리 소리가 울렸다.

"일라긴의 사냥꾼이 무언가를 두고 우리 이반하고 소란을 피웁니다." 니콜라이의 마부가 말했다.

니콜라이는 마부를 보내 여동생과 페탸를 불러오게 하고 사냥개 감독들이 사냥개를 모으고 있는 곳으로 천천히 말을 몰았다. 몇몇 사냥꾼들이 싸움 현장으로 말을 타고 달려왔다.

말에서 내린 니콜라이는 다가온 나타샤와 페탸와 함께 사냥개들 곁에 서서 일이 어떻게 끝날지 소식을 기다렸다. 싸움질을 하던 사냥꾼이 안장 꽁무니에 여우를 매달고 숲 가장자리를 떠나 젊은 주인에게 다가왔다. 그는 멀리서부터 모자를 벗고 정중하게 말하려 애썼다. 그러나 그는 창백한 안색으로 숨을 헐떡였다. 얼굴이 험악하게 일그러져 있었고, 한쪽 눈에 멍이 들었는데도 모르는 듯했다.

"거기서 무슨 일이 있었던 건가?" 니콜라이가 물었다.

"글쎄 저자가 우리 사냥개들이 덮친 여우를 죽이려 드는 겁니다! 여우를 잡은 건 제 회색 암캐인데 말입니다. 꺼져, 소송해! 어디 여우에 손을 대! 저는 여우를 들어 그 녀석을 흠씬 두들겨 팼습니다. 내놔, 안장에 매달아. 이게 갖고 싶냐?" 사냥꾼은 아마 아직도 적과 싸우는 중이라고 상상하는지 단검을 가리키며 말했다.

니콜라이는 사냥꾼에겐 아무 말도 하지 않고 여동생과 페탸에게 기다리라고 부탁한 뒤 이 적대적인 일라긴의 사냥대가 있던 곳으로 갔다.

승리자인 사냥꾼은 사냥꾼들의 무리로 말을 몰고 가서는 궁금해하는 동료들에게 둘러싸여 자신의 공적을 이야기했다.

상황은 이랬다. 로스토프가와 다툼이 있어 소송 중이던 일라긴이 평소 로스토프가의 소유이던 곳에서 사냥을 하다가, 지금 일부러 그런 것처럼 로스토프가 사람들이 사냥을 하고 있던 섬으로 자기 사냥꾼을 보내 남의 사냥개들이 덮친 사냥감을 잡도록 내버려둔 것이다.

니콜라이는 일라긴을 한 번도 본 적이 없었다. 그러나 늘 그렇듯 판단과 감정에서 중도를 모르는 니콜라이는 이 지주의 광포함과 아집에 대한 소문을 듣고 그를 증오하며 가장 사악한 적으로 여겼다. 분노와 흥분에 휩싸인 그는 지금 적에게 가장 단호하고 위험한 행동도 마다하지 않겠다는 기세로 충만하여 한 손에 긴 채찍을 단단히 거머쥔 채 그에게로 가고 있었다.

숲 모퉁이를 벗어나자마자 그는 테 없는 비버 가죽 모자를 쓴 뚱뚱한 지주가 아름다운 검은 말을 타고 두 마부와 함께 맞은편에서 오고 있는 것을 보았다.

니콜라이는 일라긴에게서 적이 아니라 풍채가 당당하고 정중한, 특히 젊은 백작과 친분을 맺기를 바라는 지주를 발견했다. 로스토프에게 다가온 일라긴은 비버 가죽 모자를 살짝 들어 올리고는 벌어진 일에 대해 무척 유감스럽게 생각한다고 말했다. 또한 남의 사냥개로부터 사냥감을 가로채려 한 사냥꾼을 처벌하도록 지시하겠다고 했다. 그러면서 백작에게 친구가 되어 달라고 청하며 자기 사냥터를 제공했다.

오빠가 무슨 끔찍한 짓을 저지르지 않을까 두려워하던 나타샤는 불안한 마음으로 그를 바짝 뒤따라갔다. 나타샤는 두 적이 다정하게 인사를 나누는 것을 보고 그들에게 다가갔다. 일라긴은 나타샤 앞에서 비버 가죽 모자를 더욱더 높이 들어 올리고 유쾌한 미소를 짓더니, 사냥에 대한 열정으로 보나 소문으로 숱하게 들은 바 있는 미모로 보나 백작 영애가 디아나*를 떠올리게 한다고 말했다.

일라긴은 자신의 사냥꾼이 저지른 죄를 씻기 위해 로스토프에게 1베르스타 떨어진 자기 산기슭으로 가자고 집요하게 청했다. 자신을 위해 잘 간수해 온 그곳에 토끼가 한가득 널렸다고 했다. 니콜라이는 동의했다. 그리하여 두 배로 커진 사냥대는 더 멀리 나아갔다.

일라긴의 산지까지는 들판을 거쳐 가야 했다. 사냥꾼들은 옆으로 고르게 퍼졌다. 주인들은 함께 말을 몰았다. 아저씨와 로스토프와 일라긴은 다른 사람들이 눈치채지 못하게 몰래 서로의 개들을 흘깃거리며, 그중에서 자기 개들과 견줄 만한 적수를 불안한 눈초리로 찾았다.

로스토프는 일라긴의 사냥개들 중에서 러시아 순종의 작고 털이 북슬북슬하고 몸통이 가느다란, 그러나 근육이 강철같이 단단하고 낮짝이 좁고 검은 퉁방울눈을 가진 붉은 점박이 암캐의 아름다움에 깊은 인상을 받았다. 일라긴의 개들이 빠르다는 소문은 들은 바 있었다. 그는 이 아름다운 암캐를 자신의 개 밀카의 적수로 보았다.

　일라긴이 말을 꺼낸 올해의 수확에 관한 대화 중간에 니콜라이는 그의 붉은 점박이 암캐를 가리켰다.

　"당신의 저 암캐가 멋지네요!" 그는 무심한 투로 말했다. "꽤 날쌔죠?"

　"저 개요? 네, 좋은 개입니다. 잘 잡아요." 일라긴은 자신의 붉은 점박이 개 예르자에 대해 태연한 목소리로 말했다. 그는 그 개를 얻으려고 1년 전 집에 딸린 농노 세 가구를 이웃에 넘겼다. "그런데, 백작, 탈곡한 곡물은 양이 자랑할 만한 게 없습니까?" 일라긴은 시작된 대화를 계속했다. 그러다 젊은 백작에게 똑같이 보답하는 것이 예의라고 생각한 듯 그의 개들을 둘러보더니 떡 벌어진 체격이 눈에 띈 밀카를 골랐다.

　"당신의 사냥개들 중에서는 저 검은 점박이 개가 좋네요. 체격이 좋아요." 그가 말했다.

　"네, 나쁘지 않습니다. 잘 달려요." 니콜라이가 대답했다. '들판을 달리는 큰 토끼라도 있으면 얼마나 좋은 개인지 보여 줄 텐데.' 그는 생각했다. 그러고는 마부를 돌아보고 엎드린 토끼를 발견하는 사냥꾼에게 1루블을 주겠다고 말했다.

　"나는 이해를 못하겠습니다." 일라긴이 말을 이었다. "다른 사냥꾼들이 짐승과 개들을 질투하는 것 말입니다. 나에 대해 말해 보지요, 백작. 난 말입니다, 말을 타고 돌아다니는 것 자체가 즐거위요. 지금처럼 훌륭한 사람들을 만나기도 하니…… 더 이상 뭐가 더 좋을 수 있겠소. (그는 나타샤를 향해 다시 자신의 비버 가죽 모자를 벗었다.) 짐승 가죽을 얼마나 많이 가져왔는지 따위는 내 겐 아무래도 상관없소이다!"

"물론 그렇습니다."

"아니면 내 개가 아니라 남의 개가 짐승을 잡는다고 화를 내는 것도 말이에요. 나는 그저 사냥감을 모는 광경을 즐기고 싶을 따름이지요. 그렇지 않습니까, 백작? 그리고 내 판단……."

"잡아아!" 그때, 보르조이 개로 사냥하는 사냥꾼 중 한 명이 소리를 길게 늘여 외치는 소리가 들렸다. 그는 그루터기가 남은 밭의 낮은 둔덕 위에 서서 기다란 채찍을 들어 올리고 한 번 더 길게 늘인 소리로 되풀이했다. "자압아아!" (그 소리와 들어 올린 채찍은 엎드린 토끼를 눈앞에서 보고 있다는 의미였다.)

"아, 찾은 모양입니다." 일라긴이 무심하게 말했다. "어때요, 같이 몰아 볼까요, 백작."

"네, 가야지요……. 그럼 다 같이?" 니콜라이는 예르자와 아저씨의 붉은색 개 루가이, 이제까지 자신의 개들과 한 번도 나란히 달려본 적 없는 두 경쟁자를 쳐다보며 대답했다. '그런데 저 녀석들이 우리 밀카를 가뿐하게 앞질러 버리면 어쩌지!' 그는 아저씨와 일라긴과 나란히 토끼 쪽으로 다가가며 생각했다.

"큰 놈인가?" 일라긴이 토끼를 발견한 사냥꾼에게 물으며 다가갔다. 그리고 다소 흥분한 기색으로 예르자를 돌아보며 휘파람을 불었다.

"미하일 니카노리치, 당신은?" 일라긴이 아저씨를 돌아보았다. 아저씨는 눈살을 찌푸리며 말을 몰았다.

"내가 뭐 하러 끼겠소! 정말 당신네 개들은, 당연하잖소! 개 한 마리가 마을 하나 값이니. 당신네 개들은 수천 루블짜리인데. 당신들이나 개들을 겨뤄 보시오. 난 바라보기나 하겠소!"

"루가이! 자, 자!"그가 소리쳤다. "루가유시카!"그는 자기도 모르게 그 붉은 수캐에게 거는 기대와 애정을 이런 애칭으로 표현하며 덧붙였다. 나타샤는 이 두 노인과 오빠의 감추어진 흥분을 보면서 자신도 흥분하고 있었다.

사냥꾼은 낮은 둔덕 위에 채찍을 들고 서 있었고, 주인들은 그를 향해 말을 천천히 몰았다. 지평선에서 걷고 있던 사냥개들이 토끼에게서 떨어져 방향을 틀었다. 주인들이 아닌 사냥꾼들 역시 물러났다. 모든 것이 천천히 질서 정연하게 움직였다.

"토끼가 머리를 어디로 두고 엎드려 있나?"니콜라이는 토끼를 발견한 사냥꾼에게서 1백 걸음쯤 떨어진 지점에 이르러 물었다. 그러나 사냥꾼이 미처 대답하기도 전에 토끼는 내일 아침 닥칠 추위를 예감하며 더 엎드려 있지 않고 벌떡 일어났다. 줄에 매인 사냥개 무리가 사납게 짖으며 토끼를 쫓아 산 아래로 내달렸다. 가죽끈에 매여 있지 않던 보르조이 개들이 사방에서 사냥개들과 토끼 쪽으로 돌진했다. 이제까지 천천히 움직이던 고참 사냥개지기 사냥꾼들이 "멈춰!" 하는 고함과 함께 개들의 목줄을 풀어 주고, 보르조이로 사냥하는 사람들은 "잡아!" 하는 호령과 함께 개들을 내보내면서 모두 들판을 가로질러 말을 달렸다. 침착한 일라긴과 니콜라이와 나타샤와 아저씨는 어디로 어떻게 가야 할지 모른 채 개들과 토끼만 보면서 오직 몰이 과정을 한순간이라도 시야에서 놓칠까 걱정하며 날 듯이 달려갔다. 크고 날쌘 토끼가 눈에 띄었다. 벌떡 일어난 토끼는 곧바로 달리지 않고 귀를 쫑긋 세우고는 사방에서 느닷없이 울린 외침과 발소리에 귀를 기울였다. 토끼는 열 걸음 정도 천천히 팔짝팔짝 뛰어 개들을 다가오게 하더니, 마침내 위험을 깨닫고는 방향을 정한 뒤 귀를 뒤로 젖힌 채 전속력으로 달렸다. 토끼는 그루터기에 엎드렸지만 앞쪽은 바닥이 질퍽거리는 파릇파릇한 밀밭이었다. 토끼를 발견한 사냥꾼과 가장 가까이 있던 그의 개 두 마리가 먼저 토끼를 쫓기 시작했다. 그러나 아직 토끼 근처에도 가지 못했는데 그들 뒤에서 일라긴의 붉은 점박이 개 예르자가 쏜살같이 달려 나와 개 한 마리 길이 거리만큼 접근했다. 그러고는 토끼의 꼬리를 노리고 무시무시한 속도로 달려들더니 잡았다고 생각한 듯 데굴데굴 굴렀다. 토끼는 등을 활처럼 구부리고 더욱 속력을 높였다. 예르자 뒤에서 궁둥이가 넓적한 검은 점박이 밀카가 날쌔게 달려 나와 토끼를 따라잡기 시작했다.

"밀루시카, 잘한다!" 니콜라이의 의기양양한 외침이 들렸다. 밀카는 당장이라도 토끼를 덮쳐 잡을 것 같았지만 따라잡았다가 지나쳐 버리고 말았다. 토끼는 옆으로 피했다. 다시 아름다운 예르자가 달려들어 이번에는 실수 없이 뒷다리의 허벅지를 잡으려 가늠하는 듯 토끼의 꼬리에 매달렸다.

"예르진카! 얘야!" 전혀 딴판인 일라긴의 울먹이는 목소리가 들렸다. 그러나 예르자는 그의 애원을 들어주지 못했다. 예르자가 토끼를 잡을 것이라고 기대할 수밖에 없던 바로 그 순간, 토끼가 방향을 틀어서 파릇파릇한 밀밭과 그루터기 밭 사이의 경계로 달아나 버렸던 것이다. 다시 예르자와 밀카는 쌍두마차에 매인 두 마리 말처럼 어깨를 나란히 하고 토끼를 따라잡기 시작했다. 경계선을 따라 달리는 것은 토끼에게 더 쉬워서 개들은 좀처럼 빨리 접근하지 못하고 있었다.

"루가이! 루가유시카! 암, 당연하지!" 그때 또 새로운 목소리가 외쳤다. 그러더니 아저씨의 등이 굽은 붉은 수캐 루가이가 다리를 쭉 펴고 등을 활처럼 구부린 채 처음의 두 마리 개를 따라잡고는 그들을 앞질렀다. 몰아지경에 빠진 루가이는 토끼에게 휙 달려들어 경계선에서 밀밭으로 넘어뜨렸고, 무릎까지 푹푹 빠지며 진창이 된 밀밭을 또 한 번 더욱 맹렬하게 달렸다. 눈에 보이는 것이라곤 루가이가 진창 속에서 등을 더럽히며 토끼와 함께 데굴데굴 구르는 모습뿐이었다. 개들이 별 모양으로 루가이를 에워쌌다. 1분 후에는 모여든 개들 주위에 다들 서 있었다. 행복한 아저씨 혼자 말에서 내려 토끼의 뒷발을 잘라 냈다. 그리고 피를 빼기 위해 토끼를 흔들면서 손발을 어디에 두어야 할지 몰라 눈을 굴리며 불안하게 주위를 두리번거리다 스스로도 누구와 무슨 말을 하는지 모르면서 말했다. "그러니까 이건 당연한…… 그러니까 개들을…… 그러니까 전부 때려눕힌 거야. 1천 루블짜리든 1루블짜리든 말이야. 암, 당연하지!" 누군가를 꾸짖기라도 하듯, 모두가 자기의 적인 듯 그는 숨을 헉헉거리고 살벌하게 주위를 둘러보며 말했다. 모두가 그를 모욕했는데 이제야 마침내 자신을 증명할 수 있게 되었던 것이다. '저런 것들이 당신들에게는 1천 루블짜리 개인가 보군. 당연해!'

"루가이, 자, 발이다!" 그는 흙이 묻은 뒷발을 던지며 말했다. "넌 상을 받을 만해. 당연하지!"

"이 녀석, 완전히 녹초가 됐네. 혼자서 세 번이나 몰았으니." 니콜라이 또한 누구의 말에도 귀 기울이지 않고, 또 자기 말을 듣든 말든 신경 쓰지 않고 말했다.

"저놈이 끼어들었다니까요!" 일라긴의 마부가 말했다.

"거의 잡을 뻔했는데, 그렇게 몰이를 당한 짐승은 집 지키는 개도 다 잡을 거요." 바로 그때 말을 탄 데다 흥분까지 해서 간신히 숨을 가다듬던 일라긴이 벌겋게 달아오른 얼굴로 말했다. 그와 동시에 나타샤가 숨을 고르지도 않고 기쁨과 환희에 젖어 귀가 윙윙

거릴 만큼 날카롭게 소리를 질렀다. 다른 사냥꾼들도 말로 떠들면서 표현한 것을 이런 날카로운 비명으로 표현했던 것이다. 그 째지는 듯한 소리는 너무도 이상해서 다른 때였다면 분명 그녀 자신이 그 야만적인 새된 소리에 부끄러움을 느꼈을 것이고, 또 모두가 깜짝 놀랐을 것이다. 아저씨는 토끼를 안장 뒤에 매달아 말의 엉덩이 너머로 재빨리 능숙하게 넘겼는데, 마치 이런 동작으로 모두를 비난하는 듯했다. 그러고 나선 누구와도 말하고 싶지 않다는 표정으로 자신의 연한 밤색 말에 올라탄 뒤 자리를 떠났다. 그를 제외한 모든 이들이 슬픔과 모욕을 느끼며 흩어졌고, 한참이 지난 후에야 전처럼 무심한 척할 수 있었다. 그들은 아직도 오랫동안 붉은 루가이를 계속 흘깃거렸다. 루가이는 굽은 등이 온통 진흙투성이가 된 채 승리자의 침착한 표정을 띠고 아저씨의 말 뒤에서 빠르게 걷고 있었다.

'뭐, 몰이와 관련된 일만 아니면 나도 여느 개들과 똑같다고. 하지만 때가 오면 꽉 물고 늘어져야지!' 니콜라이에게는 그 개의 표정이 그렇게 말하는 것 같았다.

한참 후 아저씨가 다가와 말을 건넸을 때 니콜라이는 그 모든 일이 있고 나서도 아저씨가 여전히 말을 걸어 주는 것에 우쭐한 기분을 느꼈다.

7

저녁이 되어 일라긴이 작별을 고하고 떠났을 때 니콜라이는 집에서 너무 멀리 와 있었다. 그래서 그는 사냥은 그만하고 미하일롭카 마을에 있는 자기 집에서 하룻밤 묵어 가라는 아저씨의 제안을 받아들였다.

"너희들이 우리 집에 온다면, 당연하지! 그러는 편이 더 좋을 게다. 봐라, 날씨가 축축해." 아저씨가 말했다. "푹 쉬고 나서 백작 영애는 드로시키에 태워 데려가는 편이 낫지." 아저씨의 제안은 받아들여졌다. 드로시키를 끌고 오도록 오트라드노예로 사냥꾼 한 명을 보내고, 니콜라이는 나타샤와 페탸와 함께 아저씨의 집으로 향했다.

다섯 명가량의 크고 작은 남자 농노들이 주인을 맞으러 앞쪽 현관 계단으로 달려 나왔다. 수십 명의 크고 작은 늙은 여자들이 말을 타고 다가오는 사냥꾼들을 구경하기 위해 뒤쪽 현관에서 몸을 쑥 내밀었다. 나타샤의, 여자의, 말을 탄 귀족 여성의 존재가 아저씨의 농노들이 품었던 호기심을 커다란 놀라움으로 바꾸어 놓았다. 많은 사람들이 그녀의 존재를 꺼리지 않고 다가와 눈을 들여다보았다. 그러고는 사람이 아니어서 자신에 대해 무슨 말을 하는지 듣지도 이해하지도 못하는 신기한 것이 나타나기라도 한 양 그녀 앞에서 이런저런 비평을 했다.

"아린카, 저것 봐, 옆으로 앉았어! 사람이 말 위에 앉았는데 옷자락이 하늘하늘 흔들려…… 봐, 조그만 뿔피리도 있어!"

"어머나, 세상에, 작은 칼도 있네!"

"어쩌면! 타타르 여자네!"

"거꾸로 뒤집히지 않는 비결이 뭐유?" 가장 대담한 여자가 직접 나타샤에게 말을 걸었다.

아저씨는 정원에 초목이 무성한 자신의 작은 목조 가옥 현관 계단 곁에 이르자 말에서 내렸다. 그는 하인들을 죽 둘러보더니 필요 없는 사람들은 물러가라고, 손님들과 사냥대의 접대에 필요한 것을 전부 갖추어 놓으라고 명령조로 외쳤다.

다들 뿔뿔이 달아났다. 아저씨는 나타샤를 말에서 내려 준 뒤 손을 잡고 판자가 덜컥거리는 현관 계단을 올라갔다. 회반죽을 칠하지 않고 벽이 통나무로 된 집 안은 그리 깨끗하지 않았다. 그곳에 살던 사람들의 목적이 집 안을 더럽지 않게 하는 데 있다고는 보이지 않았다. 그렇다고 눈에 띄게 방치한 흔적이 있는 것도 아니었다. 현관에는 싱싱한 사과 향기가 감돌고, 늑대와 여우의 가죽들이 걸려 있었다.

아저씨는 현관방을 지나 손님들을 접이식 탁자와 붉은 의자들이 있는 작은 홀로, 그다음엔 둥근 자작나무 테이블과 소파가 있는 응접실로, 그다음에는 찢어진 소파와 너덜너덜한 양탄자가 있고 수보로프, 집주인의 아버지와 어머니 그리고 군복을 입은 자신의 초상화가 걸린 서재로 이끌었다. 서재에는 담배와 개의 냄새가 강하게 풍겼다.

서재에서 아저씨는 손님들에게 제 집처럼 편안히 앉으라고 권하고는 자신은 밖으로 나갔다. 루가이가 등이 더러운 그대로 서재에 들어오더니 소파에 엎드려 혀와 이로 몸을 깨끗하게 했다. 서재는 휘장이 찢어진 칸막이가 보이는 복도로 이어져 있었다. 칸막이 뒤에서 여자들의 웃음소리와 속삭임이 들렸다. 나타샤와 니콜라이와 페탸는 외투를 벗고 소파에 앉았다. 페탸는 팔꿈치를 괴고 이내 잠이 들었다. 나타샤와 니콜라이는 말없이 앉아 있었다. 두 사람의 얼굴은 발갛게 달아올라 있었다. 그들은 몹시 배가 고프면서도 무척 즐거웠다. 그들은 서로를 바라보았다. (사냥이 끝나고 방 안에 있게 되자 니콜라이는 여동생 앞에서 더 이상 남성적 우월성을 보여 줄 필요를 느끼지 않았다.) 나타샤가 오빠에게 한쪽 눈을 찡긋하자 두 사람은 잠깐 동안 꾹 참다가 웃을 구실을 미처 생각해 내기도 전에 큰 소리로 웃음을 터뜨렸다.

　잠시 후 아저씨가 카자킨과 헐렁한 파란 바지 차림에 짧은 부츠를 신고 들어왔다. 나타샤는 아저씨가 오트라드노예에 왔을 때 자신이 놀라움과 조롱의 눈길로 보았던 그 복장이 프록코트와 연미복에 결코 뒤지지 않는 진정한 의복이라고 느꼈다. 아저씨도 즐거운 모습이었다. 그는 오누이의 웃음에 모욕을 느끼지 않았을 뿐 아니라 (자기 인생이 비웃음을 당할 수도 있다는 생각이 그의 머리에 떠오를 리 없었다) 스스로도 그들의 이유 없는 웃음에 동참했다.

　"젊은 백작 영애가 참 대단해. 당연해. 이런 아가씨는 본 적이 없어!" 그는 로스토프에게 긴 담뱃대가 딸린 파이프 하나를 건네고 짧게 자른 다른 담뱃대를 세 손가락에 끼고 익숙한 동작으로 채우며 말했다.

　"온종일 말을 타고 돌아다니다니. 한창때 남자라 해도 힘든 법인데 아무렇지도 않은 모양이야!"

아저씨가 들어오고 나서 곧, 발소리로 미루어 맨발인 듯한 소녀가 문을 열었다. 그리고 그 문으로 뺨이 발그레하고 턱살이 겹치고 입술이 도톰하고 붉은, 마흔 살가량의 풍만하고 아름다운 여인이 음식이 가득 담긴 큰 쟁반을 두 손에 받쳐 들고 들어왔다. 그녀는 눈동자와 몸가짐 하나하나에 위풍당당한 환대와 친절을 담아 손님들을 둘러보고는 다정한 미소를 지으며 정중히 인사했다. 여인(아저씨의 가정부)은 가슴과 배를 앞으로 내밀고 머리를 뒤로 젖혀야 할 만큼 풍만했지만 아주 경쾌하게 걸었다. 그녀가 테이블로 다가와 쟁반을 내려놓고 통통한 하얀 손을 민첩하게 움직여 테이블에 병과 자쿠스카와 음식을 차렸다. 그 일을 마친 뒤에는 물러나 얼굴에 미소를 머금고 문가에 섰다. '여기 있는 내가 바로 그 여자예요! 이제 아저씨를 이해하겠어요?' 그녀의 출현은 로스토프에게 이렇게 말하는 듯했다. 어찌 모를 수 있겠는가. 로스토프뿐 아니라 나타샤도 아저씨를, 그리고 아니시야 표도로브나가 들어오던 순간 찡그린 눈썹과 그의 입술을 보일 듯 말 듯 주름지게 한 그 행복하고 만족스러운 미소의 의미를 이해했다. 쟁반에는 약초 술, 과실주, 버섯, 검은 밀가루와 버터밀크로 만든 과자, 벌집에 든 꿀, 꿀 맥주, 사과, 생호두와 구운 호두, 꿀에 졸인 호두가 있었다. 그러고 나서 아니시야 표도로브나는 꿀과 설탕으로 만든 잼도 햄도 갓 구운 닭고기도 가져왔다.

그 모든 것이 아니시야 표도로브나가 기르고 수확하고 조리한 것이었다. 그 모든 것이 아니시야 표도로브나의 향을 풍기고 그녀에 대해 말도 해 주고 그녀의 맛도 간직했다. 그 모든 것이 풍만과 청결과 순백과 즐거운 미소의 느낌을 주었다.

"드세요, 백작 영애님." 그녀가 나타샤에게 이것저것 권했다. 나타샤는 전부 먹었다. 버터밀크로 만든 그런 과자, 그런 향의 잼과

꿀에 졸인 호두, 그런 닭고기는 이제껏 어디에서도 본 적이 없고 먹어 본 적이 없는 것 같았다. 아니시야 표도로브나가 밖으로 나갔다. 로스토프와 아저씨는 버찌 술로 저녁 식사 후 입가심을 하며 이제까지의 사냥과 앞으로의 사냥에 대해, 루가이와 일라긴의 개들에 대해 이야기를 나누었다. 나타샤는 소파에 똑바로 앉아서 눈을 반짝이며 그들의 말에 귀를 기울였다. 그녀가 페탸에게 뭐든 먹이려고 여러 번 깨웠지만 그는 잠을 깨지 못하고 알 수 없는 말을 중얼거렸다. 나타샤는 마음이 너무 즐거워서, 이 새로운 환경이 너무도 좋아서 자신을 태울 드로시키가 너무 빨리 오지 않을까 하는 걱정뿐이었다. 집에 처음으로 지인들을 맞는 사람들에게 거의 늘 있기 마련인 우연히 찾아든 침묵 후에 아저씨는 손님들이 품은 생각에 대답하듯 말했다.

"바로 이렇게 나는 내 생을 마감하고 있다……. 죽으면, 당연히, 아무것도 남지 않지. 죄를 지어 봤자 무슨 소용이겠냐!"

이 말을 할 때 그의 얼굴은 매우 의미심장했고 심지어 아름답기까지 했다. 로스토프는 그 말을 들으면서 무심결에 아버지와 이웃들로부터 아저씨에 관해 들은 좋은 이야기들을 떠올렸다. 아저씨는 현(縣) 일대에서 너무도 고결하고 너무도 사심 없는 괴짜라는 평판을 얻었다. 사람들은 그를 불러 가정사에 대한 판단을 청하고, 그를 유언 집행자로 삼고, 그에게 비밀을 털어놓고, 판사를 비롯한 여러 직분에 그를 선출했다. 하지만 그는 늘 완강하게 사회적 직분을 거절했다. 봄과 가을에는 밤색 거세마를 타고 들판에서 지냈고, 겨울에는 집 안에 틀어박혔고, 여름에는 초목이 우거진 정원에서 빈둥거렸다.

"왜 직책을 맡지 않으세요, 아저씨?"

"봉직했다가 때려치웠다. 난 안 맞아. 당연하지. 아무것도 모르겠더구나. 그건 너희 일이야. 내 머리가 따라가질 못해. 사냥이라면 다른 문제지. 당연하지! 문 좀 열어." 그가 소리쳤다. "도대체 왜 닫은 거야!" (아저씨가 '콜리도르'라고 부르던*) 복도 끝에 있는 문은 독신자 사냥꾼의 방으로 나 있었다. 사냥꾼들을 위한 하인 방을 그렇게 불렀다. 맨발로 빠르게 쿵쾅거리는 소리가 들리고 보이지 않는 손이 사냥꾼 방의 문을 열었다. 복도에서 발랄라이카 소리가 또렷하게 들려오기 시작했다. 그 방면의 명인이 연주하는 듯했다. 나타샤는 한참 전부터 그 소리에 귀를 기울이고 있다가 좀 더 잘 듣기 위해 아예 복도로 나갔다.

"우리 집 마부 미티카다……. 발랄라이카를 사 주었지. 내가 좋아해서 말이다." 아저씨가 말했다. 아저씨 집에서는 그가 사냥에서 돌아오면 미티카가 독신자 사냥꾼 방에서 발랄라이카를 연주하도록 정해져 있었다. 아저씨는 그 음악을 듣기를 좋아했다.

"아주 좋은데! 정말 뛰어나네." 니콜라이는 그 소리가 무척 기분 좋게 들린다는 것을 인정하기가 부끄러운 듯 무심결에 약간 빈정거리며 말했다.

"뛰어나다고?" 나타샤가 오빠가 한 말의 억양을 느끼고 비난조로 말했다. "뛰어난 게 아니라 이건 그야말로 아름다운 거야!" 아저씨의 버섯과 꿀과 과실주가 세상에서 가장 훌륭하게 느껴진 것처럼 그 노래도 이 순간 그녀에게는 음악적 아름다움의 절정으로 여겨졌다.

"더요, 더." 발랄라이카 소리가 멎자마자 나타샤는 문에다 대고 말했다. 미티카가 조율한 후 현을 뜯고 튕기면서 다시 **바리냐***를 울리기 시작했다. 아저씨는 보일 듯 말 듯한 미소를 띤 채 고개를 옆으로 기울이고 앉아 듣고 있었다. **바리냐**의 곡조가 계속 되풀이되었다. 미티카는 발랄라이카를 여러 번 조율했고, 다시 똑같은 소리를 울렸다. 사람들은 싫증도 내지 않고 그저 그 연주를 듣고 또 듣고 싶어 했다. 아니시야 표도로브나가 들어와 풍만한 몸을 문설주에 기댔다.

"들어 보세요, 백작 영애님." 그녀가 아저씨의 미소와 비슷한 미소를 지으며 나타샤에게 말했다. "멋지게 연주하죠."

"여기 이 마디는 저게 아냐." 갑자기 정열적인 몸짓과 함께 아저씨가 말했다. "여기서는 소리를 흩뿌려야 해. 당연하지. 흩뿌려야지."

"아저씨도 연주할 수 있으세요?" 나타샤가 물었다. 아저씨는 대꾸 없이 빙그레 웃었다.

"아니시유시카, 기타에 현이 다 있는지 보고 와. 손에 쥐어 본 지 꽤 오래됐어. 당연하지! 집어치웠거든."

아니시야 표도로브나가 기꺼이 주인의 분부를 수행하기 위해 경쾌한 걸음으로 가서 기타를 가져왔다.

아저씨는 누구에게도 눈길을 주지 않은 채 먼지를 훅 불더니 앙상한 손가락으로 기타의 몸통 앞부분을 통통 두들겨 보고는 조율을 하고 안락의자에 앉은 자세를 바로잡았다. 그는 (다소 연극적인 몸짓으로 왼쪽 팔꿈치를 옆으로 젖히고) 기타의 목 조금 위쪽을 잡은 후 아니시야 표도로브나에게 한쪽 눈을 찡긋하더니 **바리냐** 연주를 시작하지 않고 낭랑하고 청아한 한 화음을 잡았다. 그러고는 리듬감 있게, 조용하게, 그러나 정확하게 잘 알려진 노래 「포도를 따라」를 아주 느린 템포로 꾸미기 시작했다. 곧 (아니시야 표도로브나의 온 존재가 넘쳐 나던 바로 그) 단정한 즐거움이 느껴지는 박자로 니콜라이와 나타샤의 영혼 속에서 노래의 선율이 흐르기 시작했다. 아니시야 표도로브나는 얼굴을 발그레 붉히더니 숄로 얼굴을 가리고 웃으며 방에서 나갔다. 아저씨는 영감에 찬, 달라진 눈길로 아니시야 표도로브나가 떠난 자리를 바라보면서 깨끗하게, 열심히, 그리고 힘차게, 확실히 계속 노래에 곡을 붙여 나갔다. 그의 얼굴에서, 희끗희끗한 콧수염 아래 한쪽에서 무언가가 살짝 웃었다. 노래가 점점 맹렬해지고 박자가 빨라지고 빠르게 현을 뜯는 악절들에서 갑자기 연주가 멈출 때면 특히 더 웃었다.

"아름다워요, 너무 아름다워요, 아저씨! 더요, 더요!" 그가 연주를 끝내자마자 나타샤가 소리쳤다. 그녀는 자리에서 벌떡 일어나 아저씨를 안고 입을 맞추었다. "니콜렌카, 니콜렌카!" 그러고는 오빠를 돌아보며 '이게 도대체 뭐야?' 하고 묻는 듯 말했다.

니콜라이 또한 아저씨의 연주가 무척 마음에 들었다. 아저씨가 두 번째 노래를 부르기 시작했다. 아니시야 표도로브나의 웃는 얼굴이 다시 문가에 나타나고, 그 뒤에 또 다른 얼굴들도 보였다.

　　차가운 샘물 뒤에서
　　소리친다, 아가씨, 잠깐만요!

아저씨는 연주를 하다가 다시 능숙한 솜씨로 빠르게 현을 뜯더니 갑자기 뚝 그치고 어깨를 살짝 움직였다.

"아이, 어서요, 제발, 아저씨." 나타샤는 자기 목숨이 달린 것처럼 애원하는 목소리로 보챘다. 아저씨가 일어났다. 그의 안에는 마치 두 사람이 있는 것 같았다. 그중 한 사람은 익살꾼에게 진지한 미소를 지었고, 익살꾼은 춤을 추기에 앞서 소박하고도 정확한 첫 자세를 취했다.

"자, 조카!" 아저씨가 화음을 뜯던 손을 나타샤를 향해 흔들며 외쳤다.

나타샤는 걸친 숄을 벗어 던지고 아저씨 앞으로 달려 나가 두 손을 허리에 얹고는 어깨로 동작을 취하고 섰다.

이민 온 프랑스 여자에게 교육받은 백작 영애가 자신이 숨 쉬어 온 러시아 공기에서 그 정신을 언제, 어디서, 어떻게 빨아들였을 까? 오래전 숄 댄스에 밀려난 게 분명한 그런 몸짓을 어디에서 익혔을까? 그러나 이 정신과 몸짓은 모방되지 않고 학습되지 않는 러시아적인 것, 아저씨가 그녀에게 기대한 바로 그것이었다. 그녀가 서서 의기양양하고 오만하고 교묘하고 명랑한 미소를 지은 순간 니콜라이와 그 자리에 있던 이들을 사로잡았던 처음의 걱정, 그녀가 제대로 못하리라는 걱정은 눈 녹듯 사라지고, 그들은 어느새 그녀에게 넋을 잃었다.

그녀는 바로 그것을 해냈다. 어찌나 정확하게, 어찌나 완벽할 정도로 정확하게 해냈던지 그 춤에 필요한 숄을 지체 없이 나타샤에게 건넸던 아니시야 표도로브나는 자신에게 너무도 낯선 이 실크와 벨벳에 파묻혀 자란 가녀리고 우아한 백작 영애를 보면서, 아니시야 안에도, 아니시야의 아버지 안에도, 친척 아주머니 안에도, 어머니 안에도, 러시아인 한 사람 한 사람 안에도 있던 모든 것을 능히 이해한 백작 영애를 보면서 소리 내어 웃으며 눈물을 지었다.

"암, 백작 영애, 당연하지!" 춤이 끝나자 아저씨는 기쁘게 웃으며 말했다. "아, 역시 조카야! 이제 넌 훌륭한 남편만 고르면 되겠어. 당연하지!"

"벌써 골랐습니다." 니콜라이가 빙긋 웃으며 말했다.

"오?" 아저씨는 놀란 듯 뭔가 묻고 싶은 눈치로 나타샤를 바라보았다. 나타샤는 행복한 미소를 지으며 고개를 끄덕였다.

"게다가 어떤 사람이게요!" 그녀가 말했다. 하지만 그 말을 하자마자 다른 새로운 생각과 감정이 그녀 안에서 연이어 일었다. '벌써 골랐습니다, 라고 니콜라이가 말했을 때 그 미소는 무엇을 뜻했을까? 그는 그것이 기쁜 걸까, 그렇지 않은 걸까? 나의 볼콘스키가 우리의 이런 기쁨을 인정하지도 이해하지도 못할 거라고 생각하는 것 같아. 아니야, 그는 다 이해할 거야. 그는 지금 어디에 있을까?' 나타샤는 생각했다. 갑자기 그녀의 얼굴이 심각해졌다. 그러나 그것은 겨우 1초에 지나지 않았다. '이 일에 대해 생각하지 말자. 감히 생각하려고 하지 말자.' 그녀는 속으로 말했다. 그러고는 미소를 지으며 다시 아저씨에게 다가앉아 좀 더 연주해 달라고 졸랐다.

아저씨는 다른 노래 한 곡과 왈츠를 더 연주했다. 그러고는 잠시 침묵한 후 헛기침을 하고 자신이 좋아하는 사냥 노래를 부르기 시작했다.

저녁부터 밤눈이
아름답게 내렸네……

노래의 의미는 오직 말에 존재한다는, 선율은 저절로 찾아오고 별개의 선율은 존재하지 않는다는, 그래서 선율은 오직 리듬을 위한 것이라는 충만하고 소박한 확신과 함께 아저씨는 민중이 노래하는 대로 그렇게 노래했다. 새들의 선율이 그러하듯, 아저씨의 무의식적인 선율도 바로 그래서 대단히 아름다웠다. 나타샤는 아저씨의 노래에 열광했다. 그녀는 더 이상 하프를 배우지 않고 기타만 연주하리라 결심했다. 그녀는 아저씨에게 기타를 달라고 부탁하여 바로 노래에 화음을 넣었다.

9시가 지나서 나타샤와 페탸를 데리고 가기 위해 리네이카*와

드로시키 그리고 그들을 찾으라고 보낸 말 탄 사람 셋이 왔다. 백작과 백작 부인이 그들이 어디에 있는지 몰라 몹시 불안해했다고 심부름꾼은 말했다.

시체처럼 잠든 페탸는 들고 나가 리네이카에 눕혔다. 나타샤와 니콜라이는 드로시키에 탔다. 아저씨가 나타샤의 몸을 단단히 감싸 주고 전혀 새로운 다정한 모습으로 작별 인사를 했다. 그는 다리까지 걸어서 그들을 배웅하며 사냥꾼들에게 등불을 들고 앞장서라고 지시했다. 다리를 우회하여 여울을 건너야 했다.

"잘 가라, 소중한 조카야!" 어둠 속에서 아저씨가 외쳤다. 전에 나타샤가 알던 목소리가 아니라 "저녁부터 밤눈이……" 하고 노래하던 그 목소리였다.

그들이 지나가던 마을에는 붉은 등불이 켜져 있고 기분 좋은 연기 냄새가 흘러나왔다.

"그 아저씨 정말 멋져!" 큰길로 나오자 나타샤가 말했다.

"그래." 니콜라이가 말했다. "춥지 않니?"

"아니, 난 너무 좋아, 너무 좋아. 정말 좋아." 나타샤는 당혹감마저 보이며 말했다. 그들은 오래 침묵했다.

밤은 어둡고 축축했다. 말들이 보이지 않았다. 눈에 보이지 않는 진창에서 말들이 철벅거리는 소리만 들렸다.

삶의 온갖 다양한 인상을 그토록 탐욕스럽게 포착하고 받아들이던, 어린아이처럼 감수성 풍부한 영혼에 무슨 일이 일어나고 있었던 걸까? 이 모든 것이 그녀에게 어떻게 받아들여지고 있었을까? 그러나 그녀는 무척 행복했다. 집이 가까워졌을 즈음 그녀는 갑자기 "저녁부터 밤눈이……"를 부르기 시작했다. 길을 가는 내내 그 노래의 곡조를 포착하려 애쓰다 마침내 잡아낸 것이다.

"잡아냈구나?" 니콜라이가 말했다.

"니콜렌카, 지금 무슨 생각 하고 있었어?" 나타샤가 물었다. 그들은 서로에게 그런 질문을 즐겨 했다.

"나?" 니콜라이는 기억을 더듬으며 말했다. "있잖아, 처음엔 붉은 수캐 루가이가 아저씨와 닮았다는 생각을 했어. 그 개가 사람이라면 아저씨를 옆에 두었을 거라는 생각도 했어. 잘 달리지는 못해도 체격이 좋아서 계속 곁에 두었을 거야. 아저씨는 정말 풍채가 좋지! 그렇지 않니? 그럼 넌?"

"나? 잠깐, 잠깐. 그래, 난 처음에, 이렇게 마차를 타고 가면서 우리가 집으로 가고 있구나 생각하는데, 이 어둠 속에서 우리는 하느님만 아실 어딘가로 가고 있고, 문득 도착했을 때 우리가 오트라드노예가 아닌 마법의 왕국에 온 것을 보게 될 거라고 생각했어. 그다음에 또 생각한 건…… 아냐, 아무것도 없어."

"알아. 틀림없이 **그 사람** 생각했지." 니콜라가 빙그레 웃으며 말했다. 나타샤는 그 목소리의 울림에서 그 미소를 알아차렸다.

"아니야." 나타샤가 대답했다. 하지만 사실 그녀는 안드레이 공작에 대해서도, 그와 동시에 그 또한 아저씨가 마음에 들지에 대해서도 생각했다. "또 나는 계속 되뇌었어. 돌아오는 내내 이렇게 되뇌었지. 아니시유시카는 멋지게 걸었어, 멋지게……." 나타샤가 말했다. 그리고 니콜라이는 그녀의 낭랑하고 이유 없이 행복한 웃음소리를 들었다.

"있잖아." 느닷없이 그녀가 말했다. "난 알아. 지금처럼 행복하고 평온한 순간은 이제 내게 더 이상 없을 거야."

"터무니없는 생각, 멍청한 소리, 거짓말." 니콜라이는 이렇게 말하고 생각했다. '나의 나타샤는 얼마나 멋진가! 나에게 이런 친구는 또 없고, 앞으로도 없을 거야. 나타샤가 왜 결혼해야 하지? 계속 나타샤와 이렇게 마차를 타고 돌아다닐 수 있다면!'

'지금의 니콜라이는 참 멋져!' 나타샤는 생각했다.

"아! 아직 응접실에 등불이 켜져 있네." 그녀가 촉촉하고 벨벳 같은 밤의 어둠 속에서 아름답게 빛나는 집의 창문을 가리키며 말했다.

8

일리야 안드레이치 백작은 귀족회장 직을 사임했다. 그 직책이
지나치게 많은 지출과 결부되어 있었기 때문이다. 하지만 그의 사
정은 조금도 나아지지 않았다. 나타샤와 니콜라이는 부모가 몰래
걱정스럽게 의논하는 모습을 종종 보았고, 조상 대대로 내려온 로
스토프가의 화려한 저택과 모스크바 근교의 영지가 매각되리라
는 소문도 들었다. 귀족회장 직을 내놓고 나자 그렇게 큰 규모의
접대를 할 필요가 없어졌다. 그리하여 오트라드노예에서의 삶은
지나간 해들보다 더 조용히 흘러갔다. 그러나 거대한 저택과 곁채
는 여전히 사람들로 꽉 찼고, 여전히 스무 명도 넘는 사람들이 식
탁 앞에 앉았다. 모두 가족이나 다름없이 이 집에 익숙해진 사람
이거나 반드시 백작의 집에 살아야 할 것 같은 이들이었다. 음악
가 딤믈레르와 그의 아내, 무용 선생 이오겔과 그 가족, 한집에서
살아온 늙은 숙녀 벨로바 그리고 다른 많은 사람들, 페탸의 선생
들, 아가씨들의 예전 가정 교사, 또 그저 자기 집보다 백작의 집에
서 지내는 편이 더 좋거나 더 이득인 사람들이 그러했다. 예전과
같은 대규모의 방문은 없었지만 생활 방식은 그대로 유지되었다.
백작과 백작 부인은 그런 것이 없는 삶을 상상할 수 없었다. 니콜

라이가 규모를 더 키워 놓은 사냥대도 여전했고, 마구간의 말 50마리와 마부 열다섯 명도 그대로였다. 명명일에 서로에게 주는 값비싼 선물과 군(郡) 전체를 위한 성대한 만찬 역시 그대로였다. 백작의 휘스트 게임과 보스턴 게임도 여전했다. 카드놀이를 할 때면 그는 모두가 볼 수 있도록 카드를 부채처럼 펼쳐 쥐고 일리야 안드레이 백작과 카드놀이 친구가 되는 자격을 가장 좋은 돈벌이 무대로 여기는 이웃들에게 매일 수백 루블씩 잃곤 했다.

백작은 자신이 올가미에 걸려든 것을 믿으려 하지 않고 매 걸음마다 더욱더 얽혀들면서, 자신을 옭아맨 올가미를 끊어 낼 수도, 조심스럽고 끈기 있게 풀어낼 수도 없음을 느끼면서 거대한 그물망 같은 일들 속에서 갈팡질팡했다. 백작 부인은 아이들이 영락(零落)해 가고 있지만, 백작은 잘못이 없다고, 백작이 다른 사람이 될 수는 없다고, 백작이 자신과 아이들의 영락에 대한 인식으로 (비록 숨기고는 있지만) 괴로워하고 있다고 사랑 가득한 마음으로 느끼면서 집안 형편을 도울 방법을 찾고 있었다. 그녀의 여성적 관점에서 떠오르던 수단은 단 하나, 니콜라이가 부유한 신붓감과 결혼하는 것뿐이었다. 그녀는 이것이 마지막 희망이라고, 만약 자신이 찾아 준 짝을 니콜라이가 거절한다면 집안 형편을 바로잡을 가능성과 영원히 결별할 수밖에 없을 것이라고 생각했다. 그 짝은 훌륭하고 덕망 높은 어머니와 아버지의 딸로 로스토프가와 어린 시절부터 알고 지낸 줄리 카라기나였다. 지금 그녀는 마지막으로 남았던 오빠가 죽는 바람에 부유한 신붓감이 되어 있었다.

백작 부인은 모스크바에 있는 카라기나에게 직접 편지를 보내 그녀의 딸과 자기 아들의 결혼을 제안했고, 그녀로부터 호의적인 답변을 받았다. 카라기나는 자신은 찬성한다면서 모든 것은 딸의 의향에 달려 있다고 답했다. 카라기나는 니콜라이를 모스크바로 초대했다.

백작 부인은 여러 차례 눈물을 글썽이며 아들에게 두 딸이 다 출가하게 된 지금 유일한 바람은 그가 결혼한 모습을 보는 것이라고 말했다. 그렇게만 된다면 무덤에 편안히 누울 것이라고 덧붙이고는 자신이 점찍은 훌륭한 아가씨가 있다며 결혼에 대한 그의 의견을 캐물었다.

또 다른 여러 대화에서 그녀는 줄리를 칭찬하며 축일에 모스크바에 가서 즐기고 오라고 권했다. 니콜라이는 어머니가 무슨 목적으로 그런 말을 하는지 짐작하고 있다가 그런 대화 중에 한번은 다 털어놓게 했다. 그녀는 집안 형편을 바로잡을 희망은 이제 그와 카라기나의 결혼이라고 토로했다.

"제가 재산이 없는 아가씨를 사랑한다면 어떻게 하실 건가요? **어머니**, 제게 재산 때문에 감정과 명예를 희생하라고 요구하실 건가요?" 그는 자신의 질문이 잔인함을 깨닫지 못하고 자신의 고결함만 드러내면서 어머니에게 물었다.

"아니, 넌 내 말뜻을 모른다." 어머니는 어떻게 변명해야 할지 몰라 하며 말했다. "넌 내 말뜻을 몰라, 니콜렌카. 난 네 행복을 원해." 그녀는 이렇게 덧붙이고는 자신이 거짓말하고 있다고, 자신이 궁지에 몰렸다고 느꼈다. 그녀는 울기 시작했다.

"어머니, 울지 마세요. 그냥 어머니가 그러길 원한다고 말씀하세요. 어머니를 평안하게 해 드리기 위해서라면 제 인생 전부를, 모든 것을 바칠 거라는 걸 아시잖아요." 니콜라이가 말했다. "전 어머니를 위해서라면 모든 것을, 심지어 제 감정까지도 희생할 거예요."

하지만 백작 부인은 그런 식으로 문제를 제기하고 싶지 않았다. 그녀는 아들의 희생을 바라지 않았다. 오히려 자신이 아들을 위해 희생하기를 원했을 것이다.

"아니, 넌 내 말뜻을 몰라. 이제 그만 얘기하자." 그녀는 눈물을 닦으며 말했다.

'그래, 어쩌면 난 가난한 아가씨를 사랑하는지도 몰라.' 니콜라이는 속으로 말했다. '어쩌지, 재산 때문에 감정과 명예를 희생해야 하나? 어머니가 내 앞에서 이런 말을 할 수 있었다는 게 놀라워.' 그는 생각했다. '소냐가 가난하니까 난 그녀를 사랑해서도 안 되고, 그녀의 신실하고 헌신적인 사랑에 응해서도 안 되나? 하지만 난 분명 무슨 인형 같은 줄리보다 소냐와 함께 있을 때 더 행복할 거야. 난 내 감정에 명령할 수 없어.' 그는 속으로 중얼거렸다. '만약 내가 소냐를 사랑한다면 내 감정은 나에겐 그 무엇보다 더 강하고 더 고귀한 거야.'

니콜라이는 모스크바에 가지 않았다. 백작 부인은 그와 결혼에 대한 말을 더 이상 나누지 않았고, 아들과 지참금 없는 소냐가 점점 더 가까워지는 징후를 보며 슬픔에, 때로는 분노에 차올랐다. 백작 부인은 종종 이유 없이 소냐를 멈춰 세우고, 잔소리를 하고, "이봐요, 아가씨"라고 부르며 소냐에게 불평하고 트집을 잡지 않을 수 없던 자신을 질책했다. 선량한 백작 부인은 소냐가, 이 검은 눈동자의 가난한 조카딸이 너무나 온순하고, 너무나 착하고, 자신의 은인들에게 너무나 헌신적으로 감사해하고 있고, 너무나 신실하게, 변함없이, 헌신적으로 니콜라이를 사랑하고 있어서 도무지 비난할 점을 찾을 수 없다는 것에 무엇보다도 화가 났다.

니콜라이는 가족 곁에서 휴가를 마저 보내고 있었다. 로마로부터 약혼자인 안드레이 공작의 네 번째 편지가 왔다. 편지에서 그는 따뜻한 기후 속에 예기치 않게 상처가 덧나지만 않았다면 이미 오래전에 러시아로 가는 길이었을 것이라고, 부득이 내년 초까지 출발을 연기할 수밖에 없었다고 썼다. 나타샤는 여전히 약혼자를 사랑했고, 그 사랑에 여전히 평온을 느꼈으며, 여전히 삶의 모든 기쁨에 풍부한 감수성을 드러냈다. 그러나 그와 떨어진 지 네달이 되어 가자 도저히 맞서 싸울 수 없던 슬픔의 순간들이 그녀에게 찾아들기 시작했다. 그녀는 자신이 가여웠다. 자신이 그토록 사랑하고 사랑받을 수 있다고 느끼던 이 모든 시간을 누구를 위해서도 쓰지 못한 채 헛되이 흘려보내는 것이 아쉬웠다.

로스토프가의 집에는 즐거움이 없었다.

9

크리스마스 주간이 찾아왔다. 축일 예배 외에, 이웃들과 하인들의 엄숙하고 지루한 축하 인사 외에, 모두가 입은 새 옷 외에 크리스마스 주간을 기념할 만한 특별한 것은 아무것도 없었다. 그러나 바람 한 점 없는 영하 20도의 혹한 속에서도, 한낮의 밝고 눈부신 햇살 속에서도, 겨울밤의 별빛 속에서도 어떤 식으로든 이 주간을 기념하라는 요구가 느껴지고 있었다.

축일 주간의 세 번째 날 저녁 식사가 끝나자 가족들은 각자 방으로 흩어졌다. 하루 중 가장 지루한 때였다. 아침에 이웃들에게 다녀온 니콜라이는 소파가 있는 방에서 잠이 들었다. 노백작은 자신의 서재에서 휴식을 취했다. 응접실에는 소냐가 둥근 테이블 앞에 앉아 자수의 본을 베끼고 있었다. 백작 부인은 카드를 펼쳤다. 어릿광대 나스타시야 이바노브나는 슬픈 얼굴을 하고 두 노파와 함께 창가에 앉아 있었다. 나타샤가 응접실에 들어와 소냐에게 다가가서 그녀가 하는 것을 살펴보고는 어머니에게 다가가 말없이 멈춰 섰다.

"왜 집 없는 애처럼 돌아다녀?" 어머니가 그녀에게 말했다. "뭐가 필요해?"

"**그 사람**이 필요해요……. 지금, 이 순간 전 **그 사람**이 필요해요."
나타샤는 웃음기 없이 눈동자를 빛내며 말했다. 백작 부인이 고개를 들고 딸을 뚫어지게 바라보았다.

"절 보지 마세요, 보지 말아요, 엄마, 지금 울 것 같단 말이에요."

"앉아라, 내 곁에 앉아 봐." 백작 부인이 말했다.

"엄마, 전 **그 사람**이 필요해요. 무엇 때문에 제가 이렇게 시들어 가야 하나요, 엄마……?" 목소리가 갈라지고 눈에서 눈물이 왈칵 쏟아졌다. 그녀는 눈물을 감추려고 재빨리 돌아서더니 방에서 나갔다. 그녀는 소파 방에 들어가 잠시 서서 생각하다가 하녀 방으로 갔다. 그곳에서는 늙은 하녀가 추운 바깥에서 뛰어 들어오느라 숨을 헐떡이던 젊은 하녀에게 툴툴거리고 있었다.

"이제 그만 놀아." 노파가 말했다. "모든 것엔 때가 있다."

"내버려 둬요, 콘드라티예브나." 나타샤가 말했다. "가, 마브루샤, 가."

마브루샤를 보내고 나타샤는 홀을 지나 현관방으로 갔다. 노인과 젊은 하인 두 명이 카드놀이를 하고 있었다. 아가씨가 들어오자 그들은 카드놀이를 멈추고 일어섰다. '저 사람들과 뭘 하지?' 나타샤는 생각했다.

"그래, 니키타, 부탁인데 나가서……." '그를 어디로 보낸다?' "그래, 마당에 가서 수탉 좀 잡아와. 그리고 미샤, 넌 귀리를 좀 가져와."*

"귀리는 약간이면 될까요?" 미샤가 흔쾌하게 말했다.

"가, 어서 가." 노인이 그러면 된다고 확인해 주었다.

"표도르는 분필을 꺼내 오고."

찬장을 지나치던 그녀는 때가 되지 않았는데도 사모바르를 내놓도록 지시했다.

식당 담당 하인인 포카는 집안에서 가장 화를 잘 내는 사람이었다. 나타샤는 그에게 자신의 권위를 시험해 보기를 좋아했다. 그는 그녀의 말을 믿지 않고 확인하기 위해 물으러 왔다.

"이 아가씨가 정말!" 포카가 나타샤에게 인상을 쓰는 척하며 말했다.

집 안에서 나타샤처럼 그렇게 많은 하인들을 여기저기 보내고 그렇게 많은 일을 시키는 사람은 없었다. 그녀는 하인들을 어딘가로 보내지 않고 그냥 두고 볼 수가 없었다. 마치 그들 가운데 누가 자기에게 화를 내거나 불만을 품지 않을까 시험해 보는 것 같았다. 그러나 하인들은 어느 누구의 지시보다 나타샤의 지시를 수행하는 것을 좋아했다. '뭘 하지? 어디로 갈까?' 나타샤는 천천히 복도를 걸으며 생각했다.

"나스타시야 이바노브나, 내게서 뭐가 나올까?" 그녀는 카차베이카* 차림으로 맞은편에서 걸어오던 어릿광대에게 물었다.

"아가씨한테서는 벼룩, 잠자리, 귀뚜라미가 태어나지." 어릿광대가 대답했다.

'맙소사, 이럴 수가, 늘 똑같아! 아, 난 어디로 가야 하나? 내가 날 어떻게 해야 하나?' 그녀는 쿵쿵 발을 구르며 계단을 따라 위층에서 아내와 함께 사는 이오겔의 방으로 빠르게 달려갔다. 이오겔의 방에는 여자 가정 교사 둘이 앉아 있었고, 탁자 위에는 건포도와 호두와 아몬드가 담긴 접시들이 있었다. 가정 교사들은 모스크바와 오데사 중에서 어디가 생활하는 데 돈이 덜 드는지 이야기를 나누고 있었다. 나타샤는 앉아서 생각에 잠긴 진지한 얼굴로 그들의 대화를 듣다가 일어섰다.

"마다가스카르섬." 그녀가 말했다. "마-다-가스-카르." 그녀는 각 음절을 또박또박 반복하고 나서 무슨 말이냐는 **마담 쇼스**의 질문에 대꾸하지 않고 방에서 나왔다.

동생 페탸도 위층에 있었다. 그는 가정 교사와 함께 밤에 쏘아 올릴 꽃불을 만들고 있었다.

"페탸! 페티카!" 그녀가 소리쳤다. "날 아래층까지 업어 줘." 페 탸가 달려와 그녀에게 등을 내밀었다. 그녀는 폴짝 뛰어올라 두 팔로 그의 목을 감았고, 그는 그녀를 업고 껑충껑충 뛰며 달려갔 다. "아냐, 괜찮아……. 마다가스카르섬." 그녀는 이렇게 말하고 는 그의 등에서 뛰어내려 아래층으로 갔다.

자신의 왕국을 시찰하듯 자신의 권위를 시험해 보고 모두가 순 종적이라는 것을, 하지만 그럼에도 지루하다는 것을 확인한 후에 나타샤는 홀에 가서 기타를 들고 작은 장롱 뒤 어두운 구석에 앉 았다. 그러고는 페테르부르크에서 안드레이 공작과 함께 들은 오 페라 가운데 기억나는 한 악절을 골라 저음의 현을 뜯기 시작했 다. 내막을 모르는 청중에게는 그녀의 기타에서 울리는 무언가가 아무 의미도 없었겠지만, 그녀의 상상 속에서는 이 소리로부터 일 련의 기억들이 되살아났다. 그녀는 작은 장롱 뒤에 앉아 식기실 문으로 비쳐 들던 한 줄기 빛에 시선을 고정한 채 자신에게 귀를 기울이며 추억을 떠올렸다. 그녀는 회상에 젖어 있었다.

소냐가 술잔을 들고 홀을 지나 식기실로 갔다. 나타샤는 그녀 를, 식기실 문틈으로 쳐다보았다. 그러자 식기실 문틈으로 빛이 스며들고 소냐가 술잔을 들고 지나가던 장면이 떠오르는 것 같았 다. '그래, 꼭 이랬어.' 나타샤는 생각했다.

"소냐, 이게 뭘까?" 나타샤는 굵은 현을 손가락으로 튕기면서 외쳤다.

"아, 여기 있었어!" 소냐가 흠칫 몸을 떨면서 말하고는 다가와 귀를 기울였다. "모르겠어. 폭풍?" 그녀는 틀릴까 봐 걱정하며 소심하게 말했다.

'그래, 전에 이런 일이 있었을 때도 소냐는 지금과 똑같이 떨었고, 지금과 똑같이 다가와서 소심하게 웃었어.' 나타샤는 생각했다. '그리고 지금과 똑같이…… 나는 그녀에게 무언가가 부족하다고 생각했어.'

"이건 「물을 운반하는 사람」*에 나오는 합창이야. 들려?" 나타샤는 소냐의 기억을 환기시키려고 합창의 선율을 마저 불렀다.

"어디 갔다 왔어?" 나타샤가 물었다.

"잔에 든 물을 갈았어. 이제 본을 거의 다 베꼈어."

"넌 늘 바빠. 난 그렇게 못해." 나타샤가 말했다. "니콜렌카는 어디 있어?"

"잘 거야, 아마."

"소냐, 가서 오빠 좀 깨워 줘." 나타샤가 말했다. "내가 같이 노래하잔다고 해." 그녀는 잠시 앉아서 이 모든 일이 있었던 것이 무엇을 의미하는지 생각했다. 그러고는 그 질문을 해결하지 않은 채, 그 점을 조금도 아쉬워하지 않으며 다시 상상 속에서 그와 함께 있고 그가 자신을 사랑의 눈길로 바라보던 때로 돌아갔다.

'아, 그가 어서 돌아왔으면. 그렇게 되지 않을까 봐 너무 두려워! 무엇보다 난 늙어 가고 있어. 그거야! 지금 내 안에 있는 것들이 없어지고 말 거야. 어쩌면 그가 오늘 올지 몰라. 지금 올지 몰라. 어쩌면 그가 와서 저기 응접실에 앉아 있는지도 몰라. 어쩌면 어제 벌써 왔는데 내가 잊었는지도 몰라.' 그녀는 일어나서 기타를 내려놓고 응접실로 갔다. 가족 모두와 선생들과 여자 가정 교사들과 손님들이 티 테이블 앞에 앉아 있었다. 하인들은 테이블 주위에 서 있었다. 안드레이 공작은 없고, 여전히 예전의 습관적인 생활이 있을 뿐이었다.

"아, 저기 오네." 일리야 안드레이치가 응접실로 들어오는 나타샤를 보고 말했다. "내 옆에 앉거라." 하지만 나타샤는 어머니 옆에 멈춰 서서 무언가를 찾는 듯 주위를 두리번거렸다.

"엄마!" 그녀가 말했다. "제게 **그이**를 주세요. 주세요, 엄마, 어서요, 어서 주세요." 그러면서 애써 울음을 참았다.

그녀는 식탁 앞에 앉아 어른들과 또한 식탁으로 온 니콜라이의 대화를 들었다. '맙소사, 이럴 수가, 똑같은 얼굴, 똑같은 대화. 아빠가 똑같이 찻잔을 들고 똑같이 후후거려!' 나타샤는 여전히 똑같은 가족들의 모습에 자기 안에 치밀어 오르던 혐오감을 두려움과 함께 느끼며 생각했다.

차를 마신 후 니콜라이와 소냐와 나타샤는 소파가 있는 방으로, 언제나 그들의 가장 정다운 이야기가 시작되던, 자신들이 사랑하는 구석으로 갔다.

IO

"오빠도 그런 적 있어?" 소파 방에 자리를 잡고 앉았을 때 나타샤가 오빠에게 물었다. "이제 아무것도, 아무 일도 일어나지 않을 것 같은 느낌이야. 좋은 건 다 옛일이 되어 버린 것 같고. 오빠도 그런 적 있어? 그리고 그럴 땐 따분하다기보다 슬프지 않아?"

"물론!" 그가 말했다. "모든 게 좋고 다들 즐거운데, 내 머리에는 이 모든 게 다 지겹고 다들 죽을 수밖에 없다는 생각이 떠오르곤 했어. 연대에 있을 때 한번은 축제에 가지 않았어. 거기서 음악이 연주되고 있었는데…… 갑자기 너무 지겨워진 거지."

"아, 나 그거 알아. 알아, 알아." 나타샤가 맞장구를 쳤다. "어렸을 때 나한테 그런 일이 있었어. 기억나? 한번은 내가 자두 때문에 벌을 받았잖아. 오빠와 다른 사람들은 모두 춤을 추는데 난 교실에 앉아서 흐느꼈어. 하도 울어서 절대 못 잊을 거야. 슬프기도 했고, 모든 사람들이 불쌍했고 나도 불쌍했어. 다, 다 불쌍한 거야. 그리고 무엇보다 난 잘못이 없었어." 나타샤가 말했다. "오빠, 기억하지?"

"기억해." 니콜라이가 말했다. "그다음에 너한테 갔고 널 위로해 주고 싶어 했던 기억이 나. 그런데 있잖아, 부끄러웠어. 우리는 정말 우스꽝스러웠어. 그때 나한테 작은 장난감 인형이 있었는데 너한테 그걸 주고 싶어 했잖아. 기억나?"

"그리고 기억나?" 나타샤가 생각에 잠긴 미소를 지으며 말했다. "아주 오래전에 우리가 완전히 어렸을 때 말이야, 아저씨가 우리를 서재로 부르셨잖아. 아직 옛집이었을 때야. 어두웠는데 우리가 서재에 갔을 때 갑자기 거기에……."

"흑인이 서 있었지." 니콜라이가 즐거운 미소를 지으며 말을 마무리했다. "어떻게 기억나지 않을 수 있겠어. 난 지금도 그 사람이 흑인이었는지, 우리가 꿈을 꾼 건지, 아니면 우리가 이야기를 들은 건지 모르겠어."

"기억나? 그는 회색이었어. 이는 하얬고. 가만히 서서 우리를 바라보았어."

"기억나요, 소냐?" 니콜라이가 물었다.

"네, 네, 나도 뭔가 기억이 나요." 소냐가 소심하게 대답했다.

"난 정말 그 흑인에 대해 아빠와 엄마에게 물어봤어." 나타샤가 말했다. "두 분은 어떤 흑인도 없었다고 하셔. 그런데 정말 오빠는 기억하잖아!"

"물론이지. 마치 지금의 일처럼 그 사람 이가 기억나."

"정말 이상해. 꼭 꿈속 같았어. 난 이런 게 좋아."

"이건 기억나? 우리가 홀에서 달걀을 굴리니까 갑자기 두 노파가 양탄자 위에서 빙글빙글 돌기 시작했잖아. 그건 있었던 일일까 아닐까? 기억나? 얼마나 좋았는데……."

"응. 그런데 기억나? 아빠가 파란 외투 차림으로 현관 계단에서 라이플총을 쏜 거 말이야." 그들은 미소를 띤 채 회상의, 노인들의 슬픈 회상이 아닌 젊은 날의 시적인 회상의 달콤함에 젖어, 꿈이 현실과 뒤섞이는 가장 먼 과거의 인상들을 더듬고 무언가에 기뻐하며 조용히 소리 내어 웃고 있었다.

소냐는 공통된 추억을 가졌음에도 늘 그렇듯 그들에게서 뒤처졌다.

소냐는 그들이 회상한 것들 가운데 많은 것을 기억하지 못했고, 그녀가 기억하고 있는 것도 두 사람이 느끼던 그런 시적인 감정을 그녀 안에 불러일으키지 않았다. 그녀는 그저 그들의 기쁨에 즐거워하며 그 기쁨을 흉내 내려고 애쓸 뿐이었다.

소냐는 자신이 처음 왔을 때에 대한 두 사람의 회상에만 참여했다. 그녀는 니콜라이의 재킷에 작은 끈들이 달려 있었는데 보모가 그녀도 그 끈에다 꿰매 버리겠다고 말해서 니콜라이를 얼마나 무서워했는지 모른다고 이야기했다.

"그리고 기억나. 네가 양배추 밑에서 태어났다는 말을 듣곤 했어." 나타샤가 말했다. "내 기억에 그때 난 그 말을 믿지 않을 수 없었지만 그게 거짓말이라는 걸 알았어. 그래서 무척 난처했어."

이런 이야기를 나누는 중에 소파 방 뒷문에서 하녀가 머리를 쑥 들이밀었다.

"아가씨, 수탉을 가져왔는데요." 하녀가 소곤소곤 말했다.

"필요 없어, 폴랴. 도로 가져다 놓으라고 해." 나타샤가 말했다.

소파 방에서 대화가 한창일 때 딤믈레르가 들어와 구석에 놓인 하프로 다가갔다. 그가 덮개를 벗기자 하프는 음정이 맞지 않는 소리를 냈다.

"에두아르트 카를리치, 내가 좋아하는 **무슈** 필드*의 **녹턴**을 연주해 줘요." 응접실에서 노백작 부인의 목소리가 들렸다.

딤믈레르가 화음을 잡고 나타샤와 니콜라이와 소냐를 향해 말했다.

"젊은 사람들이 정말 조용히도 앉아 있군요!"

"네, 우리는 철학적인 이야기를 나누고 있어요." 나타샤가 그를 힐끗 돌아보며 말하고는 이야기를 계속했다. 지금은 꿈에 관한 대화가 이어지고 있었다.

딤믈레르가 연주를 시작했다. 나타샤는 뒤꿈치를 들고 소리 나지 않게 테이블로 다가가 양초를 들어 밖에 내놓고 돌아와 조용히 자기 자리에 앉았다. 방 안, 특히 그들이 앉은 소파 위는 어두웠다. 그러나 커다란 창들을 통해 은빛 보름달 빛이 마룻바닥에 떨어지고 있었다.

"있잖아." 딤믈레르가 연주를 끝내고도 그만할지 아니면 다른 새로운 곡을 시작할지 망설이는 듯 계속 앉아서 현을 가볍게 뜯고 있을 때 나타샤가 니콜라이와 소냐에게 다가앉으며 소곤소곤 말했다. "이렇게 추억을 떠올리고 떠올려서 다 떠올리고 나면 내가 세상에 존재하기 이전의 것까지 모두 떠올리는 경지에 이를 것 같은 생각이 들어."

"그건 윤회야." 늘 공부를 잘하고 모든 것을 기억하던 소냐가 말했다. "이집트인들은 우리 영혼이 동물들 안에 있었고 다시 동물들 속으로 들어갈 거라고 믿었어."

"아니, 난 우리가 동물들 속에 있었다는 건 믿지 않아." 나타샤는 음악이 끝났는데도 여전히 소곤소곤 말했다. "내가 확실히 아는 건 우리가 저기 어딘가의 천사였고, 이곳에도 있었다는 거야. 그래서 모든 걸 기억하는 거지……."

"내가 끼어도 될까요?" 딤믈레르가 조용히 다가와 말하고는 그들 옆에 앉았다.

"만약 천사였다면 무엇 때문에 우리가 아래로 떨어졌겠어?" 니콜라이가 말했다. "아니, 그럴 리 없어!"

"아래로 떨어진 게 아냐. 누가 오빠한테 아래로 떨어졌다고 했어……? 내가 예전에 뭐였는지 어떻게 알고 있을까?" 나타샤가 확신에 차서 반박했다. "사실 영혼은 불멸이잖아……. 그러니까 만약 내가 영원히 살게 된다면 난 예전에도 살았고, 영원 전부를 산 거야."

"그래요, 하지만 우리가 영원을 상상하기는 어렵지요." 딤믈레르가 말했다. 그는 온화한 경멸의 미소를 띠고 젊은이들에게 다가왔지만, 이제는 그들과 똑같이 진지하게 말하고 있었다.

"영원을 상상하는 게 왜 어려워요?" 나타샤가 말했다. "오늘이 있을 테고 내일이 있을 테고 언제나가 있을 테고, 또 어제도 있었고 그저께도 있었고……."

"나타샤! 이제 네 차례야. 뭐든 불러 다오." 백작 부인의 목소리가 들렸다. "꼭 음모자들처럼 그러고 앉았어."

"엄마! 별로 내키지 않아요." 나타샤는 이렇게 말하면서도 자리에서 일어섰다.

그들 모두는, 심지어 젊지 않은 딤믈레르조차 대화를 중단하고 소파 방을 떠나고 싶지 않았다. 하지만 나타샤는 일어섰고, 니콜라이는 클라비코드 앞에 앉았다. 언제나처럼 홀 한가운데 서서 소리가 가장 잘 울리는 장소를 고른 나타샤는 어머니가 좋아하는 곡을 부르기 시작했다.

노래하고 싶지 않다고 말했지만 그녀는 이전에 오랫동안, 그리고 이후로도 오랫동안 이날 밤처럼 노래한 적이 없었다. 서재에서 미텐카와 대화를 나누던 일리야 안드레이치 백작은 그녀의 노래를 듣고, 수업을 마치고 얼른 나가 놀려고 서두르는 학생처럼 관리인에게 횡설수설하며 지시를 내리다 결국 입을 다물었다. 미텐카도 말없이 미소를 머금고 노래를 들으며 백작 앞에 서 있었다. 니콜라이는 누이에게서 눈을 떼지 않고 그녀와 함께 호흡했다. 소냐는 노래를 들으며 자신과 친구 사이에 얼마나 엄청난 차이가 있는지, 어느 정도라도 자신이 사촌처럼 그렇게 매력적으로 되는 것이 얼마나 불가능한 일인지를 생각했다. 노백작 부인은 행복과 슬픔이 어린 미소를 짓고 눈물을 글썽이며 앉아서 이따금 고개를 저었다. 그녀는 나타샤에 대해서도, 자신의 젊은 시절에 대해서도, 눈앞에 닥친 나타샤와 안드레이 공작의 결혼에 무언가 부자연스럽고 무서운 면이 있다는 것에 대해서도 생각했다.

딤믈레르는 백작 부인에게 다가앉아 눈을 감고 들었다.

"아뇨, 백작 부인." 마침내 그가 말했다. "이건 유럽적인 재능입니다. 그녀가 배울 것은 없어요. 저 유연함, 부드러움, 힘……."

"아! 난 저 애가 걱정스러워요, 너무 걱정스러워." 백작 부인은 누구와 대화를 나누는지도 잊고 이렇게 말했다. 나타샤 안에는 지나치게 많은 무언가가 있다고, 그 때문에 나타샤는 행복하지 못할 것이라고 모성 본능이 그녀에게 말하고 있었다. 나타샤가 노래를 다 부르기도 전에 환희에 찬 열네 살 페탸가 가장행렬이 왔다는 소식을 가지고 홀 안으로 뛰어 들어왔다.

나타샤는 갑자기 멈추었다.

"바보!" 그녀는 동생에게 소리치고 의자로 달려가 털썩 쓰러져서는 흐느끼기 시작했다. 오래도록 울음을 멈출 수 없었다. "괜찮아요, 엄마, 정말 괜찮아요. 그냥 페탸 때문에 놀란 거예요." 그녀는 웃어 보이려 애쓰며 말했다. 그러나 눈물이 하염없이 흘러내리고 흐느낌으로 목이 메었다.

곰, 튀르크인, 선술집 주인, 마님 등 무시무시하고 우스꽝스러운 인물들로 가장한 하인들이 추위와 유쾌함을 몰고 와선 현관방에서 쭈뼛거리며 서로 바짝 붙어 있었다. 그러다가 서로의 뒤에 숨으며 홀 안으로 밀려 들어왔다. 처음에는 부끄러워하다가 그다음에는 점점 더 유쾌하고 더 화합된 모습으로 노래와 춤과 군무와 크리스마스 놀이를 시작했다. 백작 부인은 하인들의 얼굴들을 알아보고 가장한 모습에 잠시 소리 내어 웃고는 응접실로 나왔다. 일리야 안드레이치 백작은 놀이를 허락하며 환한 미소를 띠고 홀에 앉아 있었다. 젊은이들은 어딘가로 사라졌다.

30분 후 피즈미*를 입은 노부인이 가장한 이들 틈에 끼어 홀에 나타났다. 니콜라이였다. 튀르크 여인은 페탸였다. 어릿광대는 딤믈레르, 경기병은 나타샤, 체르케스인은 코르크를 태워 콧수염과 눈썹을 그린 소냐였다.

가장하지 않은 사람들이 너그럽게 깜짝 놀라면서 못 알아본 척하고 칭찬을 해 주자 젊은이들은 분장이 너무 훌륭하니까 다른 누군가에게도 보여 주어야겠다고 생각했다.

자신의 트로이카*에 사람들을 모두 태우고 잘 닦인 길을 달리고 싶었던 니콜라이는 하인들 중에서 가장한 사람들을 열 명 남짓 데리고 아저씨 댁에 가 보자고 제안했다.

"안 돼. 너희들은 왜 그 노인네를 어수선하게 만들려고 해!" 백작 부인이 말했다. "그 댁에는 몸 돌릴 데도 없어. 정 그렇다면 멜류코프 댁에 가렴."

멜류코바는 다양한 연령의 아이들을 둔 과부로, 가정 교사들과 함께 로스토프가에서 4베르스타 떨어진 곳에 살았다.

"**마 셰르**, 그거 현명한 생각이오." 신난 노백작이 맞장구를 쳤다. "당장 나도 옷을 차려입고 너희들과 같이 가야겠다. 나도 파셰타를 기운 나게 해 줘야지."

그러나 백작 부인이 백작을 놓아주지 않았다. 그 무렵 백작은 계속 다리가 아팠다. 일리야 안드레예비치는 가면 안 되고, 루이자 이바노브나(**마담 쇼스**)가 동행한다면 아가씨들도 멜류코바의 집에 가도 좋다는 결정이 내려졌다. 언제나 소심하고 내성적이던 소냐가 루이자 이바노브나에게 자기들의 청을 거절하지 말아 달라며 누구보다 끈질기게 졸랐다.

소냐의 분장이 누구보다 훌륭했다. 콧수염과 눈썹이 그녀에게 대단히 잘 어울렸다. 모두들 아주 멋지다고 말해서 그녀는 그녀답지 않은 생기발랄하고 활기찬 기분에 젖어 있었다. 내면의 목소리가 오늘이 아니면 그녀의 운명이 결정될 기회가 더는 없을 것이라고 그녀에게 말하고 있었다. 그리고 남자 옷을 입은 그녀는 전혀 다른 사람으로 보였다. 루이자 이바노브나가 승낙했다. 30분 후에 작은 종과 방울들이 달린 네 대의 트로이카가 끼익 끽 쉭쉭 얼어붙은 눈을 가르며 현관 계단으로 다가왔다.

나타샤가 제일 먼저 크리스마스 분위기를 냈다. 이 즐거움은 이 사람 저 사람에게 차례차례 스며들며 점점 더 강해지더니 모두가 얼어붙을 듯한 바깥으로 나와 서로 말을 주고받고 서로 불러 대고 웃고 고함치며 썰매에 앉았을 때는 최고조에 이르렀다.

트로이카 두 대는 승용이고, 가운데에 오룔의 경주마를 매어 놓은 세 번째 트로이카는 노백작의 것이고, 키가 작고 털이 덥수룩한 검은 말을 가운데에 매어 놓은 네 번째 트로이카는 니콜라이의 것이었다. 니콜라이는 노파 차림 위에 경기병 망토를 덧입고 허리띠를 맨 뒤 고삐를 짧게 쥐고 자신의 썰매 한가운데에 섰다.

밖이 너무도 환해서 그는 달빛에 반짝이는 마구의 금속판과 현관 계단 입구의 검은 차양 아래에서 떠드는 승객들을 돌아보던 말들의 놀란 눈동자를 볼 수 있었다.

니콜라이의 썰매에는 나타샤, 소냐, **마담 쇼스** 그리고 하녀 두 명이 탔다. 노백작의 썰매에는 딤플레르 부부와 페탸가 탔다. 나머지 두 썰매에는 가장한 하인들이 탔다.

"앞장서, 자하르!" 니콜라이가 아버지의 마부에게 소리쳤다. 도중에 그를 앞지를 기회를 얻을 속셈이었다.

딤믈레르와 다른 가장한 사람들이 탄 노백작의 트로이카가 마치 눈에 얼어붙은 듯 미끄럼 나무를 요란스레 삐걱거리고, 낮고 굵은 종소리를 울리면서 앞으로 움직였다. 곁마들은 끌채에 바짝 달라붙어 설탕처럼 단단한 반짝이는 눈을 파헤치며 그 속에 푹푹 빠졌다.

니콜라이는 첫 번째 트로이카 뒤에서 움직였다. 그 뒤에서 나머지 썰매들이 덜거덕거리고 끽끽댔다. 처음에는 좁은 길을 따라 천천히 달렸다. 정원을 지나는 동안에는 앙상한 나무들의 그림자가 자주 길을 가로질러 누우며 환한 달빛을 가렸다. 그러나 울타리를 벗어나자마자, 달빛에 흠뻑 젖어 움직일 줄 모르고 다이아몬드처럼 반짝이는 눈 내린 평원이 회청색 빛을 뿜어내며 사방에 펼쳐졌다. 선두의 썰매가 한 번, 또 한 번 우묵한 곳에서 덜컹거렸다. 그 다음 썰매도, 또 그다음 썰매도 똑같이 덜커덩댔다. 그러고는 얼어붙은 고요를 대담하게 깨뜨리며 잇따라 한 줄로 길게 뻗기 시작했다.

"토끼 발자국이야, 많아!" 얼어붙은 대기 속에서 나타샤의 목소리가 울렸다.

"정말 잘 보여요, 니콜라!" 소녀의 목소리가 말했다. 니콜라이는 소녀를 돌아보고 얼굴을 더 가까이 보기 위해 몸을 숙였다. 검은 눈썹과 콧수염이 있는 완전히 새롭고 사랑스러운 얼굴이 달빛 속에서 가까워졌다 멀어졌다 하며 흑담비 모피 밖으로 내다보고 있었다.

'이 얼굴이 전에는 소녀였는데.' 니콜라이는 생각했다. 그는 그녀를 더 가까이 들여다보고 빙그레 웃었다.

"왜요, **니콜라**?"

"아무것도 아니에요." 그는 이렇게 말하고 다시 말들에게로 몸을 돌렸다.

사람들의 잦은 왕래로 다져지고 썰매의 미끄럼 나무에 반질반질해지고 말발굽 징으로 온통 긁힌 자국들이 달빛에 드러난 큰길로 나오자 말들은 스스로 고삐를 팽팽하게 당기며 속력을 내기 시작했다. 왼쪽 곁마는 고개를 젖히고 펄쩍 뛰어오르며 썰매에 연결된 줄을 잡아당겼다. 가운데 말은 마치 '시작해 볼까? 아니면 아직 이른가?' 묻기라도 하듯 귀를 씰룩이며 휘청거렸다. 이미 앞쪽에 멀찍이 떨어져서 낮고 굵은 종소리를 아련히 울리는 자하르의 검은 트로이카가 하얀 눈 위에서 또렷이 보였다. 그 썰매에서 가장한 사람들의 함성과 웃음소리와 목소리가 들렸다.

"자, 애들아, 부탁한다!" 니콜라이가 고삐를 한쪽으로 끌어당기고 채찍 든 손을 쳐들며 고함쳤다. 그러자 맞은편에서 불어오는 듯 점점 더 강해지던 바람만으로도, 고삐를 팽팽하게 하면서 점점 더 속력을 높이는 곁마들을 잡아당기는 것만으로도 트로이카가 얼마나 빠르게 질주하기 시작했는지 분명히 느낄 수 있었다. 니콜라이는 뒤를 돌아보았다. 다른 트로이카들이 고함을 지르고 끽끽대고 채찍을 휘두르고 가운데 말을 세차게 몰아대며 서둘러 뒤따라왔다. 가운데 말은 속력을 늦출 생각을 않고 필요하면 더, 더 빨리 달릴 것을 약속하며 멍에 아래에서 때때로 몸을 다부지게 흔들었다.

니콜라이는 맨 앞의 트로이카를 따라잡았다. 그들은 언덕을 내려가 강 근처 풀밭으로 난, 잦은 왕래로 황폐해진 넓은 길로 들어섰다.

'우리가 어디쯤 가는 거지?' 니콜라이는 생각했다. '코소이 풀밭을 지나고 있네, 맞아. 아니야, 이곳은 내가 한 번도 본 적 없는 새로운 곳이야. 코소이 풀밭도 아니고, 돔킨 언덕도 아니야. 빌어먹을, 여기가 어딘지는 하느님만 아실 거야! 마법같이 새로운 곳이네. 뭐, 어디면 어때!' 그러고는 말들에게 고함을 치고 맨 앞의 트로이카를 추월하기 시작했다.

자하르가 말들을 제지하며 눈썹까지 온통 서리로 덮인 얼굴을 돌렸다. 니콜라이는 말들을 마음껏 달리게 했다. 자하르는 두 손을 앞으로 뻗고 혀로 쯧 소리를 내면서 말들을 한껏 달리게 했다.

"어디 잘해 보쇼, 주인님." 그가 말했다. 두 대의 트로이카가 한층 더 속도를 내어 나란히 달리기 시작했고, 질주하는 말들의 발은 빠르게 위치를 바꾸었다. 니콜라이가 앞서기 시작했다. 자하르는 앞으로 뻗은 두 팔의 위치를 바꾸지 않고 고삐를 쥔 한쪽 손을 조금 들어 올렸다.

"이러시면 안 되죠, 주인님." 그가 니콜라이에게 소리쳤다. 니콜라이는 말들을 전속력으로 몰아 자하르를 앞질렀다. 말들이 썰매에 탄 사람들의 얼굴에 메마른 눈가루를 끼얹었다. 말들 곁에서 잦은 종소리가 어지러이 울리고, 빠르게 움직이는 발들과 추월당하는 트로이카의 그림자가 뒤엉켰다. 눈 위를 활주하는 미끄럼 나무의 삐걱거림과 여자들의 날카로운 외침이 사방에서 들렸다.

니콜라이는 다시 말들을 멈추고 주위를 둘러보았다. 여전히 달빛에 흠뻑 젖어 있고 별들이 흩뿌려진 마법의 평원이었다.

'자하르가 왼쪽으로 가라고 소리치는데? 왜 왼쪽이야?' 니콜라이는 생각했다. '우리가 정말 멜류코프가로 가고 있는 거야? 정말 여기가 멜류콥카야? 우리는 하느님만 아실 곳을 가고 있고, 우리에게 무슨 일이 일어나고 있는지도 하느님만 아실 일이지. 우리에게 일어나는 일이 참 이상하고도 좋구나.' 그는 썰매 안을 돌아보았다.

"저것 봐, 콧수염과 눈썹이 온통 하얘." 썰매에 앉은, 콧수염과 눈썹이 가느다란 기묘하고 아름다운 낯선 이들 가운데 한 사람이 말했다.

'저 사람이 나타샤였던 것 같네.' 니콜라이는 생각했다. '저 여자는 **마담 쇼스**이고. 아닐지도 몰라. 수염 난 체르케스인은 누군지 모르겠어. 하지만 난 그녀를 사랑해.'

"다들 춥지 않아요?" 그가 물었다. 그들은 대답 대신 웃음을 터뜨렸다. 뒤쪽 썰매에서 딤믈레르가 뭐라고 소리쳤다. 아마도 우스운 말인 것 같았지만, 뭐라고 소리치는지 알아들을 수 없었다.

"네, 네." 목소리들이 웃으며 대답했다.

그러나 이곳에는 흘러 다니는 검은 그림자들과 다이아몬드의 광채와 긴 대리석 계단 같은 것이 있는 어떤 마법의 숲, 은빛 지붕을 얹은 어떤 마법의 건물들, 어떤 짐승들의 날카로운 울부짖음이 있었다. '실제로 이곳이 멜류콥카라면 우리가 하느님만 아실 어떤 곳을 달려서 멜류콥카에 왔다는 것이 더 기이할 노릇이네.' 니콜라이는 생각했다.

그곳은 정말로 멜류콥카였다. 양초를 든 하녀들과 하인들이 기쁜 얼굴로 현관 계단 입구로 달려 나왔다.

"누구세요?" 현관 계단 입구에서 묻는 소리들이 들렸다.

"백작 댁의 가장한 사람들이야. 말을 보면 알지." 또 다른 목소리들이 대답했다.

II

　마음이 넓고 활달한 여성인 펠라게야 다닐로브나 멜류코바는 안경을 쓰고 단추가 없는 실내복 차림으로 딸들에게 둘러싸여 응접실에 앉아 있었다. 딸들이 따분해하지 않도록 애쓰는 중이었다. 현관방에서 방문자들의 발소리와 목소리가 시끄럽게 들려왔을 때, 그들은 조용히 촛농을 떨어뜨리며 떠오르던 형상의 그림자를 바라보고 있었다.

　경기병, 마님, 마녀, 어릿광대, 곰 등이 현관방에서 기침을 하고 추위에 성에로 덮인 얼굴을 닦으며 하인들이 서둘러 양초를 밝힌 홀로 들어왔다. 어릿광대 딤플레르가 마님 니콜라이와 춤의 무대를 열었다. 소리 지르는 아이들에게 에워싸인 가장꾼들은 얼굴을 감추고 목소리를 바꾸며 안주인에게 인사한 후 홀에 제각기 자리를 잡고 섰다.

　"아, 못 알아보겠어! 나타샤구나! 누굴 닮았는지 봐라! 정말 누굴 떠올리게 해. 에두아르트 카를리치는 대단해! 못 알아봤어요. 정말 춤을 잘 춰요! 아, 이런 체르케스인도 있네. 소뉴시카에게 너무 잘 어울려. 이건 또 누구야! 정말 즐거웠어요! 니키타, 바냐, 테이블을 치우렴. 우리는 적적하게 앉아 있었어요!"

"하-하-하……! 경기병이다, 경기병! 딱 사내아이야, 다리
도……! 도저히 못 봐주겠어……." 목소리들이 들렸다.

멜류코프가의 젊은이들이 무척 좋아하는 나타샤는 그들과 함
께 뒤쪽 방으로 사라졌다. 그들은 거기로 코르크와 여러 종류의
할라트와 남자 옷들을 가져오라고 시켰다. 맨살이 드러난 아가씨
들의 손이 열린 문으로 하인들이 가져온 그것들을 받았다. 10분
후 멜류코프가의 젊은이들까지 가장꾼들과 합류했다.

펠라게야 다닐로브나는 손님들을 위해 자리를 정돈하고 주인
들과 하인들에게 음식을 대접하라고 지시하고는, 안경을 낀 채 웃
음을 꾹 참으며 가장꾼들 사이를 돌아다니면서 얼굴을 가까이 들
여다보았지만 아무도 알아보지 못했다. 그녀는 로스토프가 사람
들과 딤믈레르뿐만 아니라 자신의 딸들도, 그들이 걸친 남편의 할
라트와 군복도 전혀 알아볼 수 없었다.

"누구네 사람이야?" 그녀는 자기 집의 여자 가정 교사를 돌아보
면서, 그리고 카잔의 타타르로 분장한 딸의 얼굴을 들여다보면서
말했다. "로스토프가의 누구인 거 같은데. 음, 이봐요, 경기병 나
리, 어느 연대에서 근무해요?" 그녀가 나타샤에게 물었다. "저 튀
르크 여자에게, 튀르크 여자에게 과일 젤리를 줘." 그녀는 음식을
나르던 식당 담당 하인에게 말했다. "그게 저들의 법으로 금지되
진 않았어."

가장을 하고 있으니 아무도 알아보지 못할 것으로 단정하고 그
래서 쑥스러워하지 않고 춤추는 사람들이 밟던 이상하고 우스꽝
스러운 스텝을 보면서 펠라게야 다닐로브나는 이따금 손수건으
로 얼굴을 가리곤 했다. 그럴 때마다 뚱뚱한 몸이 노파다운 선량
한 웃음을 참지 못해 들썩거렸다.

"우리 사시네트, 사시네트 좀 봐!" 그녀가 말했다.

러시아 춤과 원무가 끝나자 펠라게야 다닐로브나는 하인들과 주인들을 전부 모아 하나의 큰 원을 짓게 했다. 반지와 가느다란 끈과 1루블짜리 은화를 가져와서 다 함께 놀이를 했다.

한 시간 후 의상은 전부 구겨지고 엉망이 되었다. 코르크로 그린 콧수염과 눈썹이 땀에 젖으면서 발갛게 달아오른 즐거운 얼굴들에 온통 번졌다. 그제야 펠라게야 다닐로브나는 가장한 사람들을 알아보기 시작했고, 분장이 얼마나 그럴듯했는지, 특히 아가씨들에게 얼마나 잘 어울렸는지 감탄하며 자신을 너무나 즐겁게 해 주었다고 모두에게 감사의 말을 했다. 손님들은 응접실에서 밤참을 들도록 초대받았고, 홀에는 하인들을 위한 음식이 차려졌다.

"아니에요, 목욕탕에서 점을 쳐 봐요. 정말 무섭다니까요!" 멜류코프가에서 살아온 늙은 하녀가 밤참 시간에 말했다.

"왜요?" 멜류코바의 큰딸이 물었다.

"가지 마세요. 거긴 용기가 필요해요……."

"내가 가 보겠어요." 소냐가 말했다.

"그 아가씨에게 무슨 일이 일어났는지 얘기해 줘요." 멜류코바의 둘째 딸이 말했다.

"그러니까 바로 이런 일이 있었어요." 늙은 하녀가 말했다. "한 아가씨가 정해진 대로 수탉과 식기 두 벌을 가지고 가서 잠시 앉아 있었는데 들리는 소리라고는 갑자기 누가 오는 소리……. 작은 종들과 작은 방울들을 울리며 썰매가 왔어요. 걸어오는 소리가 들려요. 완전히 사람의 모습을 하고 들어와요. 장교 같은 거예요. 그가 와서 식기 앞에 앉았어요."

"아! 아……!" 나타샤가 겁에 질려 눈을 동그랗게 뜨며 외쳤다.

"그래서 그는 어떻게 됐나요? 말도 해요?"

"네, 사람처럼요. 모든 게 제대로인 거예요. 그리고 그는 시작했어요. 설득하기 시작한 거예요. 그녀는 첫닭이 울 때까지 그를 대화에 몰두하게 만들어야 하죠. 그런데 그녀는 갑자기 겁이 나기 시작했어요. 그냥 무서워서 손으로 얼굴을 가렸어요. 순간 그가 그녀를 덥석 잡았어요. 다행히 그때 하녀들이 달려와서……."

"아니, 뭐 하러 애들을 놀라게 만들어!" 펠라게야 다닐로브나가 말했다.

"엄마, 엄마도 점을 본 적이 있잖아요……." 딸이 말했다.

"그런데 헛간에서는 어떻게 점을 봐요?" 소냐가 물었다.

"그건 지금이라도 할 수 있어요. 헛간에 가서 귀를 기울여 봐요. 뭐가 들릴까요? 만약 못 박는 소리나 문 두드리는 소리가 들리면 불길한 거예요. 곡식을 뿌리는 소리가 들리면 그건 좋은 징조예요. 하지만 어떤 때는……."

"엄마, 헛간에서 무슨 일이 있었는지 얘기해 주세요."

펠라게야 다닐로브나는 빙그레 웃었다.

"무슨 일은, 난 이미 잊어버렸어……." 그녀가 말했다. "정말 아무도 안 가는 거지요?"

"아니에요, 전 가겠어요. 펠라게야 다닐로브나, 절 보내 주세요. 제가 가겠어요." 소냐가 말했다.

"뭐, 좋아요, 무섭지 않다면야."

"루이자 이바노브나, 가도 되죠?" 소냐가 물었다.

사람들이 반지로 놀든, 끈으로 놀든, 은화로 놀든, 지금처럼 이야기를 나누든 니콜라이는 소냐 곁을 떠나지 않고 새로운 시각으로 그녀를 바라보고 있었다. 그는 오늘에야 처음으로 코르크 콧수염 덕분에 그녀를 온전히 알게 된 느낌이 들었다. 소냐는 이날 저녁 명랑하고 생기발랄하고 아름다웠다. 니콜라이는 그런 모습의 그녀를 이제껏 한 번도 본 적이 없었다.

'그러니까 이게 그녀의 참모습이야. 나란 인간은 바보야!' 그는 그녀의 반짝이는 눈동자와, 콧수염 아래의 양 볼에 보조개를 만드는, 전에는 본 적 없는 환희에 찬 행복한 미소를 바라보며 생각에 잠겼다.

"난 아무것도 무섭지 않아요." 소냐가 말했다. "지금 가도 돼요?" 그녀가 일어섰다. 소냐는 헛간이 어디 있는지, 어떤 식으로 말없이 서서 들어야 하는지 설명을 듣고 외투를 건네받았다. 그녀는 외투를 머리에 걸치고 니콜라이를 쳐다보았다.

'얼마나 매혹적인 소녀인가!' 그는 생각했다. '그리고 나는 이제까지 무슨 생각을 한 것인가!'

소냐는 헛간에 가기 위해 복도로 나갔다. 니콜라이는 응접실이 덥다고 말하며 서둘러 앞쪽 현관 계단으로 갔다. 사실 집 안은 사람들로 붐벼 후덥지근했다.

바깥에는 꿈쩍하지 않는 똑같은 추위와 똑같은 달이 있었다. 단지 좀 더 밝을 뿐이었다. 빛이 너무나 강하고 별들이 눈 위에 너무나 많아서 하늘을 쳐다보고 싶은 마음이 들지 않았고, 진짜 별들은 눈에 띄지도 않았다. 하늘은 검고 따분하고, 땅은 유쾌했다.

'난 바보야, 바보! 지금까지 뭘 기다린 거야?' 니콜라이는 생각했다. 그러고는 현관 계단을 뛰어 내려가 뒤쪽 현관 계단으로 난 좁은 길을 따라 집 모퉁이를 돌았다. 그는 소냐가 이곳을 지나가리라는 것을 알았다. 길 중간쯤에 잘 쌓은 장작더미가 있었다. 위에는 눈이 쌓여 있고, 아래로는 그림자가 드리웠다. 오래된 보리수들의 앙상한 그림자가 서로 뒤얽히며 장작더미를 거쳐, 그리고 옆으로 눈과 좁은 길 위로 드리우고 있었다. 좁은 길은 헛간으로 이어졌다. 헛간의 통나무 벽과 눈 덮인 지붕이 보석을 세공해 놓은 것처럼 달빛에 반짝였다. 정원에서 나무 부러지는 소리가 나더니 모든 것이 다시 잠잠해졌다. 가슴이 공기가 아니라 어떤 영원히 젊은 힘과 기쁨을 호흡하는 것 같았다.

하녀 방 앞 현관 계단에서 계단 밟는 소리가 들려오더니, 눈 쌓인 마지막 계단이 요란하게 삐걱거렸다. 그리고 늙은 하녀의 목소리가 말했다.

"좁은 길을 따라 똑바로, 똑바로 가세요, 아가씨. 절대 뒤돌아보지 마세요!"

"난 무섭지 않아요." 소냐의 목소리가 대답했다. 그러더니 가벼운 단화를 신은 소냐의 자그마한 발이 니콜라이가 있는 좁은 길을 따라 삐걱거리고 뽀드득대기 시작했다.

소냐는 외투로 몸을 감싸고 걸었다. 그를 보았을 때 그녀는 이미 그에게서 두 걸음 떨어져 있었다. 그녀가 본 그도 예전에 그녀가 알던 모습이, 그녀가 언제나 조금 두려워하던 모습이 아니었다. 그는 헝클어진 머리카락에 여자 옷차림으로 소냐에게 새롭게 느껴지는 행복한 미소를 짓고 있었다. 소냐는 재빨리 그에게 달려갔다.

'완전히 다르면서도 여전히 똑같아.' 니콜라이는 달빛을 환히 받은 그녀의 얼굴을 바라보며 생각했다. 그는 그녀의 머리를 덮은 외투 밑으로 두 손을 넣어 그녀를 안아 바짝 당기고는 불에 태운 코르크 냄새가 나는 콧수염 아래 입술에 입을 맞추었다. 소냐는 그의 입술 한가운데에 입을 맞추고 작은 두 손을 꺼내 양쪽에서 그의 뺨을 잡았다.

"소냐⋯⋯!" "**니콜라**⋯⋯!" 그들은 그저 이렇게 말할 뿐이었다. 그들은 헛간으로 달려갔다가 각자 다른 현관 계단으로 돌아갔다.

12

　모두 펠라게야 다닐로브나의 집을 떠나 되돌아올 때 언제나 모든 것을 보고 알아차리던 나타샤는 루이자 이바노브나와 자신은 딤믈레르와 한 썰매에 타고, 소냐는 니콜라이와 하녀들과 타도록 자리를 배치했다.

　니콜라이는 돌아오는 길에 더 이상 앞지르려 하지 않고 일정한 속도로 썰매를 몰았다. 그는 그 기묘한 달빛 속에서 계속 소냐를 응시하며 모든 것을 변모시키는 달빛 아래 눈썹과 콧수염 밑으로, 이젠 결코 헤어지지 않으리라 결심한 자신의 예전과 지금의 소냐를 찾았다. 그는 가만히 들여다보았다. 여전히 똑같고 다른 소냐를 알아보고 입맞춤의 감촉과 뒤섞인 코르크 냄새를 떠올리고 있을 때, 그는 얼어붙을 듯이 차가운 대기를 가슴 가득 들이마셨다. 멀어져 가는 대지와 빛나는 하늘을 보며 그는 다시 마법의 왕국에 있는 느낌이 들었다.

　"소냐, 기분 좋아?" 그는 이따금 물었다.

　"응." 소냐가 대답했다. "**당신**은?"

　도중에 니콜라이는 마부에게 고삐를 쥐게 하고 잠시 나타샤의 썰매로 달려가 횡목 위에 섰다.

"나타샤." 그는 프랑스어로 속삭이며 그녀에게 말했다. "있잖아, 나, 소냐에 대해 마음을 정했어."

"소냐한테 말했어?" 나타샤가 갑자기 기쁨에 환히 빛나는 얼굴로 물었다.

"아, 너, 콧수염과 눈썹을 그렇게 그려 놓으니까 정말 이상하다, 나타샤! 기뻐?"

"너무 기뻐. 너무 기뻐! 난 전부터 오빠한테 화가 났거든. 오빠에게 말은 안 했지만 오빠가 소냐에게 보여 준 행동은 나빴어. 그렇게 마음이 곱잖아. **니콜라**, 얼마나 기쁜지 몰라! 난 혐오스러운 인간일 때가 있곤 하지만 소냐를 내버려 두고 혼자 행복해지는 건 양심에 꺼려져." 나타샤는 말을 계속했다. "지금 난 너무 기뻐. 자, 소냐에게 달려가."

"아니, 잠깐만, 아, 넌 정말 우습구나!" 니콜라이는 여동생을 유심히 바라보다 그녀에게서도 예전에 보지 못한 새롭고 특별하고 매혹적으로 부드러운 무언가를 발견했다. "나타샤, 뭔가 마법 같지, 어?"

"응." 그녀가 대답했다. "오빠, 아주 잘했어."

'만약 내가 예전에 지금 같은 모습의 이 아이를 보았다면 오래전에 나는 무엇을 해야 할지 묻고 뭘 하라고 하든 다 했을 거야. 그러면 모든 것이 다 잘됐을 거야.' 니콜라이는 생각했다.

"정말 기뻐하는구나. 그럼 내가 잘한 거지?"

"아, 정말 잘했어! 난 얼마 전에 엄마와 이 문제로 말다툼까지 했잖아. 엄마는 소냐가 오빠를 낚아채려 한다고 했어. 어떻게 그런 말을 할 수 있어! 하마터면 엄마와 욕하고 싸울 뻔했다니까. 난 결코 누구도 소냐에 대해 나쁜 말을 하거나 나쁜 생각을 하도록 내버려 두지 않을 거야. 소냐에겐 좋은 점만 있으니까."

"정말 잘한 거지?" 니콜라이는 그 말이 정말인지 아닌지 확인하기 위해 한 번 더 여동생의 표정을 유심히 살피면서 말하고는 부츠를 삐걱대며 횡목에서 껑충 뛰어내려 자기 썰매로 달려갔다. 흑담비 모자 아래로 눈동자를 반짝이며 바라보던, 콧수염을 지닌 체르케스인이 여전히 변함없는 미소를 띤 행복한 모습으로 그곳에 앉아 있었다. 체르케스인은 소냐였다. 이 소냐는 분명 그의 행복하고 사랑스러운 미래의 아내였다.

집에 와서 어머니에게 멜류코프가에서 어떻게 시간을 보냈는지 들려준 후 두 아가씨는 방으로 갔다. 그들은 옷을 벗고서, 그러나 코르크 수염은 지우지 않고서 한참 동안 자신의 행복에 대해 이야기하며 앉아 있었다. 그들은 어떤 결혼 생활을 할지, 남편들끼리 어떻게 친해질지, 얼마나 행복할지를 말했다. 나타샤의 테이블에는 두냐샤가 준비해 둔 거울들이 저녁부터 계속 놓여 있었다.

"이 모든 일이 언제 이루어질까? 난 두려워. 절대로 이루어지지 않을까 봐……. 그렇게 되면 너무 좋잖아!" 나타샤가 일어나 거울로 다가가며 말했다.

"앉아 봐, 나타샤. 어쩌면 넌 그를 보게 될지도 몰라." 소냐가 말했다. 나타샤는 초에 불을 붙이고 앉았다.

"콧수염이 있는 어떤 남자가 보이네." 나타샤가 자기 얼굴을 보고 말했다.

"웃으면 안 돼요, 아가씨." 두냐샤가 말했다.

나타샤는 소냐와 하녀의 도움으로 거울을 놓을 적당한 위치를 찾았다. 그녀의 얼굴이 진지한 표정을 띠었고, 그녀는 침묵했다. 한참 동안 그녀는 거울 속 깊숙이 멀어져 가는 초들을 쳐다보고 앉아서 (사람들에게 들은 이야기로 상상하며) 하나로 합쳐지는 어렴풋한 마지막 사각형 안에서 관을 보게 될 것이라고, 그를, 안드레이 공작을 보게 될 것이라고 기대했다. 그리고 아주 작은 점이라도 사람이나 관의 형상으로 기꺼이 받아들이려 했지만 아무것도 보이지 않았다. 그녀는 자꾸 눈을 깜박거리다가 거울에서 물러났다.

"왜 다른 사람들은 보는데, 내 눈에는 아무것도 안 보일까?" 그녀가 말했다. "자, 앉아 봐, 소냐. 넌 오늘 꼭 해야 해." 그녀가 말했다. "단, 날 대신해서…… 오늘 난 너무 무서워!"

소냐가 거울 앞에 앉아 적당한 위치를 잡고 바라보기 시작했다.

"소피야 알렉산드로브나는 꼭 보실 거예요." 두냐샤가 소곤거렸다. "아가씨는 항상 웃으시니까요."

소냐는 그 말을 들었고, 나타샤가 소곤대며 하는 말도 들었다.

"나도 소냐가 보리라는 걸 알아. 소냐는 지난해에도 봤잖아."

3분가량 모두 침묵했다. "꼭!" 나타샤가 이렇게 소곤거리고는 채 말을 끝맺지 못했다……. 갑자기 소냐가 잡고 있던 거울을 밀치면서 한 손으로 눈을 가렸다.

"아, 나타샤!" 그녀가 말했다.

"봤니? 봤어? 뭘 봤어?" 나타샤가 외쳤다.

"제가 분명히 보실 거라고 말했잖아요." 두냐샤가 거울을 붙잡고 말했다.

소냐는 아무것도 보지 못했다. 눈을 깜박이며 막 일어서려 했을 때 "꼭!"이라고 말한 나타샤의 목소리를 들었을 뿐이다……. 그녀는 두냐샤도 나타샤도 속이고 싶지 않았고, 그래서 앉아 있기가 힘들었다. 그녀 스스로도 한 손으로 눈을 가렸을 때 어떻게 그리고 무엇 때문에 자신의 입에서 비명이 터져 나왔는지 몰랐다.

"그를 봤어?" 나타샤가 손을 잡으며 물었다.

"그래. 잠깐만…… 난…… 그를 봤어." 소냐는 나타샤가 그라는 말로 누굴 의미했는지도 모르면서 무심코 말했다. **그**는 니콜라이 아니면 안드레이였다.

'하지만 왜 봤다고 말하면 안 되는데? 다른 사람들은 보잖아! 그리고 내가 봤는지 못 봤는지 도대체 누가 알겠어?' 소냐의 머릿속에 이런 생각이 어른거렸다.

"그래, 그를 봤어." 그녀가 말했다.

"어땠어? 어땠는데? 서 있어, 아니면 누워 있어?"

"아니, 내가 본 건……. 아무것도 없었는데 갑자기 그가 누워 있는 게 보였어."

"안드레이가 누워 있어? 그이가 아프니?" 나타샤가 겁먹은 눈으로 친구를 뚫어지게 바라보며 물었다.

"아니, 그 반대야. 매우 즐거운 얼굴이었어. 그리고 그가 나를 돌아보았어." 그렇게 말하는 순간, 그녀는 자신이 말한 것을 본 것 같은 느낌이 들었다.

"그다음에는, 소냐?"

"그러고 나서는 잘 알아볼 수가 없었어. 파랗고 빨간 무언가가……."

"소냐! 그가 언제 돌아올까? 난 언제 그이를 보지! 오, 하느님! 그이 때문에, 나 자신 때문에 얼마나 두려운지 몰라! 난 모든 게 두려워……." 나타샤는 그렇게 말하고 소냐의 위로에 한마디 대꾸도 안 하고 침대에 누웠다. 그리고 촛불을 끄고 나서도 오랫동안 침대 위에 꼼짝 않고 누워 얼어붙은 창문으로 스며드는 차디찬 달빛을 바라보았다.

13

크리스마스 주간이 지나자마자 니콜라이는 어머니에게 소냐에 대한 사랑과 그녀와 결혼하겠다는 굳은 결심을 밝혔다. 소냐와 니콜라이 사이에서 일어나던 일을 오래전부터 눈치채고 이 고백을 예감하던 백작 부인은 아들의 말을 묵묵히 다 듣고 나서, 그는 누구든 원하는 사람과 결혼할 수 있다고, 하지만 자기도 아버지도 그런 결혼은 축복하지 않을 것이라고 말했다. 처음으로 니콜라이는 어머니가 자신을 불만스러워한다고, 아무리 자신을 사랑해도 양보하지 않을 것이라고 느꼈다. 그녀는 냉담하게 아들을 외면하며 남편을 불러오라고 하인을 보냈다. 그리고 백작이 오자 니콜라이 앞에서 남편에게 문제가 무엇인지 짧고 차갑게 전하려 했지만 끝내 자신을 억누르지 못했다. 그녀는 울분이 치밀어 눈물을 터뜨리고는 방에서 나가 버렸다. 노백작은 머뭇대며 니콜라이에게 훈계를 늘어놓고 계획을 단념하라고 부탁했다. 니콜라이가 자신의 언약을 바꿀 수 없다고 대답하자 아버지는 한숨을 푹 쉬고는 무안한 듯 이내 말을 중단하고 백작 부인에게 가 버렸다. 아들과 충돌할 때마다 어김없이 백작은 집안 형편을 혼란에 빠뜨린 죄책감을 아들 앞에서 떨칠 수가 없었고, 그래서 부유한 신붓감과의 결혼을 거부하고 지참금이 없는 소냐를 선택한 아들에게 차마 화를 내지 못했다. 이 경우에 그는 집안 형편이 나빠지지만 않았더라면 니콜라이를 위해 소냐보다 더 나은 아내를 바랄 수 없을 것이며, 가세가 기운 데 대한 잘못이 미텐카에게 일을 맡기고 습관을 억제하지 못한 자신에게 있다는 생각을 더 생생히 떠올릴 뿐이었다.

아버지와 어머니는 이 문제를 두고 더 이상 아들과 말을 섞지 않았다. 그러나 며칠 뒤에 백작 부인은 소냐를 불러 그녀 자신도 소냐도 예상치 못한 잔혹한 태도로 아들을 유혹하고 은혜를 저버린 것에 대해 조카딸을 나무랐다. 소냐는 눈을 내리깔고 묵묵히 백작 부인의 잔인한 말을 들었지만 무엇을 요구받고 있는지 이해하지 못했다. 그녀는 은인들을 위해서라면 무엇이든 기꺼이 희생할 수 있었다. 자기희생에 대한 생각은 그녀가 가장 좋아하는 상념이었다. 그러나 이 경우에는 누구에게 무엇을 희생해야 할지 알수 없었다. 그녀는 백작 부인과 로스토프가의 가족들을 사랑하지 않을 수 없었다. 그렇다고 니콜라이를 사랑하지 않을 수도 없었고, 그의 행복이 이 사랑에 달렸다는 것을 외면할 수도 없었다. 그녀는 말없이 슬픔에 잠긴 채 아무 대답도 하지 않았다. 니콜라이는 이런 상황을 더 이상 견딜 수 없어 어머니와 담판을 지으러 갔다. 니콜라이는 어머니에게 자신과 소냐를 용서하고 결혼을 승낙해 달라고 애원하기도 하고, 소냐가 괴롭힘을 당하면 당장 비밀리에 결혼해 버리겠다고 위협하기도 했다.

백작 부인은 아들이 한 번도 본 적 없는 싸늘한 태도로 그는 성인이라고, 안드레이 공작은 아버지의 승낙 없이 결혼한다고, 그도 똑같이 할 수 있다고, 그러나 자신은 결코 그런 **간악한 애**를 며느리로 인정하지 않는다고 대답했다.

간악한 애라는 말에 폭발한 니콜라이는 어머니에게 그녀가 그에게 자신의 감정을 팔도록 강요하리라고는 한 번도 생각해 보지 않았다면서 언성을 높였다. "만약 그런 거라면 제가 마지막으로 드릴 말씀은……." 하지만 그는 그의 얼굴 표정에서 어머니가 무서운 심정으로 기다린, 아마 두 사람 사이에 영원히 참혹한 기억으로 남을 그 결정적인 말을 미처 다 뱉을 수 없었다. 나타샤가 문가에서 엿듣다 창백하고 심각한 얼굴로 방에 들어오는 바람에 미처 말을 끝맺지 못한 것이다.

"니콜렌카, 오빠는 쓸데없는 말을 하고 있어. 입 다물어, 입 다물라고! 입 다물라고 하잖아……!" 그녀는 그의 목소리가 들리지 않을 정도로 거의 고함치다시피 했다.

"엄마, 이건 절대로 그래서가 아니라…… 아, 불쌍한 엄마." 그녀가 어머니를 돌아보며 말했다. 어머니는 자신이 폭발 직전인 것을 느끼며 두려운 심정으로 아들을 바라보았다. 그러나 완고한 데다 싸움에 몰입한 터여서 굴복하고 싶지 않았고 또 그럴 수도 없었다.

"니콜렌카, 내가 오빠한테 설명해 줄게. 오빠는 나가 있어……. 들어 보세요, 사랑하는 엄마." 그녀는 어머니에게 말했다.

그녀의 말은 이치에 닿지 않았다. 하지만 그 말은 나타샤가 원한 결과에 이르렀다.

백작 부인이 고통스럽게 흐느끼기 시작하더니 딸의 가슴에 얼굴을 묻었고, 니콜라이는 일어나 머리를 움켜쥐고 방에서 나갔다.

나타샤는 화해의 임무에 뛰어들어 니콜라이가 어머니에게서 소냐를 괴롭히지 않겠다는 약속을 받고, 그도 부모 모르게 어떤 행동도 취하지 않겠다고 약속하는 결과에 이르렀다.

연대에서 자기 일을 정리한 후 퇴역하고 돌아와 소냐와 결혼하겠다는 확고한 계획을 품은 니콜라이는 부모와 의견 충돌이 있는 상태에서 슬프고도 심각한, 그러나 스스로 느끼기에 열렬한 사랑에 빠진 모습으로 1월 초 연대로 떠났다.

니콜라이가 떠나자 로스토프가는 어느 때보다 슬픔에 잠겼다. 백작 부인은 정신적 충격으로 몸져누웠다.

소냐는 니콜라이와의 이별 때문에도 슬펐지만, 백작 부인이 그녀를 대할 때마다 보여 주는 적대적인 태도 때문에 더 서글펐다. 백작은 어떤 결정적인 대책을 요구하던 열악한 집안 형편으로 어느 때보다도 근심에 싸여 있었다. 모스크바의 집과 모스크바 근교의 영지를 팔아야 했고, 집을 매각하기 위해서는 모스크바에 가야 했다. 그러나 백작 부인의 건강 때문에 출발을 하루하루 연기할 수밖에 없었다.

약혼자와 이별한 후 처음 얼마 동안은 가벼운 마음으로, 심지어 즐겁게 견디던 나타샤는 이제 하루가 다르게 점점 더 불안하고 초조해졌다. 그녀가 그를 향한 사랑에 바쳤을 자신의 가장 좋은 시절이 그 누구를 위한 것도 되지 못한 채 덧없이 사라져 간다는 생각이 떠날 줄 모르고 그녀를 괴롭혔다. 그의 편지들 대부분이 그녀를 화나게 만들었다. 그녀는 그에 대한 생각만으로 살아가고 있는데 그는 진정한 삶을 살며 자신에게 흥미로운 새로운 곳과 새로운 사람들을 보고 있다고 생각하면 모욕감이 들었다. 그의 편지들이 재미있을수록 그녀는 더욱 화가 났다. 그에게 편지를 쓰는 일은 위안이 되는 게 아니라 지겹고 위선적인 의무로 여겨졌다. 그녀는 편지를 쓸 수 없었다. 목소리와 미소와 눈빛으로 표현하는 데 익숙한 것을 편지로는 하다못해 그 1천분의 1도 진실하게 표현할 가능성을 찾을 수 없었다. 그녀는 자신조차 어떤 의미도 부여하지 않던 고전적인 단조롭고 메마른 편지들을 그에게 썼고, 백작 부인은 편지 초안에서 철자법의 실수를 고쳐 주곤 했다.

백작 부인의 건강은 좀처럼 호전되지 않았다. 그러나 모스크바에 가는 것을 더 이상 연기할 수 없었다. 지참금을 마련해야 했고 집을 매각해야 했다. 게다가 그들은 안드레이 공작이 올겨울 니콜라이 안드레이치 공작이 거처하던 모스크바에 먼저 들르리라 예상했다. 나타샤는 그가 이미 왔을 것이라고 확신했다.

결국 백작 부인은 시골에 남고, 백작이 소냐와 나타샤를 데리고 1월 말 모스크바로 떠났다.

제5부

I

피에르는 안드레이 공작과 나타샤의 혼담 이후 별다른 뚜렷한 이유도 없이 갑자기 이전의 삶을 더 이상 지속할 수 없음을 느꼈다. 은인이 그에게 열어 준 진리를 아무리 굳게 확신했다 해도, 그가 그토록 열정적으로 빠져든 자기완성의 내적 노동에 처음 몰입하던 무렵이 아무리 기쁨으로 넘쳤어도 안드레이 공작과 나타샤의 약혼 이후, 그리고 거의 같은 시기에 소식을 받은 이오시프 알렉세예비치의 죽음 이후 예전의 삶은 돌연 그에게 모든 매력을 잃고 말았다. 남은 것은 생활의 뼈대 하나뿐이었다. 요즘 한 주요 인사의 총애를 누리던 눈부신 아내가 있는 집, 온 페테르부르크와의 친분, 따분한 격식에 얽매인 직무. 갑자기 예전의 삶이 예기치 않은 추악한 모습으로 피에르 앞에 나타났다. 그는 일기 쓰기를 중단하고, 교단 모임을 피하고, 다시 클럽에 나가고, 다시 폭음을 하고, 다시 독신자 친구들과 가까이 지내고, 엘레나 바실리예브나 백작 부인이 엄하게 책망할 필요가 있다고 여긴 그런 삶을 영위하기 시작했다. 아내가 옳다고 느낀 피에르는 그녀의 평판을 해치지 않기 위해 모스크바로 떠났다.

모스크바에서, 이미 시들었거나 시들기 시작한 공작 영애들과 수많은 하인들이 있는 자신의 거대한 저택에 들어선 순간, 마차를 타고 시내를 지나다가 이콘의 금장식 앞에 수많은 촛불을 밝혀 둔 이베르스카야 예배당을 본 순간, 아무도 밟지 않은 눈 덮인 크레믈 광장과 삯마차들과 십체프 브라제크의 작은 판잣집들을 본 순간, 아무것도 바라지 않고 어디로도 서둘러 가는 기색 없이 남은 생을 살아가고 있는 모스크바의 노인들을 본 순간, 노파들과 모스크바의 마님들과 모스크바의 무도회와 모스크바의 영국 클럽을 본 순간 그는 이내 집에, 고요한 은신처에 있는 느낌이 들었다. 모스크바에서 그는 낡은 할라트를 입은 것처럼 평안하고 따뜻하고 익숙하고 지저분해졌다.

모스크바의 사교계는 노파부터 어린아이까지 모두 늘 자리를 준비해서 비워 둔 채 오랫동안 기다리던 손님인 양 피에르를 맞았다. 모스크바 사교계의 눈에 피에르는 더할 나위 없이 친근하고 선량하고 똑똑하고 유쾌하고 관대한 괴짜이자, 멍하면서 다정다감한, 예스러운 러시아 지주였다. 그의 지갑은 모든 이들을 위해 열리는 터여서 늘 비어 있었다.

자선 공연, 조악한 그림, 조각, 자선 모임, 집시, 학교, 예약 만찬, 주연(酒宴), 프리메이슨, 교회, 책. 그는 누구도 무엇도 거절하지 않았다. 그에게 많은 돈을 빌리고 그의 후견을 맡은 두 친구가 아니었다면 그는 모든 것을 다 퍼 주었을지도 모른다. 그가 빠진 클럽 만찬과 야회는 있을 수 없었다. 그가 마고 와인 두 병을 비우고 나서 소파의 자기 자리에 기대앉으면 곧바로 사람들이 그를 에워싸면서 이런저런 말과 논쟁과 농담이 시작되었다. 다툼이 벌어지는 자리에서 그는 선량한 미소와 적절한 농담만으로 화해시키곤 했다. 프리메이슨 지부의 만찬도 그가 없으면 따분하고 시들했다.

그가 독신자들과 저녁 식사를 마치고 유쾌한 패거리의 요청에 못 이겨 그들과 함께 가기 위해 선량한 미소를 해죽 지으며 일어설 때면 젊은이들 사이에서 기쁨에 찬 의기양양한 함성이 터졌다. 무도회에서 남자가 부족하면 그는 춤을 추었다. 젊은 귀부인들과 아가씨들은 어떤 여자도 쫓아다니지 않고 모두에게 한결같이 친절하다는, 특히 밤참 시간 후에 그렇다는 이유로 그를 좋아했다. 그들은 "참 좋은 사람이야. 그에겐 성별이 없어"라고 그에 대해 말하곤 했다.

피에르는 모스크바에서 선량하게 남은 생을 보내는 수백 명의 퇴직 시종들 가운데 한 명이었다.

7년 전 외국에서 막 왔을 때 누군가가 그에게 아무것도 찾거나 생각할 필요가 없다고, 그의 궤도는 오래전에 마련되고 태초 이전부터 정해졌다고, 아무리 뱅글뱅글 돌아도 그는 그와 같은 입장에 놓인 사람들처럼 될 것이라고 말했다면 그는 얼마나 끔찍했을까? 그는 그 말을 믿지 못했을 것이다. 과연 그는 진심으로 러시아에 공화국을 세우기를 갈망하고, 때로는 나폴레옹이, 때로는 철학자가, 때로는 전술가가 되어 나폴레옹에 대한 승리자가 되고 싶어 하지 않았던가? 참으로 그는 타락한 인류와 자기 자신을 개조하여 완성의 최고 수준으로 이끌 가능성을 보았고, 또 그것을 열렬히 바라지 않았던가? 정녕 그는 학교와 병원을 세우고 농민을 해방시킨 이가 아니었던가?

하지만 지금의 그는 부정한 아내를 둔 부유한 남편, 먹고 마시고 단추를 푼 채 정부를 가볍게 욕하기를 즐기는 퇴직 시종, 모스크바의 영국 클럽 회원이자 모두에게 사랑받는 모스크바 사교계의 일원이었다. 그는 자신이 7년 전 그토록 깊이 경멸하던 부류인 바로 그 모스크바의 퇴직 시종이라는 생각과 오래도록 화해할 수 없었다.

가끔은 그냥 잠깐 이런 생활을 하고 있는 것뿐이라는 생각으로 스스로를 위로했다. 그러나 그 뒤에는 다른 생각, 이미 얼마나 많은 사람들이 자기처럼 치아와 머리카락이 온전한 채로 이 생활과 이 클럽에 잠깐 발을 들였다가 치아와 머리카락 하나 없이 이 생활을 떠났을까 하는 생각이 그를 두렵게 했다.

오만의 순간들에 자신이 처한 상황을 생각할 때면 자신은 예전에 경멸하던 퇴직 시종들과 전혀 다른 특별한 사람인 것 같았고, 그 사람들은 저속하고 어리석고 자기 처지에 만족하는 속 편한 사람들인 것 같았다. '하지만 난 지금도 여전히 만족을 느낄 수 없어. 여전히 난 인류를 위해 무언가를 하고 싶다.' 오만의 순간들에 그는 속으로 이렇게 중얼거렸다. '어쩌면 나의 모든 동료들도 나와 똑같이 기를 쓰고 자신의 새로운 삶의 길을 찾다가, 나와 똑같이 환경과 사회와 혈통의 힘에 이끌려, 인간이 맞설 수 없는 자연의 힘에 이끌려 나도 오게 된 곳으로 오게 되었는지 모르지.' 겸손의 순간들에 그는 속으로 이렇게 말했다. 그리고 모스크바에서 한동안 지낸 후에는 운명의 동지들을 더 이상 경멸하지 않고, 자신을 대하듯 사랑하고 존중하고 불쌍히 여기기 시작했다.

예전처럼 절망과 우울과 삶에 대한 혐오의 순간이 피에르를 덮치는 일은 없었다. 하지만 격렬한 발작으로 모습을 드러내던 그 병은 내면으로 쫓겨 들어간 채 한순간도 그를 떠나지 않고 있었다. '무엇에? 무엇을 위해? 세상에 무슨 일이 벌어지고 있는 것인가?' 그는 하루에도 몇 번씩 의혹에 차서 스스로에게 물었고, 자기도 모르게 삶의 현상들이 지닌 의미를 풀기 위해 골똘한 생각에 잠기곤 했다. 하지만 그런 질문들에는 해답이 없다는 것을 경험으로 알기에 그는 책을 들거나, 도시에 떠도는 풍문에 대해 잡담을 하러 클럽이나 아폴론 니콜라예비치의 집으로 바삐 가거나 하며 그 질문들을 황급히 외면하려 애썼다.

'자신의 몸 외에는 아무것도 사랑해 본 적이 없는, 세상에서 가장 어리석은 여자들 가운데 한 명인 엘레나 바실리예브나.' 피에르는 생각했다. '사람들은 그녀를 지성과 우아의 극치로 생각하며 그녀에게 경탄하지. 나폴레옹 보나파르트는 위대한 인간이었을 때까지는 모두에게 멸시의 대상이었다. 그런데 그가 가련한 희극 배우가 된 후에는 프란츠 황제가 그에게 딸을 첩으로 주려고 안달이다.* 스페인 사람들은 6월 14일 프랑스군을 물리친 것에 대한 감사로 가톨릭 사제를 통해 하느님께 기도를 드리고, 프랑스 사람들 또한 가톨릭 사제를 통해 자신들이 6월 14일 스페인군을 물리쳤다고 기도를 드리지. 나의 프리메이슨 형제들은 이웃을 위해 모든 것을 희생할 준비가 되었다고 피로써 맹세하지만 빈민들을 위한 모금에 1루블도 내지 않는다. 그러면서 아스트라이아와 만나*를 찾는 사람들이 서로 반목하도록 음모를 꾸미고, 진짜 스코틀랜드 양탄자와 작성한 사람들조차 그 의미를 모르고 누구도 필요로 하지 않는 헌장에 대해 법석을 떨지.* 우리 모두는 모욕을 용서하고 이웃을 사랑하라는 그리스도교의 율법을 따른다. 그 율법에 따라 우리는 모스크바에 그토록 많은 교회를 세웠어. 그런데 어제 한 탈영병은 죽도록 채찍질을 당했고, 바로 그 사랑과 용서의 율법의 종인 사제가 처형에 앞서 병사에게 십자가에 입을 맞추도록 했다.' 피에르는 이런 생각들을 했다. 그러면 그가 아무리 익숙해 졌어도 모두가 묵인하는 이 모든 전반적인 거짓이 마치 새로운 무언가인 양 매번 그를 놀라게 했다. '나는 이 거짓과 혼란을 이해한다.' 그는 생각했다. '하지만 내가 이해하는 것을 그들에게 어떻게 말할 것인가? 난 해 보았다. 하지만 그들도 마음 깊은 곳에서는 나와 똑같이 깨달으면서도 그저 그 **거짓**을 보지 않으려 애쓴다는 사실만을 마주했을 뿐이다. 그래, 그럴 수밖에 없다! 하지만 난, 도대체 난 어디로 가야 하는가?' 피에르는 생각했다. 그는 많은 사람들, 특히 러시아 사람들이 가진 불행한 능력, 즉 선과 진리의 가능성을 보고 믿으면서도 삶에 진지하게 참여하기에는 삶의 악과 거짓을 지나치게 분명하게 보는 능력을 경험하고 있었다. 그의 눈에는 모든 분야의 일이 악과 기만에 결부되어 있었다. 그가 무엇이 되려 하든 그가 무슨 일에 손을 대든, 악과 거짓은 그를 밀치고 모든 활동의 길을 가로막았다. 하지만 그러는 동안에도 살아야 했고 바쁘게 움직여야 했다. 이런 풀리지 않는 삶의 물음들의 압박 아래 있는 것은 너무도 끔찍한 일이었다. 그래서 그는 그 물음들을 잊기 위해 가장 먼저 마음을 빼앗긴 것에 몸을 내맡겼다. 그는 온갖 부류의 모임에 드나들고 폭음을 하고 그림을 사들이고 건물을 짓기도 했지만 무엇보다 책을 읽었다.

그는 손에 잡히는 것은 무엇이든 읽고 또 읽었다. 집에 돌아오면 하인이 외투를 다 벗기기도 전에 벌써 책을 집어 들고 읽을 정도였다. 독서에서 잠으로, 잠에서 응접실과 클럽의 잡담으로, 잡담에서 술판과 여자들로, 술판에서 다시 잡담과 독서와 술로 옮겨 갔다. 그에게 술을 마시는 일은 점점 더 큰 육체적인 동시에 정신적인 요구가 되어 갔다. 의사들이 비대해지는 몸에는 술이 위험하다고 말했지만 그는 심하게 폭음했다. 자신도 어떻게 된 일인지 알아차리지 못하는 사이에 커다란 입에 술 몇 잔을 들이켜고 몸속에 도는 기분 좋은 따뜻함과 모든 이웃에 대한 다정함과 모든 사상에 대해 그 본질은 파고들지 않고 피상적으로 비평할 정신적 준비가 되었음을 느낄 때에야 그는 완전히 좋은 기분을 맛보았다. 포도주를 한두 병 마시고 나서야 예전에 자신을 두렵게 하던 삶의 복잡하고 무시무시한 매듭이 자신이 생각하듯 그렇게 끔찍한 것이 아님을 어렴풋이 깨달았다. 머릿속이 웅웅 울리는 상태로 잡담을 나누고 대화를 듣거나 만찬과 야식 후 책을 읽으며 그는 끊임없이 그 매듭을, 그 어떤 일면을 보았다. 그러나 오직 술의 영향을 받을 때에만 그는 '이건 아무것도 아니야. 난 이걸 풀어낼 거야. 이제 난 해명할 준비가 되어 있어. 지금은 시간이 없을 뿐이야. 나중에 이 모든 것에 대해 곰곰이 생각해 보겠어!' 하고 속으로 중얼거렸다. 하지만 그 **나중**은 결코 오지 않았다.

배 속이 텅 빈 이른 아침이면 이전의 모든 질문들이 똑같이 풀리지 않는 무시무시한 것으로 나타났다. 그러면 피에르는 얼른 책을 집어 들었고, 누군가 자신을 찾아오면 기뻐했다.

이따금 피에르는 적의 포화가 쏟아지는 전쟁터에서 엄폐호 안에 있는 병사들은 할 일이 없을 때 위험을 좀 더 쉽게 견디기 위해 열심히 소일거리를 찾는다는, 자신이 들은 이야기를 떠올렸다. 피에르에게는 모든 사람들이 삶으로부터 도피하는 그런 병사들로 보였다. 누구는 야망으로, 누구는 카드놀이로, 누구는 법률 작성으로, 누구는 여자로, 누구는 장난감으로, 누구는 말로, 누구는 정치로, 누구는 사냥으로, 누구는 술로, 누구는 국정 업무로. '하찮은 것도 중요한 것도 없어. 다 마찬가지야. 능력껏 삶으로부터 달아나기만 하면 돼!' 피에르는 생각했다. '그저 **삶**을, 이 무시무시한 **삶**을 보지만 않으면 돼.'

2

초겨울에 니콜라이 안드레이치 볼콘스키 공작은 딸과 함께 모스크바로 왔다. 그의 과거 때문에, 그의 지성과 독창성 때문에, 특히 그 무렵 알렉산드르 1세의 통치에 대한 열광이 시들해졌기 때문에, 그리고 당시 모스크바를 지배하던 반프랑스적 애국주의의 기류 때문에 니콜라이 안드레이치 공작은 이내 모스크바 사람들에게 특별한 존경의 대상이자 모스크바 반정부 세력의 구심점이 되었다.

그해 공작은 부쩍 늙었다. 느닷없이 졸거나, 시간상 최근의 사건은 잊고 오래전 일은 기억하고, 어린아이 같은 허영심으로 모스크바 반정부 세력의 수장 역할을 맡는 등 노화의 뚜렷한 조짐들이 나타났다. 그럼에도 노인이 특히 저녁에 모피 외투와 분 바른 가발 차림을 하고 차를 마시러 나가서는 누군가의 부추김으로 지난 시절에 대한 이야기를 띄엄띄엄 늘어놓거나 현재에 대한 신랄한 비판을 한층 더 띄엄띄엄 개진하기 시작할 때면 모든 손님들에게 한결같이 정중한 경의의 감정을 불러일으켰다. 커다란 몸거울과 혁명 이전의 가구들과 분 바른 하인들이 딸린 고풍스러운 집 전체, 그리고 노인을 공경하는 얌전한 딸과 예쁘장한 프랑스 여자와 함께 지난 세기의 엄격하고 지적인 노인 자체가 방문객들에게 장엄하고도 기분 좋은 광경을 제공했다. 그러나 방문객들은 자신들이 주인 가족을 본 이 두세 시간 이외에도 그 집안의 은밀한 내적 삶이 흘러가던 스물두 시간의 밤낮이 더 있다는 것을 생각하지 못했다.

그 내적인 삶은 최근 모스크바에서 마리야 공작 영애에게 몹시 힘겨워졌다. 모스크바에서 그녀는 리시예 고리에서 그녀에게 생기를 주던 하느님의 사람들과의 대화와 고독, 그러니까 자기 삶의 최고의 기쁨을 잃었다. 게다가 수도 생활의 유익과 기쁨도 전혀 누리지 못했다. 그녀는 사교계에 드나들지 않았다. 아버지가 자신이 함께 참석하지 않으면 그녀를 내보내지 않고 그 자신은 건강이 좋지 않아 외출하지 못한다는 것을 다들 알고 그녀를 만찬과 야회에 초대하지 않았다. 마리야 공작 영애는 결혼에 대한 희망을 완전히 내려놓았다. 그녀는 니콜라이 안드레이치 공작이 그들 집에 간혹 나타나던 구혼자가 될지도 모를 청년들을 맞이하고 내쫓을 때의 냉담함과 적의를 보았다. 마리야 공작 영애에게는 친구가 없었다. 모스크바에 와서 그녀는 가장 가까운 두 사람에게 환멸을 느꼈다. 예전에도 온전히 진솔하게는 대할 수 없었던 **마드무아젤 부리엔**은 이제 그녀에게 불쾌하게 느껴졌다. 마리야 공작 영애는 어떤 이유로 그녀를 멀리하기 시작했다. 모스크바에 있었고, 마리야 공작 영애가 5년 동안 계속 편지를 보냈던 줄리는 개인적으로 다시 만났을 때 그녀에게 완전히 낯선 느낌을 주었다. 그 무렵 줄리는 오빠들의 죽음으로 모스크바에서 가장 부유한 신붓감 중 한 명이 되면서 사교계의 즐거움에 한창 빠져 있었다. 그녀는 자신이 생각하기에 갑자기 그녀의 진가를 발견한 청년들에게 둘러싸여 있었다. 줄리는 나이 들어 가는 사교계 아가씨들이 결혼할 마지막 기회가 왔다고, 지금이 아니면 자신의 운명은 영원히 풀리지 않을 것이라고 느끼는 시기에 접어들었다. 목요일마다 마리야 공작 영애는 편지를 써 보낼 대상이 더 이상 없다는 사실을 떠올리며 서글픈 미소를 짓곤 했다. 줄리가, 함께 있어도 전혀 즐겁지 않은 줄리가 이곳에 있어서 매주 만나기 때문이었다. 일단 결혼하면 어디에서 밤을 보내야 할지 모를 것 같다는 이유로 수년간 밤을 함께 보낸 귀부인과 결혼하기를 거부하는 늙은 망명자처럼, 그녀는 줄리가 이곳에 있어서 편지를 써 보낼 대상을 잃은 것에 대해 애석해했다. 모스크바에서 마리야 공작 영애에게는 말을 나눌 사람도, 슬픔을 털어놓을 사람도 없었다. 그리고 그사이 새로운 슬픔이 많이 늘었다. 안드레이 공작이 돌아와 결혼할 시기는 다가오는데, 아버지가 이를 위한 마음의 준비를 할 수 있도록 해 달라는 그의 부탁은 실현되지 못했을 뿐 아니라 오히려 일이 더 엉망이 된 것 같았다. 늘 기분이 좋지 않던 노공작은 로스토바 백작 영애의 이름을 듣기만 해도 벌컥 화를 냈다. 최근 마리야 공작 영애에게 더해진 새로운 슬픔은 여섯 살 난 조카에게 공부를 가르치는 것이었다. 그녀는 니콜루시카를 대하는 자신의 태도에서 아버지의 성마른 기질을 발견하고 두려움을 느꼈다. 조카를 가르치는 동안 화를 내면 안 된다고 아무리 다짐해도 프랑스어 철자 교과서 앞에 지시봉을 들고 앉기만 하면 거의 매번 더 빨리 더 쉽게 아이에게 자신의 지식을 쏟아붓고 싶어 안달하게 되었다. 아이는 고모가 금방이라도 화를 낼까 봐, 조금만 주의가 흐트러져도 고모가 바들바들 떨고 조급해하고 흥분하고 목소리를 높이고, 때로는 조그마한 자기 손을 끌고 가서 구석에 세울까 봐 겁을 냈다. 그녀는 아이를 구석에 세워 놓은 뒤에 자신의 악하고 못된 본성에 괴로워하며 울었고, 그러면 니콜루시카는 덩달아 울음을 터뜨리며 허락도 없이 구석에서 나와 그녀에게 다가가선 그녀의 젖은 손을 얼굴에서 떼어내며 그녀를 위로했다. 그러나 무엇보다, 무엇보다 큰 슬픔은 언제나 딸에게로 향한, 그리고 최근에는 잔혹할 정도로 심해진 아버지의 불같은 성격이었다. 차라리 아버지가 밤새도록 절을 하게 시켰다면, 차라리 그녀를 때리고 장작과 물을 나르게 했다면 그녀도 자기 처지가 괴롭다는 생각을 하지 않았을 것이다. 그러나 이 애정 어린 박해자, 그녀를 사랑했고 그 때문에 자신과 그녀를 괴롭혔기에 잔인하기 이를 데 없던 이 박해자는 고의로 그녀를 모욕하고 멸시했을 뿐 아니라 모든 잘못은 언제나 그녀에게 있다는 것을 증명해 보일 수 있었다. 최근 그에게서 마리야 공작 영애를 무엇보다 괴롭히던 새로운 양상이 나타났다. **마드무아젤 부리엔**을 훨씬 더 가까이한다는 점이었다. 아들의 결혼 계획에 대한 이야기를 들은 첫 순간 그에게 떠오른, 만약 안드레이가 결혼하면 자신도 **부리엔**과 결혼하겠다던 그 농담 같은 생각이 마음에 들었던지 최근 들어 (마리야 공작 영애에게는 그렇게 느껴졌다) 오직 딸을 모욕하기 위해 집요하게 **마드무아젤 부리엔**에게 특별한 총애를 보이고, **부리엔**에 대한 애정을 드러내는 것으로 딸에 대한 불만을 드러내고 있었다.

한번은 마리야 공작 영애가 있는 자리에서 (그녀는 아버지가 그녀 앞에서 일부러 그러는 것 같다고 느꼈다) 노공작이 **마드무아젤 부리엔**의 손에 입을 맞추고는 그녀를 끌어당겨 껴안고 어루만졌다. 마리야 공작 영애는 얼굴을 확 붉히고 방에서 뛰쳐나갔다. 몇 분 후 **마드무아젤 부리엔**은 생글생글 웃는 얼굴에 특유의 명랑한 목소리로 즐겁게 뭐라고 이야기하며 마리야 공작 영애의 방에 들어왔다. 마리야 공작 영애는 황급히 눈물을 닦고 단호한 걸음으로 **부리엔**에게 다가가서는 자신도 모르게 분노에 북받친

듯 다급하게, 격렬한 목소리로 프랑스 여자를 향해 소리치기 시작했다.

"이건 추악하고 저열하고 비인간적인 짓이에요. 약점을 이용해서……." 그녀는 말을 다 끝내지 못했다. "내 방에서 썩 나가요." 그녀는 소리를 지르고는 흐느끼기 시작했다.

다음 날 공작은 딸에게 한마디도 하지 않았다. 그러나 그녀는 식사 시간에 그가 음식을 **마드무아젤 부리엔**부터 주도록 지시한 것을 알아차렸다. 식사가 끝날 무렵 하인이 예전 습관대로 커피를 공작 영애부터 따르자 공작은 갑자기 노발대발해서 필리프에게 지팡이를 던지며 곧바로 그를 군대에 넘기라고 명령했다.

"안 들리나…… 두 번이나 말했는데……! 안 들리느냔 말이다! 이 여인이 이 집에서 첫 번째 사람이다. 이 여인은 나의 가장 좋은 친구다." 공작은 고함을 질렀다. "그리고 네가 감히……." 격분한 그는 그제야 비로소 마리야 공작 영애를 돌아보며 소리쳤다. "네가 또다시 어제처럼 감히…… 이 여인 앞에서 제멋대로 굴면, 내가 이 집의 주인이 누군지 가르쳐 주마. 나가라! 꼴도 보기 싫다. 이 여인에게 용서를 빌어라!"

마리야 공작 영애는 아말리야 예브게니예브나와 아버지에게 자신을 위해, 그리고 감싸 달라고 청한 하인 필리프를 위해 용서를 빌었다.

그런 순간들에 마리야 공작 영애의 마음속에는 희생의 긍지 비슷한 감정이 고였다. 그리고 그런 순간이면 그녀가 속으로 비난하던 그 아버지는 갑자기 그녀 앞에서 안경을 찾느라 옆을 더듬거리고도 보지 못하거나, 방금 무슨 일이 있었는지 잊어버리거나, 쇠약해진 두 다리로 위태로운 걸음을 옮기다가 누가 자신의 쇠약함을 보지 않았나 싶어 주위를 두리번거리거나, 아니면 최악의 경우, 그를 북돋아 주던 손님들이 없을 때면 식사 자리에서 돌연 냅킨을 떨어뜨리고 접시 위로 고개를 숙인 채 꾸벅꾸벅 졸았다. '아버지는 늙고 쇠약하셔. 그런데 내가 감히 아버지를 비난하다니!' 그런 순간에 그녀는 이런 생각을 하며 스스로에게 혐오감이 들기도 했다.

3

1811년 모스크바에는 빠르게 인기를 얻은 프랑스인 의사가 살았다. 키가 매우 크고 잘생기고 프랑스인답게 친절하고, 모스크바의 모든 사람들이 말하던 대로 범상치 않은 의술을 지녔던 그 의사는 메티비에였다. 그는 상류층 집안에서 의사가 아닌 동등한 인간으로 대우를 받았다.

의학을 비웃던 니콜라이 안드레이치 공작은 최근 **마드무아젤 부리엔**의 조언을 받아들여 그 의사를 자기 집에 출입하도록 허락했고 그에게 익숙해졌다. 메티비에는 일주일에 두어 번 공작에게 다녀갔다.

공작의 명명일인 성 니콜라이의 날에 온 모스크바 사람들이 그의 집 현관 계단 입구에 모여들었지만 그는 누구도 맞아들이지 말라는 지시를 내렸다. 그리고 자신이 마리야 공작 영애에게 건넨 명단 속의 소수의 사람들만 만찬에 부르도록 일렀다.

아침에 축하 인사를 하러 찾아온 메티비에는 스스로 마리야 공작 영애에게 말했다시피 **억지로 지시를 거스르는 것**이 의사로서의 예의라고 생각해 공작의 방에 들어갔다. 때마침 명명일 아침에 노공작의 기분은 최악이었다. 그는 아침 내내 피곤한 모습으로 집 안을 돌아다니며 모든 사람에게 트집을 잡고, 자신도 남의 말을 못 알아듣고 남들도 자기 말을 못 알아듣는 척했다. 마리야 공작 영애는 근심에 잠겨 조용히 불평할 때의 이 정신 상태를 너무도 잘 알았다. 그 불평은 대개 광포한 분노의 폭발로 끝났다. 그래서 그녀는 장전한 후 공이치기를 젖혀 놓은 라이플총 앞에 서기라도 한 것처럼 그날 아침 내내 피할 수 없는 발사를 기다리며 서성거렸다. 의사가 오기 전까지 아침은 무사히 흘러갔다. 의사를 들여보내고 마리야 공작 영애는 책을 들고 응접실 문가에 앉았다. 그곳에서는 서재에서 벌어지는 일을 전부 들을 수 있었다.

처음에는 메티비에의 목소리만 들렸고, 이어서 아버지의 목소리가 들렸다. 그다음엔 두 목소리가 동시에 말하기 시작하더니 문이 활짝 열렸다. 검은 앞머리를 볏처럼 세운 겁에 질린 메티비에의 잘생긴 형상과, 나이트캡과 할라트 차림에 얼굴을 광포하게 일그러뜨리고 눈동자를 내리깐 공작의 형상이 문지방에 나타났다.

"모른다고?" 공작이 소리쳤다. "난 알지! 프랑스 스파이! 보나파르트의 노예, 스파이, 내 집에서 꺼져. 당장 꺼지란 말이다!" 그러고는 문을 쾅 닫았다.

메티비에는 어깨를 으쓱하며 옆방의 고함 소리에 달려온 **마드무아젤 부리엔**에게 다가갔다.

"공작님은 지금 건강한 상태가 아닙니다. **담즙에 뇌 충혈(腦充血)이에요. 걱정하지 마십시오. 내일 들르겠습니다.**" 메티비에는 이렇게 말하고는 손가락을 입술에 대고 허둥지둥 나갔다.

문 뒤에서 슬리퍼를 신은 발소리와 고함 소리가 들렸다. "스파이들, 배신자들, 곳곳에 배신자들이 있어! 내 집에서도 평온한 순간이 없어!"

메티비에가 떠난 후 노공작은 딸을 불러 분노의 모든 힘을 그녀에게 쏟아부었다. 서재에 스파이를 들여보낸 잘못은 그녀에게 있었다. 미리 그가 말하지 않았던가, 그녀에게 말하지 않았던가. 목록을 작성하고 목록에 없는 사람은 들여보내지 말라고. 그런데 어째서 그 파렴치한 놈을 들여보냈단 말인가! 그녀가 모든 사태의 원인이었다. "저 아이와 함께 있으면 한시도 평온할 수 없고 평안하게 죽을 수도 없지." 그가 말했다.

"아니요, 부인, 갈라섭시다, 갈라서요. 당신도 이걸 알아 두시오, 알아 둬요! 난 이제 더 이상은 못 참겠소." 그는 이렇게 말하고 방에서 나가 버렸다. 그러고는 그녀가 어떻게든 위안을 얻을까 두려운 듯 그녀에게 돌아와 차분한 표정을 지으려고 애쓰며 덧붙였다. "내가 홧김에 이런 말을 한다고 생각하지 마시오. 난 침착하오. 그리고 난 그동안 이 문제를 곰곰이 생각해 왔소. 그러니 그렇게 될 거요. 헤어집시다. 당신이 있을 곳을 찾아보시오!" 하지만 그는 더 이상 참지 못하고 사랑하는 사람만이 품을 수 있는 적의를 드러내며 스스로도 괴로운 듯 주먹을 부르르 떨고는 그녀에게 소리를 질렀다.

"어떤 멍청이라도 좋으니 저 애를 아내로 좀 데려가!" 그는 문을 쾅 닫더니 **마드무아젤 부리엔**을 서재로 불러들이고 나서야 잠잠해졌다.

2시에 여섯 명의 선택받은 인물이 만찬에 모였다. 유명한 라스톱친 백작, 로푸힌* 공작과 그 조카, 공작의 옛 전우인 차트로프 장군 그리고 젊은 사람으로는 피에르와 보리스 드루베츠코이였다. 그들은 응접실에서 노공작을 기다렸다.

며칠 전 휴가차 모스크바에 온 보리스는 니콜라이 안드레이치 공작을 소개받으려 했고, 어떤 젊은 독신남도 집에 들이지 않던 공작이 그에게는 예외를 둘 만큼 비위를 맞추는 데 성공했다.

공작의 집은 '사교계'라 불리는 곳은 아니었다. 그러나 비록 도시에 소문은 나지 않았어도 그 속에 받아들여지는 것이 더없는 영광으로 여겨지던 작은 모임이었다. 보리스는 일주일 전 그가 있는 자리에서 라스톱친이 성 니콜라이 축일 만찬에 초대한 총사령관에게 자신은 참석할 수 없다고 말했을 때 이 사실을 알았다.

"그날 나는 니콜라이 안드레이치 공작의 유골에 입을 맞추러 갑니다."

"아, 그래, 그렇지." 총사령관이 대답했다. "그는 어떤가……?"

만찬 전에 천장이 높고 오래된 가구가 있는 고풍스러운 응접실에 모인 작은 모임은 재판을 위해 소집된 법정의 엄숙한 위원회와 흡사했다. 다들 입을 다물고 있었고, 말을 할 때는 조용히 했다. 니콜라이 안드레이치 공작은 진지하고 과묵한 모습으로 나왔다. 마리야 공작 영애는 평소보다 더 조용하고 위축되어 보였다. 손님들은 마지못해 그녀에게 말을 걸었다. 보아하니 그녀는 자신들의 대화에 낄 분위기가 아니었기 때문이다. 라스톱친 백작이 최근의 도시 소식이나 정치 소식에 대해 이야기하며 혼자 대화의 맥을 이어 나갔다.

로푸힌과 늙은 장군은 간간이 대화에 끼어들었다. 니콜라이 안드레이치 공작은 재판장이 보고를 듣듯 간혹 웅얼거림이나 짤막한 말로써 자신에게 보고하는 것을 유의해 듣고 있다는 표시를 했다. 대화의 어조는 아무도 정계에서 벌어지는 일을 찬성하지 않는다는 점을 보여 주었다. 화제는 모든 것이 점점 악화되고 있음을 증명하는 사건들에 관한 것이었다. 그러나 인상적이었던 점은 어떤 이야기나 견해에서든 비판이 황제 폐하의 체면을 건드릴 만한 선에 이르면 이야기하던 사람이 매번 말을 멈추거나 제지를 당하는 것이었다.

식사 때 대화는 최근의 정치 소식, 올덴부르크 공작의 영토에 대한 나폴레옹의 침탈*과 러시아가 유럽의 모든 궁정에 보낸 나폴레옹을 규탄하는 외교 문서에 관해 이루어졌다.

"보나파르트는 약탈한 배에 올라탄 해적처럼 유럽을 대합니다." 라스톱친 백작은 이미 여러 번 말한 문구를 되풀이하며 말했다. "군주들의 참을성이나 맹목에 그저 놀랄 뿐입니다. 이제 사태가 교황에게까지 미쳤어요. 보나파르트가 더 이상 거리끼지 않고 가톨릭교의 수장을 끌어내리려 하는데* 다들 입을 다물고 있습니다. 우리 군주만이 올덴부르크 공국 영토에 대한 침탈에 맞서 항의했습니다. 그런데……." 라스톱친 백작은 더 이상 비판할 수 없는 영역의 경계에 서 있음을 느끼고 입을 다물었다.

"그는 올덴부르크 공국 대신 다른 영토를 제안받았지." 니콜라이 안드레이치 공작이 말했다. "내가 농부들을 리시예 고리에서 보구차로보로, 랴잔으로 이주시키던 것처럼 그도 공작들을 그렇게 하고 있어."

"올덴부르크 공작은 놀랍도록 강직하고 침착하게 자신의 불행을 견디고 계십니다." 보리스가 대화에 정중하게 끼어들며 말했다. 그가 이렇게 말한 것은 페테르부르크에서 오는 길에 공작을 알현하는 영광을 누렸기 때문이다. 니콜라이 안드레이치 공작은 그것에 대해 뭔가 말하고 싶은 듯 청년을 쳐다보았지만 그러기에는 그가 지나치게 젊다고 생각하여 단념했다.

"나는 올덴부르크 사태에 대한 우리의 항의서를 읽고 그 각서의 조악한 어법에 놀랐습니다." 라스톱친 백작이 잘 아는 문제에 대해 논하는 사람의 무심한 어투로 말했다.

피에르는 왜 라스톱친이 외교 문서의 조악한 어법을 걱정했는지 이해가 되지 않아서 순진한 놀라움이 담긴 눈으로 그를 바라보았다.

"각서가 어떤 식으로 쓰였든 상관없지 않습니까, 백작? 그 내용이 뛰어나다면 말입니다." 그가 말했다.

"이봐요, 50만 군대를 갖춘 만큼 좋은 문체도 쉽게 구사할 수 있어야 합니다." 라스톱친 백작이 대답했다. 피에르는 왜 라스톱친 백작이 외교 문서의 어법에 신경을 썼는지 이해했다.

"삼류 문필가들이 꽤 많아진 모양이야." 노공작이 말했다. "저기 페테르부르크에서는 모두가 글을 쓰지. 외교 문서뿐 아니라 다들 새로운 법전을 저술하고 있네. 우리 안드류샤가 그곳에서 러시아를 위해 법전 한 권을 통째로 저술했어요. 요즘엔 누구나 쓴다니까!" 그러고는 부자연스럽게 웃음을 터뜨렸다.

대화가 잠시 멎었다. 늙은 장군이 헛기침을 해서 사람들의 주의를 자신에게로 돌렸다.

"최근 페테르부르크에서 사열식 때 있었던 사건에 대해 들으셨습니까? 신임 프랑스 공사가 얼마나 나서던지!"

"뭐라고? 그래, 들은 게 있네. 그자가 폐하 앞에서 거북한 말을 했다지."

"폐하께서 척탄병 사단과 분열 행진에 공사의 주의를 돌리셨지요." 장군이 말을 계속했다. "그런데 공사는 전혀 관심을 보이지 않은 데다 '우리 프랑스에서는 저런 시시한 것에는 관심을 두지 않습니다' 하고 감히 말했던가 봅니다. 폐하는 아무 말씀도 하지 않으셨습니다. 사람들 말이, 다음 사열식 때 폐하께선 그에게 한 번도 말을 걸지 않으셨답니다."

모두들 침묵했다. 군주의 개인사에 관한 이 사실에 대해서는 어떤 의견도 표명해서는 안 되었다.

"건방진 놈들!" 공작이 말했다. "메티비에를 아시는가? 오늘 그자를 내 집에서 쫓아냈네. 그가 여기 있었네. 내 방에 들인 거지. 내가 아무도 들이지 말라고 그토록 부탁했는데." 공작은 성난 눈길로 딸을 힐끗 쳐다보고 말했다. 그러고는 프랑스인 의사와 나눈 대화와 자신이 왜 메티비에를 스파이라고 확신했는지를 이야기했다. 그 이유들이 몹시 타당하지 않고 불분명했지만 아무도 반박하지 않았다.

구이 요리 다음에 샴페인이 나왔다. 손님들이 자리에서 일어나 노공작을 축하했다. 마리야 공작 영애도 그에게 다가갔다.

그는 그녀를 차갑고 사나운 눈초리로 힐끔 쳐다보고는 깨끗이 면도한 주름진 한쪽 뺨을 내밀었다. 얼굴 표정은 그가 아침의 대화를 잊지 않았음을, 그의 결심은 이전과 다름없이 약해지지 않았음을, 단지 손님들 때문에 지금 그것을 그녀에게 말하지 않을 뿐임을 말하고 있었다.

응접실로 커피를 마시러 나온 노인들은 함께 앉았다.

니콜라이 안드레이치 공작은 더욱 활기를 띠고 눈앞에 닥친 전쟁에 대한 자신의 사고방식을 토로했다.

그는 말했다. 우리가 독일인들과 동맹을 추구하고 틸지트 평화 조약에 얽매여 유럽의 정세에 계속 참견하면 보나파르트를 상대로 한 우리의 전쟁은 불행할 것이다. 오스트리아를 위해서도, 오스트리아에 맞서서도 우리는 싸울 필요가 없다. 우리의 모든 정책은 동쪽에 있고, 보나파르트에 대해서는 국경의 무장과 정책의 확고함만 있으면 된다. 그러면 그는 감히 1807년처럼 러시아 국경을 넘지는 못할 것이다.

"공작, 우리가 어떻게 감히 프랑스인들과 싸우겠습니까!" 라스톱친 백작이 말했다. "과연 우리가 우리의 선생들과 신들에 맞서 무기를 들 수 있겠습니까? 우리 젊은이들을 보십시오. 우리 귀부인들을 보세요. 우리의 신들은 프랑스인들이고, 우리의 천국은 파리입니다."

그는 모두가 들으라는 듯 더욱 큰 소리로 말하기 시작했다.

"의상도 프랑스식, 사고도 프랑스식, 감정도 프랑스식이잖습니까! 당신은 메티비에를 프랑스인이고 무뢰한이라는 이유로 이곳에서 내쫓았지만 우리 귀부인들은 굽실대며 그의 뒤를 기어 다닙니다. 어제 야회에 갔었는데, 귀부인 다섯 중에 셋이 가톨릭 신자이고, 교황의 허락을 받아 일요일에는 자수를 놓더군요. 그런데 다름 아닌 그들이, 점잖지 못한 말을 해서 죄송합니다만, 대중목욕탕 간판처럼 거의 벗다시피 하고 앉아 있는 겁니다. 아이고, 우리 젊은이들을 보라지요, 공작. 쿤스트카메라*에서 표트르 대제의 옛날 곤봉을 집어 들고 러시아식으로 옆구리를 후려치면 어리석은 생각들이 전부 떨어져 나갈 텐데 말입니다!"

모두 입을 다물었다. 노공작은 얼굴에 미소를 띤 채 라스톱친을 바라보며 찬성의 뜻으로 고개를 끄덕였다.

"그럼 안녕히 계십시오, 각하. 편찮으시면 안 됩니다." 라스톱친은 특유의 재빠른 동작으로 일어나 공작에게 손을 내밀며 말했다.

"잘 가게, 친구. 이 사람은 구슬리*야. 이 사람 말은 항상 정신없이 듣게 돼." 노공작은 그의 손을 잡고 입을 맞출 수 있도록 뺨을 내밀며 말했다. 다른 사람들도 라스톱친과 함께 일어섰다.

4

응접실에 앉아 노인들의 뒷공론과 험담을 듣던 마리야 공작 영애는 자신이 들은 것을 전혀 이해하지 못했다. 그녀는 손님들 모두 그녀를 대하는 아버지의 적대적인 태도를 눈치채고 있는 것은 아닌지에 대해서만 생각했다. 심지어 식사하는 내내 드루베츠코이가 그녀에게 보여 준 특별한 관심과 친절도 알아차리지 못했다. 그가 그들의 집에 온 것은 벌써 세 번째였다.

마리야 공작 영애는 멍하니 묻는 듯한 눈길로 피에르를 돌아보았다. 그는 공작이 간 뒤, 손에 모자를 들고 얼굴에 미소를 띤 채 손님들 가운데 맨 마지막으로 그녀에게 다가왔다. 그렇게 그들은 단둘이 응접실에 남았다.

"좀 더 앉아 있어도 될까요?" 그가 마리야 공작 영애 옆 안락의자에 뚱뚱한 몸을 푹 파묻으며 말했다.

"아, 네." 그녀가 말했다. '당신은 아무것도 눈치채지 못했나요?' 그녀의 시선이 말했다.

피에르는 식후의 즐거운 기분에 젖어 있었다. 그는 앞을 보며 조용히 미소를 머금고 있었다.

"그 청년과 오래전부터 아는 사이입니까, 공작 영애?" 그가 물었다.

"누구요?"

"드루베츠코이 말입니다."

"아뇨, 얼마 안 됐어요……."

"어떤가요, 그가 마음에 듭니까?"

"네, 좋은 인상을 주는 청년이에요……. 왜 내게 그런 걸 물으세요?" 마리야 공작 영애는 아버지와 아침에 나눈 대화를 계속 생각하며 말했다.

"내가 관찰한 게 있기 때문이지요. 대개 청년들은 오로지 부유한 신붓감과 결혼할 목적으로 페테르부르크에서 모스크바로 휴가를 옵니다."

"그런 걸 관찰했다고요?" 마리야 공작 영애가 말했다.

"네." 피에르는 빙그레 웃으며 말을 이어 갔다. "그 청년도 지금 그렇게 행동하고 있어요. 부유한 신붓감이 있는 곳에는 그도 있습니다. 난 책을 보듯 그 사람을 훤히 읽고 있어요. 지금 누굴 공략할지 망설이고 있습니다. 당신으로 할지, **마드무아젤 줄리 카라기나**로 할지 말입니다. **그는 그녀를 꽤 눈여겨보고 있지요.**"

"그가 그 집에 드나드나요?"

"네, 아주 자주요. 그런데 당신은 새로운 구애 방법을 알고 있습니까?" 피에르는 일기에서 그토록 자책했던, 악의 없는 조롱의 유쾌한 기분에 젖은 듯 유쾌한 미소를 지으며 말했다.

"아뇨." 마리야 공작 영애가 말했다.

"지금은 모스크바 아가씨들의 마음에 들려면 **멜랑콜리해야 합니다. 그는 마드무아젤 카라기나 앞에서 굉장히 멜랑콜리합니다.**" 피에르가 말했다.

"**정말이에요?**" 마리야 공작 영애는 피에르의 선량한 얼굴을 바라보면서 자신의 슬픔에 대한 생각을 멈추지 않고 말했다. '내가 느끼는 모든 것을 누군가에게 과감히 털어놓으면 마음이 한결 가벼울 텐데.' 그녀는 생각했다. '이 사람에게 전부 말했으면. 참 착하고 고결한 사람이잖아. 마음이 가벼워질 거야. 그가 내게 조언을 해 준다면!'

"그와 결혼할 건가요?" 피에르가 물었다.

"아, 정말, 백작! 누구하고든 결혼해 버리고 싶은 순간들이 있어요." 갑자기 스스로도 예상치 못한 울음 섞인 목소리로 마리야 공작 영애가 말했다. "아, 가까운 사람을 사랑하는데 슬퍼하는 것 말고는 그 사람을 위해 할 수 있는 게…… 아무것도 (그녀는 떨리는 목소리로 계속 말했다) 없다고 느끼는 건 얼마나 힘든가요. 그걸 바꿀 수 없다는 걸 알 때는요. 그럴 때는 한 가지밖에 없어요. 떠나는 거예요. 하지만 난 어디로 떠나야 할까요?"

"왜 그래요? 무슨 일이에요, 공작 영애?"

그러나 공작 영애는 채 말을 끝맺지 못하고 울음을 터뜨렸다.

"내가 오늘 왜 이러는지 모르겠어요. 내 말 귀담아듣지 말아요. 내가 당신에게 한 말은 잊어 줘요."

피에르에게서 유쾌함이 싹 가셨다. 그는 공작 영애에게 이것저것 근심스레 물으며 다 말해 보라고, 자신에게 슬픔을 털어놓아 달라고 부탁했다. 하지만 그녀는 자기가 한 말을 잊어 달라고, 자기가 한 말을 자기도 잊겠다고, 자신에게는 그도 아는 슬픔, 그러니까 안드레이 공작의 결혼 문제로 아버지와 아들 사이에 다툴 위험이 있다는 것 외에 다른 슬픔은 없다고 거듭 말할 뿐이었다.

"당신은 로스토프가에 대해 들었나요?" 그녀가 화제를 바꾸려는 듯 물었다. "그분들이 곧 온다는 말을 들었어요. 나 역시 **앙드레**를 매일같이 기다리고 있어요. 그들이 이곳에서 만나게 되면 좋을 텐데요."

"그런데 그분은 지금 이 일을 어떻게 보고 계십니까?" 피에르는 **그분**이라는 말로 노공작을 가리키며 물었다. 마리야 공작 영애는 고개를 저었다.

"하지만 어쩌겠어요? 한 해를 채우기까지 겨우 몇 달밖에 남지 않았어요. 그 후에는 그 일이 일어나지 않을 수 없어요. 난 그저 오빠를 처음 몇 분간이라도 벗어나게 해 주고 싶을 뿐이에요. 그분들이 어서 왔으면 싶어요. 그녀를 만나고 싶어요……. 당신은 오래전부터 그분들을 알잖아요." 마리야 공작 영애가 말했다. "가슴에 손을 얹고 오직 참된 진실만을 말해 주세요. 그녀는 어떤 아가씨인가요? 당신은 그녀를 어떻게 생각하세요? 단, 진실만요. 당신도 알다시피 안드레이가 아버지의 뜻을 거스르면서까지 이렇게 할 때는 대단히 많은 위험을 무릅쓰는 거니까요. 그래서 나도 알고 싶어요……."

어렴풋한 본능은 **진실만**을 말해 달라는 이런 조건과 거듭 되풀이되는 요청 속에 미래의 올케에 대한 마리야 공작 영애의 악의가 드러나 있다고, 그녀는 피에르가 안드레이 공작의 선택에 찬성하지 않기를 바라고 있다고 피에르에게 말했다. 그러나 피에르는 생각한 것이라기보다는 차라리 느낀 것을 말했다.

"당신의 질문에 어떻게 대답해야 할지 모르겠군요." 그는 스스로도 이유를 모른 채 얼굴을 붉히면서 말했다. "난 그녀가 어떤 아가씨인지 확실히는 모릅니다. 그녀는 도저히 분석이 안 됩니다. 그녀는 매혹적이에요. 하지만 왜 그런지는 모릅니다. 이게 그녀에 대해 말할 수 있는 전부입니다." 마리야 공작 영애는 한숨을 쉬었다. 그녀의 표정이 말했다. '네, 나도 그럴 거라 예상했고, 그 점을 두려워했어요.'

'지적인 여성인가요?' 마리야 공작 영애가 물었다. 피에르는 생각에 잠겼다.

"그렇지는 않다고 생각합니다." 그가 말했다. "하지만 그렇기도 합니다. 그녀는 지적인 여성이 되는 것엔 관심이 없습니다……. 아, 아닙니다, 그녀는 매혹적이에요. 그게 전부입니다." 마리야 공작 영애는 다시 못마땅한 듯 고개를 저었다.

"아, 난 그녀를 정말 사랑하고 싶어요! 만약 당신이 나보다 먼저 그녀를 보게 되면 이 말을 해 주세요."

"조만간 그들이 올 거라고 들었습니다." 피에르가 말했다.

마리야 공작 영애는 로스토프가 사람들이 도착하면 미래의 올케와 친해지고, 노공작이 그녀에게 친숙함을 느끼도록 노력하겠다며 피에르에게 자신의 계획을 알려 주었다.

5

보리스는 페테르부르크에서 부유한 신붓감과 결혼하는 데 실패했다. 그래서 같은 목적으로 모스크바에 왔다. 모스크바에서 보리스는 가장 부유한 신붓감인 줄리와 마리야 공작 영애 사이에서 망설였다. 그에게는 마리야 공작 영애가 비록 아름답지 않아도 줄리보다 더 매력적으로 보였다. 하지만 왠지 볼콘스카야에게 구애하는 게 거북했다. 지난번 노공작의 명명일에 그녀를 만났을 때 그는 감정에 대한 이야기를 꺼내려고 계속 시도했지만 그녀는 번번이 엉뚱한 대답만 하고 그의 말은 듣지도 않는 것 같았다.

그와 반대로 줄리는 그녀만의 독특한 방식을 통해서이긴 하지만 그의 구애를 기꺼이 받아 주었다.

줄리는 스물일곱 살이었다. 오빠들이 죽은 후에 그녀는 아주 부유해졌다. 그녀는 이제 조금도 아름답지 않았다. 그러나 자신이 여전히 예쁠 뿐 아니라 예전보다 훨씬 더 매력적이라고 생각했다. 그녀가 이런 착각에 계속 빠져 있을 수 있었던 것은 첫째로 그녀가 매우 부유한 신붓감이 되었기 때문이고, 둘째로 그녀가 점점 나이 들수록, 남자들에게 덜 위험한 존재가 될수록 남자들이 그녀를 좀 더 자유롭게 대했으며 아무런 의무도 떠맡지 않은 채 그녀의 집에서 열리는 저녁 식사와 야회와 활기찬 모임을 좀 더 자유롭게 즐겼기 때문이다. 10년 전이었다면 열일곱 살 아가씨가 있는 집에는 그 아가씨의 평판을 해칠까 봐, 또 그 자신이 속박을 당할까 봐 매일 드나드는 것을 주저했을 남자들이 이제는 매일같이 그녀의 집을 드나들며 신붓감 아가씨가 아니라 성별이 없는 지인으로 그녀를 대했다.

카라긴가의 저택은 올겨울 모스크바에서 가장 즐겁고 가장 손님 접대를 잘하는 집이었다. 카라긴가에서는 초대받은 손님들을 위한 야회와 만찬 이외에도 큰 모임, 특히 자정에 밤참을 먹고 새벽 3시까지 눌러앉아 있던 남자들의 모임이 열리곤 했다. 줄리가 빠지는 무도회와 연극과 산책은 없었다. 그녀의 몸치장은 언제나 최신식이었다. 하지만 그럼에도 줄리는 모든 것에 환멸을 느낀 것처럼 보였고, 누구에게나 자신은 우정도 사랑도 삶의 어떤 기쁨도 믿지 않으며 오직 **저곳**에서의 평안을 기다릴 뿐이라고 말했다. 그녀는 큰 환멸을 겪은 아가씨, 사랑하는 남자를 잃었거나 그 남자에게 잔인하게 배반당한 듯한 아가씨의 태도를 터득했다. 그 비슷한 어떤 일도 그녀에게 일어나지 않았지만 사람들은 그녀를 그런 아가씨로 바라보았다. 그녀 자신이 심지어 인생에서 많은 피로움을 겪었다고 믿었다. 그녀가 즐겁게 지내는 것을 방해하지 않던 이 멜랑콜리는 그녀의 집에 오는 젊은 사람들이 유쾌한 시간을 보내는 것을 방해하지 않았다. 손님들은 저마다 여주인의 멜랑콜리한 기분에 대해 빚을 갚은 다음 사교계의 화제에도 춤에도 두뇌 게임에도 카라긴가에서 유행하던 부리메* 시합에도 몰두했다. 몇몇 젊은 사람들만 줄리의 멜랑콜리한 기분을 좀 더 깊이 파고들었다. 보리스도 그들 가운데 한 명이었다. 줄리는 그 젊은이들과 모든 속세의 허무함에 대해 더 내밀한 대화를 오랫동안 나누었고,

그들에게 슬픈 그림과 격언과 시로 가득한 자신의 앨범을 펼쳐 보이곤 했다.

줄리는 보리스에게 특히 상냥했다. 그녀는 인생에 대한 그의 때 이른 환멸을 안타까워했고, 자신도 삶의 괴로움을 너무나 많이 겪었기에 힘닿는 한 우정의 위로를 베풀며 그에게 자신의 앨범을 펼쳐 보였다. 보리스는 그녀의 앨범에 나무 두 그루를 그린 뒤 이렇게 썼다. "전원의 나무들이여, 너희의 검은 가지들이 내게 어둠과 멜랑콜리를 떨구는구나."

다른 자리에는 묘지 하나를 그리고 이렇게 썼다.

죽음이 구원이고 죽음이 평안이다.
오! 고통을 피할 다른 은신처는 없도다.

줄리는 그것이 매력적이라고 말했다.

"멜랑콜리의 미소에는 한없이 매혹적인 무언가가 있어요!" 그녀는 자신이 책에서 발췌한 부분을 한 글자도 바꾸지 않고 보리스에게 말했다.

"그것은 어둠 속에 깃든 한 줄기 빛, 위로의 가능성을 가리키는 슬픔과 절망 사이의 색조다."

이에 대해 보리스는 그녀에게 시를 써 주었다.

지나치게 감성적인 영혼에는 독이 되는 양식,
그대, 그대 없는 행복은 내게 불가능하리니,
부드러운 멜랑콜리여, 오, 나를 위로하러 오라.
오라, 내 음울한 고독의 괴로움을 달래고
흐르는 감촉이 느껴지는 이 눈물에

은밀한 달콤함을 더해 다오.

줄리는 보리스를 위해 하프로 이루 말할 수 없이 슬픈 녹턴을 연주했다. 보리스는 그녀에게 「가여운 리자」*를 소리 내어 읽어 주다가 숨이 막힐 듯한 흥분으로 여러 번 낭독을 중단했다. 큰 모임에서 마주칠 때면 줄리와 보리스는 무심한 사람들의 바다에서 서로를 이해하는 유일한 존재인 양 서로를 바라보았다.

카라긴가를 빈번히 드나들던 안나 미하일로브나는 줄리의 어머니와 카드놀이를 하는 한편으로 줄리가 받을 재산을 확실하게 조사했다. (줄리가 물려받을 재산은 펜자의 영지 두 곳과 니제고로드의 산림이었다.) 하느님의 뜻에 헌신하는 마음으로 안나 미하일로브나는 자기 아들과 부유한 줄리를 엮어 준 그 세련된 슬픔을 자애로운 눈길로 바라보았다.

그녀는 줄리에게 이렇게 말했다. **"여전히 매력적이고 멜랑콜리하구나, 우리 사랑스러운 줄리."** 그리고 어머니에게는 이렇게 말했다. **"보리스가 당신 집에 있으면 영혼의 안식을 얻는다고 하네요. 그 애가 너무 많은 환멸을 겪더니 무척 감상적이 되었어요."**

"아, 애야, 난 요즘 줄리에게 무척 애착을 느낀다." 그녀는 아들에게 말했다. "네게 말로 표현할 수가 없어! 그래, 누가 그 애를 사랑하지 않을 수 있겠니? 그 애는 정말 지상의 존재가 아니야! 아, 보리스, 보리스!" 그녀는 잠시 침묵했다. "그리고 그 애 **엄마가** 얼마나 불쌍한지!" 그녀는 말을 계속했다. "오늘은 내게 펜자에서 온 결산 보고서와 편지를 보여 주더구나. (그들에겐 거대한 영지가 있어.) 그녀는 가엾게도 모든 걸 혼자 직접 다 하잖니. 그러니 그렇게 속고 사는 거야!"

보리스는 어머니의 말에 보일 듯 말 듯 옅은 미소를 지었다. 그는 어머니의 순박한 잔꾀를 부드럽게 비웃었지만 그녀의 말에 귀를 기울이며 이따금 펜자와 니제고로드 영지에 대해 신중히 이것저것 캐물었다.

줄리는 벌써 오래전부터 받아들일 준비를 하고 멜랑콜리한 숭배자의 청혼을 기다리고 있었다. 그러나 그녀에 대한, 결혼하고 싶어 하는 그녀의 열망에 대한, 그녀의 부자연스러움에 대한 은밀한 혐오감과 진정한 사랑의 가능성을 단념해야 한다는 두려움이 여전히 보리스를 막았다. 휴가 기간이 어느덧 끝나 가고 있었다. 온종일, 그리고 하루도 쉬지 않고 그는 카라긴가에서 시간을 보냈고, 매일같이 자신과 논하며 내일은 청혼하리라 다짐했다. 그러나 줄리 앞에서 그녀의 붉은 얼굴과 덕지덕지 분칠한 턱, 촉촉한 눈과 멜랑콜리에서 결혼의 행복이라는 부자연스러운 희열로 당장이라도 옮겨 갈 각오가 되어 있음을 드러내던 얼굴 표정을 보면 보리스는 결정적인 말을 입 밖에 낼 수가 없었다. 이미 오래전부터 상상 속에서는 자신을 펜자와 니제고로드 영지의 주인으로 여기고 그 수입의 용도까지 정해 놓았으면서도 말이다. 줄리는 보리스가 주저하는 것을 보며 이따금 그가 자기를 싫어한다는 생각이 뇌리를 스치기도 했다. 하지만 이내 여성 특유의 자아도취가 그녀에게 위안을 주었고, 그녀는 그가 사랑 때문에 부끄러워하는 것이라고 스스로에게 말했다. 그럼에도 그녀의 멜랑콜리는 조금씩 초조함으로 바뀌기 시작했다. 보리스가 떠나기 얼마 전, 그녀는 과감한 계획에 착수했다. 보리스의 휴가 기간이 끝나 가던 바로 그때 모스크바에, 물론 카라긴가의 응접실에 아나톨 쿠라긴이 나타났다. 그러자 줄리는 돌연 멜랑콜리를 버리고 아주 명랑해져서 쿠라긴에게 관심을 보이기 시작했다.

"얘야." 안나 미하일로브나가 아들에게 말했다. "**믿을 만한 소**

식통에게서 들었는데 바실리 공작이 아들을 보낸 이유가 줄리와 결혼시키기 위해서란다. 내가 줄리를 몹시 사랑하다 보니 그 애가 아쉬울 것 같구나. 애야, 네 생각은 어때?" 안나 미하일로브나가 말했다.

한 방 먹었다는, 줄리 옆에서 괴로운 멜랑콜리 근무로 한 달을 허비했다는, 자신이 상상 속에서 벌써 배분하고 적절히 사용하기까지 한 펜자 영지의 모든 수입이 다른 남자의 손에, 특히 멍청한 아나톨의 손안에 들어가는 꼴을 보고 있다는 생각이 보리스에게 모욕감을 안겼다. 그는 청혼하겠다는 결연한 마음을 품고 카라긴가로 갔다. 줄리는 명랑하고 무심한 표정으로 그를 맞더니 전날의 무도회에서 얼마나 즐거웠는지 태연하게 이야기하며 언제 가느냐고 물었다. 자신의 사랑을 말할 계획으로 왔으니 부드럽게 대하기로 작정했음에도 보리스는 여자의 변덕에 대해 화를 내며 말하기 시작했다. 여자들이 슬픔에서 기쁨으로 얼마나 가볍게 건너갈 수 있는지에 대해, 또 여자들의 기분은 오직 누가 자기들에게 구애하느냐에 달려 있음에 대해 말했다. 줄리는 화를 내면서 그것은 사실이라고, 여자들에게는 변화가 필요하다고, 누구든 항상 똑같은 것에는 질리기 마련이라고 말했다.

"그렇다면 당신에게 충고를 할까요……." 보리스는 그녀에게 독설을 던지려고 입을 열었다. 하지만 그 순간 목적을 이루지 못하고 자신의 수고만 헛되이 낭비한 채 (어떤 경우에도 그에겐 결코 없던 일이다) 모스크바를 떠날 수도 있다는 모욕적인 생각이 뇌리를 스쳤다. 그는 도중에 말을 멈추고, 불쾌한 짜증과 망설임이 뒤섞인 그녀의 얼굴을 보지 않으려고 눈을 내리깔면서 말했다. "결코 당신과 싸우려고 여기에 온 것이 아닙니다. 오히려……." 그는 말을 계속해도 될지 확인하기 위해 그녀를 흘깃 쳐다보았다.

갑자기 그녀에게서 짜증이 싹 사라지고 불안하게 갈구하는 눈동자가 탐욕스러운 기대를 드러냈다. '난 이 여자를 가끔만 만나도록 생활을 조정할 수 있어.' 보리스는 생각했다. '일단 시작된 일이니 이루어져야 해!' 그는 얼굴을 확 붉히고 그녀에게 눈을 들고는 말했다. "당신은 당신을 향한 내 감정을 알지 않습니까!" 더 이상 말할 필요가 없었다. 줄리의 얼굴이 승리감과 자기만족으로 환하게 빛났다. 그러나 그녀는 보리스에게 이런 경우 나와야 할 말을 다 쏟아 내게 했다. 그녀를 사랑한다고, 그녀보다 사랑한 여자는 결코 단 한 명도 없었다고 말하게 만들었다. 그녀는 펜자의 영지와 니제고로드의 산림에 대한 대가로 이를 요구할 수 있다는 점을 알았고, 자신이 요구한 것을 받아 냈다.

예비부부는 자신들에게 어둠과 멜랑콜리를 흩뿌리던 나무들에 대해 더 이상 언급하지 않았다. 그들은 페테르부르크에 있는 화려한 저택을 다시 꾸밀 계획을 세우고 여기저기 방문하면서 화려한 결혼을 위한 모든 준비를 해 나갔다.

6

　일리야 안드레이치 백작은 1월 말에 나타샤와 소냐를 데리고 모스크바에 왔다. 백작 부인은 건강이 계속 좋지 않아 길을 나설 수 없었는데 그녀가 회복되기를 마냥 기다리고 있을 수는 없었다. 그들은 모스크바에서 매일같이 안드레이 공작을 기다렸다. 그 밖에도 혼수품을 사야 했고, 모스크바 근교의 영지를 매각해야 했으며, 노공작이 모스크바에 있을 때를 이용해 미래의 며느리를 소개해야 했다. 로스토프가의 모스크바 저택은 난방을 해 두지 않은 상태였다. 게다가 짧은 일정이었고 백작 부인도 함께 오지 않았다. 그래서 일리야 안드레이치는 모스크바에 있는 동안 오래전부터 따뜻이 맞아 주겠다고 제안한 마리야 드미트리예브나 아흐로시모바의 집에 머물기로 결정했다.

　늦은 밤 로스토프가의 썰매 네 대가 스타라야 코뉴셴나야 거리에 있는 마리야 드미트리예브나의 집 안마당에 들어섰다. 마리야 드미트리예브나는 혼자 살고 있었다. 딸은 시집보냈고, 아들들은 모두 군대에 있었다.

　그녀는 여전히 거침없이 행동했고, 자기 의견을 모든 사람들에게 거리낌 없이 큰 소리로 단호하게 말했다. 그 가능성을 용납하지 않던 다른 사람들의 온갖 약점과 욕망과 열정을 자신의 온 존재로 비난하는 것 같았다. 이른 아침부터 그녀는 카차베이카를 걸치고 집안 살림을 돌보았고, 축일마다 아침 예배를 보러 가고 예배 후에는 감옥들에 갔다. 누구에게도 말하지 않던 일들이 그곳에서 있었다. 평일에는 옷을 입고 나서 매일같이 그녀를 찾아오던 다양한 계층의 청원자들을 집에서 맞은 뒤에 만찬을 들었다. 풍족하고 맛있는 만찬 자리에는 언제나 서너 명의 손님이 있었다. 식사 후에는 보스턴 게임을 했다. 밤에는 신문과 새로 나온 책들을 자신에게 읽어 주게 하고 본인은 뜨개질을 했다. 아주 간혹 외출하기도 했는데, 그런 경우에는 도시에서 가장 중요한 인물들의 집만 찾았다.

로스토프가 사람들이 도착하고 현관방 문이 도르래 위에서 삐걱거리며 추위에 떨던 로스토프가 사람들과 그 하인들을 안으로 들일 때 그녀는 아직 잠자리에 들지 않은 상태였다. 마리야 드미트리예브나는 안경을 코에 걸치고 고개를 뒤로 젖힌 채 홀 문가에 서서 들어오는 사람들을 엄하고 성난 표정으로 바라보았다. 그녀가 그때 손님들과 그들의 물건을 어느 방으로 들일지 하인들에게 꼼꼼히 지시하지 않았다면 그녀가 손님들에게 격분해서 당장 내쫓을 것이라고 생각할 수 있었을 것이다.

"백작의 것인가? 이쪽으로 갖다 놓게." 그녀는 누구와도 인사를 나누지 않고 여행 가방들을 가리키며 말했다. "아가씨들은 여기 왼쪽으로. 아니, 너희들은 뭘 알랑거리고 있어!" 그녀가 하녀들에게 고함쳤다. "사모바르를 데워! 통통해지고 예뻐졌구나." 그녀는 추위로 얼굴이 발그레해진 나타샤의 모자를 잡아 끌어당기며 말했다. "이런, 몸이 차구나! 얼른 외투를 벗게." 그녀는 손에 입을 맞추려고 다가오려던 백작에게 소리쳤다. "아마 몸이 꽁꽁 얼었을 게야. 럼주가 든 차를 드려! 소뉴시카, **봉주르**." 그녀는 프랑스어 인사말로 소냐에 대한 다소 경멸이 섞인 다정한 태도에 미묘한 느낌을 더하며 그녀에게 말했다.

다들 외투를 벗고 길을 오느라 흐트러진 옷매무새를 단정히 한 후 차를 마시러 오자 마리야 드미트리예브나는 모두에게 차례로 입을 맞추었다.

"자네들이 와서 내 집에 머물러 주니 진심으로 기쁘네." 그녀가 말했다. "진작 왔어야지!" 그녀는 나타샤를 의미심장하게 쳐다보며 말했다…… "그 노인네는 여기 있네. 매일매일 아들을 기다리고 있지. 그와 친해져야 해. 그래야만 해. 음, 그래 이 문제는 나중에 얘기하지." 그녀는 소냐 앞에서 이 문제는 말하고 싶지 않다는 뜻을 드러내던 눈길로 그녀를 돌아보고 덧붙였다. "자, 들어 보게." 그녀는 백작을 돌아보았다. "내일 자네는 무엇을 해야 하나? 누굴 부르러 사람을 보낼 텐가? 신신?" 그녀는 손가락 하나를 꼽았다. "울보 안나 미하일로브나. 둘이군. 그녀는 아들과 이곳에 있네. 아들 녀석이 결혼하거든! 그다음에는 베주호프를 부를 건가? 그도 이곳에 아내와 함께 있네. 그는 아내에게서 도망쳐 왔는데 그녀가 그를 쫓아 달려왔지. 그는 수요일에 내 집에서 식사를 했네. 아, 저 애들을 내일 이베르스카야 예배당에 데려가겠네." 그녀는 아가씨들을 가리키며 말했다. "그다음에는 오베르 셸마에게도 들를 걸세. 아마 다 새로 장만하겠지? 날 따라 하지 말거라. 요즘은 소매가 이 모양이라니까! 며칠 전에 젊은 이리나 바실리예브나 공작 영애가 우리 집에 왔지. 보는 게 끔찍했어. 양팔에 작은 나무통을 하나씩 끼고 있는 꼴이었단다. 정말 요즘은 자고 나면 새로운 유행이 나온다니까. 그래, 자네의 볼일은 뭔가?" 그녀가 엄한 표정으로 백작을 돌아보았다.

"일이 갑자기 한꺼번에 몰렸습니다." 백작이 대답했다. "넝마*도 사야 하고, 마침 모스크바 근교의 영지와 저택을 사겠다는 사람도 있어서요. 제게 친절을 베풀어 주신다면 때를 골라 하루 일정으로 마리인스코예에 다녀올까 합니다. 애들은 당신에게 던져 놓고요."

"좋네, 좋아. 우리 집에 있으면 아무 일 없을 거야. 우리 집은 후원위원회 같은 곳이니까. 이 애들이 가야 하는 곳엔 내가 데리고 가겠네. 꾸짖고 예뻐해 주지." 마리야 드미트리예브나는 대녀(代女)인 나타샤의 뺨을 큰 손으로 가볍게 어루만지며 말했다.

다음 날 아침 마리야 드미트리예브나는 아가씨들을 이베르스카야 예배당으로, 마담 오베르 샬메*에게로 실어 날랐다. 그녀는 마리야 드미트리예브나를 너무나 무서워해서 오로지 얼른 쫓아내겠다는 생각으로 늘 손해를 보며 옷을 넘겼다. 마리야 드미트리예브나는 거의 모든 혼수품을 주문했다. 집에 돌아오자 그녀는 나타샤를 제외한 모두를 방에서 내쫓고 사랑하는 아이를 자기 안락의자로 가까이 불렀다.

"자, 이제 얘기해 보자. 약혼자가 생긴 걸 축하한다. 훌륭한 젊은이를 손에 넣었어! 너 때문에 기쁘구나. 난 그 애를 이만할 때부터 (그녀는 바닥에서 1아르신 높이를 가리켰다) 알아." 나타샤는 기쁨으로 얼굴을 붉혔다. "난 그와 그의 가족 모두를 사랑해. 자, 잘 들어라. 니콜라이 공작 영감이 아들이 결혼하는 걸 몹시 달가워하지 않는 건 네가 잘 알지. 완고한 노인네야! 물론 안드레이 공작은 어린애가 아니니 그 문제야 아버지의 허락 없이도 잘 해결되겠지. 하지만 뜻을 거스르며 가족이 되는 것은 좋지 않아. 평화롭게 애정으로 해결해야 해. 넌 똑똑한 아이니까 바람직하게 잘해 나갈 게야. 똑똑하게 잘 풀어 나가거라. 그럼 다 잘될 게야."

나타샤는 입을 다물고 있었다. 마리야 드미트리예브나는 수줍어서라고 생각했지만 사실 나타샤는 자신과 안드레이 공작의 사랑 문제를 간섭받는 것이 불쾌했다. 그녀에게 그 사랑은 모든 인간사와 동떨어진 아주 특별한 것으로 생각되어, 그녀가 이해하는 바로는 아무도 이해할 수 없었다. 그녀는 안드레이 공작 한 사람만을 사랑하고 알았다. 그는 그녀를 사랑하므로 조만간 와서 그녀를 데려가야 했다. 그것 말곤 그녀에게는 더 이상 아무것도 필요하지 않았다.

　"보다시피 난 오래전부터 그를 알아. 네 시누이 마셴카도 사랑한다. 시누이는 몽둥이라고 하지만, 그 애는 파리 한 마리도 괴롭히지 않아. 그 애가 나에게 너를 만나게 해 달라고 부탁했어. 너는 내일 아버지와 함께 그 애를 만나러 가게 될 거다. 예쁘게 귀여움을 떨고 와. 넌 그 애보다 어리잖니. 네 약혼자가 돌아올 때면 넌 이미 시누이와 시아버지를 잘 알고, 그들의 사랑을 받고 있을 거야. 그렇지 않니? 그러는 편이 낫겠지?"

　"낫겠죠." 나타샤는 마지못해 대꾸했다.

7

다음 날 일리야 안드레이치 백작은 마리야 드미트리예브나의 조언에 따라 나타샤와 함께 니콜라이 안드레이치 공작을 찾아갔다. 백작은 즐겁지 않은 기분으로 이 방문을 준비했다. 두려운 마음이었다. 민병대를 편성할 때의 마지막 만남이 백작의 기억에 남아 있었던 것이다. 그때 백작은 만찬 초대에 대한 답으로 인원 부족을 나무라는 불같은 질책을 들었다. 그와 반대로 나타샤는 가장 좋은 옷을 입고 더할 나위 없이 즐거운 기분에 젖어 있었다. '그 사람들이 날 사랑하지 않을 리 없어.' 그녀는 생각했다. '모두가 날 사랑해 주었잖아. 나도 그 사람들을 위해 그들이 바라는 것은 무엇이든 할 준비가 되어 있어. 그의 아버지이고 여동생이니까 그들을 사랑하겠다는 각오도 했고. 그러니 그들이 날 사랑하지 않을 이유가 없어!'

그들은 브즈드비젠카 거리에 있는 음침한 고택에 도착해서 현관으로 들어갔다.

"주여, 축복하소서!" 백작은 농담 반 진담 반으로 중얼거렸다. 그러나 나타샤는 아버지가 현관방에 들어가며 허둥대기 시작하더니 공작과 공작 영애가 집에 있는지 소심하게 조용히 묻는 것을 보았다. 그들의 방문에 공작의 하인들이 당황했다. 그들의 방문을 알리러 달려가던 하인은 홀에서 다른 하인에게 제지를 받았고, 두 사람은 무언가에 대해 수군거렸다. 또 젊은 하녀가 홀로 뛰어나와 공작 영애를 언급하며 황급히 뭐라고 말했다. 마침내 성난 표정의 늙은 하인이 나와서 공작은 응대할 수 없고 공작 영애가 손님들을 자기 방으로 청했다고 로스토프 부녀에게 알려 주었다. **마드무아젤 부리엔**이 가장 먼저 나와 손님을 맞았다. 그녀는 매우 정중하게 아버지와 딸을 맞이한 뒤 공작 영애에게 안내했다. 공작 영애는 붉은 반점에 뒤덮인, 흥분과 두려움이 어린 얼굴로 무거운 걸음을 옮기며 달려 나와 손님을 맞으면서 격의 없이 친절한 태도를 보이려고 애썼다. 마리야 공작 영애는 첫눈에 나타샤가 마음에 들지 않았다. 그녀의 눈에 나타샤는 지나치게 화려하고 경박할 정도로 명랑하고 허영에 찬 것으로 보였다. 나타샤의 아름다움과 젊음과 행복에 대한 무의식적인 질투와 오빠의 사랑에 대한 시샘으로 자신이 미래의 올케를 만나기 전부터 이미 반감을 품었다는 것을, 마리야 공작 영애는 알지 못했다. 나타샤를 향한 억누를 수 없는 반감 외에도 그 순간 마리야 공작 영애가 흥분한 이유는 또 있었다. 로스토프 부녀의 방문을 보고받았을 때 공작이 자기는 그들을 만날 필요가 없다고, 만약 마리야 공작 영애가 원한다면 맞이하게 내버려 두겠지만 자기 방에는 들여보내지 말라고 소리쳤던 것이다. 마리야 공작 영애는 로스토프 부녀를 맞이하기로 결심했지만 그들의 방문에 흥분한 공작이 무슨 무례한 행동을 하지나 않을까 매 순간 마음을 졸였다.

"친애하는 공작 영애, 노래에 환장한 내 딸아이를 이렇게 데려왔습니다." 백작은 한 발을 뒤로 빼고 정중히 인사하면서 노공작이 들어올까 봐 두려운 듯 불안하게 주위를 두리번거리며 말했다.

"두 사람이 인사를 나누게 되어 무척 기쁩니다. 공작의 몸이 계속 안 좋으시다니 유감입니다, 유감이에요." 그는 상투적인 말을 몇 마디 더 늘어놓은 후 자리에서 일어섰다. "공작 영애, 15분 동안 우리 나타샤를 맡겨도 좋다면 나는 여기서 두어 발짝 떨어진 소바치야 플로샷카의 안나 세묘노브나에게 다녀올까 합니다."

일리야 안드레이치가 이 외교적 술책을 궁리해 낸 것은 (나중에 딸에게 말했듯이) 미래의 시누이에게 올케와 서로 얘기할 기회를 주기 위해서였고, 또한 자신이 두려워하던 공작과 마주칠 가능성을 피하기 위해서였다. 그는 이 사실을 딸에게 말하지 않았지만 나타샤는 아버지의 두려움과 불안을 깨닫고 모욕감을 느꼈다. 그녀는 아버지 때문에 얼굴을 붉혔고, 자신이 얼굴을 붉힌 것 때문에 더 화가 났다. 그래서 자신은 아무도 두려워하지 않는다고 말하던 대담하고 도전적인 시선으로 공작 영애를 쳐다보았다. 공작 영애가 백작에게 자신은 무척 기쁘며 안나 세묘노브나 댁에 더 오래 계셔 주시기만을 부탁드린다고 말하자 일리야 안드레이치는 떠났다.

나타샤와 단둘이 대화를 나누기를 바라던 마리야 공작 영애가 불안한 눈길을 던지는데도 **마드무아젤 부리엔**은 방에서 나가지 않고 모스크바의 오락거리와 연극 얘기를 꿋꿋하게 이어 나갔다. 나타샤는 현관방에서 일어난 소동과, 아버지의 불안과, 그녀가 느끼기에 은혜를 베풀어 자신을 맞아 준 것 같은 공작 영애의 부자연스러운 태도에 모욕을 느꼈다. 그래서 모든 것이 불쾌했다. 그녀는 마리야 공작 영애가 마음에 들지 않았다. 나타샤가 보기에 그녀는 너무 못생기고 위선적이고 무뚝뚝한 것 같았다. 나타샤는 갑자기 정신적으로 움츠러들어 자기도 모르게 될 대로 되라는 태도를 취했고, 그 바람에 그녀와 마리야 공작 영애 사이가 더욱 벌어지고 말았다. 괴롭고 위선적인 대화가 5분간 이어진 후 슬리퍼를 신은 발걸음이 빠르게 다가오는 소리가 들렸다. 마리야 공작 영애의 얼굴에 경악하는 빛이 떠오르고, 문이 열리고, 하얀 나이트캡과 할라트 차림을 한 공작이 들어왔다.

"아, 아가씨." 그가 말을 시작했다. "아가씨, 백작 영애…… 내가 실수한 게 아니라면 로스토바 백작 영애구려……. 용서를 구하오, 용서를……. 난 몰랐다오, 아가씨. 하느님이 보시다시피 난 당신이 우리를 방문해 주신 줄도 모르고 이런 차림으로 딸에게 들렀소. 용서를 구하오……. 하느님이 보시다시피 난 몰랐소." 그가 '하느님'이란 말을 강조하며 너무도 부자연스럽게, 너무도 불쾌하게 똑같은 말을 되풀이하는 바람에 마리야 공작 영애는 차마 아버지도 나타샤도 쳐다보지 못한 채 눈을 내리깔고 서 있었다. 나타샤는 일어나 무릎을 굽혀 인사하고는 또한 어떻게 해야 할지 몰랐다. **마드무아젤 부리엔**만 즐거운 미소를 지었다.

"용서를 구하오! 용서하시오! 하느님이 보시다시피 난 정말 몰랐소." 노인은 우물우물 말하고는 나타샤를 머리부터 발끝까지 훑어보고 나서 방을 나갔다. **마드무아젤 부리엔**이 이 출현 후 제일 먼저 정신을 차리고 공작의 좋지 않은 건강을 알려 주었다. 나타샤와 마리야 공작 영애는 말없이 서로를 바라보았다. 그들은 입 밖에 내어 말해야 할 것을 말하지 않은 채 조용히 서로를 바라보며 서로에 대해 더더욱 나쁘게 생각하게 되었다.

백작이 돌아오자 나타샤는 무례할 정도로 그를 반기며 서둘러 떠날 채비를 했다. 그 순간 그녀는 자신을 그런 거북한 상황에 몰아넣으며 안드레이 공작에 대해선 한마디도 하지 않고 30분을 보낼 수 있었던 그 나이 많고 무뚝뚝한 공작 영애를 증오하다시피 했다. '그 프랑스 여자 앞에서 내가 먼저 그에 대해 말을 꺼낼 수는 없는 거였잖아.' 나타샤는 생각했다. 한편 마리야 공작 영애 역시 똑같은 생각으로 괴로웠다. 그녀는 나타샤에게 무슨 말을 해야 하는지 알았지만 그렇게 할 수가 없었다. **마드무아젤 부리엔**이 방해하기도 했지만, 그녀 자신이 이 결혼에 대한 말을 꺼내기가 왜 그토록 힘겨웠는지 이유를 몰랐다. 백작이 방을 나서려던 순간, 마리야 공작 영애가 빠른 걸음으로 나타샤에게 다가가 손을 잡더니 무겁게 한숨을 쉬고는 말했다. "잠깐만요, 할 말이⋯⋯." 나타샤는 무엇에 대한 조롱인지 스스로도 모르면서 조롱하는 눈길로 마리야 공작 영애를 바라보았다.

"사랑하는 나탈리." 마리야 공작 영애가 말했다. "오빠가 행복을 찾게 되어 내가 기뻐하고 있다는 걸 알아줘요⋯⋯." 그녀는 자신이 거짓말하고 있음을 느끼며 말을 멈췄다. 나타샤는 그 머뭇거림을 알아채고 이유를 짐작했다.

"지금은 그런 말을 하기에 적당한 때가 아니라고 생각해요, 공작 영애." 나타샤는 겉으론 품위와 냉정을 유지하며, 그리고 눈물로 목이 메는 것을 느끼며 말했다.

'내가 무슨 말을 한 거야, 내가 무슨 짓을 한 거지!' 방을 나서자마자 그녀는 생각했다.

그날 사람들은 나타샤가 식사 자리에 나타나기를 오래도록 기다렸다. 하지만 그녀는 자기 방에 앉아 어린아이처럼 코를 풀며 흐느껴 울었다. 소냐가 그녀를 내려다보고 서서 머리카락에 입을 맞추었다.

"나타샤, 왜 그래?" 그녀가 말했다. "뭣 때문에 그 사람들에게 신경을 써? 다 지나갈 일이야, 나타샤."

"아니, 얼마나 모욕적이었는지 네가 알면⋯⋯. 마치 내가⋯⋯."

"말하지 마, 나타샤. 네 잘못이 아니잖아. 그러니까 뭐 하러 신경을 써? 나에게 입 맞춰 줘." 소냐가 말했다.

나타샤는 고개를 들어 친구의 입술에 입을 맞추고 젖은 얼굴을 그녀의 품에 묻었다.

"말을 못하겠어. 모르겠어. 누구의 잘못도 아니야." 나타샤가 말했다. "내 잘못이야. 하지만 이 모든 게 너무 마음 아파. 아, 그 사람은 왜 오지 않는 걸까……!"

그녀는 붉게 충혈된 눈으로 식사 자리에 나왔다. 공작이 로스토프 부녀를 어떻게 맞이했는지 알고 있던 마리야 드미트리예브나는 나타샤의 낙심한 얼굴을 알아채지 못한 척하면서 식사하는 동안 백작과 다른 손님들과 더불어 꿋꿋하게 또 큰 소리로 농담을 주고받았다.

8

그날 밤 로스토프가 사람들은 마리야 드미트리예브나가 표를 구해 준 오페라를 보러 갔다. 나타샤는 가고 싶지 않았지만 마리야 드미트리예브나가 특별히 자기를 위해 베푼 친절을 거절할 수가 없었다. 그녀는 옷을 입고 홀로 나와 아버지를 기다리다가 큰 거울에 비춰 본 자신의 모습이 아름다운 것, 그것도 아주 아름다운 것을 보고는 더한층 서글픈 생각이 들었다. 하지만 달콤하고 사랑스러운 슬픔이었다.

'아, 하느님! 만약 그가 이곳에 있다면 난 앞서 그 바보처럼 겁을 먹은 모습이 아니라 꾸밈없는 새로운 모습으로 그를 껴안을 텐데. 그에게 꼭 기대어, 그가 나를 바라볼 때 그토록 자주 보여 주던 그 찾는 듯한 호기심 어린 눈동자로 나를 바라보게 할 텐데. 그런 다음에는 그때처럼 그를 소리 내어 웃게 할 텐데. 그의 눈동자, 그 눈동자가 보여!' 나타샤는 생각했다. '그의 아버지와 여동생이 나와 무슨 상관이야. 난 오직 그만을 사랑해. 그 얼굴과 눈동자, 남자다우면서도 어린아이 같은 미소를 가진 그를, 그만을 사랑해…… 아냐, 그에 대해선 생각하지 않는 편이 나아. 생각하지 말고 잊는 편이, 당분간은 완전히 잊어버리는 편이 좋겠어. 난 이 기다림을 견디지 못할 거야. 당장이라도 눈물이 쏟아질 것만 같아.' 그녀는 울지 않으려고 자신을 억누르며 거울에서 물러났다. '소냐는 어쩌면 그렇게 한결같이 평온하게 니콜렌카를 사랑하고 그토록 오래 참을성 있게 기다릴 수 있을까!' 그녀는 역시 옷을 차려입고 두 손에 부채를 쥔 채 들어오던 소냐를 보며 생각했다. '아냐, 소냐는 완전히 다른 사람이야. 난 못해!'

그 순간 나타샤는 너무도 부드럽고 감상적인 기분을 느꼈다. 사랑하고, 또 사랑받고 있음을 아는 것으로는 부족했다. 지금 당장, 그녀는 사랑하는 사람을 안고 자신의 가슴을 가득 채운 사랑의 말을 전하고 또 그에게서 들어야 했다. 아버지와 나란히 앉아 카레타를 타고 가며 얼어붙은 유리창에 아른거리는 가로등 불빛을 수심에 잠겨 바라보는 동안, 그녀는 더 깊은 사랑에 빠진 더 슬픈 기분을 느꼈고 자신이 누구와 어디로 가는지도 잊었다. 카레타들의 행렬에 들어선 로스토프가의 카레타는 눈 위에서 느릿느릿 바퀴를 삐걱거리며 극장에 닿았다. 나타샤와 소냐는 옷자락을 들어 올리고 서둘러 뛰어내렸다. 백작은 하인들의 부축을 받아 밖으로 나왔다. 그리고 극장에 들어가는 귀부인들과 남자들, 공연 팸플릿을 판매하는 사람들 사이를 헤치고 세 사람 모두 아래층 특별석 복도로 향했다. 닫힌 문들 너머로 벌써 음악 소리가 들렸다.

"**나탈리, 네 머리카락.**" 소냐가 속삭였다. 좌석 안내원이 정중하게 서둘러 몸을 옆으로 돌리고 귀부인들 앞을 미끄러지듯 지나가 칸막이석의 문을 열었다. 음악이 한층 선명하게 들렸다. 문 안으로 들어가자 귀부인들의 드러난 어깨와 팔이 보이는 환한 칸막이 열과 왁자지껄 떠들썩하고 제복들로 번쩍이는 일반석이 눈부셨다. 옆 칸막이 특별석으로 들어가던 귀부인이 여자의 질투 어린 눈길로 나타샤를 유심히 쳐다보았다. 막은 아직 오르지 않고 서곡이 연주되고 있었다. 나타샤는 옷매무새를 고친 뒤 소냐와 함께 걸어가 맞은편의 환한 칸막이석 열들을 둘러보며 자리에 앉았다. 그녀가 오랫동안 경험하지 못한, 수백 개의 눈이 자신의 드러난 팔과 목을 향하고 있는 듯한 느낌이 갑자기 즐겁고도 불쾌하게 그녀를 사로잡으며 그 느낌에 상응하는 모든 기억과 염원과 흥분을 불러일으켰다.

눈에 띄게 예쁜 두 아가씨 나타샤와 소냐는 오랫동안 모스크바에 모습을 보이지 않은 일리야 안드레이치 백작과 함께 모두의 관심을 끌었다. 게다가 다들 나타샤와 안드레이 공작의 약혼에 대해 어렴풋이 알았고 그 이후 로스토프가가 시골에서 지냈다는 것도 알고 있어, 러시아에서 최고로 손꼽히는 신랑감 가운데 한 명의 약혼녀를 호기심 어린 눈길로 바라보았다.

모두가 그녀에게 말했듯이 나타샤는 시골에 있는 동안 더 예뻐졌는데, 이날 저녁에는 흥분한 상태라 유난히 더 예뻤다. 그녀는 주위의 모든 것에 대한 무관심과 결합된 충만한 생명력과 아름다움으로 깊은 인상을 주었다. 그녀는 검은 눈동자로 딱히 찾는 사람 없이 군중을 바라보았고, 팔꿈치 위까지 드러난 가녀린 팔을 벨벳을 씌운 난간에 기댄 채 무의식적인 듯 서곡의 박자에 맞춰 공연 팸플릿을 구기며 손을 오므렸다 폈다 했다.

"봐, 저기 알레니나야." 소냐가 말했다. "어머니하고 함께 왔나 봐."

"아이고, 저런! 미하일 키릴리치는 더 뚱뚱해졌군!" 노백작이 말했다.

"보세요! 안나 미하일로브나가 어떤 토크*를 썼는지!"

"카라긴가 사람들이야. 줄리와 보리스도 함께 있네. 약혼한 사이라는 걸 바로 알겠어."

"드루베츠코이가 청혼을 했지요! 사실 나도 오늘 알았습니다."
신신이 로스토프가의 칸막이석에 들어오며 말했다.

나타샤는 아버지가 보던 방향을 쳐다보고는 살진 붉은 목에
(나타샤는 목에 분을 덕지덕지 바른 것을 알았다) 진주 목걸이를
걸고 행복한 표정으로 어머니와 나란히 앉은 줄리를 발견했다. 그
들 뒤에는 매끈하게 빗질한 보리스의 아름다운 머리가 보였다. 그
는 미소 띤 얼굴로 줄리의 입가에 귀를 기울이고 있었다. 그는 로
스토프가 사람들을 힐끗거리며 빙그레 웃음을 띤 채 약혼녀에게
뭐라고 말했다.

'저 사람들이 우리에 대해, 나와 그에 대해 말하고 있어!' 나타
샤는 생각했다. '그는 분명 나에 대한 약혼녀의 질투를 진정시키
고 있을 거야. 괜한 걱정을 하네! 내가 저 둘 모두에게 조금도 신
경도 쓰지 않는다는 걸 알아주면 좋겠어.'

그 뒤에 녹색 토크를 쓴 안나 미하일로브나가 하느님의 뜻에 충
실한 행복하고 유쾌한 얼굴로 앉아 있었다. 그들의 칸막이석에는
나타샤가 너무도 잘 알고 좋아한 약혼한 남녀의 분위기가 감돌았
다. 그녀는 고개를 돌렸다. 갑자기 오전 방문 때 모욕적으로 느꼈
던 모든 것이 뇌리에 떠올랐다.

'그분은 무슨 권리로 날 받아들이려 하지 않는 걸까? 아, 그런
것에 대해서는 생각하지 않는 편이 좋겠어. 그가 올 때까지는 생
각하지 않는 게 좋아!' 그녀는 그렇게 혼잣말을 하고 일반석의 아
는 얼굴들과 모르는 얼굴들을 둘러보기 시작했다. 일반석 맨 앞
한가운데에 곱슬머리를 건초 더미처럼 빗어 올리고 페르시아 의
상을 입은 돌로호프가 난간에 등을 기대고 서 있었다. 그는 홀 전
체의 관심이 자신에게 쏠리는 것을 알면서도 마치 자기 방인 양
자유분방한 모습으로 극장에서 가장 눈에 잘 띄는 곳에 서 있었

다. 그의 주위에는 모스크바의 가장 눈부신 청년들이 무리 지어 서 있었다. 그가 그들 사이에서 중심인물인 듯했다.

일리야 안드레이치 백작이 껄껄 웃으면서 얼굴을 붉히는 소냐를 쿡 찌르고는 예전의 숭배자를 가리켰다.

"알아보겠냐?" 그가 물었다. "어디서 느닷없이 나타난 거지?" 백작은 신신을 돌아보았다. "어딘가로 모습을 감추지 않았던가요?"

"그랬지요." 신신이 대답했다. "캅카스에 있다가 도망쳤습니다. 사람들 말이, 페르시아에서 어느 공후의 대신으로 있었는데 거기서 국왕의 남동생을 죽였답니다. 글쎄, 모스크바의 귀부인들이 전부 넋이 나가 있어요! **페르시아인 돌로호프**. 그걸로 이야기는 끝입니다. 지금 우리들 사이에선 돌로호프라는 이름을 빼면 말 한마디 나오지 않아요. 그의 이름을 걸고 맹세들을 하고, 마치 철갑상어라도 되는 양 그를 보러 오라고 초대하지요." 신신이 말했다. "돌로호프와 쿠라긴 아나톨, 둘 다 우리 귀부인들을 미치게 만들었어요."

옆 칸막이 특별석에 머리카락을 커다랗게 땋아 늘인 키가 크고 아름다운 귀부인이 들어왔다. 하얗고 풍만한 어깨와 목덜미를 훤히 드러내고 목에는 두 줄로 된 굵은 진주 목걸이를 걸었다. 그녀는 풍성한 실크 드레스를 바스락거리며 한참 시간을 들인 후 자리를 잡았다.

나타샤는 자기도 모르게 그 목, 어깨, 진주 목걸이, 머리 모양을 쳐다보며 어깨와 진주 목걸이의 아름다움에 감탄했다. 나타샤가 두 번째 쳐다보았을 때 귀부인이 고개를 돌렸고, 일리야 안드레이치 백작과 눈이 마주치자 고개를 끄덕이며 생긋 웃었다. 피에르의 아내, 베주호바 백작 부인이었다. 사교계의 모든 사람을 알던 일리야 안드레이치는 그녀 쪽으로 몸을 기울이고 말을 꺼냈다.

"이곳에 온 지 오래되었습니까, 백작 부인?" 그가 말했다. "내가 가지요. 내가 가서 당신의 작은 손에 입을 맞추겠습니다. 나는 일 때문에 왔습니다. 딸아이들도 데리고 왔지요. 사람들 말로는 세묘노바*가 아주 잘한다면서요." 일리야 안드레이치가 말했다. "표트르 키릴로비치 백작은 우리를 한 번도 잊은 적이 없지요. 그 사람도 여기 왔습니까?"

"네, 그이도 들르고 싶어 했어요." 엘렌은 이렇게 말하고 나타샤를 유심히 바라보았다.

일리야 안드레이치 백작은 다시 자리에 앉았다.

"정말 예쁘지?" 그가 나타샤에게 소곤거리며 말했다.

"경이로워요!" 나타샤가 말했다. "푹 빠질 만해요!" 그때 서곡의 마지막 화음이 울렸고, 지휘자가 봉을 탁탁 두드렸다. 늦게 온 남자들이 일반석 자리로 갔고 막이 올라갔다.

막이 오르자마자 칸막이석과 일반석이 모두 조용해졌다. 늙고 젊은, 제복을 입고 연미복을 입은 모든 남자들과, 훤히 드러난 몸에 보석을 걸친 모든 여자들이 탐욕스러운 호기심을 품고 모든 주의를 무대로 돌렸다. 나타샤도 무대를 바라보았다.

9

　무대에는 한가운데 평평한 널빤지가 깔려 있고, 양옆에 나무를 표현한 색 마분지들이 세워져 있고, 뒤에는 널빤지들 위로 캔버스 천이 펼쳐져 있었다. 무대 가운데에 붉은 코르사주와 하얀 치마를 입은 아가씨들이 앉아 있었다. 하얀 실크 드레스 차림의 매우 뚱뚱한 한 여자는 뒤쪽에 초록색 마분지를 붙인 낮고 작은 벤치에 따로 앉았다. 그들 모두 무언가를 노래했다. 노래가 끝나자 하얀 드레스를 입은 아가씨가 프롬프터 박스로 다가갔다. 그러자 뚱뚱한 다리에 꽉 조이는 실크 바지를 입고 깃털을 달고 단검을 찬 남자가 그녀에게 다가가 노래를 부르며 두 팔을 벌렸다.

　딱 붙는 바지를 입은 남자가 혼자 노래를 부르고 나자 이번에는 그녀가 노래를 불렀다. 그다음 두 사람은 침묵했고 음악이 흘렀다. 남자가 하얀 드레스를 입은 아가씨의 한쪽 손을 손가락으로 만지작거리기 시작했다. 아마도 자신의 성부(聲部)를 그녀와 함께 시작하려고 기다리는 듯했다. 두 사람이 노래를 부르고 나자 극장에 있던 모든 사람들이 박수를 치고 함성을 지르기 시작했고, 연인을 연기한 무대 위의 남자와 여자는 미소 띤 얼굴로 두 팔을 벌려 인사했다.

시골 생활 후에, 그리고 나타샤가 잠겨 있던 그 심각한 기분 속에서는 모든 것이 야만스럽고 놀라웠다. 그녀는 오페라의 흐름을 따라갈 수 없었고, 심지어 음악도 들을 수 없었다. 그저 색 마분지와, 환한 조명 아래에서 이상야릇하게 움직이고 말하고 노래하던 이상야릇한 의상을 입은 남자들과 여자들만 보일 뿐이었다. 그녀는 이 모든 것이 무엇을 표현하기로 되어 있었는지 알았다. 하지만 그 모든 것이 너무나 거짓되게 꾸며 낸 부자연스러운 것이어서 배우들 때문에 무안한 기분이 들기도 하고 그들이 우스꽝스럽기도 했다. 그녀는 주위에 있는 관객들의 얼굴을 둘러보며 자기 마음속에 있던 조롱과 의혹의 감정을 그들에게서도 찾으려 했다. 그러나 모든 얼굴이 무대에서 벌어지는 광경에 집중하며 나타샤가 느끼기에는 거짓된 열광을 드러내고 있었다. '저렇게 해야만 하나 봐!' 나타샤는 생각했다. 그녀는 일반석에 몇 줄로 나란히 줄지은 포마드를 바른 머리통들과 몸을 훤히 드러낸 칸막이석의 여자들, 특히 이웃한 엘렌을 번갈아 바라보았다. 옷을 아예 벗다시피 한 엘렌은 차분하고 평온한 미소를 띤 채 홀 안을 가득 채운 강렬한 빛과 관중으로 훈훈하게 데워진 공기를 느끼면서 눈을 떼지 않고 무대를 바라보고 있었다. 나타샤는 오랫동안 느껴 본 적 없는 황홀경에 조금씩 빠져들기 시작했다. 그녀는 자신이 누구이고 어디에 있으며 눈앞에서 무슨 일이 벌어지는지 기억하지 못했다. 그녀는 앞을 바라보며 생각에 잠겼다. 그러자 불현듯 이상하기 짝이 없는 생각들이 아무 연관도 없이 머릿속에서 아른거렸다. 무대 위로 뛰어올라 여배우가 부르던 아리아를 불러 보자는 생각이 떠오르기도 했고, 멀지 않은 곳에 앉은 작은 노인을 부채로 건드려 보고도 싶었으며, 엘렌 쪽으로 몸을 기울여 그녀를 간질여 보고도 싶었다.

아리아가 시작되기를 기다리며 무대 위의 모든 것이 잠잠해진 어느 한순간 출입구가 삐걱 소리를 냈다. 그리고 로스토프가의 칸막이석이 있는 방향의 일반석 양탄자 위로 늦게 도착한 남자들의 발소리가 울리기 시작했다. "저 사람이 쿠라긴입니다!" 신신이 속삭였다. 베주호바 백작 부인이 안으로 들어오는 사람을 돌아보며 미소를 지었다. 나타샤는 베주호바 백작 부인의 눈이 향한 곳을 쳐다보았다가 정중한 모습으로 자신만만하게 그들의 칸막이석 쪽으로 다가오는 대단히 잘생긴 부관을 보았다. 그녀가 오래전에 페테르부르크 무도회에서 보고 기억에 새겨 두었던 아나톨 쿠라긴이었다. 지금 그는 견장 한 개와 장식 술이 달린 부관 제복을 입고 있었다. 그는 절도 있고 씩씩하게 걸었다. 그가 그처럼 멋있지 않았다면, 그의 아름다운 얼굴에 선량한 만족감과 유쾌함의 표정이 없었다면 우스꽝스럽게 보였을 걸음걸이였다. 오페라의 막이 올랐는데도 그는 향수를 뿌린 아름다운 머리를 유려하게 높이 치켜든 채 박차와 기병도를 가볍게 철컹거리며 경사진 복도의 양탄자 위를 서두르지 않고 걸어왔다. 그는 나타샤를 흘깃 쳐다보고 누나에게 다가가 칸막이석의 난간 가장자리에 장갑 낀 손을 얹으며 고개를 끄덕였다. 그러고는 몸을 숙이고 나타샤를 가리키며 수군거렸다.

"정말 매력적인데!" 그가 말했다. 나타샤를 두고 한 말인 듯싶었는데, 그녀는 그 말을 들었다기보다는 입술의 움직임으로 알아차렸다. 그러고 나서 그는 첫 번째 열로 가서 돌로호프 옆에 앉더니 다른 사람들이 그토록 아첨하며 대하던 돌로호프를 허물없이 다정하게 팔꿈치로 쿡 찔렀다. 그는 돌로호프를 향해 쾌활하게 한쪽 눈을 찡긋하며 싱긋 웃음을 보이고는 난간 위에 한쪽 다리를 얹었다.

"남매가 정말 닮았구나!"백작이 말했다. "둘 다 얼마나 멋지냐!"

신신은 모스크바에서 쿠라긴이 벌인 음모 사건을 백작에게 소곤소곤 이야기하기 시작했다. 나타샤는 쿠라긴이 자신을 두고 **매력적**이라고 말했다는 바로 그 이유로 신신의 이야기에 귀를 기울였다.

제1막이 끝났다. 일반석 사람들이 모두 일어나 서로 뒤섞이며 이리저리 돌아다니고 나가기 시작했다.

보리스가 로스토프가의 칸막이석에 와서 매우 소탈하게 축하 인사를 받고는 눈썹을 살짝 올리고 멍한 미소를 지으며 나타샤와 소냐에게 결혼식에 참석해 달라는 약혼녀의 부탁을 전하고 나갔다. 나타샤는 교태 어린 미소를 띤 채 그와 이야기를 나누며, 예전에 자신이 사랑했던 바로 그 보리스의 결혼을 축하했다. 그녀가 빠진 도취 상태에서는 모든 것이 꾸밈없고 자연스럽게 느껴졌다.

몸을 훤히 드러낸 엘렌이 그녀 옆에 앉아 모든 사람에게 똑같은 미소를 짓고 있었다. 나타샤도 보리스에게 똑같이 미소를 지었다.

엘렌의 칸막이석은 일반석 쪽에서 온 가장 저명하고 똑똑한 남자들로 가득 채워졌다. 그들은 그녀와 아는 사이라는 것을 모든 사람들에게 앞다투어 보여 주려는 듯했다.

휴식 시간 내내 쿠라긴은 앞쪽 무대 난간 옆에 돌로호프와 함께 서서 로스토프가의 칸막이석을 바라보았다. 나타샤는 그가 자신에 대해 말하는 것을 알았고, 그것은 그녀에게 커다란 만족감을 안겨 주었다. 심지어 그녀가 생각하기에 자신이 가장 돋보이는 자세로 옆얼굴이 그에게 보이도록 몸을 돌리기까지 했다. 제2막의 시작을 앞두고 일반석에 피에르가 모습을 드러냈다. 로스토프가 사람들은 모스크바에 온 후로 아직 그를 본 적이 없었다. 슬픈 얼굴이었고, 나타샤가 마지막으로 본 후로 더 뚱뚱해진 모습이었다. 그는 누구에게도 눈길을 주지 않고 앞 열로 향했다. 아나톨이 그에게 다가가 로스토프가의 칸막이석을 가리키고 쳐다보면서 뭐라고 말하기 시작했다. 피에르가 나타샤를 보더니 생기를 되찾고 좌석의 열을 따라 황급히 걸음을 옮겼다. 그들의 칸막이석 쪽으로 온 피에르는 팔꿈치를 괴고 싱글벙글 웃으며 나타샤와 한참 동안 말을 나누었다. 피에르와 이야기를 나눌 때 나타샤는 베주호바 백작 부인의 칸막이석에서 남자 목소리를 들었고, 그 남자가 쿠라긴이라는 것을 알아차렸다. 그녀는 뒤돌아보았고, 그와 눈이 마주쳤다. 그가 웃는 듯하며 너무도 황홀하고 다정한 눈길로 그녀의 눈을 똑바로 쳐다보아서, 이토록 그에게 가까이 있는 것이, 이렇듯 그를 쳐다보는 것이, 그가 자신에게 마음을 품고 있음을 이처럼 확신하는 것이, 그리고 그와 아는 사이가 아닌 것이 이상하게 느껴졌다.

제2막에는 기념비를 표현하는 마분지들이 있고, 달을 표현하는 구멍이 캔버스 천에 나 있었다. 풋라이트를 덮은 가리개가 올라가자 호른과 콘트라베이스가 연주하기 시작했고, 왼쪽과 오른쪽에서 검고 긴 망토를 입은 사람들이 나왔다. 사람들이 두 팔을 흔들었고, 손에는 단검과 비슷한 무언가가 들려 있었다. 그다음 또 어떤 사람들이 뛰어와서 제1막에서는 하얀 드레스 차림이었다가 지금은 하늘색 드레스를 입은 아가씨를 끌고 가기 시작했다. 그들은 그녀를 단번에 끌고 가지 않고 그녀와 함께 오랫동안 노래했다. 그리고 나서 그녀는 어느새 끌려가고 없었다. 그리고 무대 뒤에서 쇠 같은 무언가를 두들기는 소리가 세 번 났고, 그러자 모두 무릎을 꿇고 기도문을 노래하기 시작했다. 이 막에서는 관객들의 환호성으로 공연이 여러 차례 중단되었다.

제2번 막이 진행되는 동안 나타샤는 일반석에 시선을 둘 때마다 매번 아나톨 쿠라긴을 보았다. 그는 좌석 등받이 너머로 한 팔을 넘긴 채 그녀를 바라보고 있었다. 그녀는 그가 자신에게 사로잡힌 것을 보자 너무 기분이 좋아서, 그 속에 무언가 악한 것이 있다는 생각은 머리에 떠오르지 않았다.

두 번째 막이 끝나자 베주호바 백작 부인이 자리에서 일어나 로스토프가의 칸막이석을 돌아보고는 (그녀의 가슴이 완전히 드러나 있었다) 장갑 낀 손가락으로 노백작을 손짓하여 불렀다. 그녀는 자신의 칸막이석에 들어온 사람들에게는 관심을 주지 않고 상냥한 미소를 지으며 노백작과 말을 나누기 시작했다.

"당신의 매력적인 따님들을 소개해 주세요." 그녀가 말했다. "온 도시가 따님들 이야기로 떠들썩한데 전 모르거든요."

나타샤는 자리에서 일어나 화려한 백작 부인에게 무릎을 굽혀 인사했다. 나타샤는 이 눈부신 미인의 칭찬에 너무 기뻐 만족감으로 얼굴을 붉혔다.

"이제는 저도 모스크바 사람이 되고 싶어요." 엘렌이 말했다. "시골에 이런 진주들을 묻어 두시다니 부끄럽지도 않으세요!"

베주호바 백작 부인은 매력적인 여성이라는 명성을 누릴 만했다. 그녀는 생각과 다른 말을 할 수 있었고, 특히 전혀 꾸밈없이 자연스럽게 아첨하는 말을 할 수 있었다.

"아니요, 백작, 제가 따님들을 맡게 허락해 주세요. 전 지금은 이곳에 잠깐 왔어요. 당신도 마찬가지죠. 제가 당신 따님들을 즐겁게 해 드리도록 노력할게요. 페테르부르크에서도 당신 얘기를 많이 들어서 당신을 알고 싶었어요." 그녀는 특유의 한결같은 아름다운 미소를 지으며 나타샤에게 말했다. "나의 시동에게서도 당신에 대해 들었죠. 드루베츠코이 말이에요. 당신도 그가 결혼한다는 소식 들었죠? 내 남편의 친구 볼콘스키, 안드레이 볼콘스키 공작에게서도요." 그녀는 특별히 강조하여 말함으로써 안드레이 공작과 나타샤의 관계를 안다는 점을 넌지시 암시했다. 그녀는 더 잘 아는 사이가 될 수 있도록 남은 공연 시간 동안 두 아가씨 중 한 명이 자신의 칸막이석에 앉도록 해 달라고 청했고, 나타샤가 그녀에게로 건너갔다.

제3막 무대에는 궁전이 묘사되었다. 많은 촛불이 타오르고, 턱수염이 짧은 기사들을 그린 그림들이 걸려 있었다. 맨 앞에 차르와 황후인 듯한 두 사람이 서 있었다. 차르가 오른손을 내저으며 겁먹은 듯 무언가를 서툴게 부르고 나서 산딸기색 옥좌에 앉았다. 처음에 하얀 드레스, 그다음엔 하늘색 드레스를 입었던 아가씨가 이제 머리칼을 흐트러뜨린 채 루바시카만 걸치고 옥좌 근처에 서 있었다. 그녀는 황후를 향해 비통하게 무언가 노래했다. 그러나 차르는 준엄하게 한 팔을 휘둘렀다. 그러자 양쪽에서 다리를 드러낸 남자들과 여자들이 나와서 춤을 추기 시작했다. 그다음에는 매우 가늘고 경쾌한 소리로 바이올린들이 연주되기 시작했다. 통통한 다리와 야윈 팔을 드러낸 한 아가씨가 다른 아가씨들과 떨어져 무대 뒤로 가더니 코르사주를 매만지고 무대 중앙으로 나와 도약하며 두 발을 빠르게 맞부딪쳤다. 일반석에 있던 사람들이 모두 박수를 치며 "브라보!"를 외쳤다. 그다음에 한 남자가 무대 한구석에 섰다. 오케스트라가 심벌즈와 트럼펫을 더욱 크게 연주하기 시작했고, 다리를 드러낸 남자가 혼자서 아주 높이 도약하며 두 다리를 빠르게 교차하기 시작했다. (그는 이 기술로 은화 6만 루블을 받던 **뒤포르***였다.) 일반석, 칸막이석, 최상층 관람석의 관객 모두가 온 힘을 다해 박수를 치며 환호성을 질렀고, 남자는 멈춰서서 미소를 짓고 사방으로 고개 숙여 인사했다. 그다음 다리를 드러낸 또 다른 남자들과 여자들이 춤을 추었고, 그다음에는 차르 들 가운데 한 명이 다시 음악에 맞춰 뭐라고 소리 지르자 모두가 노래하기 시작했다. 그러나 갑자기 폭풍이 일고, 오케스트라에서 반음계와 감칠화음(減七和音)이 들리고, 모두가 달려와 그 자리에 있던 사람들 가운데 한 명을 다시 무대 뒤로 끌고 갔다. 그리고 막 이 내렸다. 다시 관객들 사이에서 엄청난 소음과 소란이 일더니 다들 환희에 찬 얼굴로 외치기 시작했다.

"뒤포르! 뒤포르! 뒤포르!"

나타샤는 더 이상 이상하게 생각하지 않았다. 그녀는 만족감에 젖어 즐거운 미소를 지으며 주위를 둘러보았다.

"정말 멋지지 않아요? 뒤포르 말이에요." 엘렌이 나타샤를 돌아 보며 말했다.

"아, 네." 나타샤가 대답했다.

IO

휴식 시간에 엘렌의 칸막이석에 찬 기운이 느껴지고 문이 열리더니 몸을 숙인 채 다른 사람과 부딪치지 않으려 애쓰면서 아나톨이 들어왔다.

"당신에게 동생을 소개할게요." 엘렌은 나타샤에게서 아나톨에게로 불안한 시선을 옮기면서 말했다. 나타샤는 드러낸 어깨 너머로 미남을 향해 자그마한 예쁜 머리를 돌리고 생긋 웃었다. 멀리서뿐 아니라 가까이에서 볼 때도 여전히 잘생긴 아나톨은 그녀 곁에 다가앉아, 그녀를 보는 기쁨을 누렸던 나리시킨가의 무도회 때부터 오랫동안 이런 기쁨을 얻게 되길 바랐다고 말했다. 쿠라긴은 남자들 모임에 있을 때보다 여자들과 있을 때 훨씬 더 똑똑하고 솔직했다. 그는 대담하고 솔직하게 말했다. 사람들이 그토록 입방아를 찧어 대던 이 남자에게 딱히 무서운 점은 전혀 없을 뿐 아니라 오히려 그의 미소가 더할 나위 없이 순진하고 쾌활하고 선량하다는 점이 나타샤에게 기묘하면서도 즐거운 충격을 주었다.

아나톨 쿠라긴은 공연에 대한 인상이 어땠는지 묻고 지난번 공연에서 세묘노바가 연기를 하다가 넘어진 일을 들려주었다.

"그런데 말입니다, 백작 영애." 그는 불쑥 아주 오랜 지인을 대하듯 그녀를 돌아보며 입을 열었다. "우리는 가장 회전목마 놀이를 준비하고 있습니다. 당신이 꼭 참석했으면 합니다. 아주 즐거울 겁니다. 다들 아르하로프 집에서 모일 거예요. 제발 와 주십시오, 정말로요, 네?" 그가 간청했다.

이 말을 하며 그는 나타샤의 얼굴에서, 목덜미에서, 드러난 팔에서 미소 짓고 있는 눈을 떼지 않았다. 나타샤는 그가 자신에게 매혹된 것을 분명히 알았다. 그녀는 그것이 기뻤다. 하지만 왠지 그가 있음으로 해서 갑갑하고 뜨겁고 괴로워지고 있었다. 그녀는 그를 바라보지 않을 때에도 그가 자신의 어깨를 쳐다보는 것을 느꼈다. 그래서 무심결에 그가 자기 눈을 더 잘 볼 수 있도록 시선을 붙잡곤 했다. 그러나 그의 눈을 바라볼 때 그녀는 다른 남자들과의 사이에서 항상 느끼던 수줍음의 벽이 그와 자기 사이에는 전혀 없음을 깨닫고 두려워졌다. 왜 그런지 자신도 몰랐지만 5분 후에는 이 남자와 무섭도록 가까워진 것을 느꼈다. 고개를 돌릴 때마다 그가 뒤에서 드러난 팔을 잡지는 않을까, 목덜미에 입을 맞추지는 않을까 두려웠다. 그들은 지극히 단순한 것들에 대해 이야기했지만 그녀는 남자와 한 번도 경험해 보지 못한 둘 사이의 친밀감을 느꼈다. 이것이 무엇을 의미하는지 묻기라도 하듯 나타샤는 엘렌과 아버지를 번갈아 쳐다보았다. 그러나 엘렌은 어느 장군과의 대화에 몰두하느라 그녀의 시선에 답해 주지 않았고, 아버지의 눈길은 그저 언제나 하던 말 외에 아무것도 말해 주지 않았다. '즐겁지? 그럼 나도 기쁘다.'

어색한 침묵이 흐르는 가운데 아나톨이 붉거진 눈으로 차분하고 집요하게 그녀를 바라보던 어느 한순간, 나타샤는 그 침묵을 깨기 위해 모스크바가 마음에 드느냐고 물었다. 나타샤는 질문을 하고 얼굴을 붉혔다. 그와 말하는 동안 자신이 뭔가 부적절한 행동을 하는 듯한 느낌이 계속 들었던 것이다. 아나톨이 그녀를 격려하듯 빙그레 웃었다.

"처음엔 별로 마음에 들지 않았습니다. 그러니까 도시를 즐겁게 만드는 게 뭐겠습니까? **예쁜 여자들이죠.** 그렇지 않습니까? 그런데 지금은 정말 마음에 듭니다." 그는 그녀를 의미심장하게 바라보며 말했다. "회전목마 놀이에 올 거죠, 백작 영애? 제발 오세요." 그는 이렇게 말하고는 그녀의 꽃다발에 손을 뻗으며 목소리를 낮췄다. "**당신이 가장 예쁠 겁니다. 와요, 사랑스러운 백작 영애. 그리고 이 꽃은 증표로 내게 주세요.**"

나타샤는 그가 한 말을 이해하지 못했다. 하지만 그의 이해할 수 없는 말 속에 부적절한 의도가 있었음을 느꼈다. 그녀는 무슨 말을 해야 할지 몰라 그의 말을 듣지 못한 양 고개를 돌렸다. 그러나 고개를 돌리자마자 그가 바로 뒤에 아주 가까이 있다는 사실이 떠올랐다.

'그는 지금 어떨까? 당황했나? 화가 났나? 이걸 바로잡아야 하나?' 그녀는 스스로에게 물었다. 그녀는 참지 못하고 뒤돌아보았다. 그의 눈을 똑바로 쳐다보았다. 그의 친밀함이, 자신감이, 미소에 어린 온화한 다정함이 그녀를 이겼다. 그녀는 그의 눈을 똑바로 쳐다보며 그와 똑같이 미소를 지었다. 그리고 또다시 그와 자기 사이에 어떤 벽도 없다는 것을 느끼며 두려움에 사로잡혔다.

다시 막이 올랐다. 아나톨은 침착하고 유쾌한 모습으로 칸막이석을 나섰다. 나타샤는 자신이 처한 세계에 이미 완전히 예속된 채 아버지의 칸막이석으로 돌아갔다. 눈앞에서 벌어지던 모든 일이 어느새 지극히 자연스럽게 여겨졌다. 그 대신 약혼자에 대한, 마리야 공작 영애에 대한, 시골 생활에 대한 예전의 생각들은 모두 마치 오래전, 아주 오래전의 일인 양 한 번도 그녀의 머리에 떠오르지 않았다.

제4막에는 악마가 있었다. 악마는 발밑의 널빤지들이 제거되어 그 아래로 떨어질 때까지 팔을 흔들며 노래를 불렀다. 나타샤가 제4막에서 본 것은 이 장면뿐이었다. 무언가가 마음을 휘저으며 괴롭혔고, 그 흥분의 원인은 자기도 모르게 눈으로 좇던 쿠라긴이었다. 그들이 극장을 나서자 아나톨이 다가와 그들의 카레타를 부르고 그들이 타는 것을 도왔다. 나타샤가 올라타는 것을 도우며 그는 그녀의 손목 위 팔을 꼭 잡았다. 흥분한 나타샤는 붉어진 행복한 얼굴로 그를 돌아보았다. 그가 눈동자를 빛내고 부드럽게 미소를 지으며 그녀를 바라보았다.

집으로 돌아온 후에야 나타샤는 자신에게 일어났던 일을 하나하나 곰곰이 생각해 볼 수 있었다. 불현듯 안드레이 공작이 떠오르자 그녀는 몸서리를 쳤고, 극장에서 돌아와 다 함께 둘러앉아 차를 마실 때 모두가 보는 앞에서 "아아!" 하고 큰 소리로 탄식하고는 얼굴이 새빨개져 방에서 뛰쳐나갔다. '맙소사! 난 타락했어!' 그녀는 스스로에게 말했다. '내가 어떻게 그런 걸 허락할 수 있었을까?' 그녀는 생각했다. 한참 동안 빨갛게 달아오른 얼굴을 두 손으로 가리고 앉아서 무슨 일이 일어났는지 분명히 이해해 보려고 애썼지만 자기에게 일어난 일도, 자신의 감정도 도무지 이해할 수 없었다. 모든 것이 어둡고 모호하고 무섭게 느껴졌다. 그곳, 반짝이는 짧은 상의를 입고 맨다리를 드러낸 **뒤포르**가 음악에 맞춰 물에 젖은 널빤지 위에서 도약하던, 아가씨들도, 노인들도, 몸을 훤히 드러낸 채 차분하고 오만한 미소를 머금고 있던 엘렌마저도 열광하며 "브라보!"를 외치던 그 거대하고 환한 홀에서는, 그곳, 엘렌의 그늘 아래에서는 그 모든 것이 분명하고 단순했다. 그러나 홀로 자신을 마주한 지금, 그것은 이해할 수 없는 것이 되었다. '이게 뭘까? 내가 그에게 느낀 두려움은 도대체 뭐지? 지금 느끼는 이 양심의 가책은 뭘까?' 그녀는 생각했다.

나타샤가 자신이 생각한 모든 것을 밤에 침대에서 이야기할 수 있는 사람은 노백작 부인 한 사람뿐이었다. 엄격하고 건전한 시각을 가진 소냐는 아무것도 이해하지 못하거나 자신의 고백에 소스라치게 놀라리라는 것을 알았다. 나타샤는 자신을 괴롭히는 문제를 혼자 해결하려고 애썼다.

'안드레이 공작의 사랑을 받기에는 난 타락해 버린 걸까, 아니면 괜찮은 걸까?' 그녀는 이렇게 묻고 마음을 달래는 씁쓸한 미소를 지으며 스스로에게 대꾸했다. '난 참 바보야. 어떻게 이런 걸 물어? 대체 나한테 무슨 일이 있었는데? 아무 일도 없었어. 난 아무 짓도 하지 않았어. 어떤 식으로든 그런 일은 벌이지 않았어. 아무도 모를 거야. 이젠 그를 절대 만나지 않을 거야.' 그녀는 속으로 중얼거렸다. '그러니까 분명한 건, 아무 일도 일어나지 않았고, 후회할 일은 아무것도 없으니까 안드레이 공작이 날 **이 모습 이대로** 사랑해도 된다는 거야. 하지만 **이 모습 이대로**가 어떤 모습인데? 아, 하느님, 맙소사! 왜 그는 여기 없는 거야!' 나타샤는 잠시 평온을 되찾았다. 하지만 그다음에는 다시 어떤 본능이 그녀에게 말했다. '비록 그 모든 것이 사실이라 해도, 비록 아무 일 없었다 해도…….' 본능은 그녀에게 안드레이 공작을 향한 그녀의 사랑이 예전에 지녔던 순수함은 모두 죽었다고 말하고 있었다. 그러면 그녀는 다시 쿠라긴과 나눈 대화를 머릿속에서 되풀이하며 자신의 팔을 잡던 그 잘생기고 대담한 남자의 얼굴과 몸짓과 부드러운 미소를 떠올렸다.

II

아나톨 쿠라긴은 모스크바에서 지내고 있었다. 아버지가 페테르부르크에서 쫓아냈기 때문이다. 그곳에서 그는 한 해에 2만 루블이 넘는 돈을 쓴 데다 그만큼의 빚까지 져서 채권자들이 그 빚을 아버지에게 청구했던 것이다.

아버지는 아들에게 마지막으로 그가 진 빚의 반을 갚아 주되, 모스크바에 가서 자신이 아들을 위해 애써 구한 총사령관 부관 직위를 수행하고 그곳에서 좋은 배필을 찾도록 노력한다는 조건으로 그렇게 하겠노라고 선언했다. 아버지는 그에게 마리야 공작 영애와 줄리 카라기나를 가리켰다.

아나톨은 이에 동의하고 모스크바로 와서 피에르의 집에 머물렀다. 피에르는 처음에 아나톨을 마지못해 받아들였지만 그다음에는 익숙해져서 그가 벌이는 술판에 가끔 같이 가기도 하고 빌려준다는 명목으로 돈을 주기도 했다.

신신이 아나톨에 대해 공정하게 말했듯이, 아나톨은 모스크바에 온 이래로 모스크바의 모든 귀부인들을 미치게 만들었다. 특히 그가 그들을 무시하고 그들보다 집시 여인들이나 프랑스 여배우들을 더 좋아하는 것 같았기 때문이다. 사람들의 말에 따르면, 프랑스 여배우들 가운데서도 정상인 **마드무아젤 조르주**와 가까운 관계라고 했다. 그는 돌로호프나 모스크바의 다른 유쾌한 패거리들 집에서 벌어지는 술판에 한 번도 빠진 적이 없었고, 밤새도록 누구보다 술을 많이 마셔 댔으며, 상류 사회의 야회와 무도회에도 빠짐없이 참석했다. 모스크바 귀부인들과의 정사에 대한 말들이 나도는 와중에도 그는 무도회에서 여자들의 꽁무니를 따라다녔다. 그러나 아가씨들에게는, 특히 대부분 못생긴 부유한 신붓감들에게는 접근하지 않았다. 아나톨은 두 해 전 결혼했기 때문에 더욱 그랬다. 그것은 가장 가까운 친구들 외엔 아무도 모르는 사실이었다. 두 해 전 그의 연대가 폴란드에 주둔했을 때 부유하지 않은 어느 폴란드 지주가 아나톨을 딸과 강제로 결혼시켰다.

아나톨은 이내 아내를 버렸고, 장인에게 보내기로 약속한 돈을 대가로 독신자 행세를 할 권리를 얻어 냈다.

아나톨은 자신의 처지, 자기 자신 그리고 타인들에게 언제나 만족했다. 그는 본능적으로, 자신의 온 존재로, 자신이 살아온 방식과 다르게 살 수는 없었다고, 이제까지 살면서 결코 나쁜 짓을 한 적이 없다고 확신했다. 자기 행동이 다른 사람들에게 어떤 영향을 미칠지도, 자신의 이런저런 행동이 어떤 결과를 낳을지도 생각할수 없었다. 오리가 항상 물에서 살도록 창조되었듯이, 자신도 3만 루블의 수입으로 살고 사회에서 언제나 높은 지위를 차지하도록 하느님에 의해 창조되었다고 확신했다. 그가 이것을 너무도 굳게 믿었기에 지켜보는 다른 사람들도 덩달아 믿게 되어 사교계에서 높은 지위를 그에게 부여하는 것도 돈을 주는 것도 거절하지 않았다. 그는 분명 갚지도 않으면서 누구에게나 돈을 빌리고 있었다.

그는 노름꾼이 아니었다. 적어도 결코 돈을 따기를 바라지 않았고 심지어 돈을 잃어도 아쉬워하지 않았다. 허세를 부리지도 않았다. 사람들이 자기를 어떻게 생각하는지는 전혀 신경 쓰지 않았다. 야심의 측면에서 그를 비난할 만한 점은 더더욱 없었다. 그는 출셋길을 망쳐 여러 번 아버지의 속을 태웠고 모든 명예를 비웃었다. 그는 인색하지 않아서 누가 부탁을 하든 거절하지 않았다. 그가 좋아한 것은 단 하나, 바로 흥청망청 노는 것과 여자들이었다. 그가 이해하는 바로는 이런 취향에 천한 구석은 아무 데도 없었고 또 자기 취향을 만족시키는 것이 다른 사람들에게 어떤 영향을 미칠지 숙고할 줄도 몰랐기에, 그는 마음속으로 스스로를 나무랄 데 없는 인간으로 여기고 비열한 인간들과 악한 인간들을 진심으로 경멸하며 양심에 거리낌 없이 고개를 높이 쳐들고 다녔다.

탕자들은, 이 남자 막달라 마리아들은 여자 막달라 마리아들과 똑같이 바로 그 용서받으려는 기대에 바탕을 둔 무죄에 대한 자각의 느낌을 은밀히 품는다. '이 여자는 이토록 극진한 사랑을 보였으니 그만큼 많은 죄를 용서받았다. 이 남자도 많은 죄를 용서받았다. 이는 그가 많이 즐겼기 때문이다.'*

추방과 페르시아 편력 이후 그해 다시 모스크바에 나타나 도박과 주연으로 호화로운 생활을 하던 돌로호프는 페테르부르크의 옛 동료인 쿠라긴에게 접근해서 그를 자신의 목적에 이용하고 있었다.

아나톨은 돌로호프의 총명함과 용맹함 때문에 진심으로 그를 좋아했다. 부유한 청년들을 자신의 도박판에 끌어들일 미끼로 아나톨 쿠라긴의 이름, 가문, 인맥이 필요했던 돌로호프는 그런 느낌을 주지 않으면서 그를 이용하며 가지고 놀았다. 아나톨이 필요하다는 계산적인 생각 외에도 타인의 의지를 조종하는 과정 자체가 돌로호프에게는 향락이고 습관이고 욕구였다.

나타샤는 쿠라긴에게 강렬한 인상을 주었다. 극장에서 돌아와 밤참을 먹으며 그는 돌로호프 앞에서 전문가적인 태도로 그녀의 팔, 어깨, 다리, 머리칼의 가치를 분석하더니 그녀의 환심을 사고 말겠다는 결심을 밝혔다. 아나톨은 자신의 행동 하나하나가 어떤 결과를 낳을지 전혀 알지 못했던 것과 마찬가지로 그 구애가 어떤 결과를 낳을지 곰곰이 생각하지 않았다.

"예쁘긴 하지, 친구. 하지만 우리와는 안 맞아." 돌로호프가 그에게 말했다.

"그녀를 만찬에 초대하라고 누나한테 말할 거야." 아나톨이 말했다. "어때?"

"기다리는 편이 좋아. 결혼할 때까지……."

"알잖아." 아나톨이 말했다. "**난 처녀들을 숭배해**. 이제 그녀도 정신을 못 차리게 될 거야."

"넌 이미 한 번 **처녀**한테 발목을 잡힌 적이 있잖아." 아나톨의 결혼 사실을 알고 있던 돌로호프가 말했다. "조심해."

"뭐, 두 번이나 그럴 리는 없지! 그렇지 않아?" 아나톨이 선량한 미소를 지으며 대꾸했다.

12

극장에 다녀온 다음 날 로스토프가 사람들은 아무 데도 가지 않았고, 그들을 찾아온 사람도 없었다. 마리야 드미트리예브나는 나타샤에게 숨긴 채 그녀의 아버지와 무언가를 상의했다. 나타샤는 그들이 노공작에 대해 말을 나누면서 무언가를 궁리하고 있다고 짐작하며, 그것에 불안감과 모멸감을 느꼈다. 그녀는 매 순간 안드레이 공작을 기다렸는데, 그날 두 번이나 문지기를 브즈드비젠카로 보내 그가 왔는지 알아보게 했다. 그는 오지 않고 있었다. 그녀는 모스크바에 온 처음 며칠보다 지금이 더 괴로웠다. 그로 인한 초조함과 슬픔에 마리야 공작 영애와 노공작을 만났을 때의 불쾌한 기억과 이유를 알 수 없는 두려움과 불안이 더해졌다. 줄곧 그가 영영 오지 않거나 아니면 그가 오기 전에 자신에게 무슨 일이 생길 것만 같았다. 그녀는 예전처럼 혼자서 차분히 오랫동안 그를 생각할 수 없었다. 그를 떠올리기만 하면 그에 대한 회상은 노공작, 마리야 공작 영애, 지난 공연 그리고 쿠라긴에 대한 기억과 뒤섞였다. 자신이 잘못한 것은 아닐까, 안드레이 공작을 향한 자신의 지조가 이미 더럽혀진 것은 아닐까 하는 물음이 또다시 그녀를 덮쳤다. 그리고 자기 안에 이해할 수 없는 두려운 감정을 불러 일으키던 그 남자의 말 한마디 한마디, 몸짓 하나하나, 표정의 유희가 나타내던 뉘앙스 하나하나를 세세히 떠올리는 자신을 발견하곤 했다. 가족과 하인들의 눈에는 평소보다 더 생기발랄하게 보였지만 나타샤는 결코 예전처럼 평온하고 행복하지 않았다.

일요일 아침에 마리야 드미트리예브나가 자기 교구인 모길치 성모 승천 교회 예배에 손님들을 초대했다.

"난 이런 유행을 따르는 교회는 좋아하지 않아." 그녀는 자신의 자유사상을 자랑하듯 말했다. "어디나 하느님은 한 분이야. 우리 교회 사제는 훌륭해. 직분을 잘 수행하고 참 고결하지. 부제도 그렇고. 찬양대석에서 음악회를 한다고 무슨 성스러움이 생기겠어? 난 싫어. 그건 장난질일 뿐이야!"

마리야 드미트리예브나는 주일을 좋아했고 축하할 줄 알았다. 토요일이면 그녀의 집은 구석구석 물로 씻겨 깨끗이 청소되곤 했다. 하인들과 그녀는 일을 하지 않았고, 다들 나들이옷으로 치장한 뒤 예배에 참석했다. 주인의 만찬에 오르는 요리가 더해지고, 하인들은 보드카와 구운 거위 혹은 새끼 돼지를 받았다. 그러나 집 안 전체를 통틀어 이날 변함없는 엄숙함의 표정을 띤 마리야 드미트리예브나의 넓적하고 준엄한 얼굴만큼 축일의 느낌을 잘 자아내는 것은 없었다.

예배 후에 먼지막이 천을 벗긴 응접실에서 커피를 마시고 났을 때 마리야 드미트리예브나는 카레타가 준비되었다는 보고를 받았다. 화려한 방문용 숄을 걸친 그녀는 엄한 표정으로 자리에서 일어나 나타샤에 대해 상의하러 니콜라이 안드레예비치 볼콘스키 공작에게 간다고 알렸다.

마리야 드미트리예브나가 출발하고 나서 마담 샬메의 재봉사가 로스토프가 사람들을 찾아왔다. 나타샤는 응접실 옆방 문을 닫고 기분을 전환하게 된 데 매우 만족해하며 새 드레스들을 입어 보았다. 나타샤는 아직 소매를 달지 않고 시침질만 해 둔 몸통 부분을 입고서 등이 잘 맞는지 어떤지 고개를 젖혀 거울에 모습을 비추어 보았다. 그때 응접실에서 아버지의 목소리와 활기찬 다른 여자 목소리가 들렸다. 나타샤는 그 여자의 목소리에 얼굴을 붉혔다. 엘렌의 목소리였다. 나타샤가 입고 있던 몸통 부분을 벗기도 전에 문이 열리더니 깃을 높이 세운 어두운 보라색 벨벳 드레스를 입은 베주호바 백작 부인이 선하고 다정한 미소를 화사하게 빛내며 방으로 들어왔다.

"아, 나의 황홀한 아가씨!" 그녀가 얼굴을 붉힌 나타샤에게 말했다. "매혹적이에요! 아뇨, 이건 아주 나빠요, 친애하는 백작." 그녀는 뒤따라 들어온 일리야 안드레이치에게 말했다. "모스크바에서 지내며 아무 데도 가지 않다니요! 아뇨, 난 당신에게서 떨어지지 않겠어요! 오늘 저녁 우리 집에서 마드무아젤 조르주가 낭송을 할 거예요. 몇 사람 모일 거고요. 만일 마드무아젤 조르주보다 더 아름다운 당신의 미인들을 데려오지 않으시면 당신과 아는 척도 하고 싶지 않아요. 남편은 없어요. 트베리에 갔거든요. 그렇지 않으면 여러분을 모셔 오도록 남편을 보낼 텐데요. 꼭 오세요, 꼭요, 9시예요." 그녀는 무릎을 굽혀 공손히 인사한 낯익은 재봉사에게 고개를 끄덕이곤 그림처럼 아름답게 자신의 벨벳 드레스의 주름을 펼치고 거울 옆 안락의자에 앉았다. 그녀는 나타샤의 아름다움에 계속 감탄하며 다정하고 명랑하게 쉬지 않고 떠들었다. 그녀는 나타샤의 드레스들을 찬찬히 바라보고 찬사를 던지고는 파리에서 주문한 금속성 광택의 얇은 직물로 지은 자신의 새 드레스를 자랑하며 나타샤에게도 똑같은 옷을 맞추라고 권했다.

"하지만 당신에겐 뭐든 다 잘 어울려요, 나의 매혹적인 아가씨."

그녀가 말했다.

나타샤의 얼굴에서 만족의 미소가 떠나지를 않았다. 그녀는 예전에는 좀처럼 다가가기 힘든 귀부인으로 보였는데 지금은 자신을 너무도 살갑게 대해 주는 이 아름다운 베주호바 백작 부인의 칭찬에 활짝 꽃피는 듯한 행복함을 느꼈다. 나타샤는 쾌활해졌다. 그리고 그녀는 너무나 아름답고 친절한 이 여인에게 자신이 푹 빠지다시피 한 것을 느꼈다. 엘렌도 나타샤에게 진심으로 감탄하며 그녀를 즐겁게 해 주려 했다. 아나톨이 자신과 나타샤를 맺어 달라 부탁했고, 그녀는 이를 위해 로스토프가 사람들에게 왔다. 남동생과 나타샤를 맺어 주려는 생각에서 재미를 느낀 것이다.

엘렌은 예전에 페테르부르크에서 보리스를 뺏긴 일로 나타샤에게 화가 났지만 지금은 그때 일을 생각하지 않고 나름대로 온 마음을 다해 나타샤의 행복을 바랐다. 로스토프가 사람들과 헤어질 때 그녀는 자신의 **피보호자**를 한옆으로 불렀다.

"어제 동생이 우리 집에서 식사를 했어요. 우리는 배를 잡고 웃었죠. 아무것도 먹지 않고 당신을 애타게 그리워하는 거예요, 나의 매력적인 아가씨. 그 애는 미치도록, 정말 미치도록 당신을 사랑해요."

그 말을 듣고 나타샤는 얼굴을 새빨갛게 붉혔다.

"얼굴이 빨개졌네. 정말 빨개졌어요, **나의 아름다운 아가씨!**" 엘렌이 말했다. "꼭 와요. **나의 매혹적인 아가씨**, 만약 당신이 누군가를 사랑한다 해도 그게 자신을 가두어 둘 이유는 되지 않아요. 설사 약혼을 했더라도 약혼자는 당신이 따분해 죽을 지경이 되기보다는 오히려 사교계에 드나들기를 바랄 거예요. 난 그럴 거라고 확신해요."

'그러니까 이 사람은 내가 약혼한 걸 아는구나. 그러니까 이 사람은 남편과, 피에르와, 그 올곧은 피에르와 이것에 대해 말을 나누며 웃었던 거야. 그럼 괜찮겠지.' 나타샤는 생각했다. 그러자 전에는 무섭게 느껴지던 것이 또다시 엘렌의 영향으로 단순하고 자연스럽게 보였다. '그리고 그녀는 **대단한 귀부인**이잖아. 너무나 아름답고, 또 진심으로 날 좋아하는 것 같고.' 나타샤는 생각했다. '그렇다면 즐겁게 지내면 안 될 까닭이 뭐야?' 나타샤는 동그랗게 뜬 놀란 눈으로 엘렌을 쳐다보며 생각했다.

마리야 드미트리예브나가 식사 시간에 맞춰 돌아왔다. 노공작의 집에서 패하고 온 듯 말이 없었다. 심각한 모습이었다. 차분히 상황을 이야기하기에는 앞서 있었던 충돌로 지나치게 흥분한 상태였다. 그녀는 백작의 질문에 모든 일이 순조롭다고, 내일 이야기해 주겠다고 대답했다. 베주호바 백작 부인의 방문과 그녀의 야회 초대를 듣고 마리야 드미트리예브나는 말했다.

"난 베주호바와 교제하는 것을 좋아하지 않아. 권하지 않겠다. 뭐, 그래도 이미 약속했다면 다녀오려무나. 기분 전환이라도 해." 그녀는 나타샤를 돌아보며 이렇게 덧붙였다.

13

일리야 안드레이치 백작은 아가씨들을 데리고 베주호바 백작 부인의 집을 찾았다. 야회에는 사람들이 꽤 많았다. 그러나 대부분 나타샤가 모르는 이들이었다. 일리야 안드레이치 백작은 모임이 경박한 언동으로 유명한 남자들과 부인들로 이루어진 것을 보고 불만을 느꼈다. **마드무아젤 조르주**는 응접실 한구석에 젊은 사람들에게 둘러싸여 서 있었다. 프랑스인도 몇몇 있었는데 그 가운데에는 엘렌이 모스크바에 온 후 그녀의 집에서 식객이 된 메티비에도 있었다. 일리야 안드레이치 백작은 카드놀이판에 끼지 말고 딸들 옆을 떠나지 않고 있다가 **조르주**의 낭송이 끝나는 대로 즉시 떠나기로 결심했다.

아나톨은 분명 문가에서 로스토프가 사람들이 도착하기를 기다린 듯했다. 그는 백작과 인사를 나누고 곧바로 나타샤에게 다가가 그녀의 뒤를 따랐다. 그를 보자마자 나타샤는 극장에서처럼 그가 자기를 좋아한다는 허영에 찬 만족감과 그와 자기 사이에 도덕적 장벽이 없다는 두려움에 사로잡혔다.

엘렌은 **나타샤**를 반갑게 맞으며 그녀의 아름다움과 옷차림에 큰 소리로 감탄했다. 그들이 오자 **마드무아젤 조르주**는 옷을 갈아

입기 위해 방에서 나갔다. 응접실에 의자를 배치하고 자리에 앉기 시작했다. 아나톨이 나타샤 쪽으로 의자를 끌어와 옆에 앉으려 했지만, 나타샤에게 눈을 떼지 않고 있던 백작이 그녀 곁에 앉았다. 아나톨은 뒤에 앉았다.

마드무아젤 조르주가 곳곳이 보조개처럼 옴폭 들어간 통통한 팔을 드러내고 한쪽 어깨에 빨간 숄을 걸친 채 그녀를 위해 비워 둔 안락의자들 사이의 공간으로 나와 부자연스러운 자세로 섰다. 환희에 찬 속삭임이 들렸다.

마드무아젤 조르주는 준엄하고 음울한 눈길로 청중을 둘러보더니 프랑스어로 시를 읊기 시작했다. 아들을 향한 범죄적인 사랑에 관한 시였다.* 그녀는 곳에 따라 목소리를 높이고, 어떤 부분에서는 엄숙하게 고개를 들며 속삭이고, 어떤 부분에서는 말을 멈추었다가 눈을 부릅뜨며 목쉰 소리를 냈다.

"황홀하군, 훌륭해, 경이로워!" 사방에서 말들이 들렸다. 나타샤는 풍만한 **조르주**를 바라보고 있었지만 아무것도 듣지 못했고, 눈앞에서 벌어지는 광경 가운데 그 무엇도 보지 못하고 이해하지 못했다. 그녀는 예전과 너무 다른 기묘한 광기의 세계에, 무엇이 선하고 무엇이 악한지, 무엇이 분별 있는 것이고 무엇이 무분별한 것인지 알 수 없는 세계에 또다시 돌이킬 수 없이 완전히 빠져든 자신을 느꼈을 뿐이다. 등 뒤에 아나톨이 앉아 있었고, 그녀는 그가 가까이 있음을 느끼며 두려운 심정으로 무언가를 기다렸다.

첫 번째 낭송이 끝나자 모두들 자리에서 일어나 환희를 표현하며 **마드무아젤 조르주**를 에워쌌다.

"조르주는 정말 아름다워요!" 나타샤가 아버지에게 말했다. 그는 일어나 사람들을 뚫고 여배우에게 나아갔다.

"당신을 보고 있으니 그런 생각이 안 들어요." 아나톨이 나타샤를 뒤따르며 말했다. 그는 그녀 혼자만 그의 말을 들을 수 있던 순간에 이 말을 했다. "당신은 매혹적입니다. 난 당신을 처음 본 순간부터 계속……."

"가자, 가, 나타샤." 백작이 딸을 데리러 돌아오며 말했다. "정말 아름답더구나!"

나타샤는 아무 말도 하지 않고 아버지에게 다가가 묻는 듯한 놀란 눈으로 그를 바라보았다.

몇 가지 기법의 낭송을 끝낸 뒤에 **마드무아젤 조르주**는 떠났고, 베주호바 백작 부인은 사람들에게 자리를 홀로 옮겨 달라고 요청했다.

백작은 떠나려 했지만 엘렌이 즉흥 무도회의 흥을 깨지 말아 달라고 간절히 부탁하는 바람에 로스토프가 사람들은 남았다. 아나톨은 나타샤에게 왈츠를 청했다. 왈츠를 추는 동안 그는 그녀의 허리와 손을 잡으며 그녀가 **매혹적**이라고, 그리고 그녀를 사랑한다고 말했다. 에코세즈를 출 때 나타샤는 다시 쿠라긴과 춤을 추었다. 단둘이 남았을 때 아나톨은 아무 말도 하지 않고 그저 그녀를 바라보기만 했다. 나타샤는 그가 왈츠를 출 때 한 말이 꿈이 아니었을까 의심했다. 첫 번째 피겨가 끝날 무렵 그는 다시 그녀의 손을 잡았다. 나타샤는 겁에 질린 눈으로 그를 올려다보았지만, 그의 다정한 눈빛과 미소에 너무나 자신만만하면서도 부드러운 표정이 어려 있어서 도저히 그를 쳐다보며 자신이 하려던 말을 할 수가 없었다. 그녀는 눈을 내리깔았다.

"그런 말은 하지 말아 주세요. 난 약혼한 몸이고, 다른 사람을 사랑하고 있어요." 그녀는 서둘러 말하고는 그를 흘깃 쳐다보았다. 아나톨은 그녀의 말에 당황하지도 슬퍼하지도 않았다.

"내게 그런 말은 하지 마십시오. 그게 나와 무슨 상관입니까?"

그가 말했다. "나는 미치도록, 미치도록 당신을 사랑합니다. 그게 내가 하고 싶은 말입니다. 당신이 매혹적인 게 내 잘못입니까……? 우리 차례군요."

나타샤는 생기발랄하면서도 불안한 모습으로 놀란 눈을 크게 뜨고 주위를 바라보았다. 그녀는 평소보다 더 즐거워 보였다. 그녀는 그날 밤에 있었던 일을 거의 아무것도 기억하지 못했다. 그녀는 에코세즈와 그로스파터를 추었다. 아버지가 돌아가자고 했지만 그녀는 남아 있게 해 달라고 부탁했다. 어디에 있든 누구와 대화하든 그녀는 자신을 바라보는 그의 시선을 느꼈다. 그녀는 옷매무새를 바로잡을 수 있도록 의상실에 가게 해 달라고 아버지에게 허락을 구한 것과, 엘렌이 뒤따라와 남동생의 사랑에 대해 깔깔거리며 이야기한 것과, 작은 소파 방에서 다시 아나톨과 마주친 것과, 엘렌이 어딘가로 사라지고 단둘이 남게 되자 아나톨이 손을 잡고 부드러운 목소리로 말한 것을 나중에 기억해 냈다.

"난 당신을 찾아갈 수 없습니다. 하지만 정말 다시는 당신을 볼 수 없는 겁니까? 난 미치도록 당신을 사랑합니다. 정말로 다시는……?" 그러더니 그가 그녀의 길을 가로막으며 자기 얼굴을 그녀의 얼굴에 가까이 댔다.

그 남자의 빛나는 큰 눈동자가 그녀의 눈동자에 너무 가까이 있어서 그녀는 그 눈동자 외에 아무것도 볼 수 없었다.

"나탈리?" 그의 목소리가 묻는 듯 속삭였고, 누군가가 그녀의 두 손을 아프게 꼭 쥐었다. "나탈리?"

'난 아무것도 모르겠어요. 난 할 말이 없어요.' 그녀의 눈빛이 말했다.

뜨거운 입술이 그녀의 입술을 눌렀다. 순간 그녀는 또다시 자유로운 기분을 느꼈다. 그리고 방에서 엘렌의 발소리와 드레스 스치는 소리가 들렸다. 나타샤는 엘렌을 돌아보았고, 그다음 얼굴을 붉히고 바들바들 떨며 묻는 듯 놀란 눈으로 그를 쳐다보고는 문으로 향했다.

"**한마디만, 제발 단 한 마디만.**" 아나톨이 말했다.

그녀는 걸음을 멈추었다. 그의 말을 꼭 들어야 했다. 그 말이 그녀에게 무슨 일이 일어났는지 설명해 줄 것이고, 그러면 그녀도 대답해 줄 수 있을 것이다.

"**나탈리, 한마디만, 한마디만.**" 그는 무슨 말을 해야 할지 모르는 듯 계속 똑같은 말을 되풀이했고, 엘렌이 그들에게 다가올 때까지도 그 말만 되풀이했다.

엘렌은 나타샤와 함께 다시 응접실로 갔다. 로스토프가 사람들은 밤참 자리에 남지 않고 떠났다.

집으로 돌아온 나타샤는 밤새 잠을 이루지 못했다. 해결되지 않는 질문이 그녀를 괴롭혔다. 그녀는 누굴 사랑한 것인가, 아나톨인가, 아니면 안드레이 공작인가? 그녀는 안드레이 공작을 사랑했다. 자신이 그를 얼마나 열렬히 사랑했는지 또렷이 기억했다. 그러나 아나톨도 사랑했다. 그것은 의심의 여지가 없었다. '그렇지 않다면 과연 이 모든 일이 일어날 수 있었겠어?' 그녀는 생각했다. '그러고 나서 내가 그와 작별 인사를 할 때 그의 미소에 미소로 답할 수 있었다면, 내가 그런 걸 허용할 수 있었다면 그건 내가 처음 본 순간부터 그를 사랑했다는 뜻이야. 그러니까 그가 선하고 고결하고 아름다워서 사랑하지 않을 수 없었던 거야. 그도 사랑하고 다른 사람도 사랑하는데 도대체 난 어떻게 해야 하나?' 그녀는 스스로에게 말하며 이 무시무시한 물음에 대한 답을 찾지 못했다.

14

분주하고 소란스러운 아침이 왔다. 모두 잠자리에서 일어나 움직이고 말하기 시작했다. 다시 재봉사가 찾아오고, 다시 마리야 드미트리예브나가 나오고, 다시 차를 마시러 오라는 소리가 들렸다. 나타샤는 자신을 향한 모든 시선을 붙잡으려는 듯 눈을 크게 뜨고서 불안하게 모두를 돌아보며 여느 때와 똑같아 보이려고 애썼다.

아침 식사 후 마리야 드미트리예브나는 (이 시간이 그녀가 가장 좋아하는 때였다) 안락의자에 앉아서 나타샤와 노백작을 가까이 불렀다.

"자, 나의 친구들, 모든 문제를 곰곰이 다 생각해 봤네. 이것이 자네들에게 주는 나의 충고야." 그녀가 말을 시작했다. "자네들이 알다시피 어제 난 니콜라이 공작을 찾아갔었네. 그와 말을 나누었지……. 그는 소리 지를 생각부터 했어. 그런다고 해서 내 소리를 묻을 순 없지! 난 그에게 전부 거리낌 없이 읊어 줬어!"

"그래, 그분은 어떻던가요?" 백작이 물었다.

"그 인간이 어떠냐고? 미치광이야……. 들으려고 하질 않아. 그러니 무슨 말을 하겠나, 우리가 가여운 애를 너무 들들 볶았어."

마리야 드미트리예브나가 말했다. "내가 자네들에게 하려는 충고는 볼일을 끝내고 집으로, 오트라드노예로 가라는 거야. 그곳에서 기다리는 게……."

"아, 안 돼요!" 나타샤가 소리쳤다.

"아니, 가야 해." 마리야 드미트리예브나가 말했다. "그곳에서 기다려야 해. 만약 약혼자가 지금 이곳에 도착하면 다툼 없이는 이 사태가 해결되지 않을 거야. 그 사람이 여기서 노인네와 일대일로 모든 문제에 대해 담판을 짓고 나서 자네들에게 갈 걸세."

일리야 안드레이치는 제안이 전적으로 타당하다는 것을 즉시 깨달았다. 노인이 누그러진다면 모스크바로든 리시예 고리로든 나중에 찾아가는 편이 더 나을 것이다. 그렇지 않으면 그의 뜻을 거역하고 결혼할 수 있는 곳은 오트라드노예뿐일 것이다.

"지당하십니다." 그가 말했다. "그를 찾아간 것이, 이 애까지 데려간 것이 후회됩니다." 노백작이 말했다.

"아니, 후회할 게 뭐 있나? 이곳에 있으면서 인사를 하지 않을 순 없었지. 뭐, 원하지 않는 건 그 사람 문제고." 마리야 드미트리예브나가 손가방에서 무언가를 찾으며 말했다. "혼수품도 준비되었고, 뭘 또 기다리겠나. 준비되지 않은 게 있으면 내가 보내 주지. 나도 자네들이 딱하지만 하느님의 은총과 함께 떠나는 편이 더 낫겠네." 그녀는 찾던 것을 손가방에서 발견하고 나타샤에게 건넸다. 마리야 공작 영애의 편지였다. "그 애가 너에게 편지를 썼더구나. 가여운 것, 얼마나 괴로워하는지! 그 애는 자기가 널 좋아하지 않는다고 네가 생각할까 봐 걱정하고 있어."

"그래요, 그녀는 날 좋아하지 않아요." 나타샤가 말했다.

"쓸데없는 소리 하지 마라." 마리야 드미트리예브나가 고함을 쳤다.

"아무도 믿지 않아요. 전 그녀가 절 좋아하지 않는 걸 알아요."
나타샤는 편지를 쥐고 주저 없이 말했다. 얼굴에 메마르고 독기 어린 결의가 떠올랐다. 마리야 드미트리예브나는 그런 표정의 그녀를 뚫어지게 바라보다가 얼굴을 찌푸렸다.

"애야, 그런 식으로 대답하면 안 된다." 그녀가 말했다. "난 사실을 말하는 거야. 답장을 쓰려무나."

나타샤는 대답 없이 자기 방으로 가서 마리야 공작 영애의 편지를 읽었다.

마리야 공작 영애는 둘 사이에 생긴 오해 때문에 절망에 빠졌다고 썼다. 마리야 공작 영애가 쓰길, 아버지의 감정이 어떻든 자신은 오빠가 선택한 여인으로서 나타샤를 사랑하지 않을 수 없으며 오빠의 행복을 위해서라면 모든 것을 희생할 각오가 되어 있다고, 나타샤가 그 점을 믿어 주기를 바란다고 했다.

마리야 공작 영애는 이렇게 썼다. "그래도 우리 아버지가 당신에게 반감을 품고 있다고는 생각하지 말아 줘요. 아버지는 병든 노인이세요. 이해해야 해요. 아버지는 선하고 관대한 분이니 아들을 행복하게 해 줄 사람을 사랑하게 되실 거예요." 마리야 공작 영애는 이어 나타샤에게 자신을 다시 만날 수 있는 시간을 정해 달라고 부탁했다.

편지를 읽은 나타샤는 답장을 쓰기 위해 책상에 앉았다. "**친애하는 공작 영애!**" 그녀는 빠르게 기계적으로 쓰고는 펜을 멈췄다. 전날 그 모든 일이 일어나고 나서 그녀가 무엇을 더 쓸 수 있었단 말인가? '그래, 그래, 전부 있었던 일이야. 이제 모든 게 달라져 버렸어.' 그녀는 막 쓰기 시작한 편지를 앞에 두고 생각에 잠겼다. '그를 거절해야 하나? 정말 그래야 하는 걸까? 끔찍해!' 그녀는 이런 끔찍한 생각을 하지 않으려고 소냐에게로 가서 함께 자수 문양을 고르기 시작했다.

식사 후 나타샤는 자기 방으로 가서 다시 마리야 공작 영애의 편지를 집어 들었다. '정말 모든 게 끝난 것인가?' 그녀는 생각했다. '정말 그 모든 게 그토록 순식간에 일어나 이전의 모든 것을 파괴해 버린 것인가?' 그녀는 안드레이 공작을 향한 예전의 충만한 사랑을 떠올리며 동시에 쿠라긴을 사랑했음을 느꼈다. 그녀는 안드레이 공작의 아내가 된 자신을 머릿속에 생생하게 떠올리며 그토록 수없이 되풀이하여 상상하던 그와의 행복의 장면을 그렸고, 그와 동시에 흥분에 들떠 얼굴을 새빨갛게 물들이며 전날 아나톨과의 만남을 전부 세세하게 마음에 그렸다.

'왜 이 두 가지가 함께 존재할 수 없는 걸까?' 그녀는 이따금 정신이 몽롱한 상태에서 이런 생각을 하기도 했다. '그럴 때만 난 완전히 행복할 텐데. 지금은 선택을 해야 하고 두 사람 가운데 어느 한 사람 없이 난 행복할 수 없어.' 그녀는 생각했다. '무슨 일이 있었는지 안드레이 공작에게 말하는 것도, 그것을 숨기는 것도 똑같이 불가능해. **이 사람**과는 망가질 게 전혀 없지. 하지만 정말 안드레이 공작을 향한 이 사랑의 행복과 영원히 작별해야 하는 건가, 내가 그토록 오랫동안 그것으로 살아왔는데?'

"아가씨." 하녀가 방에 들어오며 은밀한 표정으로 속삭였다. "어떤 남자분이 전해 드리라고 하셨어요." 하녀는 편지를 건넸다. "다만 제발 아가씨……." 하녀가 뭐라고 더 말하고 있는데 나타샤는 별생각 없이 기계적인 동작으로 봉인을 뜯고 아나톨의 연애편지를 읽었다. 그녀는 편지를 단 한 마디도 이해하지 못했지만 오직 한 가지, 이 편지가 그 사람에게서, 사랑하는 남자에게서 온 것이라는 점만은 알았다. '그래, 그녀는 사랑하고 있어. 그렇지 않다면 과연 그런 일이 일어날 수 있었겠어? 그가 보낸 연애편지가 그

녀의 손에 있을 수 있겠어?'

나타샤는 아나톨을 대신해 돌로호프가 쓴 그 열정적인 연애편지를 떨리는 손으로 쥐고 있었다. 그리고 편지를 읽는 동안 자신이 느낀 듯한 모든 것이 그 안에서 메아리치는 것을 발견했다.

"어젯밤 이후 내 운명은 결정되었습니다. 당신의 사랑을 받든가 아니면 죽든가 둘 중 하나입니다. 나에게 다른 출구는 없습니다." 편지는 이렇게 시작되었다. 그다음에 그녀의 가족이 그녀를 자기에게 주지 않으리라는 것을 안다고, 여기에는 그가 그녀에게만 털어놓을 수 있는 비밀스러운 이유들이 있다고, 하지만 그녀가 자기를 사랑한다면 **네**라는 한마디만 해 주면 되고, 그러면 인간의 어떤 힘도 자신들의 천상의 행복을 방해하지 못할 것이라고 썼다. 사랑은 모든 것을 이길 것이다. 그는 그녀를 납치하여 세상 끝으로 데려갈 것이다.

'그래, 그래, 난 그를 사랑해!' 나타샤는 편지를 스무 번이나 거듭 읽고 그의 말 한마디 한마디에서 어떤 특별하고 심오한 의미를 찾으며 생각했다.

그날 밤 마리야 드미트리예브나는 아르하로프가에 가면서 아가씨들에게 동행을 제안했다. 그러나 나타샤는 머리가 아프다는 핑계를 대고 집에 남았다.

15

밤늦게 돌아온 소냐는 나타샤의 방에 들렀다가 옷도 갈아입지 않고 소파에서 잠든 나타샤를 보고 놀랐다. 그녀의 옆 테이블에는 아나톨의 편지가 펼쳐져 있었다. 소냐는 편지를 집어 들고 읽기 시작했다.

소냐는 편지를 읽다가 잠든 나타샤를 흘깃거리며 그녀의 얼굴에서 자신이 읽고 있던 내용에 대한 설명을 구했으나 찾을 수 없었다. 고요하고 온화하고 행복한 얼굴이었다. 소냐는 숨이 막힐 것 같아 가슴을 움켜쥐고 하얗게 질려 두려움과 흥분으로 바들바들 떨며 안락의자에 앉아 눈물을 쏟았다.

'어떻게 난 아무것도 보지 못했을까? 어쩌다 일이 이 지경이 되었을까? 정말 나타샤는 더 이상 안드레이 공작을 사랑하지 않는 걸까? 어떻게 나타샤는 쿠라긴에게 이런 것까지 허용할 수 있었지? 그는 사기꾼에 악당이야. 틀림없어. **니콜라**가, 그 다정하고 고결한 **니콜라**가 이 일을 알게 되면 어떻게 할까? 그저께, 그리고 어제, 그리고 오늘, 나타샤의 흥분되고 결연하고 부자연스러운 얼굴이 의미하는 게 바로 이것이었어.' 소냐는 생각했다. '하지만 나타샤가 그를 사랑할 리 없어! 나타샤는 아마 누구에게서 온 것인지

모르고 이 편지의 봉인을 뜯었을 거야. 아마 모욕을 느꼈을 거야. 나타샤가 이런 행동을 할 리 없어!'

소냐는 눈물을 닦고 나타샤에게 다가가 얼굴을 들여다보았다.

"나타샤!" 그녀는 들릴락 말락 한 소리로 말했다.

나타샤가 눈을 뜨고 소냐를 보았다.

"아, 왔어?"

그리고 잠에서 깨는 몇 분 동안 그러듯 친구를 부드럽게 꼭 껴안았다. 그러나 소냐의 얼굴에 떠오른 당혹감을 깨닫고 나타샤의 얼굴에 당혹과 의혹이 일었다.

"소냐, 편지 읽었구나?" 그녀가 말했다.

"그래." 소냐가 조용히 말했다.

나타샤는 희열에 찬 미소를 지었다.

"아니, 소냐, 나도 더 이상 못하겠어!" 나타샤가 말했다. "더 이상 너에게 숨길 수가 없어. 있잖아, 우린 서로 사랑해! 사랑하는 소냐, 그가 편지에…… 소냐……."

소냐는 자신의 귀를 의심하듯 나타샤를 똑바로 바라보았다.

"그럼 볼콘스키는?" 그녀가 말했다.

"아, 소냐, 아, 내가 얼마나 행복한지 네가 안다면!" 나타샤가 말했다. "넌 사랑이 뭔지 몰라……."

"하지만 나타샤, 정말 그 모든 게 끝난 거야?"

나타샤가 질문을 이해할 수 없다는 듯 커다랗게 뜬 눈으로 소냐를 바라보았다.

"그래서 안드레이 공작을 거절하려는 거야?" 소냐가 말했다.

"아, 넌 아무것도 몰라. 바보 같은 소리 좀 그만해. 들어 봐." 나타샤가 발끈 화를 내며 말했다.

"아니, 난 믿을 수 없어." 소냐가 되풀이해서 말했다. "이해가 안 돼. 어떻게 한 해 동안 꼬박 한 남자를 사랑하다가 갑자기……. 넌 그 남자를 겨우 세 번 봤잖아. 나타샤, 난 네 말 안 믿어. 넌 농담하는 거야. 사흘 만에 모든 걸 잊고 이렇게……."

"사흘." 나타샤가 말했다. "하지만 난 그를 1백 년 동안 사랑해 온 것 같아. 그 사람을 만나기 전까지는 아무도 사랑한 적이 없는 것 같아. 그래, 난 누구도 그 사람만큼 사랑한 적이 없었어. 넌 이해할 수 없겠지, 소냐. 잠깐, 여기 앉아 봐." 나타샤는 그녀를 안고 입을 맞추었다. "난 이런 일이 일어나기도 한다는 말을 들었어. 너도 분명 들었을 거야. 그리고 난 이제야 그런 사랑을 경험한 거야. 이건 예전의 사랑과 달라. 그를 보자마자 느꼈어. 그는 나의 지배자이고, 나는 그의 노예야. 그 사람을 사랑하지 않을 수가 없어. 그래, 노예야! 그가 나에게 어떤 명령을 내리든 난 할 거야. 넌 이걸 이해하지 못하지. 내가 어떻게 해야 해? 도대체 난 어떻게 해야 하니, 소냐?" 나타샤는 행복과 두려움이 동시에 깃든 얼굴로 말했다.

"하지만 네가 뭘 하고 있는지 생각해 봐." 소냐가 말했다. "난 이 일을 이대로 내버려 둘 수 없어. 이 비밀 편지를……. 어떻게 넌 그 사람에게 이런 것까지 허락할 수 있었어?" 그녀가 애써 감추던 두려움과 혐오감을 드러내며 말했다.

"내가 말하잖아." 나타샤가 대답했다. "나에겐 의지가 없다고. 어떻게 넌 그걸 이해하지 못하니? 난 그를 사랑해!"

"하지만 난 그렇게 되도록 내버려 두지 않겠어. 말할 거야." 소냐는 눈물을 터뜨리며 소리를 질렀다.

"뭐야, 제발……. 만약 말하면 넌 나의 적이 되는 거야." 나타샤가 말했다. "넌 나의 불행을 바라고 있어. 넌 우리 사이를 갈라놓고 싶어 해……."

나타샤가 그처럼 두려워하는 것을 보고 소냐는 친구에 대한 부끄러움과 연민으로 눈물을 쏟았다.

"하지만 둘 사이에 무슨 일이 있었던 거야?" 그녀가 물었다. "그 사람이 네게 무슨 말을 했어? 왜 집으로 찾아오지 않는 거야?"

나타샤는 그 질문에 대답하지 않았다.

"제발, 소냐. 아무에게도 말하지 마. 날 괴롭히지 마." 나타샤가 간절하게 애원했다. "이런 일에 간섭하면 안 된다는 걸 기억해야지. 난 너한테 솔직하게 털어놓았잖아……."

"하지만 왜 이런 비밀을? 그 사람은 도대체 왜 집으로 오지 않는 거야?" 소냐가 물었다. "그 사람은 왜 직접 청혼하지 않아? 상황이 이미 그렇다면 안드레이 공작이 너에게 완전한 자유를 주었잖아. 난 그런 걸 믿지 않지만 말이야. 나타샤, 넌 **비밀스러운 이유**라는 게 어떤 것일지 생각해 봤어?"

나타샤가 놀란 눈으로 소냐를 바라보았다. 분명 그녀 자신도 그 문제를 처음 떠올린 것 같았다. 그녀는 뭐라고 대답해야 할지 몰랐다.

"무슨 이유인지는 몰라. 하지만, 그러니까, 이유가 있는 거야!"

소냐가 탄식을 터뜨리며 믿을 수 없다는 듯 고개를 저었다.

"만약 이유가 있다면……." 그녀가 입을 열었다. 하지만 소냐의 의혹을 짐작한 나타샤가 깜짝 놀라 말을 가로막았다.

"소냐, 그 사람을 의심하면 안 돼. 안 돼, 안 돼, 알겠어?" 그녀가 소리쳤다.

"그 사람이 널 사랑할까?"

"사랑하느냐고?" 나타샤가 친구의 몰이해에 대한 유감의 미소를 지으며 말을 되풀이했다. "너도 편지를 읽었잖아? 너도 봤잖아?"

"하지만 그 사람이 비열한 남자라면?"

"**그 사람**이 비열한 남자라고? 네가 그 사람을 알기만 한다면!" 나타샤가 말했다.

"그 사람이 고결한 남자라면 자신의 의도를 설명하거나 널 더 이상 만나지 말아야 해. 만약 네가 그러고 싶지 않다면 내가 할게. 내가 그 사람에게 편지를 쓰고, 아빠에게도 말하겠어." 소냐가 단호하게 말했다.

"난 그 사람 없이 못 살아!" 나타샤가 소리쳤다.

"나타샤, 널 이해할 수 없어. 도대체 무슨 말을 하는 거야! 아버지를, **니콜라**를 생각해 봐."

"아무도 필요 없어. 난 그 사람 말고는 아무도 사랑하지 않아. 어떻게 넌 그 사람을 비열하다고 말할 수 있니? 넌 정말 내가 그 사람을 사랑한다는 걸 모르겠어?" 나타샤가 외쳤다. "소냐, 나가. 너랑 싸우기 싫어. 나가, 제발, 나가라고. 내가 얼마나 괴로워하는지 알잖아." 나타샤가 분노를 억누르는 절망에 찬 목소리로 사납게 악을 썼다.

소냐는 흐느끼며 방에서 뛰쳐나갔다.

나타샤는 책상으로 다가가 오전 내내 쓸 수 없었던 마리야 공작 영애의 편지에 대한 답장을 단 1분도 생각하지 않고 써 내려갔다. 편지에서 그녀는 둘 사이의 모든 오해는 끝났다고, 떠나면서 자신에게 자유를 준 안드레이 공작의 관대함에 의지하여 마리야 공작 영애가 모든 것을 잊고 또 자기가 잘못한 것이 있다면 용서해 주기 바란다고, 하지만 자기는 그의 아내가 될 수 없다고 짤막하게 썼다. 그 순간에는 그 모든 것이 너무 쉽고 간단하고 분명하게 여겨졌다.

금요일에 로스토프가 사람들은 시골로 돌아가야 했다. 백작은 수요일에 구매자와 함께 모스크바 근교 영지로 떠났다.

백작이 떠나던 날 소냐와 나타샤는 쿠라긴가의 큰 만찬에 초대받았고, 마리야 드미트리예브나가 그들을 데려갔다. 그 만찬에서 나타샤는 다시 아나톨을 만났다. 소냐는 나타샤가 다른 사람들에게 들리지 않도록 그와 무언가 이야기하고, 만찬 내내 전보다 훨씬 더 흥분해 있는 것을 알아차렸다. 집에 돌아오자 나타샤는 소냐보다 먼저 친구가 기다리던 해명의 말을 꺼냈다.

"얘, 소냐, 넌 그 사람에 대해 온갖 어리석은 말들을 했지." 나타샤는 온순한 목소리로, 아이들이 칭찬을 바랄 때의 목소리로 입을 열었다. "오늘 밤 난 그 사람과 의논을 했어."

"그래, 뭘? 도대체 그 사람이 뭐라고 했니? 나타샤, 네가 나한테 화를 내지 않아서 얼마나 기쁜지 몰라. 전부, 사실대로 다 이야기해 줘. 그 사람이 뭐라고 했어?"

나타샤는 생각에 잠겼다.

"아, 소냐, 네가 나만큼만 그 사람을 안다면! 그 사람이 말했어……. 그 사람은 내가 볼콘스키와 어떤 약속을 했는지 물었어. 볼콘스키를 거절하는 문제가 내게 달렸다고 하니까 몹시 기뻐했지."

소냐는 슬프게 탄식했다.

"하지만 넌 볼콘스키를 거절하지 않았잖아?" 그녀가 말했다.

"어쩌면 거절한 것일 수도 있어! 어쩌면 볼콘스키와는 다 끝났어. 왜 넌 날 그렇게 나쁘게 생각해?"

"난 아무 생각도 하지 않아. 그냥 이해가 안 돼서……."

"기다려, 소냐, 전부 이해하게 될 거야. 그가 어떤 사람인지 알게 될 거야. 나에 대해서도, 그 사람에 대해서도 나쁘게 생각하지 말아 줘."

"난 누구도 나쁘게 생각하지 않아. 난 모두를 사랑하고 모두를 불쌍히 여겨. 하지만 내가 어떻게 해야 하니?"

소냐는 나타샤가 자기에게 보여 준 부드러운 어조에 굴복하지 않았다. 나타샤의 표정이 부드러워지고 아양을 떠는 듯싶을수록 소냐의 얼굴은 더욱 진지하고 엄해졌다.

"나타샤." 소냐가 말했다. "네가 나와 말하고 싶지 않다고 해서 나도 아무 말 하지 않았어. 지금은 네가 먼저 말을 꺼낸 거야. 나타샤, 난 그 사람을 믿지 않아. 어째서 이런 걸 비밀로 하지?"

"또, 또 그런다!" 나타샤가 말을 가로막았다.

"나타샤, 난 네가 걱정돼."

"뭐가 걱정인데?"

"난 네가 스스로를 파멸시킬까 봐 두려워." 소냐가 단호하게 말했다. 그러면서 스스로도 자신이 한 말에 놀랐다.

나타샤의 얼굴이 다시 적의를 드러냈다.

"파멸시킬 거야, 파멸시키겠어. 하루빨리 나 자신을 파멸시켜 버릴 거야. 상관하지 마세요. 안 좋게 되는 건 당신이 아니라 나라고요. 내버려 둬, 날 내버려 두란 말이야. 난 널 증오해."

"나타샤!" 소냐가 깜짝 놀라 큰 소리로 애원했다.

"증오해, 증오한다고! 그리고 넌 영원히 나의 적이야!"

나타샤는 방에서 뛰쳐나갔다.

나타샤는 더 이상 소냐와 말을 하지 않고 피했다. 그녀는 조마조마 놀라고 범죄의 낌새가 엿보이는 똑같은 표정으로 방 안을 돌아다니며 이런저런 일거리에 매달리다가 금방 내동댕이쳤다.

아무리 괴로운 일이었어도 소냐는 잠시도 눈을 떼지 않고 친구를 살폈다.

백작이 돌아오기로 한 전날, 소냐는 나타샤가 무언가를 기다리는 듯 오전 내내 응접실 창가에 앉아 있다가 지나가던 군인에게 무언가 신호를 보내는 것을 알아차렸다. 소냐는 그 군인이 아나톨이라고 생각했다.

소냐는 더욱더 주의 깊게 친구를 관찰하던 중에 나타샤가 식사 시간과 저녁 내내 이상하게 부자연스러운 상태라는 것을 알았다. (질문을 받으면 엉뚱한 대답을 하고, 말을 꺼냈다가 얼버무리기도 하고, 무엇에나 깔깔거리기도 했다.)

차 모임 후 소냐는 나타샤의 방 문가에서 그녀가 오기를 기다리며 쭈뼛거리는 하녀를 보았다. 소냐는 그녀를 들여보내고 문가에서 엿듣다가 또다시 편지가 전달된 것을 알았다.

불현듯 나타샤가 오늘 밤 무서운 계획을 꾸미고 있다는 사실이 소냐에게 명확하게 다가왔다. 소냐는 방문을 두들겼다. 그러나 나타샤는 그녀를 들이지 않았다.

'그 사람과 달아나려는 거야!' 소냐는 생각했다. '그 애라면 무슨 짓이든 할 수 있어. 오늘 나타샤의 얼굴에 유난히 슬프고도 결연한 뭔가가 있었어. 아저씨와 작별하면서는 울음을 터뜨렸어.' 소냐는 기억을 떠올렸다. '그래, 맞아, 그와 달아나려는 거야. 하지만 내가 뭘 할 수 있지?' 소냐는 나타샤에게 무서운 계획이 있음을 분명하게 보여 주던 조짐들을 떠올리며 생각했다. '백작님도 없는데. 어떻게 하지? 쿠라긴에게 해명을 요구하는 편지를 쓸까? 하지만 누가 그에게 내 편지에 답장하라고 하겠어? 피에르에게 편지를 써? 안드레이 공작이 안 좋은 일이 생길 경우에 그러라고 했잖아…… 하지만 어쩌면 그 애는 정말로 이미 볼콘스키를 거절했는지도 몰라. (그 애가 어제 마리야 공작 영애에게 편지를 보냈잖아.) 아저씨도 없는데!'

나타샤를 그토록 믿고 있는 마리야 드미트리예브나에게 말하는 것은 소냐에겐 끔찍한 일이었다.

　'하지만 어쨌든…….' 소냐는 어두운 복도에 서서 생각했다. '지금이야말로 내가 이 가족의 은혜를 기억하고 **니콜라**를 사랑한다는 사실을 입증할 순간이야. 아니, 난 사흘 밤을 새우는 한이 있더라도 이 복도를 떠나지 않고 완력을 써서라도 그 애를 붙잡을 거야. 그들의 가족이 수치를 겪게 하지 않겠어.' 그녀는 생각했다.

16

아나톨은 최근 돌로호프의 집으로 거처를 옮겼다. 돌로호프는 이미 여러 날에 걸쳐 로스토바를 납치할 계획을 세우고 준비해 왔다. 소냐가 나타샤의 방 문가에서 엿듣고 그녀를 지키기로 결심한 날은 그 계획을 실행에 옮길 예정이었다. 나타샤는 밤 10시에 쿠라긴이 기다리는 뒷문 계단으로 나가겠다고 약속했다. 쿠라긴은 준비된 트로이카에 그녀를 태우고 모스크바에서 60베르스타를 달려 카멘카 마을로 갈 예정이었다. 그곳에 두 사람의 결혼식을 올려 줄 파문당한 사제가 대기하고 있었다. 또한 그들을 바르샤바 가도로 태우고 갈 역마가 준비되어 있었다. 그곳에서 그들은 역마차를 타고 외국으로 떠날 생각이었다.

아나톨에게는 여권도, 역마권도, 누나에게 받은 1만 루블도, 돌로호프의 주선으로 빌린 1만 루블도 있었다.

돌로호프가 도박할 때 이용하던 하급 관리 출신의 흐보스티코프와 퇴역 경기병으로 쿠라긴에게 무한한 사랑을 품은 선량하고 나약한 인간 마카린, 두 명의 증인이 첫 번째 방에 앉아 차를 마시고 있었다.

벽부터 천장까지 페르시아 양탄자와 곰 가죽과 무기로 장식한 돌로호프의 큰 서재에는 여행용 베시메트*를 입고 부츠를 신은 돌로호프가 뚜껑이 열린 책상* 앞에 앉아 있었다. 그 위에는 주판과 돈다발이 놓여 있었다. 아나톨은 군복 단추를 풀어 젖힌 채 증인들이 있던 방에서 나와 서재를 통해 뒷방으로 갔다. 그곳에서는 프랑스인 하인이 다른 사람들과 함께 마지막 짐을 꾸리고 있었다. 돌로호프는 돈을 세고 기입했다.

"자, 흐보스티코프에게 2천 루블을 줘야 해." 그가 말했다.

"그럼 줘." 아나톨이 말했다.

"마카르카는 (그들은 마카린을 그렇게 불렀다) 자넬 위해서라면 물불 안 가리고 사심 없이 뛰어들 거야. 자, 이것으로 계산은 끝났어." 돌로호프가 수첩을 보이며 말했다. "맞지?"

"응, 물론 맞아." 아나톨이 말했다. 그는 돌로호프의 말을 듣고 있지 않은 듯 얼굴에서 떠나지 않는 미소를 머금고 정면을 바라보았다.

돌로호프가 책상을 쾅 닫고는 조소를 머금고 아나톨을 돌아보았다.

"이봐, 다 집어치워. 아직 시간 있어!" 그가 말했다.

"멍청하긴!" 아나톨이 말했다. "바보 같은 소리 좀 집어치워. 자네가 안다면…… 이게 뭔지는 악마나 알겠지!"

"정말이지 그만둬." 돌로호프가 말했다. "난 진지하게 말하는 거야. 자네가 꾸민 일이 정말 장난 같아?"

"아, 또, 또 놀려야겠어? 악마한테나 꺼져 버려! 어……?" 아나톨이 인상을 쓰고 말했다. "정말이지 자네의 멍청한 농담 따위 듣고 있을 겨를이 없어." 그러고는 방에서 나가 버렸다.

아나톨이 나가자 돌로호프가 멸시하는 듯하면서도 관대한 미소를 지었다.

"잠깐." 그가 아나톨의 등 뒤에 대고 말했다. "농담 아냐. 진지하게 말하는 거야. 이리 와, 이리 오라고."

아나톨은 다시 방으로 들어가, 마지못해 복종하는 듯 주의를 집중하려고 애쓰며 돌로호프를 바라보았다.

"내 말 들어. 마지막으로 말하는 거야. 내가 뭣 하러 자네와 농담을 하겠어? 내가 자네에게 반대한 적이 있어? 누가 모든 걸 준비하고, 누가 사제를 구하고, 누가 여권을 마련하고, 누가 돈을 구해 줬어? 전부 내가 한 거잖아."

"그래서 자네한테 고마워하고 있어. 내가 고마워하지 않는다고 생각해?" 아나톨이 한숨을 쉬고는 돌로호프를 끌어안았다.

"난 자넬 도왔어. 하지만 어쨌든 난 자네에게 진실을 말해야 해. 위험한 일이야. 잘 생각해 보면 멍청한 짓이기도 해. 그래, 자넨 그녀를 데리고 떠나겠지. 좋아. 과연 이 일이 그걸로 끝날까? 자네가 기혼자라는 사실이 밝혀질 거야. 자넨 형사 재판에 회부될 거라고……."

"아! 바보 같은 소리, 바보 같은 소리야!" 아나톨은 다시 인상을 쓰고 말했다. "설명했잖아. 안 그래?" 아나톨은 우둔한 사람들이 자기 머리로 도달한 추론에 흔히 품는 특별한 애착을 보이며 자신이 돌로호프에게 수십 번이나 되풀이한 주장을 다시 꺼냈다. "내가 설명했잖아. 난 결심했어. 만약 이 결혼이 무효가 되면……." 그는 손가락을 꼽으며 말했다. "말하자면 난 책임을 지지 않아. 효력을 갖는다 해도, 뭐, 마찬가지야. 외국에서는 아무도 이 사실을 모르잖아, 어때, 그렇지 않아? 그러니까 말하지 마, 말하지 마, 말하지 말라고!"

"진짜야, 그러니 집어치워! 자넨 그저 스스로를 속박하게 될 뿐이야……."

"악마에게나 꺼져 버려." 아나톨은 이렇게 말하면서 머리칼을 움켜쥐고 다른 방으로 갔다가 이내 돌아와 돌로호프 앞에 놓인 안락의자에 다리를 포개고 앉았다. "이게 어떤 건지는 악마나 알지! 안 그래? 심장 뛰는 걸 보라고!" 그는 돌로호프의 손을 잡아 자기 가슴에 댔다. **"아! 사랑하는 친구, 그 작은 발, 그 시선! 그야말로 여신이지! 어?"**

돌로호프가 싸늘한 미소를 띤 채 아름답고도 뻔뻔한 눈을 빛내며 좀 더 놀리고 싶은 듯 그를 바라보았다.

"그래, 돈이 떨어지면 그땐 어떻게 할 건데?"

"그땐 어떻게 하냐고? 어?" 아나톨은 미래에 대한 얘기 앞에서 주저하는 빛을 보이며 돌로호프의 말을 되받았다. "그땐 어떻게 하냐고? 그 부분에서는 나도 어떻게 할지 몰라…… 뭣 하러 그런 바보 같은 소릴 하는 거야!" 그는 시계를 쳐다보았다. "자, 시간 됐어!"

아나톨은 뒷방으로 갔다.

"자네들도 곧 준비되나? 여기서 뭘 우물쭈물하고 있어!" 그는 하인에게 고함을 쳤다.

돌로호프는 돈을 치우고 큰 소리로 하인을 불러 길 떠나기 전에 먹을 것과 마실 것을 내오라고 지시한 뒤 마카린과 흐보스티코프가 있던 방으로 갔다.

아나톨은 서재의 소파에 한쪽 팔꿈치를 괴고 드러누워 생각에 잠긴 미소를 지으며 혼잣말로 무언가 부드럽게 속삭이고 있었다.

"와서 뭐라도 먹어. 자, 마시자고!" 다른 방에서 돌로호프가 그에게 소리쳤다.

"생각 없어!" 아나톨은 계속 미소를 지으며 대꾸했다.

"와 보라니까. 발라가가 왔어."

아나톨은 일어나 식당으로 갔다. 발라가는 유명한 트로이카 마부로, 6년째 돌로호프와 아나톨을 알고 지내며 그들에게 트로이카를 제공하고 있었다. 아나톨의 연대가 트베리에 주둔했을 때 그는 저녁에 트베리에서 아나톨을 태워 동틀 무렵 모스크바에 데려다주고 다음 날 밤에 다시 데려오는 일을 수차례 했다. 돌로호프를 태운 채 추격대를 따돌린 적도 여러 번이었고, 집시들이며 발라가가 젊은 귀부인이라 부르던 여자들과 함께 그들을 태우고 도시를 쏘다니기도 여러 번 했다. 그가 그들의 일을 하다 모스크바에서 사람들과 삯마차 마부들을 친 적도 여러 번이었는데, 그가 자기 나리라고 부르던 이들이 늘 그를 구해 주었다. 그가 그들을 태우고 죽도록 몰아댄 말도 한두 마리가 아니었다. 그들에게 두들겨 맞은 적도 여러 번이었고, 그들 덕에 샴페인과 좋아하는 마데이라를 실컷 마신 적도 여러 번이었다. 그는 그들 각자에 대해 보통 사람이라면 오래전에 시베리아 유형을 받았을 법한 짓거리도 여럿 알고 있었다. 그들은 자기들 술판에 종종 발라가를 불러 술을 마시게 하고 집시들 옆에서 춤을 추게 했다. 그의 손을 거쳐 나간 그들의 돈도 수천 루블이었다. 그는 그들을 섬기는 동안 한 해에 스무 차례나 자기 목숨도 살가죽도 거는 위험을 무릅썼고, 그들을 위해 일하면서 그들이 주던 많은 돈에 비해서도 더 많은 말을 죽였다. 하지만 그는 그들을 좋아했고, 한 시간에 18베르스타를 달리는 광란의 질주를 좋아했으며, 모스크바 곳곳에서 삯마차를 뒤엎고 행인들을 치며 모스크바 거리를 전속력으로 달리는 것을 좋아했다. 더 빨리 달리기가 불가능한데도 등 뒤에서 "달려! 달려!" 하던 술 취한 목소리들의 거친 외침을 좋아했다. 혼비백산해서 피하던 사내의 목덜미를 채찍으로 아프게 후려치는 것을 좋아했다. '진정한 나리들이다!' 그는 그렇게 생각했다.

아나톨과 돌로호프도 능숙하게 말을 모는 발라가의 기술 때문에, 또 자기들이 좋아하는 것을 똑같이 좋아했기 때문에 발라가를 마음에 들어 했다. 발라가는 다른 사람들에게는 조건을 흥정하고 두 시간 마차를 타는 데 25루블씩 받았다. 그리고 다른 사람들을 태울 때는 아주 가끔만 자신이 몰고 대부분 자기가 고용한 젊은이들을 내보냈다. 그러나 그가 자기 나리들이라 부르던 그들을 태울 때는 언제나 직접 몰았고, 자기 일에 대해 결코 아무것도 요구하지 않았다. 그저 시종들을 통해 돈이 있을 때를 알아낸 뒤 몇 달에 한 번 이른 아침에 맨정신으로 찾아와 고개를 조아리며 대금을 치러 주십사 청할 뿐이었다. 나리들은 언제나 그를 자리에 앉혔다.

"친애하는 표도르 이바니치,* 아니 각하, 절 좀 구해 주십쇼." 그는 말했다. "말이 하나도 남지 않았습니다요. 장터에 가야 하는데 말입죠. 가능하시면 선금을 좀 주십쇼."

돈이 있을 때는 아나톨도 돌로호프도 1천 루블이나 2천 루블씩 주곤 했다.

발라가는 아마색 머리칼에 붉은 얼굴과 유난히 붉고 퉁퉁한 목덜미, 반짝이는 작은 눈과 성긴 턱수염을 지닌 스물일곱 살가량의 땅딸막한 들창코 사내였다. 그는 반외투 위에 실크로 안감을 댄 얇은 파란색 카프탄을 걸치고 있었다.

그는 이콘이 걸린 현관 구석을 향해 성호를 긋고는 그다지 크지 않은 까무잡잡한 손을 내밀며 돌로호프에게 다가갔다.

"표도르 이바노비치께 경의를 표합니다요!" 그가 허리를 숙이며 말했다.

"안녕한가, 형제. 그도 여기 있네."

"안녕하쇼, 각하." 그는 방으로 들어오던 아나톨에게 인사하며 손을 내밀었다.

"이봐, 발라가." 아나톨이 그의 어깨에 두 손을 얹으며 말했다. "자네 날 좋아해, 안 좋아해? 어? 지금 날 위해 수고 좀 해 줘야겠는데……. 어떤 말들을 몰고 왔나? 어?"

"사자의 분부대로 공작님의 맹수들을 몰고 왔습죠." 발라가가 말했다.

"자, 잘 들어, 발라가! 트로이카의 말들을 다 죽이는 한이 있더라도 세 시간 안에 도착해야 해. 알았어?"

"말들을 죽여 버리면 뭘 몰고 갑니까요?" 발라가가 한쪽 눈을 찡긋하며 말했다.

"뭐야, 낯짝을 갈겨 줄까 보다. 농담하지 마!" 갑자기 아나톨이 눈을 부라렸다.

"농을 왜 합니까요." 마부가 낄낄거리며 말했다. "제가 제 나리들을 위한 일에 뭘 아까워하겠습니까요? 말들이 달릴 수 있는 한 최대한 빨리 몰겠습니다요."

"아!" 아나톨이 말했다. "자, 앉게."

"앉아!" 돌로호프가 거들었다.

"서 있겠습니다요, 표도르 이바노비치."

"앉아, 헛소리 말고, 마셔." 아나톨은 이렇게 말하고 큰 잔에 마데이라를 따라 주었다. 술을 보자 마부의 눈이 반짝였다. 예의상 사양하던 그는 술을 들이켜고 나서 모자 안에 넣어 둔 붉은색 실크 손수건으로 입을 닦았다.

"그래서 언제 출발합니까요, 각하?"

"어디 보자…… (아나톨은 시계를 쳐다보았다) 당장 출발해야겠군. 조심해, 발라가, 알았지? 시간에 댈 수 있겠나?"

"출발이 순조로우면 시간에 못 댈 이유가 없지 않겠습니까요?" 발라가가 말했다. "트베리로 데려다 드릴 때는 일곱 시간 만에 도착했습죠. 기억하죠, 각하?"

 "그러니까 한번은 내가 크리스마스를 지내러 트베리에서 온 적이 있지." 아나톨은 부드러운 눈길로 자신을 응시하고 있던 마카린을 돌아보며 추억의 미소를 머금고 말했다. "믿을 수 있겠나, 마카르카, 우리는 숨이 막힐 정도로 질주했지. 수송 대열에 들어갔다가 짐수레 두 대를 뛰어넘기도 했어. 그렇지?"

 "말들이 대단했습죠!" 발라가가 이야기를 계속했다. "전 그때 연한 밤색 말 옆에 젊은 곁말들을 달았습죠." 그는 돌로호프를 돌아보았다. "믿으실지 모르겠지만, 표도르 이바니치, 그 짐승들이 60베르스타를 날다시피 달렸다니까요. 고삐를 잡을 수도 없었죠. 손은 꽁꽁 얼고, 날이 엄청 추웠습죠. 전 고삐를 던지고 '각하, 고삐 좀' 하고는 썰매 안으로 나동그라졌습죠. 그쯤 되면 사실 말을 모는 게 아닙죠. 목적지까지 놈들을 제어할 수도 없었습니다요. 그놈의 악마들은 세 시간 안에 도착했습죠. 뒈진 건 왼쪽 말뿐이었습니다요."

17

아나톨이 방에서 나갔다가 몇 분 후에 은제 허리띠를 두른 외투 차림으로 돌아왔다. 흑담비 털모자를 늠름하게 비스듬히 쓴 것이 그의 잘생긴 얼굴에 아주 잘 어울렸다. 그는 거울을 들여다보고 거울 앞에서 취한 자세 그대로 돌로호프 앞에 서서 술잔을 들었다.

"폐댜, 잘 있어, 다 고마워, 잘 있어." 아나톨이 말했다. "동지들, 친구들……." 그는 잠시 생각에 잠겼다……. "내 젊은 날의…… 안녕." 그는 마카린과 다른 사람들을 돌아보았다.

그들 모두 함께 갈 텐데도 아나톨은 동료들을 향한 호소로 무언가 감동적이고 엄숙한 분위기를 내고 싶은 모양이었다. 그는 큰 목소리로 천천히 말하며 가슴을 쑥 내밀고 한쪽 다리를 흔들었다.

"다들 잔을 들어. 발라가, 자네도. 자, 동지들이여, 내 젊은 날의 벗들이여, 우리는 함께 술을 마시고 함께 지내고 또 함께 술을 마셨다. 그렇지 않나? 이제 우리 언제 다시 만날까? 난 외국으로 떠나네. 이제까지 함께 지냈는데, 잘 있게, 제군들. 건강을 위하여! 우라……!" 그는 이렇게 말하고는 술잔을 비우고 그것을 바닥에 던져 깨뜨렸다.

"건강하십쇼." 발라가가 잔을 비우고 손수건으로 입을 닦으며 말했다. 마카린은 눈물을 글썽이면서 아나톨을 끌어안았다.

"아, 공작, 자네와 헤어지게 되어 얼마나 슬픈지 몰라." 그가 말했다.

"출발, 출발!" 아나톨이 외쳤다.

발라가가 막 방에서 나가려던 참이었다.

"아니, 잠깐." 아나톨이 말했다. "문을 닫아. 앉아야 해.* 이렇게." 문이 닫히고 다들 자리에 앉았다.

"자, 이제 진군이다, 제군들!" 아나톨이 일어서며 말했다.

하인 **조제프**가 아나톨에게 배낭과 기병도를 건넸고, 모두 현관방으로 나갔다.

"외투는 어디 있어?" 돌로호프가 말했다. "어이, 이그나시카! 마트료나 마트베예브나에게 가서 외투를 달라고 해. 부인용 흑담비 털외투 말이야. 사람들이 어떻게 유괴를 하는지 들었지." 돌로호프는 한쪽 눈을 찡긋하고 말했다. "그녀는 혼비백산해서 집에서 입고 있던 차림 그대로 뛰쳐나올 거야. 조금이라도 우물쭈물해봐. 그러면 당장 징징거리며 아빠 찾고 엄마 찾다 금방 몸이 얼고, 되돌아가려고 해. 자넨 곧바로 외투로 싸서 썰매에 태워."

하인이 여성용 여우 털외투를 가져왔다.

"이 멍청아, 흑담비 털이라고 했잖아. 어이, 마트료시카, 흑담비 털이야!" 그는 자기 목소리가 방들을 거쳐 멀리까지 울리도록 큰 소리로 외쳤다.

빛나는 검은 눈동자와 연회색 빛이 도는 검은 곱슬머리를 지닌 아름답고 가냘프고 창백한 집시 여인이 붉은 숄을 두른 채 흑담비 털외투를 들고 달려 나왔다.

"뭐, 아깝지 않아요. 가져가요." 그녀가 말했다. 자기 주인 앞에서 겁을 먹은 듯도 하고 외투를 아깝게 여기는 듯도 했다.

돌로호프는 대꾸도 않고 외투를 받아 들더니 그것을 마트료샤의 몸에 걸쳐서 감쌌다.

"이렇게 하란 말이야." 돌로호프가 말했다. "그다음에는 이렇게." 그는 말하면서 그녀의 얼굴 앞쪽만 살짝 틈을 남기고 옷깃을 머리 위까지 세웠다. "그다음엔 이렇게 해. 알겠지?" 그는 마트료샤의 눈부신 미소가 보이던 옷깃 틈새로 아나톨의 머리를 끌어당겼다.

"잘 있어, 마트료샤." 아나톨이 그녀에게 입을 맞추며 말했다. "아이고, 이곳에서의 방탕한 생활도 끝이다! 스툐시카에게 안부 전해 줘. 자, 잘 있어! 안녕, 마트료샤. 나에게 행복을 빌어 줘."

"그럼 공작님, 하느님께서 당신에게 큰 행복을 내려 주시길." 마트료샤가 집시 특유의 억양으로 말했다.

현관 계단 옆에 건장한 마부 두 명이 고삐를 잡은 트로이카 두 대가 서 있었다. 발라가는 앞쪽 트로이카에 앉아 팔꿈치를 높이 치켜들며 느릿느릿 고삐를 가지런히 정리했다. 아나톨과 돌로호프는 그의 트로이카에 탔다. 마카린과 호보스티코프와 하인은 다른 트로이카에 올랐다.

"준비됐습니까요?" 발라가가 물었다.

"출발!" 그는 고삐를 양손에 감으며 외쳤다. 그러자 트로이카가 니키츠키 가로수 길을 따라 덜커덩거리며 쏜살같이 내려갔다.

"워워! 이랴, 이랴……! 워!" 마부석에 앉은 발라가와 젊은이의 고함 소리만 들렸다. 아르바트 광장에서 트로이카가 카레타에 걸리고, 무언가가 부서지고, 고함 소리가 들렸다. 그래도 트로이카는 아르바트를 날 듯이 달렸다.

포드노빈스키 거리를 왕복하고 나서 발라가는 고삐를 천천히 당겼다. 그리고 방향을 되돌려 스타라야 코뉴셴나야 거리의 교차로에서 말을 세웠다.

마부가 말의 굴레를 잡으려고 껑충 뛰어내렸다. 아나톨과 돌로호프는 보도를 따라 걸었다. 대문 근처에 이르자 돌로호프가 휘파람을 불었다. 다른 휘파람 소리가 화답했고, 뒤이어 하녀가 달려 나왔다.

"안마당으로 들어가세요. 안 그러면 눈에 띄어요. 곧 나오실 거예요." 그녀가 말했다.

돌로호프는 대문 옆에 남았다. 아나톨은 하녀를 뒤따라 안마당으로 들어가서 모퉁이를 돈 다음 현관 계단을 뛰어 올라갔다.

마리야 드미트리예브나의 수행 하인인 덩치 큰 가브릴로가 아나톨을 맞았다.

"마님께 가시지요." 하인이 문 앞에서 길을 막으며 저음으로 말했다.

"어느 마님? 넌 누구냐?" 아나톨은 숨을 헐떡이며 소곤소곤 물었다.

"가시지요. 모시고 오라는 분부를 받았습니다."

"쿠라긴! 돌아와!" 돌로호프가 소리쳤다. "배신이야! 돌아와!"

쪽문 옆에 서 있던 돌로호프는 안으로 들어간 아나톨 뒤에서 쪽문을 닫으려 하던 문지기와 싸우고 있었다. 돌로호프는 안간힘을 다해 문지기를 밀쳤고, 달려 나온 아나톨의 팔을 잡고 쪽문 밖으로 빼낸 뒤 함께 트로이카 쪽으로 달아났다.

18

마리야 드미트리예브나는 복도에서 흐느끼는 소냐를 보고 모든 것을 털어놓게 했다. 그러고는 나타샤의 편지를 빼앗아 읽은 뒤 편지를 손에 들고 나타샤의 방으로 들어갔다.

"파렴치하고 뻔뻔스러운 것." 그녀가 나타샤에게 말했다. "아무 말도 듣기 싫다!" 그녀는 놀라움과 태연함이 뒤섞인 눈길로 바라보는 나타샤를 떠밀어 방에 가두고 열쇠로 잠갔다. 그러고는 문지기에게 오늘 밤에 오는 사람들을 대문 안으로 들이되 내보내서는 안 된다고 지시한 뒤, 하인에게는 그 사람들을 자기에게 데려오라고 했다. 그녀는 유괴범들을 기다리며 응접실에 앉아 있었다.

가브릴로가 와서 사람들이 달아났다고 보고하자 그녀는 얼굴을 찌푸리고 일어나 뒷짐을 진 채 어떻게 해야 할지 곰곰이 생각하며 오랫동안 이 방 저 방 돌아다녔다. 자정이 가까울 무렵 그녀는 주머니 속 열쇠를 만져 보고는 나타샤의 방으로 갔다. 소냐는 흐느끼며 복도에 앉아 있었다.

"마리야 드미트리예브나, 제발 절 좀 들여보내 주세요!" 소냐가 말했다. 마리야 드미트리예브나는 그녀에게 아무 대꾸도 않고 문을 열고 들어갔다. '혐오스러워, 추악해……. 내 집에서, 파렴치한 계집애 같으니……. 아비만 불쌍하지!' 마리야 드미트리예브나는 분을 삭이려 애쓰며 생각했다. '어려운 일이겠지만 모두 입을 다 물게 하고 백작에게는 숨겨야겠어.' 마리야 드미트리예브나는 단호한 걸음으로 방에 들어갔다. 나타샤는 두 손으로 머리를 감싸고 소파에 누워 꼼짝도 하지 않았다. 마리야 드미트리예브나가 그녀를 두고 나갈 때와 똑같은 자세로 누워 있었다.

"잘한다, 아주 잘하는 짓이다!" 마리야 드미트리예브나가 말했다. "내 집에서 애인과 만날 약속을 하다니! 속이려 해 봤자 소용없다. 내가 말할 때는 들어라." 마리야 드미트리예브나가 그녀의 팔을 건드렸다. "내가 말할 때는 들으라니까. 넌 스스로를 밑바닥 계집같이 치욕에 빠뜨렸다. 너 같은 애를 어떻게 해야 할지 안다만, 네 아비가 딱해 이 일을 덮겠다." 나타샤는 자세를 바꾸지 않았다. 그러나 목을 죄던 소리 없는 발작적인 흐느낌에 온몸이 들썩였다. 마리야 드미트리예브나는 소냐를 돌아보고는 나타샤 곁의 소파에 앉았다.

"내 손에서 벗어나다니 운이 좋았지. 하지만 그자를 꼭 찾아내고 말겠다." 그녀는 특유의 걸걸한 목소리로 말했다. "내 말 듣고 있는 거냐?" 그녀는 커다란 손으로 나타샤의 얼굴을 살짝 들어 자기 쪽으로 돌렸다. 마리야 드미트리예브나도 소냐도 나타샤의 얼굴을 보고 깜짝 놀랐다. 메마른 눈이 빛나고, 입술은 굳게 닫히고, 두 뺨은 푹 꺼져 있었다.

"내버려…… 두세요……. 내가 뭘…… 난…… 죽어 버릴 거예요…….." 그녀가 말했다. 그러고는 마리야 드미트리예브나를 앙칼지게 힘껏 뿌리치고 도로 원래의 자세로 누웠다.

"나탈리야!" 마리야 드미트리예브나가 말했다. "난 네 행복을 바란다. 누워 있거라, 그래, 그렇게 누워 있어. 건드리지 않으마.

그리고 들어라……. 난 앞으로 네가 얼마나 잘못했는지 말하지 않 겠다. 네 스스로가 알겠지. 하지만 당장 네 아버지가 내일 온다. 내 가 그에게 무슨 말을 해야겠느냐? 응?"

나타샤의 몸이 또다시 흐느낌으로 들썩이기 시작했다.

"이제 아버지도 알게 될 거다. 네 오빠도, 약혼자도!"

"제겐 약혼자가 없어요. 제가 거절했어요." 나타샤가 소리쳤다.

"마찬가지다." 마리야 드미트리예브나는 계속 말을 이었다. "그 들이 알게 되면, 그래, 그들이 이대로 내버려 둘 것 같으냐? 분명 그는, 네 아버지는, 내가 그를 알지, 그는 틀림없이 그자에게 결투 를 신청할 게다. 그것이 잘된 일이냐? 응?"

"아, 절 내버려 두세요. 왜 모든 걸 방해하세요! 왜요? 왜? 누가 부탁했어요?" 나타샤는 소파에서 몸을 살짝 일으키더니 마리야 드미트리예브나를 무서운 기세로 노려보며 외쳤다.

"도대체 뭘 원한 거야?" 마리야 드미트리예브나가 다시 흥분하 여 고함을 질렀다. "아니, 누가 널 가두어 두기라도 했냐? 아니면 누가 그자를 이 집에 드나들지 못하게 방해라도 했냐? 어째서 그 자는 널 집시 여자같이 유괴하려 든 것이야……? 그래, 그자가 널 유괴했다고 하자. 도대체 넌 그들이 그자를 찾아내지 못할 거라고 생각한 게냐? 네 아버지나 오빠나 약혼자가? 그자는 정말로 악당 이고 불한당이란 말이다!"

"그 사람은 당신들 그 누구보다도 훌륭해요." 나타샤가 몸을 좀 더 일으키며 소리쳤다. "당신이 방해하지만 않았으면……. 아, 맙 소사, 이게 뭐야, 이게 뭐야! 소냐, 왜 그랬어? 나가요!" 그리고 그 녀는 사람들이 스스로가 원인이라고 느끼는 불행을 애달파 할 때 만 보이는 절망적인 모습으로 흐느껴 울었다. 마리야 드미트리예 브나가 다시 입을 열려 했지만 나타샤가 소리쳤다. "나가요, 나가,

당신들 모두 날 증오하잖아요, 경멸하잖아요!"그러더니 다시 소파에 몸을 던졌다.

마리야 드미트리예브나는 얼마 동안 더 나타샤에게 훈계를 했다. 그리고 이 모든 일을 백작에게 숨겨야 하며, 만약 나타샤가 모든 것을 잊고 무슨 일이 일어났다는 기색을 누구에게도 보이지 않으면 아무도 이 일을 알지 못할 것이라는 생각을 그녀에게 불어넣었다. 나타샤는 대꾸하지 않았다. 더 이상 흐느끼지도 않았지만, 오한으로 바들바들 떨기 시작했다. 마리야 드미트리예브나는 나타샤에게 베개를 받쳐 주고 이불을 두 장 덮어 준 뒤 보리수 꽃을 우린 차를 직접 가져다주었다. 그러나 나타샤는 그녀가 부르는 소리에 아무 반응을 보이지 않았다.

"자게 둬라." 마리야 드미트리예브나는 나타샤가 잠들었다고 생각한 듯 방에서 나가며 말했다. 그러나 나타샤는 자지 않았다. 그녀는 창백한 얼굴로 부릅뜬 두 눈을 고정한 채 정면을 똑바로 바라보고 있었다. 그날 밤 내내 나타샤는 자지도 않고 울지도 않았으며, 몇 번이고 일어나 자기 쪽으로 다가온 소냐와 말도 하지 않았다.

다음 날 아침 식사 전에 일리야 안드레이치 백작이 약속대로 모스크바 근교에서 돌아왔다. 그는 매우 쾌활했다. 구매자와의 일이 잘 풀려서 이제 그를 모스크바에 붙잡아 두고 그리운 백작 부인에게서 떼어 놓던 것은 더 이상 아무것도 없었다. 마리야 드미트리예브나는 그를 맞이하며 전날 나타샤가 몸이 무척 안 좋아져서 의사를 불렀지만 지금은 한결 나아졌다고 알렸다. 나타샤는 이날 아침 자기 방에서 나오지 않았다. 그녀는 거칠어진 입술을 굳게 다물고 메마른 눈을 고정한 채 창가에 앉아 거리의 행인들을 불안하게 바라보고, 방으로 들어오는 사람들을 초조하게 돌아보기도 했다. 그의 소식을 기다리는 듯, 그가 직접 찾아오거나 편지하기를 기다리는 듯했다.

백작이 방에 들어섰을 때 그녀는 남자 발걸음 소리에 불안한 빛으로 고개를 돌렸다. 그녀의 얼굴이 이전의 차가운, 심지어 악의에 찬 표정을 띠었다. 그녀는 일어서지도 않았다.

"무슨 일이냐, 우리 천사, 아픈 게냐?" 백작이 물었다.

나타샤는 잠시 침묵했다.

"네, 아파요." 그녀가 대꾸했다.

왜 그렇게 비탄에 빠진 얼굴이냐고, 약혼자와 무슨 일이 있었던 게 아니냐고 걱정스레 캐묻는 백작의 질문에 그녀는 아무 일도 아니라고 장담하며 걱정하지 말라고 부탁했다. 마리야 드미트리예브나가 백작에게 아무 일도 없었다는 나타샤의 확언을 보증해 주었다. 백작은 딸의 꾀병과 낙심, 소냐와 마리야 드미트리예브나의 당혹스러운 얼굴에서 자신이 없는 동안 분명 무슨 일이 일어났음을 느꼈다. 그러나 사랑하는 딸에게 무언가 수치스러운 일이 일어났다고 생각하는 것은 그에게 너무 두려운 일이었다. 그는 자신의 유쾌한 평온을 너무도 사랑해서 이것저것 캐묻기를 피하고 별다른 일은 없었다고 계속 스스로를 설득하려 애썼다. 다만 딸의 몸이 안 좋아서 시골로 떠나는 것이 연기된 점이 애석할 뿐이었다.

19

아내가 모스크바에 온 날 이후로 피에르는 그녀와 함께 있지 않으려는 목적으로 어디든 떠나려고 했다. 로스토프가 사람들이 모스크바에 도착하고 곧 그는 나타샤가 불러일으킨 느낌 때문에 부득이 자신의 계획을 서둘러 실행에 옮겼다. 그는 이오시프 알렉세예비치의 문서를 건네주겠다고 오래전부터 약속한 고인의 미망인을 만나기 위해 트베리로 갔다.

모스크바에 돌아온 피에르는 안드레이 볼콘스키 공작과 그의 약혼녀에 관한 매우 중요한 일로 방문을 청한 마리야 드미트리예브나의 편지를 받았다. 피에르는 나타샤를 피해 왔다. 자신이 그녀에게 품은 감정이 기혼자가 친구의 약혼녀에게 마땅히 가져야 했던 감정 그 이상으로 느껴졌던 것이다. 그런데 어떤 운명이 계속해서 그와 그녀를 하나로 엮고 있었다.

'무슨 일이 일어난 걸까? 그리고 그 일이 나와 무슨 관련이 있다는 말인가?' 그는 마리야 드미트리예브나의 집에 가려고 옷을 입으며 생각에 잠겼다. '안드레이 공작이 어서 와서 그녀와 결혼했으면!' 피에르는 아호로시모바의 집으로 가면서 생각했다.

트베르스코이 가로수 길에서 누군가가 그를 불렀다.

"피에르! 온 지 한참 됐나?" 귀에 익은 목소리가 그에게 소리쳤다. 피에르는 고개를 들었다. 회색 경주마 두 마리가 앞부분에 눈을 끼얹으며 달리는 2인승 썰매에 탄 아나톨과 그를 따라다니는 마카린이 어렴풋이 보였다. 아나톨은 얼굴 아래쪽을 비버 털가죽 옷깃으로 감싸고 고개를 약간 숙인 채 멋쟁이 군인의 전형적인 자세로 꼿꼿이 앉아 있었다. 붉게 상기된 얼굴에 생기가 넘쳤다. 비스듬히 쓴 하얀 깃털이 달린 군모 아래로 눈가루가 흩뿌려진, 포마드를 바른 곱슬머리가 보였다.

'그래, 정말이지 진정한 현자가 저기 있군!' 피에르는 생각했다. '현재의 만족 외에 앞날에 놓인 것은 아무것도 보지 않아. 무엇에도 불안을 느끼지 않지. 그러니 늘 쾌활하고 불만도 없고 태평한 거지. 저 인간처럼 될 수 있다면 뭐든 내줄 텐데.' 피에르는 질투를 느끼며 생각했다.

아흐로시모바의 집에 도착하자 현관방에서 하인이 피에르의 외투를 벗겨 주며 마리야 드미트리예브나가 침실로 와 주기를 청했다고 말했다.

홀의 문을 연 피에르는 야위고 창백하고 성난 얼굴로 창가에 앉아 있던 나타샤를 보았다. 그녀는 그를 돌아보고 얼굴을 찌푸리더니 차가운 위엄이 어린 표정으로 홀에서 나갔다.

"무슨 일이 있었습니까?" 피에르는 마리야 드미트리예브나의 방에 들어서며 물었다.

"멋진 일이 있었지." 마리야 드미트리예브나가 대답했다. "58년을 살아오면서 이런 남부끄러운 일은 본 적이 없네." 그리고 마리야 드미트리예브나는 피에르에게서 앞으로 알게 될 모든 것에 대해 입을 다물겠다는 맹세를 받은 후 나타샤가 부모 모르게 파혼했고, 그 원인이 아나톨 쿠라긴이며, 그와 그녀를 연결해 준 것이 피에르의 아내이고, 아버지가 없는 동안 나타샤가 비밀 결혼을 하기 위해 그와 달아나려 했다는 것을 알렸다.

피에르는 어깨를 움츠리고 입을 벌린 채 자신의 귀를 의심하며 마리야 드미트리예브나가 하는 말을 들었다. 그토록 열렬한 사랑을 받던 안드레이 공작의 약혼녀가, 예전의 그 사랑스럽던 나타샤 로스토바가 볼콘스키 대신에 이미 결혼까지 한 멍청이 아나톨을 (피에르는 그의 결혼에 대한 비밀을 알았다) 선택하고 또 함께 도망가는 데 동의할 만큼 그를 사랑하게 되다니! 피에르는 그 사실을 납득할 수 없었고, 상상할 수도 없었다.

그의 머릿속에서는 그가 어린 시절부터 알던 나타샤의 사랑스러운 인상이 그녀의 저속함과 어리석음과 잔인함에 관한 새로운 관념과 결합될 수 없었다. 그는 아내를 떠올렸다. '그들은 다 똑같구나.' 그는 자기 혼자만 추악한 여자와 맺어지는 슬픈 운명에 처한 것이 아니라는 생각을 하며 속으로 혼잣말을 했다. 하지만 그래도 그는 눈물이 나도록 안드레이 공작이 불쌍했고, 그의 긍지가 애처로웠다. 친구가 불쌍하게 여겨질수록 방금 홀에서 차가운 위엄이 서린 표정으로 곁을 스쳐 지나간 나타샤가 더욱더 경멸스럽게, 심지어 혐오스럽게까지 생각되었다. 그는 나타샤의 영혼에 절망과 수치와 모멸이 넘쳐 나고 있었다는 것을, 그녀의 얼굴이 무심결에 침착한 위엄과 엄격함을 띤 것은 그녀 탓이 아니었다는 것을 몰랐다.

"어떻게 결혼을 한단 말입니까!" 피에르는 마리야 드미트리예브나에게 말했다. "그자는 결혼할 수 없었습니다. 이미 결혼한 몸입니다."

"시간이 갈수록 더 심각해지는구나." 마리야 드미트리예브나가 말했다. "훌륭한 젊은이로세! 참말로 불한당이야! 그런데도 저 애는 기다리고 있어. 이틀째 저러고 있네. 말해 줘야 해. 그러면 적어도 기다리는 짓은 그만두겠지."

마리야 드미트리예브나는 피에르로부터 아나톨의 결혼 사실을 상세히 알아낸 후 그에 대한 분노를 욕설로 쏟아 내고는 피에르에게 왜 불렀는지를 알렸다. 마리야 드미트리예브나는 백작이나 당장이라도 올지 모를 볼콘스키가 자신이 숨기려 하던 이 문제를 알고 쿠라긴에게 결투를 청하지 않을까 두려웠다. 그래서 피에르에게 자신을 대신해 처남더러 모스크바를 떠나라고, 감히 자기 눈에 띄지 말라고 요구해 줄 것을 부탁했다. 그제야 노백작도 니콜라이도 안드레이 공작도 위협하고 있던 위험을 깨달은 피에르는 그녀의 부탁대로 실행하겠다고 약속했다. 간단하고 분명하게 자신의 요구를 전달한 그녀는 그를 응접실로 내보냈다.

"조심해, 백작은 아무것도 모르네. 자네 또한 아무것도 모르는 것처럼 행동하게." 그녀가 말했다. "나는 그 애에게 가서 말하겠네. 기다릴 것 없다고! 괜찮으면 남아서 식사라도 하고 가." 마리야 드미트리예브나는 피에르를 향해 소리쳤다.

피에르는 노백작을 만났다. 그는 당혹과 낙담에 빠져 있었다. 이날 아침 나타샤가 볼콘스키를 거절했다고 말한 것이다.

"골칫거리요, 골칫거리, **몽 셰르.**" 그가 피에르에게 말했다. "어머니 없이 이 아이들을 데리고 있자니 골치가 아파요. 난 여기 온 것을 몹시 후회하고 있소. 당신에게 솔직히 말하겠소. 당신도 들었겠지만 그 애는 누구와 아무런 상의도 안 하고 파혼을 했어요. 그게 말이오, 정말이지 난 그 결혼을 아주 달가워하지 않았어요. 설령 그가 좋은 사람이라고 쳐도 자기 아버지의 뜻을 거역해서야 무슨 행복이 있겠소. 나타샤에게 앞으로 청혼자가 생기지 않을 리도 없고. 하지만 어쨌든 오랫동안 관계를 지켜 왔잖소. 그런데 어떻게 아비 어미도 모르게 그런 행동을 할 수 있단 말이오! 지금 그 애는 아프다오. 어찌 된 일인지 영문을 알 수가 있어야지! 좋지 않아요, 백작, 어머니 없이 딸들을 데리고 있는 건 좋은 일이 아니에요……." 피에르는 백작이 몹시 낙담한 것을 알고 화제를 다른 쪽으로 돌리려 애썼지만 백작은 계속 자신의 슬픔으로 되돌아왔다.

소냐가 걱정스러운 얼굴로 응접실에 들어왔다.

"나타샤가 몸이 좋지 않아요. 그 애는 자기 방에 있어요. 당신을 보고 싶어 해요. 마리야 드미트리예브나도 함께 계세요. 그분도 당신에게 와 달라고 부탁하셨어요."

"맞아요, 당신은 볼콘스키와 아주 친하지요. 분명 전하고 싶은 말이 있는 게지요." 백작이 말했다. "아, 하느님, 하느님! 모든 게 너무도 좋았는데!" 그러고는 희끗희끗하고 듬성듬성한 구레나룻을 움켜쥐고 방에서 나갔다.

마리야 드미트리예브나는 나타샤에게 아나톨이 이미 결혼한 몸이라고 설명했다. 하지만 나타샤는 그 말을 믿으려 하지 않고 피에르가 직접 확인해 줄 것을 요구했다. 소냐는 복도를 지나 나타샤의 방으로 피에르를 안내하는 동안 이러한 상황을 전했다.

나타샤는 창백하고 딱딱하게 굳은 얼굴로 마리야 드미트리예브나 옆에 앉아 묻고 싶어 안달이 난 빛나는 눈길로 문에서부터 피에르를 맞이했다. 그녀는 미소를 짓지도, 그에게 고개를 끄덕이지도 않고 고집스럽게 그를 쳐다보았다. 그녀의 시선은 오직 이 점만을 묻고 있었다. 아나톨과의 관계에서 그는 친구인가, 아니면 다른 사람들과 똑같이 적인가? 그녀에게 피에르 자체는 존재하지도 않는 듯했다.

"이 사람은 전부 알고 있다." 마리야 드미트리예브나가 피에르를 가리키며 나타샤를 향해 말했다. "내 말이 사실인지 아닌지 이 사람에게 들어 보거라."

총에 맞아 상처를 입고 궁지에 몰린 짐승이 가까이 다가오는 사냥개들과 사냥꾼들을 볼 때처럼 나타샤는 이쪽저쪽 번갈아 쳐다보았다.

"나탈리야 일리니치나." 피에르는 눈을 내리깔고 그녀에 대한 연민과 자신이 해야만 했던 수술에 대한 혐오를 느끼며 입을 열었다. "사실이든 아니든 그건 당신과 아무 상관 없는 문제여야 합니다. 왜냐하면……."

"그럼 그 사람이 결혼했다는 게 사실이 아닌가요?"

"아뇨, 그건 사실입니다."

"결혼을 했군요. 오래됐나요?" 그녀가 다시 물었다. "맹세할 수 있어요?"

피에르는 그녀에게 맹세했다.

"그 사람이 아직 이곳에 있나요?" 그녀는 재빨리 물었다.

"네, 방금 전에 보았습니다."

그녀는 말할 기운을 잃은 듯 혼자 있게 해 달라고 손짓했다.

20

피에르는 남아서 식사를 하지 않고 즉시 방에서 나와 그곳을 떠났다. 그리고 아나톨 쿠라긴을 찾기 위해 시내로 갔다. 지금 그는 아나톨 생각만 하면 피가 전부 심장으로 쏠려 숨을 쉬기가 힘들었다. 언덕에도, 집시들의 거처에도, **코모네노**에도 그는 없었다. 피에르는 클럽으로 갔다. 클럽에서는 모든 것이 평상시의 질서대로 흘러가고 있었다. 식사하러 모인 손님들은 여기저기 무리 지어 앉아 있다가 피에르와 인사를 나누며 도시의 새로운 소식들에 대해 말했다. 피에르의 지인 관계와 습관을 알고 있던 하인이 그와 인사를 나눈 뒤 작은 식당에 그를 위한 자리가 마련되어 있다고, 미하일 자하리치 공작은 도서실에 있고, 파벨 티모페이치는 아직 오지 않았다고 알려 주었다. 피에르의 지인 가운데 한 사람이 날씨에 관한 대화를 나누다가 도시에 소문이 나도는 쿠라긴의 로스토바 유괴 사건에 대해 들었느냐고, 그것이 사실이냐고 그에게 물었다. 피에르는 웃음을 터뜨리며 그것은 말도 안 되는 이야기라고, 왜냐하면 자신이 방금 로스토프가에서 오는 길이기 때문이라고 말했다. 그는 사람들에게 아나톨에 대해 물었다. 한 사람은 아나톨이 아직 오지 않았다고, 또 한 사람은 아나톨이 오늘 식사하러 올 것이라고 말했다. 피에르는 자신의 마음속에서 무슨 일이 일어나는지 모르는 태평하고 무심한 사람들의 무리를 보고 있자니 이상한 기분이 들었다. 그는 이 홀 저 홀 돌아다니며 모두 모이기를 기다렸다. 그러나 아나톨을 기다리다 참다못한 피에르는 식사를 하지 않고 집으로 갔다.

아나톨은 그날 돌로호프의 집에서 식사를 하며 실패로 돌아간 이 사태를 어떻게 수습할지에 대해 그와 의논했다. 그는 로스토바를 반드시 만나야 할 것 같았다. 저녁에 그는 이 만남을 성사시킬 방법을 상의하기 위해 누나를 찾았다. 피에르가 모스크바 전체를 부질없이 쏘다니다 집에 돌아왔을 때 시종이 아나톨 바실리예비치 공작이 백작 부인의 방에 있다고 보고했다. 백작 부인의 응접실에는 손님들이 가득했다.

그는 돌아와서 처음 보는 아내에게 인사도 없이 (이 순간 그에게는 어느 때보다 그녀가 더욱 증오스러웠다) 응접실로 들어갔고, 아나톨을 발견하자 그에게 다가갔다.

"아, 피에르." 백작 부인이 남편에게 다가오며 말했다. "당신은 우리 아나톨이 어떤 상황에 처했는지 모르죠……." 그녀는 남편의 떨구어진 머리에서, 얼굴에서, 빛나는 눈에서, 단호한 걸음에서 자신이 알고 있던, 그리고 돌로호프와의 결투 이후 몸소 겪은 적이 있던 그 광기와 힘의 무시무시한 표출을 보고 말을 멈췄다.

"당신들은 어디에나 타락과 악을 몰고 다니는군." 피에르가 아내에게 말했다. "아나톨, 같이 갑시다. 당신과 할 이야기가 있습니다." 그는 프랑스어로 말했다.

아나톨은 누나를 돌아보고는 피에르를 따라갈 각오를 한 듯 순순히 일어섰다.

피에르가 그의 팔을 잡고 끌어당기며 응접실을 나섰다.

"**당신이 감히 내 응접실에서……**" 엘렌이 소곤거렸다. 그러나 피에르는 대꾸도 않고 방에서 나갔다.

아나톨은 평소처럼 씩씩한 걸음으로 그를 뒤따랐다. 그러나 얼굴에는 불안한 기색이 뚜렷했다.

자기 서재로 들어간 피에르는 문을 닫고 아나톨을 쳐다보지도 않은 채 말했다.

"로스토바 백작 영애에게 결혼하겠다고 약속했습니까? 그녀를 유괴하려 한 겁니까?"

"친구." 아나톨은 프랑스어로 대답했다. (모든 대화가 프랑스어로 이루어졌다.) "나에게는 그런 말투로 묻는 심문에 대답할 의무가 없다고 생각하는데요."

그때까지 창백하던 피에르의 얼굴이 광기로 일그러졌다. 그는 커다란 손으로 아나톨의 군복 깃을 움켜쥐고 아나톨의 얼굴에 겁에 질린 표정이 역력히 떠오를 때까지 마구 흔들었다.

"내가 당신과 **해야** 할 이야기가 있다고 말할 때는……." 피에르가 똑같은 말을 되풀이했다.

"이 무슨 멍청한 짓입니까. 네?" 아나톨은 천과 함께 뜯겨 나간 옷깃 단추를 만지며 말했다.

"당신은 악당이고 불한당이오. 이걸로 당신의 머리통을 박살 내는 기쁨으로부터 무엇이 날 막아 줄지 모르겠소." 피에르는 프랑스어로 했기 때문에 몹시 부자연스러운 표현으로 말했다. 그는 무거운 서진(書鎭)을 한 손에 쥐고 위협적으로 치켜들었다가 곧 제자리에 황급히 내려놓았다.

"그녀에게 결혼하자고 약속했습니까?"

"난, 난, 난 생각지도 않았습니다. 어쨌든 난 결코 약속한 적 없습니다. 왜냐하면……."

피에르가 말을 가로막았다.

"당신에게 그녀의 편지가 있지요? 편지를 가지고 있지요?" 피에르가 아나톨에게 바싹 다가서며 거듭 물었다.

아나톨은 그를 흘깃 쳐다보고는 즉시 주머니에 손을 쑤셔 넣어 종잇조각을 꺼냈다.

피에르는 아나톨이 건넨 편지를 쥐고는 앞을 가로막은 탁자를 밀치고 소파에 털썩 주저앉았다.

"아무 짓도 하지 않을 테니 걱정하지 마시오." 피에르는 아나톨의 겁에 질린 몸짓에 대한 대꾸로 이렇게 말했다. "편지, 한 번." 피에르는 스스로를 위해 복습하듯 말했다. "두 번째." 그는 잠시 침묵하다가 다시 자리에서 일어나 걸음을 옮기며 말을 이었다. "당신은 내일 모스크바를 떠나야 합니다."

"하지만 내가 어떻게……."

"세 번째." 피에르는 그의 말을 듣지 않고 계속 말했다. "당신은 당신과 백작 영애 사이에 무슨 일이 있었는지 절대 한마디도 해서는 안 됩니다. 당신이 그렇게 해도 내가 막을 수 없다는 걸 압니다. 하지만 당신 안에 양심의 불꽃이 있다면……." 피에르는 말없이 여러 번 방 안을 거닐었다. 아나톨은 탁자 옆에 앉아 얼굴을 찌푸린 채 입술을 깨물었다.

"당신은 당신의 만족 외에 다른 사람들에게도 행복과 평온이 있다는 것을, 당신은 지금 즐기고 싶은 욕망 때문에 인생 전부를 망치고 있다는 것을 결국은 깨닫지 않을 수 없습니다. 내 아내 같은 여자들하고나 어울려 놀아요. 그런 여자들과는 그럴 자격이 있으니까. 그런 여자들은 당신이 자기들에게 뭘 원하는지 압니다. 그들은 똑같은 방탕의 경험으로 당신을 상대할 만한 무장을 갖추었어요. 그러나 아가씨에게 결혼을 약속하고…… 속이고 유괴하는 것은…… 어떻게 당신은 그것이 노인이나 아이를 구타하는 것과 같은 비열한 짓이라는 사실을 모릅니까……!”

피에르는 입을 다물고 더 이상 분노가 아닌 의문에 찬 시선으로 아나톨을 쳐다보았다.

“그건 내 알 바 아니지요. 안 그렇습니까?” 아나톨이 말했다. 그는 피에르가 자신의 분노를 이겨 나감에 따라 점차 힘을 냈다. “그건 내 알 바 아닙니다. 또 알고 싶지도 않아요.” 그는 피에르를 보지 않고 아래턱을 가볍게 떨면서 말했다. “하지만 당신은 나에게 이런 말들을 했지요. **명예로운 인간으로서** 내가 누구에게도 허용하지 않는 비열한 짓이니 뭐니 하는 말들 말입니다.”

피에르는 그가 무엇을 원하는지 이해할 수 없어 놀란 눈으로 쳐다보았다.

아나톨이 말을 이었다. “비록 그것이 둘이 대면한 자리에서 나온 말이라 해도 난…….”

“뭡니까, 보상을 원해요?” 피에르가 비웃듯 말했다.

“적어도 당신은 자신이 한 말을 취소할 수 있습니다. 그렇지 않나요? 만약 내가 당신의 바람대로 하기를 바란다면 말입니다. 그렇지 않습니까?”

“취소합니다, 취소해요.” 피에르가 말했다. “그리고 당신에게 용서를 구합니다.” 피에르는 뜯겨 나간 단추를 흘깃 쳐다보았다. “돈도 주지요. 여비가 필요하다면요.” 아나톨이 빙긋 웃었다.

피에르가 아내에게서 익히 본, 소심하면서도 비열한 미소가 그를 격분하게 했다.

“오, 이런 비열하고 냉혹한 족속들!” 그는 이렇게 말하고 서재에서 나가 버렸다.

다음 날 아나톨은 페테르부르크로 떠났다.

21

피에르는 마리야 드미트리예브나의 부탁을 수행했다는, 즉 쿠라긴을 모스크바에서 쫓아냈다는 소식을 전하기 위해 그녀를 찾아갔다. 집 전체가 두려움과 동요에 싸여 있었다. 나타샤가 심하게 앓고 있었다. 마리야 드미트리예브나가 그에게 은밀히 말한 바에 따르면, 아나톨이 유부남이라는 얘기를 들은 바로 그날 밤에 그녀는 남몰래 구한 비소를 먹고 자살을 시도했다. 비소를 조금 삼키고서 그녀는 너무 겁이 난 나머지 소냐를 깨워 자신이 한 일을 알렸다. 해독을 위한 조치가 제때 취해졌고, 이제 그녀는 위험을 벗어났다. 하지만 그래도 시골로 데려가는 것은 생각도 할 수 없을 만큼 몹시 쇠약해서 백작 부인을 모셔 오도록 하인을 보냈다. 피에르는 망연자실한 백작과 울고 있는 소냐를 보았지만 나타샤는 볼 수 없었다.

피에르는 이날 클럽에서 식사를 하다가 사방에서 로스토바의 유괴를 기도한 사건에 대해 떠드는 소리를 들었다. 그는 그런 이야기를 완강하게 반박하면서 처남이 로스토바에게 청혼했다가 거절당한 것 말고는 아무 일도 없었다고 사람들에게 단언했다. 피에르는 사건의 전말을 숨기고 로스토바의 평판을 회복하는 것이 자신의 의무라고 느꼈다.

그는 두려운 심정으로 안드레이 공작이 돌아오기를 기다리며, 그에 대한 소식을 듣기 위해 노공작의 집을 날마다 찾아갔다.

니콜라이 안드레이치 공작은 **마드무아젤 부리엔**을 통해 도시에 나돌던 소문을 알았고, 나타샤가 마리야 공작 영애에게 보낸 파혼 편지도 읽었다. 그는 평소보다 더욱 쾌활해 보였고 몹시 초조하게 아들을 기다렸다.

아나톨이 떠난 지 며칠 뒤에 피에르는 자신의 도착을 알리며 자신에게 들를 것을 청한 안드레이 공작의 편지를 받았다.

모스크바에 온 안드레이 공작은 집에 도착하자마자 아버지로부터 나타샤가 마리야 공작 영애에게 보낸 파혼 편지를 받았고 (**마드무아젤 부리엔**이 마리야 공작 영애에게서 그 편지를 훔쳐 공작에게 전했다) 또한 아버지에게서 나타샤 유괴 사건에 대한 부풀려진 이야기를 들었다.

안드레이 공작은 전날 밤에 도착했다. 피에르는 그다음 날 아침에 그를 찾아갔다. 안드레이 공작이 나타샤와 거의 같은 상태일 것이라고 예상했던 피에르는 응접실에 들어서다가 페테르부르크의 어떤 음모 사건에 대해 활기차게 말하는 안드레이 공작의 우렁찬 목소리가 서재에서 들려오자 놀랐다. 노공작과 다른 누군가의 목소리가 간간이 그의 말을 끊었다. 마리야 공작 영애가 피에르를 맞으러 나왔다. 그녀는 눈으로 안드레이 공작이 있는 곳의 문을 가리키며 그의 슬픔에 대한 자신의 공감을 표현하고 싶은 듯 한숨을 쉬었다. 그러나 피에르는 마리야 공작 영애의 얼굴에서 그동안 일어났던 일과 약혼녀의 변심 소식을 접한 오빠의 태도에 기뻐하고 있음을 알아차렸다.

"오빠는 이렇게 될 줄 알았다고 했어요." 그녀가 말했다. "난 오빠가 자긍심 때문에 감정을 드러내지 않는다는 걸 알아요. 하지만 어쨌든 오빠는 내가 예상한 것보다 이 일을 잘, 훨씬 더 잘 견뎌 냈어요. 어쩌면 이렇게 될 수밖에 없었나 봐요…….”

“하지만 정말 모든 게 완전히 끝난 걸까요?” 피에르가 말했다.

마리야 공작 영애가 놀란 눈으로 그를 쳐다보았다. 어떻게 그런 질문을 할 수 있는지조차 이해하지 못한 듯했다. 피에르는 서재로 들어갔다. 안드레이 공작은 확연히 건강해진 듯 무척 변한 모습이었지만 양 눈썹 사이에 전에 없던 가로 주름이 나 있었다. 그는 문관 제복 차림으로 아버지와 메셰르스키 공작 맞은편에 서서 열정적인 몸짓을 해 가며 열띤 논쟁을 벌이고 있었다.

스페란스키에 관한 대화가 진행 중이었다. 그의 갑작스러운 유형과 반역 혐의에 대한 소식이 막 모스크바에 닿았던 것이다.*

“지금은 모두가 그(스페란스키)를 비난합니다.” 안드레이 공작이 말했다. “한 달 전만 해도 그에게 열광하던 사람들이건 그의 목적을 이해하지 못하던 사람들이건 모두요. 한 사람을 무자비하게 비난하고 그에게 다른 이들이 저지른 실수를 전부 떠넘기기는 쉽습니다. 하지만 저는 지금의 치세에서 무언가 좋은 것이 행해진 게 있다면 그것은 모두 그가, 그 한 사람이 한 것이라고 말하겠습니다…….” 그는 피에르를 보고 말을 멈추었다. 얼굴이 바르르 떨렸지만 곧 적의에 찬 표정을 띠었다. “후세가 그를 정당하게 인정할 겁니다.” 그는 말을 마무리하고 피에르를 돌아보았다.

“음, 어떻게 지냈나? 계속 뚱뚱해지는군.” 그는 활기차게 말했지만, 새로 나타난 주름이 이마에 더욱 깊이 파였다. “그래, 난 건강해.” 그는 피에르의 물음에 답하면서 가볍게 웃었다. 피에르에게는 그의 쓴웃음이 ‘건강하지. 하지만 아무도 나의 건강을 필요로 하지 않는군’ 하고 말하는 것이 분명하게 느껴졌다. 폴란드 국경부터 끔찍했던 도로 사정에 대해, 스위스에서 피에르를 아는 사람들을 만난 일에 대해, 아들을 위한 교사로 외국에서 데려온 데살 씨에 대해 피에르와 몇 마디 주고받은 뒤 안드레이 공작은 두 노인 사이에 계속 오가던 스페란스키에 대한 대화에 다시 끼어들었다.

"만약 반역 행위가 있고, 그와 나폴레옹이 내통한 증거가 있다면 공표될 겁니다." 그는 열을 올리며 초조하게 말했다. "전 개인적으로 스페란스키를 좋아하지 않고 좋아한 적도 없습니다. 하지만 전 정의를 사랑합니다." 지금 피에르는 단지 마음 깊은 곳의 너무도 고통스러운 생각들을 억누르기 위해 자신과 상관없는 문제에 대해 지나치게 흥분하고 논쟁하려는, 자신이 너무나 잘 아는 욕구를 친구에게서 확인하고 있었다.

메셰르스키 공작이 떠나자 안드레이 공작은 피에르의 팔을 잡고 자신에게 마련된 방으로 가자고 했다. 방에는 접이식 침대가 펼쳐져 있고 여행 가방들과 궤짝들이 열린 채 놓여 있었다. 안드레이 공작은 그중 하나로 다가가 귀중품 함을 꺼냈다. 귀중품 함에서 그는 종이 꾸러미를 꺼냈다. 그는 이 모든 것을 말없이 매우 신속하게 했다. 그는 몸을 일으키고 기침을 했다. 그리고 얼굴을 찌푸리며 입술을 굳게 다물었다.

"내가 자네에게 걱정을 끼치고 있다면 용서하게……." 피에르는 안드레이 공작이 나타샤에 대해 말하고 싶어 하는 것을 깨달았다. 그러자 피에르의 넓적한 얼굴에 유감과 연민이 떠올랐다. 피에르의 얼굴 표정이 안드레이 공작의 화를 돋우었다. 그는 단호하고 날카롭고 불쾌한 음색으로 말을 이었다. "난 로스토바 백작 영애로부터 파혼 편지를 받았네. 그리고 자네 처남이 그녀에게 청혼을 했다던가 하는 그 비슷한 소문이 내 귀에까지 들려오더군. 사실인가?"

"사실이기도 하고, 아니기도 합니다." 피에르가 입을 열었다. 그러나 안드레이 공작이 그의 말을 가로막았다.

"그녀의 편지들이네." 그가 말했다. "초상도." 그는 탁자에서 꾸러미를 집어 피에르에게 건넸다.

"백작 영애에게 전해 줘……. 보게 되면 말이야."

"그녀는 매우 아픕니다." 피에르가 말했다.

"그럼 그녀가 아직 이곳에 있다는 건가?" 안드레이 공작이 말했다. "쿠라긴 공작도?" 그가 재빨리 다시 물었다.

"그는 오래전에 떠났습니다. 그녀는 죽을 뻔했지요……."

"그녀가 아프다니 참 안됐군." 안드레이 공작이 말했다. 그는 아버지처럼 적의에 찬, 차갑고 불쾌한 쓴웃음을 지었다.

"하지만 결국 쿠라긴 씨는 로스토바 백작 영애에게 청혼을 하지 않았군?" 안드레이 공작이 말했다. 그는 여러 번 콧방귀를 뀌었다.

"유부남이라 결혼할 수 없었습니다." 피에르가 말했다.

안드레이 공작은 또다시 자기 아버지를 떠올리게 하는 불쾌한 웃음을 터뜨렸다.

"그는 지금 어디 있나? 자네 처남 말일세. 내가 알 수 없을까?" 그가 말했다.

"그는 떠났습니다, 페테르……. 하지만 나도 모릅니다." 피에르가 말했다.

"그래, 뭐 상관없어." 안드레이 공작이 말했다. "로스토바 백작 영애에게 전해 줘. 그녀는 예나 지금이나 완전히 자유롭다고, 내가 행복을 바란다고 말이야."

피에르는 두 손으로 종이 꾸러미를 쥐었다. 안드레이 공작은 뭔가 더 해야 할 말을 떠올리는 듯, 혹은 피에르가 뭔가 말하지 않을까 기대하는 듯 피에르를 뚫어지게 바라보았다.

"들어 봐요. 우리가 페테르부르크에서 한 논쟁을 기억합니까?" 피에르가 말했다. "기억해요⋯⋯?"

"기억해." 안드레이 공작이 서둘러 대답했다. "난 타락한 여자를 용서해야 한다고 말했지. 하지만 내가 용서할 수 있다고는 말하지 않았어. 난 그렇게 못해."

"이 일을 그것과 비교할 수 있을까요⋯⋯?" 피에르가 말했다. 안드레이 공작이 말을 가로막았다. 그는 날카롭게 외쳤다.

"다시 그녀에게 청혼하고 관대함을 보여라, 뭐 그런 말인가⋯⋯? 그래, 대단히 고결한 행동이지. 하지만 난 **그 신사의 자취를** 따를 수 없어. 자네가 내 친구로 남기를 바란다면 나에게 절대로 이⋯⋯ 이 모든 것에 대해 말하지 말아 줘. 그럼 잘 가게. 자네가 전해 줄 거지⋯⋯?"

피에르는 방을 나와 노공작과 마리야 공작 영애에게 갔다.

노인은 평소보다 더 활기차 보였고, 마리야 공작 영애는 여느 때와 똑같았다. 그러나 피에르는 그녀 안에서 오빠에 대한 연민을 넘어 오빠의 결혼이 깨진 데 대한 기쁨을 보았다. 그들을 보며 피에르는 두 사람 다 로스토프가에 대해 얼마나 경멸과 적의를 품었던가를 깨달았고, 그들 앞에서는 안드레이 공작을 어떤 사람으로도 바꿀 수 있었을 그 이름을 상기시키는 것조차 불가능하다는 사실을 깨달았다.

식사하는 동안 대화는 눈앞에 둔 전쟁에 관한 것으로 접어들었다. 안드레이 공작은 쉴 새 없이 말하며 때로는 아버지와, 때로는 스위스인 교사 데살과 논쟁을 했고, 평소보다 더 활기차 보였다. 피에르는 그 활기의 정신적 원인을 너무도 잘 알았다.

22

그날 밤 피에르는 임무를 수행하기 위해 로스토프가 사람들을 찾아갔다. 나타샤는 침대에 누워 있었고, 백작은 클럽에서 아직 돌아오지 않고 있었다. 피에르는 소냐에게 편지들을 건넨 뒤 안드레이 공작이 그 소식을 어떻게 받아들였는지 알고 싶어 하던 마리야 드미트리예브나에게 갔다. 10분 후 소냐가 마리야 드미트리예브나의 방에 들어왔다.

"나타샤가 표트르 키릴로비치 백작님을 꼭 만나고 싶어 해요." 그녀가 말했다.

"아니, 어떻게 이 사람을 그 애 방으로 데려간단 말이냐? 너희들 방은 치우지도 않았는데." 마리야 드미트리예브나가 말했다.

"아뇨, 나타샤가 옷을 입고 응접실에 나왔어요." 소냐가 말했다.

마리야 드미트리예브나는 그저 어깨를 으쓱했다.

"백작 부인은 언제 오려나? 그 여자가 내 피를 완전히 말리는군. 자네, 조심하게. 그 애한테 다 말하면 안 돼." 그녀가 피에르에게 말했다. "그 애를 나무랄 자신이 없어. 딱해, 너무, 너무 딱해!"

해쓱하게 야윈 나타샤가 딱딱하게 굳은 창백한 얼굴로 (피에르가 예상했던 부끄러워하는 얼굴은 전혀 아니었다) 응접실 한가운데 서 있었다. 피에르가 문가에 나타나자 그녀는 그에게 다가가야할지 기다려야 할지 망설이는 듯 허둥지둥했다.

피에르는 서둘러 그녀에게 다가갔다. 그는 그녀가 여느 때처럼 손을 내밀 것이라고 생각했다. 하지만 그녀는 그에게 다가오다가 걸음을 멈추더니 노래하러 홀 가운데로 나설 때와 완전히 같은 자세로, 그러나 전혀 다른 표정으로 두 손을 죽은 듯이 축 늘어뜨린 채 무겁게 숨을 몰아쉬었다.

"표트르 키릴리치." 그녀는 빠르게 말하기 시작했다. "볼콘스키 공작은 당신의 친구였죠. 지금도 당신의 친구죠." 그녀는 고쳐 말했다. (그녀에게는 모든 것이 그저 과거의 일일 뿐 이제는 전부 달라진 것처럼 여겨졌다.) "그가 그때 당신과 의논하라고 말했었는데……."

피에르는 그녀를 보며 말없이 코로 거칠게 숨을 쉬었다. 그는 마음속으로 그녀를 비난했고 또 경멸하려고 애썼다. 그러나 지금은 그녀가 너무도 애처롭게 느껴져서 그의 마음속에 비난을 위한 자리는 없었다.

"그는 이제 이곳에 있죠. 그에게 말해 주세요……. 용서하…… 날 용서하라고요." 그녀는 말을 멈추고 더욱 가쁘게 숨을 몰아쉬기 시작했다. 그러나 울지는 않았다.

"네…… 그에게 말하겠습니다." 피에르가 대답했다. "하지만……." 그는 무슨 말을 해야 할지 몰랐다.

나타샤는 피에르의 머릿속에 떠올랐을지 모를 생각에 놀란 듯했다.

"아뇨, 난 알아요. 모든 게 끝났어요." 그녀는 서둘러 말했다. "아뇨, 결코 있을 수 없는 일이에요. 다만 내가 그에게 안긴 불행이 날 고통스럽게 하고 있어요. 그에게 이렇게만 전해 주세요. 내가 용서를, 용서를 구한다고요. 모든 것에 대해 날 용서하라고요……." 그녀는 온몸을 떨며 의자에 앉았다.

이제껏 한 번도 경험하지 못한 연민의 감정이 피에르의 영혼을 가득 채웠다.

"그에게 말하겠습니다. 다시 한번 그에게 다 말하겠습니다." 피에르가 말했다. "하지만…… 한 가지 알고 싶은 게……."

'뭘 알고 싶으세요?' 나타샤의 시선이 물었다.

"알고 싶습니다, 당신이……." 피에르는 아나톨을 어떻게 불러야 할지 몰랐고, 그를 떠올리며 얼굴을 붉혔다. "당신이 어쩌다 그 악한 인간을 사랑했는지……."

"그를 악하다고 말하지 마세요." 나타샤가 말했다. "하지만 난 아무것도, 아무것도 모르겠어요……." 그녀는 다시 울먹이기 시작했다.

연민과 다정과 사랑의 감정이 한층 강하게 피에르를 사로잡았다. 그는 안경 밑으로 눈물이 흐르는 것을 느끼며 그녀가 모르길 바랐다.

"더 이상 아무 말도 하지 맙시다, 나의 친구." 피에르가 말했다.

그의 온화하고 부드럽고 진심 어린 목소리가 나타샤에게 불현듯 너무도 이상하게 느껴졌다.

"더 이상 말하지 맙시다, 나의 친구. 내가 그에게 전부 말하겠습니다. 그러나 한 가지만 부탁하겠습니다. 날 당신의 친구로 여겨 주세요. 만약 당신에게 도움이, 조언이 필요하거든, 그저 누군가에게 마음을 털어놓아야 하거든, 지금이 아니라 마음이 맑아지게 되거든 날 떠올려 주십시오." 그는 그녀의 손을 잡고 입을 맞추었다. "그럴 수만 있다면 난 행복할 겁니다……." 피에르는 말을 하고 어찌할 바를 몰랐다.

"내게 그렇게 말하지 마세요. 난 그런 말을 들을 가치가 없어요!" 나타샤는 이렇게 외치고 응접실에서 나가려 했다. 그러나 피에르가 그녀의 팔을 잡았다. 그는 뭔가 더 말해야 한다는 것을 알았다. 하지만 그 말을 하고 나서 그는 자기 말에 스스로 놀랐다.

"그만, 그만해요. 당신의 모든 인생은 저 앞에 있어요." 그가 그녀에게 말했다.

"나의 인생이라고요? 아뇨! 내 인생은 다 끝났어요." 그녀는 수치와 자기 비하에 젖은 어조로 말했다.

"다 끝났다니요?" 그가 그녀의 말을 되받았다. "만일 내가 이런 남자가 아니라 세상에서 가장 잘생기고 가장 똑똑하고 가장 훌륭한 남자라면, 그리고 자유로운 몸이라면 난 당장 무릎 꿇고 청혼하며 당신의 사랑을 구했을 겁니다."

나타샤는 지난 많은 날들 이후 처음으로 감사와 애정의 눈물을 흘리며 피에르를 쳐다보고는 방에서 나갔다.

피에르도 그녀를 뒤따라 현관방으로 뛰어가다시피 했다. 그는 목이 멜 듯한 애정과 행복의 눈물을 억누르며 소매에 팔을 끼우지도 않은 채 외투를 걸치고 썰매에 올라탔다.

"이제 어디로 모실까요?" 마부가 물었다.

'어디로?' 그는 스스로에게 물었다. '이제 어디로 갈 수 있단 말인가? 과연 클럽에 가거나 남의 집을 방문할 수 있을까?' 자신이 경험한 다정과 사랑의 감정에 비하면, 마지막에 눈물 어린 눈으로 자신을 바라본 그녀의 부드러워지고 감사에 젖은 시선에 비하면 모든 사람들이 너무나 초라하고 너무나 불쌍해 보였다.

"집으로 가세." 영하 10도의 추위에도 아랑곳 않고 피에르는 기쁨에 차서 호흡하고 있던 넓은 가슴의 곰 가죽 외투를 활짝 열어젖히며 말했다.

얼어붙을 듯 춥고 맑은 날씨였다. 지저분하고 어슴푸레한 거리 위로, 검은 지붕 위로 별이 빛나는 어두운 하늘이 펼쳐져 있었다. 피에르는 하늘만 바라보며 자신의 영혼이 자리해 있던 드높은 곳에 비할 때 지상의 모든 것이 처한 모욕적인 비천함을 느끼지 않았다. 아르바트 광장 입구에 들어서자 별이 빛나는 어두운 하늘의 광대한 공간이 피에르의 눈앞에 펼쳐졌다. 그 하늘 한가운데에 프레치스텐스키 가로수 길 위쪽으로 1812년의 거대하고 찬란한 혜성이 떠 있었다. 그것은 사방에 흩뿌려진 별들에 둘러싸였지만 지상과의 가까움으로, 하얀빛과 위로 솟은 긴 꼬리로 다른 모든 별들과 구별되었다. 사람들의 말에 따르면, 세상의 온갖 공포와 종말을 예언하던 바로 그 혜성이었다. 하지만 찬란한 긴 꼬리를 가진 그 밝은 별은 피에르에게 어떤 두려운 감정도 불러일으키지 않았다. 오히려 피에르는 눈물에 젖은 눈으로 그 밝은 별을 기쁘게 바라보았다. 혜성은 이루 말할 수 없이 빠른 속도로 포물선을 그리며 무한한 공간을 날아가다가 갑자기 땅에 꽂힌 화살처럼 검은 하늘에서 스스로 선택한 자리에 착 달라붙어 멈추고는 힘차게 꼬리를 치켜올리고 희미하게 빛나는 수많은 별들 틈에서 하얀 광채를 빛내며 유희하는 듯했다. 피에르에게는 이 별이 새로운 삶을 향해 피어난, 부드러워지고 고무된 그의 영혼에 깃들어 있던 것에 온전히 화답하는 듯 여겨졌다.

제3권

제1부

I

1811년 말부터 서유럽의 군비 강화와 병력 집결이 시작되었고, 1812년에는 이 병력, 즉 수백만 명의 사람들이(군대를 수송하고 식량을 보급하는 사람들을 계산하여) 서쪽에서 동쪽으로, 러시아 국경 지대로 이동했다. 마찬가지로 러시아 병력도 1811년부터 러시아 국경 지대로 집결하고 있었다. 6월 12일에 서유럽의 병력이 러시아 국경을 넘으면서 전쟁이 시작되었다. 다시 말하면, 인간의 이성과 인간의 모든 본성에 반대되는 사건이 일어난 것이다. 수백만 명의 사람들이 서로에게 숱한 악행, 속임수, 배신, 절도, 위조지폐의 제작과 발행, 강도, 방화, 살인을 저질렀다. 이는 세계의 모든 재판소들이 수백 년에 걸쳐 연대기적으로 기록해도 다 모을 수 없는 것이고, 그 시기에 이런 짓을 저지른 사람들은 이를 범죄로 보지도 않았다.

무엇이 이 예상치 않은 사건을 초래했을까? 그 원인들은 무엇이었을까? 역사가들은 순진한 자신만만함으로 올덴부르크 대공이 당한 모욕, 대륙 봉쇄령 위반, 나폴레옹의 권력욕, 알렉산드르의 단호함, 외교관들의 실책 등을 그 사건의 원인이라고 말한다.

결과적으로 보았을 때 메테르니히나 루먄체프나 탈레랑*만이라도 알현식 후 성대한 연회가 열리기 전에 좀 더 노력해서 좀 더 정교하게 서류를 작성했거나, 혹은 나폴레옹이 알렉산드르에게 **"폐하, 나의 형제여, 나는 올덴부르크 대공에게 공국을 돌려주는 데 동의합니다"**라고 썼더라면 전쟁은 일어나지 않았다는 것이다.

동시대 사람들에게 사태가 그런 식으로 비친 것은 이해할 만하다. 나폴레옹에게 전쟁의 원인이 (그가 세인트헬레나섬에서 말했던 것처럼*) 영국의 음모로 보였던 것도 이해할 만하다. 영국 의회 의원들에게 전쟁의 원인이 나폴레옹의 야심으로 보였던 것도 이해할 만하다. 올덴부르크 대공에게 전쟁의 원인이 자신에게 가해진 철저한 강압으로 보였던 것도 이해할 만하다. 상인들에게 전쟁의 원인이 유럽을 황폐하게 만든 대륙 봉쇄령으로 보였던 것도 이해할 만하다. 노병들과 장군들에게 주된 원인이 그들을 이 전쟁에 이용해야 할 필요로 보였던 것도 이해할 만하다. 그 시대 정통주의자*들에게 **훌륭한 원칙**을 부활시켜야만 했던 것으로 보이고, 그 시대 외교관들에게 1809년 러시아와 오스트리아의 동맹을 나폴레옹에게 충분히 교묘하게 숨기지 못한 점과 양해 각서 제178호가 서툴게 작성된 점이 그 모든 원인으로 보였던 것도 이해할 만하다. 그 시대 사람들에게 이러한 원인들 그리고 다양한 관점의 차이에서 비롯된 수많은 다른 원인들이 떠오른 것도 이해할 만하다. 그러나 우리에게는, 그 전체 규모 속에서 완결된 사건의 거대함을 성찰하며, 그 단순하고도 무시무시한 의미를 규명하려는 우리 후손들에게는 이 원인들이 불충분해 보인다. 나폴레옹이 권력을 탐하고, 알렉산드르가 단호하고, 영국의 정책이 교활하고, 올덴부르크 대공이 모욕을 당했기 때문에 수백만 명의 그리스도인들이 서로를 죽이고 괴롭혔다는 것은 우리로선 이해하기 힘들다. 이런 상황이 살인과 폭력이라는 사실 자체와 무슨 관련이 있는지,

대공이 모욕받은 결과로 왜 유럽의 다른 끝 쪽에서 온 수천 명의 사람들이 스몰렌스크와 모스크바 사람들을 유린하고 죽이고, 그들 자신도 죽어야 했는지 이해할 수 없다.

우리 후손들에게, 역사가가 아니어서 탐구 과정에 몰입하지 않기 때문에 건전한 상식으로 사건을 성찰하게 되는 우리 후손들에게는 그 원인들이 무수히 떠오른다. 이러한 원인 탐구에 깊이 빠져들수록 더 많은 원인들이 우리 앞에 밝혀진다. 그리고 개별적으로 취하는 각각의 원인이든 일련의 원인들의 전체든 우리에게는 그 자체로서는 마찬가지로 정당해 보이기도 하고, 사건의 거대함에 비해 보잘것없다는 점에서 똑같이 거짓으로 보이기도 하며, (일치하는 다른 모든 원인들 없이는) 사건을 일으키는 데 효력이 없었다는 점에서 똑같이 거짓으로 보이기도 한다. 우리에게는 프랑스군의 어느 제1부사관이 재복무를 원했는가 아닌가 하는 것도 나폴레옹이 자신의 군대를 비스와강 건너편으로 철수시키고 올덴부르크 공국의 반환을 거부한 것과 똑같은 원인으로 보인다. 왜냐하면 만약 그가 군 복무를 원하지 않았고, 제2의 군인, 제3의 군인, 나아가 제1000의 부사관과 병사들이 군 복무를 원하지 않았다면 나폴레옹의 군대에 그만큼 병사가 적었을 테고, 그러면 전쟁도 일어날 수 없었을 테니 말이다.

만약 나폴레옹이 비스와강 건너편으로 철수하라는 요구에 모욕을 느끼지 않고 군대에 진군 명령을 내리지 않았다면 전쟁은 일어나지 않았을 것이다. 또한 모든 중사들이 재복무를 원하지 않았어도 전쟁은 일어나지 않았을 것이다. 영국의 음모가 없었다면, 올덴부르크 대공이 존재하지 않았거나 알렉산드르가 모욕을 느끼지 않았다면, 러시아에 전제 권력이 없었다면, 프랑스 혁명과 그에 잇따른 독재와 제정이 없고 프랑스 혁명을 일으킨 그 모든 것 등등이 없었다면 역시 전쟁은 일어나지 않았을 것이다. 이 원인들 중 하나만 없었어도 결코 아무 일도 일어나지 않았을 것이다. 아마도 이 모든 원인들, 수십억 가지의 모든 원인들이 과거에 있었던 일을 일으키려고 하나로 합쳐진 듯하다. 따라서 결과적으로, 어떤 것도 사건의 예외적인 원인은 아니며, 다만 당연히 일어나야 했기 때문에, 그 사건이 당연히 일어났던 것이다. 몇 세기 전 사람들의 무리가 동쪽에서 서쪽으로 자기 동족들을 죽이며 나아갔던 것과 똑같이, 수백만 명의 사람들이 자신들의 인간적인 감정과 이성을 저버리고 서쪽에서 동쪽으로 나아가면서 자기 종족들을 죽여야만 했다.

사건이 일어날지 혹은 일어나지 않을지가 그들이 하는 말에 달린 것처럼 보이는 나폴레옹과 알렉산드르도 제비뽑기나 징집으로 출정한 병사들과 마찬가지로 좀처럼 마음대로 행동하지 못했다. 그럴 수밖에 없었던 이유는 (사건을 좌우하는 듯 보이는) 나폴레옹과 알렉산드르의 의지가 실행되기 위해서는 수많은 상황들, 한 가지만 없어도 사건이 일어날 수 없을 상황들이 반드시 하나로 일치해야 했기 때문이다. 실질적인 힘을 쥐고 있던 수백만 명의 사람들, 즉 사격을 하고 식량과 대포를 운반하는 병사들이 몇몇 개인들과 나약한 이들의 의지를 수행하는 데 동의하도록 하고, 무수히 많은 복잡하고 다양한 이유로 그것에 이끌리도록 해야만 했다.

역사에서 숙명론은 (우리가 그 타당성을 납득할 수 없는) 비합리적인 현상들을 설명하는 데 불가피하다. 우리가 역사의 그런 현상들을 합리적으로 설명하려고 노력할수록 그것들은 우리에게 더욱 비합리적이고 불가해한 것이 되어 버린다.

사람은 저마다 스스로를 위해 살고, 자신의 개인적인 목적을 달성하기 위해 자유를 이용하며, 자신의 온 존재로 지금 이런저런 행동을 할 수 있거나 혹은 할 수 없다는 것을 느낀다. 하지만 그가 행동하자마자 곧 어느 한순간에 이루어진 그 행동은 돌이킬 수 없는 것이 되고 역사의 자산이 되어, 역사 속에서 자유로운 의미가 아닌 숙명적인 의미를 갖게 된다.

사람에게는 삶의 두 가지 측면이 있다. 하나는 그 관심이 추상적일수록 더 자유로워지는 개인적 삶이고, 또 하나는 사람이 자신에게 지시된 법을 불가피하게 수행해야 하는 자연력적이고 무리적인 삶이다.

인간은 의식적으로 자신을 위해 살아가지만, 역사적이고 인류 전체적인 목적을 달성하기 위해 무의식적인 도구로 쓰이기도 한다. 일단 일어난 행동은 돌이킬 수 없고, 그 행위는 시간 속에서 다른 사람들의 무수한 행위들과 엮여 역사적인 의미를 얻게 된다. 사람은 사회의 위계에서 높은 위치에 있을수록, 더 많은 사람들과 결부될수록 다른 사람들에 대한 더 많은 권력을 갖게 되고, 그 행동의 숙명과 필연은 더욱 분명해진다.

"왕의 마음은 하느님의 손안에 있다."*

황제는 역사의 노예다.

역사, 즉 인류의 무의식적·공동적·무리적인 삶은 황제들의 삶의 모든 순간을 자체 목적을 위한 도구로 이용한다.

나폴레옹은 1812년 이 순간, 그 어느 때보다 (알렉산드르가 그에게 보낸 마지막 편지에 썼던 것처럼) **자기 백성들의 피를 흘리게 할지 말지**가 자신의 결정에 달린 것처럼 보였음에도 불구하고, 그 자신으로 하여금 공동의 과업을 위해, 역사를 위해 마땅히 일어나야 할 바를 행하도록 하는 피할 수 없는 법칙에 (자신과의 관계에서는 그는 자기 의지로 행동하는 것처럼 보였지만) 지금보다 더 종속된 적도 없었다.

서구 사람들은 서로를 죽이기 위해 동방으로 이동했다. 그리고 원인들의 합치 법칙에 따라 이러한 이동과 전쟁을 위한 수천 가지의 자잘한 원인들이 저절로 어우러져 이 사건과 결합했다. 이를테면 대륙 봉쇄령 위반에 대한 비난, 올덴부르크 대공, (나폴레옹이 보기에는) 그저 무장 평화를 성취하기 위해 취한 프로이센으로의 군대 이동,* 자국민의 성향과 일치하는 프랑스 황제의 호전성과 전쟁 습관, 대규모 준비에 대한 열광, 준비를 위한 지출, 이 지출을 메우기 위해 이익을 내야 할 필요성, 드레스덴에서 사람의 정신을 도취하게 만든 경의의 표현,* 동시대 사람들의 눈에는 평화를 성취하려는 진심 어린 열망에서 비롯된 것처럼 보이지만 그저 양쪽의 자존심만 다치게 한 외교 협상, 앞으로 일어날 사건에 부합하고 합치하는 수많은 다른 원인들 등이다.

사과는 언제 익어서 떨어지는가? 그것은 왜 떨어지는 것일까? 중력이 지면으로 끌어당기기 때문일까? 줄기가 시들기 때문일까? 햇볕을 받아 마르고, 튼실해지고, 바람에 흔들리기 때문일까? 나무 아래 서 있는 소년이 먹고 싶어 하기 때문일까?

어느 것도 원인이 아니다. 이 모든 것은 생명의 유기적이고 자연력적인 온갖 사건이 이루어질 수 있는 여러 조건들이 합치된 것일 뿐이다. 사과가 세포막 질이 분해되거나 그 유사한 것으로 인해 떨어진다는 사실을 발견한 식물학자는 사과가 먹고 싶어서 사과를 달라고 기도했기 때문에 사과가 떨어졌다고 말하는 어린아이처럼 그 정도로만 옳을 것이다. 나폴레옹이 모스크바에 간 것은 그가 원했기 때문이고, 나폴레옹이 파멸한 것은 알렉산드르가 그를 파멸시키길 원했기 때문이라고 말하는 사람은, 수백만 푸드의 깊이로 갱도를 판 산이 붕괴한 것이 마지막 광부가 곡괭이로 최후의 일격을 내리쳤기 때문이라고 말하는 사람처럼 옳기도 하고 그르기도 할 것이다. 역사적인 사건들에서 이른바 위대한 사람들이란 사건 자체와는 그 무엇보다 관련이 적은 상표처럼, 사건에 명칭을 부여하는 상표이다.

그들 각각의 행동은 스스로에게는 자기 의지에 따른 것처럼 보이지만, 역사적인 의미에서 보면 자기 의지에 따른 것이 아니며, 그것은 역사의 모든 진행 과정과 연관되어 있고, 영원 전부터 결정되어 있는 것이다.

2

5월 29일, 나폴레옹은 드레스덴을 떠났다. 그곳에서 그는 3주 동안 공작들, 대공들, 왕들, 심지어 한 명의 황제까지 포함된 궁정 사람들에게 둘러싸여 지냈다. 출발하기에 앞서 나폴레옹은 그럴 만한 공적이 있는 공작들, 왕들, 황제는 노고를 치하하고, 만족스럽지 않았던 왕들과 공작들은 질책하고, 오스트리아 황후에게는 자기 소유의, 즉 다른 왕들로부터 얻은 진주들과 다이아몬드들을 선물했다. 그리고 나폴레옹을 연구한 역사가가 말하는 것처럼, 그는 마리아 루이자 황후를 부드럽게 안아 준 뒤 그녀에게 쓰라린 이별을 남긴 채 떠났다. 파리에 다른 배우자*가 있음에도 불구하고, 사람들이 그의 배우자로 여긴 그녀, 마리아 루이자는 이 쓰라린 이별을 견디지 못하는 것처럼 보였다. 외교관들이 평화의 가능성을 굳게 믿고 이를 위해 열성적으로 활동했음에도 불구하고, 나폴레옹 황제가 직접 알렉산드르 황제에게 편지를 써 그를 "**폐하, 나의 형제여!**"라고 부르며 자신은 전쟁을 바라지 않는다고, 그를 항상 사랑하며 존경할 것이라고 진심으로 설득했음에도 불구하고, 군대에 나아갔고, 역참에 도착할 때마다 군대를 서쪽에서 동쪽으로 서둘러 이동시킬 목적을 띤 새 명령들을 내렸다. 그는 시동들, 부관들, 호위병들에게 둘러싸여 여섯 필의 말이 끄는 여행용 마차를 타고 대로를 따라 포젠, 토른, 단치히, 쾨니히스베르크로 향했다. 도착하는 이 도시들에서는 수천 명의 사람들이 전율과 환희에 차서 그를 맞았다.

군대는 서쪽에서 동쪽으로 이동했으며, 교체된 말들도 그곳으로 그를 싣고 갔다. 6월 10일 그는 군대를 따라잡았고, 그를 위해 빌코비스키 숲속의 어느 폴란드인 백작의 영지에 마련된 숙소에서 묵었다.

다음 날 나폴레옹은 반포장 사륜마차를 타고 군대를 앞질러 네만강 쪽으로 갔다. 그리고 강을 건널 만한 지점을 살펴보기 위해 폴란드 군복으로 갈아입고 강변으로 나갔다.

나폴레옹은 그 건너편에 있는 카자크들과 드넓게 펼쳐진 스텝 지역을 본 후 (그 한가운데에 마케도니아의 알렉산드로스가 원정한 스키타이 제국을 닮은 나라의 수도, **성스러운 도시 모스크바가** 있었다) 전략적 판단과 외교적 판단을 거스르는, 누구도 예상치 못한 진군 명령을 내렸다. 다음 날 그의 군대는 네만강을 건너기 시작했다.

12일 이른 아침 그는 네만강의 가파른 왼쪽 강변에 설치한 막사에서 나왔다. 그리고 빌코비스키 숲에서 흘러나와 네만강에 설치된 세 다리를 건너가는 자신의 군대를 망원경으로 지켜보았다. 군인들은 황제가 그들과 함께 있는 것을 알고, 눈으로 찾고 있었다. 그래서 산 위의 막사 앞에 프록코트와 모자를 차려입고 수행원과 떨어져 서 있는 형상을 발견했을 때, 모자를 벗어 위로 던지며 외쳤다. **"황제 만세!"** 그런 다음 이제까지 자신들을 숨겨 주었던 거대한 숲에서 한 사람 한 사람 뒤를 이어 지칠 줄 모르고 계속 흘러나와 어지럽게 합해진 후, 세 다리를 통해 강 건너편으로 넘어갔다.

"황제이신가? 오! 폐하께서 직접 나타나시니 사기가 끓어오르겠는걸! 드디어 진군이군! 하느님께 맹세코…… 저기 그분이…… 황제 만세! 저곳이 아시아의 스텝 지역이구나. 하지만 지저분한 나라군. 보세, 잘 가게. 자네를 위해 모스크바에서 최고로 멋진 궁전을 남겨 두지. 잘 가게, 행운을 빌어. 황제를 봤나? 만세! 제라르, 만약 내가 인도 총독이 되면 너를 카슈미르의 장관으로 삼아 줄게……. 반드시 그렇게 하지. 황제 폐하 만세! 만세! 만세! 만세! 저 악랄한 카자크들, 허둥지둥 도망치는 꼴이라니. 황제 만세! 만세! 만세! 저기 계신 분이 황제 폐하야! 보여? 난 지금 자네를 보는 것처럼 저분을 두 번 본 적이 있어. 체구가 작은 하사였는데……. 난 저분이 한 노인에게 십자 훈장을 달아 주는 걸 보았지. 황제 만세!" 젊은 사람들과 늙은 사람들, 매우 다양한 성격과 다양한 사회적 지위의 사람들이 한목소리로 말했다. 이들의 얼굴에는 오래전부터 기다렸던 원정이 드디어 시작된 것에 대한 기쁨과 산 위에 회색 프록코트를 입고 서 있는 사람을 향한 환희와 충성의 표정이 공통적으로 나타나 있었다.

6월 13일, 나폴레옹은 그다지 크지 않은 아라비아산 순종 말에 올라타고 네만강을 가로지르는 다리들 가운데 하나로 질주했다. 그는 환호성 때문에 줄곧 귀가 먹먹했는데, 그들이 이러한 함성으로 그에 대한 사랑을 표현하는 것을 금지할 수 없어 참고 있는 듯했다. 그러나 어디든 따라다니는 이 함성이 그를 힘겹게 짓눌렀고, 군대에 합류한 순간부터 마음을 차지하고 있던 전쟁에 대한 걱정거리에서 그의 주의를 돌리게 만들었다. 그는 보트들을 연결해 만든 흔들리는 부교들 중 하나를 지나 맞은편으로 건너간 뒤, 말을 왼쪽으로 홱 돌려 코브노 방향으로 질주했다. 그의 앞에서는 심장이 멎을 듯한 행복과 환희에 사로잡힌 근위 기마 엽기병들이 병사들 사이에 길을 내며 말을 달렸다. 강폭이 넓은 빌리야강에 다다라 그는 강변에 서 있던 폴란드 창기병 연대 옆에 멈췄다.

"만세!" 폴란드인들 역시 그를 보기 위해 대열을 흐트러뜨리고 서로 밀치며 환호성을 질렀다. 나폴레옹은 강을 둘러보고 말에서 내려 강변에 놓여 있는 통나무에 앉았다. 무언의 신호에 따라 망원경이 건네지자 나폴레옹은 신이 나서 달려온 시동의 등 위에 그것을 올려놓고 맞은편을 바라보았다. 그리고 다른 통나무 위에 펼친 지도들을 골똘히 들여다보았다. 고개를 들지 않은 채, 그가 무엇인가를 말하자 부관 두 명이 폴란드 창기병들 쪽으로 말을 몰고 갔다.

"뭐야? 그분이 뭐라고 말씀하셨어?" 부관 하나가 폴란드 창기병 대열에 다가가자 이런 말소리가 들렸다.

얕은 여울을 찾아 맞은편으로 건너가라는 명령이 내려졌다. 폴란드 창기병 연대장은 잘생긴 노인이었는데, 그는 흥분으로 얼굴이 붉어진 채 말을 더듬으면서 부관에게 얕은 여울을 찾는 대신 자신의 창기병 부하들과 함께 강을 헤엄쳐 건너도 되는지 물었다. 그는 말을 타도 되는지 허락을 구하는 소년처럼, 거절당할까 두려워하는 기색을 뚜렷하게 내비치면서 황제의 눈앞에서 강을 헤엄쳐 건너는 것을 허락해 달라고 요청했다. 부관은 아마도 황제가 그 넘치는 열성을 못마땅해하지는 않을 것이라고 말했다.

부관이 그 말을 하자마자, 콧수염이 덥수룩한 늙은 장교는 행복한 얼굴과 반짝이는 눈으로 기병도를 위로 쳐들면서 "만세!" 하고 외쳤다. 그러고는 창기병들에게 자기를 따르라고 명령한 뒤 말에 박차를 가하며 강 쪽으로 달려갔다. 그는 주저하는 말에게 매섭게 박차를 가해 물에 풍덩 뛰어들었고, 물살이 빠른 깊은 곳으로 향했다. 창기병 수백 명이 그의 뒤를 따랐다. 강 한가운데는 차갑고 무시무시했고 물살이 빨랐다. 창기병들이 말에서 떨어지며 서로에게 매달렸다. 말 몇 마리가 익사했고, 사람들도 익사했다. 나머지 사람들은 앞으로 헤엄쳐 맞은편으로 가려고 애썼다. 그들은 반베르스타 떨어진 거리에 얕은 여울이 있음에도 불구하고, 통나무에 걸터앉아 있는 사람, 심지어 자신들이 무엇을 하는지 쳐다보지도 않는 사람의 눈앞에서 그 강을 헤엄치거나 빠져 죽는 것을 자랑스러워했다. 돌아온 부관이 적당한 때를 골라 황제에게 폴란드인들의 충심을 돌아봐 주십사 청하자, 회색 프록코트 차림의 키작은 사람은 몸을 일으켜 베르티에*를 가까이 불렀다. 그리고 베르티에와 함께 강변을 따라 이리저리 거닐면서 그에게 명령을 내리기도 하고, 자신의 주의를 빼앗는 물에 빠진 창기병들을 이따금 불만스럽게 힐끔거리기도 했다.

그에게는 아프리카를 시작으로 모스크바의 스텝 지역까지 세계 전역에서 자신의 존재가 한결같이 사람들에게 깊은 감동을 주고 정신 차릴 수 없을 정도의 몰아지경에 빠지게 한다는 확신은 새로운 것이 아니었다. 그는 말을 가져오라는 명령을 내렸고, 숙영지로 말을 타고 갔다.

구조를 위해 보트를 보냈지만 창기병 마흔 명가량이 익사했다. 대부분은 다시 이쪽 강변으로 떠밀려 왔다. 연대장과 몇몇 사람이 강을 헤엄쳐 건너 맞은편 강변으로 간신히 기어 올라갔다. 그러나 그들은 물이 뚝뚝 떨어지는 흠뻑 적은 옷을 입은 채 기어 나오자마자, 이미 나폴레옹은 그곳에 없었으나 나폴레옹이 서 있던 자리를 감격에 차 바라보며 "만세!" 하고 외치면서, 그 순간 자신들이 행복하다고 여겼다.

저녁 시간에 나폴레옹은 두 가지 명령을 (하나는 러시아로 수송하려고 준비한 러시아 위조지폐를 최대한 빨리 공급하라는 것이었고, 또 다른 하나는 작센인의 총살에 관한 것이었는데, 그의 압수된 편지에서 프랑스군의 관리에 관한 정보가 발견되었다) 내리는 중간에 세 번째 명령을 내렸다. 쓸데없이 강으로 뛰어든 폴란드 연대장을 나폴레옹이 직접 거느리던 휘하 명예 군단(레지옹 도뇌르)에 전속시키라는 것이었다.

파멸시키고 싶은 사람이 있으면, 먼저 그의 이성을 **빼앗아라.**(라틴어)

3

한편 러시아 황제는 벌써 한 달 넘게 빌나에서 사열과 기동 훈련을 주관하며 지내고 있었다. 전쟁을 위한 준비는 전혀 이루어지지 않았다. 모든 사람이 그것을 예상하고 있었고, 황제도 그것을 준비하기 위해 페테르부르크에서 왔던 것이다. 전체적인 작전 계획도 없었다. 황제가 한 달 동안 군사령부에 체재한 후로 제안된 모든 작전 계획들 가운데 어느 것을 채택해야 할지 망설이는 것이 더욱 심해졌을 뿐이다. 3개 군대에는 저마다 총사령관이 있었지만* 군대 전체를 통솔하는 총지휘관은 없었고, 황제도 이 직책을 맡지 않고 있었다.

황제가 빌나에 머무는 기간이 길어지면서 모두가 전쟁을 기다리다 지쳐 준비를 더 소홀히 하게 되었다. 군주를 둘러싼 이들은 오로지 군주가 즐거운 시간을 보내며 눈앞에 닥친 전쟁을 잊도록 하는 데만 모든 노력을 기울이는 듯했다.

폴란드의 대지주들, 궁정 신하들 그리고 황제가 직접 개최한 많은 무도회와 축하연이 열린 후, 6월에 군주를 보좌하던 폴란드인 시종 무관장들 가운데 한 사람의 머릿속에 이번에는 우리 쪽에서 군주를 위해 만찬과 무도회를 열자는 생각이 떠올랐다. 모두들 이 생각을 기꺼이 받아들였다. 군주도 동의한다는 뜻을 밝혔다. 시종 무관장들은 약정하는 방식으로 돈을 추렴했다. 군주가 가장 좋아할 만한 부인에게 무도회의 안주인 역할을 맡겼다. 빌나의 영주인 베니히센 백작은 이 연회를 위해 교외의 별장을 제공했다. 그래서 6월 13일, 자크레트에 있는 베니히센 백작의 교외 별장에서 무도회, 만찬, 뱃놀이 그리고 불꽃놀이를 하기로 결정되었다.

바로 그날, 나폴레옹이 네만강을 건너라는 명령을 내리고 그의 전위 부대가 카자크들을 격퇴하며 러시아 국경을 넘은 그날, 알렉산드르는 베니히센의 별장에서 시종 무관장들이 주최한 무도회에서 저녁을 보내고 있었다.

유쾌하고 멋진 연회였다. 이 분야의 전문가들은 한자리에 그렇게 많은 미인들이 모인 적은 드물었다고 말했다. 베주호바 백작부인은 페테르부르크에서 빌나로 군주를 따라온 러시아 귀부인들 가운데 한 명이었다. 무도회에 참석한 그녀는 특유의 무게감 있는, 이른바 러시아적인 아름다움으로 세련된 폴란드 귀부인들을 무색하게 했다. 그녀는 단연 눈에 띄었고, 군주는 그녀에게 함께 춤출 영광을 베풀었다.

모스크바에 아내를 두고 왔기 때문에 독신자인 (그의 말에 따르자면) 보리스 드루베츠코이도 이 무도회에 참석했다. 그는 시종 무관장은 아니었지만 무도회를 위한 약정에 큰 액수를 기부했기 때문이었다. 보리스는 이제 부자였고, 영예에서 한참 앞서 있고, 더 이상 후원을 구하지 않았지만, 동년배들 가운데 가장 지위가 높은 자들과 나란히 같은 줄에 서 있었다.

자정에도 사람들은 여전히 춤을 추고 있었다. 적당한 춤 상대가 없었던 엘렌은 직접 보리스에게 마주르카를 제안했다. 그들은 세 번째 쌍이 되어 앉아 있었다. 보리스는 금실로 장식한 얇은 검은

색 드레스 밖으로 드러난 엘렌의 눈부신 어깨를 냉담하게 쳐다보면서 옛 지인들에 대해 이야기를 나누었다. 동시에 그는 같은 홀에 있는 군주를 무심결에 다른 사람들이 눈치채지 못하게 한순간도 놓치지 않고 관찰했다. 군주는 춤을 추지 않았다. 그는 문가에 서서 이 사람들 저 사람들을 불러 세운 뒤 오직 그만이 구사할 수 있는 다정한 말들을 건넸다.

마주르카가 시작될 무렵 보리스는 군주의 최측근 가운데 하나인 시종 무관장 발라쇼프*가 폴란드 귀부인과 담소를 나누는 군주에게 다가가며 궁중 예법에 어긋나게 그의 옆에 바짝 붙어 서는 것을 보았다. 귀부인과 이야기를 끝낸 군주가 의심쩍게 흘깃 쳐다보았다. 그리고 발라쇼프가 그렇게 행동한 데에는 그럴 만한 중요한 이유가 있기 때문이라는 점을 깨달은 그는 귀부인에게 가볍게 목례를 하고, 발라쇼프를 돌아보았다. 발라쇼프가 입을 열자마자 군주의 얼굴에 놀라움의 표정이 나타났다. 군주는 발라쇼프의 팔을 잡고, 자신도 모르게 자기 앞에 있던 사람들을 양쪽으로 물러나게 하여 3사젠 정도 넓은 길을 내며 홀을 가로질러 갔다. 보리스는 군주가 발라쇼프와 지나가던 그때 아락체예프의 흥분한 얼굴을 보았다. 아락체예프가 치뜬 눈으로 군주를 흘깃 쳐다보고 붉은 코를 킁킁거리며, 마치 군주가 그를 돌아보기를 기다리는 듯 무리 밖으로 걸어 나왔다. (보리스는 아락체예프가 발라쇼프를 시기한다는 점, 또 분명히 중요한 소식이 그를 통하지 않고 군주에게 전달된 것에 불만스러워한다는 점을 알아차렸다.)

그러나 군주와 발라쇼프는 아락체예프를 보지 못한 채 출구를 지나 불 밝힌 정원으로 나갔다. 아락체예프가 장검을 움켜쥐고 험상궂게 주위를 두리번거리면서 스무 발짝 정도 거리를 두고 그들의 뒤를 쫓아갔다.

보리스는 마주르카 대형을 지어 계속 춤을 추면서도 발라쇼프가 가져온 소식이 어떤 것인지, 어떻게 하면 그 소식을 다른 사람들보다 먼저 알아낼 수 있을지 하는 생각으로 줄곧 괴로워했다.

　춤 상대 여인을 고르는 대형을 지을 때 그는 엘렌에게 발코니로 나간 듯한 포토츠카야 백작 부인을 선택하고 싶다고 속삭인 후, 정원으로 나가는 출구를 향해 세공 마루를 따라 미끄러지듯 뛰어나갔다. 그러나 발라쇼프와 함께 테라스로 들어서는 군주를 보고서는 잠시 멈춰 섰다. 황제가 발라쇼프와 함께 문 쪽으로 다가왔다. 보리스는 미처 비키지 못한 척하며 서둘러 문설주에 공손히 몸을 붙이고 고개를 숙였다.

　개인적으로 모욕을 당한 사람처럼 군주는 흥분해서 이렇게 말하고 있었다.

　"선전 포고 없이 러시아를 침범했다고! 내 영토에 무장한 적이 단 한 명도 남아 있지 않을 때에만, 나는 그들과 화해하겠소!" 그가 말했다. 보리스는 군주가 이런 말을 하면서 즐거워하는 것처럼 보였다. 그는 자신의 생각을 표현한 형식에 흡족했으나, 보리스가 그 말을 들은 것은 불만스러운 듯했다.

　"아무도 모르게 하시오!" 군주는 인상을 찌푸리며 덧붙였다. 보리스는 이것이 자기를 향한 말임을 깨닫고, 눈을 감은 채 가볍게 고개를 숙였다. 군주는 다시 홀로 들어가 30분가량 더 무도회에 머물렀다.

　보리스는 프랑스 군대가 네만강을 건넜다는 소식을 맨 처음 알게 된 사람이었고, 덕분에 몇몇 중요한 인물들에게 다른 사람들에게 감춰진 많은 사실을 자신이 알 때도 있다는 점을 보여 줄 기회를 얻었다. 이를 통해 자신에 대한 고위급 인사들의 평가 견해에서 더 높이 올라가는 기회도 얻었다.

프랑스군이 네만강을 건넜다는 소식은 예상을 벗어난 한 달 후였기 때문에 충격적이었고, 게다가 무도회 자리에서라니! 소식을 받은 군주는 처음에는 격분과 모욕을 느껴 그 영향으로 훗날 유명해진 그 말, 자신의 마음에 들었을 뿐 아니라 그의 감정을 잘 표현하기도 한 격언을 찾아냈다. 무도회에서 숙소로 돌아온 군주는 새벽 2시에 비서관 시시코프*를 불러들여 군대에 보낼 명령서와 원수인 살티코프* 공작에게 보낼 칙서를 작성하도록 명령했다. 그는 칙서에 무장한 프랑스 군인이 러시아 영토에 한 명이라도 머물러 있는 동안에는 결코 프랑스와 화해하지 않겠다는 문구를 넣으라고 고집스럽게 요구했다.

다음 날 나폴레옹에게 보낼 편지가 작성되었다.

폐하, 나의 형제여! 내가 황제 폐하에 대한 나의 의무를 올곧은 마음으로 준수하고 있음에도 불구하고, 폐하의 군대가 러시아 국경을 넘어왔다는 소식을 어제 받았소. 페테르부르크에서 발송된 통첩도 지금 막 받았소만, 그 통첩에서 로리스통* 백작은 이번 침공의 이유에 대해 폐하께서는 쿠라킨* 공작이 여권을 청구한 때부터* 나와 폐하 사이를 적대 관계로 여기고 있다고 알려 주었소. 바사노 대공이 여권 발부를 거절한 이유만으로는 내 대사의 행동이 공격의 이유가 되었다고 도저히 생각할 수 없소. 그리고 실제로 그는 자신이 공포한 바와 같은, 그것에 대한 내 명령을 갖고 있지 않았소. 게다가 난 이 사실을 알자마자 즉시 쿠라킨 공작에게 맡겨진 책무를 예전처럼 계속 수행하도록 명령한 후, 그에게 나의 불만을 표명했소. 만약 폐하께서 이 같은 오해로 말미암아 우리 국민들의 피를 흘릴 작정이 아니시라면, 그리고 당신의 군대를 러시아 영토 밖으로 철군하는 데 동의한다면, 나는 벌어진 모든 지난 일에 대해 마음을 쓰지 않을 것이고, 우리 사이에 협약도 가능할 것이오. 반대의 경우, 나는 부득이 내 쪽에서 그 어떤 것으로도 일으킨 적이 없는 이 공격을 격퇴할 수밖에 없소. 폐하께서는 여전히 인류가 새로운 전쟁의 재앙을 피하도록 하실 수 있소.

(서명) 알렉산드르

4

6월 13일 새벽 2시, 군주는 발라쇼프를 불러들여 나폴레옹 앞으로 보내는 서한을 읽어 준 후 이 편지를 프랑스 황제에게 직접 건네라고 명령했다. 발라쇼프를 파견하면서 군주는 무장한 적이 러시아 영토에 단 한 명이라도 머물러 있는 동안에는 결코 프랑스와 화해하지 않겠다는 말을 또다시 반복한 뒤 그 말을 나폴레옹에게 반드시 전하라고 명령했다. 군주는 그 말을 편지에는 쓰지 않았다. 화해하기 위해 마지막 시도를 하려는 순간에 그런 말은 적당하지 않다는 것을 특유의 재능으로 감지한 것이다. 그러나 그는 반드시 그 말을 나폴레옹에게 직접 전하라고 발라쇼프에게 명령했다.

6월 13일에서 14일로 넘어가는 새벽에 나팔수 한 명과 카자크 두 명의 수행을 받으며 말을 타고 출발한 발라쇼프는 동틀 무렵 네만강의 러시아령 쪽에 주둔한 프랑스군의 전초 기지인 리콘티 마을에 도착했다. 기병대 보초들이 그를 제지하여 멈춰 세웠다.

검붉은 군복을 입고 털모자를 쓴 경기병 하사관이 자기들 쪽으로 다가오는 발라쇼프를 향해 멈추라고 명령하며 고함을 쳤다. 발라쇼프는 즉시 멈추지 않고, 길을 따라 한 걸음 한 걸음 말을 몰아 움직여 갔다.

하사관이 인상을 험악하게 쓰고 뭐라 욕설을 지껄이며 발라쇼프 쪽으로 말의 가슴을 들이밀었다. 그는 군도를 손에 쥐면서, 러시아 장군에게 귀가 먹었냐고, 자기들이 하는 말이 들리지 않느냐고 거칠게 소리쳤다. 발라쇼프는 자신의 관등 성명을 밝혔다. 하사관은 병사를 장교에게로 보냈다.

하사관은 동료들과 자기 연대의 문제에 대해 이야기하기 시작했고, 러시아 장군을 쳐다보지도 않았다.

최고 권력과 권부 옆에 가까이 있었던 직후에, 세 시간 전에 군주와 대화를 나눈 후에, 게다가 자신의 직책상 존경받는 데 익숙해 있던 발라쇼프로서는 이곳에서, 바로 러시아 영토에서 이런 적대적인, 그리고 무엇보다도 특히 거친 완력의 태도로 자신을 대하는 것을 보는 것이 매우 이상하게 느껴졌다.

태양이 구름 뒤에서 막 올라오기 시작했다. 신선한 대기는 이슬을 머금고 있었다. 사람들이 마을 밖으로 난 길을 따라 가축 떼를 몰아가고 있었다. 들판에는 종달새들이 지저귀며 물속의 물방울처럼 연이어 날아올랐다.

발라쇼프는 마을에서 장교가 오기를 기다리며 주위를 둘러보았다. 러시아 카자크들과 나팔수와 프랑스 경기병들은 말없이 가끔씩 서로를 쳐다보았다.

방금 전 일어난 것처럼 보이는 프랑스 경기병 대령이 경기병 두 명의 수행을 받으며 아름답고 살진 회색 말을 타고 마을에서 왔다. 장교, 병사들 그리고 그들의 말들은 만족한 표정과 세련된 복장을 하고 있었다.

이때는 원정 초기여서 부대가 아직 열병식이나 평화로운 시기의 활동과 마찬가지로 질서 정연한 상태였다. 다만 말쑥한 복장에 호전적인 기세가 배어 있고, 원정 초기에 늘 따르기 마련인 쾌활하고 진취적인 기상이 깃들어 있을 뿐이었다.

프랑스 대령은 간신히 하품을 참고 있었지만 예의가 발랐으며, 발라쇼프의 중요성을 충분히 이해한 듯했다. 그는 발라쇼프를 자기 병사들 옆을 지나 산병선 너머로 안내한 후, 자기가 아는 한 황제의 숙소는 멀지 않은 곳에 있으므로, 황제를 알현하고 싶다는 그의 바람은 즉시 실현될 것이라고 말했다.

그들은 프랑스군 경기병들이 말을 매어 두는 말뚝들, 그리고 자신들의 상관에게 경례하면서 러시아 군복을 호기심 있게 살펴보는 보초들과 병사들을 지나 리콘티 마을을 통과하여, 마을 반대편에 닿았다. 대령의 말에 따르면, 2킬로미터 떨어진 곳에 사단장이 있고, 그가 발라쇼프를 맞아 임무에 따라 안내해 줄 것이었다.

태양은 이미 높이 떠올라 눈부신 초목 위에서 가볍게 빛나고 있었다.

발라쇼프 일행이 선술집을 지나 언덕으로 올라서자마자 한 무리의 기마병들이 그들을 맞이하기 위해 언덕 아래쪽에서 나타났다. 맨 앞에는 붉은 망토를 입고 깃털 달린 군모를 쓴, 어깨까지 내려오는 검은 곱슬머리의 키 큰 사람이 프랑스인들이 말을 탈 때 하는 식으로 긴 두 다리를 앞으로 쑥 내민 채 햇빛에 마구들이 번쩍이는 검은 말을 몰고 있었다. 그는 6월의 눈부신 태양 빛으로 자신의 깃털 장식과 보석과 도금한 장식용 줄을 반짝이고 휘날리면서 발라쇼프 쪽으로 질주해 왔다.

프랑스군 대령 율너가 "**나폴리 왕입니다**"라고 정중하게 속삭였을 때 발라쇼프는 팔찌와 깃털 장식과 목걸이와 금장식을 휘감은 채 진중하면서도 연극적인 표정으로 마중 나온 기마병과 말 두 마리 정도의 거리에 있었다. 실제 그는 나폴리 왕으로 불리는 뮈라였다. 대체 왜 그가 나폴리 왕인지는 알 수 없었지만, 사람들이 그렇게 부르고, 그 자신도 이를 확신했기에 그는 예전보다 한층 더 진중하고 위엄 있는 표정을 지었다. 그는 자신이 나폴리의 왕이라고 너무나 굳게 믿은 나머지, 나폴리를 떠나기 전날 밤 아내와 함께 거리를 산책하는 동안 몇몇 이탈리아인들이 그를 향해 "**왕이여, 오래 사소서!**"(이탈리아어)라고 소리쳤을 때 슬픈 미소를 띠며 아내를 돌아보고 "불쌍한 사람들, 저들은 내가 내일 자기들을 떠난다는 사실을 모르고 있군!"이라고 말할 정도였다.

그러나 자신이 나폴리 왕이라 굳게 믿었고, 자신에게 버림받은 국민들의 아픔을 동정했음에도 불구하고, 최근에 다시 군에 복귀하라는 명령을 받은 이후, 특히 단치히에서 나폴레옹을 접견한 후(그때 그는 존귀한 처남으로부터 "내가 당신을 왕으로 삼은 건 당신 방식이 아니라 내 방식대로 통치하기 위해서요"라는 말을 들었다) 그는 자신에게 익숙한 이 일에 즐겁게 매달리기 시작했다. 그리고 마치 실컷 먹고도 살이 찌지 않은 말이 자기 몸에 마구가 채워진 것을 감지하고 수레의 채에 매여 장난을 치듯, 그도 최대한 화려하고 값비싸게 차려입고 정작 자신이 어디로 무엇 때문에 가는지도 모르면서 크게 만족해하며 폴란드의 길들을 따라 말을 타고 갔다.

러시아 장군을 만난 그는 어깨까지 내려온 곱슬머리를 왕이 하는 식으로 진중하게 뒤로 젖히고는 무엇인가 묻고 싶은 듯 대령을 쳐다보았다. 대령은 발라쇼프의 중요성을 왕에게 정중히 전했으나, 그의 성은 제대로 발음할 수 없었다.

"드 발마쇼프!"*(대령이 봉착한 어려움을 특유의 단호함으로 극복하면서) 나폴리 왕이 말했다. "만나게 되어 대단히 반갑소, 장군." 그는 왕처럼 자비로운 몸짓을 하며 덧붙였다. 왕이 큰 소리로 또 빠르게 말을 시작하자마자 왕다운 품위가 그에게서 순식간에 사라지고, 자신도 모르게 특유의 선량하고 친밀한 말투로 바뀌었다. 그는 발라쇼프가 탄 말의 갈기에 손을 얹었다.

"어때요, 장군, 사태가 전쟁으로 가고 있는 것 같지요." 그는 마치 자신이 심판할 수 없는 상황에 대해 유감스럽다는 듯 말했다.

"전하." 발라쇼프가 대답했다. "전하께서도 아시는 바와 같이, 러시아 황제께서는 전쟁을 바라시지 않습니다." 발라쇼프는 '전하'라는 칭호가 아직은 낯설게 느껴지는 사람을 향하여 '전하'라는 칭호를 온갖 어법에 맞게 반복해서 사용할 때 어쩔 수 없이 따르는 부자연스러움을 느끼면서 말했다.

뮈라의 얼굴은 무슈 드 발라쇼프의 말을 듣는 동안 바보 같은 만족감으로 환하게 빛났다. 그러나 왕이라는 신분에는 그 나름의 의무가 따르는 법이다. 그는 왕으로서, 또한 동맹자로서 알렉산드르의 사절과 함께 국사를 논할 필요성을 느꼈다. 그는 말에서 내렸다. 그리고 그는 발라쇼프의 팔을 잡고 정중하게 기다리고 있는 수행원들로부터 몇 걸음 떨어져서는 발라쇼프와 함께 거닐며 의미심장하게 말하려고 애썼다. 그는 나폴레옹 황제가 프로이센에서 군대를 철수해 달라는 요구 때문에 모욕을 느꼈고, 특히 그 요구가 모든 사람들에게 알려지고, 이로 인해 프랑스의 품위가 모욕받은 그때 더 그렇다고 언급했다. 발라쇼프가 "그 요구에는 모욕적인 요소가 전혀 없습니다. 왜냐하면……" 하고 말하는데, 뮈라가 말을 가로막았다.

"그러니까 당신은 알렉산드르 황제를 선동자로 보지 않는단 말이오?" 그가 갑자기 선량하고도 바보 같은 미소를 띠며 말했다.

발라쇼프는 왜 그가 전쟁을 시작한 사람이 나폴레옹이라고 확신하는지를 말했다.

"아, 친애하는 장군!" 뮈라가 또다시 그의 말을 가로막았다. "나는 두 황제께서 서로의 문제를 매듭짓고, 또 나의 의지에 반하여 시작된 이 전쟁이 가능한 한 빨리 종식되기를 진심으로 바란다오." 그는 주인들 사이의 싸움에도 불구하고 자기들끼리는 좋은 친구로 남기를 바라는 하인의 어투로 말했다. 그러더니 대공과 그의 건강에 대해 이것저것 묻고는, 그와 나폴리에서 즐겁고 재미있게 보낸 추억으로 대화를 옮겨 갔다. 그다음에는 문득 왕으로서 위신이 기억난 듯 뮈라는 진중하게 몸을 곧추세우고 대관식 때와 똑같은 자세로 섰다. 그리고 오른손을 흔들며 말했다. "장군, 나는 당신을 더 이상 붙잡아 두지 않겠소. 당신의 대사 임무가 성공을 거두기 바라오." 그리고 그는 자수가 놓인 기다란 붉은 망토와 깃털 장식을 휘날리고 보석을 반짝이면서 정중히 기다리는 수행원들에게 갔다.

발라쇼프는 뮈라가 한 말로 미루어 매우 빨리 나폴레옹을 직접 알현할 수 있겠다고 예상하며 계속 나아갔다. 하지만 나폴레옹을 만나기는커녕 다음 마을에서도 전초선에서처럼 다부*가 거느린 보병 군단의 보초병들이 그를 저지했고, 부름을 받고 나온 군단장의 부관이 그를 마을로 인도하여 다부 원수에게 안내했다.

5

다부는 나폴레옹 황제의 아락체예프였다. 아락체예프는 겁쟁이가 아니었다. 하지만 그만큼 철두철미하고 잔혹했는데, 자신의 충성심을 잔혹함 외에는 다른 방식으로 표현할 줄 모르는 사람이었다.

자연이라는 유기체에 늑대가 필요하듯, 국가라는 유기체의 메커니즘에는 이런 사람들이 필요하다. 그들이 존재하고, 또 그들이 정부 수장의 측근에 있다는 사실이 비록 비합목적인 것처럼 보일지라도, 그들은 늘 존재하고 늘 나타나며 국가를 유지해 나간다. 척탄병의 콧수염을 잡아 뜯을 만큼 잔인하고, 신경 쇠약 때문에 위험을 견디지 못하며, 교육을 받지 못했고, 궁신(宮臣)이 아닌 아락체예프가 어떻게 기사처럼 고결하고 부드러운 성품을 지닌 알렉산드르 옆에서 그토록 강한 힘을 가질 수 있었는지는 오직 그 같은 필요성에 의해서만 설명할 수 있을 뿐이다.

발라쇼프는 농가 헛간에서 나무통에 걸터앉아 문서 작업을 하는 다부 원수를 (그는 계산서를 살펴보는 중이었다) 발견했다. 부관이 그 옆에 서 있었다. 더 좋은 거처를 찾을 수 있었으나, 다부 원수는 우울할 수 있는 권리를 얻기 위해 일부러 가장 우울한 생활 조건 속에 스스로를 밀어 넣는 사람들 가운데 하나였다. 그런 사람들은 언제나 서두르고 집요하게 바쁘다. '보다시피 지저분한 헛간의 나무통에 앉아 일하는 내가 어떻게 인생의 행복을 생각할 수 있겠소.' 그의 얼굴 표정이 말하고 있었다. 이런 사람들의 주된 만족과 필요는 삶의 생기와 마주쳤을 때, 그 생기 앞에 자신의 음울하고 집요한 활동을 눈에 띄게 하는 데 있다. 발라쇼프를 데려 왔을 때, 다부에게 그런 만족감이 드러났다. 러시아 장군이 들어오자 그는 더욱더 자기 일에 집중했다. 그는 아름다운 아침과 뮈라와의 대화에 영향을 받아 생기를 띤 발라쇼프의 얼굴을 안경 너머로 힐끔 쳐다보고는 일어서지도 않았고, 심지어 꼼짝도 하지 않았다. 오히려 더욱 인상을 썼고, 악의에 찬 미소를 지었다.

발라쇼프의 얼굴에서 이런 대접이 불러일으킨 불쾌한 인상을 눈치채고 다부는 고개를 들며 무엇이 필요한지 차갑게 물었다.

발라쇼프는 자신이 이런 대접을 받는 것은 다부가 자신이 알렉산드르 황제의 시종 무관이고, 심지어 나폴레옹 앞에 설 황제의 대리자임을 모르기 때문일 거라 지레짐작하고 서둘러 자신의 관등과 임무를 밝혔다. 하지만 그의 예상과는 정반대로 발라쇼프의 말을 들은 다부는 더 엄격하고 거칠어졌다.

"당신의 꾸러미는 어디 있소?" 그가 말했다. "그것을 내게 주시오. 내가 황제께 보내겠소."

발라쇼프는 황제에게 서한을 직접 전하라는 명령을 받았다고 말했다.

"당신네 황제의 명령은 당신네 군대에서나 집행되는 것이고, 여기에선 우리가 하라는 대로 해야만 하오." 다부가 말했다.

다부는 마치 자기가 폭력적이라는 사실을 러시아 장군이 더 잘 느끼게 하려는 것처럼 당직을 데려오도록 부관을 보냈다.

발라쇼프는 황제의 편지가 들어 있는 꾸러미를 꺼내 (뜯어낸 경첩이 삐죽 튀어나온 문짝을 두 개의 나무통 위에 얹어 만든) 테이블 위에 올려놓았다. 다부가 꾸러미를 집어 들고, 수신인의 서명을 읽었다.

"나에게 경의를 표하든 말든 그것은 전적으로 당신의 권리입니다." 발라쇼프가 말했다. "하지만 나는 영광스럽게도 황제 폐하의 시종 무관장이라는 신분으로 당신께 말씀드립니다⋯⋯."

다부는 말없이 그를 흘깃 쳐다보았고, 발라쇼프의 얼굴에 나타난 흥분과 당혹이 그에게 만족을 준 듯했다.

"당신은 응당한 대우를 받을 것이오." 그는 이렇게 말하더니 호주머니에 봉투를 넣고 헛간에서 나갔다.

잠시 후 원수의 부관인 무슈 드 카스트르가 들어와 발라쇼프를 위해 마련된 거처로 데려갔다.

발라쇼프는 그날 그 헛간에서 원수와 함께 나무통 위에 얹은 그 널빤지 위에서 식사를 했다.

다음 날 다부는 아침 일찍 말을 몰고 나갔다. 그리고 발라쇼프를 처소로 불러 이곳에 계속 머무르다가 명령이 떨어지면 짐을 들고 이동하며, 무슈 드 카스트르 외에는 누구와도 이야기하지 말 것을 요청하는 바라고 위용스럽게 말했다.

고독과 지루함, 그리고 바로 얼마 전까지만 해도 권부의 환경을 겪은 후인 터라 특히나 예민하게 느껴지는 자신의 종속감과 하찮음에 대한 자각 속에 나흘을 보낸 후, 그리고 원수의 짐짝들, 그리고 전 지역을 점령한 프랑스 군대와 함께 몇 차례 이동한 후에야 발라쇼프는 프랑스군에 점령된 빌나로, 나흘 전에 자신이 떠나온 바로 그 관문까지 오게 되었다.

다음 날 황제의 시종 무슈 드 튀렌 백작이 발라쇼프를 찾아왔고, 알현을 허락한다는 나폴레옹 황제의 전갈을 전달했다.

　나흘 전에는 발라쇼프를 인도해 이끌고 간 바로 그 저택 옆에 프레오브라젠스키 연대의 보초병들이 서 있었지만, 이제는 가슴께를 열어젖힌 파란 군복을 입고 털모자를 쓴 프랑스군 척탄병 두 명과 경기병 호위대와 창기병이 서 있었다. 그리고 부관들, 시동들, 장군들로 이루어진 눈부신 수행단 일행이 현관 계단 옆의 승마용 말과 나폴레옹의 마멜루크인 루스탕* 주위에서 나폴레옹이 나오기를 기다렸다. 나폴레옹은 알렉산드르가 발라쇼프를 파견했던 빌나의 바로 그 저택에서 발라쇼프를 맞이했다.

6

궁중의 장중함에 익숙한 발라쇼프였지만 나폴레옹 황제가 거처하는 궁전의 사치스러움과 호화로움은 그를 깜짝 놀라게 했다.

튀렌 백작은 많은 장군들, 시종들, 폴란드의 대지주들이 대기하고 있는 대(大)응접실로 그를 안내했다. 많은 사람들이 발라쇼프가 러시아 황제의 궁전에서 본 사람들이었다. 뒤로크*가 다가와 나폴레옹 황제가 산책 나가기 전에 러시아 장군을 접견할 것이라고 말했다.

몇 분을 기다리자 당직 시종이 대응접실로 들어와 발라쇼프에게 정중히 인사하고 자신을 따라오라고 말했다.

발라쇼프는 소(小)응접실로 들어갔다. 그 응접실의 문 하나는 러시아 황제가 그를 파견했던 바로 그 집무실로 통했다. 발라쇼프는 2분 정도 기다리며 서 있었다. 문 뒤에서 분주한 발소리들이 들렸다. 두 쪽으로 된 문이 빠르게 열리고, 모든 것이 숨을 죽였고, 집무실로부터 다른 굳건하고 단호한 발소리가 울렸다. 나폴레옹이었다. 지금 막 승마를 하러 나가기 위해 몸치장을 마친 참이었다. 그는 파란 제복을 입고, 둥근 배까지 내려오는 하얀 조끼가 드러나도록 앞섶을 열고 있었다. 또 짧은 다리의 살진 허벅지가 꽉

낄 정도로 하얀 사슴 가죽 바지를 입고, 무릎까지 올라오는 기병용 부츠를 신었다. 짧은 머리는 분명 이제 막 빗질한 듯 보였으나, 넓은 이마 한가운데에 머리카락 한 가닥이 흘러 내려와 있었다. 피둥피둥한 하얀 목덜미가 제복의 검은 옷깃 때문에 유난히 두드러져 보였다. 그에게서 오드콜로뉴 향수 냄새가 풍겼다. 턱이 튀어나온, 나이보다 젊어 보이는 살진 얼굴에 자애롭고 위풍당당한 황제다운 환영의 표정이 나타나 있었다.

그는 고개를 살짝 뒤로 젖힌 채 빠르게 몸을 흔들며 걸어 나왔다. 넓고 살진 어깨, 자신도 어쩔 도리 없이 앞으로 불쑥 내민 배와 가슴의 뚱뚱하고 작달막한 체구는 시중을 받으며 활기차게 살아가는 40대 남자들의 위풍당당하고 위엄 있는 풍채였다. 게다가 그는 기분이 최상인 듯 보였다.

그는 발라쇼프의 깊게 숙인 정중한 인사에 고개를 끄덕여 답하고는 그에게 다가와서, 자기 시간의 매분(每分)을 소중히 여기는 사람처럼, 그리고 할 말을 미리 준비할 만큼 겸양한 사람이 아니라 자기는 항상 말을 잘하고 꼭 필요한 말을 한다고 확신하는 사람처럼 곧바로 말하기 시작했다.

"안녕하시오, 장군!" 그가 말했다. "당신이 가져온 알렉산드르 황제의 편지를 받았소. 그리고 당신을 만나게 되어 매우 기쁘오." 그는 커다란 눈으로 발라쇼프의 얼굴을 흘긋 쳐다보고 이내 그의 옆을 바라보았다.

분명 그는 발라쇼프라는 인물에 조금도 흥미를 느끼지 못하는 것 같았다. 그가 흥미를 느끼는 것은 오직 **그의** 마음속에서 일어나는 것뿐인 듯했다. 그의 외부에 존재하는 모든 것은 그에게 의미가 없었다. 그가 보기에 세상의 모든 것은 오로지 그의 의지에 달려 있기 때문이었다.

"난 전쟁을 바라지 않고, 또 바란 적도 없소." 그가 말했다. "하지만 당신의 황제가 나를 부득이 전쟁으로 내몰았소. 난 당신이 내게 해 줄 수 있는 어떤 해명이든 **지금이라도** (그는 이 단어를 강조해서 말했다) 기꺼이 받아들일 준비가 되어 있소." 그러고는 자신이 러시아 정부에 불만을 품은 이유를 간단명료하게 설명했다.

발라쇼프는 프랑스 황제의 온건하고 침착하고 우정 어린 말투로 미루어 판단할 때 황제가 평화를 원하고 있으며 협상에 응하려 한다고 굳게 확신했다.

"폐하! 저의 주군인 황제께서는……." 나폴레옹이 말을 마치고 뭔가 묻고 싶은 눈빛으로 러시아 칙사를 쳐다보자 발라쇼프는 오랫동안 준비한 말을 꺼냈다. 그러나 노려보는 황제의 눈길이 발라쇼프를 당황하게 했다. '당황했구려. 정신 차리시오.' 나폴레옹은 보일 듯 말 듯한 미소를 띠고 발라쇼프의 군복과 장검을 쳐다보며 마치 이렇게 말하는 것 같았다. 발라쇼프는 정신을 차리고 말을 시작했다. 알렉산드르 황제는 쿠라킨의 여권 요청이 전쟁을 벌일 만큼 충분한 이유가 된다고 생각하지 않으며, 쿠라킨은 군주의 동의 없이 자기 마음대로 행동한 것이고, 알렉산드르 황제는 전쟁을 바라지 않으며, 영국과 어떤 관계도 맺지 않았다고 말했다.

"아직은 아니겠지요." 나폴레옹이 중간에 끼어들었다. 그러고는 자기감정에 빠져드는 것이 두려운 듯 얼굴을 찌푸리며 고개를 살짝 끄덕였다. 이런 행동은 발라쇼프에게 계속 말해도 된다고 느끼게끔 했다.

발라쇼프는 명령받은 바를 모두 이야기한 후, 알렉산드르 황제는 평화를 바라지만, 다음과 같은 조건이 갖춰지지 않으면 협상에 임하지 않을 거라고 말했다. 이 부분에서 발라쇼프는 말하기를 주저했다. 그는 알렉산드르 황제가 편지에는 쓰지 않았으나, 살티코프에게 보내는 칙서에는 반드시 집어넣으라고 했던, 발라쇼프에게도 나폴레옹에게 직접 전하라고 명령한 그 말을 ("무장한 프랑스 군인이 러시아 영토에 한 명이라도 머물러 있는 동안에는") 떠올렸다. 그러나 어떤 복잡한 감정이 그를 억눌렀다. 그는 그 말을 하고 싶었지만 차마 할 수 없었다. 그는 주저주저하며 말했다. 단, 프랑스 군대가 네만강 너머로 철수한다는 조건하에서라고……*

나폴레옹은 발라쇼프가 마지막 말을 할 때 곤혹스러워하는 것을 눈치챘다. 나폴레옹의 얼굴이 한 차례 실룩였고, 왼쪽 장딴지가 규칙적으로 떨렸다. 나폴레옹은 자리에서 움직이지 않은 채, 아까보다 한층 높고 서두르는 목소리로 말하기 시작했다. 이어지는 말을 듣는 동안 발라쇼프는 여러 차례 눈을 내리뜨고 자기도 모르게 나폴레옹의 왼쪽 장딴지가 떨리는 것을 관찰했는데, 나폴레옹이 목소리를 높일수록 더욱 심하게 떨렸다.

"나는 알렉산드르 황제 못지않게 평화를 바라는 바요." 그가 말을 시작했다. "나야말로 지난 18개월 동안 평화를 얻기 위해 무엇이든 하고 있지 않소? 난 18개월 동안 해명을 기다렸소. 그런데 협상을 시작하기 위해 나에게 도대체 무엇을 요구하는 것이오?" 그는 얼굴을 찌푸린 채, 조그맣고 하얀 통통한 손으로 뭔가 묻는 듯한 몸짓을 열정적으로 해 보이며 말했다.

"네만강 너머로 군대를 철수시키는 것입니다, 폐하." 발라쇼프가 말했다.

"네만강 너머로?" 나폴레옹이 같은 말을 반복했다. "그러니까 지금 당신들은 우리가 네만강 너머로 철수하기를 원하는 것이오? 겨우 네만강 너머로?" 나폴레옹은 발라쇼프를 똑바로 쳐다보며 같은 말을 또다시 반복했다.

발라쇼프는 정중하게 고개를 숙였다.

포메라니아에서 철수하라는 네 달 전의 요구 대신 이제 저들은 단지 네만강 너머로만 철수하라고 요구하고 있다. 나폴레옹은 휙 돌아서서 방 안을 이리저리 오가기 시작했다.

"당신들은 협상을 시작하기 위해 내게 네만강 너머로 군대를 철수시킬 것을 요구하고 있소. 하지만 당신들은 두 달 전에는 지금과 똑같이 오데르강과 비스와강 너머로 철수해 달라고 요구했소. 그럼에도 불구하고 당신들은 협상하는 데 동의하고 있소."

그는 말없이 방 한쪽에서 다른 쪽으로 갔다가, 다시 발라쇼프 맞은편에 멈춰 섰다. 그의 얼굴은 특유의 엄격한 표정으로 돌처럼 굳어 버린 듯했고, 왼쪽 다리는 조금 전보다 더욱 빠르게 떨렸다. 나폴레옹 자신도 왼쪽 장딴지가 떨리는 것을 알고 있었다. 그는 훗날 "내 왼쪽 장딴지의 떨림은 위대한 징후다"라고 말했다.

"오데르강과 비스와강에서 철수하라는 것과 같은 제안들은 바덴의 대공에게나 할 수 있는 것이지 내게는 아니오." 나폴레옹은 자신도 모르게 소리를 지르다시피 했다. "설령 당신들이 페테르부르크와 모스크바를 준다 해도 난 그 조건을 받아들이지 않을 것이오. 당신들은 내가 이 전쟁을 시작했다고 말하지만 군대에 먼저 합류한 사람이 누구요? 알렉산드르 황제요. 내가 아니란 말이오. 그리고 당신들은 내가 수백만을 쓰고, 영국과 동맹을 맺은 지금에야 협상을 제의하고 있소. 당신들의 상황이 불리해지자 나에게 협상을 제의하고 있단 말이오! 그런데 당신들이 영국과 동맹을 맺은 것은 무슨 목적이었소? 영국이 당신들에게 무엇을 주었소?" 그는 다급하게 말했는데, 이제는 더 이상 평화 조약 체결의 이점을 말하거나 그것의 가능성을 논의하기 위해서가 아니라, 자신의 정당성과 힘을 입증하고, 알렉산드르의 부당함과 실책을 입증하는 쪽으로 이야기를 몰아가는 듯했다.

그가 꺼낸 이야기의 서두는 분명히 자신에게 유리하다는 점을 밝히고, 그럼에도 협상 제안을 받아들이려 한다는 점을 보여 줄 목적으로 꺼낸 것이었다. 그러나 그는 말을 하면 할수록 점점 더 자기 말에 대한 통제력을 상실해 갔다.

이제 그가 이야기하는 목적은 오로지 자신을 높이고 알렉산드르를 모욕하는 것, 즉 만남을 시작할 때 발라쇼프가 결코 원하지 않았던 그것이었다.

"당신들은 튀르크인들과 평화 조약을 체결했다고 하던데요?"

발라쇼프는 긍정하는 뜻으로 고개를 끄덕였다.

"평화 조약이 체결되었습니다……." 그가 입을 열었지만 나폴레옹은 그가 말하도록 두지 않았다. 그는 자기 혼자만 말해야 하는 것처럼 보였고, 그래서 응석받이 사람들이 그처럼 익숙해져 있는 웅변조와 짜증스러움이 섞인 말을 계속했다.

"그렇소, 난 당신들이 몰다비아*와 발라키아도 손에 넣지 않고 튀르크인들과 평화 조약을 체결한 것을 알고 있소. 나라면 예전에 당신의 군주에게 핀란드를 선사했던 것과 마찬가지로, 이 지방들도 선물했을 것이오.* 그렇소……." 그는 계속 말했다. "난 약속을 했으니 알렉산드르 황제에게 몰다비아와 발라키아를 주었을 거요. 하지만 그는 이제 그 아름다운 지방들을 갖지 못할 겁니다. 어쩌면 그는 그 지방들을 자신의 제국에 병합시킬 수도 있었을 것이고, 보트니아만에서 도나우강 하구에 이르기까지 러시아를 확장하여 자신의 통치에 넣을 수도 있었을 것이오. 예카테리나 대제도 그 이상은 하지 못했을 거요." 나폴레옹이 말했다. 그는 점점 더 열을 올리면서, 방 안을 거닐며 틸지트에서 알렉산드르에게 했던 것과 거의 똑같은 말을 발라쇼프에게 되풀이했다. "그는 이 모든 것을 내 우정으로 얻을 수 있었을 텐데……. 아, 얼마나 훌륭한 통치가 되었을까! 얼마나 훌륭한 통치가 되었을까!" 그는 같은 말을 몇 차례 반복했고, 걸음을 멈추더니 호주머니에서 금제 코담뱃갑을 꺼내 코로 탐욕스럽게 빨아들였다.

"알렉산드르 황제의 통치가 얼마나 훌륭하게 되었을까!"

나폴레옹은 유감스러워하는 눈길로 발라쇼프를 쳐다보았다. 그리고 발라쇼프가 무엇인가를 언급하려 하자 다시 서둘러 그의 말을 가로막았다.

"그는 나의 우정에서 발견하지 못하는 그러한 것을 바라고 구한단 말이오?" 나폴레옹은 영문을 모르겠다는 듯 어깨를 으쓱하며 말했다. "아니지, 그는 자기 주위를 나의 적들로 둘러싸이게 하는 것을 더 낫다고 생각했소. 대체 그들이 누구요?" 그가 계속해서 말했다. "그는 슈타인,* 아름펠트,* 빈친게로데, 베니히센을 불러들였소. 슈타인은 조국에서 추방된 배신자이고, 아름펠트는 방탕자에 모사꾼이고, 빈친게로데는 도망친 프랑스 국민이오. 베니히센은 다른 자들보다는 좀 더 군인답지만 역시 무능력한 자요. 그자는 1807년에 아무것도 해내지 못했고, 분명 알렉산드르 황제에게 끔찍한 기억들을 불러일으킬 거요······.* 정말 그자들이 유능하다고 칩시다. 그럼 그들을 활용할 수도 있을 겁니다." 그는 계속해서 말했다. 그의 말은 (그가 생각하기엔 마찬가지인) 그의 정당성이나 힘을 보여 주는 끊임없이 떠오르는 생각들을 간신히 따라잡는 것 같았다. "하지만 실상은 그렇지 못하오. 그러니까 그들은 전쟁을 위해서도, 평화를 위해서도 쓸모가 없소. 바르클라이*는 그자들 모두보다 능력이 있다고 하지만, 나는 그가 세웠던 초기의 작전들로 판단해 볼 때 그렇다고 말할 수 없소. 그런데 도대체 그들은 무엇을 하고 있소, 그 궁정 신하들이 전부 뭘 하고 있느냐 말이오! 풀*이 안건을 내놓으면 아름펠트가 반박하고, 베니히센이 검토하지만, 행동하도록 부름받은 바르클라이는 무엇을 결심해야 할지 모르고, 그 와중에도 시간은 흘러가오. 바그라티온 한 사람만 군인다운 이요. 그 사람은 어리석지만 경험과 좋은 눈과 결단력을 갖추었소……. 그리고 당신의 젊은 군주는 그 형편없는 무리 속에서 무슨 역할을 하고 있소? 그들은 그의 명예를 훼손하고, 지금 벌어지는 모든 일의 책임을 그에게 전가하고 있소. 군주는 자신이 사령관일 때만 군대에 있어야 하오." 그는 말했다. 그는 이 말을 직접 군주를 향한 도전으로 던지는 듯했다. 나폴레옹은 알렉산드르 황제가 사령관이 되고 싶어 한다는 것을 알고 있었다.

"전쟁이 시작되고 벌써 일주일이 지났소. 그리고 당신들은 빌나를 방어하지 못했소. 당신들은 둘로 쪼개진 채 폴란드에서 쫓겨났소. 당신네 군대는 투덜거리고 있소."

"그와 정반대입니다, 폐하." 발라쇼프는 자신이 들었던 것을 가까스로 기억해 내고 불꽃놀이 같은 그 말들을 힘겹게 따라잡으며 말했다. "군대는 열의로 불타고 있습니다……."

"난 다 알고 있소." 나폴레옹이 그의 말을 가로챘다. "전부 다 안단 말이오. 나는 당신들의 대대 수를 나의 대대 수만큼이나 정확히 알고 있소. 당신들은 병력이 채 20만도 안 되지만 내게는 그 두 배가 넘는 병력이 있소. 맹세하오." 나폴레옹은 자신의 맹세가 어떤 의미도 가질 수 없다는 것을 잊은 채 말했다. "맹세하는데, 비스와강 이편에는 나의 병력이 53만 명이오. 튀르크인들은 당신들에게 별 도움이 되지 않습니다. 왜냐하면 아무짝에도 쓸모가 없으니까. 당신들과 평화 조약을 맺은 후 그들은 이를 입증했소. 스웨덴인, 그들의 운명은 미친 왕들의 피지배인들이 되는 것이오. 그들은 왕이 미치자 왕을 갈아 치우고 다른 사람, 즉 베르나도트*를 택했소. 그러나 그자도 곧 미쳐 버렸는데, 왜냐하면 스웨덴인이라면, 미친 사람만이 러시아와 동맹을 맺을 수 있기 때문이오." 나폴레옹은 적의에 찬 쓴웃음을 짓고 나서 다시 담뱃갑을 코로 가져갔다.

발라쇼프는 나폴레옹이 한 말들에 일일이 반박하고 싶었고, 또 반박할 거리도 있었다. 그래서 끊임없이 뭔가 말하고 싶어 하는 사람의 몸짓을 했지만, 나폴레옹이 그를 제지했다. 예를 들어 스웨덴인들이 미쳤다는 말에 반대하여 발라쇼프는 러시아가 스웨덴의 우방으로 남아 있는 한 스웨덴은 섬이라고 말하고 싶었다. 그러나 나폴레옹은 발라쇼프의 목소리가 묻힐 정도로 화가 나서 소리를 질렀다. 나폴레옹은 스스로에게 자신의 정당성을 입증하기 위해 말하고, 말하고 또 계속 말할 수밖에 없는 초조 상태에 빠져 있었다. 발라쇼프는 괴로웠다. 그는 사자(使者)로서 위신을 잃을까 두려웠고, 반박할 필요성을 느꼈다. 그러나 한 명의 인간으로서 그는 이유 없는 분노로 실성한 것처럼 보이는 나폴레옹에게 정신적인 위축감을 느끼기도 했다. 그는 지금 나폴레옹이 한 모든 말에 아무 의미도 없다는 것과 냉정을 되찾으면 스스로 그 말을 부끄러워하리라는 것을 알았다. 발라쇼프는 눈을 내리뜨고 나폴레옹의 뚱뚱한 다리가 움직이는 것을 지켜보며 그의 눈길을 피하려고 애썼다.

"그래, 당신들의 동맹자들을 내가 신경 쓸 것 같소?" 나폴레옹이 말했다. "내게도 동맹자들이 있소. 바로 폴란드인들이오. 그들은 8만 명인데, 사자처럼 싸우고 있소. 이제 그들은 20만 명이 될 거요."

그러고는 빤한 거짓말을 했는데, 이 말을 했다는 것과 또 발라쇼프가 운명에 순종하는 자세로 말없이 자기 앞에 서 있는 것에 더욱 화가 치밀었는지 그는 홱 되돌아서 발라쇼프의 얼굴 쪽으로 바짝 다가가 하얀 두 손을 힘차게 빠르게 움직이며 거의 소리 지르다시피 했다.

"알아 두시오, 만약 당신들이 프로이센을 동요시켜 나와 대적하도록 하면, 알아 두시오, 난 그 나라를 유럽 지도에서 지워 버리겠소." 그는 적의로 일그러진 창백해진 얼굴을 하고, 조그만 한 손으로 다른 손을 열정적으로 내리치며 말했다. "그렇소. 난 당신들을 드비나강 저편으로, 드네프르강 저편으로 몰아내고, 유럽이 죄악과 눈이 멀어 파괴했던 그 장벽을 다시 세울 것이오.* 그렇소, 바로 이것이 당신들에게 일어날 일이고, 바로 이것이 당신들이 나를 멀리해서 얻게 되는 것들이오." 그는 이렇게 말하고는 살진 어깨를 움찔움찔 떨면서 말없이 방 안을 몇 차례 왔다 갔다 했다. 그는 조끼 주머니에 담뱃갑을 넣었다가 다시 꺼내 몇 차례 코에 갖다 대고는 발라쇼프를 마주 보고 섰다. 그는 침묵하며 발라쇼프의 눈을 조롱하듯 똑바로 잠시 쳐다보더니 조용한 목소리로 말했다. "당신네 군주는 참으로 훌륭한 통치를 펼칠 수도 있었을 텐데!"

발라쇼프는 반박할 필요를 느껴 러시아 입장에서 볼 때 상황이 그렇게 암울하지는 않다고 말했다. 나폴레옹은 침묵하며, 그를 비웃듯이 계속 쳐다보았다. 그의 말을 듣고 있지 않은 듯했다. 발라쇼프는 러시아에선 사람들이 전쟁에서 온갖 좋은 것들을 기대하고 있다고 말했다. 나폴레옹은 마치 '난 그렇게 말하는 것이 당신의 의무라는 걸 알고 있소. 그러나 당신 자신도 그것을 믿지 않고 있소. 당신은 나에게 설득당한 것이오' 하고 말하듯 관대한 척하며 고개를 끄덕였다.

발라쇼프가 말을 끝내자 나폴레옹은 다시 담뱃갑을 꺼냈고, 냄새를 맡은 후 마치 신호인 양 한 발로 마룻바닥을 두 번 탁탁 찼다. 문이 열렸다. 정중하게 허리를 굽힌 시종이 황제에게 모자와 장갑을 건넸고, 다른 시종이 손수건을 건넸다. 나폴레옹은 그들에게 눈길도 주지 않은 채 발라쇼프를 돌아보았다.

"내 이름으로 알렉산드르 황제에게 확실히 말해 주시오." 그가 모자를 잡아 들며 말했다. "나는 예전과 다름없이 그에게 충실하오. 나는 그를 완벽하게 알 뿐 아니라 그의 뛰어난 자질을 매우 높이 평가하고 있소. 난 당신을 더 이상 붙잡아 두지 않겠소, 장군. 당신은 군주에게 보내는 내 편지를 받게 될 것이오." 그런 다음 나폴레옹은 재빨리 문 쪽으로 향했다. 응접실에 있던 사람들이 일제히 앞으로 쏟아져 나와 계단을 따라 밑으로 달려 내려갔다.

7

나폴레옹이 한껏 분노를 터뜨리며 할 말을 다한 후, 그리고 "당신을 더 이상 붙잡아 두지 않겠소, 장군. 당신은 군주에게 보내는 내 편지를 받게 될 것이오"라고 건조하게 말한 후, 발라쇼프는 나폴레옹이 더 이상 자신을 보고 싶어 하지 않을뿐더러, 자신을 만나지 않으려 애쓸 거라고 확신했다. 자신은 모욕을 당한 사자이며, 중요한 사실인데, 그가 꼴사납게 흥분하는 것을 지켜본 목격자이니 말이다. 그러나 발라쇼프는 자신도 놀랍게 그날 뒤로크를 통해 황제의 식탁에 초대를 받았다.

만찬에는 베시에르,* 콜랭쿠르,* 베르티에가 참석했다.

나폴레옹은 유쾌하고 다정한 표정으로 발라쇼프를 맞이했다. 그에게는 아침의 감정 폭발에 대한 부끄러움이나 자책의 표정이 없었을 뿐 아니라, 반대로 발라쇼프의 기운을 북돋우려고 애썼다. 이미 오래전부터 나폴레옹의 신념 속에는 자신이 실수할 수 있다는 가능성이 아예 존재하지 않는 것처럼 보였고, 그의 생각 속에는 자신이 행한 것들은 모두 선한 것처럼 보였는데, 왜냐하면 그것이 선악의 개념에 부합해서가 아니라 그것을 행한 것이 바로 그였기 때문인 것처럼 보였다.

황제는 말을 타고 빌나를 돌아본 후에 기분이 매우 좋았다. 이 산책에서 빌나의 군중은 환호하며 그를 맞았다. 그가 지나가는 거리의 모든 창문에는 양탄자, 깃발, 그의 이름 머리글자들로 만든 모노그램이 내걸려 있었고, 폴란드의 귀부인들은 그를 환영하며 수건을 흔들었다.

나폴레옹은 만찬 동안 발라쇼프를 옆에 앉히고 다정하게 대했을 뿐 아니라 발라쇼프를 자신의 궁정 신하들 중 하나로, 자신의 계획에 공감하고 자신의 성공에 틀림없이 기뻐해야만 할 사람인 것처럼 대했다. 다른 이야기들을 하던 가운데 나폴레옹은 모스크바에 관한 이야기를 꺼내며 발라쇼프에게 러시아의 수도에 대해 묻기 시작했다. 이는 마치 호기심 많은 여행자가 자신이 방문하려는 새로운 지역에 대해 묻는 것 같았고, 뿐만 아니라 마치 발라쇼프가 러시아인으로 틀림없이 그 호기심에 흐뭇해할 거라고 확신하는 듯했다.

"모스크바는 주민이 얼마나 되고, 주택은 얼마나 되오? 모스크바가 성스러운 도시로 불린다는 것이 사실이오? 모스크바에 교회가 몇 개나 있소?" 그가 물었다.

그리고 2백 개 넘는 교회가 있다는 발라쇼프의 대답에 그는 이렇게 물었다.

"뭣 때문에 교회가 그토록 많은 거요?"

"러시아인들은 신앙심이 매우 깊습니다." 발라쇼프가 말했다.

"하지만 수도원과 교회가 많은 것은 언제나 국민의 후진성을 보여 주는 징후인 법이오." 나폴레옹은 자신의 견해에 대한 평가를 구하기 위해 콜랭쿠르를 바라보며 말했다.

발라쇼프는 정중하게 프랑스 황제의 의견에 동의하지 않았다.

"각 나라마다 고유의 풍습이 있는 법이지요." 그가 말했다.

"그러나 이제 유럽 어디에도 더 이상 그와 같은 것은 없소." 나폴레옹이 말했다.

"폐하께 용서를 구합니다만……." 발라쇼프가 말했다. "러시아 외에도 교회와 수도원이 많은 곳으로는 스페인이 있습니다."

최근에 스페인에서 프랑스군이 패한 사실을 암시하는* 발라쇼프의 이 대답은, 발라쇼프 자신의 이야기에 의하면 훗날 알렉산드르 황제의 궁전에서 높은 평가를 받은 반면, 지금 나폴레옹의 만찬에서는 거의 호평도 받지 못했고, 또 주목받지 못한 채 지나가 버렸다.

원수(元帥)들의 무심하고 어리둥절한 얼굴들을 보면 분명 그들은 발라쇼프의 어조가 암시하는 재담이 이 말 속 어디에 있는지 전혀 이해하지 못하는 듯했다. '설령 그런 게 있었다 해도 우리는 이해를 못했어. 아니면 그것이 전혀 재치 있는 것이 아니었거나'라고 원수들의 표정은 말하고 있었다. 이 대답이 그처럼 거의 평가를 받지 못하자 나폴레옹은 아예 그 말에 신경 쓰지 않고, 발라쇼프에게 이곳에서 모스크바로 향하는 직선 도로변에 어떤 도시들이 있느냐고 순박하게 묻기까지 했다. 만찬 내내 경계심을 늦추지 않던 발라쇼프는 모든 길은 로마로 통한다는 격언이 있듯 모든 길은 모스크바로 통한다고, 많은 길이 있다고, 그중에는 카를 12세가 택한 폴타바로 가는 길도 있다고 대답했다.* 발라쇼프는 이 성공적인 답변에 만족하여 자기도 모르게 얼굴이 붉어졌다. 발라쇼프가 마지막 단어 폴타바*를 채 끝까지 말하기도 전에 콜랭쿠르가 끼어들어 페테르부르크에서 모스크바로 뻗은 도로의 불편함과 페테르부르크와 관련된 자신의 추억을 말하기 시작했다.

만찬 후 사람들은 커피를 마시기 위해 나폴레옹의 집무실로 자리를 옮겼다. 그곳은 나흘 전까지만 해도 알렉산드르 황제의 집무실이었다. 나폴레옹은 자리에 앉아 커피가 담긴 세브르산 찻잔을 가볍게 만지면서 발라쇼프에게 옆 의자를 가리켰다.

사람에게는 알다시피 식후의 기분이라는 것이 있다. 그 기분은 어떤 합리적인 이유보다 더 강력하게 스스로 만족하도록 만들고, 모든 사람들을 자신의 친구로 여기도록 만든다. 나폴레옹은 그런 기분에 잠겨 있었다. 그는 자기를 숭배하는 사람들에게 둘러싸인 것처럼 보였다. 자기가 베푼 만찬 이후 발라쇼프도 자신의 숭배자가 되었다고 확신했다. 나폴레옹은 유쾌하고도 가볍게 조소하는 듯한 미소를 띠고 발라쇼프에게 말을 건넸다.

"내가 듣기로는 이곳이 알렉산드르 황제가 거주했던 바로 그 방이라고 하오. 이상하지요, 그렇지 않소, 장군?" 그가 말했다. 그는 이런 환기가 알렉산드르 황제에 대한 나폴레옹의 우월성을 증명하는 것이므로 자신의 말 상대에게도 기쁨이 되리라는 것을 추호도 의심하지 않는 듯했다.

발라쇼프는 아무런 대꾸도 할 수 없어, 말없이 고개를 숙였다.

"그렇소, 이 방에서 나흘 전에는 빈친게로데와 슈타인이 협의를 가졌었지." 나폴레옹이 예의 그 냉소적이고 자신만만한 미소를 지으며 말을 이어 나갔다. "나는 그것을 이해할 수가 없는데……." 그가 말했다. "그것은 알렉산드르 황제가 개인적으로 나의 적들을 모두 가까이했다는 점이오. 난 그 점을…… 이해할 수 없소. 그는 내가 똑같이 행동할 수 있다는 것을 생각지 않았을까요?" 그가 발라쇼프에게 질문하며 돌아보았다. 분명히 그 기억은 아침에 일어났던 분노, 아직 그의 내부에 생생하게 남아 있는 분노의 잔재 속으로 그를 다시 밀어 넣는 것 같았다.

"나도 똑같이 하리라는 것을 그에게 알려 주시오." 나폴레옹은 일어나 한 손으로 자신의 찻잔을 밀치며 말했다. "난 독일에서 그의 친족들, 즉 뷔르템베르크 공국, 바덴 공국, 바이마르 공국의 인간들을 쫓아낼 것이오……* 그렇소, 난 그들을 쫓아낼 겁니다. 그에게 러시아에 그들을 위한 은신처를 준비해 두라고 하시오!"

발라쇼프는 고개를 숙였다. 작별을 고하며 물러나고 싶지만 자신에게 하는 말이니 듣지 않을 수 없어 다만 듣고 있을 뿐이라는 점을 표정으로 드러냈다. 하지만 나폴레옹은 눈치채지 못했다. 그는 발라쇼프를 적의 사자로서가 아니라 그에게 전적으로 충성하고 자신의 이전 주인이 당하는 치욕을 마땅히 기뻐해야 할 사람으로 대했다.

"그런데 알렉산드르 황제는 왜 군대의 지휘를 떠맡은 거요? 뭣 때문이오? 전쟁은 나의 전문 분야요. 그의 일은 통치하는 것이지 군대를 통솔하는 것이 아니오. 그는 무엇 때문에 그런 책임을 떠맡은 거요?"

나폴레옹은 다시 담뱃갑을 집어 들었고, 말없이 방 안을 몇 차례 오가다가, 갑자기 발라쇼프에게 다가갔다. 가벼운 미소를 띤채 그는 마치 발라쇼프에게 중요할 뿐 아니라 기쁜 일이라도 하는 듯이 너무도 자신만만하고 재빠르고 소탈하게 마흔 살인 러시아장군의 얼굴 쪽으로 손을 올렸고, 입술만 싱긋 웃으며 그의 귀를 잡고 가볍게 잡아당겼다.

황제에게 귀를 잡히는 것은 프랑스 궁정에서 가장 큰 영예이자 은총으로 여겨졌다.

"흠, 당신은 왜 아무 말도 하지 않소, 알렉산드르 황제의 숭배자이고 궁정 신하인 당신이?" 그가 말했다. 그가 아닌, 나폴레옹 자신이 아닌 다른 누군가의 궁정 신하이자 숭배자가 자신의 면전에 있다는 것이 우습다는 표정이었다.

"장군을 위한 말들이 준비되었소?" 그는 발라쇼프의 허리 굽힌 인사에 대한 응대로 가볍게 머리를 숙이며 덧붙였다.

"장군에게 내 말을 주시오, 그가 **먼 길을 가야 할 것이오……**."

발라쇼프가 받은 편지는 나폴레옹이 알렉산드르에게 보낸 마지막 편지였다. 대화의 자세한 내용이 러시아 황제에게 전해졌고, 전쟁이 시작되었다.

8

모스크바에서 피에르를 만난 후 안드레이 공작은 가족들에게 말한 것처럼, 일 때문에 페테르부르크로 떠났다. 그러나 실제로는 아나톨 쿠라긴 공작을 만나기 위해서였다. 페테르부르크에 도착한 안드레이 공작은 쿠라긴 공작을 수소문해 찾았으나 그는 이미 그곳에 없었다. 피에르가 처남에게 안드레이 공작이 그를 뒤쫓고 있다고 알려 주었던 것이다. 아나톨 쿠라긴은 즉각 국방 대신으로부터 임명을 받아 몰다비아에 주둔해 있는 군대로 떠나 버렸다. 이 무렵 페테르부르크에서 안드레이 공작은 항상 자신을 호의적으로 대해 준 옛 상관 쿠투조프 장군을 만났고, 쿠투조프는 자신과 함께 몰다비아 군대로 가자고 그에게 제안했다. 노장군은 그곳 군 총사령관으로 임명되었던 것이다.* 안드레이 공작은 총사령부에서 복무하라는 명령을 받고 튀르크로 떠났다.

안드레이 공작은 쿠라긴에게 결투를 신청하는 것이 적절치 않다고 생각했다. 결투를 위한 새로운 빌미를 주지 않고 자기 쪽에서 결투를 신청하는 것은 로스토바 백작 영애의 명예를 훼손하는 것으로 생각했기 때문에, 쿠라긴을 직접 만날 방법을 찾았다. 그 만남에서 결투를 위한 새로운 구실을 찾아낼 작정이었다. 하지만 튀르크 군대에서도 쿠라긴을 만날 수 없었는데, 안드레이 공작이 튀르크 군대에 도착하고 얼마 안 있어 러시아로 되돌아간 것이다. 새로운 나라에서, 새로운 생활 조건 속에서 안드레이 공작은 한결 더 마음 편히 지낼 수 있었다. 그가 행복을 느끼던 생활 조건들은 자신에게 끼친 충격을 모두에게 숨기려고 애쓰면 애쓸수록 더 강하게 그를 낙담시키는 약혼녀의 변심 이후에 그에게 힘겨웠다. 게다가 그가 예전에 그토록 소중히 여기던 자유와 독립은 한층 더 힘들었다. 그는 맨 처음 아우스터리츠 벌판에서 하늘을 바라볼 때 떠올랐던 예전의 그 생각, 피에르와 즐겨 전개하던 그 생각, 보구차로보에서, 그리고 이후에는 스위스와 로마에서 그의 고독을 채워 주던 그 생각을 더 이상 하지 않았다. 심지어 빛나는 무한의 지평선을 펼쳐 내던 그 생각을 기억하는 것조차 두려워했다. 이제 그의 흥미를 끄는 것은 바로 눈앞에 있는, 예전과 관련 없는 실제적인 관심사뿐이었다. 그는 예전의 관심사를 더 잘 가려 주는 것일수록 더욱 욕심을 내서 매달렸다. 예전에 그의 머리 위에 펼쳐져 있던 그 끝없고 머나먼 창공이 별안간 낮고, 한정적이고, 그를 짓누르는 둥근 천장으로 변해 버린 듯했다. 그 안에서는 모든 것이 분명했지만 영원하고 신비한 것은 전혀 없었다.

그에게 제시된 활동 중에선 군 복무가 가장 단순하고 그에게 익숙한 것이었다. 쿠투조프 사령부에서 당직 장군의 직무를 맡은 그는 일에 대한 열의와 치밀함으로 쿠투조프를 놀라게 하면서, 끈기 있고 성실하게 업무를 수행했다. 튀르크에서 쿠라긴을 찾지 못했을 때 안드레이 공작은 그를 뒤쫓아 반드시 러시아로 돌아가야 한다고 생각지는 않았다. 하지만 그 모든 것에도 불구하고 그는 알고 있었다. 아무리 시간이 흘러도 쿠라긴과 마주치면 그 자신도 어찌할 수 없으며, 자신이 아무리 쿠라긴을 경멸해도, 또 자신이 쿠라긴과 충돌할 만큼 스스로 비천해질 필요가 없다는 증거를 스스로에게 들이대도, 일단 쿠라긴과 마주치면 굶주린 사람이 음식에 달려들지 않을 수 없듯 그에게 결투를 청하지 않을 수 없다는 것을. 그리고 아직 모욕감이 씻기지 않았다는 의식, 적대감이 흘러나가지 못하고 가슴속에 남아 있다는 의식은 안드레이 공작이 튀르크에서 정신없이 분주하게, 다소 명예심과 과시적인 활동의 형태로 이루어 낸 그 인위적인 평정을 해치곤 했다.

1812년 나폴레옹과 전쟁을 한다는 소식이 부쿠레슈티에 (이곳에서 쿠투조프는 두 달 동안 머물렀는데, 밤이고 낮이고 발라키아 여인에게서 지내고 있었다) 전해지자 안드레이 공작은 쿠투조프에게 서부 군대로의 전속을 요청했다. 볼콘스키의 활동으로 자신의 무위(無爲)가 비난받는 것이 되어 버려 볼콘스키에게 염증을 느끼고 있던 쿠투조프는 기꺼이 그를 놓아주며, 바르클라이 드 톨리에게로 보냈다.

안드레이 공작은 5월에 드리사강 둔치의 진영에서 주둔해 있던 군대로 가기 전에 스몰렌스크 대로에서 3베르스타 떨어진, 자신이 지나가는 길에 있던 리시예 고리에 들렀다. 최근 3년 동안 안드레이 공작의 삶에는 너무 많은 대변동이 있었고, 그 자신도 아주 많이 생각하고 느끼고 보았기에 (그는 동쪽과 서쪽 모두 돌아다녔다) 리시예 고리에 들어선 순간 지극히 사소한 세부적인 것에 이르기까지 모든 것이 조금도 변하지 않은 것, 그 똑같은 삶의 흐름이 그를 깜짝 놀라게 했다. 그는 마치 마법에 걸려 잠에 빠진 성에 들어가듯이 가로수 길로, 리시예 고리 저택의 석조 대문으로 들어섰다. 그 집에는 똑같은 진중함, 똑같은 청결함, 똑같은 고요가 머물고 있었다. 똑같은 가구, 똑같은 벽, 똑같은 소리, 똑같은 냄새, 그저 약간 나이가 들었을 뿐 변함없이 수줍어하는 얼굴들.

마리야 공작 영애는 여전히 수줍어하고, 아름답지 않은 노처녀로 인생의 가장 좋은 시절을 아무런 유익도 기쁨도 없이 두려움과 영원한 정신적 고통 속에 보내고 있었다. 부리엔은 여전히 인생의 매 순간을 즐겁게 누리며 더없이 기쁜 희망들로 가득 차서, 스스로에게 만족스러워하는 요염한 아가씨였다. 안드레이 공작이 보기에 그녀는 더 자신만만해진 것 같았다. 스위스에서 그가 데려온 가정 교사 데살은 러시아풍의 프록코트 차림으로, 어색하게 러시아어를 발음하며 하인들과 이야기하고 있었다. 그러나 예전과 다름없이 제한적이지만 지적이고, 교양 있고, 선량하고, 고지식한 교육자였다. 노공작은 신체적으로 입 안 한쪽에 이가 하나 빠진 게 눈에 띄기 시작했다는 것만이 변한 모습이었다. 정신적으로 그는 예전과 똑같았고, 세상에서 일어나는 일의 실상에 대해 좀 더 큰 적의와 불신을 품게 되었다는 것이다. 오직 니콜루시카만이 성장하고 변했으며, 뺨도 발그레해지고, 검은 곱슬머리가 많이 자랐다. 그리고 자기도 모르게 웃고 깔깔거리면서 조그맣고 예쁜 윗입술을 쳐들곤 했는데, 고인이 된 작은 공작 부인과 똑같았다. 마법에 걸려 잠자는 이 성에서 오직 그 아이만이 불변의 법칙을 따르지 않았다. 그러나 비록 표면적으로는 모든 것이 예전 그대로 머물러 있는 것처럼 보였지만 안드레이 공작이 그들을 보지 못한 이후로 사람들의 내적인 관계는 변해 버렸다. 가족 구성원들이 두 진영으로 나뉘어 서로 남남처럼 굴고 적대적으로 대했다. 지금은 단지 그가 있어서, 그를 위해 자신들의 평소 생활 방식을 바꾸어 함께 모였을 뿐이다. 이쪽 진영에는 노공작과 부리엔과 건축 기사가 있고, 다른 진영에는 마리야 공작 영애와 데살과 니콜루시카와 보모들과 유모들이 있었다.

그가 리시예 고리에 머무는 동안에는 온 집안 사람들이 모두 함께 식사를 했다. 그러나 모두들 거북해했다. 안드레이 공작은 자신이 손님이고, 그들이 특별 대접을 하고 있으며, 자기 존재가 모든 이들을 숨 막히게 한다고 느꼈다. 첫날 식사 시간에 안드레이 공작은 무심결에 이런 분위기를 느끼면서 침묵에 잠겼다. 안드레이 공작의 부자연스러운 상태를 눈치챈 노공작도 침울하게 침묵했고, 식사 후에 곧장 자기 방으로 가 버렸다. 저녁 무렵 안드레이 공작이 노공작을 찾아가 그의 기분을 북돋우려 애쓰며 젊은 카멘스키* 백작의 원정 이야기를 꺼냈을 때 노공작은 예상치 않게 마리야 공작 영애에 대한 이야기를 하면서, 그녀의 미신에 대해, 또 그녀가 마드무아젤 부리엔을 좋아하지 않는 것에 대해 비난했다. 노공작의 말에 따르면, 마드무아젤 부리엔은 그에게 진심으로 헌신하는 유일한 사람이었다.

　노공작은 만약 자신이 병들면 그것은 마리야 공작 영애 탓이라고, 그녀가 일부러 자기를 괴롭히며 신경을 건드린다고, 그녀가 응석을 받아 주며 어리석은 말로 어린 니콜라이 공작을 망쳐 놓는다고 말했다. 노공작은 자신이 딸을 괴롭히고 있으며 그녀의 삶이 매우 고달프다는 것을 잘 알았고, 또한 그녀를 괴롭히지 않을 수 없다는 것, 그녀가 그런 대접을 받아 마땅하다는 것도 알았다. '왜 안드레이 공작은 이걸 보면서도 누이에 대해 한마디도 하지 않는 거지?' 노공작은 생각했다. '이 애는 도대체 무슨 생각을 하는 거야? 내가 악당이나 늙은 멍청이여서 이유도 없이 딸을 멀리하고 프랑스 여자를 가까이한다고 생각하는 건가? 이 애는 이해를 못해. 그러니 이 애에게 설명해야 해. 이 애가 내 말을 알아듣도록 해야 해.' 노공작은 생각했다. 그리고 딸의 아둔한 성격에 대해 참을 수 없는 이유들을 설명하기 시작했다.

　"만약 아버님께서 저에게 물으신다면……." 안드레이 공작은 아버지를 쳐다보지 않고 말했다. (그는 난생처음으로 아버지를 비난하고 있었다.) "전 말씀드리고 싶지 않습니다만, 그래도 아버지께서 제게 물으신다면 제 의견을 솔직히 말씀드리겠습니다. 설령 아버님과 마샤 사이에 오해와 불화가 있다 해도 저는 결코 마샤를 비난할 수 없습니다. 왜냐하면 그 애가 아버님을 얼마나 사랑하고 존경하는지 알기 때문입니다. 만약 아버님께서 그래도 제게 물으신다면……" 안드레이 공작은 짜증을 내며 계속 말을 이어 갔는데, 최근에 그는 늘 짜증을 내고 있었다. "제가 한 가지는 말씀드릴 수 있습니다. 만약 오해가 있다면 그 원인은 결코 제 누이의 친구가 되지 말았어야 할 형편없는 여자 때문입니다."

처음에 노인은 아들을 뚫어지게 바라보다가 미소를 지으면서 이가 빠진 자리를 부자연스럽게 내보였다. 안드레이 공작은 이 빠진 모습에 익숙해질 수 없었다.

"애야, 어떤 친구 말이냐? 벌써 서로 이야기를 했구나! 그러냐?"

"아버지, 저는 심판관이 되고 싶지 않았습니다만……" 안드레이 공작은 신경질적이고 딱딱한 어투로 말했다. "그러나 아버님께서 제게 요청하셔서 말씀드렸고, 항상 말씀드릴 수 있지만, 누이는 잘못이 없습니다. 잘못은…… 잘못은 그 프랑스 여자에게 있습니다……."

"아, 선고를 내렸군! 선고를 내렸어!" 노인이 나직한 목소리로, 안드레이 공작에게 보인 것처럼, 당황하며 말했다. 그러고는 갑자기 벌떡 일어서며 소리쳤다. "꺼져라, 꺼져! 이곳에 네 녀석의 숨기척도 남기지 말거라!"

안드레이 공작은 곧바로 떠나고 싶었지만 마리야 공작 영애가 하루만 더 있다 가라고 간청했다. 그날 안드레이 공작은 아버지를 만나지 못했는데, 아버지는 자신의 방에서 나오지도 않고 마드무아젤 부리엔과 티혼 외에는 아무도 들이지 않은 채 아들이 떠났는지만 여러 번 물었다. 다음 날 집을 떠나기에 앞서 안드레이 공작은 잠시 아들 방으로 갔다. 건강하고, 어머니를 닮아 머리카락이 곱슬곱슬한 사내아이가 그의 무릎에 앉았다. 안드레이 공작은 「푸른 수염」 동화를 들려주다가 다 못 마친 채 생각에 잠겼다. 그는 아들을 무릎에 앉혀 놓고 있는 동안, 그 귀여운 아들 사내아이가 아니라 자신에 대해 생각했다. 두려운 심정으로 아버지를 노엽게 한 것에 대한 후회와 (난생처음 다투고) 아버지를 떠나는 것에 대한 안타까움을 자기 마음속에서 찾았으나 발견할 수 없었다. 무엇보다 중요한 것은 아들을 어루만지고 무릎 위에 앉힘으로써 자기 안에 일깨울 것으로 기대했던 아들에 대한 옛 애정을 도무지 찾을 수 없다는 점이었다.

"으응, 이야기해 줘." 아들이 말했다. 안드레이 공작은 아무 말 없이 아들을 무릎에서 내려놓고 방을 나갔다.

안드레이 공작이 일상적인 업무를 내려놓자마자, 특별히, 그가 행복하던 시절, 예전의 그 생활 조건에 발을 들여놓자마자 삶의 우수가 예전의 힘으로 그를 사로잡았다. 그는 한시바삐 그 기억들에서 벗어나기 위해, 그리고 한시바삐 어떤 일을 찾기 위해 서둘렀다.

"꼭 가야겠어, 앙드레?" 여동생이 물었다.

"나는 갈 수 있어 다행인데……." 안드레이 공작이 말했다. "넌 그럴 수 없으니 내 마음이 무척 아프다."

"왜 그런 말을 해!" 마리야 공작 영애가 말했다. "왜 그런 말을 해, 오빠도 그 무서운 전쟁터로 떠나고, 아버지도 이처럼 연로하신 지금 같은 때에! 마드무아젤 부리엔은 아버지가 오빠에 대해 물어보셨다고 했어⋯⋯." 이 말을 꺼내자마자 그녀의 입술이 바르르 떨리고 눈물이 방울방울 떨어지기 시작했다. 안드레이 공작은 돌아서서 방 안을 서성이기 시작했다.

"아, 하느님 맙소사! 하느님 맙소사! 누군가 무가치한 어떤 존재도 사람들의 불행의 원인이 될 수도 있다는 것을 어떻게 생각하겠니⋯⋯!" 그가 마리야 공작 영애를 두렵게 만든 적의에 찬 어조로 말했다.

그녀는 깨달았다. 그가 무가치한 존재라고 부른 사람들을 언급할 때 그의 불행을 조장한 마드무아젤 부리엔뿐 아니라 그의 행복을 파괴한 그 남자도 염두에 두었다는 것을⋯⋯.

"앙드레, 한 가지 부탁할 게 있어. 이렇게 사정할게." 그녀는 그의 팔꿈치를 살짝 건드리며 눈물이 고인 반짝이는 눈으로 그를 바라보고 말했다. "난 오빠를 이해해. (마리야 공작 영애는 눈을 아래로 떨어뜨렸다.) 사람들이 고통을 만든다고 생각하지 마. 사람들은 그분의 도구일 뿐이야." 그녀는 안드레이 공작의 머리보다 조금 더 높은 곳에 있는 초상화가 걸린 익숙한 곳을 확신에 찬 시선으로 바라보았다. "고통은 사람들이 아니라 그분이 보내시는 거야. 사람들은 그분의 도구이고, 그들은 아무 잘못이 없어. 만약 오빠가 보기에 누군가가 오빠에게 잘못을 저질렀다면 그것을 잊고 용서해. 우리에겐 누군가를 벌할 권리가 없어. 그러면 오빠도 용서하는 행복을 깨닫게 될 거야."

"만약 내가 여자라면 그렇게 할 거다, 마리. 그건 여성의 미덕이지. 하지만 남자는 잊어버리거나 용서해서는 안 되고, 또 그렇게 할 수도 없어." 그는 말했다. 이 순간까지만 해도 그는 쿠라긴을 생각하지 않았는데, 갑자기 씻기지 않은 분노가 가슴속에 확 치밀어 올랐다. '동생이 지금 나에게 그를 용서하라고 설득하는 거라면 그것은 곧 내가 오래전에 그를 벌했어야 했다는 뜻이야.' 그는 생각했다. 그러고는 마리야 공작 영애에게 더 이상 대꾸하지 않은 채 이제는 군대에 있는 쿠라긴과 (그가 아는 바로는) 만나게 될 때의 그 기쁘고도 적의에 찬 순간을 떠올리기 시작했다.

마리야 공작 영애는 오빠에게 하루만 더 기다려 보라며 사정했고, 안드레이가 화해하지 않고 떠나면 아버지가 얼마나 불행해할지 자신은 안다고 말했다. 그러나 안드레이 공작은 조만간 군대에서 다시 돌아올 것이고, 반드시 아버지에게 편지를 쓸 것이며, 지금은 계속 머물수록 이 불화가 더욱 커질 것이라고 대답했다.

"잘 가, 앙드레! 불행은 하느님으로부터 온다는 것과 사람들은 결코 잘못이 없다는 것을 기억해." 이것이 그가 누이와 헤어질 때 그녀에게서 들은 마지막 말이었다.

'그러니까 그렇게 될 수밖에 없어!' 안드레이 공작은 리시예 고리 저택의 가로수 길을 벗어나며 생각했다. '저 애는, 저 죄 없는 가련한 존재는 정신 나간 노인네의 먹잇감으로 남는구나. 노인네는 당신이 잘못한 것을 느끼면서도 바꾸지 못하고 있어. 아들 녀석은 성장하며 삶을 즐기고 있지만 그 애도 인생을 살면서 다른 모든 사람들처럼 속고 또 속이겠지. 난 군대로 가고 있는 중인데, 왜지? 나 자신도 몰라. 그리고 내가 경멸하는 인간에게 날 죽이고 조롱할 기회를 주기 위해 그런 자를 만나고 싶어 하고 있어!' 삶의 여건들은 예전과 똑같았다. 그러나 예전에는 그 모든 것들이 서로 긴밀하게 엮여 있었던 데 반해, 지금은 산산이 흩어져 있었다. 일군의 무의미한 현상들이 아무 연관 없이 안드레이 공작 앞에 잇달아 나타났다.

9

안드레이 공작이 군사령부에 도착한 것은 6월 말이었다. 군주가 있는 제1군 부대들은 드리사 강가에 방어벽을 구축한 진영에서 머물고 있었다. 제2군의 부대들은 제1군과 합류하기 위해 철수하는 중이었다. 얘기되는 바로는 프랑스군 대병력에 의해 제2군이 제1군으로부터 차단된 것이다. 모두들 러시아군의 전반적인 작전 흐름에 만족하지 못하고 있었다. 그러나 러시아의 각 현까지 침입하는 위험에 관해서는 그 누구도 몰랐고, 전쟁이 서쪽의 폴란드 현들*보다 깊숙이까지 번지리라고는 어느 누구도 예상하지 못했다.

안드레이 공작은 드리사 강가에서 자신이 배속된 바르클라이 드 톨리를 발견했다. 군영(軍營) 부근에는 큰 마을이나 장소가 전혀 없었기 때문에 많은 장군과 궁정 신하들은 강 이편이든 저편이든 인근 10베르스타에 걸쳐 그 작은 마을의 가장 좋은 저택들을 숙소로 배정받았다. 바르클라이 드 톨리는 군주가 있는 곳에서 4베르스타 떨어진 곳에 머물고 있었다. 바르클라이 드 톨리는 볼콘스키를 무뚝뚝하고 차갑게 맞이했고, 그의 임무를 결정하기 위해 군주에게 그에 관해 보고하겠으며, 그동안에는 자신의 참모부에 있어 줄 것을 요청한다고 특유의 독일어 억양*으로 말했다. 안드레이 공작이 만나려 했던 아나톨 쿠라긴은 없었다. 그는 페테르부르크에 있었고, 안드레이 공작에게는 그 소식이 반가웠다. 지금 벌어지는 거대한 전쟁의 중심부에 있다는 사실이 안드레이 공작의 관심을 사로잡은 것이다. 덕분에 당분간 쿠라긴에 대한 상념이 불러일으키는 산란함으로부터 벗어날 수 있어 기뻤다. 아무 곳에도 불려 가지 않은 첫 나흘 동안 안드레이 공작은 방어벽이 구축된 진영 전체를 말을 타고 돌아다니며 사정에 밝은 사람들과 대화하거나 자신이 알고 있는 지식을 바탕으로 진영을 명확하게 이해하려고 노력했다. 그러나 이 진영이 유리한지 불리한지에 대한 물음은 안드레이 공작에게 해결되지 않은 채로 남았다. 그는 자신의 전쟁 경험을 통해 가장 신중하게 숙고하여 세운 계획들도 전투에서는 아무런 의미도 갖지 않으며 (그가 아우스터리츠 원정에서도 이것을 보았던 것처럼) 모든 것은 예기치 못한 적의 작전에 어떻게 대응하는가에 달려 있고, 모든 것은 누가 어떻게 전투 전체의 흐름을 이끌어 가는가에 달렸다는 확신을 끌어낼 수 있었다. 그 마지막 물음을 명확히 이해하고자 안드레이 공작은 자신의 지위와 친분을 이용하여 군사 행정과 그에 관여하는 인물이며 당파들의 성격을 자세히 알아보려 애썼고, 전투 상황에 대해 자기 나름으로 다음과 같은 이해를 얻었다.

군주가 빌나에 있던 당시에 군대는 셋으로 나뉘었다. 제1군은 바르클라이 드 톨리가, 제2군은 바그라티온이, 제3군은 토르마소프*가 지휘했다. 군주는 제1군에 있었으나 총사령관의 자격으로는 아니었다. 명령서에는 군주가 지휘한다는 말이 없고, 그저 군주가 군대와 함께 있을 거라는 내용뿐이었다. 게다가 군주에게는 개인적으로 황실 본부가 있었다. 황실 본부 책임자이자 병참부 장군인 볼콘스키 공작, 여러 장군들, 시종 무관들, 외교관들, 많은 외국인들이 곁에 있었지만 군사령부는 없었다. 또 군주의 측근 중에는 직책이 없는 사람들도 있었는데, 전 국방 대신인 아락체예프, 장군들 가운데 관등이 가장 높은 베니히센 백작, 황태자인 콘스탄틴 파블로비치 대공, 수상인 루만체프 백작, 전 프로이센 대신인 슈타인, 스웨덴 장군인 아름펠트, 작전 계획 입안의 중심인물인 풀, 사르데냐 출신 시종 무관장인 파울루치,* 볼초겐*과 그 밖의 사람들이었다. 이들은 직책도 없이 군대에 머물렀으나 자신들의 지위에 따른 영향을 끼치고 있었다. 그래서 종종 군단장이나 총사령관까지도 베니히센이나 대공이나 아락체예프나 볼콘스키 공작이 무슨 자격으로 이런저런 것을 문의하고 충고하는지 알지 못했으며, 충고 형식을 띤 명령이 그 사람 개인에게서 나오는지 군주에게서 나오는지, 또 그것을 수행할 필요가 있는지 없는지도 알지 못했다. 하지만 그것은 외적인 상황이었고, 군주와 그들이 머물고 있다는 사실의 본질적인 의미는 궁정의 시각에서 보면 (군주가 있으면 모든 이들이 궁정 신하가 된다) 모두에게 명백했다. 그 의미는 다음과 같다. 군주는 총사령관의 직분을 맡지 않았으나 전군(全軍)을 지휘한다. 군주를 둘러싸고 있는 사람들은 그의 보좌진이다. 아락체예프는 질서의 충실한 집행자이자 수호자이며, 군주의 경호병이다. 베니히센은 빌나의 지주로 마치 그 지역에서 군주에 대한 접대를 담당하고 있는 듯 보였으나 사실은 뛰어난 장군이며, 조언을 위해, 또 언제라도 바르클라이를 대신할 인물을 확보해 두기 위해 유용한 인물이었다. 대공이 이곳에 있었던 것은 그가 원했기 때문이다. 전직 대신인 슈타인이 있었던 것은 조언을 위해 유용했을 뿐 아니라 알렉산드르 황제가 그의 개인적인 자질을 높이 평가했기 때문이다. 아름펠트는 나폴레옹을 몹시 증오하는 자로 자신감이 넘치는 장군이었고, 그 점이 알렉산드르에게 영향을 끼쳤다. 파울루치가 있었던 것은 그가 대담하고 단호한 언변을 구사했기 때문이다. 시종 무관 장군들이 있었던 것은 군주가 있는 곳이면 어디든 따라다녔기 때문이다. 그리고 마지막으로, 중요한 사항인데 풀이 이곳에 있었던 것은 그가 나폴레옹에 맞설 전쟁 계획을 세우고 알렉산드르에게 그 계획의 타당성을 믿게 한 후 전쟁의 전체적인 일을 지휘했기 때문이다. 풀 곁에는 그 자신보다 그의 생각을 더 이해하기 쉬운 형태로 전달하는 볼초겐이 있었는데, 그는 날카롭고, 모든 것을 경멸할 정도로 자신만만하고, 탁상공론을 일삼는 이론가였다.

러시아인이든 외국인이든(특히 낯선 환경에서 활약하는 사람들 특유의 대담함으로 매일같이 예기치 못한 새로운 생각들을 내놓는 외국인들) 앞서 언급한 이 인물들 외에도 자기 상관이 있기 때문에 머물고 있는 많은 부수적인 인물들이 있었다.

그 거대하고 불안하고 눈부시고 자존심 센 세계의 온갖 생각과 목소리 속에서 안드레이 공작은 보다 세분화된 경향들과 파벌들을 보았다.

첫 번째 파벌은 풀과 그 추종자들로서 전쟁 이론가인 그들은 전쟁 학문이 있으며, 이 학문에는 불변의 법칙, 예를 들어 측면 이동과 우회 등의 법칙이 있다는 것을 믿었다. 풀과 추종자들은 국내 깊숙이 퇴각할 것을 요구했고, 그 이론에서 조금이라도 벗어나는 것은 야만, 무지 혹은 흉계에 지나지 않는다고 보았다. 이 파벌에는 독일인 대공들, 볼초겐, 빈친게로데 등의, 주로 독일인들이 속해 있었다.

두 번째 파벌은 첫 번째 파벌과 정반대였다. 늘 그렇듯 하나의 극단(極端)이 있는 곳에는 다른 극단을 대표하는 이들도 있었다.

이들은 빌나에 있을 때부터 폴란드로 진격할 것과 이미 작성된 계획을 모두 버릴 것을 요구했다. 이 파벌의 특징은 과감한 행동의 대표자일 뿐만 아니라 민족주의의 대표자이기도 했다. 그 결과, 논쟁에서 더욱 일방향적이 되곤 했다. 이들은 러시아인들이었고, 바그라티온, 상승세를 타기 시작한 예르몰로프* 등이 이에 속했다. 당시 예르몰로프의 유명한 농담, 즉 군주에게 한 가지 은총을 구한다면 자신을 독일인으로 승격시켜 달라겠다는 농담이 퍼져 있었다. 이들은 수보로프를 회상하며, 생각이나 하면서 지도에 핀을 꽂는 것이 아니라 적들과 맞서 싸우고 물리치고, 그들이 러시아에 발을 붙이지 못하도록 하고, 군의 사기가 떨어지지 않게 하는 것이라고 말했다.

군주가 가장 신뢰하는 세 번째 파벌에는 앞의 두 경향을 중재하려는 궁정 신하들이 있었다. 아락체예프가 속한, 대부분 군인이 아닌 이들은 신념도 없으면서 그런 것을 가진 척하고 보이고 싶어 하는 사람들이 평소 말하는 바대로 생각하고 말했다. 그들은 이렇게 말하곤 했다. 의심할 바 없이 전쟁, 특히 보나파르트(사람들은 그를 다시 보나파르트라고 불렀다) 같은 천재와 벌이는 전쟁은 더할 나위 없이 신중한 판단과 깊은 학문적 지식을 요구하는데, 이 점에서 풀은 천재적이다. 그러나 동시에 이론가들이 흔히 한쪽으로 치우친다는 점을 인정하지 않을 수 없고, 따라서 그들을 완전히 믿어서는 안 되며, 풀의 반대자들이 하는 말에도, 전쟁 경험이 있는 실무적인 사람들이 하는 말에도 귀를 기울여야 하며 모든 일에서 중도(中道)를 택해야 한다. 이 파벌에 속한 사람들은 풀의 계획에 따라 드리사 강가에 진영을 유지한 채, 다른 군대의 움직임을 바꿔야 한다고 주장했다. 이런 작전 계획으로는 어떤 목적도 달성할 수 없었지만 이들에게는 그렇게 하는 편이 더 나은 것처럼 보였다.

네 번째 파벌은 대공을 가장 중요한 대표자로 내세웠다. 상속자-황태자는 아우스터리츠 전투에서의 환멸을 잊지 못했다. 그곳에서 그는 마치 사열식에 임하듯 철모와 기병용 상의를 착용하고 근위대 선두에서 말을 몰며 용감하게 프랑스인들을 쳐부수리라 생각했지만, 뜻밖에 제일선으로 휘말려 곤혹스러운 처지에 놓였다가 가까스로 빠져나왔다. 이 파벌에 속한 사람들의 견해에는 진심이라는 그들의 장점이자 단점이 있었다. 그들은 나폴레옹을 두려워했는데, 그에게서 힘을 보고 자신들에게서 나약함을 보았으며, 이를 말로 직접 드러내기도 했다. 그들은 말했다. "고통과 치욕과 파멸 외에 그 어떤 것도 이 모든 것으로부터 나올 것이 없다! 우리는 빌나를 버렸고, 비텝스크를 버렸고, 드리사도 버리려 한다. 우리에게 남아 있는 단 하나의 현명한 행동은 오직 평화 조약을 맺는 것뿐이고, 저들이 페테르부르크에서 우리를 내몰기 전에 최대한 빨리 서둘러야 한다!"

군 고위층에 널리 유포된 이 견해는 페테르부르크에서도, 다른 국가적인 이유들 때문에 역시 평화 조약을 지지하는 루먄체프 수상에게서도 지지를 받았다.

다섯 번째 파벌은 바르클라이 드 톨리를 인간으로서보다는 국방 대신이자 총사령관으로서 신봉하는 이들이었다. 그들은 말했다. "그가 어떤 사람이든 (그들은 항상 이런 식으로 시작했다) 그는 정직하고 유능하며, 그보다 나은 사람은 없다. 지휘권의 통일 없이 전쟁이 제대로 진행될 리 없으니 그에게 실권을 주어라. 그러면 핀란드에서 보여 주었던 것처럼, 자신이 해낼 수 있는 것을 보여 줄 것이다.* 아군이 질서 정연하고 강인하게 어떤 패배도 겪지 않고 드리사강까지 퇴각했다면, 그것은 오로지 바르클라이 덕분이다. 지금 바르클라이를 베니히센으로 교체한다면 모든 게 끝장날 것이다. 왜냐하면 베니히센은 이미 1807년에 자신의 무능을 드러냈기 때문이다." 이들은 그렇게 말했다.

베니히센을 추종하는 여섯 번째 파벌은 이와 반대로 베니히센보다 더 유능하고 경험 많은 사람은 없다면서, 제아무리 애써도 여전히 그를 찾게 될 것이라고 말했다. 그리고 이들은 아군이 드리사강까지 퇴각한 과정 전체가 말할 수 없이 치욕스러운 패배였으며 실패의 연속이었다고 계속 증언했다. "실패를 더 많이 하면 할수록……." 그들은 말했다. "더 낫다. 최소한 그런 식으로는 나아갈 수 없음을 더 빨리 깨닫게 될 테니까. 필요한 사람은 바르클라이 같은 자가 아니라 1807년에 이미 실력을 보여 주었고, 나폴레옹조차 정당성을 인정했던 베니히센 같은 사람, 권력의 소유자로 기꺼이 인정할 만한 사람이다. 그리고 그런 사람은 오직 베니히센뿐이다."*

일곱 번째 파벌은 군주들, 특히 젊은 군주들의 측근에 붙어 있는 인물들로, 알렉산드르 황제 주변에는 유독 그런 인물들이 많았다. 그들은 군주에게 열정적으로 헌신하는, 1805년 로스토프가 그랬던 것처럼 군주를 황제로서가 아니라 한 인간으로서 사심 없이 경애하는, 그에게서 온갖 미덕뿐 아니라 온갖 인간적 자질까지 보는 장군과 시종 무관들이었다. 이들은 비록 군대 지휘를 사양한 군주의 겸손함에 감격했지만, 그 지나친 겸손함을 비판하면서 한 가지만 바라고 고집했다. 곧 경애하는 군주가 스스로에 대한 지나친 불신을 떨쳐 버리고 군의 수장이 되겠다는 것을 공개적으로 선언한 뒤, 자기 세력 아래 총사령관의 군사령부를 조직하고, 필요한 경우에는 경험 많은 이론가와 실무가들과 상의해 가며 직접 군대를 이끌었으면 하는 것이고, 그 방법만이 군대가 최고조의 사기

상태에 이르도록 할 수 있다는 것이다.

　여덟 번째 그룹은 다른 그룹에 비해 사람 수가 99 대 1 정도로 엄청나게 많았는데, 평화 조약도, 전쟁도, 공격도, 드리사 강가나 그 어느 곳의 방어 진영도, 바르클라이도, 군주도, 풀도, 베니히센도 바라지 않고 가장 본질적인 한 가지, 즉 자신을 위한 최대의 이익과 만족만 바라는 사람들로 이루어져 있었다. 군주의 본부 주위에 어지럽게 교차하고 뒤엉켜 들끓는 음모의 흙탕물 속에서는 다른 때 같으면 생각도 못할 아주 많은 것들에서 성공을 거둘 수 있었다. 어떤 사람은 자신의 유리한 지위를 잃지 않겠다는 일념으로 오늘은 풀의 의견에 찬성했다가 내일은 그 적에게 찬성했으며, 또 그다음 날엔 오로지 책임을 회피하고 군주의 비위를 맞출 목적으로 자기는 널리 알려진 안건에 관해 어떤 의견도 갖고 있지 않다고 단언했다. 또 다른 사람은 이익을 얻고 싶은 마음에 전날 밤 군주가 살짝 암시했던 것을 큰 소리로 부르짖으며 군주의 주의를 끌었고, 또 회의에서 자기 가슴을 쳐 대거나 동조하지 않는 사람들에게 결투를 신청하면서, 이를 통해 자신은 언제라도 전체 이익을 위해 희생할 각오가 되어 있다는 것을 보여 주려 하며 큰소리치고, 또 논쟁을 벌였다. 세 번째 사람은 다만 두 차례의 회의 사이에 적들이 없을 때 자신의 성실한 근무에 대한 일시 보조금을 간청하곤 했다. 그들은 지금이 바로 자신의 요구를 거절할 틈이 없는 때라는 것을 알았기 때문이다. 네 번째 사람은 우연을 가장하여 일 때문에 고생하는 자의 모습으로 군주의 눈에 띄고자 계속 애썼다. 다섯 번째 사람은 오랫동안 갈망해 온 목적, 즉 군주와 식사할 기회를 얻을 목적으로 또다시 제기된 견해의 옳고 그름을 격렬하게 증명하려 했고, 이를 위해 다소간 강력하고 정당한 논거를 들곤 했다.

이 파벌의 사람들 모두 돈과 십자 훈장과 관등을 손에 넣고자 했고, 그것을 붙잡기 위해 차르의 은총이라는 풍향계가 가리키는 방향만 주시했다. 그러다 풍향계가 한 방향을 향하는 것을 알아차리면 그 즉시 이 수벌들은 그 방향으로 날았다. 그래서 군주는 무리의 방향을 바꾸는 것이 더욱 어렵게 되었다. 상황이 불투명한 가운데, 모든 것에 특히나 불안한 성격을 부과하는 위협적이고 심각한 위험에 처해 있을 때, 그 모든 인물들의 인종의 다양성에 더하여, 음모와 자존심과 알력과 온갖 견해와 감정이 소용돌이치는 가운데 있을 때, 개인적인 이해에만 몰두하는 이 여덟 번째의 가장 큰 규모의 파벌은 전반적인 상황에 큰 혼란과 불안을 가중시켰다. 어떤 문제가 제기되든 이 수벌 무리는 이전의 주제에 대해 윙윙거리기를 채 끝내기도 전에 새로운 주제로 날아가 자신들의 윙윙거림으로 진정한 논쟁의 목소리를 삼키고 흐릿하게 만들었다.

안드레이 공작이 군에 도착한 무렵에는 또 하나의 파벌, 즉 자신의 목소리를 서서히 높여 가던 아홉 번째 파벌이 결집하고 있었다. 이 파벌은 나이가 지긋하고 이성적이고 국정에 경험 있는 사람들, 서로 대립되는 견해들 가운데 어느 것도 편들지 않고, 본부의 참모진 사이에서 벌어지는 모든 것을 추상적으로 바라보며 그 불명확성과 우유부단함, 혼란과 나약함으로부터 벗어날 방법을 생각해 낼 수 있는 사람들이었다.

이 파벌에 속한 사람들은 다음과 같이 말하고 생각했다. 모든 부정적인 것은 무엇보다 군주가 군대 안에 군사 궁정을 형성하여 함께 머물고 있는 데에서 비롯된다. 궁정에서는 유용하지만 군대에서는 해악을 끼치기만 하는 불분명하고 조건적이고 변화무쌍한 불안정적인 관계가 군대 안으로 들어왔다. 군주가 할 일은 군대를 지휘하는 게 아니라 국가를 통치하는 것이다. 이런 상황에서 벗어나는 유일한 출구는 군주가 군대를 떠나는 것이다. 군주 한 사람이 있음으로써 그의 개인적인 안전을 위해 5만 명의 군대를 마비시킨다. 독립성을 확보한 최악의 총사령관이 군주의 존재와 권력에 구속받는 최고의 총사령관보다 더 나을 것이다.

안드레이 공작이 드리사 강가에서 업무 없이 지내던 바로 그 무렵, 이 파벌의 주요 대표자들 중 한 명이었던 국무 대신 시시코프가 군주에게 편지를 썼고, 발라쇼프와 아락체예프는 그 편지에 서명하는 데 동의했다. 편지에서 그는, 군주로부터 사태의 전반적인 진행 상황에 대해 논의해도 좋다고 허락받은 점을 이용하여, 군주가 수도의 민중을 고무하여 전쟁으로 이끌어야 한다는 구실을 대며 군주에게 군대를 남겨 놓고 떠날 것을 정중히 건의했다.

군주가 민중의 사기를 북돋우고 조국 수호에 이바지하도록 호소해야 한다는 것, 곧 민중의 사기를 북돋는 것이 (군주의 모스크바 체재가 그 효과를 낼 수 있는 한에서) 러시아 승전의 주요 원천이라는 점이 건의되자 군주는 그것을 군대를 떠날 명분으로 받아들였다.

10

바르클라이가 식사 자리에서 군주가 튀르크에 관하여 묻기 위해 안드레이 공작을 친히 만나보고 싶어 하며, 오후 6시까지 베니히센의 숙소에 출두하라는 말을 본인 볼콘스키에게 전했을 때는 이 편지가 아직 군주에게 전달되기 전이었다.

그날 군을 위험하게 할 수도 있는 나폴레옹의 새로운 움직임에 대한 소식이 군주의 숙소로 전해졌다. 이 소식은 그 후에 틀린 것으로 밝혀졌다. 그리고 같은 날 아침 군주와 함께 드리사 요새를 시찰하던 미쇼* 대령은 풀이 축조하고, 그때까지만 해도 나폴레옹을 반드시 파멸시킬 수 있는 전술의 걸작으로 여겨지던 그 요새화된 진영이 무용지물이며 러시아군을 파멸로 몰고 가리라는 것을 군주에게 증명하고자 했다.

안드레이 공작은 강가에 있는 지주의 작은 저택을 숙소로 삼고 있던 베니히센 장군을 찾았다. 베니히센도 군주도 그곳에 없었다. 군주의 시종 무관인 체르니쇼프*가 안드레이 공작을 맞이하며, 군주는 베니히센 장군과 파울루치 후작과 함께 이날 두 번째로 드리사 진영의 요새를 시찰하러 나갔는데, 그 진지의 적합성에 대한 의혹이 강하게 제기되었다고 알려 주었다.

체르니쇼프는 프랑스 소설책을 들고 첫 번째 방의 창가에 앉아 있었다. 아마도 예전에 홀이었던 듯 방에는 아직 오르간이 있었고, 그 위에 양탄자 같은 것들이 쌓여 있었다. 그리고 한구석에 부관의 접이식 침대가 놓여 있었다. 그 부관이 그곳에 있었다. 작은 술자리 혹은 업무로 지쳤는지 둘둘 만 이불 위에 앉아 꾸벅꾸벅 졸았다. 홀에는 문이 두 개가 나 있었다. 하나는 곧장 예전의 응접실로, 또 다른 문은 오른쪽 서재로 통했다. 첫 번째 문에서 독일어로, 가끔씩은 프랑스어로 이야기를 나누고 있는 사람들의 목소리가 들렸다. 예전 응접실이었던 그곳에서는 군주의 바람에 따라 군사 회의가 아니라 (군주는 불확정적인 것을 좋아했다) 그가 눈앞에 닥친 난관에 대해 의견을 듣고자 하는 몇몇 인물들이 모여 있었다. 그것은 군사 회의가 아니었고, 마치 군주에게 어떤 문제들을 직접 설명하도록 선발된 자들의 회의와 흡사했다. 이 약식 회의에 초대받은 이들은 스웨덴 장군 아름펠트, 시종 무관장 볼초겐, 나폴레옹이 도망친 프랑스 국민이라고 부른 빈친게로데, 미쇼, 톨, 결코 군인이 아닌 슈타인 백작, 그리고 마지막으로 안드레이 공작이 들은 바로는 모든 일의 핵심 인물인 풀이었다. 안드레이 공작이 오고 얼마 지나지 않아 도착한 풀이 응접실을 지나가다가 체르니쇼프와 이야기를 나누려고 잠시 걸음을 멈추는 바람에 안드레이 공작은 그를 자세히 살펴볼 기회를 가졌다.

얼핏 보기에 풀은 서툰 솜씨로 지은 러시아 장군의 군복을 꼴사납게 걸치고 있었다. 그런 풀의 모습을 안드레이 공작은 전혀 본 적이 없음에도 왠지 낯이 익은 것처럼 보였다. 안드레이 공작이 1805년에 보았던 바이로터, 마크, 슈미트 등 많은 독일인 이론가형 장군들의 모습이 그에게도 있었던 것이다. 그러나 풀은 그들 모두보다도 더 전형적이었다. 그 독일인들에게 있던 면모 전부를 자기 안에 결합한 독일인 이론가를 안드레이 공작은 아직 한 번도 마주한 적이 없었다.

풀은 키가 크지 않고 매우 야위었지만 굵은 뼈대, 투박하고 다부진 체격, 넓적한 골반, 불거진 어깨뼈를 가지고 있었다. 얼굴에는 주름이 많았고, 눈동자는 움푹 들어갔다. 관자놀이 부근의 앞쪽 머리칼은 분명히 솔빗으로 급하게 빗은 듯했고, 뒤쪽 머리칼은 몇 갈래로 갈라져 아무렇게나 삐죽삐죽 솟아 있었다. 그는 불안하고 화난 기색으로 주위를 둘러보며 들어왔다. 자신이 들어선 큰 방의 모든 것을 두려워하는 듯했다. 그는 어색한 동작으로 장검을 꽉 쥐고는 독일어로 군주는 어디에 계시냐고 물으면서 체르니쇼프를 돌아보았다. 가능한 한 빨리 그 방들을 지나 인사를 끝내고 자기 자리처럼 느껴지는 지도 앞에 앉아 업무를 시작하고 싶은 듯 보였다. 그는 체르니쇼프의 말에 황급히 고개를 끄덕이고는 군주가 요새를 시찰하고 있다는 말을 들으며 냉소적인 웃음을 지었다. 그 요새는 다름 아닌 풀 본인이 자신의 이론에 기초하여 축조한 것이었다. 자신만만한 독일인들이 말할 때 흔히 그러듯, 그는 낮고 굵은 목소리로 무슨 말인가를 혼자서 퉁명스레 툴툴거렸다. "멍청이" 혹은 "완전히 망했군" 혹은 "정말로 무슨 일이 생기겠어".(독일어) 안드레이 공작은 그 말을 명확히 듣지 못했고, 지나가려 했다. 그런데 체르니쇼프가 안드레이 공작이 전쟁이 아주 다행스러운 결과로 끝난 튀르크에서 돌아왔다는 것을 기억해 내곤 그를 풀에게 소개했다. 풀은 안드레이 공작을 쳐다본다기보다 거의 그 너머로 눈길을 응시한 채 껄껄거리며 중얼거렸다. "그것은 틀림없이 전술에 꼭 들어맞는 전쟁이었을 거요."(독일어) 그러고는 멸시하듯 소리 내어 웃더니 사람들의 목소리가 들리는 방으로 지나가 버렸다.

항상 냉소적인 짜증을 낼 준비가 되어 있던 풀은 사람들이 감히 자기를 빼놓은 채 자기가 만든 진영을 시찰하고 비판한 것 때문에 특히 자극을 받은 듯 보였다. 안드레이 공작은 아우스터리츠 전투에 대한 기억 덕분에 풀과 마주친 이 한 번의 짧은 만남에서 그의 성격을 분명히 파악할 수 있었다. 풀은 기대를 걸 수 없고, 변함없고, 지독하게 자신만만한 사람들 가운데 하나였는데, 그런 이들은 오직 독일인뿐이었다. 독일인만이 추상적 관념, 다시 말해 과학, 즉 완전한 진리에 대한 가상의 앎에 근거하여 자신만만해하기 때문이다. 프랑스인은 자신이 육체적으로나 정신적으로나, 그리고 남자들에 대해서나 여자들에 대해서나 뛰어넘을 수 없이 매력적인 존재라고 생각하기 때문에 자신만만해한다. 영국인은 자신이 세상에서 가장 잘 정비된 국가의 국민이고, 언제나 영국인으로서 무엇을 해야 할지 알며, 영국인으로서 행하는 모든 것이 의심할 바 없이 훌륭하다는 것을 알고 있다는 사실을 근거로 자신만만해한다. 이탈리아인은 쉽게 흥분하고, 또 쉽게 자신과 타인을 잊어버리는 사람들이라 자신만만해한다. 러시아인은 자신이 아무것도 모르며, 또 무언가를 충분히 안다는 것이 가능하다고 믿지 않기 때문에 알고 싶어 하지도 않는다는 점에서 자신만만해한다. 독일인의 자신감은 가장 최악이고 가장 견고하며 가장 역겹다. 그들은 자신들이 진리를, 자신들이 고안해 낸 것이지만 자신들에게는 절대 진리인 과학을 알고 있다고 상상하기 때문이다. 분명히 풀도 그런 사람이었다. 그에게는 과학, 즉 그가 프리드리히 대왕의 전쟁사에서 끌어낸 우회 이동의 이론이 있었다. 최근의 전쟁사에서 그가 마주친 것들은 양편 모두 너무 많은 실책을 범해서 전쟁이라고도 부를 수 없을 만큼 그에게는 무의미하고 야만적인 것, 꼴사나운 충돌로 보였다. 그런 전쟁들은 이론에도 부합하지 않았고,

과학의 대상도 될 수 없었다.

1806년 풀은 예나와 아우어슈테트에서 종식된 전쟁의 작전 계획을 입안한 인물들 가운데 한 명이었다. 하지만 그 전쟁이 끝날 무렵에도 그는 자기 이론이 틀렸다는 추호의 증거를 발견하지 못했다. 정반대로 그의 이해에 따르자면, 그의 이론대로 하지 않은 것이 모든 실패의 유일한 원인이었다. 그래서 그는 특유의 유쾌한 비아냥거림으로 이렇게 말하곤 했다. **"내가 말했었지, 모든 게 엉망이 될 거라고."**(독일어) 풀은 자기 이론을 너무 사랑한 탓에 이론의 목적인 실전에의 적용을 자주 잊는 이론가들 중 하나였다. 그는 이론에 대한 사랑 때문에 일체의 실제적인 것들을 증오했고, 또 알려고 하지도 않았다. 심지어 실패에도 기뻐했다. 실전에서 이론으로부터의 일탈로 빚어진 실패는 그에게 자기 이론의 정당성을 입증할 뿐이었기 때문이다.

안드레이 공작과 체르니쇼프와 함께 현재 진행되는 전쟁에 대해 몇 마디 나누면서, 그는 모든 것이 잘되지 않으리라는 것을 미리 알고 있으며, 심지어 그것에 대해 불만조차 느끼지 않는 사람의 표정을 짓고 있었다. 빗질이 안 된 채 뒤통수에 몇 갈래로 삐죽삐죽 솟은 머리털과 서둘러 매만진 구레나룻이 특히 이 점을 웅변적으로 말해 주고 있었다.

그는 다른 방으로 갔다. 그곳에서 즉각 굵은 저음으로 투덜대는 그의 목소리가 들려왔다.

II

안드레이 공작이 풀을 눈으로 배웅하는 것을 마치기도 전에 베니히센 백작이 다급하게 방 안으로 들어와 볼콘스키를 향해 가볍게 고개를 끄덕이고는 걸음을 멈추지 않고, 자기 부관에게 무언가 지시하며 집무실로 갔다. 군주가 이곳으로 오고 있었고, 베니히센은 이것저것 준비하고, 시간에 맞춰 군주를 맞기 위해 서둘러 온 것이다. 체르니쇼프와 안드레이 공작은 현관 계단으로 나갔다. 지친 표정의 군주가 말에서 내리고 있었다. 파울루치 후작이 군주에게 무엇인가를 말하고 있었다. 군주는 고개를 왼쪽으로 기울인 채 열정적으로 이야기하는 파울루치의 말을 불만스러운 표정으로 들었다. 군주는 대화를 끝내고 싶은 듯 앞으로 나아갔으나, 얼굴이 새빨개지도록 흥분한 이탈리아인은 예의범절을 잊은 채 계속 지껄이며 군주를 뒤따랐다.

"이 드리사 진영을 제안한 자에 대해 말씀드리자면……." 계단을 오르던 군주가 안드레이 공작이 있는 것을 알아채고 낯선 얼굴을 유심히 들여다보는 동안, 파울루치가 말했다.

"폐하, 그자에 대해 말씀드리자면……." 파울루치는 마치 자신을 억제할 수 없는 것처럼 필사적으로 말을 이었다. "드리사 강가의 진영을 제안한 자 말입니다, 제 생각에 그자를 위한 곳은 오직 두 곳뿐인데, 노란 집*이나 교수대입니다." 이탈리아인의 말을 다 듣기도 전에, 그리고 그의 말을 전혀 듣고 있지 않은 듯한 군주가 볼콘스키를 알아보고 그를 향해 자애롭게 말을 건넸다.

"자네를 보니 무척 기쁘군. 사람들이 모여 있는 곳에 가서 기다리게." 군주는 집무실로 향했다. 표트르 미하일로비치 볼콘스키 공작과 슈타인 남작이 뒤를 따랐고, 그들이 들어가자 문이 닫혔다. 군주의 허락으로 안드레이 공작은 튀르크에서 알게 된 파울루치와 함께 회의가 소집된 응접실로 갔다.

표트르 미하일로비치 볼콘스키 공작은 군주의 참모장과 유사한 직분을 맡고 있었다. 볼콘스키가 집무실에서 나왔고, 지도를 가지고 응접실로 와 테이블 위에 그것을 펼치고는 모여 있던 신사들에게 의견을 구하고자 하는 질문들을 전달했다. 문제는 (나중에 거짓으로 밝혀진) 프랑스군이 드리사 진영을 우회하여 이동했다는 소식이 밤사이 접수되었다는 것이었다.

맨 처음 입을 연 사람은 아름펠트 장군이었다. 그는 난데없이 눈앞에 닥친 난관을 피하기 위해 페테르부르크 가도와 모스크바 가도에서 떨어진 지점에 전혀 새로운, 어떤 설명으로도 납득할 수 없는 (자신도 견해를 가질 수 있다는 점을 보여 주려는 욕구를 제외하고) 진지를 구축해야 한다고 주장했다. 그의 견해에 따르면, 군대는 그 진지에 결집하여 적을 기다려야 했다. 분명 이 계획은 아름펠트가 오래전에 세워 둔 것 같았고, 지금 이 계획을 밝히는 까닭은 제기된 질문에 (이 계획은 그것에 어울리지 않았다) 답하기 위해서라기보다는 그것을 말할 기회를 이용하려는 것 같았다. 만약 이 전쟁이 어떤 성격을 띠게 될지 고려하지 않을 때, 그것은 다른 것들과 마찬가지로 근본적으로 제기할 수 있는 수백만 가지 제안 가운데 하나였다. 몇몇은 그의 의견에 반박했고, 몇몇은 옹호했다. 젊은 톨 대령이 스웨덴 장군의 견해를 누구보다 격렬하게 반박했는데, 논의 도중에 옆 호주머니에서 글자가 가득 적힌 수첩을 꺼내더니 그것을 읽도록 허락해 달라고 요청했다. 장황하게 작성된 기록에서 톨은 아름펠트나 풀의 계획과 정반대의 작전 계획을 제안했다. 파울루치는 톨에게 반박하면서 전진하여 공격할 것을 제안했다. 그의 말에 따르면, 오직 그것만이 아군을 지금 처한 불분명한 상황과 덫으로부터 (그는 드리사 진영을 그렇게 불렀다) 끌어낼 수 있었다. 이처럼 논쟁을 벌이는 동안 풀과 (궁정 인물들 사이에서 풀의 다리 역할을 하는) 그의 통역관 볼초겐은 입을 다물고 있었다. 풀은 자신이 지금 듣고 있는 헛소리에 반박할 정도로 자신의 수준을 떨어뜨리지 않겠다는 뜻을 드러내며 멸시하듯 콧방귀를 뀌고 고개를 돌렸다. 그러나 토론을 주관하던 볼콘스키 공작이 견해를 말해 달라고 청하자 그저 이렇게 말했다.

"나에게 뭘 묻소? 아름펠트 장군이 뒤가 열려 있는 멋진 진지를 제안했는데. 아니면 저 이탈리아 장군이 제안한 공격도 있잖소. 매우 훌륭하오!(독일어) 퇴각도 있구려. 그것도 좋소.(독일어) 나에게 뭘 물어보오?" 그가 말했다. "당신들이야말로 나보다 훨씬 더 잘 알지 않소." 하지만 볼콘스키가 얼굴을 찌푸리며 군주의 이름으로 의견을 묻는 것이라고 하자 풀은 벌떡 일어서더니, 갑자기 열의를 보이며 말하기 시작했다.

"모든 것을 망쳐 놓았고, 모든 것을 뒤죽박죽 만들어 놓았소. 모두들 나보다 더 잘 알고 싶어 하더니만, 이제야 날 찾아왔소. 어떻게 해야 바로잡느냐고? 바로잡을 수 있는 것은 전혀 없소. 내가 말한 주요 사항들을 정확히 수행해야 하오." 그는 앙상한 손가락으로 테이블을 탁탁 치며 말했다. "어디에 어려움이 있다는 거요?

헛소리요, 아이들 장난이오!"(독일어) 그는 지도에 다가서서 손가락으로 지도를 가리키며, 어떤 우연도 드리사 진영의 합목적성을 바꾸어 놓을 수 없으며, 모든 것이 예상되어 있고, 만약 적이 정말로 우회 작전을 펼친다면 적은 반드시 섬멸되는 상황을 피할 수 없을 것이라고 빠르게 말했다.

독일어를 모르는 파울루치가 그에게 프랑스어로 묻기 시작했다. 볼초겐이 프랑스어에 서툰 상관을 돕기 위해 가까이 다가섰고, 간신히 풀의 말을 따라잡으며 통역해 주었다. 풀은 이미 일어난 모든 일뿐 아니라 앞으로 일어날 수 있는 모든 일이 자신의 작전에 예견되어 있었으며, 만약 지금이 어려운 상황이라면 그것은 전적으로 모든 것이 엄밀하게 수행되지 않았기 때문이라는 점을 빠르게 증명했다. 그는 줄곧 비꼬듯 히죽거리며 증명해 나갔고, 수학자가 한 번 증명된 적 있는 수학 문제의 신뢰성을 여러 방법으로 검산하기를 중단하는 것처럼 마침내는 경멸하듯 증명하는 것을 그만두었다. 볼초겐은 이따금 풀에게 "그렇지 않습니까, 각하?"(독일어)라고 말하며, 그를 대신해 그의 생각을 프랑스어로 설명했다. 싸움에서 흥분한 남자가 자기편을 두들겨 패듯 풀은 성이 나서 볼초겐에게도 버럭 소리를 지르곤 했다.

"물론이지. 설명할 게 또 뭐가 있나?"(독일어) 파울루치와 미쇼는 입을 모아 프랑스어로 볼초겐을 공격했다. 아름펠트는 독일어로 풀에게 말을 걸었다. 톨은 러시아어로 볼콘스키 공작에게 설명했다. 안드레이 공작은 말없이 들으며 이들을 관찰했다.

이들 가운데 누구보다 안드레이 공작의 공감을 불러일으킨 사람은 노기등등하고 단호하고 근거 없이 자신만만한 풀이었다. 여기에 참석한 모든 이들 중에 오직 그만이 자신을 위해 아무것도 바라지 않고 누구에게도 적의를 품지 않고, 오직 한 가지, 자신이 수년간의 노고로 끌어낸 이론에 따라 세운 계획을 실행에 옮기는 듯했다. 그는 우스꽝스러웠고, 빈정대는 태도 때문에 불쾌감을 주었으나, 이상에 대한 무한한 헌신으로 무의식적인 존경심을 불러일으켰다. 게다가 풀을 제외한 발언자들의 말에는 1805년 군사 회의 때 없던 한 가지 공통된 특징이 있었다. 그것은 지금은 비록 감춰져 있지만 바로 천재 나폴레옹에 대한 광적인 공포, 각 사람의 반박 속에 드러난 공포였다. 사람들은 나폴레옹이라면 모든 일이 가능할 거라 가정했고, 모든 방향에서 그가 나타날 수 있다고 예상했으며, 그 무시무시한 이름으로 서로의 가정을 뒤엎었다. 오직 풀만이 나폴레옹도 자기 이론에 대한 반대자들과 조금도 다를 바 없는 야만인이라고 생각하는 듯했다. 그러나 풀은 안드레이 공작에게 존경의 감정과 함께 연민의 감정도 불러일으켰다. 궁정 사람들이 풀을 대하는 태도로 볼 때, 파울루치가 감히 황제에게 아뢴 말로 볼 때, 무엇보다도 풀 자신의 표정에 깃든 절망감을 볼 때 그의 몰락이 임박했다는 사실을 다른 사람도 알고 그 자신도 느끼는 듯했다. 그리고 자신만만함과 독일인 특유의 불평 섞인 빈정 거림에도 불구하고 그는 관자놀이에 바짝 빗어 붙인 머리칼과 뒤통수에 삐죽삐죽 튀어나온 머리 다발 때문에 불쌍해 보였다. 그는 분명히 격분과 경멸의 표정 아래 숨기고 있지만, 자기 이론의 신뢰성을 거대한 실험으로 검증하고 전 세계에 증명할 유일한 기회가 이제 자신의 손안에서 미끄러져 달아나는 것 때문에 절망에 빠져 있는 것 같았다.

토론은 오랫동안 이어졌다. 토론이 길어질수록 논쟁은 더욱 격해져서 고함과 인신공격 수준에 이르렀고, 사람들이 말한 모든 것으로부터 어떤 공통된 결론을 이끌어 낼 가능성은 더욱 줄어들었다. 안드레이 공작은 그 다양한 언어의 말소리, 가정, 계획, 반박,

고함을 들으면서 그저 그들이 다 함께 무엇인가를 말하고 있다는 사실에 놀랐다. 전쟁에 대한 학문은 있지도 않고 있을 수도 없으므로 이른바 전쟁의 천재라는 것도 있을 수 없다는, 군사 행동 중에 오래전부터 자주 머릿속에 떠오르던 그 생각들이 이제 그에게는 진리로서 완전히 분명하게 되었다. '조건과 상황을 알지 못하고 또 그것이 일정할 수 없으며, 전쟁을 수행하는 사람들의 힘이 더더욱 일정할 수 없는 그런 일에서 어떤 이론과 학문이 존재할 수 있단 말인가? 아군과 적군이 하루가 지나면 어떤 상황에 처할지 아무도 모르고, 또 알 수도 없다. 군대의 병력이 어느 정도인지도 아무도 알 수 없다. 이따금 선두에 "우리는 차단되었다!"라고 외치며 달아나는 겁쟁이들이 없고, 선두에 "우라!" 하고 외치는 용감무쌍한 사람들이 있을 때는 쉰그라벤 전투 때처럼 5천 명의 군대가 3만 명 부대에 맞먹는 가치를 갖기도 한다. 그러나 반대로 아우스터리츠 전투 때처럼 5만 명이 8천 명을 앞에 두고 달아나기도 한다. 실무적인 일이 다 그렇듯 아무것도 확실하지 않고 모든 것이 수많은 조건들에 의해 좌우되는, 그 조건들의 의미가 어느 한순간 결정되고, 그 순간이 언제 닥칠지는 아무도 모르는 그런 일에 관해 무슨 학문이 존재할 수 있겠는가. 아름펠트는 아군이 차단당했다고 말하는데, 파울루치는 우리가 프랑스 군대를 두 곳의 포화 사이에 밀어 넣었다고 말한다. 미쇼는 드리사 진영의 쓸모없음이 강이 뒤에 있기 때문이라 말하고, 풀은 그것이야말로 그 진영의 강점이라고 말한다. 톨이 한 가지 계획을 제안하면 아름펠트가 다른 것을 제안한다. 모두들 좋기도 하고, 모두들 나쁘기도 하다. 각 제안의 장점은 사건이 일어나는 순간에야 비로소 명확해질 수 있다. 그런데 어째서 다들 전쟁의 천재라는 말을 하는 걸까? 때맞춰 건빵을 운반하라고 지시하는 사람, 어떤 자에게는 오른쪽으로 가라 하고, 어떤 자에게는 왼쪽으로 가라 명령하는 사람, 그 사람이 과연 천재일까? 그들이 천재라고 불리는 것은 그저 군인들이 광휘와 권력에 싸여 있기 때문에, 또 많은 비열한 인간들이 권력에 아첨하면서 그 권력이 본디 갖지 못한 천재성이라는 자질을 거기에 부여하기 때문이다. 반대로 내가 아는 최고의 장군들은 어리석거나 정신 나간 사람들이다. 가장 뛰어난 장군은 바그라티온이다. 나폴레옹도 이를 인정했다. 보나파르트 역시 명장이다! 난 아우스터리츠 벌판에서 본 그의 자기만족적인 오종종한 얼굴을 기억한다. 훌륭한 사령관에게는 천재나 어떤 특별한 자질이 필요 없을뿐더러, 반대로 가장 훌륭하고 고귀한 인간적 특성들, 즉 사랑, 시정(詩情), 부드러움, 그리고 철학적이고 호기심 어린 의혹이 없어야 한다. 훌륭한 사령관은 시야가 좁고, 자기가 하는 일이 매우 중요하다고 굳게 확신하는 (그러지 않으면 충분한 인내심을 가질 수 없을 것이다) 사람이어야 한다. 그때에만 그는 용감한 사령관이 될 것이다. 만약 그가 인간이라면, 만약 그가 누군가를 사랑하고 동정하며 무엇이 옳고 그른지에 대해 생각한다면 좋지 않다. 예로부터 사람들이 그들을 위해 천재 이론을 조작한 것은 납득할 만하다. 그들은 곧 권력이기 때문이다. 전쟁에서 승리의 공로는 그들이 아니라, 대열 속에서 "패했다!"라고 부르짖거나 "우라!" 하고 외치는 사람에게 달렸다. 그리고 오직 이 대열에 있을 때만 사람은 자기가 쓸모 있다는 확신을 가지고 복무할 수 있다!'

논쟁을 들으면서 안드레이 공작은 이러한 생각에 잠겨 있었고, 파울루치가 그의 이름을 부르고 모두 뿔뿔이 흩어질 때에야 비로소 정신을 차렸다.

다음 날 열병식에서 군주가 안드레이 공작에게 어디서 복무하기를 원하는지 물었을 때, 안드레이 공작은 존귀한 군주의 곁이 아니라 부대에서 복무하도록 허락해 달라고 요청함으로써 궁정 세계에 머물 기회를 영원히 잃었다.

12

출정하기 전에 로스토프는 부모로부터 편지를 받았다. 편지에서 부모는 나타샤의 병과 안드레이 공작과의 파혼을 짤막하게 알리면서 (부모는 그 파혼이 나타샤의 거절에 의한 것이라고 설명했다) 그가 전역하여 집으로 돌아오기를 또다시 부탁했다. 편지를 받은 니콜라이는 휴가를 내거나 전역을 신청하려고 노력하기보다 부모에게 나타샤의 병과 나타샤가 그녀의 약혼자와 헤어지게 된 것을 무척 안타깝게 여기며, 두 분의 희망을 이루어 드리기 위해 자신이 할 수 있는 모든 것을 하겠다는 편지를 썼다. 그리고 소냐에게 따로 편지를 썼다.

사랑하는 내 영혼의 친구, (그는 썼다) 명예 이외에는 그 어떤 것도 내가 시골로 돌아가는 것을 막을 수 없을 거야. 그러나 전쟁의 시작을 앞둔 지금, 만일 내가 조국에 대한 의무와 사랑보다 행복을 더 우선한다면 난 동료들뿐 아니라 나 자신 앞에서조차 스스로를 명예롭지 못한 자로 여기게 될 거야. 그러나 이것이 마지막 이별이야. 믿어 줘. 전쟁이 끝난 뒤에도 내가 살아 있고, 또 그대가 여전히 날 사랑해 준다면 그때는 내 뜨거운 가슴에 그대를 안기 위해 모든 것을 버리고 그대에게 달려가겠어.

실제로 로스토프를 지체시키고 그가 돌아오는 것과 (그의 약속 대로) 소냐와의 결혼을 방해하는 것은 원정이 시작되는 것뿐이었다. 사냥이 있던 오트라드노예의 가을, 크리스마스 주간과 소냐의 사랑이 있던 겨울은 그가 예전에는 미처 알지 못했으나 이제 그를 손짓하여 부르는 귀족의 기쁨과 평온이라는 전망을 열어 보였다. 그는 생각했다. '멋진 아내, 아이들, 좋은 품종의 사냥개들, 열두어 마리의 용감한 보르조이 무리, 영지 경영, 이웃, 지방 선거 복무!' 그러나 이제 곧 원정이 있을 것이고, 그래서 연대에 남아야 했다. 그런데 이것이 필요했기 때문이기도 하지만, 니콜라이 로스토프는 성격상으로도 연대에서 보낸 생활에 만족했고, 스스로를 위해서 이 생활을 유쾌하게 만들어 갈 줄 알았다.

휴가에서 돌아와 동료들의 기쁨에 찬 환영을 받은 니콜라이는 말을 보충하기 위해 파견되어 소러시아에서 뛰어난 말들을 구해 왔다. 그는 그 말들 때문에 기쁨을 얻었고 상관들로부터 칭찬을 받기도 했다. 부대를 비운 동안 그는 대위로 승진해 있었다. 그리고 연대가 정원 보강과 함께 전시 상태에 처했을 때, 그는 다시 옛 중대를 맡게 되었다.

원정이 시작되어 연대가 폴란드로 이동하고, 봉급이 두 배가 되고, 새로운 장교들, 새로운 사람들과 말들이 도착했다. 중요한 것은 전쟁 초기에 따르기 마련인 흥분이 뒤섞인 들뜬 분위기가 퍼졌다는 것이다. 연대에서 자신의 유리한 지위를 의식한 로스토프는 늦든 빠르든 군 복무의 즐거움과 흥밋거리들을 포기해야 한다는 걸 알면서도 그것들에 푹 빠졌다.

부대들은 다양하고 복잡한 국가적, 정치적, 전술적 이유로 빌나에서 후퇴했다. 한 걸음 한 걸음 후퇴할 때마다 참모 본부의 이해 관계, 추론, 욕망이 복잡하게 뒤얽혔다. 그러나 파블로그라드 연대의 경기병들로서는 여름철의 가장 좋은 시기에 식량을 충분히 공급받으며 후퇴하는 행군이 지극히 간단하고도 즐거운 일이었다. 낙담하고 걱정하고 음모를 꾸미는 것은 사령부에서나 벌어지는 일일 뿐, 군대 깊숙한 곳에서는 어디로 무엇을 위해 이동하는지 묻는 사람도 없었다. 그들이 후퇴하는 것을 아쉬워했다면 그것은 단지 익숙해진 숙소나 폴란드의 어여쁜 귀족 아가씨를 떠나야 했기 때문이다. 가령 누군가의 머릿속에 상황이 좋지 않다는 생각이 떠올랐다 해도, 훌륭한 군인이라면 마땅히 그래야 하듯이, 그런 생각이 떠오른 사람은 쾌활하고, 전세의 전반적인 흐름은 생각하지 않고, 자기 앞에 놓인 가장 가까운 일만 생각하려고 애썼다. 처음에 그들은 폴란드의 지주 귀족들과 친분을 쌓고, 군주와 최고 사령관들의 사열을 기다리거나 끝내기도 하며 빌나 부근에서 즐겁게 머물렀다. 그 후 스벤챠니로 후퇴하되 운반할 수 없는 식량은 모두 없애라는 명령이 떨어졌다. 스벤챠니가 경기병들의 기억에 남은 이유는 부대 전체가 스벤챠니의 숙영지에 이름을 붙인 대로 그곳이 **술고래 진영**이었기 때문이기도 하고, 스벤챠니에서 식량을 징발하라는 명령을 남용해 그들이 식량뿐 아니라 폴란드 귀족들의 말과 승용 마차와 양탄자까지 징발하는 바람에 부대에 대해 많은 불평이 있었기 때문이기도 했다. 로스토프가 스벤챠니를 기억하는 것은 그 작은 마을로 들어간 첫날 자신이 한 기병 특무 상사를 경질한 데다, 자신에게 알리지도 않고 오래 묵은 맥주 다섯 통을 가져와서 만취한 중대원 전원을 제대로 다루지 못했기 때문이다. 그들은 스벤챠니에서 더 멀리멀리 드리사까지 후퇴했고, 다시 드리사에서 후퇴하여 러시아 국경 가까이에 이르렀다.

7월 13일 파블로그라드 연대는 처음으로 본격적인 전투에 참여했다.

7월 12일 밤, 전투 전야에 뇌우를 동반한 세찬 폭풍이 있었다. 1812년 여름은 대체로 폭풍이 현저히 많았다.

파블로그라드 연대의 두 중대는 이미 이삭이 팼으나 가축과 말들에 짓밟힌 호밀밭 한가운데에서 야영했다. 비가 폭우로 쏟아졌고, 로스토프는 급하게 지은 임시 막사에서 자신이 후견하는 젊은 장교 일리인과 함께 앉아 있었다. 양 뺨으로부터 이어지는 긴 콧수염을 기른 그들 연대의 장교가 사령부에 다녀오는 길에 갑자기 비를 만나 로스토프에게 들렀다.

"저는 사령부에서 오는 길입니다, 백작. 라옙스키*의 무훈에 대해 들었습니까?" 그러더니 장교는 사령부에서 들은 살타놉카 전투에 대해 자세히 이야기했다.

로스토프는 자기 곁에 바짝 붙어 앉은 젊은 장교 일리인을 가끔씩 흘깃거리면서 흘러드는 빗물에 목을 움츠리고 파이프 담배를 피우며 건성으로 들었다. 얼마 전 연대에 배속된 이 열여섯 살짜리 소년 장교와 니콜라이의 관계는 7년 전 니콜라이와 데니소프 같았다. 일리인은 뭐든 로스토프를 따라 하려 들었고, 마치 여자처럼 그에게 빠져 있었다.

콧수염이 남들보다 두 배 정도 긴 장교 즈드르진스키는 살타놉카 제방이 러시아의 테르모필레*였다고, 이 제방 위에서 라옙스키 장군이 고대에나 있을 법한 임무를 수행했다고 과장하여 말했다. 즈드르진스키는 무시무시한 포화 속에 두 아들을 제방으로 데려가 그들과 함께 돌격한 라옙스키의 활약을 들려주었다.* 로스토프는 이야기를 듣기는 했다. 그러나 즈드르진스키의 열광에 맞장구치는 말은 한마디도 하지 않았다. 반대로 굳이 반박할 의도는 없지만 듣고 있는 이야기에 수치심을 느끼는 사람의 표정을 지었다. 로스토프는 아우스터리츠 전투와 1807년 출정 이후 전투에서 벌어진 일을 이야기하는 사람들이 그 자신도 그랬던 것처럼 언제나 거짓말을 한다는 것을 경험으로 알았다. 두 번째, 그는 전쟁에서 일어나는 모든 일이 결코 우리가 상상하고 이야기할 수 있는 방식대로 일어나지 않는다는 점을 알 만큼 충분한 경험을 갖고 있었다. 그래서 즈드르진스키의 이야기가 마음에 들지 않았고, 양볼에서부터 이어지는 긴 콧수염을 기르고, 버릇이 되어 자신이 이야기하는 상대방의 얼굴 위로 허리를 푹 숙이며, 비좁은 임시 막사에서 거리를 좁혀 오는 즈드르진스키도 마음에 들지 않았다. 로스토프는 말없이 그를 쳐다보았다. '첫째, 그들이 공격해 들어간 제방 위는 아마도 너무나 혼란스럽고 비좁아서 라옙스키가 아들들을 데려갔다 해도 주위에 있는 열 명 남짓한 사람들 외에는 아무에게도 영향을 미칠 수 없었을 거야.' 로스토프는 생각했다. '나머지 사람들은 라옙스키가 어떻게, 누구와 함께 제방을 걸어가고 있었는지 볼 수도 없었을 거야. 그러나 본 사람들도 사기가 크게 올랐을 것 같지는 않아. 왜냐하면 라옙스키의 다정한 부성애가 그들과 무슨 상관이냐 말이지. 자기들은 지금 목숨이 걸린 상황인데. 또 살타놉카 제방을 탈환하느냐 못하느냐에 사람들이 테르모필레에 대해 기술한 것처럼 조국의 운명이 걸린 것도 아니었어. 그러니 무얼 위해 그런 희생을 무릅쓰겠어? 또 무엇 때문에 자식들을 그런 전쟁터에 휘말리게 하겠어? 만약 나라면 내 동생 페탸를 그런 곳에 데려가지 않을 거야. 일리인도 마찬가지야. 비록 남이긴 하지만 착한 이 소년을 어딘가 보호할 만한 곳에 두려고 애썼을 거야.' 즈드르진스키의 이야기를 들으며 로스토프는 계속 생각에 잠겼다. 하지만 그는 자기 생각을 말하지는 않았다. 그는 이런 일에 대해서도 경험이 있었던 것이다. 그는 이런 이야기가 아군의 명예를 드높이는 데 영향을 끼친다는 것을 알고 있었다. 따라서 그 이야기를 의심하지 않는 척해야 했다. 그도 그렇게 했다.

"그런데 견딜 수가 없습니다." 일리인이 로스토프가 즈드르진스키의 이야기를 마음에 들어 하지 않는다는 것을 눈치채고 말했다. "양말이고, 루바시카고, 옷 속까지 다 젖었습니다. 피할 곳을 찾아보겠습니다. 빗줄기도 좀 약해진 것 같습니다." 일리인은 밖으로 나갔고, 즈드르진스키도 떠났다.

5분 뒤 일리인이 진흙탕을 철벅거리며 임시 막사로 달려왔다.

"우라! 로스토프, 빨리 가요. 찾았습니다! 저기 2백 걸음 정도 떨어진 곳에 선술집이 있어요. 그곳에 벌써 우리 사람들이 모여 있습니다. 하다못해 몸이라도 말려요. 마리야 겐리호브나도 그곳에 있습니다."

마리야 겐리호브나는 연대 군의관의 아내로 젊고 예쁘장한 독일 여자였는데, 군의관과 폴란드에서 결혼했다. 군의관은 재산이 없어서인지, 아니면 신혼에 젊은 아내와 떨어지기 싫어서인지, 경기병 연대가 가는 곳이면 어디든 그녀를 데리고 다녔다. 그리고 군의관의 질투심은 경기병 장교들 사이에서 일상적인 농담거리가 되었다.

로스토프는 망토를 걸쳤고, 라브루시카에게 짐을 들고 따라오라고 소리쳤다. 그리고 일리인과 함께 진창을 미끄러지듯 지나기도 하고, 멀리서 치는 번개에 이따금 갈라지는 밤의 어둠 속에서 잦아드는 빗속을 철벅거리며 걷기도 했다.

"로스토프, 어디 있어요?"

"여기. 번개가 정말 대단한데!" 그들은 그렇게 이야기를 주고받았다.

13

군의관의 키비토치카가 앞에 서 있는 선술집 안에는 벌써 다섯 명 정도 되는 장교들이 모여 있었다. 몸매가 풍만한 금발의 독일 여자 마리야 겐리호브나가 실내복과 나이트캡 차림으로 입구의 반대편 구석*에 놓인 널찍한 긴 의자에 앉아 있었다. 군의관은 그녀의 뒤에서 자고 있었다. 로스토프와 일리인은 즐거운 환호와 떠들썩한 웃음으로 환영을 받으며 안으로 들어섰다.

"그래! 자네들, 정말 재미가 있는 거로군." 로스토프가 웃으며 말했다.

"그런데 자네들은 왜 멍청히 입 벌리고만 있나?"

"꼴좋다! 저치들이 물을 뚝뚝 흘리고 있어! 우리 응접실을 물로 적시지 말아 줘요."

"마리야 겐리호브나의 옷을 더럽히지 마." 여러 목소리들이 대꾸했다.

로스토프와 일리인은 마리야 겐리호브나의 수줍음을 깨뜨리지 않고 젖은 옷을 갈아입을 만한 구석을 서둘러 찾았다. 그들은 옷을 갈아입기 위해 칸막이 뒤로 가려 했다. 그러나 작은 광에는 세 장교가 빈 상자 위에 초 한 자루를 켜 놓은 채 꽉 채우고 들어앉아 카드놀이를 하면서 조금도 자리를 양보하려 하지 않았다. 마리야 겐리호브나가 커튼 대신 사용하라고 치마를 잠깐 빌려 주었다. 로스토프와 일리인은 그것을 커튼 삼아 짐을 들고 온 라브루시카의 도움을 받아 젖은 옷을 벗고 마른 옷으로 갈아입었다.

다 망가진 페치카에 불을 지폈다. 사람들은 판자를 구해다 두 개의 안장 위에 올려놓고 말 덮개를 덮은 후, 작은 사모바르와 식료품 가방과 럼주 반병을 어렵게 찾아왔고, 마리야 겐리호브나에게 여주인 역을 맡아 달라고 청한 뒤 모두 그녀 주위에 모였다. 어떤 이는 그녀에게 아름다운 작은 손을 닦으라며 깨끗한 손수건을 내밀었고, 어떤 이는 작은 발이 젖지 않도록 그 아래에 벤게르카를 깔았고, 어떤 이는 바람이 들지 않게 망토로 창문을 가렸고, 어떤 이는 그녀의 남편이 잠에서 깨지 않도록 손부채질로 그의 얼굴에서 파리를 쫓았다.

"그냥 내버려 두세요." 마리야 겐리호브나가 수줍게 미소 지으며 말했다. "그이는 밤을 새운 뒤에는 그렇게 두어도 잘 자요."

"그러면 안 됩니다. 마리야 겐리호브나." 장교가 대답했다. "의사에게는 비위를 잘 맞춰야만 합니다. 혹시라도 내 발이나 손을 잘라야 할 때 그가 날 동정해 줄지 모르니까요."

잔은 세 개뿐이었다. 물이 너무 지저분해서 차가 진한지 연한지 구분할 수도 없었다. 사모바르 안에는 물이 고작 여섯 잔 분량뿐이었다. 그러나 마리야 겐리호브나의 포동포동하고 자그마한 손으로 (손톱은 짧고 깨끗하지만은 않았다) 연장자 순으로 잔을 받는 것은 그만큼 더 기쁜 일이었다. 이날 밤 모든 장교들이 정말로 마리야 겐리호브나에게 빠진 것 같았다. 심지어 칸막이 뒤에서 카드놀이를 하던 장교들까지 마리야 겐리호브나에게 구애하는 분위기에 휩쓸려 카드를 내던지고 사모바르가 있는 곳으로 건너왔다. 마리야 겐리호브나는 숨기려고 애쓰면서도, 그리고 뒤에서 자고 있는 남편의 뒤척임에 눈에 띄게 두려워하면서도 눈부시고 정중한 청년들로 둘러싸인 자신을 보며 행복감으로 얼굴을 환히 빛냈다.

숟가락은 하나뿐이었다. 설탕은 그나마 풍족했지만 그들이 모두 젓기에는 여의치 않았다. 그래서 그녀가 모든 사람들의 설탕을 차례차례 저어 주기로 했다. 로스토프는 자신의 잔을 받자 럼주를 따르고는 마리야 겐리호브나에게 저어 달라고 청했다.

"그런데 당신은 정말 설탕도 없어요?" 그녀는 계속 생글생글 웃으면서, 마치 자신이 말한 것이면 모든 것이, 또 다른 사람들이 말한 것도 모든 것이 매우 우습고, 거기에는 다른 뜻도 있다는 듯이 말했다.

"네, 저는 설탕은 필요 없습니다. 그저 당신이 그 자그마한 손으로 직접 저어 주기만 바랄 뿐입니다."

마리야 겐리호브나는, 이미 누군가 집어 간 숟가락을 찾기 시작했다.

"당신이 손가락으로 저어 주면…… (로스토프가 말했다) 더 기쁠 텐데요, 마리야 겐리호브나."

"뜨거워요!" 마리야 겐리호브나가 만족감으로 얼굴을 붉히며 말했다.

일리인은 물이 든 양동이를 가져다가 거기에 럼주를 몇 방울 똑똑 떨어뜨리고는 마리야 겐리호브나에게 손가락으로 저어 달라고 요청했다.

"이것이 나의 찻잔입니다. 손가락을 담가 주시기만 하면 제가 전부 마셔 버리죠." 그가 말했다.

그들이 사모바르의 차를 다 마시고 났을 때 로스토프가 카드를 집어 들고 마리야 겐리호브나와 함께 '킹' 놀이를 하자고 제안했다. 마리야 겐리호브나의 짝을 정하기 위해 제비뽑기를 했다. 로스토프의 제안에 따라 킹이 된 자가 마리야 겐리호브나의 작은 손에 입 맞출 권리를 얻고, 잭이 된 자는 군의관이 잠에서 깰 때 그를 위해 새 사모바르를 준비하러 가는 것이 놀이의 규칙이었다.

"만약 마리야 겐리호브나가 킹이 되면요?" 일리인이 물었다.

"마리야 겐리호브나는 지금 이대로도 퀸이잖아! 그러면 그녀의 명령은 곧 법이야."

카드놀이가 시작되자마자 마리야 겐리호브나 뒤편에서 군의관의 헝클어진 머리가 쑥 올라왔다. 그는 벌써 오랫동안 잠에서 깨어나, 주고받는 말에 귀를 기울이고 있었다. 아마도 그는 주고받은 사람들의 모든 말과 벌어진 모든 일들에서 즐겁거나 우습거나 재미있는 것을 전혀 발견하지 못한 듯했다. 그의 얼굴은 슬프고 침울했다. 그는 장교들과 인사를 나누지 않았고, 몸을 벅벅 긁더니 밖으로 나가게 해 달라고 청했는데, 장교들이 길을 막고 있었기 때문이다. 그가 나가자마자 장교들이 큰 소리로 웃음을 터뜨렸고, 마리야 겐리호브나는 눈물이 글썽일 정도로 얼굴이 빨개졌다. 그 모습이 장교들의 눈에는 더욱 매력적으로 보였다. 앞 정원에서 돌아온 군의관은 아내에게 (그녀는 이제 행복한 미소를 멈추었고, 겁에 질린 채 선고를 기다리며 그를 쳐다보고 있었다) 비가 그쳤다고, 키비토치카로 자러 가야 한다고, 그러지 않으면 전부 가져가 버리고 말 거라고 말했다.

"내가 연락병을 한 명 보내지요…… 두 명 보내겠습니다!" 로스토프가 말했다. "이제 충분하시죠, 군의관."

"내가 직접 보초를 서겠습니다!" 일리인이 말했다.

"아닙니다, 여러분. 여러분은 충분히 잠을 잤지만 난 이틀 밤을 꼬박 새웠습니다." 군의관은 이렇게 말하고 아내 옆에 침울하게 앉아 카드놀이가 끝나기를 기다렸다.

자기 아내를 곁눈질하는 군의관의 침울한 얼굴을 쳐다보면서 장교들은 더욱 흥겨워했고, 많은 이들이 터져 나오는 웃음을 참지 못해 다급하게 그 웃음에 대한 그럴싸한 핑계를 찾으려 애썼다. 군의관이 아내를 데리고 나가 키비토치카 안으로 들어가자 장교들은 젖은 외투들을 덮고 선술집에 드러누웠다. 그러나 오랫동안 잠을 자지 않으면서, 군의관이 받았을 충격과 그 아내의 명랑함을 떠올리며 이야기를 나누기도 하고, 현관 계단으로 달려가 키비토치카 안에서 무슨 일이 벌어지는지 알리기도 했다. 여러 차례 로스토프는 머리까지 푹 덮어쓰고 잠을 청했다. 그러나 다시 누군가의 말이 마음을 빼앗아 다시 이야기가 시작되었고, 또다시 별 이유도 없는 쾌활한 어린아이 같은 웃음이 터져 나왔다.

14

2시가 지나도록 아무도 잠들지 않고 있을 때, 기병 특무 상사가 오스트로브나라는 마을로 진군하라는 명령을 갖고 나타났다.

장교들은 여전히 똑같은 말을 지껄이고 웃음을 터뜨리며 서둘러 준비하기 시작했다. 그들은 지저분한 물로 다시 사모바르를 채웠다. 그러나 로스토프는 차를 기다리지 않고 기병 중대로 향했다. 어느새 동이 트고 있었다. 비는 그쳤고, 먹구름이 걷혔다. 습하고 추웠는데, 특히 마르지 않은 옷을 입고 있기 때문이었다. 선술집에서 나왔을 때 로스토프와 일리인 두 사람은 새벽 어스름 속에서 비에 젖어 반들거리는 군의관의 가죽 키비토치카를 흘깃 쳐다보았다. 비 가리개 밖으로 군의관의 두 발이 삐죽 나와 있었다. 그리고 그 한가운데의 베개 위로 군의관 아내의 나이트캡이 보이고 잠자는 숨소리가 들렸다.

"정말이야, 저 여자는 너무 사랑스러워!" 로스토프가 함께 길을 나선 일리인에게 말했다.

"정말 매력적인 여자입니다!" 일리인이 열여섯 살다운 진지함으로 대답했다.

30분 후 기병 중대는 정렬을 마치고 길 위에 서 있었다. "승마!"

라는 명령 소리가 들렸다. 병사들은 성호를 긋고 말에 오르기 시작했다. 로스토프가 선두로 말을 타고 나가 명령을 내렸다. "진군!" 네 명씩 나란히 선 경기병들은 젖은 도로 위에 기병도를 철컥거리고, 낮은 목소리로 수군거리면서 앞서가는 보병대와 포병 중대를 뒤따라 자작나무가 늘어선 대로를 따라 나아갔다.

푸르스름한 보랏빛 조각구름들이 해돋이에 붉게 물든 채 바람결에 빠른 속도로 밀려났다. 주위가 점점 더 환하게 밝아졌다. 시골길에 항상 자리 잡는 풀들이 지난밤의 비에 젖은 모습으로 또렷하게 보였다. 물기를 머금고 늘어진 자작나무 가지들이 바람에 흔들리며 반짝이는 물방울을 흩뿌렸다. 병사들의 얼굴도 점점 더 뚜렷이 드러났다. 로스토프는 그에게서 뒤처지려 하지 않는 일리인과 함께 길 한쪽을 따라 두 줄로 늘어선 자작나무 사이를 지났다.

출정 중에 로스토프는 자기 마음대로 전선 부대의 말이 아닌 카자크 말을 탔다. 말 전문가이자 사냥꾼인 그는 얼마 전 꼬리와 갈기는 하얗고 몸통은 갈색인 크고 좋은 팔팔한 돈 지방의 말을 한마리 구했다. 이 말을 타고 있으면 아무도 그를 따라잡을 수 없었다. 그 말을 타는 것은 로스토프의 즐거움이었다. 그는 말, 아침, 군의관 아내를 생각하고 있었고, 눈앞에 닥친 위험에 대해서는 한번도 생각하지 않았다.

예전에 로스토프는 전투에 나갈 때 두려워했지만 이제는 조금도 두려운 느낌이 들지 않았다. 그가 두려워하지 않는 것은 포화에 익숙해졌기 때문이 아니라 (위험에 익숙해지는 것은 불가능하다) 위험 앞에서 마음을 다스리는 법을 배웠기 때문이다. 그는 전투에 나갈 때 가장 흥미롭게 마음을 끄는 것, 즉 앞에 놓인 위험은 제외한 채, 모든 것들에 관해 생각하는 데 익숙해졌다. 군 복무를 시작한 초기에는 아무리 노력해도, 또 아무리 자신의 소심함을 자책해도 그런 상태에 도달할 수 없었다. 그러나 몇 해가 지나면서 저절로 그렇게 되었다. 지금 그는 일리인과 나란히 말을 타고 자작나무 사이를 가면서 손에 걸리는 나뭇가지에서 가끔씩 잎사귀를 뜯기도 하고, 한쪽 발로 말의 허벅지를 가볍게 건드리기도 하고, 뒤따라오는 경기병에게 방향을 틀지 않은 채 다 피운 파이프를 건네기도 했다. 마치 말을 타고 산책하듯이 너무나 평온하고 걱정 없는 표정이었다. 그는 초조한 듯 수다를 떠는 일리인의 불안한 얼굴을 보며 안타까웠다. 그는 이 기병 소위가 겪고 있는 두려움과 죽음을 기다릴 때의 고통스러운 상태를 경험으로 알았으며, 시간 외에는 아무것도 그를 돕지 못하리라는 사실도 알았다.

태양이 구름을 헤치고 깨끗한 대지 위에 모습을 드러내자마자, 소나기 후의 그 매혹적인 여름 아침을 감히 망칠 수 없다는 듯 바람도 이내 잦아들었다. 여전히 빗방울이 떨어지고 있었지만, 이제는 수직으로 떨어졌고, 주위는 온통 고요했다. 태양이 완전히 떠올라 지평선에 모습을 드러냈다가 그 위에 뜬 좁고 긴 먹구름 속으로 자취를 감추었다. 몇 분 후 태양은 먹구름의 가장자리를 헤치며 그 위쪽 가장자리로 한층 더 밝게 떠올랐다. 모든 것이 빛나고 반짝였다. 그리고 이 빛에 응답이라도 하듯 이 빛과 동시에 앞쪽에서 대포 소리가 울렸다.

로스토프가 그 대포 소리가 얼마나 먼 곳에서 있어났는지 미처 생각하고 판단하기도 전에 비텝스크 출신의 오스테르만-톨스토이* 백작의 부관이 말을 몰고 급히 달려와 도로를 빨리 통과하라는 명령을 전달했다.

기병 중대는 행군을 서두르는 보병과 포병을 우회하여 언덕 아래로 내려갔고, 주민 없이 텅 빈 마을을 지나 다시 언덕으로 올라갔다. 말들이 땀에 흠뻑 젖고, 사람들은 벌겋게 달아올랐다.

"제자리에 서! 정렬!" 대대장의 구령이 들렸다.

"좌로 돌아, 보통 걸음으로 전진!" 앞쪽에서 구령이 떨어졌다.

그리하여 경기병들은 부대의 대열을 따라 진지 왼쪽 날개로 나아갔고, 최전선에 서 있던 아군 창기병 뒤에 멈췄다. 오른쪽에는 아군 보병이 밀집 종대로 서 있었다. 그들은 예비 부대였다. 언덕의 좀 더 높은 곳에, 맑디맑은 대기 속에서 비스듬히 빛나는 아침 햇살 속 먼 지평선에 아군의 대포들이 보였다. 앞쪽 골짜기 너머에 적군의 종대들와 대포들이 보였다. 골짜기에서는 이미 교전에 돌입하여 적을 깨부수는 아군의 소리가 들렸다.

로스토프는 오랫동안 듣지 못한 그 소리에 가장 경쾌한 음악이라도 듣는 양 마음이 즐거워지기 시작했다. 트랍-타-타-탑! 몇 차례의 사격이 때로는 갑자기, 때로는 빠르게 연이어 울렸다. 전체가 고요해졌다가, 다시 마치 누군가 폭죽을 밟으며 돌아다니는 것처럼 폭죽이 터지는 듯한 소리가 울렸다.

경기병들은 같은 장소에 한 시간가량 서 있었다. 포성도 울리기 시작했다. 오스테르만 백작은 수행원을 거느리고 기병 중대 뒤로 지나가다가, 말을 세우고 연대장과 잠시 이야기를 나눈 후 언덕의 대포를 향해 떠났다.

오스테르만이 떠나자 그 뒤를 이어 창기병 부대에서 명령이 들렸다.

"종대를 지어 공격 대형으로!" 그들 앞에 있던 보병대가 기병대를 통과시키기 위해 소대를 두 열로 나누었다. 창기병들은 창에 단 깃발들을 펄럭이며 진군하기 시작했고, 언덕 아래 왼편에 보이는 프랑스 기병대를 향해 빠른 걸음으로 내려갔다.

창기병들이 언덕을 내려가자마자 경기병들에게는 포병 중대 엄호를 위해 언덕으로 이동하라는 명령이 내려졌다. 경기병들이 창기병의 자리를 대신하는 동안, 산병선으로부터 먼 거리의, 목표물을 맞히지 못한 총알들이 바람을 가르는 날카로운 소리를 내며 날아왔다.

오랫동안 듣지 못한 이 소리는 로스토프에게 예전의 총소리보다 더 즐겁고 자극적으로 작용했다. 그는 허리를 곧추세우고 언덕 아래 펼쳐진 전장을 살펴보았다. 온 마음으로 그는 창기병들의 움직임과 하나가 되어 동참하고 있었다. 창기병들은 프랑스 용기병들에게 달려들었고, 그곳에서 무언가가 연기 속에 뒤엉켰고, 5분 후 창기병들은 그들이 서 있던 장소가 아닌 뒤쪽으로 재빨리 물러났는데, 더 왼쪽이었다. 밤색 말을 탄 주황색 창기병들 사이로, 그리고 그들 뒤로, 회색 말을 탄 파란색 프랑스 용기병들의 거대한 무리가 보였다.

15

로스토프는 사냥꾼의 예리한 눈으로 아군 창기병들을 추적하는 파란색 프랑스 용기병들을 가장 먼저 발견한 사람들 가운데 한 명이었다. 창기병들과 그들을 추적하는 프랑스 용기병들의 무질서한 무리가 가까이, 점점 더 가까이 다가왔다. 언덕 아래에서 조그맣게 보이는 이 사람들이 어떻게 맞붙고 서로를 뒤쫓고, 팔이나 기병도를 휘두르는지 볼 수 있었다.

로스토프는 마치 사냥 구경처럼 눈앞에서 벌어지는 광경을 지켜보았다. 그는 본능적으로 느꼈다. 만약 지금 경기병들을 이끌고 프랑스 용기병들을 공격한다면 저들은 버티지 못할 것이다. 그러나 공격한다면 지금, 바로 이 순간이어야 한다고, 그러지 않으면 이미 늦다고……. 그는 주위를 둘러보았다. 기병 대위도 그의 옆에 서서 아래쪽 기병대에 눈을 떼지 않고 있었다.

"안드레이 세바스티야니치." 로스토프가 말했다. "우리라면 저들을 쳐부술 수 있겠지요……."

"대담무쌍한 일이 되겠군." 기병 대위가 말했다. "그런데 사실……."

로스토프는 그의 말을 끝까지 듣지 않고 말을 몰아 기병 중대 앞으로 뛰쳐나갔다. 그러자 그가 돌격 명령을 내리기도 전에 그와 똑같이 느낀 기병 중대 전체가 그를 뒤쫓아 말에 박차를 가했다. 로스토프도 자신이 어떻게, 왜 그런 행동을 했는지 몰랐다. 이모든 것을 그는 사냥할 때처럼 생각도, 고려해 보지도 않고 행했다. 그는 용기병들이 가까이에 있고, 말을 몰고 있으며, 무질서하다는 것을 알았다. 또한 그들이 버티지 못하리라는 것을 알았고, 만약 그가 놓치게 되면 다시는 돌이킬 수 없는 단 1분이 남았다는 것을 알았다. 총알이 그의 주위에서 너무 자극적으로 휙휙 날카로운 소리를 내며 스쳐 지나가고, 말이 그토록 기를 쓰며 앞으로 내달리려 해서 그는 도저히 참을 수가 없었다. 그는 말에 박차를 가하며 명령을 내렸고, 순간 그는 옆으로 넓게 전개된 자기 중대의 말발굽 소리를 등 뒤에서 들으며 언덕 아래의 용기병들을 향해 최대한 빨리 말을 몰아 내달리기 시작했다. 경기병들이 언덕 아래로 거의 내려가자 말들의 빠른 걸음은 의지와 상관없이 질주로 변했고, 경기병들이 아군 창기병들과 그들을 뒤쫓고 있는 프랑스 용기병들 쪽으로 가까이 접근함에 따라 점점 더 속도를 높였다. 용기병들과 가까워졌다. 경기병들을 발견한 앞쪽의 용기병들이 말 머리를 돌리기 시작했고, 뒤쪽 용기병들은 주춤주춤 멈추었다. 로스토프는 늑대 앞을 가로막기 위해 질주했을 때의 느낌으로 돈 지방의 말을 전속력으로 몰아 프랑스 용기병들의 흐트러진 대열 앞을 가로막듯 뛰어들었다. 창기병 한 명이 그 자리에 멈춰 섰고, 보병한 명은 짓밟히지 않으려고 땅바닥에 엎드렸으며, 기수를 잃은 말한 마리는 경기병들 틈에 뒤섞였다. 거의 모든 프랑스 용기병들이 뒤로 물러났다. 로스토프는 그들 가운데 회색 말을 탄 사람을 골라 그 뒤를 쫓았다. 도중에 덤불숲을 맞닥뜨렸다. 그러자 명마는 그를 태운 채 덤불숲을 뛰어넘었다. 가까스로 안장에서 자세를 바로잡은 니콜라이는 몇 초 후면 자신이 목표물로 고른 적을 따라잡으리라는 것을 알았다. 프랑스인은 군복으로 보아 장교인 듯했다. 그는 등을 구부린 채 기병도로 회색 말을 재촉하며 질주했다. 순식간에 로스토프의 말이 장교의 말 궁둥이를 가슴으로 세게 쳐 쓰러뜨리다시피 했고, 동시에 로스토프는 자신도 이유를 모른 채 기병도를 들어 프랑스인을 내려쳤다.

로스토프가 그렇게 내려친 순간 갑자기 로스토프의 몸에서 모든 생기가 싹 사라졌다. 장교가 떨어진 것은 팔꿈치 위쪽을 가볍게 찌른 것에 불과한 기병도의 일격 때문이라기보다 말의 요동과 공포 때문이었다. 로스토프는 고삐를 당겨 말을 세우고 자신이 어떤 자를 정복했는지 보기 위해 눈으로 적을 찾았다. 프랑스군 장교는 한 발로 껑충껑충 뛰고 있었고, 다른 한 발은 등자에 걸려 있었다. 그는 한순간이라도 새로운 일격이 있을 것을 예상하는 듯 두려움에 눈을 찡그리고 공포에 질린 표정으로 얼굴을 찌푸리며 로스토프를 올려다보았다. 그의 얼굴은 창백하고, 진흙이 튀어 있었고, 금발에다 젊고, 턱에 보조개처럼 옴폭 팬 자리가 있으며, 밝은 하늘색 눈동자를 지니고 있었고, 전쟁터에 어울리는 적의 얼굴이 아니라 지극히 단순하고 가정적인 얼굴이었다. 로스토프가 그를 어떻게 할지 결정하기도 전에 장교가 "항복!" 하고 소리쳤다. 그는 서둘러 등자에서 발을 빼려 했지만 할 수가 없었다. 그는 겁에 질린 하늘색 눈동자로 로스토프를 뚫어지게 쳐다보았다. 그들 쪽으로 달려온 경기병들이 그의 발을 빼 주고 그를 안장 위에 앉혔다. 경기병들이 사방에서 용기병들을 분주히 수습하고 있었다. 한 사람은 부상을 당해 피투성이 얼굴이었으나 말을 내놓으려 하지 않았다. 다른 사람은 두 팔로 경기병의 허리를 감고 말 궁둥이 위에 앉아 있었다. 세 번째 사람은 경기병의 부축을 받으며 말에 오르고 있었다. 또 다른 사람도 경기병의 부축을 받으며 말에 오르고 있었다. 앞에서는 프랑스군 보병대가 총을 쏘며 달아나고 있었다. 경기병들은 황급히 포로를 데리고 말 머리를 돌려 달렸다. 로스토프는 가슴을 옥죄는 불쾌한 감정을 느끼면서 다른 경기병들과 함께 되돌아왔다. 스스로에게도 설명할 수 없는, 무엇인가 모호하고 혼란스러운 것이 그 장교를 포로로 사로잡고 그에게 일격을 가한 일로 인해 그에게 열린 것이다.

오스테르만-톨스토이 백작이 복귀한 경기병들을 맞이했고, 로스토프를 가까이 불러 감사를 표했다. 그리고 로스토프의 행동을 군주에게 아뢰고 게오르기 십자 훈장을 청하겠다고 말했다. 로스토프가 오스테르만 백작의 호출을 받았을 때 그는 자신의 공격이 명령 없이 시작되었다는 사실을 떠올리며 그 호출이 사령관이 그의 독단적인 행동을 벌하기 위해서라고 확신했다. 따라서 오스테르만의 칭찬과 포상 약속은 로스토프를 놀라게 할 정도로 기뻤다. 그러나 여전히 그 불쾌하고 모호한 감정이 그에게 도덕적으로 역겨운 마음을 불러일으켰다. '도대체 무엇이 날 괴롭히는 거지?' 그는 장군 앞에서 물러나 말을 타고 돌아오며 스스로에게 물었다. '일리인? 아니, 그는 무사해. 내가 명예롭지 못한 짓을 한 걸까? 아니, 그것도 아냐!' 후회와 같은 다른 무언가가 그를 괴롭혔다. '그래, 그래, 한쪽에 옴폭 팬 자국이 있던 그 프랑스 장교야. 내가 팔을 올렸을 때 내 팔이 어떻게 멈췄는지 분명히 기억나.'

로스토프는 끌려가는 포로들을 발견하고 턱에 옴폭 팬 자국이 있는 프랑스인을 살펴보기 위해 그들을 뒤따라갔다. 이상한 군복 차림의 그는 경기병 부대의 예비 말에 앉아 불안하게 주위를 두리번거리고 있었다. 팔에 입은 부상은 부상이라고 할 수도 없었다. 그는 로스토프에게 짐짓 미소를 지으며 인사하듯 손을 흔들었다.

로스토프는 여전히 거북하고, 왠지 부끄러웠다.

　그날 내내 그리고 다음 날에도 로스토프의 동료들은 그가 따분해하거나 화가 난 것은 아니지만 말수가 적고, 생각에 잠겨 무엇인가에 골똘하다는 것을 눈치챘다. 그는 마지못해 술을 마셨고, 혼자 있으려 애썼으며, 무언가를 계속 생각했다.

　로스토프는 게오르기 훈장을 얻게 해 주고 심지어 용맹한 자라는 명성을 안겨 준 그 눈부신 무훈에 대해 계속 생각했다. 그런데 무언가 도저히 이해할 수 없는 것이 있었다. '그러니까 그들은 우리보다 훨씬 더 두려워하고 있구나!' 그는 생각했다. '영웅적 행위라는 게 고작 이런 걸까? 난 조국을 위해 그것을 한 것일까? 턱이 옴폭 파이고 하늘색 눈동자를 지닌 그 프랑스인은 무슨 잘못이 있는 것이지? 하지만 그는 얼마나 두려워했던가! 내가 자기를 죽일 거라고 생각했어. 뭣 때문에 내가 그를 죽여야 하지? 내 손이 떨렸어. 그런데도 난 게오르기 십자 훈장을 받았지. 아무것도, 아무것도 모르겠어!'

　그러나 니콜라이가 자기 안에서 그 질문들을 재차 곱씹으면서 그럼에도 여전히 무엇이 자신을 그토록 혼란스럽게 만드는지 깨닫지 못하는 동안, 이런 일은 흔히 있는 일이지만, 군 복무에서 행운의 수레바퀴는 그를 위해 돌아갔다. 오스트로브나 전투 이후 그는 승진했고, 그에게는 경기병 대대가 맡겨졌으며, 용감한 장교가 필요할 때마다 그가 뽑혔다.

16

    나타샤의 병에 관한 소식을 들은 백작 부인은 자신도 아직 완전히 나은 것도 아니고, 쇠약했지만 페탸와 온 집안 사람들을 이끌고 모스크바로 왔다. 그리하여 로스토프 일가는 마리야 드미트리예브나의 집을 떠나 자신들의 집으로 거처를 옮겨 모스크바에서 살게 되었다.

    나타샤의 병이 너무도 심각했기 때문에 그녀나 부모에게는 다행스럽게도 병의 원인이 된 일들, 즉 그녀의 행동, 약혼자와의 결별에 대한 생각은 부차적인 문제로 밀려났다. 그녀는 너무도 위독했기 때문에 그녀가 먹지도 자지도 않고 눈에 띄게 야위고 기침을 하고 또 의사들조차 숨기려 하지 않을 만큼 위험에 빠진 상황에서 이미 벌어진 일에 대해 그녀의 잘못이 어느 정도인지 생각한다는 것은 불가능했다. 그녀를 돕는 것만 생각해야 했다. 의사들은 나타샤를 개별적으로 왕진하거나 공동 진찰을 하면서, 프랑스어로, 독일어로, 라틴어로 많은 말을 했고, 서로를 비방하기도 하고, 자신들이 아는 모든 병에 대해 온갖 처방전을 써 주곤 했다. 하지만 그들 가운데 어느 한 사람의 머리에도 살아 있는 인간이 걸리는 질병들 중에서 우리가 파악할 수 있는 것은 단 한 가지도 없듯, 자기들로서도 나타샤가 걸린 병을 알 수 없다는 단순한 생각이 떠오르지 않았다. 왜냐하면 살아 있는 인간은 저마다 자기만의 특성을 가지고 있고, 언제나 의학계에 알려지지 않은 자기 나름의 복잡한 질병을 안고 있기 때문인데, 이 질병은 의학 서적에 기록된 폐, 간, 피부, 심장, 신경 등등의 질병이 아니라 이 기관들의 고통이 무수히 결합된 것 가운데 하나다. 이런 단순한 생각이 의사들의 머릿속에는 떠오를 수 없었는데 (마찬가지로 마법사도 자신이 마법을 부릴 수 없다는 생각을 떠올리지 못한다) 왜냐하면 그들의 생업이 치료이기 때문이고, 그들이 그 대가로 돈을 받았기 때문이며, 그리고 그들이 자기 인생의 가장 뛰어난 몇 년을 이 일에 허비했기 때문이다. 그러나 무엇보다 그 생각이 의사들의 머릿속에 떠오르지 않은 이유는 그들이 자신을 의심할 바 없이 유익한 인간이며, 실제로도 로스토프가의 모든 사람들에게 유익한 것을 보았기 때문이다. 그들이 쓸모 있었던 것은 대부분의 경우에 해를 끼치는 물질을 환자에게 먹였기 때문이 아니다. (해로운 물질은 소량으로 제공되어 그 해독이 거의 감지되지 않는다.) 그들이 유익하고 필수적이고 불가피했던 것은 (가짜 치료사, 동종 요법 의사, 역증 요법 의사가 언제나 존재하고, 또 앞으로도 존재할 이유다) 환자인 그녀와 그녀를 사랑하는 사람들의 정신적 욕구를 만족시켜 주었기 때문이다. 그들은 사람이 고통받을 때 경험하는 아픔이 완화되기를 바라는 인간적인 욕구, 누군가가 가엾게 여기고 무언가 해 주기를 바라는 영원한 인간적 욕구를 만족시켰다. 그들은 (어린아이일 때 가장 원초적인 형태로 두드러지게 나타나는) 그 영원한 인간적인 욕구, 다친 곳을 누군가 어루만져 주기를 바라는 욕구를 만족시켰다. 어린아이는 다치면 곧장 어머니나 보모의 품으로 달려가 입을 맞춰 주고, 아픈 곳을 어루만져 달라고 한다. 그들이 아픈 곳에 입을 맞추고 어루만져 주면 어린아이는 아픔을 덜 느끼게 된다. 어린아이는 자기보다 강하고 현명한 사람들에게 자기 아픔을 덜어 줄 수단이 없을 거라 믿지 않는다. 그리고 어머니가 아픈 곳을 어루만지며 보여 주는 동정의 표현과 아픔이 완화되기를 바라는 기대가 그를 위로한다. 의사들이 나타샤에게 쓸모 있었던 것은 그들이 만약 마부가 아르바트 거리의 약국에 가서 1루블 70코페이카어치의 가루약과 알약을 예쁜장한 상자에 담아 오면, 그리고 병든 여인이 그 가루약을 반드시 두 시간 간격으로 (절대 그보다 빠르거나 늦으면 안 된다) 끓인 물에 타서 복용하면 병이 금방 나을 거라는 확신을 주면서 아픈 곳에 입을 맞추고 어루만지기 때문이다.

일정한 시간마다 먹일 알약, 따뜻한 음료, 닭고기 커틀릿 등 의사가 지시한 일상의 온갖 세세한 것들이 없었다면 (그 지시들을 따르는 것이 주위 사람들에게는 일거리와 위안이 되었다) 소냐와 백작과 백작 부인은 도대체 무엇을 했을 것이며, 아무런 방책도 써 보지 못한 채 어떻게 바라만 볼 수 있었겠는가? 만약 나타샤의 병에 수천 루블이 들고 딸을 위해서라면 몇천 루블이 더 들어도 아깝지 않으리라는 점을 백작 자신이 몰랐다면, 만약 나타샤가 낫지 않을 경우 수천 루블도 아까워하지 않고 딸을 외국으로 데려가 그곳에서 공동 진찰을 받게 하리라는 점을 스스로도 몰랐다면, 만약 메티비에와 펠레르는 병에 대해 잘 몰랐으나 프리즈는 그 병을 알았고 무드로프는 병명을 더 잘 판정했다는 사실을 세세히 이야기할 기회를 갖지 못했다면 백작이 어떻게 사랑하는 딸의 병을 견뎌 냈겠는가? 만약 의사의 지시를 잘 지키지 않는다는 이유로 아픈 나타샤와 이따금 다툴 수 없었다면 백작 부인이 무엇을 할 수 있었겠는가?

"그러면 절대 낫지 못한다." 그녀는 화가 나면 자신의 슬픔도 잊은 채 말했다. "네가 의사의 말을 듣지 않고 제때 약을 복용하지 않으면 말이다! 실은 네가 폐렴이 될 수도 있는데 이런 것으로 농담을 하면 안 되지." 백작 부인은 말했다. 그리고 자기로서는 이해할 수 없는 그 한 단어를 발음하는 데에서 큰 위안을 얻었다. 만약 자신이 의사의 모든 지시를 언제라도 정확히 수행할 수 있도록 초기에 사흘 동안은 밤에 옷도 벗지 않았고, 이제는 조그마한 금빛 상자에서 거의 해가 없는 알약을 꺼내 주어야 할 때를 놓치지 않으려고 밤에 잠도 자지 않는다는 점을 기쁜 마음으로 의식하지 않았다면 소냐가 무엇을 할 수 있었겠는가? 나타샤 본인조차 비록 어떤 약도 자신을 완전히 낫게 할 수 없으며 이 모든 것이 어리석은 짓이라고 말하곤 했지만, 그녀는 사람들이 자기를 위해 그처럼 많은 희생을 치르고 있다는 것, 자신이 일정한 시간에 약을 복용해야 한다는 것을 알게 되어 기뻤다. 심지어 그녀는 처방전을 무시함으로써 자신은 치료를 믿지 않으며, 자신의 생명도 소중히 여기지 않는다는 점을 보여 줄 수 있어 기뻤다.

의사는 날마다 찾아와 맥을 짚고 혀를 살폈으며, 상한 그녀의 얼굴에는 관심도 기울이지 않은 채 그녀와 농담을 했다. 하지만 이후, 그가 다른 방으로 건너가 백작 부인이 다급히 뒤따라가면, 그는 심각한 표정으로 깊은 생각에 잠겨 고개를 저으며, 비록 위험성이 있지만 이 신약의 효능에 기대하고 있으며, 기다리며 살펴보아야 한다고, 병은 보다 정신적인 것이긴 하지만……, 이라고 말하곤 했다.

백작 부인은 자신에게도 의사에게도 그 행동을 숨기려고 애쓰며 그의 손에 금화를 쥐어 주었고, 매번 안정된 마음으로 환자에게 돌아갔다.

나타샤의 증상은 거의 먹지 않고 거의 자지 못하고, 기침을 하고 늘 기운이 없는 것이었다. 의사들은 의학의 도움 없이 환자를 내버려 두어서는 안 된다고 말해서 그녀를 도시의 답답한 공기 속에 붙들어 두었다. 그런 이유로 1812년 여름에 로스토프가는 시골로 떠나지 않았다.

나타샤가 작은 병과 작은 상자에 든 (그 덕분에 이런 물건들의 애호가인 마담 쇼스는 많은 수집품을 모으게 되었다) 알약과 물약과 가루약을 다량으로 복용했음에도 불구하고, 또 그녀 자신에게 익숙한 시골 생활을 하지 못했음에도 불구하고 젊음은 자체의 힘을 발휘했다. 나타샤의 슬픔은 지나가는 삶의 인상들로 이루어진 얇은 층에 조금씩 덮여 갔고, 슬픔은 더 이상 그녀의 가슴에 머물러 그토록 괴롭히는 고통이 되는 것을 멈추고, 과거의 일이 되어 갔다. 그리고 나타샤는 육체적으로 회복하기 시작했다.

17

나타샤는 평온해지긴 했으나 더 명랑해지지는 않았다. 즐거움의 모든 외적인 조건, 즉 무도회, 마차 드라이브, 음악회, 연극을 피했을 뿐 아니라, 웃음 뒤로 눈물이 느껴지지 않게 웃은 적이 한 번도 없었다. 그녀는 노래할 수 없었다. 소리 내어 웃거나 혼자 있을 때 노래를 해 보려고 하면 곧장 눈물이 숨을 막히게 했다. 그것은 후회의 눈물, 돌이킬 수 없는 순수한 시절에 대한 회상의 눈물, 무척이나 행복했을지도 모를 젊은 생을 그처럼 헛되이 망친 것에 대한 분노의 눈물이었다. 특히 웃음과 노래는 그녀의 고통에 대한 신성 모독처럼 보였다. 교태를 부리는 것은 생각도 하지 않았다. 그녀는 심지어 스스로를 자제할 필요조차 없었다. 그 무렵 그녀는 모든 남자가 자기에게는 어릿광대 나스타시야 이바노브나와 똑같다고 말했고, 실제로도 그렇게 느꼈다. 내면의 파수꾼은 그녀에게 일체의 모든 기쁨을 엄격히 금지했다. 그래서 그녀의 마음속에는 근심 없이 희망으로 가득 찬 아가씨다운 생활 방식에서 비롯되는 예전의 흥밋거리들이 전혀 남아 있지 않았다. 그녀가 가장 자주, 그리고 가장 가슴 아프게 떠올리는 기억은 가을철, 사냥, 아저씨 그리고 오트라드노예에서 니콜라와 함께 보낸 크리스마스 주간이었다. 그 시절 가운데 단 하루만이라도 되돌릴 수 있다면 그녀가 무엇인들 내놓지 않겠는가! 하지만 그 시절은 이미 영원히 끝나 버리고 말았다. 모든 기쁨에 다가갈 수 있는 자유와 열림의 상태는 이제 더 이상 돌아오지 않으리라는 그때의 예감은 그녀를 속이지 않았다. 그러나 살아야 했다.

자신이 예전에 생각했던 것처럼 더 나은 사람이 아니라 더 나쁜 사람, 그저 세상에 존재할 뿐인 모든 사람들보다도 훨씬 더 못한 인간이라고 생각하는 것이 그녀에게 커다란 위로가 되었다. 하지만 그것으로는 모자랐다. 그녀는 그것을 알고 스스로에게 물었다. '이다음에는 뭐가 있는 거지?' 그다음에는 아무것도 없었다. 삶 속에 어떤 기쁨도 없었으나 생은 흘러갔다. 나타샤는 그저 누구에게도 부담을 주지 않고, 누구도 방해하지 않으려 노력했지만, 그녀 자신을 위해서는 아무것도 필요로 하지 않은 것처럼 보였다. 그녀는 집안 사람들을 피했고, 동생 페탸와 있을 때만 편안해했다. 다른 사람들보다 그와 함께 있기를 더 좋아했다. 그리고 가끔씩 그와 단둘이 눈을 마주치고 있을 때면 소리 내어 웃곤 했다. 그녀는 집 밖에 거의 나가지 않았고, 집으로 찾아오는 사람들 중에는 한 사람만을 반겼다. 피에르였다. 사람들이 베주호프 백작만큼 더 다정하고 더 조심스럽고 더 진지하게 그녀를 대하기는 불가능했다. 나타샤는 그의 태도에 깃든 다정함을 무의식적으로 느꼈고, 그래서 그와 함께하는 자리에서 큰 만족감을 발견하곤 했다. 하지만 그녀는 그의 다정함을 고마워하지는 않았다. 피에르 쪽의 좋은 면들 가운데 그 어떤 것도 일부러 노력한 것으로 보이지 않았던 것이다. 피에르가 모든 사람들에게 친절한 것은 너무도 당연한 일처럼 느껴졌고, 그의 친절에는 어떤 대가도 바라지 않는 것 같았다. 이따금 나타샤는 피에르가 그녀가 있는 곳에서 당황하고 어색해

하는 것을 눈치챘다. 특히 대화 도중에 무엇인가가 나타샤를 괴로운 기억으로 이끌어 가지나 않을까 두려워할 때 그랬다. 그녀는 이내 그것을 알아챘고, 그 원인을 피에르의 한결같은 선량함과 수줍음에서 찾았다. 그리고 그녀의 생각으로는 그런 모습이 자기뿐 아니라 모든 사람들 앞에서도 똑같을 것이 분명했다. 나타샤에 대한 매우 격렬한 감정에 사로잡힌 순간에, 만일 자신이 자유로운 몸이라면 무릎을 꿇고 그녀에게 청혼하며 사랑을 구했을 것이라고 무심코 말한 후에, 피에르는 그녀를 향한 자신의 감정에 관해 그 어떤 말도 결코 하지 않았다. 그때 그토록 위안이 되었던 그 말은 우는 아이를 달래려고 늘어놓은 온갖 무의미한 말 같은 것임이 분명했다. 피에르가 기혼자이기 때문이 아니라 나타샤가 자신과 그 사이에서 매우 강력한 정신적 장벽의 힘을 (그녀는 쿠라긴과 있을 땐 그런 것을 느끼지 않았다) 느꼈기 때문에, 피에르와 자신의 관계에서 사랑이 (그녀 쪽에서든, 하물며 그의 쪽에서든) 싹틀 수 있다는 생각은, 심지어 그녀도 몇 가지 사례를 아는 남녀 사이의 다정하고, 자체가 시적인 우정의 종류 같은 것이 생길 수 있다는 생각도 그녀의 머릿속에 한 번도 떠오르지 않았다.

베드로제 정진(精進)*이 끝날 무렵 로스토프가의 오트라드노예 저택의 이웃인 아그라페나 이바노브나 벨로바가 모스크바의 성자들에게 경배하기 위해 모스크바로 왔다. 그녀는 나타샤에게 정진을 제안했고, 나타샤는 기쁜 마음으로 그 생각을 붙잡았다. 그녀가 이른 아침에 외출하는 것을 의사들이 금지했는데도 나타샤는 정진에 참가하겠다고, 그것도 로스토프가 사람들이 보통 하던 대로 집에서 세 번 예배를 드리는 것이 아니라 아그라페나 이바노브나가 정진하는 것처럼, 다시 말해 일주일 내내 한 차례도 빠뜨리지 않고 새벽 기도, 오전 기도, 저녁 기도를 하겠다며 고집을 부렸다.

백작 부인은 나타샤의 이러한 열성을 마음에 들어 했다. 성과 없는 치료 이후 그녀는 마음속으로 딸에게 기도가 약보다 더 효험이 있지 않을까 기대하고 있었던 것이다. 비록 두려워서 의사에게 숨기기는 했으나 나타샤의 바람에 동의하고, 벨로바에게 딸을 맡겼다. 아그라페나 이바노브나는 새벽 3시에 나타샤를 깨우러 왔는데, 거의 언제나 이미 잠에서 깬 나타샤를 발견하곤 했다. 나타샤는 새벽 기도 시간에 잠들까 봐 걱정했다. 나타샤는 서둘러 얼굴을 씻고 옷들 가운데 가장 초라한 옷과 낡은 긴 망토를 겸손히 걸친 후, 신선한 공기에 몸을 떨며 아침노을로 투명하게 밝아진 텅 빈 거리로 나섰다. 아그라페나 이바노브나의 조언에 따라 나타샤는 자신의 교구 소속이 아닌 교회에서 금식재(禁食齋)를 했다. 경건한 벨로바의 말에 의하면, 교회에는 매우 엄격하고 고결한 삶을 사는 한 사제가 있었다. 교회에는 항상 사람들이 거의 없었다. 나타샤와 벨로바는 자신들에게 친숙한 장소, 왼쪽 성가대석 뒤편의 붙박이로 끼운 성모 이콘 앞에 섰다. 그 익숙하지 않은 아침 시간에 성모의 검은 얼굴을, 그 앞에서 타오르는 촛불과 창문으로 들어오는 아침 햇살에 비친 그 얼굴을 바라보고, 그 뜻을 이해하며 그 말들을 좇으려 노력하며 예배 드리는 소리를 들을 때,[*] 그녀는 위대하고 불가해한 존재 앞에 있다는 새롭고도 겸허한 감정에 사로잡히곤 했다. 그녀가 예배 문구의 뜻을 이해하는 순간에는 그녀의 사적인 감정이 독특한 음영을 띠며 그녀의 기도와 결합했다. 그 뜻을 이해하지 못할 때는, 모든 것을 이해하고 싶어 하는 갈망은 오만이다, 모든 것을 이해하는 것은 불가능하다, 이 순간 그녀의 영혼을 다스리는 (그녀가 느끼기에) 하느님을 믿고 그분에게 자신을 맡기기만 하면 된다고 생각하는 것이 그녀에게는 더욱

더 달콤했다. 그녀는 성호를 그으며 머리를 숙였고, 이해가 되지 않을 때는 그저 자신의 추악함 앞에 몸서리를 치며 모든 것을, 자신의 모든 것을 용서해 주시기를, 그리고 은혜를 베풀어 주시기를 하느님에게 간구했다. 그녀가 자신의 온 마음을 기울여 한 기도는 회개의 기도였다. 이른 아침 일터로 향하는 석공들, 거리를 치우는 문지기들만 마주칠 뿐 집안 사람들은 모두 여전히 잠들어 있는 이른 아침 시각, 나타샤는 집으로 돌아오면서 자신의 죄들로부터 자신을 교정할 수 있는 가능성, 새롭고 순수한 삶과 행복의 가능성의 새로운 감정을 경험했다.

그녀가 이런 생활을 하며 지낸 일주일 내내 이 감정은 하루하루 커졌다. 아그라페나 이바노브나가 그 단어들로 즐겁게 말장난을* 치며 나타샤에게 말한 참여의 행복 혹은 소통의 행복이 그녀에게는 정말 위대하게 느껴져서 그녀는 자신이 그 복된 일요일까지 도저히 살 수가 없을 것 같았다.

하지만 행복의 날은 왔다. 그리고 나타샤가 그녀에겐 결코 잊을 수 없는 그날 하얀 모슬린 드레스 차림으로 성찬식에서 돌아왔을 때, 그녀는 수개월 만에 처음으로 자기 앞에 놓인 삶에 짓눌리지 않고 편안한 기분을 느꼈다.

그날 왕진한 의사는 나타샤를 진찰한 후 2주 전에 마지막으로 처방한 가루약을 계속 복용하도록 지시했다.

"반드시 아침저녁으로 계속 복용해야 합니다." 그는 스스로가 양심에 거리낌 없이 자신의 성공에 만족한 듯 말했다. "단, 제발 좀 더 정확하게 지켜 주시기 바랍니다. 이제는 안심하셔도 되겠습니다, 백작 부인." 의사는 부드러운 손바닥으로 재빨리 금화를 움켜쥐면서 농담조로 말했다. "따님은 조만간 다시 노래도 부르고, 장난치며 뛰어놀게 될 겁니다. 이 마지막 약이 따님에게 아주, 아주 효험이 있군요. 따님의 혈색이 매우 좋아졌습니다."

　백작 부인은 잠시 손톱을 바라보았고, 밝은 얼굴을 하고 응접실로 되돌아가면서 침을 퉤퉤 살짝 뱉었다.*

18

7월 초 모스크바에는 전쟁의 동향과 관련된 불안한 소문들이 점점 더 번져 나가고 있었다. 군주가 국민에게 격문을 띄웠다거나, 군주가 군대에서 모스크바로 돌아왔다거나 하는 이야기들이었다. 그리고 7월 11일까지 성명서와 격문이 입수되지 않았던 탓에 그것들과 러시아 정세에 관한 과장된 소문이 나돌았다. 그중에는 군대가 위험에 처해 군주가 떠났다는 말도 있었고, 스몰렌스크가 함락되었다, 나폴레옹이 1백만의 군대를 거느리고 있다, 오직 기적만이 러시아를 구할 수 있다는 말도 있었다.

7월 11일 토요일, 성명서가 입수되었지만 아직 인쇄된 상태는 아니었다. 그래서 로스토프가를 방문한 피에르는 라스톱친 백작으로부터 구하게 될 성명서와 격문을 갖고 다음 날인 일요일 만찬 식사에 오겠다고 약속했다.

그 일요일에 로스토프가 사람들은 평소처럼 예배 보기 위해 라주몹스키가(家) 저택에 있는 교회로 출발했다. 7월의 무더운 날이었다. 로스토프가 사람들이 교회 앞에서 카레타 밖으로 내렸을 때는 이미 10시였다. (청명하고 무더운 날에 도시에서 유난히 날카롭게 느껴지는) 무더운 공기, 행상들의 외침 소리, 군중의 밝고 산

뜻한 여름옷, 먼지 덮인 가로수 잎사귀, 임무를 교대하기 위해 지나가는 대대의 음악 소리와 하얀 바지, 포장도로를 달리는 마차 바퀴의 요란한 굉음, 뜨거운 태양의 눈부신 광채 속에 드러난 여름의 피곤함, 현재에 대한 만족과 불만이 묻어 있었다. 라주몹스키가의 교회에는 모스크바의 모든 지체 높은 분들과 로스토프가의 모든 지인들이 있었다. (대개 시골 영지로 떠나던 부잣집들이 그해에는 마치 무언가를 기다리듯 도시에 많이 머물고 있었다.) 사람들 무리를 헤쳐 가며 길을 내는 제복 차림의 하인을 따라 어머니 옆에서 길을 지나가면서 나타샤는 자신에 대해 지나치게 큰 소리로 속삭이는 젊은 남자의 목소리를 들었다.

"저 여자가 로스토바야, 바로 그……."

"많이 야위었군. 그래도 여전히 예쁘네!"

그녀는 쿠라긴과 볼콘스키의 이름이 언급되는 것을 들었다. 아니, 그렇게 들은 것 같았다. 그런데 그녀는 늘 그렇게 느꼈다. 그녀가 보기에, 언제나 모든 사람들이 자기를 쳐다보면 자기에게 무슨 일이 있었는지에 대해서만 생각하는 것 같았다. 군중 속에 있을 때는 늘 그렇듯 마음이 고통스럽고 아득했다. 검은 레이스가 달린 보라색 실크 드레스 차림의 나타샤는 여성들만이 취할 수 있는 그런 걸음걸이로 걸었다. 마음이 아플수록, 수치심이 커질수록 더 침착하고 당당하게 걸었다. 그녀는 자신이 예쁘다는 것을 알았고, 그것은 그녀의 착각이 아니었다. 그러나 지금은 그 사실이 예전처럼 그녀를 기쁘게 하지 않았다. 반대로 최근에는 그 점이 무엇보다 그녀를 괴롭혔는데, 특히 이렇듯 눈부시고 무더운 여름날의 도시에서는 더 그랬다. '또 일요일이군, 또 한 주가 지났어.' 그녀는 지난 일요일에도 이곳에 있었던 것을 기억하며, 속으로 중얼거렸다. '그리고 여전히 마찬가지로 삶이 없는 생활이고, 여전히 예전에 그토록 마음 가볍게 살 수 있었던 조건들도 그대로야. 난 예쁘고 젊어. 이제 내가 선하다는 것도 알아. 예전의 나는 나쁜 사람이었지만, 지금은 선한 사람이야. 난 알아.' 그녀는 생각했다. '가장 좋은, 가장 좋은 해들이 어느 누구를 위한 것도 되지 못한 채 이렇게 부질없이 흘러가는구나.' 그녀는 어머니 옆에 서 있었고, 가까이 있던 지인들과 짧은 인사를 주고받았다. 나타샤는 습관대로 귀부인들의 몸치장을 살펴보았고, 가까이 서 있는 한 귀부인의 자세와 좁은 공간에서 한 손으로 성호를 긋는 그 무례한 방식을 비난했다가, 자신도 사람들에게 비난받는 주제에 남을 비난한다는 생각이 들어 다시 화가 났다. 그리고 문득 예배 드리는 소리를 들은 후 그녀는 자신의 추악함에 몸서리쳤고, 또 예전의 순수함이 상실되었다는 사실에 몸서리쳤다.

체구가 작은 고상하고 온화한 노인이 기도하는 사람들의 영혼에 매우 장중하고도 위로가 되게 하는 온화한 엄숙함으로 예배를 집전했다. 왕의 문*이 열리고 천천히 휘장이 드리워졌다. 그곳에서 신비롭고 나직한 목소리가 무언가를 소리 내어 읽었다. 나타샤 자신도 이해할 수 없는 눈물이 가슴속에 고이면서, 기쁘고도 괴로운 감정이 그녀를 흔들어 놓았다.

'제게 가르쳐 주소서. 무엇을 해야 할지, 제 인생을 어떻게 살아가야 할지, 어떻게 해야 제 자신을 영원히, 영원히 바로 세울 수 있을지…….' 그녀는 생각했다.

부제(副祭)가 설교대에 나왔다. 그리고 엄지손가락을 넓게 벌려 제의 밖으로 긴 머리카락을 꺼내 정돈한 뒤 가슴에 십자가를 대고 큰 목소리로 엄숙하게 기도문을 낭독하기 시작했다.

"우리 모두 평화 속에서 주님께 기도합시다."

'하나의 세계*로서, 즉 계급의 차이도, 적대감도 없이 모든 사람이 다 함께 형제애로 한마음이 되어 기도할 거야.' 나타샤는 생각했다.

"하늘로부터의 평화와 우리 영혼의 구원을 위하여!"

'우리 위에 사는 모든 육체 없는 존재의 영혼들과 천사들의 세계를 위하여.' 나타샤는 기도했다.

군대를 위해 기도하게 되었을 때 그녀는 오빠와 데니소프를 떠올렸다. 바다와 육지를 여행하는 자들을 위해 기도할 때는 안드레이 공작을 떠올리며, 그를 위해 기도했다. 그리고 자신이 그에게 저지른 악을 하느님께서 용서해 주시기를 기도했다. 우리를 사랑하는 사람들을 위해 기도할 때는 가족들, 아버지와 어머니와 소냐를 위해 기도했다. 그리고 이제 비로소 처음으로 그녀는 자신이 그들에게 저지른 모든 죄를 깨달았으며, 그들에 대한 자신의 사랑의 힘을 온전히 느꼈다. 우리를 미워하는 자들을 위해 기도할 때는 그런 자들을 위해 기도하려고 자신의 적들과 자신을 미워하는 사람들을 생각했다. 그녀는 아버지와 거래하는 모든 사람들과 채권자들을 적에 포함시켰다. 자신을 미워하는 사람들과 적을 생각할 때면 매번 그녀는 자신에게 그토록 많은 악행을 저지른 아나톨을 떠올렸다. 비록 그는 그녀가 미워하는 사람이 아니었지만 마치 적인 것처럼 그녀는 기쁜 마음으로 그를 위해 기도했다. 오직 기도할 때만 그녀는 안드레이 공작도 아나톨도 그들을 인간으로서 분명하고 침착하게 떠올릴 수 있음을 느꼈고, 그들에 대한 그녀의 감정은 그녀가 하느님을 대할 때 느끼는 두려움과 경외의 감정에 비하면 아무것도 아니었다. 황실 가족과 종무원을 위해 기도할 때는 특히 더 낮게 고개를 숙이며 성호를 그었고, 설사 그녀가 이해할 수 없다 해도 그녀는 의심을 품을 수 없으며, 여전히 통솔하는 종무원을 사랑하고, 이를 위해 기도할 것이라고 속으로 중얼거렸다.

기도를 마친 부제는 가슴 부근에 손을 올려 어깨에 두른 긴 천에 성호를 그으며 읊었다.

"우리 자신과 우리의 생명을 그리스도 하느님께 바칩니다."

'우리 자신을 하느님께 바칩니다.' 나타샤는 마음속으로 그 말을 따라 반복했다. '나의 하느님, 당신의 뜻에 절 맡깁니다.' 그녀는 생각했다. '저는 어떤 것도 원하지 않고, 바라지 않습니다. 다만 제가 무엇을 해야 할지, 제 자신의 의지를 어떻게 써야 할지 가르쳐 주소서! 저를 받아 주소서, 저를 받아 주소서!' 나타샤는 감동을 받은 간절함으로 가느다란 팔을 늘어뜨리고 성호도 긋지 않은 채 속으로 중얼거렸다. 마치 보이지 않는 어떤 힘이 자신을 붙잡아 그녀 자신으로부터, 자신의 후회와 욕망과 비난과 희망과 잘못들로부터 벗어나게 해 주기를 기대하는 듯했다.

　예배가 진행되는 동안 백작 부인은 반짝이는 눈동자를 가진 딸의 감동에 젖은 얼굴을 몇 차례나 돌아보며, 딸을 도와 달라고 하느님께 기도했다.

　예기치 않게 예배 도중에, 그것도 나타샤가 잘 아는 예배 순서와 맞지 않게 하급 사제가 작은 받침대를, 삼위일체의 날*에 무릎을 꿇고 기도문을 읽을 때 사용하는 받침대를 들고 나와서 왕의 문 앞에 내려놓았다. 둥근 보라색 벨벳 모자를 쓴 사제가 걸어 나와 머리카락을 똑바로 하고 힘겹게 무릎을 꿇었다. 모두들 똑같이 따라 하며, 의아한 눈으로 서로 바라보았다. 그것은 종무원으로부터 방금 도착한 기도문이었다. 러시아를 적의 침략으로부터 구해 달라는 기도문이었다.

"권능의 주 하느님, 우리를 구원하시는 하느님." 사제가 맑고 과장되지 않은 온화한 목소리로 낭독을 시작했다. 그런 목소리로 낭독할 수 있는 이는 교회 슬라브어로 낭독하는 사제들뿐이고, 그 목소리는 러시아인의 마음에 저항할 수 없는 강한 영향을 끼친다.

"권능의 하느님, 우리를 구원하시는 하느님! 오늘날 당신의 미천한 자들을 은혜와 인자함으로 보살펴 주시고, 인간을 향한 사랑으로 귀 기울여 주시고, 우리를 용서하시고, 우리에게 은혜를 베풀어 주소서. 보소서, 적들이 당신의 땅을 어지럽히고 온 세상을 불모지로 만들기 위해 우리를 대적하여 일어섰습니다. 보소서, 무법자들이 무리를 지어 당신의 소유물을 파괴하고 당신의 순결한 예루살렘, 곧 당신이 사랑하는 러시아를 파괴하려 합니다. 당신의 사원을 더럽히고 당신의 제단을 파괴하고 우리의 지성소를 능욕하려 합니다. 오, 주여, 저 죄인들이 언제까지, 언제까지 기뻐하겠습니까? 저 범법자들이 언제까지 권력을 휘두르겠습니까?

주 하느님! 당신께 드리는 우리의 기도를 들어주소서. 당신의 권능으로 더없이 경건한 우리의 위대한 전제 군주이자 황제인 알렉산드르 파블로비치를 강건하게 하소서. 그의 진실함과 온화함을 기억하시고 우리를, 당신의 사랑하는 이스라엘을 보호하는 그의 자비에 보답하여 주소서. 그의 자문관들과 계획들과 사업들을 축복하소서. 당신의 전능한 오른팔로 그의 왕국을 견고히 지키시고, 모세가 아말렉 족속을 이기게 하신 것처럼, 기드온이 미디안 족속을 이기게 하신 것처럼, 다윗이 골리앗을 이기게 하신 것처럼 그에게 적에 대한 승리를 주소서.* 그의 군대를 지켜 주소서. 당신의 이름으로 일어선 자들의 손에 놋쇠 활을 쥐어 주시고, 그들에게 전쟁할 힘으로 띠를 둘러 주소서. 무기와 방패를 잡으소서. 그리고 일어나 우리를 도우소서. 그리고 우리에게 대적하여 악을 꾸미는 자들이 수치와 모욕을 받게 하소서. 당신의 신실한 군대 앞에서 그들이 바람 앞의 먼지처럼 되게 하소서. 당신의 강한 천사가 그들을 모욕하고 몰아내게 하소서. 그들이 알지 못하는 그물이 그들을 덮치게 하소서. 그들로부터 감춰진 올가미가 그들을 얽어매게 하소서. 당신 종들의 발아래 저들이 넘어지게 하시고, 우리 전사들이 저들을 짓밟게 하소서. 주여! 많은 사람들 속에서든 적은 사람들 속에서든 인간을 구원하는 당신의 힘은 결코 쇠하지 않습니다. 당신은 하느님이시기 때문입니다. 당신을 대적하는 인간은 승리하지 못합니다.

우리 아버지이신 하느님! 세세로부터 있는 당신의 인자함과 은혜를 기억해 주소서. 우리에게서 당신의 얼굴을 돌리지 마시고, 우리의 무가치함을 멸시하지 마시고, 당신의 큰 사랑과 풍성한 인자함으로 우리의 불법과 죄를 생각지 마소서. 우리 안에 정결한 마음을 창조하시고, 우리 안에 정직의 영을 새롭게 하소서. 우리 모두를 당신에 대한 믿음으로 강건하게 하시고, 우리를 소망으로 견고히 세우시고, 우리에게 서로를 향한 진실한 사랑을 불어넣으시고, 당신이 우리와 우리 선조들에게 허락하신 소유물을 올바로 지켜 낼 수 있도록 우리를 한마음으로 무장케 하소서. 그리하여 정화된 자들의 운명에 대적하는 불의한 자의 지팡이가 높아지지 않게 하소서.

우리의 주 하느님, 우리는 당신을 믿고 의지합니다. 당신의 은혜를 구하는 우리를 욕되게 하지 마시고 복의 표징들을 만들어 주소서. 그리하여 우리와 우리의 정교 신앙을 미워하는 자들이 볼 수 있게 하시고, 또 그들이 부끄럽게 하시고 멸망하게 하소서. 그래서 모든 나라가 당신의 이름이 주님이고, 우리가 당신의 백성임을 알게 하소서. 주여, 오늘날 우리에게 당신의 은혜를 보이시고 당신의 구원을 베푸소서. 당신 종들의 마음이 당신의 은혜에 기뻐하게 하소서. 우리의 적들을 격파하시고 그들을 멸절시켜 속히 당신의 신실한 백성들의 발아래에 무릎 꿇게 하소서. 당신은 당신을 의지하는 자들의 방패요, 도움이요, 승리입니다. 우리는 당신께, 곧 성부, 성자, 성령께 지금, 그리고 영원히, 그리고 영원 세세토록 영광을 돌립니다. 아멘!"

나타샤의 영혼이 활짝 열린 상황에서 그 기도는 그녀에게 강렬한 영향을 끼쳤다. 그녀는 아말렉에 대한 모세의 승리, 미디안 족속과 싸운 기드온의 승리, 골리앗에 맞선 다윗의 승리, '당신의 예루살렘'의 몰락에 대한 말들을 하나하나 모두 들었다. 그리고 마음을 가득 채운 부드러움과 온정으로 하느님에게 간구했다. 그러나 자신이 그 기도에서 하느님에게 무엇을 구하는지는 잘 알지 못했다. 그녀는 정직한 영, 믿음과 소망으로 마음을 굳건히 하는 것, 사랑으로 마음을 북돋는 것에 대한 간구에 온 마음을 다해 매달렸다. 그러나 적들을 짓밟게 해 달라고는 기도할 수 없었다. 바로 몇 분 전만 해도 사랑하고 기도해 줄 더 많은 적을 갖기를 바랐기 때문이다. 또한 그렇다고 무릎을 꿇고 낭독해 올린 기도의 정당성을 의심할 수도 없었다. 그녀는 인간의 죄 때문에, 특히 자신의 죄 때문에 인간에게 닥치는 벌 앞에서 경외와 전율이 뒤섞인 두려움을 느꼈다. 그래서 하느님에게 그들 모두와 그녀를 용서해 달라고, 그들 모두와 그녀에게 삶의 평화와 행복을 달라고 간구했다. 그리고 그녀에게는 하느님이 그녀의 기도를 들어주는 것처럼 보였다.

19

피에르가 로스토프가의 저택을 나와 나타샤가 보여 준 감사의 눈빛을 떠올리고 하늘에 떠 있던 혜성을 바라보며 새로운 무언가가 그에게 열렸다고 느낀 그날부터, 끝없이 그를 괴롭혔던 의문, 즉 지상 모든 것의 공허함과 비이성적임에 대해 떠오르던 의문이 멈추었다. 전에는 일을 하는 중간중간에 떠오르던 '왜?', '무엇을 위해?'라는 그 무시무시한 질문이 이제 다른 의문이나 혹은 예전의 의문에 대한 대답이 아니라 머릿속에 떠오른 **그녀의** 모습으로 대치되었다. 하찮은 대화를 들을 때든, 직접 그런 대화를 이끌어 나갈 때든, 인간의 비열함이나 우매함을 글에서 읽든 체험으로 알게 되는 그는 예전처럼 끔찍해하지 않았고, '모든 것이 잠깐이고 불가해한데 왜 사람들은 그토록 바쁘게 움직일까?' 하고 스스로에게 묻지 않았다. 대신 마지막으로 본 그녀의 모습을 떠올리곤 했고, 그러면 모든 의혹이 사라져 버렸다. 그것은 그에게 떠오른 의문에 대해 그녀가 답을 해 주었기 때문이 아니라 떠오른 그녀의 모습이 그를 순식간에 정신 활동의 다른, 밝은 영역으로, 의인도 죄인도 존재할 수 없는 영역으로, 삶을 살아갈 만한 가치가 있는 아름다움과 사랑의 영역으로 옮겨 놓았기 때문이다. 그에게 일상의 어떤 속됨이 나타나든 그는 속으로 자신에게 중얼거렸다.

'어떤 녀석이 국가와 차르의 재산을 훔쳤는데, 국가와 차르가 그런 자에게 영예를 수여한다 해도 내버려 두라지, 뭐. 어제 그녀는 날 향해 미소 지었고, 내게 또 와 달라고 청했어. 난 그녀를 사랑해. 어느 누구도 결코 그것을 알지 못할 거야.' 그는 생각했다.

피에르는 여전히 사교계에 출입했고, 여전히 술을 많이 마셨으며, 여전히 무위하고 방탕한 생활을 했다. 왜냐하면 로스토프가에서 보내는 시간 외의 나머지 시간도 써야 했고, 또 모스크바에서 만들어진 습관과 교제가 그의 흥미를 사로잡는 생활로 그를 이겨낼 수 없게 이끌었기 때문이다. 그러나 최근에 전쟁의 극장으로부터 점점 더 염려스러운 소문들이 들려오고, 나타샤의 건강이 회복되고, 그녀가 더 이상 그에게 예전처럼 세심한 연민의 감정을 불러일으키지 않게 되자, 그로서는 이해할 수 없는 한층 더한 불안이 그를 사로잡기 시작했다. 그는 자신이 처한 상황이 오래 지속될 수 없고, 자신의 삶을 완전히 바꿀 파국이 다가오고 있다고 느끼며, 점점 가까이 다가오는 파국의 징후들을 모든 것에서 초조하게 탐색하곤 했다. 프리메이슨 교단의 한 형제가 「요한의 묵시록」에서 이끌어 낸 나폴레옹에 관한 다음과 같은 예언을 피에르에게 열어 준 적이 있었다.

「요한의 묵시록」 13장 18절에는 다음과 같은 말씀이었다. "바로 여기에 지혜가 필요합니다. 영리한 사람은 그 짐승을 가리키는 숫자를 풀이해 보십시오. 그 숫자는 사람의 이름을 표시하는 것으로서 그 수는 육백육십육입니다."

그리고 같은 장 5절에 이런 말씀이 있다. "그 짐승은 큰소리를 치며 하느님을 모독하는 말을 지껄일 입을 받았고 마흔두 달 동안 세도를 부릴 권세를 받았습니다."

프랑스어 글자들은 처음 아홉 글자가 1단위를, 나머지 글자가 10단위를 가리키는 히브리어의 숫자 표기법과 유사하게 다음과 같은 뜻을 갖는다.

a	b	c	d	e	f	g	h	i	k	l	m	n
1	2	3	4	5	6	7	8	9	10	20	30	40

o	p	q	r	s	t	u	v	w	x	y	z
50	60	70	80	90	100	110	120	130	140	150	160

이 알파벳에 대응하는 숫자로 L'empereur Napoleon(나폴레옹 황제)이라는 단어를 써 보면 이 수들의 총합이 666*이고, 나폴레옹이 「요한의 묵시록」에 예언된 그 짐승이라는 결론이 나온다. 게다가 quarante deux(마흔둘)라는 단어, 즉 큰소리를 치며 하느님을 모독하는 짐승에게 주어진 기간을 이 알파벳대로 써도 quarante deux를 가리키는 그 수들의 합은 666이 되고, 이로부터 나폴레옹의 권력의 한계는 이 프랑스 황제가 마흔두 살이 되는 1812년에 올 것이라는 결론이 나온다.* 이 예언은 피에르를 매우 놀라게 했다. 그리고 무엇이 과연 그 짐승, 즉 나폴레옹의 권력에 끝을 가져올 것인가라는 질문을 수시로 자신에게 물으면서, 단어들을 수들과 계산으로 기술하는 똑같은 원리로 그를 사로잡은 의문에 답을 발견하려고 노력했다. 피에르는 그 질문에 대한 답이 L'empereur Alexandre(알렉산드르 황제), La nation Russe(러시아 국민)가 아닐까 하고 써 보았다. 그는 글자들을 계산해 보았으나, 수들의 총합은 666보다 훨씬 크거나 훨씬 작았다. 한번은 이 계산에 몰두하여 자기 이름인 Comte Pierre Besouhoff(피에르 베주호프 백작)를 써 보았다. 수의 합이 크게 벗어났다. 그는 맞

춤법을 바꾸어 s 대신 z를 쓰고 de를 덧붙이고 관사 le도 덧붙여도 보았으나, 여전히 원하는 결과를 얻을 수 없었다. 그때 그의 머릿속에 자신이 구하는 질문에 대한 답이 자기 이름 안에 포함되어 있다면 그 답에는 반드시 국적이 언급되어야 할 거라는 생각이 떠올랐다. 그래서 Le Russe Besuhof(러시아인 베주호프)라고 쓴 다음 수들을 셈하자 671이 나왔다. 불과 5가 남을 뿐이었다. 5는 e를 뜻했는데, L'empereur라는 단어 앞의 관사에서 생략되기도 하던 바로 그 e를 가리킨다. 비록 문법에는 맞지 않지만 그런 식으로 e를 생략하자 찾던 답을 얻을 수 있었다. L'Russe Besuhof는 666이 되었다. 그 발견이 그를 흥분시켰다. 그는 자신이 어떻게, 어떤 식으로 「요한의 묵시록」에 예언된 대사건과 관련되어 있는지 몰랐다. 그러나 한순간도 그 연관성에 대해 의심을 품지 않았다. 로스토바를 향한 그의 사랑, 적그리스도, 나폴레옹의 침략, 혜성, 666, 나폴레옹 황제와 러시아인 베주호프, 이 모든 것이 다 함께 무르익고 터져서, 자신이 포로가 되어 있다고 느끼는 모스크바 관습의 매혹적이고도 무가치한 세계로부터 그를 끌어내어 위대한 공훈과 큰 행복으로 이끌어야 했다.

피에르는 기도문 낭독이 있던 일요일 전날, 로스토프가 사람들에게 자신과 잘 알고 지내는 라스톱친 백작으로부터 러시아 국민에게 보내는 격문과 군대의 최신 소식을 받아 오겠다고 약속했다. 이른 아침 라스톱친 백작에게 들른 피에르는 군대에서 이제 막 도착한 특사를 그 집에서 우연히 조우했다.

특사는 피에르도 안면이 있는 모스크바 무도회의 춤꾼들 가운데 한 사람이었다.

"제발 부탁입니다만, 제 짐을 좀 덜어 줄 수 없습니까?" 특사가 말했다. "제 배낭이 부모들에게 보내는 편지들로 꽉 차서요."

그 편지들 중에 니콜라이 로스토프가 아버지에게 보내는 편지가 있었다. 피에르는 그 편지를 집어 들었다. 그 밖에도 라스톱친 백작은 방금 인쇄된 모스크바를 향한 군주의 격문, 군에 하달된 최근 훈령, 최근에 자신이 발행한 전단을 피에르에게 건네주었다. 군대에 하달된 훈령을 한동안 살펴보던 피에르는 부상병, 전사자, 훈장 수여자에 관한 소식들 사이에서 오스트로브나 전투 때 보여 준 용맹으로 게오르기 4등 훈장을 받은 니콜라이 로스토프의 이름을 발견했고, 똑같은 훈령에서 안드레이 볼콘스키 공작이 엽기병 연대의 지휘관으로 임명되었다는 소식도 발견했다. 비록 피에르는 로스토프가 사람들에게 볼콘스키를 떠올리게 하고 싶지 않았지만, 그 집 아들의 훈장 포상 소식으로 그들을 기쁘게 해 주고 싶은 마음을 억누를 수 없었다. 그래서 자신이 만찬 때 직접 가져가고자 격문과 전단과 다른 훈령들은 자기 집에 남겨 두고, 인쇄된 훈령과 편지는 로스토프가로 보냈다.

라스톱친 백작과의 대화, 염려와 조급함이 엿보이는 그의 어조, 군대 상황이 좋지 않다고 태평스레 이야기하는 특사와의 만남, 모스크바에서 적발된 스파이들과 모스크바에 나돌고 있는 나폴레옹이 가을 이전에 러시아의 두 수도를 함락하겠노라며 공언했다는 문서에 관한 소문, 다음 날로 예상되는 군주의 도착에 대한 대화, 이 모든 것이 새로운 힘으로 피에르에게 흥분과 기대를 불러일으켰다. 그 감정은 혜성이 출현한 이후, 특히 전쟁이 시작된 이후 그를 가만히 내버려 두지 않았다.

이미 오래전부터 피에르는 군에 입대할 생각을 하곤 했다. 만약 다음과 같은 것이 그를 방해하지 않았다면 그는 그랬을지도 모른다. 첫째, 그는 영구한 평화와 전쟁의 근절을 주창하는 프리메이슨 조합 소속이었다. 그는 거기에 서약으로 얽매여 있었다. 둘째,

군복을 입고 애국심을 부르짖는 많은 모스크바 사람들을 보면서 그런 행보를 취하는 것이 왠지 양심에 걸렸다. 그가 입대 계획을 실행하지 않은 가장 큰 이유는 그가 짐승의 숫자 666의 의미를 갖고 있는 l'Russe Besuhof(러시아인 베주호프)이고, 큰소리치며 하느님을 모독하는 **짐승**의 권력에 종결을 가하는 위대한 사업에 자신이 참여하는 것은 영원 전부터 이미 정해져 있고, 그러므로 자신은 어떤 일도 시작할 필요 없이 예정된 일을 기다리기만 하면 된다는 명확하지 않은 생각 때문이었다.

20

로스토프가에서는 일요일이면 늘 그렇듯 지인들 가운데 몇 사람이 함께 식사를 했다.

피에르는 로스토프가 사람들을 먼저 만나기 위해 좀 더 일찍 서둘렀다.

그해에 피에르는 너무 뚱뚱해졌다. 만약 살찐 거구의 몸을 가뿐하게 지탱하는 것처럼 보이는 큰 키와 튼튼한 팔다리, 그리고 센 힘이 없었다면 흉하게 보였을 것이다.

그는 숨을 헐떡이고 혼잣말로 뭐라 중얼거리며 계단을 올라갔다. 그의 마부는 이제 기다릴지 여부를 묻지 않았다. 백작이 로스토프가를 방문하면 으레 자정까지 머문다는 것을 알았다. 로스토프가의 하인들이 반갑게 달려와 외투를 벗기고 지팡이와 모자를 받아 들었다. 피에르는 클럽에서 하던 습관대로 지팡이도 모자도 대기실에 놓아두었다.

그가 로스토프가에서 처음으로 본 사람은 나타샤였다. 아니, 그녀를 보기 전에 이미 대기실에서 망토를 벗으며 그녀의 목소리를 들었다. 그녀는 홀에서 솔페지오를 부르고 있었다. 병을 앓고부터 그녀가 노래를 부르지 않은 사실을 알고 있었다. 그래서 그녀의 목소리에 그는 놀라면서도 기뻐했다. 그는 조용히 문을 열고, 오전 예배 때 차림인 보라색 드레스를 입은 나타샤가 홀에서 거닐며 노래하는 모습을 보았다. 그가 문을 열었을 때 그녀는 그를 등진 채 걷고 있었다. 그러나 뒤를 홱 돌아서면서 그의 살찌고 놀란 얼굴을 보았고, 그녀는 얼굴을 붉히며 빠르게 다가왔다.

"다시 노래를 해 보고 싶어요." 그녀가 말했다. "어쨌든 이것도 공부니까요." 그녀는 용서를 빌듯 덧붙였다.

"멋집니다."

"당신이 오시니, 정말 기뻐요! 난 오늘 무척 행복하답니다!" 그녀는 피에르가 그녀에게서 오랫동안 보지 못했던 예전의 생기에 차 말했다. "당신도 니콜라가 게오르기 훈장을 받은 걸 아시죠. 난 오빠가 정말 자랑스러워요."

"어떻게 모르겠습니까, 내가 훈령을 보낸걸요. 이런, 당신을 방해하고 싶지 않군요." 그는 이렇게 덧붙이고 응접실로 가려 했다.

나타샤가 그를 멈춰 세웠다.

"백작, 내가 노래하는 것이 나쁜 일일까요?" 그녀는 얼굴이 빨개진 채, 그러나 눈은 내리지 않고 궁금한 듯 피에르를 쳐다보며 말했다.

"아니지요……. 뭣 때문에요? 반대로……. 한데 왜 내게 그런 걸 묻습니까?"

"나도 모르겠어요." 나타샤는 재빨리 대답했다. "하지만 당신이 마음에 들어 하지 않는다면 난 그 무엇도 하고 싶지 않아요. 난 무엇이든 당신을 믿어요. 당신이 나에게 얼마나 소중한지, 당신이 날 위해 얼마나 많은 걸 해 주었는지 당신 자신은 모르세요……!" 그녀는 피에르가 그 말에 얼굴이 빨개진 것도 모르고 빠르게 말했다. "그 훈령에서 봤어요. **그 사람**은, 볼콘스키는 (그녀는 이 낱말을 빠르게 속삭이듯 말했다) 지금 러시아에 있고 다시 군에서 근무하고 있군요. 당신은 어떻게 생각하시나요?" 자신에게 버틸 힘이 있을지 두려웠기 때문에 서두르듯, 그녀는 빠르게 말했다. "그가 언젠가는 날 용서할까요? 나에 대한 악감정을 갖지 않게 될까요? 어떻게 생각하시나요? 어떻게 생각하세요?"

"내가 생각하기에······." 피에르가 말했다. "그 사람에게는 용서할 것이 없습니다. 내가 만약 그 사람의 입장이라면······." 피에르는 기억의 연결을 따라 순식간에 상상으로 그 순간으로 이동했다. 자신이 그녀를 위로하면서, 만약 그가 지금의 그 자신이 아니고, 또 세계에서 가장 훌륭한 사람이고 자유로운 몸이라면 그는 무릎 꿇고 그녀에게 청혼할 것이라고 말했던 순간으로······. 그러자 그때와 똑같은 연민과 다정함과 사랑의 감정이 그를 사로잡았고, 그때의 똑같은 말들이 입가에 맴돌았다. 하지만 그녀가 그런 말을 할 틈을 주지 않았다.

"그래요, 당신은, 당신은······." 그녀는 **당신**이라는 말을 기쁨에 넘쳐 발음하며 말했다. "다른 경우죠. 난 당신보다 더 선하고 관대하고 훌륭한 사람을 몰라요, 그런 사람은 있을 수 없어요. 그때 당신이 없었더라면 난 지금도 내가 어떻게 됐을지 잘 모르겠어요. 왜냐하면······." 갑자기 그녀의 눈에 눈물이 흐르기 시작했다. 그녀는 돌아서서 악보를 눈앞에 들어 올리고 노래를 부르며 다시 홀 안을 거닐었다.

때마침 응접실에서 페탸가 달려왔다.

페탸는 이제 발그레한 뺨과 붉고 도톰한 입술을 지닌 잘생긴 열다섯 살 소년이었고, 나타샤를 닮았다. 그는 대학에 들어갈 준비를 하고 있었지만 최근 친구인 오볼렌스키와 경기병이 되기로 비밀리에 결심한 터였다.

페탸는 이 일을 의논하기 위해 자기와 이름이 같은 피에르에게 달려온 것이다.

그는 피에르에게 경기병 부대에서 자기를 받아 줄지 알아봐 달라고 부탁했다.

피에르는 페탸의 말을 귀담아듣지 않고 응접실로 향했다.

페탸가 피에르의 주의를 끌기 위해 팔을 잡았다.

"저, 제 생각이 어때요, 표트르 키릴리치, 제발요, 당신은 저의 유일한 희망이에요." 페탸가 말했다.

"아, 그래, 네 생각 말이지. 경기병이라고 했나? 말할게, 말할게. 오늘 전부 말해 볼게."

"어떻소, 몽 셰르, 어찌 됐소, 성명서는 구했소?" 노백작이 물었다. "그런데 백작 영애가 라주몹스키가의 오전 예배에 갔다가 새로운 기도문을 들었다오. 그녀가 말하길, 아주 좋았답니다."

"구했습니다." 피에르가 대답했다. "내일 폐하께서 오실 것이고…… 특별 귀족 회의가 열리고, 또 사람들 말로는 1천 명 중 열 명꼴로 징병을 한다더군요. 그리고 아, 참, 축하드립니다."

"그래요, 그래, 하느님께 감사한 일입니다. 그런데 군에서는 무슨 소식이 있소?"

"우리 군이 다시 후퇴했습니다. 벌써 스몰렌스크 부근까지 왔다는군요." 피에르가 대답했다.

"오, 하느님! 오, 하느님!" 백작이 말했다. "그런데 성명서는 어디 있소?"

"격문! 아, 그렇지!" 피에르는 주머니에서 문서들을 찾기 시작했지만 어디에서도 발견하지 못했다. 그는 주머니를 계속 뒤지면서 한편 응접실로 들어온 백작 부인의 손에 입을 맞추고, 불안하게 주위를 두리번거렸다. 분명 나타샤를 기다리는 듯했는데, 그녀는 더 이상 노래하지 않았고, 응접실로 오지도 않았다.

"이런, 제가 그걸 어디에 두었는지 모르겠습니다." 그가 말했다.

"이런, 이 사람은 끝도 없이 다 잃어버리는군." 백작 부인이 말했다.

그 순간 나타샤가 부드럽고 흥분이 섞인 얼굴로 들어와 말없이 피에르를 바라보며 자리에 앉았다. 그녀가 응접실에 들어오자마자 그때까지 어두웠던 피에르의 얼굴이 환하게 밝아졌다. 그는 계속 서류들을 찾으며 그녀를 여러 차례 흘깃거렸다.

"맙소사, 이런, 제가 다녀오겠습니다. 집에 두고 온 것 같군요. 꼭⋯⋯."

"그럼 식사 시간에 늦을 거예요."

"아, 마부도 가 버렸군."

그러나 문서를 찾으러 대기실에 간 소냐가 피에르의 모자 속에서 그것들을 발견했다. 피에르가 모자의 안감 안쪽에 애써 넣어 두었던 것이다. 피에르는 읽으려 했다.

"아니, 식사 후에." 노백작이 말했다. 그는 그 낭독에서 큰 기쁨을 얻으리라 예견하는 듯했다.

식사하는 동안 사람들은 게오르기 훈장을 받은 새로운 수훈자의 건강을 기원하며 샴페인을 마셨다. 신신은 그 자리에서 도시의 새로운 소식들, 그루지야의 늙은 공작 부인이 병을 앓고 있으며, 메티비에가 모스크바에서 사라졌고, 사람들이 라스톱친 백작에게 어느 독일인을 끌고 와서 그자를 샴피니온*이라고 말했으며(라스톱친 백작이 직접 그렇게 이야기했다), 라스톱친 백작이 민중들에게 그자는 샴피니온이 아니라 그저 늙다리 버섯 같은 독일인일 뿐이라고 말한 후 그 샴피니온을 풀어 주게 했다는 등등을 들려주었다.

"사람을 잡는군, 사람을 잡아." 백작이 말했다. "나는 백작 부인에게 프랑스어를 좀 더 적게 쓰라는 말까지 하고 있소. 지금은 때가 좋지 않아요."

"그런데 들으셨습니까?" 신신이 말했다. "골리친 공작이 러시아어 선생을 고용해서 러시아어를 배운답니다. 길거리에서 프랑스어로 말하는 것이 점차 위험해지고 있어요."*

"어때요, 표트르 키릴리치 백작, 민병대가 소집되면 당신도 말을 타야 하오?" 노백작이 피에르를 돌아보며 물었다.

피에르는 식사하는 동안 내내 침묵하며 생각에 잠겨 있었다. 그 바람에 백작이 말을 건넸을 때 그는 이해하지 못한 듯 백작을 쳐다보았다.

"네, 네, 전쟁터로 가야죠." 그가 말했다. "아니요! 제가 무슨 전사라고요! 어쨌든 모든 게 너무 이상합니다. 너무 이상해요! 저 자신도 이해가 안 됩니다. 저도 잘 모르고, 또 전쟁은 제 취향과는 너무 맞지 않습니다만, 요즘 같은 시대에는 어느 누구도 스스로에 대해 장담할 수 없습니다."

식사 후 백작은 안락의자에 편안히 앉았고, 진지한 얼굴로 낭독의 대가로 알려진 소녀에게 격문을 읽어 달라고 청했다.

우리의 첫 왕좌의 도시 모스크바여!
적이 대군을 이끌고 러시아 영토에 침입해 왔다. 그가 사랑하는 우리의 조국을 파괴하러 오고 있다.

소녀가 특유의 가느다란 목소리로 읽었다. 백작은 눈을 감고 몇 곳에서는 간간이 한숨을 쉬며 들었다.

나타샤는 때로는 아버지를, 때로는 피에르를 주의 깊게 쳐다보며 몸을 꼿꼿이 세우고 앉아 있었다.

피에르는 자신을 향한 그녀의 시선을 느끼면서도 돌아보지 않으려고 애썼다. 백작 부인은 성명서의 엄숙한 표현에 대해 동의할 수 없고 화가 나서 고개를 젓곤 했다. 그녀는 그 모든 말에서 그녀의 아들을 위협하는 위험이 여전히 금방 끝나지 않으리라는 점만을 보았다. 신신은 입가에 조소를 띤 채 맨 처음 등장할 조롱거리를 비웃으려고 준비하는 것이 분명했다. 그것이 소냐의 낭독이든, 백작이 하게 될 말이든, 심지어 더 좋은 빌미가 나타나지 않을 때는 격문 자체라도 말이다.

러시아를 위협하는 위험과 군주가 모스크바에, 특히 명문 귀족에게 거는 기대를 읽은 후, 소냐는 목소리를 떨면서 (무엇보다 사람들이 주의를 집중하여 그녀의 낭독을 듣고 있었기 때문에) 마지막 문구들을 낭독했다.

우리는 지체 없이 이 수도를 비롯한 우리 나라의 다른 지역에도 우리의 민중 한가운데에 설 것이다. 이는 현재 적의 진로를 차단하고, 적이 나타나는 곳마다 그들을 격파하기 위하여 다시 새로 조직되고 있는 우리의 모든 민병대를 지휘하고 협의하기 위해서다. 적이 우리를 쉽게 쓰러뜨릴 것으로 오만하게 생각하는 그 멸망은 저의 머리로 되돌아설 것이요, 예속에서 벗어난 유럽은 러시아의 이름을 칭송할 것이다!

"그렇지, 바로 그거야!" 백작이 물기 어린 눈을 뜨며 큰 소리로 외쳤다. 그는 마치 강한 초산염이 든 작은 병을 코에 바짝 대기라도 한 것처럼, 코를 킁킁거리느라 여러 번 말을 멈추었다. "폐하께서 말씀만 하시면 우리는 모든 것을 헌납할 것이고, 조금도 후회하지 않을 것입니다."

신신이 백작의 애국심을 놀리려고 준비한 농담을 미처 꺼내기 전에 나타샤가 자리에서 벌떡 일어나 아버지에게 달려갔다.

"이런, 아빠는 정말 멋져요!" 그녀는 아버지에게 입을 맞추며 말하고는 다시 피에르를 힐끗 쳐다보았다. 그 시선에는 그녀가 생기를 되찾으면서 함께 돌아온 무의식적인 교태가 어려 있었다.

"이런, 애국자가 나셨군!" 신신이 말했다.

"전혀 애국자는 아니지만, 그저……." 나타샤가 모욕감을 느끼고 화를 내며 대꾸했다. "당신에겐 모든 게 우습죠. 하지만 이건 결코 농담이 아니라……."

"농담이라니!" 백작이 똑같은 말을 되풀이했다. "그분께서 한 말씀만 하시면 우리는 모두 나갈 것……. 우리는 어떤 독일인들 같지 않으니까……."

"그런데 '협의하기 위해서'라고 쓰여 있는 것을 알아차리셨습니까?" 피에르가 말했다.

"뭐, 거기에 무엇을 위한 것이라고 하든……."

바로 그때 아무도 관심을 두지 않던 페탸가 아버지에게 다가갔다. 그는 얼굴이 온통 새빨개져서, 굵어졌다 가늘어졌다 하는 변성기의 목소리로 말했다.

"아빠, 결정적으로 말씀드릴게요. 괜찮으시다면 엄마에게도요. 절 군대에 보내 주실 것을 결정적으로 말씀드립니다. 왜냐하면 도저히…… 그게 전부예요……."

백작 부인은 겁에 질려 하늘을 올려다보더니 두 손을 움켜쥐고 남편을 매섭게 쏘아보았다.

"당신이 말을 지나치게 해서 애를 이렇게 만든 거예요!" 그녀가 말했다.

그 순간 백작도 흥분에서 깨어났다.

"이런, 이런!" 백작이 말했다. "여기 또 전사가 났군. 바보 같은 소리 좀 그만해라. 넌 공부해야지."

"바보 같은 소리가 아니에요, 아빠. 저보다 어린 페챠 오볼렌스키도 입대할 거예요. 무엇보다 어쨌든 전 지금 같아선 도저히 공부를 할 수가 없어요." 페챠는 말을 멈추고 땀이 맺히도록 얼굴이 새빨갛게 붉어지더니 마침내 중얼거렸다. "조국이 위험에 처한 이런 때는요."

"그만, 그만, 바보 같은 소리는……."

"하지만 아빠도 우리가 모든 것을 희생할 거라고 하셨잖아요."

"페챠, 내가 입 다물라고 했지." 백작이 아내를 힐끔거리며 소리 쳤다. 그녀는 하얗게 질려서 작은아들을 눈으로 뚫어지게 쳐다보 았다.

"그렇지만 전 말해야겠어요. 여기 표트르 키릴로비치도 말해 주실……."

"분명히 말하마. 말도 안 되는 소리다. 아직 젖비린내도 가시지 않은 주제에 입대하고 싶다니! 자, 난 분명히 말했다." 백작은 아 마도 휴식 전에 서재에서 한 번 더 읽으려는지 격문을 집어 들고 응접실 밖으로 나갔다.

"표트르 키릴로비치, 담배나 피우러 갑시다……."

피에르는 혼란과 갈등에 빠져 있었다. 여느 때와 달리 반짝이며 생기발랄한, 상냥한 것 이상으로 끊이지 않고 계속 그를 주시하는 나타샤의 눈동자가 그를 그런 상태로 몰고 갔다.

"아닙니다, 집에 가야 할 것 같습니다……."

"집이라니, 무슨 소리요, 우리 집에서 저녁 시간을 보내고 싶다고 하지……. 요즘에는 발길도 뜸했잖소. 내 딸은……." 백작이 나타샤를 가리키며 다정하게 말했다. "당신이 있을 때만 명랑해지는데……."

"그래요, 내가 잊고 있었습니다. 집에 꼭 가 봐야 하는데……. 할 일이……." 피에르가 서두르며 말했다.

"그렇다면야, 그럼 다음에 봅시다." 백작이 응접실을 나가며 말했다.

"왜 가려는 거예요? 왜 그렇게 기분이 안 좋아요? 왜……." 나타샤는 피에르의 눈을 도전적으로 쳐다보며 물었다.

'당신을 사랑하기 때문이에요!' 그는 이렇게 말하고 싶었다. 하지만 그 말을 하지 못하고 눈물이 날 정도로 얼굴이 새빨개져서 시선을 떨구었다.

"내가 당신을 더 뜸하게 방문하는 게 낫기 때문이지요. 왜냐하면…… 아닙니다, 그냥 볼일이 있어서……."

"왜요? 아뇨, 말해 줘요." 나타샤가 단호하게 말을 시작하려다가 갑자기 입을 다물었다. 두 사람 모두 놀라고 당혹해하며 서로를 바라보았다. 그는 웃으려 했지만 웃을 수가 없었다. 그의 미소에는 고통이 담겨 있었다. 그는 말없이 그녀의 손에 입을 맞추고 그곳을 떠났다.

그리고 피에르는 더 이상 로스토프가를 방문하지 않겠다고 스스로와 다짐했다.

21

페탸는 단호하게 거절당한 후 자기 방으로 가서 혼자 문을 걸어 잠그고 틀어박혀 고통스럽게 울었다. 퉁퉁 부은 눈으로 그가 침울한 얼굴로 조용히 차를 마시러 나오자 다들 아무것도 눈치채지 못한 것처럼 행동했다.

다음 날 군주가 도착했다. 로스토프가의 하인들 몇 명이 차르를 보러 가게 해 달라고 청했다. 이날 아침 페탸는 오랫동안 옷을 입고 머리를 빗었으며, 어른들이 하는 모양으로 옷깃을 매만졌다. 그는 거울 앞에서 인상을 쓰기도 하고, 이런저런 몸짓을 취하기도 하고, 어깨를 으쓱해 보기도 했다. 그러고 나선 아무에게도 말하지 않고 학생모를 눌러쓴 후 다른 사람에게 들키지 않도록 조심하며 뒤 현관문으로 빠져나왔다. 페탸는 군주가 있는 곳으로 곧장 가서 시종 같은 사람에게 (페탸는 군주가 언제나 시종들에게 둘러싸여 있다고 생각했다) 직접 '저는 로스토프 백작입니다. 비록 어리긴 하지만 조국을 위해 봉사하고 싶습니다. 어리다는 것이 충성에 방해될 수 없습니다. 저는 준비가⋯⋯'라고 말하기로 결심했다. 페탸는 외출 준비를 하는 동안 시종에게 할 멋진 말을 잔뜩 준비해 두었다.

페탸는 자신이 어린아이라는 점 때문에 군주를 성공적으로 알현할 수 있으리라 예상했다. (페탸는 심지어 모두들 자신이 어리다는 사실에 깜짝 놀랄 거라고까지 생각했다.) 그러면서도 옷깃 매무새와 머리 모양, 느릿하고 침착한 걸음걸이에서는 늙은 사람의 모습을 보여 주고 싶어 했다. 하지만 앞으로 나아갈수록, 크렘린으로 몰려드는 군중에게 마음을 빼앗길수록 어른다운 침착함과 느긋함을 지키겠다던 생각을 잊고 말았다. 크렘린에 다가가는 동안 그는 어느새 사람들에게 떠밀리지 않을까 걱정하며 위협적인 표정으로 단호히 두 팔꿈치를 양 옆구리에 치켜올렸다. 그러나 트로이차 성문에서 승용 마차들이 포석을 요란하게 울리며 아치형 입구를 지나는 동안, 아마도 그가 얼마나 애국적인 목적을 품고 크렘린에 가는지 모를 사람들이 어찌나 세게 벽 쪽으로 미는지 그토록 단단히 결의를 다지고 온 그도 온순해져서 멈춰 서 있어야 했다. 페탸 주위에는 하인을 거느린 아낙 한 명, 상인 두 명, 퇴역 병사 한 명이 서 있었다. 문가에 몇 분 서 있던 페탸는 승용 마차들이 다 지나갈 때까지 기다리지 못하고 다른 사람들보다 먼저 가기 위해 단호하게 팔꿈치를 놀리기 시작했다. 그러자 페탸의 맞은편에 서 있다가 그의 팔꿈치에 가장 먼저 눌린 아낙이 화를 내며 그에게 소리 질렀다.

"도련님, 왜 자꾸 밀어요? 봐요, 모두 다 서 있잖아요. 왜 끼어드냐고요!"

"그러면 다른 사람들도 전부 그렇게 끼어든다니까요." 하인이 말했다. 그러고는 자기도 팔꿈치를 놀려 페탸를 악취가 나는 문 한구석으로 밀쳤다.

페탸는 땀으로 범벅이 된 얼굴을 손으로 닦고, 집에서 그가 그토록 멋지게 어른처럼 모양을 냈던, 땀에 푹 젖어 형편없어진 옷깃을 매만졌다.

페탸는 자신이 볼품없는 모습이 되었음을 느꼈고, 시종들 앞에 그런 모습으로 나타나면 군주를 알현하도록 허락해 주지 않을 것 같아 두려웠다. 그러나 사람들 틈에 끼여 옷매무새를 단정히 할 수도, 다른 곳으로 갈 수도 없었다. 마차를 타고 지나가던 장군들 가운데 한 명이 로스토프가와 친분이 있었다. 페탸는 그에게 도움을 청하고 싶었다. 그러나 문득 남자답지 못한 행동이라는 생각이 들었다. 승용 마차들이 다 지나가자 군중이 왈칵 쏟아져 나오면서 페탸도 광장으로 떠밀고 갔다. 그곳은 이미 사람들로 꽉 차 있었다. 광장뿐 아니라 비탈에도 지붕에도 어느 곳이든 사람들이 있었다. 광장에서 페탸가 제정신을 찾자마자, 그는 크렘린을 가득 채운 종소리와 사람들의 즐거운 말소리를 또렷하게 들었다.

한동안 광장이 좀 더 널찍했다. 그러나 갑자기 모두들 머리에서 모자를 벗었고, 모두가 앞쪽 어딘가로 또 몰려갔다. 페탸는 사람들에게 짓눌려 숨을 쉴 수 없었다. 다들 환호하기 시작했다. "우라! 우라! 우라!" 페탸는 발끝으로 서서 사람들을 밀치기도 하고 잡아당겨도 보았다. 그러나 주위 사람들 말고는 아무것도 볼 수 없었다.

모든 사람들의 얼굴에 오직 감격과 환희의 공통된 표정만 나타나 있었다. 페탸 옆에 서 있던 여자 상인이 흐느껴 울었고, 그녀의 눈에서 눈물이 흘렀다.

"아버지, 천사님, 다정한 아버지!" 그녀는 손가락으로 눈물을 훔치며 나직하게 중얼거렸다.

"우라!" 사방에서 사람들이 외쳤다.

군중은 잠시 한곳에 서 있다가 다시 앞으로 몰려갔다.

페탸는 자신조차 잊은 채 이를 악물고 짐승처럼 눈을 부릅뜨더니 팔꿈치로 밀치고 "우라!" 하고 외치면서 앞으로 질주했다. 그 순간 그는 앞을 가로막는 그 누구든 모조리 죽일 태세였다. 하지만 그의 양옆에서 그와 똑같은 짐승 같은 얼굴들이 똑같이 "우라!" 하고 외치며 밀려들었다.

'바로 이것이 군주란 무엇인가 하는 것이구나!' 페탸는 생각했다. '아니야, 내가 폐하에게 직접 청원하는 건 불가능해. 이건 너무 무모한 짓이야!' 그는 필사적으로 앞을 향해 헤치며 나아갔음에도 그에게는 앞에 선 사람들의 등 너머로 붉은 모직이 깔린 통로가 있는 텅 빈 공간만 얼핏 보였을 뿐이다. 그 순간 군중이 머뭇머뭇 동요하며 뒤로 물러났다. (앞에서 경찰들이 행렬에 너무 가까이 다가서는 사람들을 밀쳐 냈다. 군주가 궁전을 나와 우스펜스키 대교회 쪽으로 지나가고 있었던 것이다.) 그런데 예기치 않게 페탸는 옆구리로 날아온 강한 주먹에 갈비뼈를 맞았고, 너무 세게 짓눌려서 갑자기 눈앞의 모든 것이 흐릿해졌다. 그러고는 그만 의식을 잃었다. 그가 정신을 차렸을 때는 희끗한 머리 다발을 뒷덜미에 드리우고 닳아 빠진 파란 법의를 걸친, 아마도 하급 사제인 듯한 성직자가 한 팔로 그의 겨드랑이를 붙잡고, 다른 팔로 밀려드는 군중을 막고 있었다.

"귀족 도련님이 깔렸다!" 하급 사제가 말했다. "어떻게 이럴 수가! 조심해…… 사람이 깔렸다니까, 사람이 깔렸다고!"

군주가 우스펜스키 대교회로 들어갔다. 군중은 다시 평정을 찾았고, 하급 사제는 거의 숨을 쉬지 않는 창백한 페탸를 '차르의 대포'* 쪽으로 데려갔다. 몇몇 사람이 페탸를 가엾게 여기자 갑자기 온 군중이 페탸를 돌아보았다. 그리고 어느새 벌써 그 주위에 사람들이 북적거렸다. 좀 더 가까이 있던 사람들이 그를 보살피고, 프록코트 단추를 풀어 주고, 대포 받침대 위에 앉혔다. 그리고 누군가를 향해, 즉 그를 짓밟았던 자들을 향해 욕을 퍼부었다.

"이러다 사람을 밟아 죽이겠구먼. 이게 뭐야! 살인이라고! 어쩌면 좋아, 가여워라, 식탁보처럼 하얘졌네." 사람들의 목소리가 웅성거렸다.

페탸는 이내 의식을 되찾았고, 얼굴에는 혈색이 돌아왔고, 통증도 없어졌다. 그는 그 잠깐의 불쾌한 사건으로 대포 위에 자리를 얻었다. 그는 틀림없이 그 길로 되돌아갈 군주를 대포 위에서 볼수 있기를 기대했다. 이제 페탸는 더 이상 청원에 대해 생각하지 않았다. 그저 군주를 볼 수만 있다면, 그는 자신을 행복한 사람이라고 여길 것이라 생각했다.

우스펜스키 대교회에서 (군주가 방문한 경우에 하는 기도 및 튀르크와 평화 조약이 체결된 것에 대한 감사 기도를 합친) 예배가 진행되는 동안 군중은 주위로 넓게 흩어졌다. 크바스,* 당밀 과자, 페탸가 특히 좋아하는 양귀비씨 케이크를 파는 상인들이 나타났고, 일상적인 대화가 들리기 시작했다. 한 여자 상인은 자신의 찢어진 숄을 가리키며 그것을 사는 데 얼마나 많은 돈을 치렀는지 이야기했다. 어떤 여자는 요즘 들어 실크 옷감이 비싸졌다고 말했다. 페탸를 구해 준 하급 사제는 어느 관리에게 오늘 어떤, 어떤 사람이 주교와 함께 예배를 집전하는지 들려주었다. 하급 사제는 **공동 집전**이라는 말을 몇 차례나 반복했는데, 페탸는 그 말뜻을 이해할 수 없었다. 두 명의 젊은 상인은 호두를 깨물어 먹는 젊은 하녀들과 농담을 주고받았다. 그 모든 대화들, 특히 그 나이의 페탸에게 특별한 매력을 갖는 하녀들과의 농담들이 지금은 페탸의 관심을 끌지 못했다. 지금 그는 자신의 높은 곳, 대포 받침대에 앉아 군주와 군주를 향한 자신의 사랑을 생각하며 흥분하고 있었다. 사람들에게 깔릴 때의 아픔과 공포감이 희열과 합해져서 그에게 이 순간의 중요성을 더더욱 강렬하게 만들었다.

갑자기 강변에서 대포 소리가 (튀르크와의 평화 조약을 기념하는 축포였다) 들렸다. 그러자 군중은 대포 쏘는 것을 구경하러 쏜살같이 강가로 달려갔다. 페탸도 그곳으로 달려가고 싶었지만 귀족 도련님의 보호를 맡은 하급 사제가 놓아주지 않았다. 포탄이 계속 발사되고 있었다. 우스펜스키 대교회에서 장교들과 장군들과 시종들이 달려 나오고, 그 뒤를 이어 별로 서두르는 기색 없이 다른 사람들이 계속 나왔을 때, 군중은 다시 모자를 벗었다. 대포를 구경하러 달려갔던 사람들도 달려서 되돌아왔다. 마침내 군복을 입고 띠를 두른 네 명의 남자가 대교회 문을 나왔다. "우라! 우라!" 군중이 다시 함성을 질렀다.

"어느 분이에요, 어느 분?" 페탸가 주위 사람들에게 울먹이는 목소리로 물어보았으나 아무도 그에게 대답하지 않았다. 모두들 지나치게 몰두해 있었던 것이다. 페탸도 기쁨으로 차오른 눈물 때문에 뚜렷이 구분할 수 없었지만 네 사람 가운데 한 명을 선택한 후, 비록 그는 군주가 아니었지만, 그에게 자신의 모든 환희를 쏟아부으며, 광기 어린 목소리로 "우라!" 하고 외쳤고, 내일은 무슨 일이 있어도 군인이 되리라 결심했다.

군중은 군주의 뒤를 따라 달려갔고, 궁전까지 그를 배웅한 후에야 흩어지기 시작했다. 이미 늦은 시간이었고, 페탸는 아무것도 먹지 못한 데다 땀이 줄줄 흘러내렸다. 그러나 그는 집으로 돌아가지 않고, 비록 줄어들긴 했지만 아직 꽤 많은 군중 틈에 끼여 군주가 식사하는 내내 궁전 앞에 서 있었다. 그는 궁전 창문을 쳐다보기도 하고, 무언가를 더 기대하기도 하고, 군주의 만찬에 참석하기 위해 마차를 타고 궁전 입구로 다가오는 고관들과, 식사 시중을 드느라 이따금 창가에 모습을 보이는 시종들을 부러워했다.

군주의 만찬 자리에서 발루예프가 창을 내다보고 나서 말했다.

"백성들이 여전히 폐하를 뵙기를 고대하고 있습니다."

만찬은 이미 끝났고, 군주는 자리에서 일어나 비스킷을 먹으며 발코니로 나갔다. 군중은 그 한가운데 있던 페탸와 함께 발코니로 몰려갔다.

"천사님, 우리 아버지! 우라! 아버지!" 군중과 페탸는 함께 큰 소리로 외쳤다. 아낙들과 페탸도 포함된 몇몇 나이 어린 이들은 행복감에 또다시 울음을 터뜨렸다. 군주가 손에 쥐고 있던 비스킷이 부스러져 꽤 큰 조각이 발코니 난간으로, 난간에서 다시 땅으로 떨어졌다. 가장 가까이 서 있던 반외투 차림의 마부가 그 비스킷 조각에 달려들어 움켜쥐었다. 군중 가운데 몇 사람이 마부에게 몰려갔다. 그것을 본 군주는 비스킷 접시를 가져오도록 명한 뒤 발코니에서 비스킷들을 던지기 시작했다. 페탸의 눈에 핏발이 섰다. 깔려 죽을지 모른다는 위험이 그를 더더욱 흥분시켰고, 그는 비스킷을 향해 달려들었다. 그는 무엇을 위해 그러는지도 몰랐다. 그러나 차르의 손에서 나오는 비스킷을 하나라도 잡아야 했고, 그래서 전력을 다하지 않을 수 없었다. 그는 달려들었고, 비스킷을 잡은 노파의 발을 걸어 넘어뜨렸다. 그러나 노파는 땅바닥에 넘어져 있으면서도 자신이 졌다고 생각하지 않았다. (노파는 비스킷을 잡으려 했지만 좀처럼 손이 닿지 않았다.) 페탸는 무릎으로 노파의 팔을 걸어차고 비스킷을 움켜쥐었다. 그러고 나서 때를 놓칠까 두려운 듯 이미 쉬어 버린 목소리로 다시 한번 "우라!" 하고 소리쳤다.

군주가 떠나갔다. 그러자 군중도 뿔뿔이 흩어지기 시작했다.

"그것 봐, 내가 계속 기다려야 한다고 했지. 내 말대로 되었잖아." 사방에서 사람들의 즐거운 말소리가 들렸다.

페탸는 너무 행복했지만 집에 돌아가야만 해서, 또 이날의 즐 거움이 모두 끝났다는 것을 알고 여전히 우울했다. 크렘린을 나 온 페탸는 집으로 가지 않고 친구인 오볼렌스키의 집 쪽으로 갔 다. 오볼렌스키는 열다섯 살이었고, 페탸와 마찬가지로 군대에 들 어가기를 원했다. 집으로 돌아온 페탸는 자신이 군대에 가는 것을 허락해 주지 않으면 도망가겠노라며 단호하고 확고하게 선언했 다. 그러자 다음 날 일리야 안드레이치 백작은 아직 완전히 물러 선 것은 아니지만 페탸를 좀 더 안전한 곳에 배치되도록 할 수 없 을지 알아보러 집을 나섰다.

22

그로부터 사흘째 되는 날인 15일 아침, 슬로보츠키 궁전 앞에 셀 수 없을 정도로 많은 승용 마차가 늘어섰다.

홀들이 꽉 찼다. 첫 번째 홀에는 제복 차림의 귀족들이, 두 번째 홀에는 파란색 카프탄을 입고 턱수염을 기르고 메달을 단 상인들이 있었다. 귀족 회의장에서는 사람들이 웅성거리고 움직이는 기척이 있었다. 군주의 초상화 아래 놓인 큰 테이블 주위에는 가장 중요한 인사들이 등받이 높은 의자에 앉아 있었다. 그리고 귀족들 대부분은 홀 안에서 거닐고 있었다.

귀족들, 피에르가 클럽에서든 집에서든 매일같이 보던 그 사람들이 모두 제복을 입고 있었다. 누구는 예카테리나 시대의 제복, 누구는 파벨 시대의 제복, 누구는 새로운 알렉산드르 시대의 제복, 누구는 일반적인 귀족 제복을 입었다. 제복의 이런 공통적인 속성은 온갖 다양한 부류의 낯익은 노인들과 젊은이들에게 이상하고 환상적인 무언가를 더해 주었다. 특히 놀라웠던 것은 눈이 침침하고, 이가 없고, 머리가 벗어지고, 누런 비곗살로 배가 나오거나, 쭈글쭈글 주름지고 야윈 노인들이었다. 그들은 대부분 자리에 앉아서 침묵을 지키고 있었다. 돌아다니거나 이야기를 할 경우에는 자기보다 젊은 사람에게 살짝 달라붙었다. 페탸가 광장에서 본 군중의 얼굴에서처럼 그들의 얼굴에도 놀라울 정도로 서로 정반대되는 특징들이 나타났다. 그것은 엄숙한 무언가에 대한 공통의 기대와 보스턴 게임, 요리사 페트루시카, 지나이다 드미트리예브나의 건강 등 어제의 평범한 일들 사이에 놓여 있었다.

피에르는 이른 아침부터 이제는 그의 몸을 꽉 죄는 불편한 귀족 제복을 입고 홀에 있었다. 그는 흥분해 있었다. 귀족뿐 아니라 상인까지 여러 계급을 포함한, 말하자면 **삼부회*** 같은 이례적인 회의는 그가 오래전에 저버렸으나 마음속 깊이 각인되어 있던, **사회계약설**과 프랑스 혁명에 관한 일련의 생각들을 그에게서 불러냈다. 그가 격문에서 보았던 문구, 즉 군주가 국민들과 **협의**하기 위해 수도로 온다는 문구가 그의 이러한 견해를 확인해 주었다. 그는 이러한 의미에서 중요한 무언가가, 자신이 오래전부터 기다리던 무언가가 다가오고 있다고 생각하며, 홀을 다니면서 사람들을 유심히 바라보거나, 그들의 말에 귀를 기울였다. 하지만 어디에서도 자신을 사로잡은 사상의 표현을 발견하지 못했다.

환호를 불러일으켰던 군주의 선언문이 낭독되었다. 그다음 모두들 이야기를 나누며 뿔뿔이 흩어졌다. 일반적인 관심사 외에도 군주가 들어올 때 귀족 대표단은 어디에 설 것인가, 군주를 위한 무도회는 언제 열 것인가, 무도회는 군(郡) 단위로 나누어 여는 편이 좋은가 현(縣) 차원에서 여는 것이 좋은가 등을 논의하는 말들이 피에르에게 들려왔다. 그러나 사안이 전쟁과 귀족 회의의 목적으로 넘어가자 논의는 곧 주저하게 되고, 불명확하게 되었다. 모두들 말하기보다 듣기를 원했다.

퇴역 해군 장교복을 입은 늠름하고 잘생긴 중년 남자가 한 홀에서 이야기하고 있었고, 그 주위에 사람들이 모여들어 있었다. 피에르는 그 말쟁이 주위에 만들어진 작은 모임으로 다가가 귀를 기울여 듣기 시작했다. 모든 사람들과 친분이 있는 일리야 안드레이치 백작도 예카테리나 여제 시대의 지방관 제복인 카프탄 차림을 하고 상냥한 미소를 띤 채 군중 사이를 돌아다니다가 그 모임으로 다가갔다. 그리고 이야기를 들을 때 항상 하는 것처럼 말하는 사람에게 동의한다는 표시로 고개를 끄덕여 가며 특유의 선량한 미소를 띠고 이야기를 들었다. 퇴역 해군 장교는 매우 대범하게 이야기하고 있었다. 그의 말을 듣는 사람들의 표정을 보아도, 또 피에르가 더할 나위 없이 유순하고 조용한 사람들로 알고 있는 이들이 그에게서 떠나거나 반대 발언을 하는 것을 보면 분명 그랬다. 피에르는 모임 한가운데로 밀치고 들어가, 귀를 기울여 들었다. 그리고 지금 발언하는 사람이 정말로 자유주의자이지만 피에르가 생각하는 것과 전혀 다른 의미의 자유주의자라고 확신했다. 해군 장교는 유난히 울리는, 노래를 부르는 듯한 귀족적인 바리톤 음색으로 r 발음을 목젖으로 발성하는 듣기 좋은 프랑스어식 발음과 자음 축약을 구사하면서, 말하자면 "여보게, 파이프!"가 아닌 "엽, 파입!" 등과 같은 방식으로 외치듯이 말했다. 그는 흥청망청 노는 생활과 권력에 익숙한 것이 묻어나는 목소리로 말했다.

"스몰렌스크 사람들이 군주에게 민병대원들을 제공했다고 해서 그게 뭐 어떻다는 겁니까? 스몰렌스크 사람들이 우리에게 명령을 내린 것입니까? 모스크바의 고귀한 귀족들은 스스로 필요성을 발견하면, 다른 방법으로 황제 폐하께 자신들의 충성을 표할 수 있습니다. 정말로 우리가 1807년의 민병대를 잊었습니까? 사제의 아들들과 강도들만 이익을 보았던 것이지 않습니까……."

일리야 안드레이치 백작이 유쾌하게 미소를 지으며 동의하는 듯 고개를 끄덕였다.

"또 어떻습니까? 정말로 우리 민병대원들이 국가에 쓸모가 있었습니까? 전혀 없었지요! 그들은 우리 경제만 망쳐 놓았습니다. 징병을 하는 편이 훨씬 나을 겁니다……. 왜냐하면 그들이 돌아올 때는 더 이상 병사도 농부도 아닌 그저 건달에 불과하니까요. 귀족들은 자기 목숨을 아끼지 않지요. 우리는 직접 출정도 하고, 또 신병 모집도 할 것입니다. 폐께서 (그는 '폐하'를 그렇게 발음했다) 우리를 부르기만 하셔도 우리는 모두 그분을 위해 죽을 겁니다." 연설가는 고무되어 이렇게 덧붙였다.

일리야 안드레이치는 만족감으로 침을 꿀꺽 삼킨 후 피에르를 슬쩍 밀었다. 그러나 피에르도 발언하고 싶었다. 그는 고무된 자신을 느끼며 스스로도 아직 무엇 때문인지, 또 아직 무슨 말을 해야 할지도 모르면서 앞으로 나섰다. 그가 말하려고 입을 열자마자 연설가 옆에 가까이 서 있던, 똑똑해 보이면서도 화난 얼굴에 치아가 전혀 없는 원로원 의원이 피에르의 말을 가로막았다. 토론을 이끌고 토론 문제들이 딴 길로 벗어나지 않도록 유지하는 데 익숙한 것처럼 보이는 그는 조용히, 그러나 잘 들리도록 말하기 시작했다.

"여러분, 내가 생각하기에……." 의원은 치아가 없는 입을 우물거리며 말했다. "우리가 이곳에 온 것은 현재 이 순간에 국가에 더 나은 것이 징병인가 민병대인가를 판단하기 위해서가 아닙니다. 우리는 황제 폐하께서 우리에게 하사하신 격문에 응답하기 위해 이곳에 온 것입니다. 징병과 민병대 가운데 어느 쪽이 더 나은지를 판단하는 것은 최고 권력에 맡기고……."

피에르는 문득 자신의 고무된 감정을 분출할 출구를 발견했다. 그는 귀족들이 당면하여 해야 할 일들에 대해 그런 원칙적이고 편협한 견해를 들여오는 원로원 의원에게 매우 화가 났다. 피에르는 앞으로 나서며 그의 말을 가로막았다. 그는 스스로도 무슨 말을 하게 될 줄 몰랐지만 활기차게, 이따금씩 프랑스어를 사용하며 돌파하고 또 러시아어의 문어적 표현을 쓰면서 말하기 시작했다.

"실례합니다, 각하." 그는 시작했다. (피에르는 원로원 의원과 아주 잘 아는 사이였으나, 이 자리에서는 공식적으로 대할 필요가 있다고 생각했다.) "비록 저는 이 신사분에게 동의하는 바는 아닙니다만……. (피에르는 말을 더듬었다. 그는 **매우 존경하는 나의 적**이라고 말하고 싶었다.) 이 신사분과 **알 수 있는 영광**을 갖지 못**했습니다.** 그러나 나는 귀족 계층이 부름을 받은 것은 자신의 공감과 환호를 표현하는 것 외에도 우리가 조국을 도울 수 있는 대책들을 협의하기 위해서라고 생각합니다. 내가 생각하기에……." 그는 고무되어 말했다. "폐하께서도 불만스러워하실 것입니다. 만약 그분이 우리에게서 우리가 그분에게 제공할 농민들의 소유주만을 발견하고, 또한…… 우리에게서 우리가 자신을 재료로 삼아 만들어 내는 **총알받이**만을 보고, 우리에게서 조…… 조…… 조언을 얻지 못하신다면 말입니다."

많은 사람들이 원로원 의원의 경멸 어린 미소와 피에르가 제멋대로 말하고 있음을 눈치채고, 모임에서 떠나기 시작했다. 오직 일리야 안드레이치만 해군 장교의 말에, 원로원 의원의 말에, 그리고 그가 마지막으로 듣는 말에는 대체로 항상 흡족해하던 것처럼, 피에르의 말에도 흡족해했다.

"난 이 문제를 논의하기에 앞서……." 피에르는 계속해서 말했다. "우리가 폐하께 여쭤 봐야 한다고 생각합니다. 아군의 수가 얼마나 되는지, 우리 군대와 군이 어떤 상황에 처해 있는지에 대해 각하께서 우리와 커뮤니케이션해 주시기를 지극히 정중하게 요청해야 합니다. 그러면 그때……."

그러나 피에르가 말을 마치기도 전에 갑자기 세 방향에서 그를 공격했다. 그를 가장 강력하게 공격한 사람은 오랜 지인이자 그를 언제나 호의로 대하는, 보스턴 카드놀이꾼인 스테판 스테파노비치 아드락신이었다. 스테판 스테파노비치는 제복을 입고 있었는데, 그 제복 때문인지 아니면 다른 이유들 때문인지 피에르는 눈앞에서 전혀 다른 인물을 보았다. 스테판 스테파노비치가 불현듯 나타나는 노인들의 노여움을 띠며 피에르에게 호통을 쳤다.

"첫째, 나는 우리에게 이 문제에 관해 폐하께 여쭤 볼 권리가 없다는 점을 당신에게 알려 주는 바이오. 둘째, 비록 러시아 귀족 계급에 그런 권리가 있다 해도 폐하께서는 우리에게 답변하실 수 없소. 군대는 적의 움직임에 상응해서 이동합니다. 그러므로 군대는 줄기도 하고, 늘기도 하는……."

중간 정도의 키에 마흔 살가량 된 다른 남자의 목소리가 아드락신을 가로막았다. 피에르는 예전에 그 사람이 집시들 가운데 있던 것을 보곤 했는데, 좋지 못한 노름꾼으로 기억하고 있었다. 그 또한 제복 때문에 모습이 달라 보였는데, 피에르 쪽으로 다가왔다.

"게다가 지금은 의논이나 하고 있을 때가 아니죠." 그 귀족이 말했다. "행동해야 합니다. 러시아에 전쟁이 일어났습니다. 러시아를 파멸시키고, 우리 선조들의 묘를 욕보이고, 아내들과 아이들을 끌고 가려고 우리의 적들이 오고 있습니다." 그 귀족은 자기 가슴을 쳤다. "우리 모두 일어섭시다. 우리 모두 마지막 한 사람까지 차르-우리 아버지를 위해 출정합시다." 그가 핏발 선 눈을 부라리며 외쳤다. 그 말에 찬성하는 몇몇 목소리가 무리들 사이에서 들렸다. "우리는 러시아인이고, 우리는 신앙과 왕좌와 조국을 지키기 위해서라면 자신의 피를 아까워하지 않을 겁니다. 우리가 조국의 아들이라면 헛소리는 그만두어야 합니다. 러시아가 러시아를 위해 어떻게 일어서는지 우리가 유럽에 보여 줄 겁니다." 그 귀족이 외쳤다.

피에르는 반박하고 싶었으나 한마디도 할 수 없었다. 그는 자신의 말소리가, 그 말이 어떤 생각을 담고 있느냐에 상관없이 그 활기찬 귀족의 말소리에 비하면 거의 들리지 않을 것이라고 느꼈다.

일리야 안드레이치가 무리 뒤쪽에서 찬성을 표했다. 몇몇 사람들은 연설자의 말이 끝날 때마다 그를 향해 재빨리 어깨를 돌리고 말했다.

"그럼, 맞아, 그렇고말고. 바로 그거야!"

피에르는 돈이든 농민이든 자신이든 무엇이든 희생할 수 있지만, 군주를 돕기 위해서는 일이 어떤 상황에 있는지 알 필요가 있다고 말하고 싶었다. 그러나 말할 수가 없었다. 많은 목소리들이 한꺼번에 소리치고 떠들어서 일리야 안드레이치는 모든 사람에게 고개를 끄덕여 보일 수도 없었다. 그룹은 점점 커지다가 나뉘어 흩어지더니, 다시 한자리에 모여들었고, 다 함께 웅성거리며 대연회장에 놓인 큰 테이블로 향했다. 피에르는 미처 말할 겨를도 없었을 뿐 아니라, 사람들이 거칠게 그의 말을 가로막고, 그를 밀치고, 마치 공동의 적처럼 그를 외면했다. 그것은 그 말 내용에 불만족스러워서 일어난 일이 아니었다. 그의 말에 이어 수많은 말이 쏟아져 나오는 바람에 그들은 잊어버렸다. 그러나 군중이 활기를 띠기 위해서는 실제로 느낄 수 있는 사랑의 대상과 실제로 느낄 수 있는 증오의 대상이 있어야 했다. 그리고 피에르는 후자가 되었던 것이다. 활기찬 귀족에 뒤이어 많은 사람들이 연설했다. 모두들 똑같은 어조로 말했다. 많은 사람들이 멋지게 독창적으로 말했다.

『러시아 통보』의 발행인 글린카*는 (그를 알아본 사람들이 무리 사이에서 "작가다, 작가다!" 하는 소리가 들렸다) 지옥은 지옥으로 물리쳐야 하며, 자신은 번개가 번쩍이고 천둥이 쳐도 방글방글 웃는 어린아이를 본 적이 있지만, 우리는 그런 아이가 되지 않을 것이라고 말했다.

"맞아, 맞아, 천둥이 칠 때에도!" 뒷줄에 있는 사람들이 맞장구치며 그 말을 따라 했다. 무리는 큰 테이블로 다가갔다. 그 주위에는 백발이 성성하거나 대머리인 70대의 대귀족 노인들이 제복에 띠를 두르고 앉아 있었다. 피에르는 그들 대부분을 그들의 자택에서 광대들과 있을 때나 클럽에서 보스턴 게임을 할 때 만난 적이 있었다. 군중은 끊임없이 웅성거리며 테이블로 다가갔다. 연설자들은 밀어닥치는 군중 때문에 등받이 높은 의자에서 뒤편으로 달라붙은 채 차례차례, 때로는 둘이서 한꺼번에 발언했다. 그 뒤쪽에 서 있던 사람들은 연설자가 어떤 말을 빠뜨린 것을 알아채면 그 말을 덧붙여 주려고 안달했다. 또 어떤 사람들은 그 무덥고 비좁은 가운데 어떤 생각을 찾을 수 없을까 자기 머리를 굴렸고, 그것을 서둘러 발언하기도 했다. 피에르가 아는 대귀족 노인들은 자리에 앉아 이 사람 저 사람 번갈아 쳐다보고 있었다. 그들 대부분의 표정은 그저 너무 덥다고 말할 뿐이었다. 그러나 피에르는 자신이 흥분한 것을 느꼈다. 우리에게는 어떤 것도 대수롭지 않다는 것을 보여 주고 싶어 하는, 말의 뜻보다는 사람들의 음성과 표정에서 더 잘 나타난 모든 이들의 공통된 욕망의 감정이 그에게도 전달되었다. 그는 자신의 생각을 포기하지 않았지만 자신이 무언가 잘못한 것처럼 느껴졌고, 그래서 변명하고 싶었다.

"난 무엇이 필요한지 알게 될 때 희생하는 것이 우리에게 더 나을 것이라고 말했을 뿐입니다." 그는 다른 목소리들보다 더 크게 외치려고 애쓰며 말했다.

가장 가까이 있던 노인 하나가 그를 돌아보았다. 그러나 곧바로 테이블의 다른 쪽에서 일어난 고함 소리로 주의를 빼앗겼다.

　"그렇습니다, 모스크바는 항복하고 말 겁니다. 모스크바가 속죄물이 될 겁니다!" 한 사람이 외쳤다.

　"그자는 인류의 적입니다!" 다른 사람이 외쳤다. "나에게 발언을 하게 해…… 여러분, 당신들이 날 짓누르고 있습니다……!"

23

그때 턱이 튀어나오고 빠르게 움직이는 눈을 가진 라스톱친 백작이 장군 제복을 입고 어깨에 띠를 두른 채 양옆으로 갈라진 귀족 무리 사이를 빠른 걸음으로 들어왔다.

"지금 황제 폐하께서 오실 것입니다." 라스톱친이 말했다. "방금 그곳에서 오는 길입니다. 난 우리가 처한 이 상황에서 많은 것을 논하는 것이 쓸데없다고 생각합니다. 폐하께서 우리와 상인 계급을 소집해 주셨습니다." 라스톱친 백작이 말했다. "저쪽에서 수백만 루블이 쏟아져 나올 것이고, (그는 상인들의 홀을 가리켰다) 우리 임무는 민병대를 만들어 제공하고 자신을 아끼지 않는 것입니다……. 이것이 우리가 할 수 있는 최소한입니다!"

테이블 앞에 앉은 대귀족들 사이에서 협의가 시작되었다. 협의는 조용함 그 이상의 상태로 진행되었다. 온갖 소음이 있었던 후라 한 사람이 "찬성합니다" 하면 또 다른 사람이 변화를 주고자 "나도 같은 견해입니다"라고 하는 등 노인들의 목소리가 한 사람씩 차례차례 들려 협의는 구슬프게까지 보였다.

서기에게 모스크바 주민도 스몰렌스크 주민과 마찬가지로 농부 1천 명당 열 명의 병사와 군장 일체를 제공한다는 모스크바 귀족의 결의를 기록하라는 지시가 내려졌다. 회의에 참석한 귀족들은 홀가분한 듯 자리에서 일어나며 의자를 뒤로 젖혀 요란하게 소리를 냈고, 다리를 풀 겸 누군가의 팔을 잡고 이야기를 나누며 홀에서 거닐었다.

"폐하다! 폐하다!" 하는 말소리가 갑자기 홀에서 다른 홀로 빠르게 전해졌다. 모든 무리들이 출구로 몰려들었다.

양쪽에 벽처럼 늘어선 귀족들 사이의 넓은 통로를 따라 군주가 홀 안으로 들어왔다. 모든 사람들의 얼굴에 공손함과 두려움이 뒤섞인 호기심이 나타났다. 피에르는 꽤 멀리 떨어져 있어 군주의 말을 충분히 알아들을 수 없었다. 그는 들리는 바에 따라 군주가 지금 국가가 처한 위험과 자신이 모스크바 귀족들에게 거는 기대에 관하여 이야기하고 있다는 점만 이해했을 뿐이었다. 또 이제 막 이루어진 귀족들의 결정 사항을 전하는 다른 목소리가 군주에게 대답했다.

"여러분!" 군주가 떨리는 목소리로 말했다. 군중은 잠시 소란스럽다가 다시 조용해졌다. 그래서 피에르는 매우 듣기 좋고 인간적이고 감동적인 군주의 목소리를 분명히 들을 수 있었다. 그가 말했다. "나는 러시아 귀족의 성심을 한순간도 의심한 적이 없소. 그러나 오늘은 그 성심이 내 기대를 넘어섰소. 조국의 이름으로 그대들에게 감사하오. 여러분, 우리 함께 행동합시다. 시간은 무엇보다 소중하고……."

군주는 잠시 침묵했다. 군중이 그 주위로 몰려들기 시작했고, 사방에서 환희에 찬 외침이 들렸다.

"그래, 무엇보다 소중하지…… 차르의 말씀이야." 뒤에서 일리야 안드레이치가 흐느끼며 말했다. 그는 아무것도 듣지 못했지만, 모든 것을 자기 식으로 이해하고 있었다.

군주는 귀족의 홀에서 상인의 홀로 지나갔다. 그곳에선 10분 정도 있었다. 사람들 틈에 끼여 있던 피에르는 군주가 감동의 눈물이 고인 눈으로 상인의 방에서 나오는 것을 보았다. 나중에 사람들이 알게 된 것처럼, 상인들에게 연설을 시작한 순간 군주의 눈에서 눈물이 펑펑 쏟아졌고, 떨리는 목소리로 끝까지 연설을 했다. 피에르가 군주를 보았을 때 그는 두 상인을 거느린 채 홀 밖으로 나오고 있었다. 한 사람은 피에르도 아는 뚱뚱한 징세업자*였다. 다른 한 사람은 턱수염이 좁고 야윈 누런 얼굴을 한 자치 단체의 수장이었다. 두 사람 모두 울고 있었다. 야윈 사람은 눈물이 멈춰 있었지만, 뚱뚱한 징세업자는 어린아이처럼 흐느껴 울며 계속 같은 말을 되풀이했다.

"목숨도 재산도 다 가져가십시오, 폐하!"

순간 피에르는 자신에게 그 무엇도 중요하지 않고, 자신이 모든 것을 희생할 준비가 되어 있음을 보여 주고픈 열망 외에 아무것도 느낄 수 없었다. 자신의 입헌주의적인 발언이 비난받아 마땅하게 여겨졌다. 그는 그 치욕을 씻을 기회를 찾았다. 마모노프* 백작이 1개 연대를 제공한다는 것을 알게 된 베주호프는 그 자리에서 병사 1천 명과 유지 비용을 대겠다고 라스톱친 백작에게 선언했다.

로스토프 노인은 그곳에서 있었던 일을 눈물 없이는 아내에게 들려줄 수 없었다. 그는 그 자리에서 페탸의 청에 동의하고 직접 그의 지원서를 쓰기 위해 갔다.

다음 날 군주는 떠났다. 소집되었던 귀족들은 전부 제복을 벗었고, 다시 자택과 클럽에 자리를 잡았다. 그들은 끙끙 앓는 소리를 내면서 관리인들에게 민병대에 관한 지시를 내렸고, 자신들이 저질러 놓은 일에 놀라워했다.

제2부

I

나폴레옹이 러시아와 전쟁을 시작한 것은 그가 드레스덴에 오지 않을 수 없었기 때문이고, 명예심에 정신이 혼미해지지 않을 수 없었기 때문이고, 폴란드 군복을 입지 않을 수 없었기 때문이고, 6월 아침의 진취적인 인상에 굴복하지 않을 수 없었기 때문이고, 처음에는 쿠라긴이, 그다음에는 발라쇼프가 있는 자리에서 분노의 발작을 억누를 수 없었기 때문이다.

알렉산드르가 모든 협상을 거절한 것은 개인적으로 모욕을 당했다고 느꼈기 때문이다. 바르클라이 드 톨리가 최상의 방식으로 군대를 통솔하고자 애쓴 것은 의무를 수행하고, 위대한 사령관이라는 명성을 얻기 위해서였다. 로스토프가 말을 몰고 달려가 프랑스군을 공격한 것은 평원을 질주하고 싶은 욕망을 억누를 수 없었기 때문이다. 이 전쟁에 참가한 사람들, 그 수많은 사람들이 그런 식으로, 즉 저마다의 개인적 특성과 습관과 조건과 목적에 따라 행동했다. 그들은 자신이 무엇을 하는지 알고 있고, 자신을 위해서 그것을 한다고 생각하면서, 두려워하기도 하고, 허세도 부리고, 기뻐도 하고, 분노도 하고, 판단도 했다. 그러나 다들 모두는 역사의 무의식적인 도구이고, 그들에게는 감춰졌지만 현재의 우리는 이해할 수 있는 일들을 수행해 나갔다. 그것이 실제적인 일을 하는 모든 활동가들의 변함없는 운명이고, 사람들 사이의 위계질서에서 높은 위치에 있는 사람일수록 그들이 누리는 자유는 더욱더 적어지는 법이다.

이제 1812년에 활동하던 사람들은 오래전에 자기 자리를 떠났고, 그들의 개인적인 관심은 흔적도 없이 사라졌다. 그리고 오직 그 시대의 역사적 결과만 우리 앞에 놓여 있다.

하느님의 섭리는 이 모든 사람들이 저마다 자기 목적을 성취하려 애쓰면서 하나의 거대한 결과를 실현하는 데 협력하도록 했다. 그 결과에 대해서는 단 한 사람도 (나폴레옹도, 알렉산드르도, 게다가 전쟁 참가자들 가운데 어느 누구도) 전혀 예상하지 못했다.

이제 우리에게는 1812년에 프랑스군이 파멸한 이유가 무엇이었는지 분명하다. 나폴레옹 군대의 파멸 이유가 한편으로는 겨울 행군을 위한 별다른 준비 없이 늦은 시기에 러시아 깊숙한 곳까지 들어와 버린 점, 다른 한편으로는 전쟁이 러시아 도시들이 불타면서 띠게 된 성격, 러시아 민중들 사이에서 일어난 증오라는 사실에 대해 아무도 반박하지 않을 것이다. 그러나 당시에는 아무도 그것을 예측하지 못했다. (지금은 명백한 사실처럼 보이지만.) 최고 지휘관들이 이끄는 세계 최고의 80만 군대가 미숙한 지휘관들이 이끄는 미숙한 러시아 군대, 그것도 병력이 그 절반밖에 안 되는 러시아 군대와 충돌할 때 그 최고의 군대를 파멸로 이끌 방법은 오직 이 길뿐이라는 것을……. **아무도 이를 예측하지 못했을 뿐 아니라 러시아 쪽에서는** 모든 노력이 계속해서 러시아를 구할 유일한 방법을 가로막은 것에 집중되어 있었으며, **프랑스 쪽에서는** 모든 노력이 이른바 전쟁의 천재라는 나폴레옹의 노련함에도 불구하고 여름이 끝날 무렵 모스크바까지 전선을 확대하는 것, 즉 자신들을 파멸로 몰고 갈 바로 그 일을 하는 데 집중되어 있었다.

1812년에 관한 역사 저작들에서 프랑스의 저술가들은 나폴레옹이 전선 확대로 인한 위험을 감지했고, 그가 전투를 추구했고, 그의 원수들이 그에게 스몰렌스크에서 멈추도록 권했다고 말하면서, 당시에 이미 원정의 위험이 간파되어 있었던 것처럼 증명하려는 여러 유사한 논거들을 끌어들이기를 좋아한다. 하지만 러시아의 저술가들은 나폴레옹을 러시아 깊숙이 유인하는 스키타이식 전쟁 계획이 원정 초반부터 존재했다고 말하기를 훨씬 더 좋아한다. 어떤 이들은 이 계획을 풀의 것으로, 어떤 이들은 어느 프랑스인의 것으로, 어떤 이들은 톨의 것으로, 어떤 이들은 다름 아닌 알렉산드르 황제의 것으로 돌리면서 이런 행동 방식에 대한 암시가 실제로 포함된 메모, 계획안, 편지를 제시한다. 그러나 이미 발생한 것에 대한 예견을 가리키는 이 모든 암시가 오늘날 프랑스 쪽과 러시아 쪽에서 모두 제시될 수 있는 것은 그저 사건이 그 암시들을 정당화해 주었기 때문이다. 사건이 일어나지 않았다면 그 암시들은 잊히고 말았을 것이다. 그와 정반대인 수천 혹은 수백만의 암시와 예상들이 당시에 널리 유행했지만, 결국에는 그릇된 것으로 밝혀지면서 잊히고 만 것처럼 말이다. 진행 중인 각 사건의 결말에 대해서는 언제나 많은 예상이 따르기 마련이므로 사건이 어떤 식으로 끝나든 "그때 내가 이렇게 될 거라고 말했잖아"라고 말하는 사람은 늘 존재한다. 그 무수한 예상들 가운데 완전히 상반된 것들도 있었다는 점을 완전히 잊고 말이다.

나폴레옹이 전선 확대의 위험을 인식하고 있었다는 가정과 러시아 쪽에서 적을 러시아 영토 깊숙이 끌어들였다는 가정은 명백히 이 범주에 속한다. 그러므로 역사가들은 무리하게 억지를 쓰게 될 때만 그런 판단을 나폴레옹과 그 장군들이 했던 것으로, 그런 계획을 러시아 사령관들이 했던 것으로 돌릴 수 있을 것이다. 모든 사실은 그러한 가정에 완전히 대치된다. 전쟁 전 기간에 걸쳐 러시아에는 프랑스군을 러시아 깊숙이 유인하려는 바람을 갖고 있지 않았을 뿐 아니라, 프랑스군이 러시아에 처음 진입할 때부터 그들을 저지하기 위해 모든 노력을 기울였다. 또한 나폴레옹은 전선의 확대를 두려워하지도 않았고, 매번 한 걸음씩 전진할 때마다 그것이 승리인 것처럼 기뻐했고, 이전의 원정 때와는 달리 전투를 찾아 벌이는 데도 매우 게을렀다.

원정이 시작된 맨 처음 시기에 아군은 양분되고 만다. 그래서 우리가 추구한 유일한 목적은 그들을 합치는 것이었다. 퇴각하여 적을 영토 깊숙이 끌어들이기 위해서라고 할지라도, 군대를 합류시키는 이익이 되지 않는다. 황제가 군대와 함께 머물렀던 것은 러시아 땅을 한 발자국이라도 방어하도록 군의 사기를 북돋기 위해서이지 퇴각하기 위해서가 아니다. 풀의 계획에 따라 드리사 강가에 대규모 진지가 구축되고, 계속 퇴각하는 것은 고려되지 않는다. 한 걸음 한 걸음 퇴각할 때마다 군주는 총사령관을 비난한다. 모스크바의 소각뿐 아니라 적들을 스몰렌스크까지 허용한다는 것은 황제로선 상상조차 할 수 없는 일이다. 군대가 합류하고 있을 때 군주는 성벽 앞에서 싸움도 제대로 벌여 보지 못하고 스몰렌스크가 함락되고 불탄 것을 분노한다.

군주는 그렇게 생각한다. 그러나 러시아 사령관들과 국민은 아군이 영토 깊숙이 퇴각하고 있다는 생각에 더욱더 분개한다.

나폴레옹은 러시아군을 양분한 후 영토 깊숙이 이동해 들어가고, 몇 차례 전투할 기회를 놓친다. 8월 그는 스몰렌스크에 입성하고, 어떻게 계속 진군할 것인가만 생각한다. 비록 오늘날 우리가 보다시피, 그 진군은 그에게 파멸을 가져올 것임에도 말이다.

진실은 다음과 같은 점을 분명히 말한다. 나폴레옹은 모스크바로의 진군이 위험하다는 것을 예견하지 않았고, 알렉산드르도, 러시아 사령관들도 당시에는 나폴레옹을 유인하는 것은 생각지도 않았으며, 오히려 정반대되는 것을 생각했다. 나폴레옹을 영토 깊숙한 곳으로 유인한 것은 누군가의 계획에 따라 일어난 것이 아니라, (아무도 그 가능성을 믿지 않았다) 전쟁에 참가한 사람들의 복잡하기 짝이 없는 장난, 음모, 목적, 열망에서 일어난 것이며, 그들은 장차 무슨 일이 일어날지, 러시아를 구할 유일한 방도가 무엇인지 짐작도 못했다. 모든 것은 뜻하지 않게 일어난다. 군대는 원정 초기에 양분되었다. 우리는 전투를 벌이고 적의 진격을 막겠다는 명확한 목적을 품고 군대를 합치려 노력한다. 하지만 그처럼 합류하려고 노력하는 동안 병력이 훨씬 우세한 적과의 전투를 회피하고, 자신들의 의지와 상관없이 날카로운 각을 이루어 퇴각하면서, 우리는 프랑스인들을 스몰렌스크까지 이끌게 된다. 그러나 양분된 러시아 군대 사이로 프랑스군이 진군해 오기 때문에 우리가 날카로운 각을 이루며 퇴각했다고 말하는 것은 충분치 않다. 그 각은 점점 더 예리해지고, 우리는 점점 더 깊숙이 물러나는데, 왜냐하면 인기 없던 독일인인 바르클라이 드 톨리가 바그라티온의 미움을 사고, (바그라티온은 그의 지휘를 받아야 했다) 제2군을 지휘하던 바그라티온은 그의 명령을 받지 않기 위해 가능하면 더 오랫동안 바르클라이와 합류하지 않으려고 애쓰기 때문이다. 바그라티온은 (모든 지휘관들의 주된 목적이 합류에 있었음에도) 오랫동안 합류하지 않는다. 왜냐하면 그가 보기에 이런 행군은 자신의 군대를 위험에 빠뜨릴 뿐이고, 계속 왼쪽으로, 남쪽으로 좀 더 퇴각하면서 적을 측면과 후방에서 괴롭히고 우크라이나에서 군대를 보충하는 것이 자신에게 가장 유리해 보였기 때문이다. 그리고 바그라티온에게 이런 생각이 떠오른 것은 그가 미워하는 독일인에게, 그보다 관등이 낮은 바르클라이에게 복종하고 싶지 않았기 때문인 듯하다.

황제는 군대의 사기를 북돋우기 위해 병사들과 함께 머문다. 하지만 그의 존재, 무엇을 결정해야 할지 모르는 무지, 숱한 조언자와 계획들이 제1군의 활동력을 무력화하고, 군대는 퇴각한다.

드리사 진영에서 군대는 퇴각을 멈추도록 예정되어 있다. 그런데 뜻밖에도 총사령관 자리를 노리던 파울루치가 알렉산드르에게 영향력을 발휘하여 풀의 모든 계획이 망가지고, 모든 일을 바르클라이가 맡게 된다. 그러나 바르클라이가 신뢰감을 주지 못한 탓에 그의 권력은 제약을 받는다.

군대는 분열되어 있고, 지휘 체계에는 통일성이 없고, 바르클라이는 인기가 없다. 그러나 이러한 혼란과 분열과 인기 없는 독일인 총사령관 때문에 한편으로는 우유부단함과 전투 회피라는 것이 시작되고, (만약 양분된 군대가 합류했다면, 바르클라이가 지휘관이 아니었다면, 그때는 더 이상 전투를 억제할 수 없었을 것이다) 다른 한편으로는 독일인들을 향한 분노와 애국심의 분위기가 점점 고조된다.

마침내 군주는 군대를 떠난다. 그가 떠나기 위한 가장 적당하고 유일한 명분으로 채택된 것은 국민 전쟁을 일으키려면 그가 두 수도의 국민들을 격려해야 한다는 생각이었다. 그리고 이렇게 군주가 모스크바로 떠나면서 러시아 군대의 전력은 세 배로 증대한다.

군주는 총사령관의 권한에 부담을 주지 않기 위해 군을 떠나면서 더욱 결정적인 대책들이 취해지기를 기대한다. 그러나 군사령부의 상황은 한층 혼란스러워지고 약화된다. 베니히센, 대공, 시종 장군들의 무리가 총사령관의 행동을 감시하고, 그의 활력을 북

돈기 위해 군에 남는다. 그래서 바르클라이는 **군주의 이 모든 눈들**의 감시 아래 더욱 부자유스러워진 것을 느끼면서 결정적으로 행동하는 것을 조심스러워하고 전투를 피하게 된다.

바르클라이는 신중함을 지지한다. 황태자는 그것이 배신임을 넌지시 암시하며 총력전을 요구한다. 류보미르스키, 브라니츠키, 블로츠키* 및 그와 같은 사람들이 그 모든 소동에 얼마나 부채질을 해 대는지 그 바람에 바르클라이는 군주에게 서류를 전한다는 구실로 폴란드인 시종 장군들을 페테르부르크에 보내고, 베니히센과 대공을 상대로 공개적으로 싸운다.

바그라티온은 결코 원하지 않았지만 양분된 군대들이 마침내 스몰렌스크에서 합류한다.

바그라티온은 카레타를 타고 바르클라이가 묵는 숙소로 간다. 바르클라이는 견장을 달고 그를 맞이하러 나와 관등이 높은 바그라티온에게 보고한다. 관대함에서 지고 싶지 않았던 바그라티온은 자신의 관등이 높음에도 불구하고 바르클라이에게 복종한다. 그러나 복종은 하되 그에게는 더욱더 동조하지 않는다. 군주의 명령에 따라 바그라티온은 군주에게 직접 보고한다. 그는 아락체예프에게 이렇게 쓴다. "폐하의 뜻이라 해도 나는 도저히 **대신**(바르클라이)과 함께 있을 수 없습니다. 제발 나를 다른 곳으로 보내 주십시오. 1개 연대를 지휘하는 것이라도 좋습니다. 여기에는 더 이상 있을 수가 없습니다. 총사령부는 독일인들로 가득 차 있어 러시아인 혼자서는 지낼 수도 없을뿐더러 아무 쓸모도 없습니다. 나는 진심으로 폐하와 조국을 위해 복무한다고 생각했습니다만, 잘 살펴보면 내가 바르클라이를 위해 복무한다는 결론이 나옵니다. 솔직히 고백하자면 난 그러고 싶지 않습니다." 브라니츠키와 빈친게로데 같은 이들의 무리가 두 총사령관을 이간질하면서 단결

력은 더 약해진다. 아군은 프랑스군이 스몰렌스크에 이르기 전에 공격할 준비를 한다. 한 장군이 진지 시찰을 위해 파견된다. 바르클라이를 미워하던 그 장군은 친구인 군단장을 찾아가고, 그의 숙소에서 하루를 머물고 바르클라이에게 돌아와 자신이 보지도 않은 전투 예정지를 온갖 측면에서 비판한다.

전투 예정지를 두고 논쟁과 음모가 벌어지는 동안, 우리가 프랑스군이 있는 곳을 착각하여 그들을 찾아다니는 동안, 프랑스군은 우연히 네베롭스키 사단과 맞닥뜨리고 스몰렌스크 성벽까지 접근한다.

연락 노선을 구하기 위해서는 스몰렌스크에서의 예기치 않은 전투를 받아들일 수밖에 없다. 전투가 벌어진다. 이편과 저편에서 수천 명이 전사한다.

스몰렌스크가 군주와 온 국민의 뜻에 반하여 버려진다. 그러나 스몰렌스크는 자신들의 현(縣) 지사에게 속은 주민들의 손에 불탄다. 몰락한 주민들은 자신들의 손실만 생각하고 적에 대한 증오심을 불태우며 모스크바로 떠남으로써 다른 러시아인들에게 본을 보인다. 나폴레옹은 계속 진군하고 우리는 퇴각한다. 그리하여 나폴레옹에게 승리할 수 있는 바로 그것에 이르게 된다.

2

아들이 떠난 다음 날 니콜라이 안드레이치 공작은 마리야 공작 영애를 불렀다.

"그래, 어떠냐, 이제 만족스럽냐?" 그가 그녀에게 말했다. "나를 아들과 싸우게 하더니! 만족하냐? 네가 원하던 것이었지! 만족하냐? 난 그것 때문에 괴롭고, 괴롭다. 난 늙고 쇠약하다. 그게 네가 바란 것이지. 자. 기뻐해라, 기뻐해⋯⋯." 그 후 일주일 내내 마리야 공작 영애는 아버지를 보지 못했다. 그는 아팠다. 그래서 서재에서 나오지 않았다.

마리야 공작 영애는 노공작이 이번 와병 중에는 마드무아젤 부리엔도 방에 들이지 않는 것을 알아차리고 놀랐다. 티혼만 그의 방에 드나들었다.

일주일 후 공작은 밖으로 나왔고, 다시 예전의 생활을 시작했다. 특히 건축과 정원 꾸미는 일에 적극적으로 매달렸으며, 마드무아젤 부리엔과는 예전의 관계를 완전히 끊었다. 마리야 공작 영애를 대하는 그의 표정과 차가운 어조는 그녀에게 이렇게 말하는 듯했다. '봐라, 넌 나에 대해 엉뚱한 상상을 해서, 안드레이 공작에게 나와 그 프랑스 여자의 관계에 관해 마구 거짓말을 해서 내가

그 애와 싸우게 만들었지. 그런데 너도 보다시피 나에게는 너도 그 프랑스 여자도 필요 없다.'

공작 영애 마리야는 니콜루시카가 공부하는 것을 보살펴 주고, 자신이 직접 러시아어 수업과 음악 수업을 해 주기도 하고, 데살과 이야기를 나누기도 하면서 반나절을 보냈다. 그다음에는 자신의 거처에서 책을 읽는다든지 늙은 보모나 이따금 뒷문으로 찾아오는 하느님의 사람들을 상대하며 나머지 반나절을 보냈다.

전쟁에 관해서 마리야 공작 영애는 여자들이 흔히 생각하는 방식으로 생각했다. 그녀는 그곳에 있는 오빠를 걱정했고, 전쟁을 이해하지 못한 채, 서로를 죽이도록 만드는 인간의 잔인함에 몸서리를 쳤다. 그러나 그녀가 이 전쟁의 의미를 이해한 것은 아니었다. 그녀에게 이 전쟁은 이전의 모든 전쟁과 똑같이 보였다. 그녀의 변함없는 대화 상대이자 전쟁의 진행에 관해 지대한 관심을 가진 데살이 자기 생각을 열심히 설명해 주는데도, 그녀를 찾아온 하느님의 사람들이 모두 자기 나름대로 적그리스도의 도래에 관한 민중들 사이의 소문을 끔찍해하며 들려주는데도, 이제는 드루베츠카야 공작 부인이자, 다시 그녀와 편지를 주고받게 된 줄리가 모스크바에서 애국적인 편지를 보내는데도, 마리야 공작 영애는 이 전쟁의 의미를 이해하지 못했다. "나의 좋은 친구, 난 당신에게 러시아어로 편지를 써요." 줄리는 편지를 썼다. "프랑스인들에 대한 증오감 때문이에요. 그들의 언어에 대해서도 마찬가지고요. 난 이제 프랑스어로 말하는 것을 듣고 있지도 못하겠어요⋯⋯. 모스크바에 있는 우리는 모두 우리의 경애하는 황제 폐하께 열광하며 감격하고 있답니다.

나의 불쌍한 남편은 유대인의 여인숙에서 고생하며 굶주림을 견디고 있어요. 그러나 내가 접한 새로운 소식들이 나를 더욱 북

돌아 주고 있어요.

당신은 아마도 두 아들을 끌어안고 '나는 이 아들들과 죽지만 우리는 흔들리지 않을 것이다!'라고 말한 라옙스키의 영웅적인 무훈에 대해 들으셨겠죠. 실제로 적은 우리보다 두 배나 더 강하지만 우리는 흔들리지 않았어요. 우리는 어떻게든 시간을 보내고 있어요. 하지만 전시에는 전시답게 보내야겠죠. 알리나 공작 영애와 **소피**는 온종일 나와 함께 있어요. 살아 있는 남편을 둔 불행한 우리 생과부들은 붕대를 만들면서 아름다운 대화를 나누지요. 나의 친구, 이 자리에 당신만 없네요……" 등등.

마리야 공작 영애가 이 전쟁의 의미를 이해하지 못한 것은 노공작이 전쟁에 대한 이야기를 전혀 하지 않고, 전쟁을 인정하지도 않았고, 식사 시간에 데살이 전쟁에 대해 이야기하면 그를 비웃었기 때문이다. 공작의 어조가 너무 침착하고 확신에 차 있었으므로 마리야 공작 영애는 깊이 생각해 보지도 않고 그의 말을 믿었다.

7월 내내 노공작은 지나칠 정도로 활동적이었고 심지어 활기차기까지 했다. 그는 정원을 하나 더 만들고 하인들을 위한 새 건물을 짓기 시작했다. 마리야 공작 영애를 염려하게 만든 한 가지는 그가 거의 잠을 자지 않는 데다, 서재에서 잠자는 습관을 버린 후 매일 잠자리를 바꾼다는 점이었다. 회랑에 야전 침대를 펼치도록 명하기도 하고, 소파나 응접실의 볼테르식 안락의자에 앉아 있기도 하고, 마드무아젤 부리엔 대신 소년 페트루샤가 책을 읽어 주는 동안 옷도 벗지 않은 채 꾸벅꾸벅 졸기도 하고, 식당에서 밤을 지내기도 했다.

8월 1일, 안드레이 공작으로부터 두 번째 편지가 도착했다. 그가 떠난 직후에 온 첫 번째 편지에서 안드레이 공작은 자신이 아버지에게 함부로 한 말에 대해 공손히 용서를 구하며, 자신에게 그의 사랑을 되돌려 달라고 청했다. 노공작은 이 편지에 다정한 답장을 보냈으며, 이후로 프랑스 여인을 멀리했다. 프랑스군이 비텝스크를 함락한 뒤 그 부근에서 쓴 안드레이 공작의 두 번째 편지는 편지지에 그린 지도를 통해 전쟁의 전체 상황을 간단하게 기술한 부분과 전쟁의 향후 진행에 대한 생각들로 이루어져 있었다. 그 편지에서 안드레이 공작은 아버지에게 전장 가까이, 다름 아닌 부대의 이동 전선에 아버지의 집이 있는 곤혹스러운 상황을 제시하고, 아버지에게 모스크바로 떠날 것을 조언했다.

그날 식사 시간에 데살이 벌써 프랑스인들이 비텝스크에 들어 왔다는 말이 들린다고 말하자 노공작은 안드레이 공작의 편지를 떠올렸다.

"오늘 안드레이 공작에게 편지를 받았다." 그가 마리야 공작 영애에게 말했다. "너는 읽지 않았느냐?"

"읽지 않았어요, **아버지**." 공작 영애가 깜짝 놀라며 대답했다. 그녀는 편지를 읽을 수 없었을 뿐 아니라 편지가 도착했다는 얘기도 듣지 못했던 것이다.

"안드레이 공작이 전쟁에 대해 썼더구나." 공작은 습관이 된 경멸 조의 미소를 띠고 말했다. 그는 현재 벌어지는 전쟁에 대해서는 언제나 그런 미소를 띠고 말했다.

"틀림없이 매우 흥미로울 것 같습니다." 데살이 말했다. "공작님은 잘 알 수 있는 상황에 계시니……."

"아, 정말 흥미로운걸요!" 마드무아젤 부리엔이 거들었다.

"나에게 가져다주시오." 노공작이 마드무아젤 부리엔에게 말했다. "당신도 알고 있는 작은 테이블의 서진 밑에 있소." 마드무아젤 부리엔이 기뻐하는 표정으로 벌떡 일어섰다.

"아, 아니요." 그는 얼굴을 찌푸리며 소리쳤다. "자네가 가게, 미하일 이바니치."

미하일 이바니치는 자리에서 일어나 서재로 갔다. 그러나 그가 나가자마자 노공작은 불안하게 주위를 둘러보더니 냅킨을 팽개치고 직접 서재로 갔다.

"다른 사람들은 아무것도 할 줄 몰라. 모두 뒤죽박죽 만들어 놓을 거야."

그가 다녀오는 동안 마리야 공작 영애, 데살, 마드무아젤 부리엔, 심지어 니콜루시카까지 말없이 서로 눈길을 주고받았다. 노공작이 미하일 이바니치를 동반해서 편지와 설계도를 쥐고 황급한 걸음으로 돌아왔다. 식사하는 동안 그는 아무에게도 그 편지와 설계도를 읽도록 하지 않고 자기 옆에 놓아두었다.

응접실로 자리를 옮기면서 그는 공작 영애에게 편지를 건넸다. 그러고는 새로 지을 건물의 설계도를 자기 앞에 펼쳐 놓고 뚫어지게 쳐다보면서 그녀에게 소리 내어 편지를 읽으라고 명했다. 편지를 읽으면서 마리야 공작 영애는 아버지를 의심쩍게 흘깃 바라보았다. 그는 설계도를 바라보고 있었는데, 분명 자기 생각에 잠겨 있는 것 같았다.

"이것에 대해 어떻게 생각하십니까, 공작님?" 데살이 과감하게 질문하여 주의를 돌렸다.

"나! 나 말인가!" 공작은 정신을 차리게 된 것이 불쾌한 듯 설계도에서 눈을 떼지 않고 말했다.

"전장이 우리 쪽에 이처럼 근접하게 되리라는 것은 충분히 있을 법한 일입니다."

"하 하 하! 전장이라!" 공작이 말했다. "내가 그전에도 말했고, 지금도 말하지만, 전장은 폴란드일세. 적은 결코 네만강을 넘어서는 더 이상 올 수 없어."

데살은 깜짝 놀라 적이 벌써 드네프르강까지 왔는데, 네만강을 말하고 있는 공작을 쳐다보았다.* 그러나 네만강의 지리적 위치를 잊어버린 마리야 공작 영애는 아버지의 말이 옳다고 생각했다.

"눈이 녹으면 그자들은 폴란드 늪지에 빠져 죽을걸. 그자들만 그 사실을 모르는 거야." 공작은 이렇게 말했는데, 아마도 1807년의 전쟁을 생각하고 있는 듯했다. 그에게는 그 전투가 아주 최근에 일어난 일처럼 보였다. "베니히센은 좀 더 일찍 프로이센에 진입해야 했어. 그랬다면 상황이 다르게 전개됐을지도……."

"하지만 공작님." 데살이 소심하게 말했다. "편지에는 비텝스크에 대해 적혀 있는데요……."

"아, 편지에, 그렇지……." 공작은 불만스럽게 중얼거렸다. "그렇지, 그래……." 그의 얼굴이 갑자기 음울한 표정을 띠었다. 그는 잠시 침묵했다. "그래, 안드레이 공작은 프랑스군이 격파되었다고 썼어. 어느 강에서 그랬다더라?"

데살이 눈을 내리떴다.

"공작님은 그런 일에 대해선 전혀 쓰지 않으셨습니다." 그는 조용히 말했다.

"쓰지 않았다고? 이런, 내가 생각해 낸 이야기는 아닌데." 모두들 오랫동안 침묵했다.

"그래…… 그래……. 이보게, 미하일 이바니치." 그가 갑자기 고개를 들고 설계도를 가리키며 말했다. "말해 보게. 자네는 이걸 어떻게 변경하고 싶은가……?"

미하일 이바니치가 설계도가 놓인 쪽으로 다가갔다. 공작은 새로 지을 건물에 대해 그와 잠시 이야기를 나눈 후, 화가 나서 마리야 공작 영애와 데살을 쏘아보고는 서재로 가 버렸다.

마리야 공작 영애는 그녀의 아버지를 향한 데살의 당황하고 놀란 눈빛을 보았고 그의 침묵을 눈치챘다. 또 아버지가 응접실 테이블에 아들의 편지를 두고 간 것을 보고 충격을 받았다. 하지만 그녀는 데살에게 말을 건네 그가 당황하고 침묵한 이유를 묻기가 두려웠을 뿐 아니라 그것에 대해 생각하는 것도 두려웠다.

저녁에 미하일 이바노비치가 공작의 분부를 받고서 공작이 잊고 응접실에 두고 간 안드레이 공작의 편지를 가지러 마리야 공작 영애에게 왔다. 마리야 공작 영애는 편지를 건넸다. 그녀는 내키지 않았지만 아버지가 무엇을 하고 있는지 미하일 이바니치에게 과감히 물어보았다.

"이것저것들로 계속 분주하시지요." 미하일 이바니치는 정중하면서도 비웃는 듯한 미소를 띠며 말했다. 그 미소가 공작 영애의 얼굴을 새하얗게 질리도록 만들었다. "새 건물 문제로 매우 염려하고 계십니다. 공작님은 잠시 독서를 하셨습니다만 지금은⋯⋯." 미하일 이바니치가 목소리를 낮추며 말했다. "틀림없이 책상 앞에서 유언장에 (최근 공작이 즐겨 하는 일 중 하나가 사후에 남겨야 할 문서 작업이었다. 그는 이 문서를 '유언장'이라고 불렀다) 매달려 계실 겁니다."

"그럼 알파티치를 스몰렌스크로 보내나요?" 마리야 공작 영애가 물었다.

"여부가 있겠습니까요, 그는 이미 오래전부터 대기하고 있습니다."

3

미하일 이바니치가 편지를 들고 서재로 돌아왔을 때 안경을 쓴 공작이 눈과 촛불 위에 가리개를 댄 채 열린 큰 책상 앞에 앉아 문서를 쥔 손을 멀찍이 뻗고서 다소 엄숙한 자세로 자신의 문서를 [그는 이것을 '비고(備考)'라고 불렀다] 읽고 있었다. 이 문서는 그의 사후에 군주에게 전해질 예정이었다.

미하일 이바니치가 들어왔을 때 그의 눈에는 지금 읽고 있는 문서를 쓸 당시에 대한 추억의 눈물이 어려 있었다. 그는 미하일 이바니치의 손에서 편지를 넘겨받아 호주머니에 넣고 서류를 정리한 다음, 이미 오래전부터 기다리고 있던 알파티치를 불러들였다.

그가 쥔 종이쪽지에는 스몰렌스크에서 구입해야 할 물품들이 적혀 있었다. 그는 문 앞에서 기다리던 알파티치 옆을 지나 방 안을 계속 돌아다니며 지시를 내리기 시작했다.

"첫 번째, 편지지, 듣고 있냐? 여덟 묶음이야. 여기 견본이 있네. 금테를 두른 것…… 견본대로, 이것과 똑같은 걸 구해 와. 바니시, 봉랍, 미하일 이바니치의 목록에 적힌 대로야." 그는 방 안을 걷다가 메모장을 흘깃 보았다.

"그런 다음 현 지사에게 등록에 관한 편지를 직접 건네게." 그다음에는 새 건물의 문에 달, 반드시 공작이 모양을 직접 고안한 빗장이 필요했다. 그다음에는 유언장을 보관하는 장정된 상자를 주문해야 했다.

두 시간 넘게 알파티치에게 계속 지시가 내려졌다. 공작은 여전히 그를 놓아주지 않았다. 그는 자리에 앉아 생각에 잠기더니 이내 눈을 감고 졸기 시작했다. 알파티치가 부스럭댔다.

"음, 나가게, 나가. 필요한 게 있으면 부르겠네."

알파티치가 나갔다. 공작은 다시 큰 책상으로 다가가 안쪽을 들여다보았다. 그러고는 한 손으로 자신의 문서를 만지작거리다가 다시 큰 책상의 뚜껑을 닫고 현 지사에게 편지를 쓰기 위해 책상 앞에 앉았다.

그가 편지를 봉인하고 일어났을 때는 이미 꽤 늦은 시각이었다. 잠을 자고 싶었다. 그러나 잠이 오지 않으리라는 것, 불쾌하기 짝이 없는 생각들이 자신의 침상에 찾아들리라는 것을 알았다. 그는 티혼을 소리쳐 부르고 오늘 밤 어디에 침상을 펴야 할지 알려 주기 위해 함께 모든 방 구석구석을 살펴보며 다녔다.

모든 곳이 그가 보기에 썩 좋아 보이지 않았다. 그러나 무엇보다 나쁜 곳은 서재에 있는 익숙한 소파였다. 거기에 누워 거듭해서 떠올렸던 괴로운 상념들 때문인지 그에게는 그 소파가 끔찍하게 느껴졌다. 어느 곳도 좋지 않았지만 그나마 나은 곳은 소파 방에 있는 포르테피아노 뒤편 구석이었다. 그는 아직 그곳에서는 자 본 적이 없었다.

티혼이 다른 하인과 함께 침상을 옮겨 와 그곳에 폈다.

"그렇게 말고, 그렇게 말고!" 공작은 호통을 치며 직접 침상을 구석에서 4분의 1아르신 정도 떨어지게 끌어내더니, 다시 벽 쪽으로 좀 더 붙였다.

'음, 마침내 모든 일을 끝냈군. 이제야 쉴 수 있겠어.' 공작은 이렇게 생각하고, 티혼에게 자신의 옷을 벗기도록 했다.

공작은 카프탄과 바지를 벗기 위해 들여야 하는 수고 때문에 신경질이 나서 얼굴을 찌푸리며 옷을 벗었다. 그러고는 침대에 털썩 주저앉았고, 자신의 앙상하고 누런 두 발을 멸시하듯 쳐다보며 생각에 잠긴 듯했다. 그러나 생각에 잠긴 것이 아니었다. 그 두 발을 들어 침대 위로 몸을 옮겨야 하는, 눈앞에 놓인 난관 앞에서 주저하고 있었던 것이다.

'아, 참으로 괴롭구나! 아, 좀 더 빨리, 좀 더 빨리 이 고생이 끝났으면, 그럼 **너희도** 날 놓아줄 텐데!' 그는 생각했다. 그는 입술을 꼭 다물고 그 노력을 스무 번 정도 했고, 마침내 누웠다. 그런데 자리에 눕자마자 갑자기 침대 전체가 힘겹게 숨을 내쉬며 밀치는 것처럼 그의 밑에서 앞뒤로 일정하게 규칙적으로 움직이기 시작했다. 그것은 그에게 거의 매일 밤 일어나는 일이었다. 그는 막 감기려던 눈을 뜨고 말았다.

"쉴 수가 없어, 제기랄!" 그는 누군가에게 노해서 중얼거렸다. '맞아, 그렇지. 아직 중요한 것이 남았어. 밤에 침대에서 보려고 남겨 둔 매우 중요한 무언가가 있었지. 빗장이던가? 아냐, 그것에 대해선 벌써 말해 뒀지. 아니, 응접실에 있는 무엇이었어. 마리야 공작 영애가 뭐라고 지껄였는데? 데살이, 그 멍청이가 무슨 말을 했어. 호주머니에 뭔가가 있었는데 기억이 안 나는군.'

"티시카! 식사 때 우리가 무슨 이야기를 했지?"

"공작님에 대한 얘기입니다, 미하일⋯⋯."

"입 다물어, 입 다물라니까." 공작은 한 손으로 테이블을 탁 내리쳤다. "그렇지! 맞아, 안드레이 공작의 편지야. 공작 영애가 그걸 읽었지. 데살이 비텝스크에 대해 뭐라고 말했는데. 지금 읽어 봐야겠군.”

그는 호주머니에서 편지를 꺼내 오고, 레모네이드와 나선형의 밀랍 양초 한 자루가 놓인 작은 테이블을 침대 가까이 붙여 놓도록 명했다. 그러고는 안경을 쓰고 편지를 읽기 시작했다. 밤의 정적 속에서 녹색 램프 갓 아래 비치는 흐릿한 불빛에 편지를 읽고 나서야 그는 처음으로 그 의미를 이해할 수 있었다.

'프랑스군이 비텝스크에 있군, 나흘 동안 행군하면 스몰렌스크에 당도하겠군. 어쩌면 벌써 도착했는지도 모르지.'

“티시카!” 티혼이 벌떡 일어섰다. “아냐, 필요 없어, 아무것도 아니야.” 그가 소리쳤다.

그는 편지를 촛대 밑에 감추고 눈을 감았다. 그러자 도나우강, 빛나는 정오, 갈대, 러시아군의 진영이 떠올랐다. 그가, 주름 하나 없이 발그레한 얼굴에 활기차고 쾌활한 젊은 장군인 그가 그림이 그려진 포툠킨의 막사로 들어간다. 그러자 총아를 향한 뜨거운 질투심이 그때*처럼 강렬하게 그를 흥분시킨다. 그러고 나선 그때 포툠킨과의 첫 만남에서 나온 모든 말들을 기억한다. 처음 그를 다정히 맞아 줄 때 그 땅딸막한 여인인 황태후의 누르스름한 살진 얼굴과 미소와 말이 눈앞에 떠오른다. 교회 영구관대(靈柩棺臺) 위의 얼굴도, 그때 그녀의 관 옆에 서 있던 주보프*와 그녀의 손에 입 맞출 권리를 놓고 충돌이 있었던 일도 기억난다.

'아, 어서, 어서 그 시절로 돌아가면 좋겠군. 지금의 이 모든 것이 빨리, 빨리 끝났으면, 저들이 날 영원한 안식 속에 내버려 둘 수 있도록 말야!'

4

니콜라이 안드레이치 볼콘스키의 영지인 리시예 고리는 스몰렌스크에서 동쪽으로 60베르스타 떨어지고 모스크바 가도에서는 3베르스타 떨어진 곳에 위치해 있었다.

공작이 알파티치에게 지시를 내린 바로 그날 저녁, 데살은 마리야 공작 영애에게 면담을 청한 뒤 이렇게 말했다. 공작의 건강이 그리 좋지 않은 데다 공작이 자신의 안전을 위해 어떤 조치도 취하고 있지 않은데, 안드레이 공작의 편지에 따르면 리시예 고리에 머무는 것도 안전하지 않을 듯하니, 그녀가 스몰렌스크현 책임자 앞으로 전쟁 상황이나 리시예 고리가 처한 위험의 정도를 알려 달라고 요청하는 편지를 직접 써서 알파티치 편에 보낼 것을 정중히 권한다는 내용이었다. 데살은 마리야 공작 영애를 위해 현 지사에게 보낼 편지를 썼고, 그녀가 편지에 사인을 했다. 그 편지는 알파티치에게 맡겨져 현 지사에게 전달하도록 하고, 위험한 경우 최대한 빨리 돌아오라고 지시했다.

모든 지시를 받은 알파티치는 하얀 털모자를 쓰고 (공작의 선물이었다) 공작처럼 지팡이를 짚고 집안 사람들의 배웅을 받으면서, 적갈색 몸통에 검은 갈기와 꼬리를 지닌 살진 말 세 마리를 맨

가죽 키비토치카를 타러 밖으로 나섰다.

작은 종이 달리고 마구의 작은 방울들에는 종잇조각들이 채워졌다. 공작은 리시예 고리에서 아무도 종소리를 울리며 마차를 몰지 못하게 했다. 그러나 알파티치는 먼 길을 나설 때 종과 방울을 다는 것을 좋아했다. 알파티치의 궁전 신하들, 즉 지방 서기, 사무원, 주인 일가의 식사를 담당하는 여자 요리사, 하인들의 식사를 담당하는 여자 요리사, 두 노파, 카자크 복장을 한 사환 아이, 마부들 그리고 여러 하인들이 그를 배웅했다.

딸은 그의 등 뒤와 엉덩이 밑에 사라사로 지은 푹신한 방석을 놓았다. 처형인 노파는 몰래 보따리를 밀어 넣었다. 마부들 중 한 명은 그가 키비토치카에 올라탈 때 팔을 부축해 주었다. "이런, 여자들의 준비라니! 여자들이란, 여자들이란!" 알파티치는 말을 빨리 하느라 숨을 헐떡이며 공작과 똑같은 어투로 말하고는 키비토치카에 올라탔다. 그는 더 이상 공작의 흉내를 내지 않고 지방 서기에게 업무에 관해 마지막 지시를 내린 후, 대머리에서 모자를 벗고 성호를 세 번 그었다. "만약 무슨 일이 생기면…… 그냥 돌아오세요, 야코프 알파티치. 제발, 우리를 불쌍히 여겨 줘요." 아내가 전쟁과 적에 대한 소문을 넌지시 비치며 소리 질렀다.

"여자들, 여자들, 여자들이 준비하는 것들이라니!" 알파티치는 혼자 중얼거리고 주변 밭을 둘러보며 길을 떠났다. 호밀이 노랗게 익어 가는 곳도 있고, 아직 녹색을 띤 귀리가 무성하게 자란 곳도 있고, 이제 막 밭갈이를 시작하여 땅이 검은 곳도 있었다. 알파티치는 올해 봄갈이 작물의 보기 드문 수확을 즐겁게 바라보고, 여기저기 추수를 시작한 호밀밭을 유심히 살피기도 하면서 키비토치카를 몰았다. 그리고 파종과 추수에 관한 영지 관리 생각을 하고, 또 공작의 지시 가운데 잊은 게 없는지를 생각해 보기도 했다.

도중에 말들에게 두 번 여물을 먹이고, 8월 4일 저녁 무렵 알파티치는 시내에 도착했다.

알파티치는 중간에 수송 대열과 부대를 마주치기도 하고 앞지르기도 했다. 스몰렌스크로 다가가면서 멀리서 울리는 총성도 들었지만, 그 소리에 놀라지는 않았다. 그를 가장 놀라게 한 것은 스몰렌스크에 도착할 즈음 그가 아름다운 귀리밭을 보았는데, 몇몇 병사들이 여물로 쓰려는지 귀리를 베고, 밭에 막사가 세워져 있는 모습이었다. 알파티치는 그런 상황에 충격을 받았으나 자기 일을 생각하면서 곧 그것을 잊어버렸다.

알파티치의 인생에서 그의 모든 관심은 30년 넘게 오로지 공작의 뜻에 맞추어져 있었다. 그는 그 범위를 벗어난 적이 한 번도 없었다. 공작의 명령을 수행하는 일과 관련이 없는 것은 알파티치의 흥미를 전혀 끌지 못했을 뿐 아니라 그에게 아예 존재하지 않는 것이었다.

8월 4일 저녁, 스몰렌스크에 도착한 알파티치는 드네프르강 건너편 가첸스코예 근교의 페라폰토프가 운영하는 여인숙에 묵었다. 그곳에서 숙박하는 것은 30년 동안의 그의 습관이었다. 페라폰토프는 12년 전 알파티치로부터 약간의 도움을 받아 공작의 숲을 매입하고 장사를 시작하여, 이제는 현에 집과 여인숙과 밀가루 상점을 소유하고 있었다. 페라폰토프는 두툼한 입술, 혹이 붙은 주먹코, 똑같은 혹이 난 툭 튀어나온 검은 눈썹, 퉁퉁한 뱃살을 지닌 머리칼이 검고 얼굴이 불그레한 마흔 살가량의 사내였다.

조끼와 사라사 루바시카를 걸친 페라폰토프는 거리를 마주하는 상점 옆에 서 있었다. 그는 알파티치를 보자 가까이 다가왔다.

"반갑네, 어서 오게, 야코프 알파티치. 사람들은 시내를 빠져나가는데 자네는 시내로 들어오는구먼." 주인이 말했다.

"그게 무슨 소리야, 시내를 빠져나가다니?" 알파티치가 물었다.

"그래서 내가 민중은 어리석다고 말하는 거 아닌가. 늘 프랑스군을 두려워한다니까."

"여편네들의 헛소리야, 여편네들의 헛소리!" 알파티치가 대꾸했다.

"나도 그렇게 생각해, 야코프 알파티치. 내가 하려는 말은, 프랑스군을 들이지 말라는 명령서도 있다 이거야. 그러니 확실하지. 그리고 농부들이 짐수레 한 대에 3루블을 요구한단 말이야. 양심도 없어!"

야코프 알파티치는 대충대충 들었다. 그는 사모바르와 말들에게 먹일 건초를 부탁하고 차를 마신 후 잠자리에 누웠다.

밤새 여인숙 옆으로 부대들이 지나갔다. 다음 날 알파티치는 그가 시내에서만 입는 캄졸을 걸치고 용무를 보러 나섰다. 해가 난 아침이었고, 8시 무렵에는 벌써 날이 무더웠다. 곡물을 추수하기에 좋은 귀한 날이라고 알파티치는 생각했다. 도시 외곽에서 이른 아침부터 총성이 들렸다.

8시부터는 총소리에 대포 소리도 더해졌다. 거리에는 어디론가 서둘러 가는 많은 사람과 많은 군인이 있었다. 그러나 여느 때와 마찬가지로 삯마차가 다니고, 상인들이 상점 앞에 서 있고, 교회에서는 예배를 드리고 있었다. 알파티치는 상점과 관청과 우체국과 현 지사에게 들렀다. 관청에서도, 상점에서도, 우체국에서도 다들 군대에 대해, 도시를 공격하고 있는 적에 대해 이야기했다. 모든 사람들이 어떻게 해야 할지 서로서로 물었고, 모두가 서로를 안심시키려고 애썼다.

현 지사의 집에서 알파티치는 많은 수의 사람들과 카자크들과 현 지사 소유의 여행용 승용 마차를 발견했다. 현관 계단에서 야코프 알파티치는 두 귀족과 마주쳤다. 한 명은 그도 아는 사람이었다. 그가 아는 귀족인 전직 경찰서장이 열을 내며 말했다. "정말 농담할 일이 아니라니까." 그가 말했다. "혼자라면 괜찮아. 한 명이라면 그냥 혼자 불행해도 돼. 하지만 가족이 열세 명에 전 재산이…… 그자들이 우리를 파멸로 내몰았어. 그래 놓고 그게 무슨 당국인가? 에라, 강도 같은 놈들, 다 교수형을 시켜야 해."

"그래, 이제 그만하게." 다른 사람이 말했다.

"무슨 상관이야. 들을 테면 들으라지! 뭐 어때, 우리는 개가 아니잖나." 전직 경찰서장은 이렇게 말하고 주위를 둘러보다가 알파티치를 발견했다.

"아, 야코프 알파티치, 자네는 어쩐 일인가?"

"공작 각하의 분부로 지사님을 뵈러 왔습니다." 알파티치는 공작을 언급할 때면 언제나 하는 것처럼 오만하게 고개를 치켜들고 한 손을 가슴에 얹으며 말했다. "상황을 알아보라고 분부하셨습니다." 그가 말했다.

"그래, 가서 알아보게나!" 지주가 소리쳤다. "그자들이 짐수레 한 대 못 구할 지경으로 만들었어. 아무것도 없어. 방금 저 소리, 들리나?" 그가 총성이 들려오는 방향을 가리키며 말했다. "그자들 때문에 다들 망했네…… 강도 놈들!" 그는 또 한 번 이렇게 말하고는 현관 계단을 내려갔다.

알파티치는 고개를 저으며 계단을 올라갔다. 대기실에서는 상인들과 여자들과 관리들이 말없이 서로 눈치를 보고 있었다. 집무실 문이 열리자 모두들 자리에서 일어나 앞으로 다가갔다. 한 관리가 문밖으로 나와 상인과 이야기를 주고받더니 목에 십자가를 건 뚱뚱한 관리를 큰 소리로 불러 따라오게 하고, 분명 자신에게 쏠린 모든 시선과 질문들을 피하려는 듯 문 뒤로 사라졌다. 알파티치는 앞쪽으로 걸어갔다. 그리고 그 관리가 다시 나왔을 때 단추를 채운 프록코트 안쪽에 한 손을 집어넣은 채 편지 두 통을 건네며 말을 걸었다.

"육군 대장 볼콘스키 공작님께서 아시 남작님께 전하라고 하셨습니다." 그가 어찌나 엄숙하고 의미심장하게 보고하는지 관리도 그를 돌아보며 편지를 받아 들었다. 몇 분 후에 현 지사가 알파티치를 안으로 들어오도록 했고, 다급하게 그에게 말했다.

"공작님과 공작 영애에게 보고드리게. 나는 아무것도 몰랐다, 상부의 지시대로 했을 뿐이라고 말일세. 여기……."

그는 알파티치에게 종이 한 장을 건넸다.

"하지만 공작님의 건강이 아주 좋지 않으니, 내 조언은 그분이 모스크바로 가시라는 것이네. 나도 곧 떠날 거야. 그렇게 보고드리게……." 그러나 현 지사는 말을 마칠 수가 없었다. 흙먼지로 뒤덮이고 땀으로 흠뻑 젖은 장교가 뛰어 들어와 프랑스어로 뭔가 말하기 시작했다. 현 지사의 얼굴에 공포가 나타났다.

"나가게나." 그는 알파티치에게 고개를 끄덕이고 말한 후, 장교에게 무언가에 관해 묻기 시작했다. 그가 현 지사의 집무실을 나오자 탐욕스럽고, 겁에 질리고, 의지할 곳 없는 이들의 눈길이 알파티치에게 쏠렸다. 이제는 가까이에서, 그리고 점점 더 커지는 총성에 자기도 모르게 귀를 기울이며 알파티치는 서둘러 여인숙으로 갔다. 현 지사가 알파티치에게 건넨 종이에는 다음과 같은 글이 쓰여 있었다.

스몰렌스크에는 아직 어떤 작은 위험도 닥치지 않았음을 당신께 분명히 말씀드리는 바입니다. 이 도시가 어떤 위협을 받는 일은 아마 없을 겁니다. 스몰렌스크 앞에서 합류하기 위해 나는 이쪽에서, 바그라티온 공작은 반대편에서 이동하는 중입니다. 합류는 22일에 이루어질 예정입니다. 양 군대의 연합군은 그 병사들이 조국의 적을 무찌를 때까지, 아니면 용맹한 병사들의 마지막 한 명이 전멸할 때까지 귀하가 맡은 현의 동포들을 지킬 것입니다. 이로부터 귀하는 당신에게 스몰렌스크 주민들을 안심시킬 충분한 권한이 있음을 알게 될 것입니다. 왜냐하면 이토록 용맹한 두 부대의 보호를 받는 사람은 부대들의 승리를 확신할 수 있을 것이기 때문입니다. ─바르클라이 드 톨리가 스몰렌스크현 지사 아시 남작에게 보내는 지령서(1812)*

사람들은 불안하게 거리를 배회했다.

가정용 식기, 의자, 장롱 등을 잔뜩 쌓아 올린 짐수레가 끊임없이 저택들의 대문을 빠져나와 거리를 지나갔다. 페라폰토프의 옆집에는 짐마차가 여러 대 서 있고 아낙들이 작별 인사를 나누며 울음을 터뜨렸다. 앞마당을 지키는 개 한 마리가 마차에 매인 말들 앞에서 컹컹 짖으며 빙글빙글 돌았다.

알파티치는 평소 걸음보다 빠르게 안마당으로 들어가 자신의 말들과 짐마차가 있는 헛간 쪽으로 곧장 갔다. 마부는 자고 있었다. 알파티치는 마부를 깨워 말을 짐마차에 매라고 지시한 후 현관방으로 들어갔다. 여인숙 주인의 살림방에서 아이의 울음소리와 여자의 통곡 소리와 페라폰토프의 격분한 목쉰 고함 소리가 들렸다. 알파티치가 들어서자 현관방에 있던 여자 요리사가 놀란 암탉처럼 바들바들 떨고 있었다.

"죽을 정도로 때렸어요. 안주인을 팼다고요! 어찌나 두들겨 패고, 어찌나 끌고 다니던지!"

"무엇 때문에?" 알파티치가 물었다.

"떠나자고 했거든요. 그게 여자들의 일이잖아요! 날 데려가요, 나와 어린애들을 죽게 내버려 두지 말라고요, 안주인이 이렇게 말했죠. 또 이런 말도 하고요. 사람들이 전부 떠났어요, 우리는 어떻게 해요? 그러자 주인장이 때리기 시작했어요. 어찌나 두들겨 패고, 어찌나 끌고 다니던지!" 알파티치는 알았다는 듯 그 말에 고개를 끄덕이고는 더 이상 아무것도 알려 하지 않고 주인네 방의 맞은편 문으로 다가갔다. 그 방에는 알파티치가 구입한 물건들이 있었다.

"당신은 악당이야. 살인자." 그때 마르고 창백한 여자가 아이를 손에 안고 머릿수건이 벗겨진 채 문밖으로 뛰쳐나오더니 안마당으로 난 계단을 뛰어 내려가며 소리쳤다. 페라폰토프가 뒤따라 나왔다. 알파티치를 본 그는 조끼와 머리카락을 똑바로 했고, 하품을 하면서 알파티치를 따라 방으로 들어갔다.

"벌써 떠나려고?" 그가 물었다.

알파티치는 그 질문에 대꾸도 하지 않고 여인숙 주인을 돌아보지도 않고, 자신이 산 물건들을 일일이 확인하면서 숙박료로 얼마를 지불해야 하는지 물었다.

"계산을 해 보세! 그런데 현 지사에게는 다녀왔나?" 페라폰토프가 물었다. "어떻게 결정이 났던가?"

알파티치는 현 지사가 결정적인 것은 아무것도 말해 주지 않았다고 대답했다.

"우리에겐 일이 있는데 어떻게 떠나겠나?" 페라폰토프가 말했다. "도로고부시까지 짐수레 한 대에 7루블씩 달라지 뭔가. 그러니 내가 양심도 없는 놈들이라고 하지." 그가 말했다.

"셀리바노프 말이야, 그자도 목요일에 돈 좀 벌었지. 밀가루를 한 포대에 9루블씩 받고 군대에 팔았잖아. 어때, 차라도 마실까?"
그가 이렇게 덧붙였다. 키비토치카에 말을 매는 동안 알파티치는
페라폰토프와 차를 마시면서 곡물 가격과 작황과 추수하기 좋은
날씨에 대해 이야기를 나누었다.

"이제 잠잠해지기 시작했군." 페라폰토프가 세 잔째 차를 마시
고는 자리에서 일어나며 말했다. "틀림없이 아군이 승리한 거야.
그 사람들이 적들을 들여놓지 않겠다고 했거든. 그 말은 곧 우리
가 더 강하다는 거지…… . 사람들 말로는 마트베이 이바니치 플라
토프가 적들을 마리나강으로 몰아넣어 하루 만에 1만 8천 명을 익
사시켰다고 하던데."

알파티치는 자신이 구입한 물품들을 모아서 방에 들어온 마부
에게 건네고, 여인숙 주인에게 셈을 치렀다. 대문 가에서 밖으로
나서는 키비토치카 바퀴 소리, 말발굽 소리, 방울 소리가 울렸다.

정오가 한참 지난 시간이었다. 거리의 절반은 그늘에 덮이고,
나머지 절반은 햇살을 받아 강렬하게 빛났다. 알파티치는 창문을
흘깃 쳐다보고 문으로 향했다. 갑자기 멀리서 무언가 쉭 하고 바
람을 가르며 쿵 치는 이상한 소리가 들렸다. 그 뒤를 이어 대포 소
리가 서로 뒤섞이며 둔탁한 소리를 냈고, 그 소리에 유리창이 흔
들렸다.

알파티치는 거리로 나왔다. 두 남자가 거리를 따라 다리 쪽으로
달려가고 있었다. 사방에서 쉭쉭 하고 허공을 가르는 소리, 포탄
떨어지는 소리, 시내에 떨어진 유탄들이 터지는 소리가 들렸다.
하지만 그 소리들은 도시 밖에서 들려오는 대포 소리에 비하면 거
의 들리지도 않는 편이었고 주민들의 관심을 끌지도 않았다. 그것
은 4시가 지났을 때 나폴레옹이 도시를 향해 대포 130문의 포문
을 열라고 명령하여 일어난 포격이었다. 사람들은 처음에는 그 포

격의 의미를 이해하지 못했다.

유탄과 포탄 떨어지는 소리가 처음에는 다만 호기심을 불러일으켰다. 그때까지 헛간에서 통곡을 그치지 않던 페라폰토프의 아내는 울음을 멈추었다. 그녀는 아이를 두 손에 안고 대문 쪽으로 나가 말없이 사람들을 쳐다보며 소리에 귀를 기울였다.

여자 요리사와 상점 주인도 대문으로 나갔다. 다들 가벼운 호기심으로 머리 위로 날아가는 포탄을 보려고 애를 썼다. 길 골목에서 몇 사람이 활기차게 이야기를 나누며 나타났다.

"정말 강력한걸!" 한 사람이 말했다. "지붕이며 천장이 산산이 부서져 날아갔어."

"돼지들이 땅을 파헤쳐 놓은 것 같아." 다른 사람이 말했다. "굉장해. 덕분에 힘이 불끈 솟더군!" 그가 껄껄거리며 말했다. "다행이야. 펄쩍 뛰어 비켰잖아. 그러지 않았으면 아마 자네는 포탄에 깔렸을 거야."

사람들이 그 두 사람에게 말을 걸었다. 그들은 잠시 멈춰 서서 어떻게 포탄이 자기들 바로 옆에 있는 집에 떨어졌는지 이야기했다. 그사이 온갖 탄환들이, 때로는 빠르게 날며 음울한 소리를 내는 포탄들이, 때로는 경쾌한 휘파람 소리를 내는 유탄들이 사람들의 머리 위로 쉴 새 없이 날아들었다. 그러나 어떤 탄환도 가까이 떨어지는 것은 없었고 전부 멀리 날아갔다. 알파티치는 키비토치카에 올라탔다. 여인숙 주인은 대문 가에 서 있었다.

"뭐 볼 게 있다고!" 그가 여자 요리사에게 소리를 질렀다. 붉은 치마를 입고 소매를 걷어붙인 그녀는 맨살이 드러난 팔꿈치를 흔들며 사람들의 이야기를 들으러 모퉁이로 다가가고 있었다.

"정말 놀라워." 그녀는 계속 중얼거렸다. 하지만 주인의 목소리를 듣자 허리춤에 쑤셔 넣은 치맛자락을 끌어 내리며 돌아왔다.

또다시, 그러나 이번에는 매우 가까이에서, 마치 위에서 아래로 날아 내려오는 새처럼 무언가 쌩 하는 소리를 내더니 길 한가운데에 불꽃이 번쩍였고, 무언가가 터지며 길이 연기로 자욱했다.

"악당 같은 년, 뭐 하고 있는 거야?" 주인이 여자 요리사에게 달려가며 소리쳤다.

그 순간 사방에서 여자들이 울부짖었고 어린아이가 겁에 질려 울음을 터뜨렸다. 사람들이 얼굴이 새하얗게 질려 말없이 여자 요리사 주위에 모여들었다. 그 무리에서 가장 또렷하게 들리는 것은 여자 요리사의 신음과 말소리였다.

"오오, 여러분! 친절한 분들! 절 죽게 내버려 두지 마세요! 친절한 분들!"

5분 뒤 거리에는 아무도 남아 있지 않았다. 유탄 파편이 허벅지에 박힌 요리사를 부엌으로 실어 갔다. 알파티치와 마부, 페라폰토프의 아내와 아이들 그리고 문지기는 지하실에 앉아 귀를 기울였다. 포탄의 둔탁한 소리, 탄환들이 쉭쉭 날아가는 소리, 또 그 모든 소리들을 압도하는 여자 요리사의 신음 소리가 한순간도 그치지 않았다. 안주인은 아이를 어르고 달래면서, 지하실에 들어오는 사람마다 거리에 남은 자기 바깥주인은 지금 어디 있느냐며 조그마한 소리로 애처롭게 물었다. 지하실에 들어온 상점 주인이 바깥주인은 사람들과 함께 대교회로 갔다고 말했다. 그곳에서 기적을 일으키는 스몰렌스크의 이콘이 실려 나오고 있었던 것이다.*

땅거미가 질 무렵이 되어서야 포성이 잦아들기 시작했다. 알파티치는 지하실에서 나와 문가에 섰다. 조금 전까지 청명하던 저녁 하늘은 온통 연기에 가려져 있었다. 그리고 하늘 높이 뜬 초승달이 그 연기 사이로 기이하게 빛났다. 무시무시한 대포 소리가 잦아들자 도시에 정적이 드리워진 것 같았다. 그 정적을 깨는 것은 도시 전체에 자박자박 울리는 발소리, 신음 소리, 멀리서 들려오는 비명 소리, 불꽃이 튀는 소리뿐이었다. 이제 요리사의 신음 소리도 잦아들었다. 양쪽에서 화재로 인한 검은 연기 기둥들이 솟아올랐다가 흩어졌다. 거리에는 무너진 개밋둑에서 쏟아져 나온 개미들처럼 각양각색의 군복을 입은 병사들이 대열도 짓지 않은 채 사방에서 걷거나 뛰어다니고 있었다. 알파티치의 눈앞에서 그중 몇 명이 페라폰토프네 안마당으로 뛰어 들어왔다. 알파티치는 대문 쪽으로 갔다. 어느 연대가 서둘러 후퇴하며 빽빽하게 길을 꽉 메웠다.

"도시가 넘어갔소, 떠나세요, 떠나세요." 그를 알아본 장교 하나가 말하면서 즉각 병사들을 향해 고함을 질렀다.

"가옥 안마당을 지나도 좋다!" 그가 외쳤다.

알파티치는 목조 여인숙에 돌아와 큰 소리로 마부를 불러 출발하라고 명령했다. 알파티치와 마부를 뒤따라 페라폰토프의 식구들도 밖으로 나왔다. 그때까지 말이 없던 아낙네들은 서서히 깃들기 시작한 땅거미 사이로 이제야 보이는 연기와 심지어 화재의 불길을 발견하고 갑자기 슬피 울기 시작했다. 그 소리를 따라 하듯 길 반대편에서도 똑같은 울음소리가 들렸다. 알파티치는 마부와 함께 처마 밑에서 떨리는 손으로 말의 엉킨 고삐와 가죽끈을 풀어 바로잡았다.

키비토치카를 몰고 대문 밖을 나선 순간 알파티치는 빗장이 풀린 페라폰토프의 상점 안에서 열 명 정도 되는 병사들이 큰 소리로 떠들며 자루와 배낭에 밀가루와 해바라기씨를 퍼 담는 것을 보았다. 그때 페라폰토프가 거리에서 상점으로 돌아왔다. 병사들을 발견한 그는 소리를 지르려다가, 갑자기 그 자리에 우뚝 섰다. 그리고 머리칼을 움켜쥐더니 마치 흐느끼기라도 하는 듯한 웃음소리로 웃기 시작했다.

"전부 가져가시게, 젊은이들! 악마들 손에 들어가지 않도록!" 그는 자루들을 움켜쥐고 길 쪽으로 내던지며 소리쳤다. 어떤 병사들은 놀라서 달아났고, 어떤 병사들은 계속 자루와 배낭에 퍼 담았다. 페라폰토프는 알파티치를 보자 이렇게 말했다.

"끝났네! 러시아는!" 그가 부르짖었다. "알파티치! 끝났어! 내 손으로 불을 지를 거야. 이제 끝이야……." 페라폰토프는 안마당으로 달려갔다.

거리에서는 병사들이 길을 꽉 메우며 끝없이 지나가는 바람에 알파티치는 길을 지나지 못하고 꼼짝없이 기다려야 했다. 페라폰토프의 아내와 아이들은 텔레가가 떠날 수 있기를 기대하며 그 위에 계속 앉아 있었다.

어느새 밤이 완전히 깊었다. 하늘에는 별이 떴고, 초승달이 가끔씩 연기로 가려지기도 하며 빛나고 있었다. 병사들과 다른 승용 마차들의 대열에서 천천히 나아가던 알파티치와 안주인의 마차는 드네프르강으로 이어지는 비탈길에서 멈춰야 했다. 마차들이 멈춰 선 교차로에서 그다지 멀지 않은 골목에 집 한 채와 상점들이 불타고 있었다. 화재는 이미 다 타서 꺼지고 있었다. 불꽃이 때로는 잦아들며 검은 연기 속으로 자취를 감추기도 하고, 때로는 갑자기 확 타올라 교차로에 서서 북적대는 사람들의 얼굴을 이상할 정도로 또렷하게 비추기도 했다. 불길 앞에서 사람들의 검은 형상이 가물거렸고, 좀처럼 그치지 않는 불꽃 튀는 소리 사이로 사람들의 말소리와 비명 소리가 들렸다. 마차에서 내린 알파티치는 마차가 금방 빠져나가기 어렵다는 것을 알고 화재를 구경하러 골목으로 돌아갔다. 병사들이 불길 주위를 끊임없이 오갔다. 알파티치는 두 병사와 거친 모직 코트를 입은 남자가 불이 붙은 통나무를 화재 현장에서 길 건너 이웃집 안마당으로 끌고 가는 것을 보았다. 다른 사람들은 건초를 한 아름씩 들고 갔다.

알파티치는 활활 타는 창고 맞은편에 서 있던 사람들 무리 쪽으로 다가갔다. 벽이 전부 불길에 싸이고, 뒷벽이 무너지고, 판자 지붕은 내려앉기 시작하고, 들보가 불타고 있었다. 사람들은 지붕이 완전히 무너지는 순간을 기다리는 게 분명했다. 알파티치도 그것을 기다렸다.

"알파티치!" 갑자기 귀에 익은 목소리가 노인을 불렀다.

"아, 각하!" 알파티치는 순간 자신이 섬기는 젊은 공작의 목소리를 알아듣고 대답했다.

망토를 걸치고 검은 말에 올라탄 안드레이 공작이 무리들 뒤에 서서 알파티치를 바라보고 있었다.

"자네가 어떻게 여기에 있나?" 그가 물었다.

"각…… 각하." 알파티치는 웅얼거리며 흐느끼기 시작했다. "각…… 각…… 우리는 이제 망한 겁니까, 아버님께선……."

"자네가 어떻게 여기에 있냐니까?" 안드레이 공작이 거듭 물었다. 그 순간 불꽃이 환하게 타오르며 알파티치의 눈앞에 젊은 주인의 창백하고 기진한 얼굴을 비추었다. 알파티치는 어떻게 이 도시에 왔는지, 어떻게 이곳까지 간신히 빠져나왔는지 이야기했다.

"저, 각하, 우리는 망한 겁니까?" 그는 다시 물었다.

안드레이 공작은 아무 대꾸도 하지 않고 수첩을 꺼내더니 무릎을 조금 끌어 올리고는 종이 한 장을 찢어 연필로 휘갈겨 썼다. 그는 여동생 앞으로 이렇게 썼다.

스몰렌스크가 넘어갔다. 리시예 고리도 일주일 뒤면 적에게 점령될 것이다. 당장 모스크바로 떠나라. 너희들이 출발하면 곧장 우스뱌시로 급사를 보내 내게 연락하기 바란다.

쪽지를 써서 알파티치에게 건넨 후 그는 노공작과 공작 영애와 아들과 가정 교사의 출발을 어떻게 준비해야 할지, 어떻게 어디로 자기에게 즉각 답장을 보낼 수 있을지에 대해 구두로 전달했다. 그가 지시 사항을 다 전하기도 전에 말을 탄 참모부 장교가 수행원을 거느리고 달려왔다.

"당신이 지휘관입니까?" 참모부 장교가 안드레이 공작의 귀에 익은 독일인 억양으로 외쳤다. "당신의 눈앞에서 사람들이 집에 불을 지르는데 그냥 서 있습니까? 이것은 무슨 의미입니까? 대답해 보십시오." 베르크가 소리쳤다. 그는 지금 제1군의 좌익 보병 부대 참모부 책임자의 보좌관이었다. 베르크의 표현에 따르면, 매우 즐겁고 눈에 띄는 보직이었다.

안드레이 공작은 그를 쳐다보더니 대꾸도 않고 계속 알파티치에게 말했다.

"10일까지 답장을 기다리겠다고 전하게. 10일까지 모두 떠났다는 소식을 받지 못하면 내가 모든 걸 버리고 리시예 고리로 갈 거라고 말하게."

"공작, 제가 그런 말을 한 것은 그저……." 안드레이 공작을 알아본 베르크가 말했다. "명령을 수행해야 했기 때문입니다. 전 언제나 명령을 정확히 수행하기 때문에……. 저를 용서해 주십시오." 베르크가 다급하게 변명했다.

불길 속에서 무언가 탁탁 소리를 냈다. 불길은 잠시 수그러들었다. 검은 연기 기둥이 지붕 아래에서 뭉게뭉게 쏟아져 나왔다. 불길 속에서 또 무언가 터지는 듯 무시무시한 소리가 나더니 커다란 무언가가 무너져 내렸다.

"우아아!" 창고 천장이 무너지는 것에 맞춰 군중이 큰 소리로 외쳤고, 불에 탄 곡물 때문에 창고에서 건빵 냄새가 퍼졌다. 화염이 확 치솟으며 불 주위에 선 사람들의 기뻐하는, 그러면서도 기진맥진한 얼굴을 생생하게 비추었다.

거친 모직 외투를 입은 남자가 한 팔을 쳐들며 외쳤다.

"굉장해! 완전히 무너졌어! 여보게들, 굉장하지!"

"저 사람이 바로 주인이야." 사람들의 목소리가 들렸다.

"자, 그럼, 내가 자네에게 말한 대로 전부 전하게." 안드레이 공작은 알파티치를 돌아보며 말했다. 그러고는 옆에서 입을 다물고 있던 베르크에게는 한마디도 하지 않고 말에 박차를 가하며 골목으로 달려갔다.

5

스몰렌스크에서부터 군대는 퇴각을 계속했다. 적은 그들을 뒤쫓았다. 8월 10일, 안드레이 공작이 지휘하는 연대는 큰길을 따라 이동하다가 리시예 고리로 이어지는 대로를 지나가고 있었다. 폭염과 가뭄이 3주 이상 계속되었다. 매일같이 하늘에 뭉게구름이 떠다니며 이따금 태양을 가렸다. 그러나 저녁이면 구름이 깨끗이 개고, 갈색빛 도는 붉은 어스름 사이로 해가 지곤 했다. 오직 충분한 이슬만이 밤마다 대지를 소생시켜 줄 뿐이었다. 그러나 아직 거두지 않은 곡식들은 가뭄에 타들어 알곡을 떨어뜨렸다. 습지는 바짝 말랐다. 햇볕에 타 버린 초원에서 먹이를 찾지 못한 가축들이 굶주림으로 울부짖었다. 밤에만, 그리고 이슬이 아직 남아 있는 동안 숲에서만 선선함을 느낄 수 있었다. 그러나 도로에는, 군대가 지나가는 대로에서는, 밤에도, 심지어 숲에서조차 그런 선선함을 느낄 수 없었다. 4분의 1아르신 이상 파헤쳐진 도로의 모래에서는 아예 이슬을 찾아볼 수도 없었다. 동이 트면 이동이 시작되었다. 수송 대열과 대포는 바퀴 축까지, 보병은 발목까지 밤에도 식지 않는 부드럽고 갑갑하고 뜨거운 흙먼지에 파묻힌 채 소리 없이 행군했다. 흙먼지 일부는 발과 바퀴에 짓이겨지고, 또 다른 일부는 공중에 떠올라 군대 위에 구름처럼 떠 있다가 그 도로를 따라 행군하는 사람들과 동물들의 눈, 머리칼, 귀, 콧구멍, 특히 폐 속에 달라붙었다. 태양이 높이 떠오를수록 먼지구름도 더욱 높이 일었다. 그 미세하고 뜨거운 먼지 사이로 구름에 가려지지 않은 태양을 맨눈으로도 볼 수 있었다. 태양은 새빨갛고 커다란 공처럼 보였다. 바람도 없었다. 사람들은 움직이지 않는 대기 속에서 숨을 헐떡이며 코와 입 주위에 손수건을 동여매고 걸었다. 마을에 도착하자 모두 우물로 내달렸다. 그들은 물 때문에 싸워 가면서 진흙 바닥이 드러날 정도로 물을 마셔 댔다.

안드레이 공작은 한 연대를 지휘했고, 그래서 연대의 조직 체제, 부하들의 복지, 명령을 접수하고 전달하는 일에 몰두했다. 스몰렌스크의 화재와 그 도시를 버린 일은 안드레이 공작으로서는 세기적인 사건이었다. 적을 향한 적개심이라는 새로운 감정이 그의 슬픔마저 잊게 만들었다. 그는 연대 업무에 전념하고 부하들과 장교들을 세심히 보살피며 다정하게 대했다. 연대 병사들은 그를 **우리 공작님**이라 부르며 자랑스러워하고 사랑했다. 그러나 그가 친절하고 부드럽게 대하는 사람들은 오직 자기 병사들과 티모힌 등 다른 계층에 속한 완전히 새로운 사람들, 자신의 과거를 알 수도 이해할 수도 없는 사람들뿐이었다. 예전에 알던 사람이나 참모부 사람과 우연히 마주치기라도 하면 그 즉시 신경을 곤두세웠다. 그는 매섭게 변하고 냉소를 짓고 경멸을 드러냈다. 그는 자신의 과거와 연결시키는 모든 기억을 밀쳐 냈다. 그래서 이전 세계에 대해 그저 불공정한 태도를 취하지 않고 자신의 의무를 다하려고만 애썼다.

사실 안드레이 공작에게는 모든 것이 어둡고 음울한 빛 속에 있는 것처럼 보였다. 특히 8월 6일 군대가 스몰렌스크를 버리고 떠난 후로(그의 생각으로는 그 도시를 지킬 수 있고 또 마땅히 지켜야 했다), 또 병든 아버지가 모스크바로 피란하면서 그가 그토록 사랑한 (그가 친히 건설하고 사람들을 정착하게 한) 리시예 고리를 적들의 약탈에 내맡기지 않을 수 없었던 후로 더욱 그랬다. 하지만 그럼에도 연대가 있었던 덕분에 안드레이 공작은 전반적인 문제들과는 완전히 독립적인 다른 대상, 즉 자기 연대에 대해 생각할 수 있었다. 8월 10일, 그의 연대가 속한 종대가 리시예 고리 부근을 지나게 되었다. 안드레이 공작은 아버지와 아들과 여동생이 모스크바로 떠났다는 소식을 이틀 전에 받았다. 안드레이 공작은 비록 리시예 고리에서 해야 할 일이 있는 것은 아니었지만, 자신의 슬픔을 자극하고픈 그 특유의 욕구로 리시예 고리에 반드시 들르리라 결심했다.

그는 자기 말에 안장을 얹으라고 지시한 후 행군에서 벗어나 자신이 태어나고 어린 시절을 보낸 아버지의 영지로 말을 몰았다. 언제나 열 명가량 되는 아낙들이 이야기를 나누면서 빨랫감을 방망이로 두들기고 헹구던 연못을 지나칠 때, 안드레이 공작은 연못에 아무도 없고 망가진 뗏목이 물에 반쯤 잠긴 채 연못 한가운데에 비스듬히 떠다니는 것을 보았다. 안드레이 공작은 파수꾼의 오두막으로 말을 몰았다. 석조 대문 옆에는 아무도 없고, 문은 빗장이 벗겨져 열려 있었다. 정원 오솔길에는 풀이 무성하고 송아지와 말들이 영국식 공원을 돌아다녔다. 안드레이 공작은 온실을 향해 말을 몰았다. 온실은 유리가 깨지고, 큰 나무통에 심은 나무들 가운데 몇 그루는 쓰러지고 몇 그루는 메말라 시들어 있었다. 그는 큰 소리로 정원사 타라스를 불렀다. 아무도 대답하지 않았다. 온실 모퉁이를 돌아 옥외 화단으로 가니 조각이 새겨진 판자 담장은 모두 부서지고, 자두나무 열매들은 나뭇가지째로 꺾여 있었다. 한 늙은 농부가 (안드레이 공작은 어린 시절 대문 가에서 그를 보곤했다) 긴 녹색 의자에 앉아 나무껍질로 신발을 삼고 있었다.

그는 귀가 어두워 안드레이 공작이 말 타고 다가오는 소리를 듣지 못했다. 그는 노공작이 즐겨 앉던 긴 의자에 앉아 있었다. 주위의 부러지고 시든 목련나무 작은 가지에 속껍질이 매달려 있었다.

안드레이 공작은 집 쪽으로 말을 몰았다. 오래된 정원의 보리수 몇 그루는 잘렸고, 반점이 있는 말 한 마리가 망아지를 데리고 저택 앞 장미들 사이를 돌아다녔다. 저택의 모든 창에는 덧문이 못으로 고정되어 있었다. 아래층 창문 하나만 열린 채였다. 안드레이 공작을 본 하인 사내아이가 저택 안으로 뛰어 들어갔다.

알파티치는 가족을 떠나보내고 혼자 리시예 고리에 남았다. 그는 집 안에 들어앉아 『성자전』을 읽고 있었다. 그가 안드레이 공작이 온 것을 알고는 코에 안경을 걸친 채 옷의 단추를 채우며 집 밖으로 나와 황급히 공작에게 다가가더니 아무 말도 못하고 안드레이 공작의 무릎에 입을 맞추며 울음을 터뜨렸다. 그러고 나서는 자신의 나약함에 화가 나 얼굴을 돌리고 안드레이 공작에게 상황을 보고했다. 비싸고 귀한 것은 전부 보구차로보로 옮겨졌다. 곡물도 1백 체트베르티* 가까이 운반되었다. 건초용 풀과 알파티치의 말처럼 올해 보기 드문 풍작을 이룬 봄갈이 작물은 아직 푸른빛이 도는데도 군대가 징발하여 베어 가 버렸다. 농부들은 먹고살기 어려울 정도로 비참한 지경에 이르렀다. 농부들 가운데 일부는 보구차로보로 떠나고 적은 수만 남았다. 안드레이 공작은 알파티치의 말을 끝까지 다 듣지 않고 물었다.

"아버지와 여동생은 언제 떠났지?" 그들이 언제 모스크바로 떠났냐는 뜻이었다. 알파티치는 노공작과 마리야 공작 영애가 보구차로보로 떠난 일에 대한 질문이라고 생각하여, 7일에 떠났다고

대답하고는, 영지 경영에 대해 다시 장황하게 늘어놓더니 지시를
청했다.

"영수증을 받고 부대에 귀리를 방출해도 될까요? 우리에게 아
직 6백 체트베르티가 남아 있습니다만." 알파티치가 물었다.

'뭐라고 대답해야 할까?' 안드레이 공작은 햇빛에 반들거리는
노인의 대머리를 쳐다보며, 또 그의 얼굴 표정에서 그 스스로도
그런 질문들이 때에 맞지 않다는 것을 알면서 그저 슬픔을 억누르
기 위해 묻는 것임을 의식하고 있다는 것을 읽으면서 생각했다.

"응, 방출하게." 그가 말했다.

"정원이 엉망이 된 것을 알아보셨겠지만……." 알파티치가 말
했다. "막을 수가 없었어요. 3개 연대가 와서 머물렀지요. 용기병
들이었어요. 청원서를 제출하려고 지휘관의 관등과 직함을 적어
두었습니다."

"그런데 자네는 어떻게 할 건가? 적이 점령해도 남아 있을 텐
가?" 안드레이 공작이 그에게 물었다.

알파티치는 안드레이 공작을 향해 얼굴을 돌리고 그를 바라보
았다. 그러더니 갑자기 엄숙한 몸짓으로 한쪽 팔을 쳐들었다.

"그분이 저의 수호자입니다. 그분의 뜻대로 될 겁니다!" 그가
중얼거렸다.

농부와 하인 무리가 목초지를 가로질러 걷고 있었는데, 안드레
이 공작 쪽으로 다가오면서 모자를 벗었다.

"그럼 잘 있게!" 안드레이 공작이 알파티치에게 허리를 숙이며
말했다. "자네도 떠나. 힘닿는 한 다 가지고 가. 사람들에게도 랴
잔이나 모스크바 부근으로 떠나라고 말하게." 알파티치가 안드레
이 공작의 다리를 부여잡고 흐느꼈다. 안드레이 공작은 조심스럽
게 그를 떼어 놓고 말에 박차를 가하여 가로수 길을 따라 빠르게

달려 내려갔다.

옥외 화단에서는 조금 전에 본 노인이 마치 사랑하는 망자의 얼굴에 들러붙은 파리처럼 여전히 무심하게 앉아 나무껍질 신발의 나무들을 두들기고 있었다. 여자아이 둘이 온실의 나무에서 자두를 따 옷자락에 담은 채로 뛰어나오다가 안드레이 공작과 마주쳤다. 젊은 주인을 본 더 나이 많은 소녀는 떨어뜨린 설익은 자두를 줍지도 못한 채 겁에 질린 얼굴로 손아래 아이의 손을 잡고는 자작나무 뒤에 숨었다.

안드레이 공작은 깜짝 놀라 황급히 그들을 외면했다. 그들이 자기가 본 것을 눈치채게 했을까 봐 두려웠다. 그는 겁에 질린 그 예쁘장한 소녀가 측은했다. 그녀를 보기도 두려웠지만, 동시에 그것을 원하는 저항할 수 없는 욕구도 느꼈다. 그가 소녀들을 보면서 자기 마음을 차지하고 있는 것들과 똑같은 다른 관심, 스스로에게는 완전히 낯선, 그러면서도 너무도 정당한 인간적인 관심이 존재한다는 것을 깨달은 순간, 기쁘고 평온한 새로운 감정이 그를 사로잡았다. 소녀들은 그저 설익은 자두들을 가져가 먹고 다른 사람에게 붙잡히지 않기만 간절히 바라는 듯했다. 안드레이 공작도 그들과 함께 그들의 계획이 성공하기를 바랐다. 그는 한 번 더 그들을 보지 않고는 견딜 수 없었다. 이제 위험하지 않다고 여긴 소녀들은 숨어 있던 곳에서 뛰어나와 옷자락을 꼭 쥔 채 가느다란 목소리로 재잘거리며 햇볕에 탄 자그마한 맨발로 목초지의 풀 사이를 재빨리 뛰어갔다.

안드레이 공작은 부대들이 이동하는 대로의 먼지 자욱한 구역을 벗어난 후로 기분이 적잖이 상쾌해졌다. 그러나 리시예 고리로부터 그다지 멀지 않은 곳에서 다시 도로에 들어섰고, 작은 연못 제방에서 쉬고 있는 자신의 연대를 따라잡았다. 오후 1시가 넘었다. 먼지 속의 붉은 공 같은 태양이 검은 프록코트 속으로 참기 힘들 만큼 뜨거운 빛을 내리쬐며 등을 달구웠다. 먼지는 웅성웅성 떠들며 멈춰 선 부대들 위에서 여전히 그대로 피어올랐다. 바람 한 줄기 없었다. 안드레이 공작이 제방을 지나갈 때 못에서 개흙 냄새와 싱그러운 향기가 풍겼다. 그는 물이 엄청 더러워도 그 속에 뛰어들고 싶었다. 그는 고함과 웃음소리가 들려오는 연못을 돌아보았다. 물풀로 탁해진 작은 연못의 수위는 2체트베르티 정도 높아진 듯했고, 제방 너머로까지 물이 흘러넘쳤다. 벽돌처럼 붉은 손과 얼굴과 목으로 버둥대는 인간들의, 병사들의 하얀 알몸이 연못을 가득 채웠던 것이다. 양동이를 가득 채운 붕어들처럼 하얀 인간 살덩이들이 폭소와 함성을 터뜨리며 그 더러운 웅덩이에서 버둥거렸다. 그 버둥거림이 유쾌한 울림을 냈고, 그 때문에 유난히 더 서글프게 느껴졌다.

제3중대 소속으로 장딴지 아래 가죽끈을 여민 옅은 금발의 젊은 병사가 (안드레이 공작도 그를 알았다) 멋지게 내달려 물에 풍덩 뛰어들기 위해서, 성호를 그으며 뒤로 물러났다. 덥수룩한 검은 머리칼을 지닌 다른 부사관은 허리까지 차는 물속에서 근육질 몸통을 부르르 떨고 즐겁게 콧소리를 내며 손목까지 거무스름한 손으로 자기 머리에 물을 끼얹고 있었다. 서로를 철썩철썩 때리는 소리, 목 갈라진 목소리, 첨벙대는 소리가 들렸다.

연못 기슭이든 제방이든 연못 속이든 어디에나 건강한 근육질의 하얀 살덩이가 있었다. 조그맣고 불그레한 코를 가진 티모힌은 제방에서 몸을 닦다가 안드레이 공작을 보고는 겸연쩍어 했다. 그러나 안드레이 공작에게 말을 건네기로 결심한 듯했다.

"저거, 저거 좋습니다, 공작 각하. 들어오시지 않겠습니까?" 그가 말했다.

"더럽군." 안드레이 공작이 얼굴을 찌푸리며 말했다.

"저희들이 공작님을 위해 당장 정리하겠습니다." 그러더니 티모힌은 옷도 입지 않은 채 그곳을 치우러 달려갔다.

"공작님이 원하신다."

"누가? 우리 공작님이?" 목소리들이 웅성거렸다. 다들 부리나케 서둘렀기 때문에 안드레이 공작은 간신히 그들을 진정시킬 수 있었다. 그는 차라리 헛간에서 몸에 물을 끼얹는 것이 낫겠다고 생각했다.

'살덩이, 육체, **육탄**!' 그는 자신의 알몸을 바라보며 생각했다. 그러고는 몸을 부르르 떨었다. 추위 때문이라기보다 더러운 못에서 철벅거리는 수많은 몸뚱이들의 모습에 자신도 이해할 수 없는 혐오와 공포를 느꼈기 때문이다.

8월 7일, 바그라티온 공작은 스몰렌스크 가도의 미하일롭카 숙영지에서 다음과 같이 썼다.*

알렉세이 안드레예비치 백작 귀하.

(그는 알락체예프에게 편지를 쓰고 있었지만 군주가 이 편지를 읽으리라는 것을 알았다. 그래서 말 한마디 한마디에 최대한 신중을 기했다.)

스몰렌스크를 적에게 넘겨준 것에 대해서는 이미 대신*으로부터 보고받았으리라 생각합니다. 마음이 고통스럽고 침울합니다. 그 중요한 곳을 허망하게 버린 것에 온 군대가 절망하고 있습니다. 나로서는 최대한 간절히 그에게 직접 요청하기도 했고, 마지막에는 편지도 써 보았습니다. 하지만 그 무엇도 그의 동의를 얻지 못했습니다. 당신에게 내 명예를 걸고 맹세합니다만, 나폴레옹은 한 번도 경험하지 못한 궁지에 내몰렸기 때문에 군대의 절반을 잃는다 해도 스몰렌스크를 함락하지 못했을 겁니다. 우리 부대는 그 어느 때보다 매우 잘 싸웠고 또 잘 싸우고 있습니다. 나는 1만 5천 명을 거느리고 서른다섯 시간 넘게 버티며 적을 무찔렀습니다. 그러나 그는 열네 시간도 버텨 보려 하지 않았습니다. 그것은 수치이고, 아군의 오점입니다. 그런 사람은 이 세상에 살아서는 안 된다고 생각합니다. 만약 그가 전력 상실이 크다고 보고한다면 그것은 사실이 아닙니다. 아마도 약 4천 명, 그보다 많지는 않고 어쩌면 그보다 적을지도 모릅니다. 비록 1만 명인들 어쩌겠습니까. 전쟁인걸요! 그러나 적은 엄청난 병력을 잃었습니다…….

이틀을 더 버텼다면 적이 어떤 대가를 치렀을까요? 최소한 그들은 후퇴했을 겁니다. 그들에게는 병사와 말에게 먹일 물이 없었으니까요. 그는 나에게 퇴각하지 않겠다고 약속했었습니다만, 갑자기 밤에 후퇴한다는 작전 명령을 보냈습니다. 그런 식으로는 전쟁을 할 수 없습니다. 이제 우리는 조만간 모스크바에까지 적을 이끌어 들일 수 있습니다…….

당신이 평화 조약을 생각하고 있다는 소문이 나돕니다. 평화 조약을 맺는 것은 당치도 않습니다! 온갖 희생을 치른 마당에, 그렇게 미치광이처럼 퇴각한 마당에 평화 조약이라니요. 당신은 러시아 전체를 적으로 돌리게 될 겁니다. 그리고 우리 모두는 군복을 입은 것에 부끄러움을 느끼게 될 겁니다. 상황이 이미 이렇게 되었다면, 러시아가 버틸 수 있고 병사들이 두 발로 설 수 있는 한 우리는 싸워야 합니다.

지휘는 두 사람이 아니라 한 사람이 해야 합니다. 당신의 대신은 내각의 구성원으로 훌륭할지 모릅니다. 그러나 장군으로선 형편없을 뿐 아니라 낡아 빠진 자입니다. 그런 자에게 우리 조국 전체의 운명을 맡기다니……. 나는 정말 화가 나서 미칠 지경입니다. 나의 불손함을 용서하기 바랍니다. 평화 조약을 체결하고 대신이 군대를 지휘해야 한다고 조언하는 자는 군주를 사랑하지 않고 우리 모두의 파멸을 바라는 자입니다. 그래서 나는 당신에게 사실대로 씁니다. 민병대를 모집하십시오. 대신이 지극히 교묘한 방법으로 수도를 향해 손님들을 끌어들이고 있기 때문입니다. 시종 무관 볼초겐에게 모든 군대의 의심이 쏠리고 있습니다. 소문에 따르면, 그는 우리 편이라기보다는 나폴레옹 편 사람인데, 그런 그가 대신에게 모든 문제를 조언한다고 합니다. 나는 그의 상관임에도 그를 정중히 대할 뿐 아니라 부사관처럼 복종하고 있습니다. 마음이 고통스럽습니다. 그러나 나의 은인이신 군주를 경애하기에 복종하는 겁니다. 다만 군주께서 그런 자에게 훌륭한 군대를 맡기신 것은 유감스럽습니다. 우리의 퇴각 때문에 피로로 죽거나 병원에서 죽은 병사가 1만 5천명이 넘는다고 상상해 보십시오. 만약 우리가 진격했다면 그런 일은 없었을 겁니다. 제발 말씀해 보십시오. 우리의 러시아(우리의 어머니)가 뭐라고 말하겠습니까? 우리는 왜 이렇게 벌벌 떠는 겁니까? 무엇을 위해 그처럼 선하고 열정적인 조국을 그 무뢰배들에게 넘기고, 국민들 한 사람 한 사람에게 증오와 치욕을 불어넣는 겁니까? 무엇을 주저하고, 누구를 두려워하는 겁니까? 대신이 우유부단하고 소심하고 어리석고 굼뜨고 온갖 단점을 두루 갖춘 것은 나의 탓이 아닙니다. 온 군대가 비통해하며 그에게 죽도록 욕하고 있습니다…….

6

삶의 현상들 속에서 실시할 수 있는 수많은 분류 가운데에는 모든 현상을 내용 중심으로 구분하는 방법도 있고 형식 중심으로 구분하는 방법도 있다. 그런 분류의 하나로 우리는 마을, 지방 자치제, 현, 심지어 모스크바의 생활과 정반대인 것으로서 페테르부르크의 생활, 특히 살롱의 생활을 들 수 있다. 그 생활은 변하지 않는다.

1805년 이후 우리는 보나파르트와 화해하기도 하고 싸우기도 했으며, 헌법을 제정하기도 하고 철회하기도 했다. 그러나 안나 파블로브나의 살롱과 엘렌의 살롱은 예전과 다름이 없었는데, 하나는 7년 전, 또 하나는 5년 전과 똑같았다. 안나 파블로브나의 살롱에 모인 사람들은 여전히 보나파르트의 성공에 대해 미심쩍은 듯 말했고, 그의 성공뿐 아니라 유럽 군주들이 그에게 보인 눈감아 준 묵인에서도 (안나 파블로브나가 그 대표자가 되는 궁정 모임에 불쾌감과 불안을 안겨 주는 것이 그 유일한 목적인) 사악한 음모만 볼 뿐이었다. 루만체프가 직접 참석하기도 했고, 그가 대단히 총명한 여인으로 여겼던 엘렌의 살롱도 여전히 똑같았다.

1808년 당시와 똑같이 1812년에도 그 살롱에 모인 사람들은 위대한 민족과 위대한 인간에 대해 열광적으로 이야기하고, 프랑스와의 불화를 애석하게 여겼다. 엘렌의 살롱에 모인 사람들의 견해에 따르면, 그러한 불화는 평화 조약으로 종식되어야 했다.

최근에 군주가 군대에서 돌아온 후, 서로 대립하던 이 두 살롱 모임에서 몇몇 소요가 발생하고, 서로에 대한 몇몇 시위들이 있었다. 그러나 모임들의 성향은 여전히 그대로였다. 안나 파블로브나의 모임은 프랑스인들 중에서도 근본적인 정통주의자들만 받아들였는데, 여기서는 프랑스 극장에 다니면 안 되며, 극단을 유지하는 비용이 1개 군단 전체를 유지하는 비용과 맞먹는다는 애국적인 사상을 피력했다. 그들은 전쟁의 여러 사건들을 예의 주시하며 아군에 가장 유리한 소문만 퍼뜨렸다. 루만체프파이자 프랑스파인 엘렌의 모임은 적과 전쟁의 잔혹함에 대한 소문을 반박하면서 화해를 위한 나폴레옹의 다양한 시도들에 대해 이런저런 말을 했다. 이 모임에서는 사람들이 궁정의 여러 기관들과 황태후의 후원을 받는 여학교를 카잔으로 이전할 준비를 하자며 지나치게 성급한 조치를 조언하는 사람들을 비난했다. 엘렌의 살롱에서는 전체적으로 전쟁의 모든 문제들이 매우 빠른 시일 안에 평화 조약으로 종식될 공허한 시위로 생각했고, 이제는 페테르부르크에 머물며 엘렌의 가족이나 다름없어진(똑똑한 사람들은 모두 엘렌의 집을 방문해야 했다) 빌리빈의 견해, 즉 문제를 해결하는 것은 화약이 아니라 화약을 발명한 사람*이라는 견해가 우세했다. 이들은 빈정대는 말투로 아주 똑똑하게, 비록 매우 조심스럽기는 하지만 군주의 도착과 함께 페테르부르크에 전해진 모스크바의 열광에 대해 비웃었다.

그와 반대로 안나 파블로브나의 모임에서는 그 열광에 감격하며, 플루타르코스가 고대의 영웅들을 말하듯 그 열광에 대해 말했다. 여전히 중요한 직책을 맡고 있던 바실리 공작이 두 모임 사이의 연결 고리가 되었다. 그는 **훌륭한 벗** 안나 파블로브나의 집뿐만 아니라 **딸의 외교 살롱**에도 드나들었다. 그는 한 진영에서 다른 진영으로 쉴 새 없이 드나들다가 종종 혼동을 일으켜 안나 파블로브나의 살롱에서 말해야 할 것을 엘렌의 살롱에서 말하거나, 그 반대로 하곤 했다.

군주가 도착한 지 얼마 되지 않아 바실리 공작은 안나 파블로브나의 살롱에서 전쟁 문제에 대한 대화를 나누었는데, 바르클라이 드 톨리를 혹독하게 비판하고 누구를 총사령관으로 임명할지에 대해 명확한 입장을 밝히지 않았다. **큰 덕을 가진 사람***이라는 이름으로 알려진 한 손님이 그날 페테르부르크 민병대의 지휘관으로 선출된 쿠투조프가 민병 모집을 위해 세무 감독국에서 회의하는 모습을 보았다면서, 대담하게도 쿠투조프야말로 모든 요구 사항들을 충족시켜 줄 수 있을 거라는 가정을 조심스레 표명했다.

안나 파블로브나가 슬픈 미소를 지으며 쿠투조프는 군주에게 불쾌한 짓 외에는 아무것도 한 것이 없다고 언급했다.

"내가 귀족 회의에서 말하고 또 말했습니다만……." 바실리 공작이 끼어들었다. "아무도 내 말을 귀담아듣지 않더군요. 난 그를 민병대 지휘관으로 선출하는 것을 폐하께서 마음에 내켜 하지 않을 거라고 말했습니다. 하지만 사람들은 내 말을 귀담아듣지 않았어요."

"모두들 불평해 대는 마니아라고 할까요." 그는 계속해서 말했다. "그것도 누구 앞에서죠? 모든 게 우리가 모스크바의 어리석은 열광을 원숭이처럼 흉내 내고 싶어 했기 때문입니다." 순간 착각한 바실리 공작은 엘렌의 살롱에서는 모스크바의 열광을 비웃어야 하고, 안나 파블로브나의 살롱에서는 그것에 감격해야 한다는 사실을 잊고 이렇게 말했다. 그러나 곧바로 말을 바로잡았다. "러시아에서 가장 늙은 장군인 쿠투조프 백작이 세무 감독국에서 회의를 주재하는 게 온당한 일입니까? **그의 분투는 허사로 돌아갈 겁니다.** 과연 말 위에 앉지도 못하고 위원회에서 졸기나 하는 사람을, 성질도 제일 고약한 그런 사람을 총사령관으로 임명하는 일이 가능하겠습니까! 그는 부쿠레슈티에서 명성을 얻었지요!* 난 장군으로서 그의 자질에 대해 말하는 것이 아닙니다. 그러나 과연 이런 때에 노쇠하고 눈이 먼 사람을, 그저 장님에 불과한 사람을 임명할 수 있습니까? 눈먼 장군도 좋겠습니다요! 그자는 아무 것도 보지 못합니다. 숨바꼭질을 하듯…… 그는 정말 아무것도 못 본다고요!"

아무도 그 말에 반박하지 않았다.

7월 24일만 해도 이 말은 전적으로 옳았다. 그러나 7월 29일, 쿠투조프는 공작 작위를 하사받았다. 공작 작위는 사람들이 그로부터 벗어나고 싶어 한다는 것을 뜻할 수도 있었다. 따라서 바실리 공작의 판단은 여전히 옳았다. 비록 이제 그도 자신의 판단을 서둘러 말하려고 하지 않았지만 말이다. 그런데 8월 8일에 살티코프 원수, 아락체예프, 뱌지미티노프, 로푸힌, 코추베이로 구성된 위원회가 전쟁 관련 일들을 협의하기 위해 소집되었다. 위원회는 지휘권이 나뉘어 있기 때문에 패배했다는 결론을 내렸다. 그래서 위원회를 구성한 인물들은 군주의 쿠투조프에 대한 비호감을 알고 있음에도 불구하고 짧은 협의 끝에 쿠투조프를 총사령관으로 임명하는 것을 제안했다. 그리고 바로 그날 쿠투조프는 군대 및 군대가 점유한 전 지역에 전권을 행사하는 총사령관으로 임명되었다.

8월 9일, 바실리 공작은 안나 파블로브나의 살롱에서 다시 **큰 덕을 가진 사람**과 마주쳤다. **큰 덕을 가진 사람**은 마리야 페오도로브나 황태후가 후원하는 여학교 감독관으로 임명되고 싶은 염원으로 안나 파블로브나의 비위를 맞추고 있었다. 바실리 공작은 행복한 승리자, 즉 자신이 바라던 목표를 달성한 사람의 표정으로 응접실에 들어섰다.

"여러분, 특보에 대해 알고 있습니까? **쿠투조프 공작이 원수가 되었습니다.** 모든 불화는 이제 끝났습니다. 난 너무 행복합니다. 너무 기뻐요." 바실리 공작이 말했다. "**마침내 인물이 나타났어요.**" 그는 응접실에 있던 이들을 의미심장하고 근엄한 눈길로 쳐다보면서 말했다. **큰 덕을 가진 사람**은 직위를 얻고 싶은 바람에도 불구하고 바실리 공작에게 그의 예전 판단을 상기시켜 주지 않고는 견딜 수 없었다. (그것은 안나 파블로브나의 응접실에 방문차 온 바실리 공작에게도, 이 소식을 똑같이 기쁘게 받아들인 안나 파블로브나에게도 무례한 행동이었다. 하지만 그는 참을 수 없었다.)

"그렇지만 그 사람은 눈이 멀었다면서요, 공작님?" **큰 덕을 가진 사람**이 바실리 공작에게 그의 말을 상기시키며 말했다.

"**헛소리입니다. 그는 충분히 잘 볼 수 있어요. 정말입니다.**" 바실리 공작은 헛기침을 하며 특유의 굵고 빠른 목소리로 말했다. 그는 난처한 문제들을 그렇게 해결하곤 했다. "**헛소리예요. 그는 충분히 잘 볼 수 있습니다.**" 그는 똑같은 말을 되풀이했다. "그리고 내가 기뻐하는 이유는……." 그는 계속 말을 이었다. "폐하께서 그에게 전 군대와 전 지역에 대한 통솔권을 하사하셨다는 겁니다. 지금까지 단 한 번도 어느 총사령관에게도 없던 권력이지요.

그는 또 한 명의 전제 군주가 되었습니다." 그는 승리에 찬 미소를 지으며 결론지었다.

"부디 그렇게 되기를." 안나 파블로브나가 말했다. 아직 궁정 사회의 풋내기인 데다 안나 파블로브나의 비위를 맞추고 싶었던 **큰 덕을 가진 사람**은 이런 견해로부터 그녀의 예전 의견을 옹호하며 이렇게 말했다.

"폐하께서는 쿠투조프에게 그 권력을 마지못해 내리셨다고 하더군요. '군주와 조국이 그대에게 이 영예를 수여하노라'라고 쿠투조프에게 말씀하실 때, 그분은 『조콩드』*를 읽은 아가씨처럼 얼굴이 새빨개졌다고 하던데요."

"**아마도 마음이 충분히 가지 않았나 보죠.**" 안나 파블로브나가 말했다.

"오, 아닙니다. 아니에요." 바실리 공작이 쿠투조프를 열렬히 옹호했다. 그는 누구에게도 쿠투조프를 양보할 수 없었다. 바실리 공작의 견해로는 쿠투조프는 좋은 사람일 뿐 아니라 모든 사람이 숭배하고 있었다. "아뇨, 절대 그럴 리 없습니다. 왜냐하면 폐하께서는 예전부터 그를 높이 평가하셨으니까요." 그가 말했다.

"부디 쿠투조프 공작이 실권을 쥐고 **어느 누구도** 자기 바퀴에 막대기를, **바퀴에 막대기를 찔러 넣지** 못하게 해야 할 텐데요." 안나 파블로브나가 말했다.

바실리 공작은 그 **어느 누구도**가 누구를 뜻하는지 즉각 깨달았다. 그는 속삭이며 말했다.

"난 쿠투조프가 황태자께서 군대에 머물지 않는 것을 필수 전제 조건으로 내걸었다는 걸 확실히 알고 있습니다. **그가 폐하께 뭐라고 말했는지 압니까?**" 그러고 나서 공작은 쿠투조프가 군주에게 했을 법한 말을 되풀이했다. "저는 그분이 잘못을 범하신다고 해도 벌을 내릴 수 없거니와 잘하신다고 해서 상을 내릴 수도 없습니다.' 오! 쿠투조프 공작은 정말 매우 현명한 사람이에요. **오, 난 오래전부터 그를 알았답니다.**"

"심지어 이런 말도 들리던데요." 아직 궁정의 요령을 터득하지 못한 **큰 덕을 가진 사람**이 말했다. "공작이 폐하 또한 군대에 오지 않는 것을 필수 전제 조건으로 내걸었다고요."

그가 이 말을 하자마자 바실리 공작과 안나 파블로브나는 동시에 그를 외면하고, 그 순진함에 한숨을 쉬며 서로를 쳐다보았다.

7

페테르부르크에서 이런 일이 일어나는 동안 프랑스군은 이미 스몰렌스크를 지나 모스크바로 점점 더 접근하고 있었다. 역사가 티에르*는 나폴레옹을 연구하는 다른 역사가들과 마찬가지로 자신의 영웅을 옹호하려 애쓰며, 나폴레옹이 자기도 모르게 모스크바의 성벽에 이끌렸다고 말한다. 역사적인 사건의 설명을 한 인간의 의지에서 찾으려는 다른 역사가들이 옳다면 그 역시 옳다. 나폴레옹이 러시아 장군들의 계책으로 모스크바로 유인되었다고 주장하는 러시아 역사가들이 옳다면 그도 똑같이 옳다. 여기에는 과거의 모든 것을 실현된 사실의 전제로 보는 소급(역행) 법칙 외에 모든 문제를 뒤얽는 상관성이라는 것도 있다. 체스 게임에서 진 훌륭한 선수는 패배가 자신의 실수 때문에 벌어진 것임을 진심으로 믿으며 게임 초반에 그 실수를 찾으려 한다. 그러나 게임 전체가 지속되는 동안 자신의 행보 하나하나에 똑같은 실수가 있었다는 점, 그 행보들 가운데 단 하나도 완전하지 않았다는 점을 잊곤 한다. 그가 실수에 주의를 기울이고 그것을 알아차리는 이유는 상대방이 그것을 이용했기 때문이다. 그에 비해 전쟁이라는 게임은 얼마나 더 복잡한가? 그것은 시간이라는 일정한 조건에서 일어나며, 그 안에서는 한 사람의 의지가 생명 없는 기계들을 조종하는 것이 아니라 모든 것이 다양한 의지들의 수많은 충돌에서 생겨난다.

스몰렌스크 점령 이후 나폴레옹은 도로고부시 너머의 뱌지마에서, 그다음에는 차료보-자이미셰에서 전투를 하려고 했다. 그러나 결과적으로 온갖 상황들의 무수한 충돌로 러시아군은 모스크바에서 약 1천2백 베르스타 떨어진 보로디노에 이르기까지 전투에 응할 수 없었다. 나폴레옹은 뱌지마에서 모스크바로 곧장 진군하라는 명령을 내렸다.

모스크바, 대제국의 아시아적인 수도, 알렉산드르의 백성들의 성스러운 도시, 중국의 탑 형식의 무수한 교회들이 있는 모스크바! 그 모스크바가 나폴레옹의 상상에 평온을 허락하지 않았다. 뱌지마에서 차료보-자이미셰로 이동하는 동안 나폴레옹은 영국식으로 꼬리를 짧게 자른 황갈색의 발이 느린 말에 올라타 근위대, 위병, 시동, 부관들을 대동하고 나아갔다. 참모장 베르티에는 기병대가 사로잡은 러시아인 포로를 심문하느라 뒤처졌다. 그는 통역관 를로르뉴 디드빌과 함께 전속력으로 말을 몰아 나폴레옹을 따라잡고는 유쾌한 표정으로 말을 세웠다.

"그래, 어떤가?" 나폴레옹이 말했다.

"**플라토프의 카자크가** 하는 말입니다만, 플라토프 군단이 본대에 합류하기 위해 행군 중이고, 쿠투조프가 총사령관으로 임명되었다고 합니다. **아주 영리하고 말이 많은 자입니다!**"

나폴레옹은 미소를 짓더니, 명령을 내려 그 카자크에게 말을 내주고 자기에게 데려오도록 했다. 그는 카자크와 직접 이야기를 나누고 싶었다. 부관 몇 명이 말을 몰고 사라졌다. 한 시간 후에 데니소프가 로스토프에게 넘긴 농노 라브루시카가 졸병의 군복 상의를 걸친 채 프랑스 기병이 내준 말의 안장에 걸터앉아 교활하고 술에 취해 흥이 오른 얼굴로 나폴레옹에게 다가왔다. 나폴레옹은 그에게 자신과 나란히 말을 몰도록 명령하고 나서 이것저것 묻기 시작했다.

"그대는 카자크인가?"

"카자크입죠, 무관 나리*님."

카자크는 자신이 이야기를 나누는 사람이 어떤 존재인지 전혀 모르고, 지나치게 허물없는 태도로 현재의 전쟁 상황에 대해 이야기했는데, 나폴레옹의 소탈함 때문에 동방 남자의 머리에는 군주가 눈앞에 있다는 사실이 전혀 떠오르지 않았던 것이다. 티에르는 이 일화를 들려주며 이렇게 말한다. 사실 라브루시카는 전날 주인에게 식사도 차려 주지 않고 곤드레만드레 취해 있다가 채찍질을 당하고 닭을 구하러 마을에 심부름을 갔다. 그런데 그곳에서 약탈에 정신을 팔다가 그만 프랑스군에 포로로 잡힌 것이다. 라브루시카는 산전수전 다 겪은 저열하고 뻔뻔스러운 하인들 가운데 하나였다. 이런 자들은 무엇이든 저열하고 교활하게 하는 것을 의무로 여기고, 주인을 위해 기꺼이 무슨 짓이라도 하며, 주인의 나쁜 생각, 특히 허영심과 소심함을 교활하게 짐작해 낸다.

나폴레옹과 함께 있게 된 라브루시카는 (그는 나폴레옹의 얼굴을 매우 잘 알았기에 쉽사리 알아보았다) 조금도 당황하지 않았고, 오직 새 주인들을 섬기고자 진심으로 애썼다.

그는 이 사람이 바로 나폴레옹이라는 것을 아주 잘 알았다. 하지만 나폴레옹이 앞에 있는 것이 로스토프나 회초리를 든 기병 특무 상사 앞에 있을 때보다 그를 더 당황하게 하지는 않았다. 라브루시카는 가진 것이 없었으므로 기병 특무 상사나 나폴레옹이나 그에게서 아무것도 빼앗을 수 없기 때문이었다.

그는 졸병들 사이에서 오가던 이야기를 전부 지껄였다. 그 가운데 많은 부분이 사실이었다. 그러나 나폴레옹이 러시아 군인들은 어떻게 생각하는지, 그들이 보나파르트를 이길 것으로 생각하는지 아닌지에 대해 묻자, 라브루시카는 눈을 가늘게 뜨고 생각에 잠겼다.

라브루시카 같은 인간들이 언제나 모든 일에서 교활한 술책을 간파하듯, 그 역시 여기서 미묘한 술책을 알아채고 얼굴을 찌푸리며 입을 다물었다.

"그건 이런 거예요. 만약 전투가 벌어지면, 그것이 아주 빠른 시일 내에 벌어지면, 그럼 확실히 그렇게 될 겁니다. 그런데 만약에 사흘 동안 일어난다면, 그런데 앞으로 사흘 뒤에 전투가 일어나면 그때는 전투 자체가 지연전으로 들어가겠죠." 그는 생각에 잠겨 말했다,

그 말은 나폴레옹에게 다음과 같이 통역되어 전해졌다. "만약 **전투가 사흘 안에 일어나면 프랑스군이 승리할 겁니다. 그러나 전투가 사흘 후에 일어난다면 무슨 일이 벌어질지는 하느님만이 아십니다.**" 를로르뉴 디드빌이 빙긋 웃으며 이렇게 전했다. 나폴레옹은 더할 나위 없이 기분이 좋은 것 같았지만 웃지는 않고, 그 말을 한 번 더 반복하도록 명령했다.

라브루시카는 그것을 알아챘고, 그를 즐겁게 하려고 그가 누구인지 모르는 척하며 말했다.

"우리는 당신들에게 보나파르트가 있다는 것을 압니다. 그는 세상의 모든 자들을 무찔렀죠. 하지만 우리를 상대할 때는 상황이 다를걸요……." 그는 말했다. 어떤 연유로 자신의 말끝에 오만한 애국심이 불쑥 솟아났는지 스스로도 몰랐다. 통역관은 그 말의 끝부분을 생략한 채 나폴레옹에게 전했고, 보나파르트는 빙그레 웃

었다. "젊은 카자크가 강력한 자신의 대화 상대자를 미소 짓게 만들었다." 티에르는 그렇게 말한다. 나폴레옹은 말을 탄 채 말없이 몇 걸음 나아가다가 베르티에를 돌아보았다. 나폴레옹은 **돈강의 아들**에게 **돈강의 아들** 이야기를 나눈 사람이 바로 황제라는 점을, 피라미드에 영원히 사라지지 않을 승리의 이름을 쓴 바로 그 황제라는 점을 알리면 그 돈강의 아들이 어떤 반응을 보일지 시험해 보고 싶다고 말했다, 그 소식이 전해졌다.

(이런 일을 벌이는 이유가 자기를 아연실색하게 만들기 위해서라는 점, 나폴레옹은 자기가 놀랄 거라고 생각한다는 점을 깨달은) 라브루시카는 새 주인의 마음에 들도록 그 즉시 소스라치게 놀라는 척했다. 그는 눈을 크게 부릅뜨고 채찍질을 당하러 끌려갈 때 습관적으로 짓던 얼굴을 했다. 티에르는 말한다. "**나폴레옹의 통역관이 카자크에게 그 사실을 말하자마자, 카자크는 경악한 나머지 더 이상 한마디도 입 밖에 내지 못했다. 그리고 동방의 대초원을 가로질러 자신의 귀에까지 그 이름이 도달한 정복자에게서 눈을 떼지 않은 채 계속 말을 몰았다. 그의 온갖 수다가 갑자기 뚝 그치고 순진하고 잔잔한 환희의 감정이 그 자리를 대신했다. 나폴레옹은 카자크에게 상을 내리고 사람들이 새를 그것의 고향인 들판으로 돌려보내듯 그에게 자유를 주라고 명했다.**"

나폴레옹은 자신의 상상력을 그토록 사로잡은 **모스크바**를 꿈꾸며 계속 앞으로 진군했다. **자신의 고향인 들판으로 돌아간 새**는 동료들에게 들려주기 위해 있지도 않은 온갖 일들을 미리 지어내며 전진 기지를 향해 말을 달렸다. 그는 자신에게 실제로 일어난 일을 이야기하고 싶지 않았다. 왜냐하면 그런 것은 그가 보기에 이야기할 가치가 없다고 생각했기 때문이다. 그는 카자크들에게 달려가 플라토프 부대에 속한 연대의 소재를 수소문했다. 그리고 저녁 무렵에는 얀코보에 주둔해 있는 주인 니콜라이 로스토프를 찾아냈는데, 그는 일리인과 부근 마을에서 산책을 하려고 이제 막 말에 올라탄 참이었다. 로스토프는 라브루시카에게 다른 말을 내주고 그를 데려갔다.

8

마리야 공작 영애는 안드레이 공작이 생각한 대로 모스크바에 있지 않았고, 위험에서 벗어나 있지도 않았다.

알파티치가 스몰렌스크에서 돌아온 이후 노공작은 갑자기 꿈에서 깨어나 제정신을 차린 것 같았다. 그는 여러 마을에서 민병을 모아 그들에게 무기를 지급하라고 지시한 뒤 총사령관에게 편지를 썼다. 그는 편지에서 러시아의 최고참 장군들 가운데 한 사람이 포로로 잡히거나 죽임을 당할 그곳 리시예 고리를 방어하기 위해 어떤 대책을 마련할지 말지는 총사령관의 재량에 맡기겠지만, 자신은 끝까지 남아 리시예 고리를 방어하겠노라고 자신의 의향을 밝혔다. 그리고 집의 식솔들에게도 자신은 리시예 고리에 남을 것이라고 선언했다.

그러나 자신은 리시예 고리에 남기로 했으면서 공작은 공작 영애와 데살과 어린 공작은 보구차로보로, 그리고 그곳에서 모스크바로 보낼 것을 지시했다. 아버지가 예전의 무기력을 떨치고 잠도 잊은 채 열에 들뜬 듯 활동하는 것에 놀란 마리야 공작 영애는 아버지만 남겨 둘 수 없어 난생처음 감히 아버지를 거역했다. 그녀는 떠나기를 거부했다. 그러자 공작의 분노가 무시무시한 우레처럼 그녀를 덮쳤다. 그는 자신이 그녀에게 부당하게 굴었던 지난 모든 일들을 상기시켰다. 그녀를 비난하려 애쓰면서 그는 그녀가 자신을 괴롭혔으며, 자신과 아들을 싸우게 만들었고, 자신에 대해 추악한 의심을 품었으며, 자신의 인생을 망쳐 놓는 것을 그녀의 평생 과제로 설정해 놓았다고 말했다. 그러고는 떠나지 않아도 자신은 상관없다고 말하면서 그녀를 서재에서 쫓아냈다. 그는 그녀의 존재에 대해 알고 싶지 않으나, 앞으로 자기 눈앞에 띄지 말 것을 미리 경고한다고 말했다. 마리야 공작 영애는 자신의 걱정과 달리 그가 그녀를 강제로 데려가도록 명령하지 않고 다만 눈앞에 나타나지 말라고 지시한 것이 기뻤다. 그녀는 이것이 그녀가 떠나지 않고 집에 남는 것을 노공작이 마음속 깊은 곳에서는 기뻐하고 있음을 증명한다는 것을 알고 있었다.

다음 날 니콜루시카가 떠난 후 노공작은 오전에 군복을 차려입고 총사령관에게 갈 채비를 했다. 콜랴스카는 이미 대기하고 있었다. 마리야 공작 영애는 노공작이 군복을 입고 모든 훈장을 달고 무장한 농부와 하인들을 사열하러 정원으로 나가는 것을 보았다. 마리야 공작 영애는 창가에 앉아 정원에서 들려오는 그의 목소리에 귀를 기울였다. 갑자기 가로수 길에서 놀란 얼굴을 한 사람들이 달려왔다.

마리야 공작 영애는 현관 계단으로 달려 나가 꽃이 핀 오솔길을 지나 가로수 길로 뛰어갔다. 맞은편에서 민병들과 하인들이 큰 무리를 지어 그녀 쪽으로 다가왔다. 그 한가운데에는 몇몇 사람이 군복을 입고 훈장을 단 자그마한 노인을 부축한 채 오고 있었다. 공작 영애는 그에게 달려서 다가갔다. 가로수 길 그늘 사이로 새어 든 빛이 작은 원 모양으로 노닐고 있어서 그녀는 그의 얼굴에 어떤 변화가 일어났는지 똑똑히 알아볼 수 없었다. 그녀가 보게 된 것 중 하나는 예전의 엄격하고 단호하던 표정이 잔뜩 겁에 질린 순종적인 표정으로 바뀐 것이었다. 딸을 본 노공작은 힘없는 입술을 달싹거리며 목쉰 소리를 냈다. 그가 무엇을 원하는지 알아들을 수가 없었다. 사람들이 손으로 그를 들어 서재로 옮기고, 최근에 그가 그토록 두려워하던 소파 위에 눕혔다.

그날 밤 데려온 의사는 사혈을 한 뒤에, 공작이 오른편에 반신마비가 왔다고 알려 주었다.

리시예 고리에 남는 것은 점점 더 위험한 일이 되었고, 그래서 공작의 몸에 마비가 온 다음 날 보구차로보로 공작을 옮겼다. 의사도 함께 갔다.

그들이 보구차로보에 도착했을 때 데살과 작은 공작은 이미 모스크바로 떠나고 없었다.

중풍에 걸린 노공작은 악화되지도 호전되지도 않은 상태로 안드레이 공작이 지은 보구차로보의 새집에서 3주를 꼬박 누워 있었다. 노공작은 혼수상태에 빠져 흉측한 시체처럼 누워 눈썹과 입술을 부들부들 떨며 멈추지 않고 계속 무슨 말을 중얼거렸다. 그러나 그가 주위 상황을 이해하고 있는지 아닌지는 알 수가 없었다. 아마 한 가지는 알 수 있을 것 같았다. 그것은 그가 고통스러워하고 있으며, 여전히 무언가를 더 표현할 필요를 느낀다는 점이었다. 하지만 그것이 무엇인지는 아무도 몰랐다. 그것은 정신이 반쯤 나간 병자의 변덕 같은 것이었을까, 혹은 전쟁의 전반적인 과정 혹은 가족의 상황에 관한 것이었을까? 의사는 노공작이 표현하는 동요는 아무 의미도 없으며, 그것의 원인은 육체적인 것이라고 말했다. 그러나 마리야 공작 영애는 노공작이 그녀에게 무언가 말하려 한다고 생각했다. (그녀가 있을 때마다 항상 그의 동요가 더 심해지는 것이 그녀의 그러한 추측을 뒷받침해 주었다.) 그는 분명히 육체적으로도 정신적으로도 고통스러운 듯했다.

완치 가능성은 없었다. 노공작을 데려가는 것은 불가능했다. 게다가 이동 중에 길에서 죽으면 어떻게 할 것인가? '끝나는 편이, 완전히 끝나는 편이 낫지 않을까!' 마리야 공작 영애는 때로 이런 생각을 했다. 그녀는 거의 잠도 자지 않고 밤낮으로 그를 지켜보았다. 말하기가 무섭지만 그녀는 자주 나아지는 차도의 징후를 찾으려는 기대가 아니라, 끝이 가까워진 징후를 찾고자 **소원하면서** 자주 그를 주시했다.

공작 영애에게는 자기 안에서 이런 감정을 자각하는 것이 이상하게 느껴졌음에도 그러한 것이 그녀 안에 있었다. 그리고 마리야 공작 영애에게 더더욱 끔찍한 것은 아버지의 발병 이후 (심지어 그 이전부터, 그녀가 무언가를 기다리며 아버지 곁에 남았을 때부터가 아닐까?) 그녀 안에 잠들어 있던, 스스로도 잊고 있던 개인적인 소망과 기대가 그녀 안에서 눈을 떴다는 점이다. 수년간 그녀의 머리에 떠오른 적이 없던 것, 즉 아버지에 대한 두려움이 없는 자유로운 삶, 심지어 사랑과 가정의 행복을 누릴 수도 있다는 생각이 악마의 유혹처럼 끊임없이 그녀의 상상 속으로 들어왔다. 그녀가 아무리 떨치려 해도 이제, **그 일** 이후 자기 인생을 어떻게 꾸릴 것인가에 대한 물음이 계속해서 머리에 들어왔다. 악마의 유혹이었고, 마리야 공작 영애는 그것을 알았다. 그녀는 **그것에** 저항할 유일한 무기가 기도임을 알았다. 그래서 그녀는 기도를 하려고 노력했다. 그녀는 기도하는 자세로 일어나 성상을 바라보며 기도문을 낭송했지만 도저히 기도를 할 수 없었다. 그녀는 지금 다른 세계가 자신을 사로잡고 있는 것을 느꼈다. 그것은 세속적이고, 고단하고, 자유로운 활동이 있는 세계, 자신이 이제까지 갇혀 있었고, 기도가 최고의 위안이던 그 정신적인 세계와는 정반대의 세계였다. 그녀는 기도할 수 없었고, 울 수도 없었다. 세상적인 고민이 그녀를 사로잡았다.

보구차로보에 남은 것이 위험해졌다. 가까이 다가오고 있는 프랑스군에 대한 소문이 사방에서 들렸다. 보구차로보에서 15베르스타 떨어진 어느 마을에서는 한 대저택이 프랑스군 약탈자들에게 강탈당했다.

의사는 공작을 더 멀리 데려가야 한다고 주장했다. 귀족회장도 마리야 공작 영애에게 관리를 보내 가급적 빨리 떠나라고 설득했다. 경찰서장도 보구차로보에 와서 똑같은 주장을 하면서 프랑스군이 40베르스타 떨어진 곳에 있고, 프랑스군의 선언문이 마을마다 돌고 있으며, 공작 영애가 15일까지 아버지를 모시고 떠나지 않으면 자기는 아무것도 책임질 수 없다고 말했다.

공작 영애는 15일에 떠나기로 결심했다. 그녀는 준비에 신경 쓰고, 모두들 그녀에게 구하는 지시를 내리느라 하루 종일 분주했다. 그녀는 14일에서 15일에 걸친 밤을 옷도 벗지 않은 채 평소처럼 공작이 누워 있는 방의 옆방에서 보냈다. 그녀는 몇 차례나 잠에서 깨어 노공작의 신음 소리, 웅얼거리는 소리, 침대의 삐걱대는 소리, 노공작을 돌려 눕히는 티혼과 의사의 발소리를 들었다. 그녀는 몇 차례나 문가에서 귀를 기울였다. 오늘따라 노공작이 평소보다 더 크게 웅얼거리고 더 빈번하게 뒤척이는 것 같았다. 그녀는 잠을 이룰 수 없어 몇 번이고 문가로 다가가 귀를 기울였다. 들어가고 싶었으나 그러지 못하고 망설였다. 비록 노공작이 말을 하지는 않았지만, 공작 영애는 남들이 자기를 무서워하는 표정을 공작이 얼마나 기분 나쁘게 여기는지 직접 보았고 잘 알았다. 자신이 이따금 무심결에 그를 물끄러미 바라볼 때면 그가 그 시선을 불쾌하게 외면하는 것을 눈치채고 있었다. 그녀는 자신이 평소와 다르게 밤에 찾아가면 그가 역정을 내리라는 것도 알았다.

그러나 그녀는 지금까지 아버지를 잃는다는 것이 그토록 슬프고 그토록 두려웠던 적이 없었다. 그녀는 그와 함께했던 자신의 전 생애를 떠올렸고, 그의 모든 말과 행동에서 그녀에게 보내는 그의 사랑의 표현을 발견했다. 드문드문 그러한 회상들 가운데 그녀의 상상 속으로 악마의 유혹, 즉 그의 죽음 후에 무슨 일이 일어날 것이며 그녀의 새롭고 자유로운 삶은 어떻게 펼쳐질 것인가에 대한 생각이 파고들었다. 그때마다 그녀는 혐오를 느끼며 그 생각들을 쫓아냈다. 아침 무렵 그가 잠잠해졌고 그녀도 잠이 들었다.

그녀는 늦게 잠에서 깼다. 잠에서 깰 때 찾아오는 진실함은 그녀가 아버지의 병에서 무엇이 그녀를 가장 많이 신경 쓰게 하는지 스스로에게 분명히 보여 주었다. 잠에서 깬 그녀는 문 너머에서 일어나는 일에 귀를 기울였다. 그리고 노공작의 신음 소리를 듣자 한숨을 내쉬며, 모든 것이 여전히 그대로라고 혼잣말을 했다.

"무슨 일이 있겠어? 내가 도대체 뭘 바란 거지? 내가 아버지의 죽음을 원하다니!" 그녀는 자신에 대한 혐오감으로 이렇게 부르짖었다.

그녀는 옷을 입고 세수를 하고 기도문을 읽고 현관 계단으로 나갔다. 현관 계단 쪽으로 말을 매지 않은 승용 마차가 서 있었고, 사람들이 그 안에 물건을 싣고 있었다.

따스하고 흐린 아침이었다. 마리야 공작 영애는 현관 계단에 멈춰 서서, 자기 영혼의 추함 앞에서 끊임없이 몸서리치며 노공작의 방에 들어가기 전에 생각을 정리하려고 애썼다.

의사가 층계에서 내려와 그녀에게 다가왔다.

"오늘은 공작님의 병세가 한결 좋아졌습니다." 의사가 말했다. "당신을 찾고 있었습니다. 그분의 말씀에서 뭔가 알아들을 수 있을 것 같습니다. 머리가 한결 맑아지셨습니다. 가시죠. 그분이 당신을 부르고 계십니다……."

그 소식에 심장이 어찌나 세차게 뛰는지 마리야 공작 영애는 창백해져서 넘어지지 않으려고 문에 기댔다. 마리야 공작 영애의 온 영혼이 그처럼 끔찍한 죄의 유혹으로 가득 차 있는 이때, 그를 보고 이야기를 나누며 그 시선을 받는 것은 괴로울 만큼 기쁘고도 끔찍한 일이었다.

"가시죠." 의사가 말했다.

마리야 공작 영애는 아버지의 방에 들어가 침대로 다가갔다. 그는 등을 높게 받치고 누워 있었다. 푸르죽죽하고 울퉁불퉁한 혈관으로 덮인 자그맣고 뼈만 남은 두 팔을 담요 위에 내놓고, 눈썹과 입술은 움직이지 않은 채 왼쪽 눈은 정면을 응시하고, 오른쪽 눈으로 곁눈질하고 있었다. 그의 몸 전체가 매우 야위고, 작고, 애처로웠다. 그의 얼굴은 오그라들거나 혹은 녹아서 윤곽대로 쪼그라진 것 같았다. 마리야 공작 영애는 다가가 그의 손에 입을 맞추었다. 그의 왼손이 그녀의 손을 꽉 쥐었다. 아마 오래전부터 그녀를 기다린 듯했다. 그는 그녀의 손을 잡아당기며 눈썹과 입술을 화가 난 듯 씰룩거렸다.

그녀는 겁에 질린 얼굴로 그를 쳐다보며 그가 자신에게 무엇을 원하는지 추측하려고 애썼다. 그녀가 자기 몸의 위치를 바꾸면서 그의 왼쪽 눈이 그녀의 얼굴을 볼 수 있도록 가까이 가자 그가 안정을 찾았고, 몇 초 동안 그녀에게서 눈을 떼지 않고 바라보았다. 그다음에 그의 입술과 혀가 달싹거렸고, 소리가 들렸다. 그는 조심스럽게 애원하는 듯한 눈길로 그녀를 바라보며 말을 하기 시작했다. 아마 그녀가 자기 말을 알아듣지 못할까 두려워하는 것처럼 보였다.

마리야 공작 영애는 모든 주의력을 집중하여 그를 쳐다보았다. 그가 혀로 웅얼거릴 때 기울이는 우스꽝스러운 노력이 마리야 공작 영애로 하여금 눈길을 아래로 떨어뜨리게 만들었고, 목구멍까지 치밀어 오르는 흐느낌을 간신히 억누르게 만들었다. 그는 말을 몇 번씩 되풀이하며 웅얼거렸다. 마리야 공작 영애는 그 말을 알아들을 수 없었다. 그러나 무슨 말인지 짐작하려고 노력하면서 그가 한 말을 질문하듯이 되풀이했다.

"가그이……프, 프……." 그는 몇 차례 되풀이했다.

그녀는 그 말을 도저히 알아들을 수 없었다. 의사가 자신이 짐작할 수 있으리라 생각하고 그의 말을 되풀이하며 물었다.

"공작 영애, 두려우냐?" 노공작은 아니라는 듯 고개를 저으며 다시 똑같은 말을 되풀이했다…….

"마음이, 마음이 아프다." 마리야 공작 영애가 짐작으로 말했다. 그는 그렇다는 듯 웅얼거리며 그녀의 손을 잡고 마치 가슴의 진짜 자리를 찾으려는 듯 그 손으로 자신의 가슴 여기저기를 눌렀다.

"모든 생각이…… 너에 대해서만…… 생각이……." 그러고는 사람들이 자기 말을 이해한다고 확신한 그는 이제 전보다 훨씬 분명하게, 훨씬 알아듣기 쉽게 말했다. 마리야 공작 영애는 흐느낌과 눈물을 감추려고 애쓰면서 그의 손에 머리를 댔다.

그가 그녀의 머리카락 쪽으로 손을 움직였다.

"밤새 너를 불렀다……." 그가 입 밖으로 말을 꺼냈다.

"제가 알았으면……." 그녀는 눈물을 비치며 말했다. "저는 들어오기가 두려웠어요."

그가 그녀의 손을 꼭 잡았다.

"넌 자지 않았냐?"

"네, 자지 않았어요." 마리야 공작 영애는 그러지 않았다는 뜻으로 고개를 저으며 말했다. 그녀는 자기도 모르게 아버지를 따르며 그가 말할 때와 똑같이 몸짓으로 더 많은 말을 하려고 애썼다. 그리고 마치 그녀도 간신히 혀를 움직이는 것 같았다.

'사랑하는 딸……'인지 '나의 벗……'인지 마리야 공작 영애는 도무지 구분할 수 없었다. 하지만 그의 눈길로 보아 그가 이제껏 한 번도 한 적 없는 부드럽고 다정스러운 말이 분명했다. "왜 오지 않았냐?"

'그런데 난 아버지의 죽음을, 아버지의 죽음을 소원했어!' 마리야 공작 영애는 생각했다. 그는 잠시 말이 없었다.

"고맙다…… 딸아, 나의 벗…… 모든 걸, 모든 걸…… 용서해 다오…… 고맙다, 용서해 다오…… 고맙다!" 그러더니 그의 눈에서 눈물이 흘러내렸다. "안드류샤를 불러 다오." 그가 갑자기 말했다. 요청하는 그의 얼굴에 어린아이 같은 소심함과 의심이 표정에 나타났다. 그도 자신의 요청이 무의미하다는 것을 알고 있는 듯했다. 적어도 마리야 공작 영애에게는 그렇게 느껴졌다.

"오빠한테 편지가 왔어요." 마리야 공작 영애가 답했다. 그는 놀라움과 소심함을 띤 표정으로 그녀를 바라보았다.

"그 애는 어디에 있냐?"

"오빠는 군대에 가 있어요, **아버지**, 스몰렌스크에 있어요."

그는 눈을 감고 오랫동안 침묵했다. 그러더니 자신의 의혹에 대한 답인 듯, 이제 모든 것을 이해하고 기억한다는 사실의 확증인 듯 고개를 끄덕이고 눈을 떴다.

"그래." 그는 또렷하고 조용하게 말했다. "러시아는 망했다! 망했어!" 그가 다시 흐느끼기 시작했고 눈에서 눈물이 흘러내렸다. 마리야 공작 영애는 더 이상 참을 수 없어 그의 얼굴을 바라보며 함께 울었다.

그는 다시 눈을 감았다. 그의 흐느낌이 멈췄다. 그는 손으로 눈을 가리켰다. 그러자 티혼이 그것을 알아보고 그의 눈물을 닦아 주었다.

그다음 그는 눈을 뜨고, 오랫동안 아무도 이해하지 못하는 말을 했다. 마침내 티혼 혼자서만 그 말을 알아듣고 다른 사람들에게 전했다. 마리야 공작 영애는 노공작이 조금 전 말할 때의 기분에 비추어 그 말뜻을 찾았다. 때로는 그가 러시아에 대해 말한다고 생각했고, 때로는 안드레이 공작에 대해, 때로는 그녀에 대해, 손자에 대해, 때로는 자신의 죽음에 대해 말한다고 그녀는 생각했다. 하지만 그 때문에 그녀는 그의 말을 짐작할 수 없었다.

"하얀 드레스를 입어라. 난 그 옷이 좋다." 그가 말했다.

그 말을 알아들은 마리야 공작 영애는 더 큰 소리로 흐느꼈고, 의사가 그녀의 팔을 부축하여 테라스로 데리고 나갔다. 그는 그녀에게 마음을 진정하고 떠나보낼 준비를 하라며 설득했다. 마리야 공작 영애가 공작에게서 떠나간 후, 공작은 다시 아들과 전쟁과 군주에 대해 이야기했고, 사납게 눈썹을 실룩거리며 목쉰 소리를 높이기 시작했다. 그리고 그에게 두 번째이자 최후의 졸중(卒中)이 닥쳤다.

마리야 공작 영애는 테라스에서 걸음을 멈추었다. 날씨가 활짝 개어 있었다. 햇살이 내리쬐고 무더웠다. 아버지를 향한 뜨거운 사랑, 자신이 이 순간까지 깨닫지 못한 것처럼 느껴지는 그 사랑 외에 그녀는 아무것도 이해할 수 없고, 아무것도 생각할 수 없고, 아무것도 느낄 수 없었다. 그녀는 정원으로 달려 나갔다. 그리고 흐느끼며 안드레이 공작이 심은 어린 보리수 길을 따라 아래쪽의 연못으로 뛰어갔다.

"그래, 나는…… 나는…… 나는…… 나는 아버지의 죽음을 바랐어. 그래, 어서 끝나기를 바랐지. 난 평온을 얻고 싶었어. 난 어떻게 될까? 아버지가 돌아가시면 나에게 평온이 무슨 소용이야!"

마리야 공작 영애는 빠른 걸음으로 정원을 오가며, 흐느낌이 경련처럼 터져 나오는 가슴을 두 손으로 꼭 누르며 소리 내어 중얼거렸다. 그녀가 원을 그리며 (그 원이 그녀를 다시 집으로 돌아오게 했다) 정원을 돌고 있을 때, 맞은편에서 그녀를 향해 걸어오는 마드무아젤 부리엔과 (그녀는 보구차로보에 남았고, 그곳을 떠나고 싶어 하지 않았다) 낯선 남자가 보였다. 남자는 군의 귀족회장으로, 서둘러 떠나지 않으면 안 될 온갖 필요성을 공작 영애에게 알려 주기 위해 직접 찾아온 것이었다. 마리야 공작 영애는 그의 말을 들었으나 이해하지는 못했다. 그녀는 그를 저택 안으로 안내한 뒤 아침 식사를 권하며 그와 함께 앉았다. 그다음 귀족회장에게 양해를 구하고 노공작의 방으로 다가갔다. 의사가 불안한 얼굴로 방에서 나오더니 그녀에게 들어가면 안 된다고 말했다.

"가세요, 공작 영애, 가세요. 가시라고요!"

마리야 공작 영애는 다시 정원으로 나갔다. 그리고 언덕 아래 연못가에, 누구의 눈에도 띄지 않는 곳에서 풀 위에 앉았다. 그녀는 자신이 얼마나 오래 그곳에 있었는지 몰랐다. 오솔길을 따라 달려오는 여자의 발소리가 그녀를 정신 차리게 했다. 그녀는 일어섰다. 그리고 그녀를 찾아 달려온 듯한 하녀 두냐샤가 여주인을 보고 깜짝 놀란 듯 갑자기 걸음을 멈추는 것을 보았다.

"공작 영애님, 가 보세요…… 공작님이……." 두냐샤가 찢어질 듯한 목소리로 말했다.

"지금 가, 갈게." 공작 영애는 두냐샤가 말을 끝낼 틈도 주지 않고 다급하게 말한 뒤, 두냐샤를 보지 않으려고 애쓰면서 집으로 달려갔다.

"공작 영애, 하느님의 뜻이 이루어지고 있습니다. 당신도 이제 모든 것을 각오해야 합니다." 귀족회장이 입구에서 그녀를 맞으며 말했다.

"날 내버려 두세요. 그건 거짓말이에요!" 그녀는 그를 향해 쌀쌀맞게 소리쳤다. 의사가 그녀를 제지하려 했지만, 그녀는 그를 밀치고 문 쪽으로 달려갔다. '그런데 이 사람들이 어째서 겁에 질린 얼굴로 날 멈춰 세우는 것일까? 나에게는 아무도 필요 없는 것인가? 이 사람들은 여기서 뭘 하는 거지?' 그녀는 문을 열었다. 전에는 어두컴컴하던 그 방에 비쳐 든 한낮의 눈부신 햇살이 그녀를 두렵게 했다. 방에는 여자들과 보모가 있었다. 다들 그녀에게 길을 내주며 침대에서 비켜났다. 노공작은 여전히 똑같은 모습으로 침대에 누워 있었다. 그러나 그 평온한 얼굴에 깃든 근엄한 표정이 마리야 공작 영애를 방문턱에 멈춰 세웠다.

'아니야, 아버지는 돌아가시지 않았어. 그럴 리 없어!' 마리야 공작 영애는 속으로 혼잣말을 하며 그에게 다가갔다. 그녀는 자신을 사로잡은 두려움을 억누르며 그의 뺨에 자신의 입술을 댔다. 그러나 곧바로 그에게서 떨어졌다. 그녀가 그에게 느낀 다정함의 모든 힘이 순식간에 사라졌다. 그리고 눈앞에 놓인 것에 대한 공포의 감정이 그 자리를 대신했다. '아니야, 더 이상 아버지가 아냐! 아버지는 없어. 여기에는, 아버지가 있던 이 자리에는 낯설고, 적의(敵意)를 풍기는 무언가가 있어. 끔찍하고 소름 끼치는 혐오스러운 어떤 비밀이!' 마리야 공작 영애는 두 손으로 얼굴을 가린 채 자신을 부축하고 있던 의사의 품에 쓰러졌다.

티혼과 의사가 보는 앞에서 여자들은 노공작을 씻기고, 벌어진 입이 굳지 않도록 손수건으로 머리를 동여매고, 벌어진 두 다리를 다른 손수건으로 묶었다. 그런 다음 훈장이 달린 제복을 입히고 작게 오그라든 육체를 테이블에 올려놓았다. 언제 누가 이런 것들에 신경 썼는지는 하느님만 아시겠지만, 마치 모든 일이 저절로 이루어진 듯했다. 밤이 깊어지자 관 주위에 촛불이 켜지고, 관 위에 뚜껑이 덮이고, 마루에 노간주나무 가지가 뿌려지고, 죽은 사람의 오그라든 머리 아래에 인쇄된 기도문이 놓였다. 부제가 한구석에 앉아 「시편」을 낭독했다.

마치 말들이 죽은 말에게 달려들어 서로 북적대며 그 위에서 푸르르 하고 콧김을 내뿜는 것처럼, 그렇게 귀족회장, 촌장, 아낙들 등 남이며 가족이며 누구라 할 것 없이 모두 응접실의 관 주위에 모여들었다. 그리고 모두들 두려움에 찬 고정된 시선으로 성호를 긋고 고개 숙여 절했고, 노공작의 뻣뻣하게 굳은 차가운 손에 입을 맞추었다.*

9

보구차로보는 안드레이 공작이 정착하기 전까지 언제나 주인의 눈 밖에 나 있던 영지였고, 보구차로보의 농민들은 리시예 고리의 농민들과 전혀 다른 기질을 띠었다. 두 지역 농민들은 말투, 복장, 기질 면에서 서로 달랐다. 보구차로보의 농민들은 대초원의 사람들로 불렸다. 노공작은 그들이 추수를 돕거나 연못과 도랑을 파기 위해 리시예 고리에 올 때면, 그들의 일에 대한 인내심을 칭찬하면서도 그들의 야만성 때문에 그들을 좋아하지 않았다.

최근에 안드레이 공작이 보구차로보에 머물면서 병원들, 학교들, 소작료 경감 등과 같은 새로운 제도를 도입했지만 그들의 기질을 조금도 완화시키지 않았고, 반대로 노공작이 야만성이라고 일컫은 특징들을 더욱 강화시켰다. 그들 사이에서는 혹은 그들 모두가 카자크로 편입될 것이라거나, 혹은 새로운 종교로 개종당할 것이라는 소문, 혹은 차르의 어떤 문서, 혹은 1797년 파벨 페트로비치에 대한 맹세에 (그 맹세에 대해서는 이미 당시에 농노 해방이 표면화되었으나 지주들이 저지했다는 말들이 있다) 관한 소문, 혹은 7년 후 다시 권좌에 오를 표트르 페오도로비치*에 대한 소문, 그의 통치 아래에서는 모든 것이 너무도 자유롭고 단순하여 아무 제약도 없을 것이라는 소문 등 언제나 모호한 풍문들이 떠돌았다. 전쟁과 보나파르트와 그의 침략에 대한 소문은 그들 사이에서 적그리스도, 세상의 종말, 완전한 자유에 대한 그 모호한 개념들과 결합되었다.

보구차로보 부근에는 큰 마을들이 있었는데, 국유지이거나 소작료를 받는 지주들의 영지였다. 그 지역에 사는 지주들은 아주 적었다. 하인과 비문맹자도 아주 드물었다. 그리고 이 지역에 사는 농민들의 삶 속에는 러시아 민중의 삶 속에 흐르는, 현대인들에게는 그 이유와 의미가 설명될 수 없는, 그러한 신비한 흐름이 다른 지역에 비해 더 뚜렷하고 강렬하게 나타났다. 그런 현상들 가운데 하나가 20년 전쯤 그 지역 농민들 사이에 나타난, 따뜻한 강들 쪽으로 이주하려는 움직임이었다. 보구차로보 농민들을 포함해 수백 명의 농민들이 갑자기 가축을 팔고, 가족들과 함께 남동쪽 어딘가로 떠나기 시작했다. 마치 새들이 바다 건너 어딘가로 날아가듯, 이 사람들은 아내와 아이들을 데리고 그들 가운데 아무도 가 본 적이 없는 남동쪽의 그곳으로 몰려갔다. 그들은 대상 행렬처럼 일어나거나, 개별적으로 몸값을 지불하고 자유를 얻거나, 주인으로부터 도망치거나 한 뒤 마차나 도보로 그곳, 따뜻한 강을 향해 떠났다. 많은 사람들이 처벌을 받고 시베리아로 추방되었고, 많은 사람들이 추위와 굶주림으로 길에서 죽었으며, 많은 사람들이 스스로 돌아왔다. 그 움직임은 뚜렷한 이유 없이 시작되었던 것처럼 마찬가지로 그렇게 저절로 잦아들었다. 그러나 수면 아래의 흐름은 그 민중 안에서 그침 없이 흐르면서 똑같이 이상하고 갑작스럽게 동시에 소박하고 자연스럽고 힘차게 나타날 어떤 새로운 힘들을 준비하고 있었다. 이제 1812년, 현지 민중과 가까이 지낸 사람들에게는 그 수면 아래의 흐름이 거세게 일렁이며 모습을 드러낼 때가 가까워졌다는 것이 느껴졌다.

노공작이 임종하기 얼마 전에 보구차로보로 온 알파티치는 민중 사이에 동요가 일고 있음을 눈치챘다. 또 리시예 고리 지역 반경 60베르스타 안에 거주하는 농민들이 (카자크들이 자기 마을들을 짓밟도록 하고) 전부 피란한 것과는 반대로, 보구차로보의 대초원에 거주하는 농민들은 소문대로 프랑스군과 교류하고, 어떤 문서를 받아 자기들끼리 돌려 보면서 그 지역에 계속 남아 있다는 사실을 알아차렸다. 그는 자기에게 충성하는 하인들을 통해, 농촌 공동체에 큰 영향을 끼치는 카르프라는 농부가 며칠 전 관청의 짐수레를 타고 어디론가 갔고, 카자크는 주민들이 떠난 마을을 짓밟지만 프랑스군은 그런 마을을 건드리지 않는다는 소식을 가지고 돌아왔다는 것을 알게 되었다. 알파티치는 또 다른 농부가 전날 프랑스군이 주둔한 비슬로우호보라는 마을에서 프랑스군 장군으로부터 문서를 받아 온 사실도 알았다. 그 문서는 주민들이 마을에 남는다면, 프랑스군은 주민들에게 어떤 해도 끼치지 않고 주민들에게 가져가는 모든 것에 대금을 치르겠다는 것을 알리고 있었다. 농부는 그 증거로 비슬로우호보에서 건초의 선불금으로 받은 1백 루블어치 지폐 다발을 (그는 그것들이 위조지폐인 것을 몰랐다) 가져왔다.

마지막으로, 알파티치가 알게 된 가장 중요한 사실은 그가 공작 영애의 짐을 보구차로보에서 실어 갈 수 있도록 짐수레를 모으라고 촌장에게 명한 바로 그날, 마을에서 아침 일찍 집회가 열렸으며, 그 자리에서 어디로도 떠나지 말고 사태를 기다려 보자는 결정이 내려졌다는 것이다. 그러나 시간은 기다려 주지 않는다. 노공작이 임종한 8월 15일, 귀족회장은 마리야 공작 영애에게 상황이 위험해졌으니 그날로 당장 떠나라고 종용했다. 그는 16일 이

후에는 아무 책임도 질 수 없다고 말했다. 노공작이 임종한 날 저녁에 그는 그곳을 떠나면서 다음 날 장례식에 맞춰 오겠다고 약속했다. 하지만 그는 약속을 지키지 못했다. 왜냐하면 그는 프랑스군이 갑자기 진격했다는 소식을 받고, 가족과 모든 귀중품을 자신의 영지에서 옮기는 일조차 겨우 해냈기 때문이다.

30년 동안 보구차로보를 관리한 사람은 드론 촌장이었다. 노공작은 그를 드로누시카라고 불렀다.

드론은 육체적으로나 정신적으로나 강건한 농부들, 일단 장성하여 수염이 자라면 흰머리 한 올 없이, 이빨 하나 빠지지 않고, 변함없이 그대로 예순에서 일흔 살까지 살며, 예순이 되어도 서른 살 때만큼 몸이 꼿꼿하고 튼튼한 그런 농부들 가운데 하나였다.

드론은 따뜻한 강으로의 이주 (그도 다른 사람들처럼 그 이주에 참가했다) 직후에 보구차로보의 촌장이자 영지 관리인으로 임명되었다. 이후 23년 동안 이 직무를 나무랄 데 없이 잘 수행해 왔다. 농부들은 그를 주인보다 더 두려워했다. 노공작과 젊은 공작 같은 영주들뿐 아니라 관리인까지도 그를 존중했고, 농담으로 대신이라 부르곤 했다. 드론은 직무를 수행하는 내내 한 번도 술에 취하거나 아픈 적이 없었다. 며칠 밤을 새웠든 어떤 일을 했든 조금도 피로한 기색을 보인 적이 없었으며, 읽고 쓰기는 할 줄 몰랐지만, 자신이 판 막대한 양의 밀가루와 돈을 계산할 때라든지 보구차로보 밭의 1데샤티나당 곡물 수확량을 계산할 때는 단 하나도 놓친 적이 없었다.

그런 드론을 황폐해진 리시예 고리에서 도착한 알파티치가 공작의 장례식 날에 불러들여 공작 영애의 승용 마차들을 끌 말 열두 마리와 보구차로보에서 실어 갈 짐을 위한 짐수레 열여덟 대를 준비하도록 지시했다. 알파티치의 생각으로는 비록 그곳 농부들이 부역을 하지 않는 소작농이지만, 그 지시의 이행이 난관에 부딪힐 수가 없었다. 왜냐하면 보구차로보에는 230가구가 있는 데다 농부들이 꽤 부유했기 때문이다. 그러나 드론 촌장은 알파티치의 지시를 듣고 말없이 눈을 떨구었다. 알파티치는 자기가 아는 농부들의 이름을 댔다. 그는 예전에도 그들에게서 짐수레를 빌려오도록 지시한 적이 있었다.

드론은 그 농부들의 말이 수송에 동원되었다고 대답했다. 알파티치는 다른 농부들의 이름을 댔다. 그러나 드론의 말에 따르면, 그들에게도 말이 없었다. 어떤 말들은 관청의 짐수레를 끌고, 어떤 말들은 너무 쇠약하고, 어떤 말들은 사료가 없어 말라 죽었다는 것이다. 드론의 견해에 따르면, 짐 수송을 위한 말은커녕 승용 마차를 위한 말도 모을 수 없었다.

알파티치는 드론을 유심히 바라보며 얼굴을 찌푸렸다. 드론이 모범적인 촌장이자 농부였듯이 알파티치도 아무 이유 없이 20년 동안 공작의 영지를 감독한 것은 아니었다. 그는 모범적인 관리인이었다. 자신이 관계하는 사람들의 욕구와 본능을 직감으로 간파하는 최고 수준의 능력을 갖고 있었다. 그 때문에 뛰어난 관리인이었던 것이다. 드론을 얼핏 쳐다본 후, 그는 즉시 드론의 대답이 본인의 생각을 표현한 것이 아니라 보구차로보 마을 공동체의 전반적인 분위기를 표현한 것이며, 촌장도 이미 그 분위기에 끌려 들어갔다는 사실을 깨달았다. 그러나 그는 동시에 공동체에서 오랫동안 살아왔고 농민들의 미움을 받는 드론으로서는 주인과 농민 사이의 두 진영에서 동요할 수밖에 없다는 사실도 알았다. 알파티치는 드론의 시각에서 그러한 동요를 눈치챘다. 그래서 인상을 쓰며 드론에게 바짝 다가갔다.

"드로누시카, 잘 듣게!" 그는 말했다. "쓸데없는 소린 집어치워.

안드레이 니콜라이치 공작 각하께서 사람들을 모두 피란시키고, 적과 함께 남지 않도록 나에게 직접 분부하셨네. 그에 대한 차르의 명령서도 있어. 누가 남든 그자는 차르의 배신자가 되는 거야. 듣고 있나?"

"알겠습니다." 드론은 눈을 들지 않고 대답했다.

알파티치는 그 대답에 만족하지 않았다.

"어이, 드론, 이러면 자네에게 좋지 않아!" 알파티치는 고개를 저으며 말했다.

"뜻대로 하십시오!" 드론이 침울하게 말했다.

"어이, 드론, 그만둬!" 알파티치는 품속에서 한 손을 꺼내고는 엄숙한 몸짓으로 드론의 발아래 마룻바닥을 가리키며 반복했다. "난 자네를 꿰뚫어 볼 뿐 아니라 자네의 발밑을 3아르신 깊이까지 꿰뚫어 볼 수 있어." 그는 드론의 발아래 마룻바닥을 응시하며 말했다.

드론은 당황하여 알파티치를 흠칫 쳐다보더니 다시 시선을 떨구었다.

"허튼소리 집어치우고 사람들에게 전해. 집을 떠나 모스크바로 출발할 채비를 갖추고, 내일 아침에 공작 영애의 짐을 운반할 짐수레들을 준비하라고 말이야. 그리고 자네는 집회에 가지 마. 알아듣겠나?"

드론은 갑자기 털썩 무릎을 꿇고 주저앉았다.

"야코프 알파티치, 절 해고하세요! 제게서 열쇠를 가져가시고, 제발 절 해고하세요."

"집어치워!" 알파티치가 엄하게 말했다. "난 네놈의 발밑을 3아르신까지 꿰뚫어 보고 있어." 그가 반복해서 말했다. 그는 자신의 양봉 전문 기술, 귀리 파종 시기에 관한 지식, 20년 동안 노공작의 비위를 맞추었던 점 등이 그에게 오래전부터 마법사의 명성을 얻게 했다는 사실, 그리고 사람의 발밑 3아르신까지 볼 수 있는 능력은 마법사들의 능력으로 간주된다는 사실을 알았다.

드론이 일어서서 무슨 말을 하려 했으나 알파티치가 그를 가로막았다.

"도대체 자네들은 뭘 할 생각인 거야? 응? 도대체 무슨 생각을 하고 있지? 뭐냐고?"

"제가 사람들에게 뭘 어쩌겠습니까?" 드론이 말했다. "분위기가 완전히 험악합니다. 저도 그 사람들에게 그렇게 말하긴 하지만……."

"자네가 그자들에게 그렇게 말했다 이거지." 알파티치가 말했다. "술을 마시고들 있나?" 그가 짧게 물었다.

"아주 험악합니다, 야코프 알파티치. 그자들은 술을 또 한 통 가져왔습니다."

"그럼 잘 듣게. 난 경찰서장에게 갈 테니, 자네는 사람들에게 알리게. 그런 짓은 그만두고 짐수레나 모으라고 전하게."

"알겠습니다." 드론이 말했다.

야코프 알파티치는 더 이상 주장하지 않았다. 그는 오랫동안 농민을 감독한 까닭에 사람들을 복종시키는 가장 좋은 방법은 그들이 복종하지 않을지도 모른다는 의구심을 그들에게 드러내지 않는 것임을 알았다. 드론으로부터 "알겠습니다"라는 공손한 대답을 받아 낸 알파티치는 비록 그 말을 의심했을 뿐 아니라 군 명령의 도움 없이는 짐수레를 구할 수 없으리라고 확신했지만 그 말에 만족했다.

그리고 정말로, 저녁 무렵이 되어도 짐수레는 모이지 않았다. 마을 선술집에서 또다시 집회가 열렸으며, 그 집회에서 말들을 숲으로 몰아내고 짐수레를 내주지 말자는 결정이 내려졌다. 알파티치는 이에 대해서는 공작 영애에게 한마디도 하지 않은 채, 리시예 고리에서 몰고 온 말들에서 자신의 짐을 내리고, 그 말들을 공작 영애의 카레타에 대라고 명한 뒤, 자신은 직접 관청으로 갔다.

IO

아버지의 장례식 후 마리야 공작 영애는 방문을 걸어 잠그고 들어앉아 아무도 들이지 않았다. 하녀가 문가로 와서 알파티치가 출발에 관한 지시 사항을 물으러 왔다고 말했다. (그때는 아직 알파티치와 드론이 대화를 나누기 전이었다.) 마리야 공작 영애는 누워 있던 소파에서 몸을 살짝 일으켰다. 그러고는 닫힌 문 너머로 그녀는 절대로 아무 데도 가지 않을 터이니 방해하지 말 것을 부탁한다고 말했다.

마리야 공작 영애가 누워 있던 방의 창문들은 서쪽을 향해 나 있었다. 그녀는 얼굴을 벽 쪽으로 돌리고 소파에 누워 가죽 쿠션에 달린 단추들을 손가락으로 만지작거리며 그 쿠션만 바라보았다. 그녀의 흐릿한 상념은 한 가지에 집중되었다. 그녀는 죽음의 돌이킬 수 없음에 대해, 그리고 지금까지 모르고 있다가 아버지의 와병 중에 모습을 드러낸 자기 영혼의 추악함에 대해 생각했다. 그녀는 기도하고 싶었지만 감히 그럴 수가 없었다. 지금 자신의 영혼 상태로는 차마 하느님을 향해 나아갈 수 없었다. 그녀는 그 상태로 한동안 누워 있었다.

태양이 저택 반대편으로 넘어갔다. 열린 창문들로 비스듬히 들어온 저녁 햇살이 방 안과 마리야 공작 영애가 바라보는 모로코가죽 쿠션 일부를 비추었다. 문득 그녀의 머릿속 상념의 흐름이 잠시 멈추었다. 그녀는 무의식적으로 몸을 일으켜 머리칼을 매만지며 자리에서 일어났다. 그러고는 바람 부는 맑은 저녁의 시원한 공기를 무심결에 들이마시며 창문으로 다가갔다.

'그래. 이제 넌 저녁을 감상해도 좋아! 그분은 이제 없어. 아무도 널 방해하지 않아.' 그녀는 속으로 혼잣말을 했다. 그리고 의자에 털썩 주저앉아 창턱으로 머리를 떨구었다.

누군가가 정원 쪽에서 부드럽고 나직한 목소리로 그녀의 이름을 부르며 머리에 입을 맞추었다. 그녀는 머리를 들어 바라보았다. 검은 드레스에 상장(喪章)을 단 마드무아젤 부리엔이었다. 마드무아젤 부리엔이 조용히 마리야 공작 영애에게 다가와 한숨을 쉬며 그녀에게 입을 맞추고는 곧바로 울음을 터뜨렸다. 마리야 공작 영애는 그녀를 쳐다보았다. 자신과 그녀의 지난 모든 충돌, 그녀를 향한 질투들이 기억났다. 그리고 **그가** 최근에 마드무아젤 부리엔에 대한 태도를 바꾸었고, 그녀를 볼 수 없었던 것, 따라서 마리야 공작 영애가 마음속으로 그녀에게 한 비난이 온당하지 않았다는 것도 기억났다. '그래, 내가, 그분의 죽음을 바란 내가 누구를 비난하겠어!' 그녀는 생각했다.

마드무아젤 부리엔의 처지가 마리야 공작 영애의 마음속에 생생하게 그려졌다. 마드무아젤 부리엔은 최근 마리야 공작 영애와 소원해져 있었고, 그러면서도 그녀에게 의존하며 더부살이하고 있었다. 그녀는 마드무아젤 부리엔이 가여웠다. 마리야 공작 영애는 뭔가 묻는 듯한 온화한 눈길로 마드무아젤 부리엔을 바라보며 손을 내밀었다. 그러자 마드무아젤 부리엔은 왈칵 울음을 터뜨렸다. 그녀는 마리야 공작 영애의 손에 입을 맞추고 공작 영애에게 닥친 슬픔을 이야기하며 자신이 그 슬픔을 함께할 사람인 것처럼 행동했다. 그녀의 슬픔을 달랜 유일한 위로는 공작 영애가 그녀에게 슬픔을 함께 나누는 일을 허락하는 것이라고 말했다. 그녀는 크나큰 슬픔 앞에서 예전의 모든 오해를 없애야 하고, 그녀는 모든 사람 앞에 결백하고, **그분도** 그곳에서 자신의 사랑과 감사를 보고 있을 거라고 말했다. 공작 영애는 그녀의 말을 듣고 있었지만, 그 말뜻을 이해하지 못한 채, 그저 이따금 그녀를 쳐다보며 그 목소리의 울림에 귀를 기울일 뿐이었다.

"사랑하는 공작 영애, 당신의 처지는 두 배로 더 끔찍하겠죠." 마드무아젤 부리엔이 잠시 침묵하더니 말했다. "난 당신이 자신에 대해 생각할 수 없었고, 지금도 그럴 수 없다는 것을 이해해요. 하지만 난 당신을 사랑하기 때문에 의무적으로라도 이럴 수밖에 없어요⋯⋯. 알파티치가 당신을 찾아왔죠? 그가 출발에 대한 이야기를 하지 않던가요?" 그녀가 물었다.

마리야 공작 영애는 대답하지 않았다. 누가 어디로 가야 한다는 것인지 알 수 없었다. '이런 때에 과연 무엇을 착수하고, 무엇을 생각할 수 있을까? 어떻게 하든 똑같지 않을까?' 그녀는 대답하지 않았다.

"**사랑하는 마리**, 알고 있어요?" 마드무아젤 부리엔이 말했다. "우리가 위험에 처한 것, 우리가 프랑스군에 포위된 것을 아시나요? 지금 떠나는 것은 위험해요. 만약 지금 떠나면 우리는 분명히 포로가 될 거예요. 그리고 그다음에 어떻게 될지는 하느님만 아시겠죠⋯⋯."

마리야 공작 영애는 친구가 무슨 말을 하는지 이해하지 못한 채 그녀를 쳐다보았다.

"아, 지금 나로서는 뭐가 어떻게 되든 상관없다는 걸 누군가 알아주었으면⋯⋯." 마리야 공작 영애가 말했다. "물론 나는 무슨 일이 있어도 **그분을** 떠나고 싶지 않아요⋯⋯. 알파티치가 출발에 대해 뭔가 말을 하긴 했어요. 그와 이야기해 봐요. 난 아무것도, 아무것도 할 수 없고 또 하고 싶지도 않아요⋯⋯."

"그 사람과 이야기했어요. 그 사람은 우리가 내일 떠나기를 바라고 있어요. 하지만 내가 생각하기에 지금은 여기 남는 것이 더 좋을 것 같아요." 마드무아젤 부리엔이 말했다. "왜냐하면 말이죠. **사랑하는 마리**, 당신도 동의하겠지만 가는 도중에 병사들이나 폭동을 일으킨 농부들에게 잡히면 끔찍할 테니까요." 마드무아젤 부리엔은 손가방에서 (흔치 않은 외제 종이에 인쇄된) 프랑스 라모 장군의 성명서를 꺼냈다. 주민들이 자기 집을 버려서는 안 된다는, 프랑스 당국이 주민들에게 마땅한 보호를 제공할 것이라는 내용의 성명서였다. 마드무아젤 부리엔이 공작 영애에게 그것을 건넸다.

"이 장군에게 호소해 보는 편이 좋다고 생각해요." 마드무아젤 부리엔이 말했다. "난 당신이 마땅히 존중받을 거라고 확신해요."

마리야 공작 영애는 성명서를 읽었다. 그녀의 얼굴이 눈물 없는 흐느낌에 실룩거렸다.

"이건 누구를 통해서 받았죠?" 그녀가 말했다.

"아마도 이름을 보고 내가 프랑스 사람이라는 걸 안 것 같아요." 마드무아젤 부리엔이 얼굴을 붉히며 말했다.

마리야 공작 영애는 성명서를 들고 창가에서 일어나 창백한 얼굴로 방을 나가 이전에 안드레이 공작이 사용했던 서재로 향했다.

"두냐샤, 알파티치든 드로누시카든 아무나 불러다 줘." 마리야 공작 영애가 말했다. 그리고 마드무아젤 부리엔의 목소리가 들리자 "아말리야 카를로브나에게는 내 방에 들어오지 말라고 전해 줘"라고 덧붙였다. "어서 떠나야 해! 어서 떠나야 해!" 마리야 공작 영애는 자신이 프랑스군의 수중에 남게 될지도 모른다는 생각에 두려움을 느끼며 말했다.

'안드레이 공작이 내가 프랑스군의 손안에 있다는 걸 알게 된다면! 내가, 니콜라이 안드레이치 볼콘스키 공작의 딸인 내가 라모 장군에게 보호를 청하고 그 은혜를 입는다니!' 이런 생각이 그녀를 두려움으로 몰아가고, 몸서리를 치게 하고 얼굴을 붉어지도록 했으며, 이제껏 경험한 적 없는 적의와 긍지가 솟구치도록 만들었다. 다만 자기 입장에서는 괴롭고, 무엇보다 모욕적인 온갖 일들이 머리에 생생하게 떠올랐다. '그들, 프랑스인들이 이 집에 살게 돼. 라모 장군이 안드레이 공작의 서재를 차지할 거야. 재미 삼아 안드레이 공작의 편지와 서류를 뒤적이고 읽어 보겠지. **마드무아젤 부리엔은 경의를 표하며 라모 장군을 맞이할 테고**, 그들은 호의를 베풀어 내게 방 한 칸을 내주겠지. 병사들은 이제 막 흙을 덮은 무덤을 파헤쳐 아버지의 몸에서 십자가와 훈장을 벗겨 낼 거야. 그들은 나에게 러시아군을 이긴 이야기를 할 테고 나의 슬픔에 공감하는 척하겠지…….' 마리야 공작 영애는 생각했다. 하지만 그것은 자신의 견해가 아니었다. 그녀는 자신이 아닌 아버지와 오빠의 견해에 비추어 생각하는 것이 자기 의무라고 생각했다. 그녀로서는 자신이 어디에 있든 자신에게 무슨 일이 생기든 아무래도 좋았다. 그와 동시에 그녀는 자신을 고인이 된 아버지와 안드레이 공작의 대리자로 느꼈다. 그녀는 자기도 모르게 그들의 사고에 따라 생각하고 그들의 감정으로 느꼈다. 그들이 했을 법한 말, 그들이 이 상황에서 취했을 법한 행동, 그녀는 바로 그것을 하는 것이 필요하다고 느꼈다. 그녀는 안드레이 공작의 서재로 가서 그의 생각으로 자신을 가득 채우려고 노력하면서 자신의 상황에 대해 곰곰이 생각했다.

아버지의 죽음과 함께 파괴된 줄 알았던 삶에 대한 욕구가 갑자기 새로운, 이제껏 알지 못한 새로운 힘으로 마리야 공작 영애 앞에 나타나 그녀를 사로잡았다.

그녀는 흥분해서 얼굴을 붉히고 방 안을 서성이며 때로는 알파티치를, 때로는 미하일 이바노비치를, 때로는 티혼을, 때로는 드론을 데려오라고 요구했다. 두냐샤와 보모를 비롯한 모든 하녀들은 마드무아젤 부리엔이 밝힌 게 어느 정도 옳은지 아무 말도 할 수 없었다. 알파티치는 관청에 가고 집에 없었다. 부름을 받고 잠에 취한 눈으로 마리야 공작 영애 앞에 나타난 건축 기사 미하일 이바니치는 아무 말도 하지 못했다. 그는 지난 15년 동안 노공작을 응대할 때 자기 생각을 표현하지 않고 찬성의 미소만 띠고 답하는 데 익숙해 있었다. 그가 똑같은 미소를 지으며 마리야 공작 영애의 물음에 답했기 때문에 그의 답변으로부터는 분명한 것을 아무것도 끌어낼 수 없었다. 부름을 받고 홀쭉하게 야윈, 치유되지 않을 슬픔의 흔적을 지닌 얼굴로 나타난 늙은 시종 티혼은 마리야 공작 영애의 모든 질문에 "알겠습니다"라고 대답만 할 뿐이었고, 그녀를 쳐다보며 간신히 흐느낌을 참았다.

마침내 드론 촌장이 방에 들어왔다. 그는 공작 영애에게 허리를 깊이 숙여 인사하고 문지방 옆에 섰다.

마리야 공작 영애는 방 안을 걷다가 그의 맞은편에서 멈추었다. "드로누시카." 마리야 공작 영애가 말했다. 그녀는 그에게서 의심할 여지 없는 벗을, 매년 뱌지마의 장터에 갈 때마다 매번 특별히 생강 빵을 사서 돌아와 빙그레 웃으며 그녀에게 건네던 드로누시카를 보았다. "드로누시카, 지금은, 우리가 불행한 일을 겪고 난 후⋯⋯." 그녀는 입을 뗐다가 더 이상 말할 기력이 없어 입을 다물었다.

"우리 모두 하느님 밑에서 걷고 있습죠." 그가 한숨을 쉬며 말했다. 두 사람은 침묵했다.

"드로누시카, 알파티치가 어디를 가는 바람에 함께 의논할 사람이 없어요. 내가 떠날 수 없다고들 하는데, 사람들이 하는 말이 사실인가요?"

"왜 못 떠나겠습니까요, 영애 양. 떠날 수 있습니다요." 드론이 말했다.

"사람들은 적 때문에 위험하다고들 말해요. 아저씨, 난 아무것도 할 수 없고 아무것도 모르겠어요. 나한테는 아무도 없어요. 난 오늘 밤이나 내일 이른 아침에 떠나고 싶어요." 드론은 잠자코 있었다. 그는 눈을 치뜨고 마리야 공작 영애를 힐끔거렸다.

"말이 한 마리도 없습니다요." 그가 말했다. "야코프 알파티치에게도 그렇게 말했습죠."

"어째서 말이 없다는 거죠?" 공작 영애가 말했다.

"모든 게 하느님께 벌을 받아서입죠." 드론이 말했다. "우리가 가진 말은 군대가 모두 징발해 갔습죠. 어떤 말들은 뒈져 버렸고요. 올해가 그런 해입니다. 말을 먹이는 것은 고사하고 우리라도 굶어 죽지 말아야 할 텐데요. 그래서 요즘 같아서는 사흘 동안 아무것도 먹지 못하고 앉아만 있습죠. 아무것도 없어요. 우리는 완전히 몰락했습니다요."

마리야 공작 영애는 그가 하는 말을 주의 깊게 들었다.

"농부들이 몰락했다고요? 그들에게 곡물이 없나요?" 그녀가 물었다.

"굶어서 죽어 가고 있습니다요." 드론이 말했다. "짐수레는커녕······.”

“드로누시카, 왜 말하지 않았어요? 그 사람들을 도울 수 없을까요? 내가 할 수 있는 무슨 일이든 다 하겠어요······.” 마리야 공작 영애에게는 지금 같은 때, 그토록 큰 슬픔이 자신의 영혼을 가득 채운 이런 순간에 부유한 사람과 가난한 사람이 따로 있고, 부유한 사람이 가난한 사람을 도울 수 없다고 생각하는 것이 이상하게 느껴졌다. 그녀는 ‘주인의 곡식’이라는 것이 있으며, 그것을 농부들에게 나누어 주기도 한다는 것을 어렴풋이 알고 있었고 또 듣기도 했다. 또 오빠든 그녀의 아버지든 곤궁에 빠진 농부들에게 그것을 내주는 것을 거절하지 않으리라는 것도 알았다. 그녀는 다만 농부들에게 곡물을 분배하는 문제로 그녀가 지시하려는 말에 어떤 식으로든 실수를 하게 될까 두려울 뿐이었다. 그녀는 자기 앞에 그런 돌볼 거리가 나타난 것에 기뻐했다. 그 돌볼 거리 때문에 자기 슬픔을 잊는 것이 부끄럽지 않았다. 그녀는 드로누시카에게 농부들의 곤궁에 대해, 그리고 보구차로보에 ‘주인의 곡식’이 있는지에 대해 자세히 묻기 시작했다.

“우리에게 정말 ‘주인의 곡식’이 있나요? 오빠의 곡물 말이에요.” 그녀가 물었다.

“주인의 곡식은 전부 그대로 있습니다.” 드론이 자랑스레 말했다. “우리 공작님께서 팔지 말라고 분부하셨거든요.”

“그걸 농부들에게 내줘요. 그들에게 필요한 만큼 다 줘요. 내가 오빠의 이름으로 허락할게요.” 마리야 공작 영애가 말했다.

드론은 아무 대답도 하지 않고 깊은 한숨을 쉬었다.

“당신이 그 사람들에게 곡물을 나누어 줘요. 혹시 그것으로 충분하다면 말이에요. 전부 나눠 줘요. 내가 오빠의 이름으로 지시하겠어요. 그리고 그들에게 말해 줘요. 우리의 것은 그들의 것이

기도 하다고요. 우리는 그들을 위해서는 아무것도 아깝지 않아요. 그들에게 그렇게 말해요."

공작 영애가 말하는 동안 드론은 그녀를 뚫어지게 바라보았다.

"절 해고해 주십쇼, 아가씨, 제발, 저에게서 열쇠를 가져가십쇼." 그가 말했다. "23년 동안 일하면서 나쁜 짓은 하지 않았습니다요. 제발 절 해고해 주십쇼."

마리야 공작 영애는 그가 무엇을 원하는지, 왜 해고해 달라는지 이해할 수 없었다. 그녀는 그의 충직함을 의심한 적이 결코 없으며, 자신은 그와 농부들을 위해 무엇이든 할 각오도 되어 있다고 대답했다.

II

이 일이 있고 한 시간 후 두냐샤가 공작 영애에게 드론이 왔으며, 모든 농부들이 공작 영애의 분부대로 여주인과 대화를 나누고자 창고 옆에 모여 있다는 소식을 들고 왔다.

"난 그 사람들을 부른 적이 없는데." 마리야 공작 영애가 말했다. "난 다만 드로누시카에게 그 사람들에게 곡식을 나누어 주라고 말했는데."

"제발, 공작 영애님, 그 사람들을 쫓아내라 분부하시고 가지 마세요. 전부 속임수예요." 두냐샤가 말했다. "야코프 알파티치가 돌아올 거예요, 그러면 우리는 떠나요…… 공작 영애님, 나가지 마세요……."

"무슨 속임수?" 공작 영애가 놀라서 물었다.

"전 이미 알고 있어요. 제발 그냥 제 말을 들으세요. 보모에게 물어보셔도 좋아요. 저 사람들은 공작 영애님의 지시대로 피란하는 것에 찬성하지 않는대요."

"너는 지금 다른 이야기를 하고 있어. 난 그들에게 떠나라고 지시한 적이 없어……." 마리야 공작 영애가 말했다. "드로누시카를 불러."

부름을 받고 온 드론은 두냐샤의 말이 사실임을 확인해 주었다. 농부들이 공작 영애의 분부를 받고 왔다고 말한 것이다.

"하지만 난 그들을 부른 적이 없어요." 공작 영애가 말했다. "당신이 그 사람들에게 잘못 전했나 보죠. 난 그저 그 사람들에게 곡물을 나누어 주라고 말했을 뿐이에요."

드론이 대답은 하지 않고 한숨을 내쉬었다.

"공작 영애님이 분부하시면 그들은 돌아갈 겁니다요." 그가 말했다.

"아니, 아니에요. 내가 그 사람들에게 가겠어요." 마리야 공작 영애가 말했다.

공작 영애는 두냐샤와 보모가 만류하는데도 현관 계단으로 나갔다. 드론, 두냐샤, 보모, 미하일 이바니치가 그녀의 뒤를 따랐다.

'그 사람들은 내가 자기들을 이곳에 남겨 둘 속셈으로, 자기들을 프랑스군이 제멋대로 하도록 버려둔 채 나만 떠날 속셈으로 곡물을 제공한다고 생각하나 봐.' 마리야 공작 영애는 생각했다.

'난 그 사람들에게 모스크바 근교의 영지에서 매달 식량과 의복을 주고 숙소도 제공하겠다고 약속할 거야. 앙드레가 내 입장이라면 더 많은 일을 했을 거라고 확신하니까.' 그녀는 창고 옆 방목장에 모인 무리를 향해 황혼의 어스름 속을 걸어가며 생각했다.

무리가 부스럭대며 모여들더니 재빨리 모자를 벗었다.

마리야 공작 영애는 시선을 떨어뜨리고, 다리가 드레스 자락에 뒤엉키면서 그들에게 다가갔다. 늙은이 젊은이 할 것 없이 너무도 다양한 이들의 눈길이 그녀에게 쏠리고 너무도 다양한 얼굴들이 있어서 어느 한 사람의 얼굴도 제대로 볼 수 없었다. 그녀는 문득 그들 모두와 이야기하지 않으면 안 된다는 것을 깨달았지만 어떻게 해야 할지 몰랐다. 그러나 아버지와 오빠의 대리인이라는 자각이 다시 힘을 북돋아 주었고, 그녀는 과감하게 말하기 시작했다.

"여러분이 이렇게 와 줘서 무척 기뻐요." 마리야 공작 영애는 시선을 들지 않은 채 자신의 심장이 얼마나 빠르고 세차게 뛰는지 느끼며 말을 시작했다. "여러분이 전쟁으로 아주 어려운 처지에 놓였다고 드로누시카가 말해 주더군요. 이건 우리 모두의 고통이에요. 난 여러분을 도울 수 있다면 아무것도 아깝지 않아요. 나는 떠날 거예요. 이곳은 이미 위험하고 적이 가까이 있어서…… 왜냐하면……. 나는 나의 벗인 여러분에게 전부 내주겠어요. 여러분이 궁핍을 겪는 일이 없도록 우리 곡물을 전부 다 가져가요. 그런데 여러분이 내가 당신들을 이곳에 두고 가기 위해 곡물을 내주는 것이라고 들었다면, 그건 사실이 아니에요. 나는 반대로 여러분에게 가재도구를 전부 챙겨 모스크바 근교에 있는 우리 영지로 함께 가 달라고 청할게요. 그곳에 가면 내가 여러분을 책임지겠어요. 여러분이 곤궁에 처하지 않도록 하겠다고 약속할게요. 여러분에게 집과 곡물을 주겠어요." 공작 영애는 말을 멈추었다. 무리 속에서 한숨 소리만 들렸다.

"내가 내 뜻대로 이러는 게 아니에요." 공작 영애가 계속 말했다. "난 여러분에게 좋은 주인이셨던, 이제는 고인이 되신 아버지의 이름으로, 그리고 그분의 아들인 오빠를 대신해서 이렇게 하는 거예요."

그녀는 다시 말을 멈추었다. 하지만 아무도 그녀의 침묵을 깨지 않았다.

"우리 모두의 고통이에요. 그러니 모든 걸 함께 나누기로 해요. 나의 것은 모두 여러분의 것이랍니다." 그녀는 눈앞에 서 있는 사람들의 얼굴을 둘러보며 말했다.

모든 눈이 똑같은 표정으로 그녀를 바라보고 있었다. 그녀는 그

의미를 이해할 수 없었다. 그것이 호기심과 충성과 감사의 표정이든 또는 놀라움과 불신의 표정이든, 어쨌든 모든 얼굴에 떠오른 표정이 똑같았다.

"공작 영애님의 은혜에 대단히 감사합니다. 하지만 우리는 주인님의 곡식을 가져갈 수 없습니다." 뒤에서 누군가의 목소리가 말했다.

"아니, 왜요?" 공작 영애가 말했다.

아무도 대답하지 않았다. 무리를 둘러보던 마리야 공작 영애는 모두가 자신과 눈을 마주치면 곧바로 시선을 떨어뜨리는 것을 눈치챘다.

"여러분은 왜 곡물을 원하지 않는 거지요?" 그녀가 다시 물었다. 아무도 대답하지 않았다.

그 침묵이 마리야 공작 영애에게 점점 더 거북하게 느껴졌다. 그녀는 누군가의 눈길을 붙잡아 보려고 애썼다.

"왜 말을 하지 않죠?" 공작 영애는 지팡이를 짚고 자기 앞에 서 있는 노인에게 말을 걸었다. "뭔가 더 필요하다고 생각하면 말해 봐요. 뭐든 할게요." 그녀는 그의 시선을 붙잡으며 말했다. 그러나 그는 그 말에 화가 난 듯 고개를 푹 숙이고 이렇게 중얼거렸다.

"무엇에 동의하라는 겁니까? 우리는 곡물이 필요 없는데."

"어째서 우리에게 모든 것을 버리라고 하십니까? 우리는 동의하지 않습니다, 동의하지 않는다고요……. 우리가 동의하는 일은 없을 겁니다. 공작 영애님께는 죄송하지만 우리는 동의하지 않겠습니다. 혼자 가세요……." 무리 여기저기에서 이런 말이 들려왔다. 그러자 다시 그 군중의 얼굴 하나하나에 똑같은 표정이 떠올랐다. 이제 그것은 호기심과 감사의 표정이 아니라 분노에 찬 결의라는 것이 확실해 보였다.

"여러분은 아마 잘 이해하지 못한 것 같아요." 마리야 공작 영애가 슬픈 미소를 지으며 말했다.

"왜 여러분은 떠나려 하지 않나요? 약속할게요. 내가 여러분에게 집을 주고 양식을 주겠어요. 여기에 있으면 적이 여러분을 짓밟을 거예요……."

하지만 그녀의 목소리는 무리의 목소리에 파묻혔다.

"우리는 동의하지 않습니다. 짓밟히든 말든 그냥 내버려 두세요! 우리는 공작 영애님의 곡물을 가져가지 않을 겁니다. 우리는 동의하지 않는다고요!"

마리야 공작 영애는 다시 군중 가운데 누군가의 시선을 붙잡으려 애썼다. 그러나 어느 누구 한 사람의 시선도 그녀를 향하고 있지 않았다. 분명 그들의 눈이 그녀를 피하는 것 같았다. 그녀는 이상하고 불편한 기분을 느꼈다.

"이런 참, 그녀가 참 교묘하게 가르치는구먼, 농노 노릇을 하러 자기를 따라오라니! 집을 버려두고 노예가 되라고! 어떻게 그럴 수가! 자기가 곡물을 나눠 주겠다는군." 무리 속에서 이런 목소리가 들려왔다.

마리야 공작 영애는 고개를 숙이고 사람들이 만든 원을 벗어나 집으로 향했다. 그녀는 드론에게 내일 떠날 수 있도록 말을 준비하라는 지시를 다시 한번 내리고 자기 방에 들어가 홀로 생각에 잠겼다.

12

그날 밤 마리야 공작 영애는 오랫동안 자기 방의 열린 창문 옆에 앉아 마을에서 들려오는 농부들의 말소리에 귀를 기울였다. 그러나 그들에 대해 생각하지는 않았다. 자신이 아무리 그들에 대해 생각한다 할지라도 그들을 이해할 수는 없을 것 같은 느낌이 들었다. 그녀는 계속해서 한 가지만, 자신의 슬픔만을 생각했는데, 그것은 현실에 대한 걱정으로 중단된 후 이제는 벌써 그녀에게 과거가 되어 버린 것이었다. 이제 그녀는 회상하고 울고 기도할 수 있었다. 해가 넘어가면서 바람이 잦아들었다. 밤은 고요하고 상쾌했다. 자정 무렵 사람들의 목소리가 조용해지고, 수탉이 울고, 보리수 뒤에서 보름달이 떠오르고, 신선하고 하얀 이슬 안개가 피어오르고, 마을과 집들 위에 정적이 내려앉았다.

가까운 과거의 장면들, 즉 아버지의 병과 임종의 순간들이 연이어 떠올랐다. 이제 그녀는 애잔한 기쁨으로 그 영상들 속에 머무르곤 했다. 그러나 아버지가 임종할 때의 마지막 장면만은 두려움을 느끼며 밀어냈다. 밤의 고요하고 신비한 시간에 그 장면을 상상 속에서조차 곰곰이 사색해 볼 수 없을 것 같다고 느꼈다. 그리고 그 장면들이 눈앞에 너무도 선명하고 세세하게 떠올라서 그녀에게는 그것들이 현실 같기도 하고 과거 같기도 하고 미래 같기도 했다.

아버지가 졸중으로 리시예 고리에 있는 정원에서 사람들의 부축을 받아 실려 오던 순간도, 아버지가 힘없는 혀로 무언가 중얼거리고 회색빛 눈썹을 꿈틀거리며 불안하고 겁에 질려 그녀를 바라보던 순간도 생생하게 떠올랐다.

'아버지는 그때도 임종의 날 나에게 한 그 말을 하려 했던 거야.' 그녀는 생각했다. '그분은 나에게 한 그 말을 항상 생각하고 계셨던 거야.' 그러자 아버지가 졸중이 일어나기 전날 밤, 즉 마리야 공작 영애가 불행을 예감하며 아버지의 뜻을 거스르고 그의 옆에 머물렀던 리시예 고리에서의 그날 밤이 모든 세부적인 것까지 생각났다. 그녀는 잠을 자지 않고 있었다. 새벽에 그녀는 발뒤꿈치를 들고 아래층으로 내려갔다. 그리고 아버지가 밤을 보낼 온실 문으로 다가가 그의 목소리에 귀를 기울였다. 그는 기력이 소진된 피곤한 목소리로 티혼과 이야기를 나누었다. 그는 이야기를 하고 싶은 듯했다. '그런데 왜 아버지는 날 부르지 않았을까? 왜 아버지는 내가 티혼 대신 그 자리에 있도록 허락하지 않았을까?' 마리야 공작 영애는 그때도, 지금도 그런 생각을 했다. '이제 아버지는 마음속에 있는 것을 다시는 누구에게도 털어놓지 못해. 아버지가 하고 싶은 말을 전부 하고 티혼이 아닌 내가 그 말을 들으며 그를 이해할 수도 있었을 그런 순간은 아버지에게도 나에게도 다시는 돌아오지 않아. 왜 난 그때 온실 방에 들어가지 않았을까?' 그녀는 생각했다.

'아마 아버지는 그때도 임종의 날에 나에게 한 그 말을 했을지 몰라. 아버지는 그때 티혼과 이야기하면서 나에 대해 두 번이나 물었어. 아버지는 날 보고 싶어 했어. 그런데 난 거기에, 문밖에 서 있었던 거야. 아버지는 자신을 이해하지 못하는 티혼과 이야기하는 게 슬프고 괴로웠던 거야. 그때 아버지가 티혼에게 리자에 대해 마치 살아 있는 사람인 것처럼 이야기하던 게 기억나. 아버지는 리자가 죽은 것을 잊었던 거지. 티혼이 그녀는 이제 이 세상에 없다고 말하자 "멍청한 놈!"이라고 호통을 쳤지. 아버지는 괴로워했어. 침대에 누운 아버지가 신음하며 "하느님!" 하고 큰 소리로 부르짖었을 때 난 문 뒤에서 듣고 있었어. 왜 난 그때 달려 들어가지 않았을까? 아버지는 나에게 어떻게 했을까? 난 무엇을 잃었을까? 어쩌면 그때 아버지는 위안을 얻어 나에게 그 말을 했을지도 몰라.' 그리고 공작 영애는 노공작이 임종의 날 그녀에게 했던 정감 넘치는 말을 소리 내어 발음해 보았다. "사……랑……하……는 딸……아!" 마리야 공작 영애는 그 말을 반복했다. 그리고 흐느껴 울었는데, 그 눈물이 마음을 한결 가볍게 했다. 그녀는 지금 아버지의 얼굴을 자기 눈앞에서 보고 있었다. 그 얼굴은 그녀가 자신을 기억하기 시작한 이후로 그녀가 알고 있던 그 얼굴도, 그녀가 항상 멀리서만 바라보던 그 얼굴도 아니었다. 그 얼굴은 그녀가 마지막 날, 그가 하는 말을 들으려고 그의 입가 쪽으로 몸을 굽히다 처음으로 가까이에서 그 주름과 세세한 부분들을 살피게 된 소심하고 연약한 얼굴이었다.

'사랑하는 딸아.' 그녀는 속으로 되뇌었다.

'아버지는 그 말을 하면서 무슨 생각을 했을까? 지금은 무슨 생각을 하고 있을까?' 갑자기 그녀의 머릿속에 그런 물음이 떠올랐다. 그 물음에 대한 대답으로 눈앞에 그가 보였다. 하얀 천을 얼굴에 감고 관 속에 누웠을 때와 똑같은 표정이었다. 그러자 그때, 즉 그를 건드리며 이것은 아버지가 아닐뿐더러 비밀스럽고도 혐오스러운 무언가라고 확신한 그때 그녀를 사로잡은 공포가 이 순간

다시 그녀를 움켜쥐었다. 그녀는 다른 것을 생각하고 기도를 하고 싶었지만 아무것도 할 수 없었다.

그녀는 커다랗게 뜬 눈으로 달빛과 그림자를 바라보았다. 매 순간 그의 죽은 얼굴을 보게 될 것을 예감했고, 집 안팎에 드리운 정적이 자신을 칭칭 동여매는 것을 느꼈다.

"두냐샤!" 그녀는 조그맣게 속삭였다. "두냐샤!" 그녀는 거친 목소리로 외치고서, 정적을 찢고 나와 하녀 방 쪽으로, 맞은편에서 달려오는 보모와 하녀들에게로 뛰어갔다.

13

8월 17일, 로스토프와 일리인은 포로로 잡혔다가 이제 막 돌아온 라브루시카와 경기병 전령을 대동하고 보구차로보로부터 15베르스타 떨어진 자신의 숙영지 얀코보에서 말을 타고 길을 나섰다. 일리인이 산 새 말을 시험해 보고 마을에 건초가 있는지 알아보기 위해서였다.

보구차로보는 지난 사흘 동안 서로 대적하는 두 군대 사이에 놓여 있었다. 그래서 러시아군 후위 부대나 프랑스군 전위 부대나 똑같이 쉽게 닿을 수 있었다. 그런 연유로 꼼꼼한 기병 중대장인 로스토프는 보구차로보에 남은 식량을 프랑스군보다 먼저 이용하고 싶었다.

로스토프와 일리인은 매우 유쾌한 기분에 젖어 있었다. 공작의 대저택이 있는 보구차로보 영지로 가는 도중에 (그곳에서 그들은 많은 하녀들과 예쁘장한 아가씨들을 만나게 되리라고 기대했다) 그들은 때로는 라브루시카에게서 나폴레옹에 대해 이것저것 캐묻고 그의 이야기에 웃음을 터뜨리기도 하고, 때로는 일리인의 말을 시험하느라 경주를 하기도 했다.

로스토프는 자신이 향하고 있는 마을이 여동생의 약혼자였던 볼콘스키의 영지라는 사실을 몰랐고, 또 그럴 것이라고는 생각지도 않았다.

로스토프와 일리인은 마지막으로 말들을 경주하여 보구차로보 앞의 야트막한 언덕으로 향했고, 로스토프가 일리인을 제치고 먼저 보구차로보 거리에 들어섰다.

"중대장님이 이겼습니다." 얼굴이 상기된 일리인이 말했다.

"그래, 언제나 내가 앞서지. 초원에서도 앞서고, 이곳에서도." 로스토프는 땀에 흠뻑 젖은 자신의 돈 지방 말을 손으로 쓰다듬으며 대답했다.

"백작 각하, 저는 이 프랑스산 말로 각하를 추월할 수도 있었습니다." 뒤에서 라브루시카가 자신이 탄 삐쩍 마른 마차용 말을 프랑스산이라 부르며 말했다. "백작님에게 창피를 주고 싶지 않았을 뿐이라고요."

그들은 농부들이 큰 무리를 지어 서 있는 창고로 터벅터벅 말을 몰았다.

농부들 중 몇몇이 모자를 벗었고, 몇몇은 모자를 벗지 않은 채자기들 쪽으로 말을 몰고 오는 사람들을 쳐다보았다. 주름진 얼굴에 턱수염이 듬성듬성 난 늙은 키다리 농부 두 명이 선술집에서 나왔다. 그들은 히죽거리는 얼굴로 비틀거리고, 황당한 노래를 부르면서 장교들에게 다가왔다.

"멋진 젊은이들이군!" 로스토프가 웃으며 말했다. "건초 있나?"

"이렇게 똑같을 수가……." 일리인이 말했다.

"즐거……어……어운 이……이야……기." 농부들은 행복한 웃음을 지으며 노래를 불렀다.

농부 한 명이 무리에서 나와 로스토프에게 다가왔다.

"어느 쪽 군대 분들입니까?" 그가 물었다.

"프랑스군이다." 일리인이 낄낄거리며 대답했다. "그리고 이분이 바로 나폴레옹이시다." 그가 라브루시카를 가리키며 말했다.

"그렇다면 러시아군이군요?" 농부가 거듭 물었다.

"이곳에 당신네 병력이 많습니까?" 키가 다소 작은 다른 농부가 그들에게 다가오며 물었다.

"많지, 아주 많아." 로스토프가 대답했다. "그런데 자네들은 왜 이곳에 모여 있나?" 그가 덧붙였다. "축일인가?"

"노인장들이 마을 일 때문에 모여 있습니다." 농부가 그에게서 떠나가며 대답했다.

바로 그때 주인의 저택에서 뻗어 나온 길에 두 여자와 하얀 모자를 쓴 남자 하나가 나타나 장교들 쪽으로 걸어왔다.

"장밋빛 옷을 입은 여자는 내 거야, 끼어들지 마!" 일리인이 그를 향해 주저 없이 달려오는 두냐샤를 보며 말했다.

"우리 거겠죠!" 라브루시카가 한쪽 눈을 찡긋하며 일리인에게 말했다.

"나의 아름다운 아가씨, 뭐가 필요한가요?" 일리인이 싱글거리며 말했다.

"공작 영애님께서 여러분이 어느 연대 소속인지, 여러분의 성함이 무엇인지 알아 오라고 분부하셨어요."

"이분은 기병 중대장인 로스토프 백작이고, 나는 순종하는 당신의 종이랍니다."

"아야…… 아……가씨!" 술 취한 농부가 하녀와 이야기하는 일리인을 바라보며 행복한 미소를 띤 채 노래했다. 두냐샤를 뒤따라 알파티치가 멀리서부터 모자를 벗으며 로스토프에게 다가왔다.

"장교님들, 감히 번거롭게 해도 될는지요?" 그는 예의를 갖추면서도 이 장교의 젊음에 다소 무시하는 태도로 한 손을 품속에 넣은 채 말했다. "저희 주인님은 이달 15일에 돌아가신 육군 대장 니콜라이 안드레예비치 볼콘스키 공작의 따님이신데, 이 작자들의 무지몽매로 곤경에 처하셨습니다." 그는 농부들을 가리켰다. "주인님께서 장교님들에게 와 주시기를 청하십니다. 어떻게 좀……." 알파티치는 슬픈 미소를 지으며 말했다. "저쪽으로 좀 가 주시겠습니까? 저자들 앞에서는 조금 불편해서……." 알파티치가 말 주위의 등에들처럼 그의 뒤에서 붙어 얼쩡거리는 두 농부를 가리켰다.

"아! 알파티치다…… 그렇지? 야코프 알파티치! 대단하군! 부디 우리를 용서하게. 대단해! 그렇지?" 농부들은 기쁜 듯 싱글벙글 웃으며 말했다. 로스토프는 술 취한 노인들을 바라보고 빙긋 웃었다.

"혹시 이런 것이 각하에게 재밋거리가 되는지요?" 야코프 알파티치가 흐트러짐 없는 표정을 띤 채 품속에 넣지 않은 손으로 노인들을 가리키며 말했다.

"아니, 그다지 재미가 있는 것은 아니오." 로스토프는 이렇게 말하고 옆으로 비켜났다. "문제가 뭔가?" 그가 물었다.

"백작님께 감히 보고 올리겠습니다. 이곳의 난폭한 사람들이 공작 영애님을 영지 밖으로 못 나가게 하려고 마차에서 말들을 떼어 놓겠다며 협박합니다. 그래서 짐은 아침부터 다 꾸려 놓았는데도 공작 영애님께서 출발을 못하고 계십니다."

"설마 그럴 리가!" 로스토프가 외쳤다.

"백작님께 온전한 진실을 보고하게 되어 영광입니다." 알파티치가 반복해서 말했다.

로스토프는 말에서 내려 전령에게 말고삐를 맡기고 알파티치에게 자세한 상황을 물으며 함께 저택으로 갔다. 사실 그 전날 공작 영애가 농부들에게 곡물을 주겠다고 제안한 것, 드론과 집회에 모인 사람들에게 해명한 것이 사태를 오히려 악화시켜 드론은 결국 열쇠들을 반납하고, 농부들 편에 가담하여 알파티치의 호출에도 나타나지 않았다. 그리고 아침 무렵 공작 영애가 이곳을 떠나기 위해 마차에 말을 매라고 지시했을 때, 농부들이 큰 무리를 지어 창고 옆에 몰려왔다. 그리고 사람을 보내 말하길, 그들은 공작 영애를 마을에서 내보내지 않을 것이며, 마을을 떠나지 말라는 명령이 있었기 때문에 마차에서 말을 떼어 놓겠다고 했다. 알파티치가 그들에게 가서 훈계했지만 그들은 공작 영애를 내보낼 수 없으며, 그것에 관한 명령이 있었고, 공작 영애가 이곳에 남는다면 그들은 예전처럼 그녀를 섬길 것이며 그녀의 말에 무조건 복종하겠다고 답했다. (카르프가 가장 많은 말을 했고, 드론은 무리에 숨어 모습을 드러내지 않았다.)

로스토프와 일리인이 말을 몰아 도로를 질주하던 바로 그때, 마리야 공작 영애는 알파티치와 보모와 하녀들의 만류에도 마차에 말을 매도록 지시하고 떠나려 했다. 그러나 말을 타고 질주하는 기병들을 보고, 그들을 프랑스군으로 여긴 마부들은 흩어져 달아나고, 저택에서 여자들의 울음소리가 높아졌다.

"아버지! 사랑하는 아버지! 하느님께서 당신을 보내셨군요!" 로스토프가 대기실을 지나치는 동안 사람들이 감동한 목소리로 말했다.

로스토프가 갔을 때 마리야 공작 영애는 홀에서 어찌할 바를 모르며 힘없이 앉아 있었다. 그녀는 몰랐다. 그가 누구인지, 왜 이곳에 있는지 그녀에게 앞으로 무슨 일이 생길지. 그녀는 러시아인다운 그의 얼굴을 보았고, 홀에 들어서는 그의 태도와 첫마디에서 그가 자신과 같은 계층의 사람임을 알아보았다. 그리고 그녀 특유의 깊고 빛나는 눈길로 그를 응시하며 흥분 때문에 떨리는 목소리로 띄엄띄엄 말하기 시작했다. 순간 로스토프는 이 만남에서 낭만적인 무언가를 떠올렸다. '폭동을 일으킨 거친 농부들의 횡포에 홀로 내맡겨져 의지할 데 없이 비탄에 젖은 아가씨! 그리고 어떤 기이한 운명이 나를 이곳으로 몰았다!' 로스토프는 그녀의 말을 들으며 그녀를 쳐다보고 생각했다. '그런데 이 아가씨의 자태와 표정이 참 부드럽고 우아하구나!' 그는 조심스럽게 말하는 그녀의 이야기를 들으며 생각했다.

이 모든 일이 아버지의 장례식 다음 날 일어났다는 말을 할 때는 그녀의 목소리가 떨렸다. 그녀는 고개를 돌렸다. 그러고는 로스토프가 자기 말을 그의 동정심을 자극하려는 것으로 받아들일까 두려운 듯 의구심과 두려움 어린 눈빛으로 그를 바라보았다. 로스토프의 눈에 눈물이 고였다. 마리야 공작 영애는 그것을 알아차리고 고마움이 담긴 자신의 그 빛나는 눈길로 로스토프를 바라보았다. 그 눈길은 그녀의 얼굴이 예쁘지 않다는 사실도 잠시 잊게 만들었다.

"공작 영애, 우연히 이곳에 들렀다가 당신에게 나의 각오를 보여 줄 수 있게 되어 내가 얼마나 행복한지 말로 표현할 수 없습니다." 로스토프가 일어서며 말했다. "떠나십시오. 나의 명예를 걸고 당신에게 말할 수 있습니다. 만약 내가 당신을 호위하도록 허락하신다면, 단 한 사람도 감히 당신에게 불쾌한 짓을 할 수 없을 겁니다." 그리고 로스토프는 차르 혈통의 귀부인에게 인사하듯 정중히 허리를 숙이고는 문으로 향했다.

로스토프는 이런 품행의 정중함으로 마치 그녀를 알게 된 것은 행복으로 여기지만 그녀와 가까워지기 위해 그녀의 불행을 이용하고 싶지 않다는 뜻을 보여 주려는 것 같았다.

마리야 공작 영애는 그 품행을 헤아리고 높이 평가했다.

"매우, 매우 감사합니다." 공작 영애가 프랑스어로 말했다. "하지만 이 모든 것이 그저 오해일 뿐 누구의 잘못도 아니면 좋겠어요." 공작 영애는 갑자기 울음을 터뜨렸다.

"저를 용서하세요." 그녀가 말했다.

로스토프는 눈썹을 찌푸리며 다시 한번 허리를 깊이 숙이고 홀에서 나갔다.

14

"어때요, 예쁘던가요? 아니죠, 나의 장밋빛 여인이 참 매력적이죠. 이름이 두냐샤라고 하는데……." 그러나 일리인은 로스토프의 얼굴을 보고 입을 다물었다. 그는 자신의 영웅인 지휘관이 다른 생각에 푹 빠진 것을 보았다.

로스토프는 일리인을 매섭게 쳐다보고, 그에게는 대꾸도 하지 않은 채 빠른 걸음으로 마을을 향해 출발했다.

"본때를 보여 줘야겠어. 그놈들을 혼쭐내 줄 테다. 이 날강도들!" 그는 혼잣말로 중얼거렸다.

알파티치는 미끄러지듯 빠르게 걸으며 가까스로 로스토프를 따라잡았다.

"어떤 결정을 내리셨습니까?" 알파티치가 로스토프를 따라잡고 나서 물었다.

로스토프가 걸음을 멈추더니 주먹을 불끈 쥐고 갑자기 위협적인 태도로 알파티치에게 성큼 다가섰다.

"결정? 어떤 결정? 이 늙어 빠진 놈아!" 로스토프가 알파티치에게 버럭 소리를 질렀다. "넌 뭘 보고 있었어, 어? 농부들이 폭동을 일으키고 있는데, 넌 그것도 수습하지 못해? 너야말로 배신자야.

난 너희 같은 놈들을 알아. 전부 살가죽을 벗기고 말겠어⋯⋯." 그러고는 마치 비축해 둔 열기를 헛되이 써 버릴까 두려운 듯, 알파티치를 내버려 두고 빠르게 앞으로 걸어갔다. 알파티치는 모욕감을 꾹 참고 로스토프를 뒤따라 미끄러지듯 걸음을 재촉하며, 그에게 계속 자기 생각을 전했다. 그는 농부들이 완강하다, 지금 군대도 없이 그들과 **대적하는 것**은 경솔한 행동이다, 우선 군대를 부르러 사람을 보내는 편이 낫지 않겠느냐고 말했다. "내가 그놈들에게 군대를 보내지⋯⋯. 내가 그들을 대적해 주겠어." 니콜라이는 비이성적이고 동물적인 분노와 그 분노를 발산해야 할 필요 때문에 씩씩거리며, 뜻도 없는 말을 닥치는 대로 내뱉었다. 그는 어떻게 할지 생각도 해 보지 않고 빠르고 단호한 걸음으로 무리를 향해 무의식적으로 움직였다. 그런데 로스토프가 무리에게 점점 더 다가갈수록 알파티치는 로스토프의 경솔한 행동이 오히려 좋은 결과를 낳을 수도 있음을 점점 더 느꼈다. 농부들 무리도 그의 빠르고 굳건한 걸음과 눈썹을 찌푸린 단호한 얼굴을 보며 똑같은 것을 느꼈다.

경기병들이 마을로 들어오고 로스토프가 공작 영애를 방문한 후, 무리들 가운데 혼란과 반목이 일어났다. 어떤 농부들은 마을에 들어온 사람들이 러시아 군인이며, 자신들이 주인 아가씨를 못 가게 막은 것에 분노했을지도 모른다고 말했다. 드론도 같은 의견이었다. 그러나 드론이 의견을 표명하자마자, 카르프와 다른 농부들이 이제까지 촌장이었던 그에게 대들었다.

"네놈이 마을 사람들을 그토록 심하게 윽박지른 세월이 몇 년인데?" 카르프가 그에게 소리 질렀다. "너야 어떻게 되든 상관없지! 넌 돈 항아리를 파내서 떠날 거잖아. 우리 집들이 파괴되든 말든 네놈과 무슨 상관이겠어?"

"질서를 유지하고, 아무도 집을 떠나지 말고, 부스러기 한 톨도 마을 밖으로 나가지 못하게 하라는 말 들었지? 더 이상 이러쿵저러쿵하지 마!" 다른 사람이 외쳤다.

"네 아들 차례였는데 네놈은 아마 네 새끼가 불쌍했던 게지." 갑자기 왜소한 노인이 드론에게 대들며 빠르게 이야기했다. "그래서 우리 반카를 징발해 갔잖아. 아, 우리는 모두 죽고 말 거야!"

"맞아, 우리는 다 죽을 거야!"

"난 마을에 등을 돌리지 않았어." 드론이 말했다.

"바로 그거야. 등을 돌리진 않았어. 배를 키웠지!"

키 큰 농부 둘이 제각기 지껄였다. 일리인과 라브루시카와 알파티치를 대동하고 로스토프가 무리에 다가가자 카르프가 허리띠에 손가락을 찔러 넣은 채 가벼운 미소를 지으며 앞으로 나왔다. 드론은 반대로 뒷줄로 빠지고 무리는 더 촘촘히 붙어 섰다.

"여기서 네놈들 촌장이 누구냐?" 로스토프가 빠른 걸음으로 무리에 다가가며 소리쳤다.

"촌장이오? 무슨 일로……?" 카르프가 물었다.

그러나 그는 말을 끝맺지 못했다. 로스토프의 강한 주먹에 그의 모자가 획 날아가고 머리가 옆으로 돌아갔다.

"배신자들, 모자 벗어!" 로스토프가 흥분한 목소리로 외쳤다. "촌장은 어디 있나?" 그가 광란의 목소리로 고함을 질렀다.

"촌장, 촌장을 부르시잖아……. 드론 자하리치, 당신을 부르잖아!" 여기저기에서 다급하고 순종적인 목소리들이 들려왔다. 사람들은 모자를 벗기 시작했다.

"우리는 폭동을 일으킬 줄 몰라요, 우리는 질서를 유지하고 있다고요." 카르프가 중얼거렸다. 갑자기 뒤에서 몇몇 목소리들이 동시에 떠들기 시작했다.

"노인들이 결정했기 때문에…… 당신네들 쪽은 명령을 내리는 사람들이 너무 많아서요……."

"어디서 지껄이는 거야? 폭동이다! 강도들! 배신자들!" 로스토프는 카르프의 멱살을 움켜쥐고 그의 것 같지 않은 목소리로 의미도 없는 말을 큰 소리로 외쳐 댔다. "이자를 묶어, 묶으라고!" 그는 라브루시카와 알파티치 외에는 딱히 카르프를 묶을 사람이 없는데도 소리를 질렀다.

라브루시카가 카르프에게 달려가 뒤에서 그의 팔을 붙잡았다.

"언덕 아래 있는 우리 부대를 부르도록 명하시겠습니까?" 그가 외쳤다.

알파티치가 농부들을 돌아보며 카르프를 묶도록 두 농부의 이름을 불렀다. 농부들은 순종적으로 무리에서 빠져나와 허리띠를 풀었다.

"촌장은 어디 있나?" 로스토프가 소리쳐 물었다.

드론이 창백하게 질린 얼굴을 찡그리며 무리에서 나왔다.

"네가 촌장이냐? 라브루시카, 묶어!" 로스토프는 이러한 명령이 장애에 부딪힐 리 없다는 투로 외쳤다. 실제로 두 농부가 드론을 묶기 시작했다. 드론은 그들을 도우려는 듯 자신의 허리띠를 풀어 그들에게 건넸다.

"그리고 너희들 모두 내 말을 들어라." 로스토프는 농부들을 돌아보았다. "이제 각자 집으로 행진해 간다! 그리고 내 귀에 네놈들의 목소리가 들리지 않도록 해."

"뭐야, 우리가 해를 끼친 건 아니잖아. 다만 우리가 좀 어리석었을 뿐이지. 괜한 짓을 저질렀어. 내가 이런 행동은 좋지 않다고 계속 말했잖아." 서로를 비난하는 목소리들이 들려왔다.

"그것 봐, 내가 말했지." 알파티치는 자신의 권리를 행사하며 말했다. "좋지 않은 짓이라고, 여보게들!"

"우리가 어리석었습니다, 야코프 알파티치." 몇몇 목소리들이 대답했다. 무리는 즉각 해산하여 마을로 흩어지기 시작했다.

결박된 두 농부는 주인 저택의 안마당으로 끌려갔다. 술 취한 두 농부도 그들을 뒤따라갔다.

"에이, 네놈의 꼴 좀 보자!" 그들 가운데 한 명이 카르프에게 말했다.

"정말로 어떻게 주인님들께 그런 식으로 말할 수 있어? 자네, 도대체 무슨 생각을 한 거야?"

"멍청한 놈이야." 다른 남자가 맞장구를 쳤다. "맞아, 정말 멍청한 놈이라니까!"

두 시간 후 보구차로보 저택 안마당에 짐수레가 여러 대 늘어섰다. 농부들은 활기차게 주인의 짐들을 날라 짐수레에 실었다. 큰 뒤주에 갇혔다가 마리야 공작 영애의 요청으로 풀려난 드론은 안마당에 서서 농부들에게 이런저런 지시를 내렸다.

"그걸 그렇게 바보같이 놓으면 안 돼." 농부들 가운데 웃는 인상을 띤 둥근 얼굴의 키 큰 남자가 하녀의 손에서 귀중품 함을 받아들며 말했다. "그것도 돈 가치가 있단 말이야. 왜 그런 식으로 던지고 노끈을 대냐 말이지. 흠집이 생기잖아. 난 그런 식으로 하는 걸 좋아하지 않아. 뭐든 규칙에 따라 정직하게 해야 해. 이렇게 거적을 대고 짚을 깔아. 그렇지, 잘됐어!"

"어이, 책이야, 책." 안드레이 공작의 책장을 나르던 다른 농부가 말했다. "자네, 부딪치지 않게 해! 그런데 여보게들, 아주 무거워, 책들이 꽤 묵직하다고!"

"그렇군, 놀지도 않고 글만 쓰셨으니까!" 둥그스름한 얼굴의 키 큰 농부가 맨 위에 놓인 두툼한 사전을 가리키며 의미심장하게 한쪽 눈을 찡긋했다.

로스토프는 공작 영애에게 친교를 강요하고 싶지 않아 그녀에게로 가지 않고 그녀가 출발하기를 기다리며 마을에 남아 있었다.

마리야 공작 영애의 승용 마차가 저택을 떠날 때까지 기다린 로스토프는 말에 올라 보구차로보에서 12베르스타 떨어진, 아군이 점유한 도로까지 그녀를 배웅했다. 얀코보의 여인숙에서 그는 정중히 작별 인사를 하고 처음으로 그녀의 손에 입을 맞추었다.

"무슨 그런 민망한 말씀을 하십니까!" 그는 얼굴이 빨개지면서, 자신을 구해 준 것에 (그녀는 그의 행동을 그렇게 표현했다) 감사하는 마리야 공작 영애에게 대답했다. "어떤 경찰서장이든 똑같이 행동했을 겁니다. 우리가 그저 농부들과 싸우기만 해도 되었다면 적을 이렇게 깊숙이 들이지도 않았을 텐데요." 그는 괜스레 부끄러워하면서 화제를 바꾸려고 애쓰며 말했다. "다만 당신을 알 수 있는 기회를 갖게 되어 행복합니다. 안녕히 가십시오, 공작 영애. 당신에게 행복과 위로가 있기를 바랍니다. 그리고 좀 더 행복한 상황에서 당신과 만나기를 바랍니다. 내 얼굴을 새빨갛게 만들고 싶지 않으시다면 제발 고맙다는 말은 하지 마십시오."

그러나 공작 영애는 더 이상 말로는 사의를 표하지 않았지만 온통 고마움과 다정함으로 빛나는 얼굴 표정으로 감사를 전했다. 그녀는 자기에게 전혀 고마워할 이유가 없다는 그의 말을 믿기 힘들었다. 그가 없었다면 그녀는 분명 폭도와 프랑스군 때문에 파멸하고 말았을 것이다. **그는** 그녀를 구하기 위해 눈에 훤히 보이는 무시무시한 위험으로 스스로를 몰아넣었다. 그 점은 그녀에게 의심할 여지 없이 명백한 사실이었다. 더 분명한 것은 그가 그녀의 형편과 슬픔을 이해할 만큼 지고하고 고결한 영혼을 가진 남자라는 점이었다. 그녀가 울음을 터뜨린 후 자신의 상실에 관해 이야기하던 바로 그때, 눈물이 그렁그렁 차오르던 그의 선하고 정직한 눈동자가 그녀의 머릿속에서 떠나질 않았다.

그와 헤어져 혼자 남았을 때 마리야 공작 영애는 문득 두 눈에 눈물이 고이는 것을 느꼈다. 내가 그를 좋아하나 하는 이상한 물음이 뇌리에 떠오른 것은 그때가 처음이 아니었을까?

모스크바로 가는 중에 함께 카레타에 탄 두냐샤는 마리야 공작 영애의 처지가 즐거운 편이 못 되는데도 창문으로 고개를 내민 얼굴에 무엇 때문인지 기뻐하기도 하고, 우울하게 웃기도 하는 것을 여러 번 알아챘다.

'내가 정말 그를 사랑하게 되었으면 어떡하지?' 마리야 공작 영애는 생각했다.

그녀는 자기를 결코 사랑해 줄 것 같지 않은 남자를 본인이 먼저 사랑하게 되었다는 것을 인정한다는 것이 얼마나 부끄러운지 몰랐다. 그럼에도 아무도 그 사실을 절대 모를 거라는 생각, 처음이자 마지막으로 사랑하게 된 남자를 아무에게도 말하지 않고 생명이 다하는 순간까지 사랑한다 해서 자신이 잘못하는 것은 아닐 거라는 생각으로 그녀는 스스로를 위로했다.

이따금 그녀는 그의 눈길, 그의 연민, 그의 말을 떠올렸다. 그럴 때면 행복이 전혀 불가능한 것만은 아니라는 생각이 들기도 했다. 그리고 바로 그런 때에 두냐샤가 마리야 공작 영애가 미소를 지으며 카레다 창밖을 응시하는 모습을 눈치챘던 것이다.

'그는 보구차로보에 와야만 했어! 바로 그 순간에!' 마리야 공작 영애는 생각했다. '그리고 그의 여동생은 안드레이 공작을 거절할 수밖에 없었지!' 마리야 공작 영애는 그 모든 것에서 하느님의 뜻을 보았다.

로스토프는 마리야 공작 영애에게서 매우 좋은 인상을 받았다. 그녀를 떠올리면 즐거워졌다. 보구차로보에서 겪은 모험을 알게 된 동료들이 건초를 구하러 갔다가 러시아에서 가장 부유한 신붓감 가운데 한 명을 낚았다고 놀려 댈 때면 로스토프는 버럭 화를 냈다. 그가 화를 낸 것은 막대한 재산을 지닌 데다 자신에게 즐거움을 안겨 주는 온화한 마리야 공작 영애와의 결혼에 대한 생각이 그의 의지를 거스르며 여러 차례 떠올랐기 때문이다. 니콜라이는 개인적으로 자신을 위해 마리야 공작 영애보다 더 나은 아내를 바랄 수 없었다. 그녀와의 결혼은 어머니인 백작 부인을 행복하게 할 것이고, 아버지의 재정 상황을 회복해 줄 것이다. 그리고 심지어 니콜라이는 그 결혼이 마리야 공작 영애를 행복하게 할 것이라는 생각까지 했다.

　하지만 소냐는? 그리고 언약의 말은? 볼콘스카야 공작 영애의 일로 로스토프에게 동료들이 농담했을 때 그가 화를 낸 것은 이런 이유 때문이었다.

15

군 통수권을 위임받은 쿠투조프는 안드레이 공작을 기억하고, 그에게 사람을 보내 군사령부로 오라는 명령을 전하도록 했다.

안드레이 공작이 차료보-자이미셰에 도착한 것은 쿠투조프가 군대의 첫 번째 사열식을 한 그날 그 시각이었다. 그 마을에서 안드레이 공작은 총사령관의 승용 마차가 서 있는 사제관 옆에 말을 세우고 대문 가의 긴 의자에 앉아 대공작을 (이제는 모두 쿠투조프를 그렇게 불렀다) 기다렸다. 마을 밖 들판에서는 때로는 연대 군악대 소리가, 때로는 신임 총사령관을 향해 "우라!" 하고 외치는 무수한 목소리들의 포효가 들려왔다. 대문 가의 바로 그 자리에, 안드레이 공작과 열 발짝 정도 떨어진 그곳에 두 종졸과 하인장과 마부가 공작이 없는 틈을 타 화창한 날씨를 즐기며 서 있었다. 머리칼이 검고 콧수염과 구레나룻이 덥수룩하게 자란 키 작은 경기병 중령이 말을 몰고 대문으로 다가왔다. 그는 안드레이 공작을 흘깃 보고 대공작이 그곳에 머무는지, 곧 돌아올지를 물었다.

안드레이 공작이 자신은 대공작의 참모부 소속이 아니라 그를 방문한 사람이라고 말했다. 경기병 중령은 말쑥하게 차려입은 종졸을 돌아보았다. 그러자 종졸은 총사령관의 종졸들이 장교들에게 말할 때의 그 특유의 깔보는 투로 말했다.

"뭐요, 대공작 각하요? 이제 곧 오실 겁니다. 당신은 무슨 일입니까?"

종졸의 태도에 경기병 중령은 콧수염 밑으로 쓴웃음을 짓고는 말에서 내려 전령에게 말을 건넸다. 그리고 볼콘스키에게 다가가 가볍게 허리를 굽히며 절했다. 볼콘스키는 긴 의자에서 살짝 비켜 앉았다. 경기병 중령이 그 옆에 앉았다.

"당신도 총사령관님을 기다립니까?" 경기병 중령이 말문을 열었다. "다행히 누구나 그분을 뵐 수 있다고 하더군요. 그 점은 소시지 장수들에겐 재앙이겠지만요. 예르몰로프가 독일인이 되게 해 달라고 청한 것도 무리는 아닙니다. 이제는 아마 러시아 군인들도 입을 열 수 있겠습니다. 그런데 무슨 일이 일어났는지 악마나 알 겁니다. 우리는 계속 후퇴하고 후퇴할 뿐이었습니다. 당신도 출정했습니까?" 그가 물었다.

"후퇴에 참여했을 뿐만 아니라 그 과정에서 갖고 있던 모든 것을, 영지와 고향 집은 말할 것도 없고…… 아버지를 잃은 기쁨을 누렸습니다. 아버지는 슬픔으로 인해 돌아가셨지요. 난 스몰렌스크 사람입니다."

"아, 그래요? ……당신이 볼콘스키 공작이군요. 당신을 알게 되어 무척 기쁩니다. 나는 데니소프 중령입니다. 바시카라는 이름으로 더 잘 알려져 있지요." 데니소프는 안드레이 공작의 손을 잡고 특별히 호의적인 관심을 보이며 그의 얼굴을 들여다보았다. "네, 나도 들었습니다." 데니소프는 동정을 나타내며 말했고, 잠깐 침묵했다가 다시 말을 계속했다. "이건 스키타이식 전쟁입니다. 자신의 옆구리를 강타당하지 않은 사람들은 뭐가 어떻게 되든 상관없겠죠. 그런데 당신이 안드레이 볼콘스키 공작이로군요?" 그가 고개를 저었다. "공작, 당신을 알게 되어 정말 기쁩니다. 정말 기뻐요." 그는 안드레이 공작의 손을 꽉 잡고 슬픈 미소를 지으며 다시 덧붙였다.

안드레이 공작은 나타샤의 이야기를 통해 그녀의 첫 번째 구혼자였던 데니소프를 알고 있었다. 이제 그 기억은 달콤하고도 아프게 그를 고통스러운 느낌으로 이끌었다. 그 느낌들은 최근에는 꽤 오랫동안 생각지 않았던 것이었지만, 그러면서도 마음에 여전히 계속 남아 있었다. 최근에 그는 스몰렌스크를 버리고 나온 일, 리시예 고리에 다녀온 일, 얼마 전 아버지의 임종 소식 등 그 밖의 심각한 사건들을 아주 많이 겪었고 아주 많은 감각을 경험했다. 그래서 그 기억은 이미 오래전부터 떠오르지 않았고, 설령 떠오른다 해도 예전만큼 큰 영향을 미치지는 않았다. 그리고 데니소프에게도 볼콘스키라는 이름이 불러일으킨 일련의 기억들은 아득한, 시적인 과거였다. 그때 그는 저녁 식사와 나타샤의 노래가 끝난 후 스스로도 어떻게 해야 할지 모르면서 열다섯 살 소녀에게 청혼을 했다. 그는 그 시절과 나타샤를 향한 사랑을 떠올리며 빙그레 웃었다. 그러고는 즉시 그의 생각은 이 순간 자기 마음을 열정적으로 온통 사로잡은 문제로 옮겨 갔다. 그것은 그가 후퇴하는 시간 동안 최전선에서 복무하며 생각해 낸 작전 계획이었다. 그는 바르클라이 드 톨리에게 그 계획을 제안했고, 지금 쿠투조프에게도 그것을 제안할 작정이었다. 그 계획은 프랑스군 전선이 지나치게 넓게 퍼져 있다는 점, 그리고 전방에서 공격하는 대신, 혹은 그렇게 하는 동시에 프랑스군의 진로를 차단하여 그들의 보급로를 공격할 필요가 있다는 점에 기초한 것이었다.

그는 자신의 계획을 안드레이 공작에게 설명하기 시작했다.

"그들이 이 전선 전체를 지탱할 수는 없습니다. 그것은 불가능합니다. 내가 책임지고 저들을 돌파하겠습니다. 나에게 군인 5백 명을 주십시오. 내가 저들을 격파하겠습니다. 확실합니다. 방법은 한 가지, 바로 파르티잔 전법입니다."

데니소프는 자리에서 일어나 손짓을 해 가며 볼콘스키에게 자신의 계획을 설명했다. 그가 설명하던 중간에 사열식 장소로부터 군대의 함성이 이제까지보다 더 지리멸렬하게, 더 널리 퍼지며, 음악과 노랫소리에 뒤섞여 들려왔다. 마을에서 말발굽 소리와 함성이 울렸다.

"그분이 오십니다." 대문 옆에 서 있던 카자크가 외쳤다.

볼콘스키와 데니소프는 대문으로 다가갔다. 대문 옆에 한 무리의 군인들(의장병)이 서 있었다. 볼콘스키와 데니소프는 자그마한 밤색 말을 타고 길을 따라 이쪽으로 오는 쿠투조프를 보았다. 대규모의 장군 수행단이 뒤를 따랐다. 바르클라이는 거의 나란히 오고 있었다. 장교들 무리가 그들의 뒤와 그 주위에서 달리며 "우라!" 하고 외쳤다.

쿠투조프보다 앞서서 부관들이 말을 몰고 안마당으로 뛰어들었다. 쿠투조프는 주인의 몸무게 때문에 느린 걸음으로 미끄러지듯 나아가는 말을 참을성 없이 쿡쿡 찌르면서, (붉은 테가 있고 차양은 없는) 하얀 근위 기병 군모에 한 손을 붙인 채 계속 머리를 끄덕였다. 의장대에 다가간 (그에게 거수경례를 하는 이들은 대부분 훈장을 받은 장신의 정예병 젊은이들이었다) 쿠투조프는 잠시 침묵하며 지휘관다운 완고한 눈빛으로 그들을 유심히 바라보고, 주위에 선 장군들과 장교들의 무리를 돌아보았다. 그의 얼굴이 갑자기 미묘한 표정을 띠었다. 그는 의혹의 몸짓으로 어깨를 움츠렸다.

"이처럼 훌륭한 젊은이들이 있는데 계속 후퇴, 후퇴만 하고 있단 말인가!"

그가 말했다. "자, 다음에 보세, 장군." 그는 이렇게 덧붙이고, 말을 움직여 안드레이 공작과 데니소프의 옆을 지나 대문 안으로 들어섰다.

"우라! 우라! 우라!" 그의 뒤에서 외침 소리가 들렸다.

안드레이 공작이 그를 보지 못한 이후로 쿠투조프는 더 뚱뚱해지고, 살갗은 늘어지고, 살이 쪘다. 그러나 안드레이 공작에게 친숙한 하얀 눈동자, 흉터, 그의 얼굴과 몸에 드리워진 피곤한 표정은 여전했다. 그는 프록코트 형식의 군복을 입고 (가느다란 가죽끈이 달린 채찍을 한쪽 어깨에 걸친 채) 무겁게 축 늘어진 모습으로 이리저리 흔들리며 씩씩한 말에 걸터앉아 있었다.

"퓨…… 퓨…… 퓨." 그는 안마당으로 뛰어 들어오며 들릴 듯 말듯 휘파람을 불었다. 얼굴에는 대표 직을 수행하고 휴식을 취하려는 사람의 안도하는 기쁨이 떠올랐다. 그는 온몸을 기울여 등자에서 왼발을 빼고는 힘겨움에 얼굴을 찌푸리며 간신히 그 발을 안장 위에 옮겨 놓고 무릎으로 짚었다. 그리고 목 울리는 소리를 내며, 그를 부축하는 카자크들과 부관들의 팔에 의지해 내려왔다.

그는 옷매무새를 단정히 한 뒤 실눈을 뜨고 주위를 둘러보았다. 안드레이 공작을 흘깃 쳐다보았으나 알아보지는 못한 듯, 그는 자맥질하러 들어가는 듯한 특유의 걸음걸이로 현관 계단을 향해 발걸음을 옮겼다.

"퓨…… 퓨…… 퓨……." 그는 휘파람을 불었고, 다시 안드레이 공작 쪽을 돌아보았다. 안드레이 공작의 인상은 몇 초 후에야 (노인들에게 흔히 그런 것처럼) 그 인물에 대한 기억과 연결되었다.

"아, 잘 있었나, 공작, 잘 있었나, 공작, 잘 있었나, 이보게, 같이 가세……." 그는 뒤를 돌아보며 지친 목소리로 말하고는 그의 몸

무게로 삐걱거리는 계단을 힘겹게 올라갔다. 그러고는 단추를 풀고 현관 앞에 놓인 긴 의자에 앉았다.

"그래, 아버지는 어떠신가?"

"어제 아버지의 부고를 받았습니다." 안드레이 공작이 짧게 말했다.

쿠투조프는 깜짝 놀라 눈을 휘둥그레 뜨며 안드레이 공작을 바라보더니 군모를 벗고 성호를 그었다. "그를 천국에 들게 하소서! 하느님의 뜻이 우리 모두에게 임하기를!" 그는 가슴 전체를 들썩이며 무겁게 숨을 내쉬고 나서 침묵했다. "난 그를 사랑하고 존경했지. 진심으로 자네에게 위로의 마음을 전하네." 그는 투실한 가슴에 안드레이 공작을 꽉 끌어안고 오랫동안 놓아주지 않았다. 쿠투조프가 안드레이 공작을 놓아주었을 때, 그는 쿠투조프의 퉁퉁한 입술이 부르르 떨리고 눈에 눈물이 고인 것을 보았다. 그는 한숨을 몰아쉬고 몸을 일으키기 위해 긴 의자를 두 손으로 잡았다.

"가세, 내 방으로 가서 이야기를 나누세." 그가 말했다. 그때 부관들이 현관 계단에서 화난 낮은 목소리로 제지하는데도 적군 앞에서와 똑같이 사령부 앞에서도 별로 겁을 내지 않는 데니소프가 계단을 따라 박차를 울리며 대담하게 현관으로 올라왔다. 쿠투조프는 두 팔로 긴 의자를 잡고 몸을 지탱하면서 데니소프를 불만스럽게 쳐다보았다. 데니소프는 자기 이름을 댄 뒤 조국을 위해 대단히 중요한 문제를 대공작에게 말씀드리고자 한다고 말했다. 쿠투조프는 지친 눈빛으로 데니소프를 쳐다보다가 짜증 섞인 몸짓으로 두 손을 긴 의자에서 떼어 배 위에 포개 놓고 그의 말을 반복했다. "조국을 위해? 그게 뭔가? 말해 보게." 데니소프는 아가씨처럼 얼굴이 새빨개져서, (콧수염 덥수룩하고 나이 많은 그 남자의 술 취한 얼굴에서 홍조를 보는 것은 매우 이상했다) 스몰렌스크와 뱌지마 사이의 적의 작전 경로를 끊겠다는 자신의 계획을 거침 없이 설명하기 시작했다. 데니소프는 그 지방에 살아서 지형을 잘 알았다. 그의 계획은 의심할 여지 없이 훌륭했고, 특히 그의 말에 깃든 설득력으로 보아 더욱 그랬다. 쿠투조프는 자기 발을 쳐다보며 이따금 옆 농가의 안마당을 돌아보았다. 마치 그곳에서 불쾌한 무언가가 나타나기를 기다리고 있는 듯했다. 데니소프가 이야기 하는 동안 쿠투조프가 바라보던 농가에서 정말로 겨드랑이에 서류 가방을 낀 장군이 나타났다.

"뭔가?" 데니소프가 한창 설명하고 있을 때 쿠투조프가 입을 열었다. "벌써 준비됐나?"

"준비됐습니다. 대공작 각하." 장군이 말했다. 쿠투조프는 '어떻게 한 사람이 그 모든 것을 해낼 수 있겠나?'라고 말하듯 고개를 젓고는 데니소프가 하는 말을 계속 들었다.

"러시아 장교로서 명예를 걸고 말씀드립니다." 데니소프가 말했다. "제가 나폴레옹의 보급로를 차단하겠습니다."

"자네와 키릴 안드레예비치 데니소프 병참 총감은 어떤 사이인가?" 쿠투조프가 말을 가로막았다.

"친척 아저씨입니다, 대공작 각하."

"오! 그는 나의 친구였네." 쿠투조프는 쾌활하게 말했다.

"좋아, 좋아, 자네, 여기 사령부에 남게. 내일 이야기하세." 그는 데니소프에게 고개를 끄덕여 보이고 돌아서서 코노브니친*이 가져온 서류에 손을 뻗었다.

"대공작 각하, 방으로 드시지 않겠습니까?" 당직 장군이 불만스러운 목소리로 말했다. "계획을 검토하고 몇 가지 서류에 서명을 해 주셔야 합니다." 방문 밖으로 나온 부관이 숙소 안에 모든 것이 준비되었다고 보고했다. 그러나 쿠투조프는 일에서 해방된 후 방에 들어가고 싶은 듯했다. 그가 얼굴을 찌푸렸다.

"아닐세, 탁자를 이리 가져오게. 여기서 검토하지." 그가 말했다. "자네는 가지 말고 남아 있게." 그는 안드레이 공작을 돌아보며 덧붙였다. 안드레이 공작은 당직 장군의 말을 들으며 현관 앞에 남아 있었다.

보고가 계속되는 동안 안드레이 공작은 입구 안쪽에서 여자들이 소곤대는 소리와 실크 드레스가 사락거리는 소리를 들었다. 그쪽 방향을 몇 차례 힐끔거리던 그는 방문 뒤에서 뺨이 발그레한 풍만하고 아름다운 여인이 장밋빛 드레스를 입고 라일락색 실크 스카프를 머리에 두른 채 접시를 들고 있는 것을 보았다. 그녀는 분명 총사령관이 들어오기를 기다리는 듯했다. 쿠투조프의 부관이 안드레이 공작에게 이 저택의 안주인인 사제 부인이며, 대공작에게 빵과 소금을 건네려 한다고 속삭이듯 설명했다. 남편은 교회에서 십자가로 대공작을 맞이하고, 그녀는 집에서…… "무척 아름답지요." 부관이 빙긋 웃으며 덧붙였다. 쿠투조프가 그 말에 뒤를 돌아보았다. 쿠투조프는 당직 장군의 보고를 (보고의 주요 안건은 차료보-자이미셰의 진지에 대한 비판이었다) 데니소프의 말을 듣던 때와 마찬가지로, 7년 전 아우스터리츠 군사 회의의 논쟁을 듣던 때와 마찬가지로 듣고 있었다. 그는 단지 자신에게 귀가 있기 때문에, 비록 그중 하나는 선박의 밧줄로 틀어막아 두었지만* 어쨌든 듣지 않을 수 없어서 듣고 있는 것 같았다. 하지만 그는 당직 장군이 보고한 것 가운데 어느 것에도 놀라거나 흥미를 느끼지 못하는 듯했다. 그뿐만 아니라 당직 장군이 보고하는 내용을 그는 이미 앞서 알고 있지만, 기도문의 찬양처럼 단지 들어야 하기 때문에 들을 뿐이라는 듯했다. 데니소프가 말한 것은 모두 실제적이고 현명했다. 당직 장군이 말한 것은 더 실제적이고 더 현명했다. 그러나 쿠투조프는 지식도 두뇌도 경멸하고 있었으며, 그는 문제를 결정하는 것이 틀림없는 다른 무엇, 두뇌나 지식과는 상관없는 다른 무엇을 알고 있는 듯했다. 안드레이 공작은 총사령 관의 표정을 유심히 살폈다. 그가 총사령관의 얼굴에서 발견할 수 있었던 유일한 것은 지루함, 문 뒤에서 여자들이 뭐라고 속삭이는 지 알고 싶은 호기심, 예의를 지키고 싶은 마음이 뒤섞인 표정뿐이었다. 분명히 쿠투조프는 두뇌와 지식, 심지어 데니소프가 보여준 애국심까지도 경멸하는 듯했다. 다만 두뇌로나 감정으로나 지식으로 그것들을 경멸한 게 아니라 (그는 그런 것들을 보이려 하지도 않았다) 다른 무언가로 경멸했다. 그는 자신의 연륜으로, 자신의 인생 경험으로 그것들을 경멸했다. 쿠투조프가 당직 장군의 보고에 개인적으로 지시한 유일한 명령은 러시아 부대들의 약탈에 관한 것이었다. 마지막으로 당직 장군은 대공작에게 서명하도록 서류를 내밀었다. 아직 푸른 기운이 남아 있는 귀리를 베어 갔다고 고소한 지주의 청원 때문에 군 지휘관들로부터 배상금을 징수한다는 내용이었다.

그 사건을 들은 쿠투조프는 혀를 차며 고개를 저었다.

"페치카에…… 불 속에 던지게! 여보게, 처음이자 마지막으로 말하겠네." 그가 말했다. "이것들을 전부 불 속에다 던지게. 그자들이 마음껏 곡식을 베고 장작을 때도록 내버려 두게. 난 그걸 지시하지도 허락하지도 않겠지만, 그렇다고 처벌할 수도 없네. 그런 일이 없을 수는 없어. 장작을 패면 지저깨비가 날리기 마련이야." 그는 다시 한번 서류를 잠깐 바라보았다. "아, 독일인의 정확성이라니!" 그는 고개를 저으며 중얼거렸다.

16

"자, 이제 다 마쳤군." 쿠투조프가 마지막 서류에 서명을 하면서 말했다. 그리고 힘겹게 일어서서 허옇고 투실투실한 목의 주름을 펴고는 한결 밝아진 얼굴로 문을 향해 걸어갔다. 사제 부인이 얼굴을 확 붉히며 접시를 잡았다. 그토록 오랫동안 준비했는데도 때맞춰 접시를 내밀지 못했던 것이다. 그녀는 허리를 깊이 숙이며 쿠투조프에게 그것을 권했다.

쿠투조프가 눈을 가늘게 뜨며 미소를 지었다. 그러고는 한 손으로 그녀의 턱을 잡고 말했다.

"굉장한 미인이구려! 고맙소!"

그는 바지 호주머니에서 금화 몇 닢을 꺼내 그녀의 접시 위에 올려놓았다.

"생활은 어떻소?" 쿠투조프는 자신에게 배정된 방으로 향하며 말했다. 사제 부인은 발그레한 얼굴에 보조개를 지으며 그를 뒤따라 방으로 갔다. 부관이 현관 앞으로 나와 안드레이 공작을 오찬에 초대했다. 30분 후에 안드레이 공작은 다시 쿠투조프에게 불려 갔다. 쿠투조프는 여전히 프록코트의 단추를 푼 채 안락의자에 누워 있었다. 그는 한 손에 프랑스어 책을 쥐고 있다가 안드레이 공작이 들어서자 종이칼로 책장을 표시하고 나선 책을 덮었다. 안드레이 공작이 표지를 보니 **마담 드 장리스의 소설 『백조의 기사』*** 였다.

"자, 앉지, 거기 앉아. 이야기나 하세." 쿠투조프가 말했다.

"슬프군. 정말 슬퍼. 하지만 이보게, 기억하게, 난 자네 아버지, 그러니까 두 번째 아버지일세……." 안드레이 공작은 쿠투조프에게 아버지의 임종에 대해, 자신이 리시예 고리를 지나치다 본 것에 대해 들려주었다.

"사태가 어디까지, 어느 지경까지 온 건가!" 갑자기 쿠투조프가 흥분한 목소리로 말했다. 분명 그는 안드레이 공작의 이야기를 통해 러시아가 처한 상황을 명확히 그려 볼 수 있게 된 듯했다. "잠시 시간을 주게, 시간을 줘." 그는 성난 표정으로 덧붙였다. 그는 마음을 격동시키는 그 이야기를 계속하고 싶지 않은 듯, 화제를 돌려 말했다. "내가 자네를 부른 것은 내 옆에 두기 위해서일세."

"대공작 각하께 감사드립니다." 안드레이 공작이 대답했다. "그러나 저는 사령부에 더 이상 맞지 않는 것 같아 두렵습니다." 그는 빙그레 웃으며 말했고, 쿠투조프는 그 웃음의 의미를 알아차렸다. 쿠투조프는 뭔가 묻고 싶은 눈빛으로 바라보았다. "무엇보다……." 안드레이 공작이 덧붙였다. "저는 부대 생활에 익숙해졌습니다. 저는 장교들을 좋아하고, 병사들도 저를 좋아하는 것 같습니다. 부대를 떠나면 서운할 것 같습니다. 제가 대공작 각하 곁에 머물 영광을 거절한다 하더라도, 믿어 주셨으면 하는 것은……."

쿠투조프의 투실투실한 얼굴에 총명하고 선량한, 그러면서도 미묘하게 비웃는 듯한 표정이 반짝였다. 그는 볼콘스키의 말을 가로막았다.

"유감이네, 자네는 내게 필요한 사람인데……. 그러나 자네가 옳아, 자네가 옳고말고. 우리는 이곳에 사람이 필요하지 않아. 조언자는 언제나 많은데, 사람이 없어. 조언자들이 모두 자네처럼 부대에서 근무한다면, 부대들이 지금 같은 모습은 아닐 거야. 난 아우스터리츠에서부터 자네를 기억하네……. 기억하지, 기억하고말고. 깃발을 들고 있던 모습을 말이네."

쿠투조프가 말했다. 그것을 기억하자 안드레이 공작의 얼굴에 기쁨의 홍조가 확 번졌다. 쿠투조프는 안드레이 공작의 팔을 끌어당기며 한쪽 뺨을 내밀었다. 안드레이 공작은 또 한 번 노인의 눈에 고인 눈물을 보았다. 비록 안드레이 공작은 쿠투조프가 쉽게 눈물을 보이며, 지금 자신을 유난히 다정하게 대하고 안쓰러워하는 것이 아버지를 잃은 자신에게 동정을 표하고 싶은 마음 때문이라는 점을 알았지만, 그러나 아우스터리츠의 기억은 안드레이 공작에게 기쁘고 영광스러운 기억이었다.

"하느님과 동행하며 자네의 길을 가게. 난 아네. 자네의 길은 명예의 길이야." 그는 잠시 입을 다물었다. "부쿠레슈티에서도 자네가 없어 아쉬웠지. 그때도 자네를 보내야 했어." 쿠투조프는 화제를 바꾸어 튀르크 전쟁과 평화 조약 체결에 대해 말하기 시작했다. "그래, 적잖은 사람들이 나를 많이 비난했지." 쿠투조프가 말했다. "전쟁을 위해서든 평화 조약을 위해서든 모든 것이 딱 때맞춰 왔어. **기다릴 줄 아는 사람에게는 모든 것이 때맞춰 온다네.** 그곳에서도 조언자들은 이곳보다 적지 않았어……." 그는 조언자들에 관한 화제로 돌아가 계속 말을 이었다. 그들이 그의 마음을 빼앗고 있는 듯했다. "오, 조언자들, 조언자들!" 그는 말했다. "우리가 조언자들의 말을 전부 들었다면 우리는 아직도 저 튀르크에 있을 걸세. 평화 조약도 맺지 못하고 전쟁도 끝내지 못하고 말이야.

무엇이든 더 급하게 하려 하지만, 서두를수록 결과는 더 늦어지는 법이야. 카멘스키가 죽지 않았다 해도 결국엔 실패했을 거야. 그는 3만의 군대를 이끌고 요새를 공격했어. 요새를 정복하는 건 어렵지 않아. 전쟁에서 이기기가 어려운 거야. 그러나 전쟁을 이기기 위해 필요한 것은 돌격이나 공격이 아니라, **인내와 시간**이야. 카멘스키는 루슈크에 군인들을 보냈지. 반면에 나는 그것들(인내와 시간)만을 보내서 카멘스키보다 더 많은 요새를 정복하고 튀르크인들이 말고기를 먹게 만들었지." 그는 고개를 저었다. "프랑스인들도 그렇게 될 거야! 내 말을 믿게." 쿠투조프는 가슴을 쿵쿵 치며 고무되어 말했다. "내가 그자들도 말고기를 먹게 하겠네!" 그의 눈동자에 또다시 눈물이 번들번들하게 비쳤다.

　"그렇지만 전투를 받아들여야 하지 않습니까?" 안드레이 공작이 말했다.

　"그래야겠지. 모두가 그러길 바란다면, 어쩔 수 없겠지……. 하지만 이보게, **인내와 시간**, 이 두 전사보다 더 강한 것은 없어. 두 전사가 모든 것을 해낼 걸세. **조언자들은 그 귀로 듣지를 않고 있어, 바로 그게 골칫거리야.** 원하는 자도 있고 원하지 않는 자도 있으니 말일세. 어떻게 하면 좋겠나?" 그가 대답을 기대하는 듯 물었다. "자네라면 어떻게 하라고 명령하겠나?" 그가 질문을 반복했다. 그는 눈이 깊고, 총명한 표정으로 빛났다. "내가 자네에게 어떻게 해야 할지 말해 주지." 안드레이 공작이 여전히 대답을 못하자 그가 말했다. "무엇을 해야 할지, 그리고 내가 지금 무엇을 하고 있는지 말해 주겠네. **이보게, 의심이 들 때에는**……." 그는 잠시 침묵했다. **"행동을 자제하게."** 그는 띄엄띄엄 말을 끊어서 말했다.

　"그럼 잘 가게, 친구. 아버지를 잃은 자네의 슬픔을 내가 온 마음을 다해 자네와 함께 견디고 있다는 것, 자네에게는 내가 대공작도, 공작도, 총사령관도 아닌 두 번째 아버지라는 것을 기억하게. 필요한 게 있으면 곧장 날 찾아와. 잘 가게." 그는 다시 그를 안고 입을 맞추었다. 그리고 안드레이 공작이 문을 채 나서기도 전에 쿠투조프는 안도의 한숨을 내쉬고, 미처 다 못 읽은 마담 장리스의 『백조의 기사』를 다시 집어 들었다.

안드레이 공작은 스스로도 어떻게, 왜 그렇게 되었는지 도저히 설명할 수 없을 것 같았다. 그러나 그는 쿠투조프와의 만남 이후 전쟁의 전반적인 상황에 대해, 전쟁의 책임을 맡은 사람에 대해 안심하고 자신의 연대로 돌아갔다. 그 노인에게 개인적인 것이 일체 부재한다는 것을 (그 노인에게는 마치 욕망의 습성만이, 사건들을 분류하고 결론을 내는 지성 대신 상황의 흐름을 침착하게 관조하는 능력만이 남아 있는 것 같았다) 깨달을수록 모든 것이 마땅히 되어야 할 바대로 될 것이라는 점에 더욱 안심하게 되었다. '그에게는 자신의 것이 전혀 없을 것이다. 그는 아무것도 만들어 내려 하지 않을 것이고, 아무것도 실행하지 않을 것이다.' 안드레이 공작은 생각했다. '그러나 모든 것을 듣고, 모든 것을 기억하고, 모든 것을 적소에 배치할 것이다. 또 유익한 것이라면 어떤 것도 훼방 놓지 않을 것이고, 해로운 것이라면 어떤 것도 용납하지 않을 것이다. 그는 자신의 의지보다 더 강하고 의미심장한 어떤 것, 즉 사건의 필연적인 흐름이 있다는 것을 이해하고 있다. 그는 그것을 보고 그 의미를 이해할 것이다. 그리고 그 의미를 고려하여 그러한 사건들에 개입하는 것을 피하고, 다른 것을 향한 개인의 의지를 포기할 것이다. 그런데 가장 중요한 것은, 무엇보다 그를 믿는 이유는 장리스의 소설을 읽고 프랑스의 격언을 인용할지라도 그가 러시아인이기 때문이며, "사태가 어느 지경까지 온 건가!"라고 말할 때 그 목소리가 떨렸기 때문이며, "그자들이 말고기를 먹게 만들겠네"라고 말하면서 흐느꼈기 때문이다.' 안드레이 공작은 생각했다. 궁정의 생각을 거스르며 국민들이 쿠투조프를 총사령관으로 선출할 때 보여 주었던 의견 일치와 전반적인 찬성은 모두가 어느 정도 어렴풋하게나마 느낀 바로 이러한 감정에 근거한 것이었다.

17

군주가 모스크바를 떠난 후 모스크바의 삶은 예전의 일상적인 질서로 돌아갔다. 그 삶의 흐름은 너무도 평범해서 지난 며칠 전의 애국적인 환희와 열광을 떠올리기도, 또 러시아가 실제로 위기에 처해 있으며, 영국 클럽 회원들이 조국을 위해 어떤 희생도 기꺼이 감수하는 조국의 아들이라는 것을 믿기 어려웠다. 군주가 모스크바에 체류하는 동안 있었던 열광적이고 애국적인 사회 분위기를 상기시키는 것은 인원과 자금의 기부를 요구받는다는 점 하나뿐이었다. 기부는 말을 꺼내자마자 곧장 법률적이고 공식적인 형태를 취함으로써 피할 수 없는 것처럼 보였다.

적이 모스크바에 점점 더 가까이 다가옴에 따라 모스크바 사람들이 현 상황을 바라보는 시선은 더 심각해지기는커녕 오히려 한층 경박해지기까지 했는데, 이는 큰 위험이 점점 다가오는 것을 지켜보는 사람들에게 항상 있는 일이다. 위험이 임박할 때 인간의 영혼 속에서는 언제나 두 목소리가 똑같이 강하게 소리 높여 말하는 법이다. 한 목소리는 인간에게 위험과 그것을 피할 수단을 생각해 내라고 매우 이성적으로 말한다. 반면 다른 목소리는 더욱더 이성적으로 말하길, 모든 것을 예측하고 상황의 전체 흐름을 벗어나는 것이 인간의 권한 밖에 있을 때 위험을 생각하는 것은 너무나 힘겹고 괴롭다. 그러므로 위험이 닥칠 때까지는 괴로운 것을 외면하고 즐거운 것을 생각하는 편이 낫다고 한다. 고독 속의 인간은 대부분 첫 번째 목소리에 굴복한다. 반대로 집단 속의 인간은 두 번째 목소리에 굴복한다. 지금 모스크바 주민들이 그랬다. 그해처럼 모스크바가 신났던 적은 사실 오랫동안 없었다.

위쪽에 술집과 술집 주인 그리고 모스크바 상인 카르푸시카 치기린의 (**치기린은 민병들 틈에서 술을 어지간히 마시고 또 한 잔을 들이켜다 보나파르트가 모스크바로 진군할 것 같다는 말을 듣고 분개하여 추잡한 말로 프랑스 사람들 전부에게 욕을 퍼붓고는 술집을 나와 독수리 문장 밑에 모인 사람들에게 연설을 하기 시작했다**) 그림이 있는 라스톱친의 전단은 바실리 리보비치 푸시킨*과 나란히 읽히며 논의의 대상이 되곤 했다.

그 전단을 읽으려고 클럽의 구석방에 사람들이 모여들었다. 몇몇 사람들은 카르푸시카가 **프랑스인들은 양배추를 먹어 부풀고 러시아죽을 먹어 터지고 양배추 수프를 먹어 질식할 것이다, 그자들은 모두 난쟁이다, 아낙 혼자서도 그놈들 세 명쯤은 갈퀴로 내팽개칠 것이다**라고 말하며 프랑스인들을 조롱하는 것을 마음에 들어 했다. 몇몇 사람들은 그 말투가 마음에 들지 않아서, 그것이 저속하고 어리석다 말하곤 했다. 라스톱친이 프랑스인들뿐 아니라 모든 외국인들을 모스크바에서 추방했는데, 그중에는 나폴레옹의 스파이와 요원들도 있었다는 말들이 돌았다. 그러나 사람들이 그런 이야기를 하는 주된 이유는 라스톱친이 외국인들을 추방할 때 던진 재담을 전달할 기회를 얻기 위해서였다. 외국인을 바지선에 태워 니즈니로 보내면서, 라스톱친은 그들에게 말했다. "**잘 생각해 보고 배에 오르시오. 그리고 이 배가 당신들에게 카론의 배*가 되지 않도록 노력하시오.**" 사람들은 모든 관청이 이미 모스크바를 빠져나갔다고 말하면서, 모스크바는 그것 하나만으로도 나폴레옹에게 고마워해야 한다는 신신의 농담을 덧붙이곤 했다. 마모노프가 자기 연대에 80만 루블을 들이게 될 것이고, 베주호프는 자신의 민병대에 더 많은 비용을 들였지만, 베주호프의 가장 훌륭한 행동은 직접 군복을 입고 연대의 선두에서 말을 타고 진군할 때 자신을 구경하고 싶어 하는 사람들로부터 자릿값을 받지 않을 것이라는 등의 온갖 이야기들을 했다.

"당신은 아무에게도 호의를 베풀지 않는군요." 줄리 드루베츠카야가 온통 반지로 덮인 가느다란 손가락으로 잘게 찢어 둔 거즈 조각을 모아 작은 덩어리로 뭉치면서 말했다.

줄리는 다음 날 모스크바를 떠날 계획을 세우고 작별 파티를 열었다.

"베주호프는 **우스꽝스러워요**. 하지만 아주 선하고 아주 사랑스러운 사람이에요. 도대체 그토록 **독설을 내뱉는 것이** 뭐 그리 즐거움이 있나요?"

"벌금입니다!" 민병대 제복 차림의 젊은 남자가 말했다. 그는 줄리가 '**나의 기사님**'이라고 부르는 사람으로 그녀와 함께 니즈니로 떠날 예정이었다.

모스크바의 많은 사교 모임에서처럼 줄리의 사교 모임에서도 러시아어로만 말하도록 정해졌고, 실수로 프랑스어를 쓴 사람은 기부위원회를 위해 벌금을 내야 했다.

"프랑스어적인 표현을 썼으니 또 벌금을 내야 합니다." 응접실에 있던 러시아 작가가 말했다. "'즐거움이 있다'는 러시아어적인 표현이 아니에요."

"당신은 아무에게도 호의를 베풀지 않는군요." 줄리는 작가의 지적에 아랑곳하지 않고 민병에게 계속 말을 건넸다. "**독설**이라고 한 것은 미안해요." 그녀가 말했다. "벌금은 내겠어요. 당신에게 진실을 말하는 기쁨을 위해서라면 난 기꺼이 몇 번이라도 돈을 내겠어요. 프랑스어적인 표현을 쓴 것은 내 잘못이 아니에요." 그녀는 작가를 돌아보았다. "난 골리친 공작처럼 돈과 시간이 많은 사람이 아니어서 교사를 데려다가 러시아어를 배울 수 없어요. 아, 저기 그분이 오시군요." 줄리가 말했다. "……**라고 할 때**면. 아니, 아니에요." 그녀가 민병을 돌아보았다. "잡지 말아요. 태양을 이야기할 때 햇살이 보인다더니." 여주인이 피에르를 향해 다정하게 미소를 지으며 말했다. "우리는 방금 당신 연대에 관해 이야기하고 있었어요." 여주인은 사교계 여성답게 자유자재로 거짓말을 했다. "우리는 당신의 연대가 틀림없이 마모노프의 연대보다 더 뛰어날 것이라고 말했답니다."

"아, 나의 연대에 대해서는 아무 말도 하지 말아 주십시오."

피에르가 여주인의 손에 입을 맞추고 그 옆에 앉으며 대답했다. "연대라면 지겨워요!"

"당신은 정말 연대를 직접 지휘할 건가요?" 줄리가 교활하고 비웃는 듯한 눈빛을 민병과 주고받으며 말했다.

피에르 앞에서는 민병도 더 이상 **독설가**가 아니었다. 그 얼굴에는 줄리의 미소가 의미하는 바가 무엇인지 영문을 모르겠다는 표정이 나타났다. 피에르 특유의 산란함과 단순함에도 불구하고 그의 인품은 그를 대놓고 비웃으려는 온갖 시도를 멈추게 했다.

"아니요." 피에르는 자신의 크고 뚱뚱한 몸을 보며 껄껄 웃었다. "나는 프랑스 군인에게 너무 쉬운 표적이 될 겁니다. 게다가 말에 올라타지도 못할 것 같아 두렵기도 하고요……."

줄리의 사교 모임에서 화제에 오른 사람들 중에는 로스토프가의 사람들도 있었다.

"들리는 소문에, 그 사람들의 형편이 아주 안 좋다면서요."

줄리가 말했다. "그분은 너무 어수룩해요, 백작 말이에요. 라주 몹스키가 사람들이 그분의 집과 모스크바 근교의 영지를 구입하고 싶어 했는데, 이 일들이 계속 늘어지고 있다죠. 그분이 값을 너무 비싸게 불러서요."

"아뇨, 조만간 매각이 이루어질 것 같던데요." 누군가가 말했다. "지금 모스크바에서 무언가를 사는 것이 정신 나간 짓이긴 하지만요."

"왜요?" 줄리가 말했다. "당신은 정말 모스크바가 위험하다고 생각하나요?"

"그러면 당신은 왜 떠나시는 거죠?"

"나요? 그게 참 이상해요. 내가 떠나는 건…… 다들 떠나니까요. 그리고 또 난 잔 다르크도, 아마존 여전사도 아니잖아요."

"음, 그래요, 그렇지요. 헝겊을 더 주십시오."

"그가 이번 거래를 잘 처리하면 빚을 전부 갚을 수 있을 텐데요." 민병이 로스토프에 대해 계속 말했다.

"착한 노인이긴 하지만, 너무 **무능해요**. 그나저나 그들은 왜 그렇게 오랫동안 이곳에서 지내는 걸까요? 오래전부터 시골에 가고 싶어 했잖아요. 나탈리는 이제 건강한 것 같지요?" 줄리가 교활하게 웃으며 피에르에게 물었다.

"그분들은 작은아들을 기다리고 있는 중입니다." 피에르가 말했다. "작은아들이 오볼렌스키의 카자크 부대에 들어가 벨라야체르코비로 떠났거든요. 그곳에서 연대가 편성되고 있답니다. 그런데 이번에 그분들이 아들을 내 연대로 전속시켰습니다. 그래서 매일 그를 기다리고 있지요. 백작은 오래전부터 떠나려 했습니다만, 백작 부인은 아들이 돌아올 때까지 모스크바를 떠나는 것에 절대

동의할 수 없다고 합니다."

"그제께 아르하로프가에서 그들을 봤어요. 나탈리는 다시 예뻐지고 명랑해졌더군요. 그녀는 로망스를 한 곡 불렀어요. 어떤 사람들한테는 모든 일이 참 쉽게 넘어가지요!"

"무엇이 넘어간다는 말입니까?" 피에르가 불쾌한 기색으로 물었다. 줄리가 빙긋 웃었다.

"백작, 당신 같은 기사들은 **마담 수자**의 소설에서만 있다는 걸 아세요?"

"무슨 기사요? 왜요?" 피에르가 얼굴을 붉히면서 물었다.

"뭐, 됐어요. **사랑스러운 백작. 모스크바 전체가 알고 있답니다. 정말이지 난 당신에게 깜짝 놀라고 있어요.**"

"벌금입니다, 벌금!" 민병이 말했다.

"알았어요. 말도 못하겠네요. 정말 지겨워요!"

"모스크바 전체가 무엇을 안단 말입니까?" 피에르가 벌떡 일어나 화난 목소리로 말했다.

"그만해요, 백작. 당신도 알잖아요!"

"전혀 모릅니다." 피에르가 말했다.

"난 당신이 나탈리와 친했다는 걸 알아요. 그래서…… 아니에요, 난 베라와 더 친해요. **베라는 사랑스러워요.**"

"아닙니다, 부인." 피에르는 불만스러운 어조로 계속 말했다.

"난 결코 로스토바의 기사 역할을 떠맡은 적이 없습니다. 게다가 벌써 거의 한 달이나 그 댁을 방문하지 않았습니다. 그런데 난 그 잔인함을 이해할 수 없군요……."

"변명하는 사람은 자기 죄를 인정하는 것이죠." 줄리는 미소를 짓고 헝겊 뭉치를 흔들며 말했다. 그러고는 자신의 말을 마지막 말로 남기기 위해 즉시 화제를 돌려 버렸다. "어찌 된 일이죠? 난 최근에야 알았어요. 가여운 마리 볼콘스카야가 어제 모스크바에 왔다죠. 당신은 그녀가 아버지를 여의었다는 소식을 들었어요?"

"정말이오? 어디에 있습니까? 그녀를 꼭 보고 싶은데요."

피에르가 말했다.

"어제 함께 저녁 시간을 보냈어요. 그녀는 오늘이나 내일 아침에 조카를 데리고 모스크바 근교의 영지로 떠날 거예요."

"그녀는 어떤가요?" 피에르가 말했다.

"괜찮아요. 다만 슬퍼 보였어요. 그런데 누가 그녀를 구했는지 알아요? 그야말로 굉장한 로맨스더군요. 니콜라 로스토프예요. 마을 사람들이 그녀를 둘러싸고는 죽이려 했답니다. 그녀의 하인들도 다치게 했고요. 그런데 그가 달려와서 그녀를 구했답니다."

"로맨스가 하나 더 있죠." 민병이 말했다. "결정적으로 이 전반적인 피란 사태는 모든 노처녀들의 결혼을 위해 일어난 겁니다. 카티시가 그 하나고, 볼콘스카야가 또 다른 하나죠."

"그런데 말이죠, 내가 보기에는 그녀가 **그 청년을 조금 사랑한다고 생각해요.**"

"벌금, 벌금입니다, 벌금이에요!"

"하지만 이런 이야기를 어떻게 러시아어로 해요?"

18

피에르가 집으로 돌아오자 하인들이 그날 전달된 라스톱친의 전단 두 장을 그에게 건넸다.

첫 번째 전단에는 라스톱친 백작이 모스크바를 떠나지 못하게 금지했다는 소문은 사실이 아니며, 반대로 라스톱친 백작은 귀부인들과 상인의 아내들이 피란하는 것을 반긴다고 쓰여 있었다. "불안도 줄고 소문도 줄 것이다. 그러나 나는 악당들이 모스크바에 들어오지 못하도록 내 목숨을 걸고 책임지겠다." 전단에는 이렇게 쓰여 있었다. 이런 내용은 프랑스군이 모스크바에 들어오리라는 것을 피에르에게 처음으로 분명히 보여 주었다. 두 번째 전단에는 우리 군사령부는 뱌지마에 있으며, 비트겐시테인* 백작이 프랑스군을 물리쳤으나 많은 주민들이 무장을 원하기에 그들을 위하여 기병도, 피스톨, 라이플총 등 주민들이 싸게 구할 수 있는 무기를 무기고에 준비해 두었다, 라고 쓰여 있었다. 전단의 어조는 더 이상 예전의 치기린 이야기 같은 농담조가 아니었다. 피에르는 이 전단들에 대해 골똘히 생각했다. 분명히, 그 무시무시하고 위협적인 먹구름, 그가 마음 깊은 곳으로부터 온 힘을 다해 불러낸, 동시에 마음속에서 무의식적인 공포를 불러일으키기도 한 그 먹구름이 조금씩 다가오고 있었다.

'군적에 등록하고 입대할까, 아니면 기다려 볼까?' 피에르는 스스로에게 그 질문을 1백 번째 던지고 있었다. 그는 테이블에 놓인 카드 한 벌을 집어 들고 점을 치기 시작했다.

'만약 이 카드 점이 잘 나오면……' 그는 패를 섞어 손에 쥐고, 위를 쳐다보며 속으로 중얼거렸다. '만일 잘 나오면 그 의미는…… 그건 무슨 뜻이지?' 그가 그 카드 점이 의미하는 바를 미처 결정하기도 전에 서재 밖에서 들어가도 되는지를 묻는 첫째 공작 영애의 목소리가 들렸다.

'아마도 그것은 내가 입대해야 한다는 뜻일 거야.' 피에르는 속으로 말을 맺었다. "들어와요, 들어와요." 그는 공작 영애를 돌아보며 혼자 덧붙였다.

(긴 허리와 돌처럼 냉랭한 얼굴을 지닌 첫째 공작 영애만 피에르의 집에서 계속 지내고 있었다. 두 동생은 결혼을 했다.)

"**사촌**, 이렇게 찾아와서 미안해요." 그녀가 비난 섞인 흥분한 목소리로 말했다. "정말로 이제는 무언가를 결정해야 해요! 도대체 어떻게 되는 거예요? 다들 모스크바를 떠났고, 민중은 폭동을 일으키고 있어요. 우리는 왜 여기 남아 있는 거예요?"

"그 반대입니다. 모든 게 순조로운 것 같아요, **사촌**." 피에르는 습관적인 농담조로 말했다. 피에르는 공작 영애 앞에서 은인 역할을 하는 것을 늘 당혹스러워하면서, 공작 영애를 대하면서 이런 습관적 농담을 습득했다.

"네, 이런 게 순조로운 거군요…… 순조롭다는 건 좋은 거죠! 오늘 바르바라 이바노브나가 아군이 매우 뛰어나다고 말해 주었어요. 정확히 정말로 경의를 표할 만하던데요. 게다가 민중은 완전히 반항적이 되어서, 더 이상 말을 듣지 않아요. 내 하녀도 거칠어지기 시작했어요. 이런 식으로 가다가는 곧 우리도 때려죽이려고 할 거예요. 거리를 돌아다닐 수도 없어요. 무엇보다 중요한 건 오늘내일 프랑스군이 들이닥칠 거라는 겁니다. 도대체 우리는 무얼 기다리는 거죠! 한 가지 부탁할 게 있어요, **사촌**." 공작 영애가 말했다. "날 페테르부르크로 데려가라고 지시해 줘요. 내가 어떤 사람이든, 난 보나파르트의 지배 아래에서는 살 수 없어요."

"그만해요, **사촌**. 도대체 어디서 그런 소식을 들은 겁니까? 정반대로……."

"난 당신의 나폴레옹에게 절대 굴복하지 않겠어요. 다른 사람들은 자기가 원하는 대로……. 당신이 그러기를 원하지 않는다면……."

"네, 하겠습니다. 당장 그렇게 지시하지요."

공작 영애는 화풀이할 사람이 없어 짜증을 내는 듯했다. 그녀는 낮은 목소리로 뭐라 웅얼거리며 의자에 앉았다.

"그러나 당신은 잘못된 소문을 들은 겁니다." 피에르가 말했다. "시내는 아주 조용하고, 어떤 위험도 없어요. 여기 내가 방금 읽은 바로는……." 피에르는 공작 영애에게 전단을 보여 주었다. "백작은 적이 모스크바에 들어오지 못하도록 자기 목숨을 걸고 책임지겠다고 썼어요."

"아, 당신의 그 백작 말이죠." 공작 영애가 증오심을 드러내며 말했다. "그자는 위선자이고 악당이에요. 그자가 바로 민중이 폭동을 일으키도록 만들었다고요. 그 사람이 그 바보 같은 전단지에 누구의 머리채든 붙잡고 경찰서에 끌고 가라고 쓰지 않았나요? (정말 어리석기도 하죠!) 사람을 끌고 간 자에게는 명예와 영광이 있을 거라더군요. 그렇게 아첨하시는군요! 바르바라 이바노브나가 말하던데요, 프랑스어를 말했다는 이유로 하마터면 민중에게 죽임을 당할 뻔했다고요…….”

“하지만 그건…… 당신은 모든 일에 너무 걱정이 많아요.” 피에르는 이렇게 말하고 카드 점을 치기 시작했다.

카드 점이 잘 나왔음에도 피에르는 입대하지 않고 텅 빈 모스크바에 남아 여전히 똑같은 불안과 망설임과 두려움, 그와 동시에 기쁨에 싸여 끔찍한 무언가를 기다렸다.

다음 날 저녁 무렵 공작 영애가 떠났다. 그리고 수석 관리인이 피에르를 찾아와 영지 한 곳을 팔지 않으면 연대의 군복과 군장을 위해 피에르가 요구한 돈을 구할 수 없다는 소식을 전했다. 수석 관리인은 전반적으로 연대와 관련된 일들 때문에 피에르가 파산할 수밖에 없다는 사실을 제시하려 했다. 피에르는 수석 관리인의 말을 들으며 간신히 웃음을 감췄다.

“그럼 팔아요.” 그가 말했다. “어쩌겠소, 이제는 거절할 수도 없으니 말이오.”

제반 상황, 특히 자기 상황이 나빠질수록 피에르는 기분이 더 좋아지고, 기다리던 대재앙이 점점 다가오고 있다는 점도 더 뚜렷해 보였다. 이제 시내에는 피에르가 아는 사람들이 거의 없었다.

줄리도 떠나고 마리야 공작 영애도 떠났다. 가까운 지인 중에는 로스토프가 사람들만 남았다. 그러나 피에르는 그들을 방문하지 않았다.

그날 피에르는 기분 전환을 위해 레피흐가 적을 무찌르기 위해 제작한 큰 열기구*와 내일 띄울 예정인 시험용 열기구를 보러 보론초보 마을로 갔다. 그 열기구는 아직 준비되어 있지 않았다. 그러나 피에르가 알게 된 바에 따르면, 그것은 군주의 희망으로 제작 중이었다. 군주는 라스톱친 백작에게 그 기구에 대해 다음과 같은 편지를 썼다.

레피흐가 준비를 마치는 대로 신뢰할 만하고 명석한 자들로 열기구에 탑승할 승무원을 구성하시오. 그리고 쿠투조프 장군에게 전령을 보내 미리 알리시오. 난 그에게 그 일에 대해 전했소. 맨 처음 낙하할 지점에 좀 더 주의를 기울이고, 실패하거나 적의 수중에 들어가지 않도록 레피흐에게 잘 말해 두시오. 레피흐가 총사령관과 함께 행동을 맞추는 것이 필수적이오.

피에르는 보론초보에서 집으로 돌아오는 길에 볼로트냐야 광장을 지나치다가, 형장에 모인 군중을 보고 드로시키에서 내렸다. 스파이 죄목의 프랑스인 요리사에 대한 태형이었다. 태형이 막 끝나 집행인이 애처롭게 신음하는 뚱뚱한 남자를 고문대에서 풀어 주고 있었다. 그는 붉은 구레나룻을 기르고, 파란색 긴 양말을 신고, 녹색 캉졸을 걸치고 있었다. 야위고 창백한 또 한 명의 죄수도 같은 자리에 서 있었다. 두 사람 모두 얼굴로 보아 프랑스인이었다. 피에르는 야윈 프랑스인처럼 두렵고 병적인 표정을 띤 채 군중을 밀치고 나아갔다.

"무슨 일입니까, 누구지요, 무엇 때문입니까?" 그가 물었다.

그러나 군중, 즉 관리들, 상인들, 농부들, 외투를 입은 여자들은 형장에서 벌어지는 일에 너무나 탐욕스럽게 집중하고 있어 아무도 대답하지 않았다. 뚱뚱한 남자가 인상을 쓰면서 일어나 어깨를 으쓱하고는, 굳건함을 과시하고 싶은 듯 주위를 쳐다보지 않고 캉졸을 입기 시작했다. 그러나 갑자기 입술 언저리가 바르르 떨리더니, 다혈질의 성인이 울 때 흔히 그러듯 스스로에게 화를 내며 울음을 터뜨렸다. 군중은 자신들의 연민의 감정을 억누르려는 듯 (피에르가 보기에는) 큰 소리로 떠들기 시작했다.

"어느 공작의 요리사라더군……."

"어때요, 무슈, 러시아 소스가 프랑스인에게는 너무 시었나 보죠…… 신 것을 먹고 이가 흔들렸나 봅니다." 프랑스인이 울음을 터뜨리자 피에르 옆에 서 있던 주름투성이의 하급 관리가 말했다. 관리는 사람들이 자신의 농담을 높이 평가해 주기를 기대하는 듯 주위를 두리번거렸다. 몇몇은 웃음을 터뜨렸고, 몇몇은 다른 남자의 옷을 벗기는 집행인을 두려운 표정으로 계속 바라보았다.

피에르는 코로 숨을 식식거리며 얼굴을 찌푸렸다. 그리고 재빨리 돌아서서 드로시키로 돌아갔다. 걸어가고, 드로시키에 올라타는 동안 그는 끊임없이 혼잣말로 뭐라고 중얼거렸다. 집에 돌아가는 동안 그가 여러 차례 몸을 부르르 떨며 아주 크게 소리를 질러서, 마부가 그에게 물었다.

"뭐라고 분부하셨습니까?"

"어디로 가는 건가?" 피에르가 루뱐카로 마차를 모는 마부에게 호통을 쳤다.

"총사령관님께 가라고 분부하셨습니다." 마부가 대답했다.

"바보 같은 놈! 이 짐승 같은 놈!" 피에르는 마부에게 욕을 하며 소리를 질렀다. 그에게 좀처럼 없던 일이었다.

"집으로 가라고 했잖아. 빨리 가, 멍청한 놈. 오늘이라도 떠나야 한단 말이다." 피에르가 혼잣말로 중얼거렸다.

피에르는 처벌받는 프랑스인들과 형장을 에워싼 군중을 보고, 더 이상 모스크바에 남아 있을 수 없고, 오늘이라도 입대하겠다고 너무도 확고하게 결정을 내린 바람에, 그에게는 자신이 마부에게 이 사실을 말했거나 마부가 당연히 아는 것처럼 보였다. 집으로 돌아온 피에르는 모르는 게 없고 못하는 게 없으며 모스크바 사람들 모두가 알 만큼 유명한 자신의 마부 옙스타피예비치에게 자신은 밤에 모자이스크의 부대로 떠날 것이므로, 그곳으로 자신의 승마용 말들을 보내라고 지시했다. 이 모든 것이 그날 안에 다 실행될 수 없었다. 결국 옙스타피예비치의 생각대로 피에르는 길을 떠날 말들을 교체할 시간을 벌기 위해 다음 날까지 출발을 연기해야 했다.

24일에는 궂은 날씨 끝에 날이 개었다. 이날 피에르는 점심 식사 후 모스크바를 떠났다. 그날 밤 페르후시코보에서 말을 바꿀 때 피에르는 저녁에 큰 전투가 있었다는 사실을 알았다. 사람들은 페르후시코보에서 대포 소리에 땅이 흔들렸다고 말했다. 누가 이겼느냐는 피에르의 질문에 대해서는 아무도 대답하지 못했다. (그것은 24일에 셰바르디노 부근에서 벌어진 전투였다.) 동틀 무렵 피에르는 모자이스크 부근까지 이르렀다.

모자이스크의 모든 집들이 부대 숙소로 사용되었다. 피에르가 그의 조마사와 마부를 만난 여인숙에는 어느 방이든 자리가 없었다. 모든 곳이 장교들로 꽉 차 있었다.

모자이스크 시내에서도, 모자이스크 교외에서도 어디를 가든 부대가 주둔하거나 행군하고 있었다. 카자크들, 보병들, 말 탄 병사들, 수송차들, 탄약 상자들, 대포들이 사방에 보였다. 피에르는 빨리 나아가려고 서둘렀다. 모스크바에서 멀리 벗어날수록, 군대의 바다에 깊이 잠길수록, 초조한 불안과 이전에 경험하지 못한 새로운 기쁨이 그를 한층 더 사로잡았다. 그것은 군주의 방문 때 슬로보츠키 궁전에서 맛본 감정, 즉 무언가를 실행하고 무언가를 희생해야만 할 것 같은 감정과 비슷했다. 지금 그는 사람들의 행복을 이루는 모든 것, 생활의 안락함, 부(富), 심지어 인생 자체조차 부질없는 것, 그것은 다른 무언가와 비교할 때 기꺼이 던질 수 있는 것이라는 의식을 갖게 만드는 즐거운 감정을 경험했다. 무엇과 비교하면 좋을지 피에르는 알 수 없었다. 그리고 자신이 누구를 위해, 무엇을 위해 모든 희생을 감수하는 것을 특별한 매력으로 생각하는지 애쓰지도 않았다. 무엇을 위해서 희생하려 하는지는 그의 관심이 아니었고, 그에게는 희생 자체가 새로운 기쁨일 뿐이었다.

19

24일에는 셰바르디노 보루에서 전투가 있었고, 25일에는 이쪽과 저쪽 어느 진영도 단 한 발도 발포하지 않았으며, 26일에는 보로디노 전투가 벌어졌다.

무엇 때문에, 어떻게 셰바르디노와 보로디노에서 전투가 시작되고 응전이 벌어진 것일까? 보로디노 전투는 어째서 일어났을까? 프랑스인들을 위해서도 러시아인들을 위해서도 그 전투는 전혀 의미가 없었다. 가장 가까이 있고 또 일어날 수밖에 없었던 결과는 러시아인들에게는 (우리가 세상에서 가장 두려워하던) 모스크바의 파멸을 향해 치달았던 것이고, 프랑스인들에게는 (그들 역시 세상에서 가장 두려워하던) 군대 전체의 파멸을 향해 치달은 것이었다. 그러한 결과는 그 시점에도 명약관화했지만, 그럼에도 나폴레옹은 싸움을 걸었고, 쿠투조프는 그 전투에 응했다.

연대 지휘관들이 이성적인 판단에 따라 지휘했다면 나폴레옹도 2천 베르스타 넘게 이동하여 군대의 4분의 1을 잃을 가능성이 매우 높은 전투에 응하면서 분명히 파멸을 향해 나아가고 있음을 명확하게 깨달았을 것이다. 쿠투조프 역시 군대의 4분의 1을 잃을 위험을 무릅쓰고 전투에 응하면서 틀림없이 모스크바를 잃게 되리라는 점을 느꼈을 것이다. 체스 판에서 내게 말이 하나 적은데 상대와 말을 맞바꾸면 십중팔구 내가 지게 되고, 그 때문에 바꾸지 말아야 하는 것이 자명하듯, 그것은 쿠투조프에게 수학적으로 자명했다.

상대방에게 말 열여섯 개가 있고 나에게 열네 개가 있을 때, 난 상대보다 꼭 8분의 1 정도 더 약한 것이다. 그러나 상대와 말 열세 개를 맞바꾸고 나면, 상대는 나보다 세 배가 더 강해지게 된다.

보로디노 전투 전까지는 아군과 프랑스군 병력은 거의 5 대 6 정도였다. 그러나 전투 후에는 그 비율이 1 대 2가 되었다. 전투 전에는 10만 명 대 12만 명이었는데 전투 후엔 5만 명 대 10만 명이 된 것이다. 그런데 두뇌가 명석하고 경험이 많은 쿠투조프는 그 전투에 응했다. 한편 사람들이 천재적인 지휘관이라 일컫는 나폴레옹도 군대의 4분의 1을 잃으면서까지, 심지어 자기 군의 전선을 확장하면서까지 전투를 벌였다. 만약 나폴레옹이 빈을 점령할 때처럼 모스크바를 점령한 후 전쟁을 끝내려 했다고 말하는 사람이 있다면, 그에 반박할 증거는 많다. 나폴레옹을 연구하는 역사가들도 나폴레옹이 스몰렌스크에서 이미 진격을 멈추려 했다고, 전선이 확장되는 것의 위험을 알고 있었으며, 모스크바 점령이 전쟁의 끝이 아닐 것이라는 점을 알았다고 말한다. 왜냐하면 그가 스몰렌스크에서 러시아 도시들이 어떤 상태로 자신에게 넘어오는지 보았고, 협상하고 싶다는 바람을 여러 차례 밝혔음에도 전혀 답변을 얻지 못했기 때문이라고 한다.

보로디노 전투를 벌이고 그에 응하면서 쿠투조프와 나폴레옹은 비자발적이고 무의미한 행동을 했다. 그런데 역사가들이 세상 온갖 사건들의 비자발적인 도구들 가운데 가장 노예스럽고 비자발적인 활동가였던 두 지휘관의 선견지명과 천재성을 증명하는 증거들을 교묘하게 짜 맞추어 이미 일어난 사실에 끼워 맞췄다.

옛사람들은 영웅 서사시의 전형을 우리에게 남겼다. 그 서사시에서 영웅들이 역사의 모든 흥미로운 것들을 만든다. 그리고 우리는 여전히 아직도 우리 인간의 시간에서 그런 종류의 역사는 아무 의미도 없다는 사실에 익숙해질 수가 없다.

다른 질문, 즉 보로디노 전투와 그보다 앞선 셰바르디노 전투가 어떻게 벌어졌는가에 대해서도 그와 똑같이 매우 확정적이고, 모든 사람들에게 두루 알려진, 완전히 거짓된 생각이 존재한다. 모든 역사가들이 다음과 같은 방식으로 전투를 기술한다.

러시아군은 스몰렌스크에서 퇴각하는 동안 총결전을 위해 가장 유리한 진지를 찾다가 그러한 진지를 보로디노 부근에서 발견했던 것 같다.

러시아군은 (모스크바에서 스몰렌스크로 뻗은) 도로 왼편의 거의 직각으로 꺾인 지점, 즉 보로디노에서 우티차에 걸친 지점에 (바로 그 자리에서 전투가 벌어졌다) 미리 그 진지를 구축한 듯하다.

그 진지 전방에 위치한 셰바르디노 구릉에는 적을 감시하기 위해 견고한 전초 기지가 세워졌을 것이다. 24일, 나폴레옹은 전초 기지를 공격하여 이를 탈취하고, 26일에는 보로디노 평원의 진지에 주둔 중인 러시아군 전체를 공격했을 것이다.

역사는 이렇게 말하고 있지만, 이 모든 것이 사실과 전혀 다르다. 사건의 본질을 규명하고자 원하는 사람이라면 누구나 이 점을 쉽게 확인할 수 있을 것이다.

러시아군은 가장 유리한 진지를 찾지 않았다. 오히려 반대로 퇴각하는 동안 보로디노보다 더 유리한 진지를 많이 지나쳤다. 그들은 그런 진지들 중 어디에도 머물지 않았다. 왜냐하면 쿠투조프가 자신이 고르지 않은 진지는 택하려 하지 않았고, 전투에 대한 국민의 요구는 아직 충분히 강하게 표명되지 않았으며, 민병을 이끄는 밀로라도비치도 아직 도착하지 않았기 때문이다. 그 밖에도 헤아릴 수 없이 많은 여러 이유들 때문이다. 이전의 진지들이 더 견고했다는 점, (전투가 벌어진) 보로디노의 진지가 견고하지도 않을뿐더러 러시아 제국 내에서 지도 위에 대충 핀을 꽂아 표시할 수 있는 다른 장소들보다 결코 더 좋은 진지도 아니었다는 점은 사실이다.

러시아군은 도로 왼편에 직각으로 보로디노 평원에 진지를 구축하지 않았을 뿐 아니라 1812년 8월 25일 이전만 해도 그 장소에서 전투가 벌어질 거라고는 생각조차 하지 않았다. 이에 대한 증거들로는 첫째, 25일에는 그 장소에 요새가 전혀 없었고, 25일에 축조되기 시작한 요새가 26일까지도 완성되지 않았다는 점을 들 수 있다. 둘째, 셰바르디노 보루의 위치가 증거가 된다. 응전이 벌어진 진지 앞쪽에 있던 셰바르디노 보루는 어떤 의미도 없다. 무엇 때문에 그 보루가 다른 모든 지점보다 더 견고하게 구축되었을까? 그리고 무엇 때문에 러시아군은 24일 밤늦게까지 그 보루를 방어하는 데 온 힘을 쏟으며 6천 명이나 되는 사람들을 잃었을까? 적을 감시하기 위해서라면 카자크 척후 기병만으로도 충분했다. 셋째, 전투가 벌어진 진지가 예상된 곳이 아니었고, 셰바르디노 보루가 그 진지의 전초가 아니었다는 증거는 바르클라이 드 톨리와 바그라티온이 25일까지만 해도 셰바르디노 보루가 진지의 **왼쪽** 측면이라고 확신했으며, 쿠투조프도 전투 이후에 대로하여 쓴 자신의 보고서에서 셰바르디노 보루를 진지의 **왼쪽** 측면이라 지칭하고 있다는 점이다. 훨씬 나중에 보로디노 전투에 대한 보고서가 여유롭게 기술될 때 정당하지 않고 이상한 진술이 (아마도 오류를 범하지 말아야 할 총사령관의 실수를 정당화하기 위해) 꾸며졌다. (단지 왼쪽 측면의 요새화된 지점에 불과한데도) 셰바르디노 보루가 **전초** 기지 역할을 한 것처럼, 그리고 보로디노 전투는 진지를 거의 구축하지 못한 전혀 예상치 않은 장소에서 벌어졌는데도 마치 아군이 미리 선별하여 요새화한 진지에서 보로디노 전투에 응한 것처럼 말이다.

사실은 다음과 같았을 것이다. 진지는 대로를 직각이 아닌 예각으로 가로지르는 콜로차 강변을 따라 선택되었다. 그래서 셰바르디노가 왼쪽 측면, 노보예 마을 부근이 오른쪽 측면, 콜로차강과 보이나강의 합류 지점인 보로디노가 중앙이 된 것이다. 스몰렌스크 대로를 따라 모스크바로 진군하는 적을 저지해야 하는 군대에 그 진지가 콜로차강을 엄폐물로 삼은 것은 전투가 어떻게 일어났는지를 잊은 채 보로디노 평원을 바라보는 사람은 그 누구라도 명확히 알 수 있다.

24일, 발루예보로 떠난 나폴레옹은 (역사에서 말하는 것처럼) 우티차에서 보로디노로 이어진 러시아군의 진지를 보지 못했고 (전지가 없었기에 보지 못한 것이다) 러시아군의 전초 기지도 보지 못했다. 그런데 러시아군 후위 부대를 추격하다 러시아군 진지의 왼쪽 측면인 셰바르디노 보루를 맞닥뜨리자 자신의 군대를 콜로차강 건너로 이동하게 했다. 러시아군으로서는 예상치 못한 일이었다. 이에 러시아군은 결전에 나서기도 전에 그들이 확보하려 했던 진지로부터 왼쪽 측면을 철수시켜 예정에도 없었고 아직 축조되지도 않은 새로운 진지를 점했다. 나폴레옹은 콜로차강 왼쪽 연안, 즉 도로 왼쪽으로 건너감으로써 이후의 전투를 오른쪽에서 왼쪽으로 (러시아군 편에서 볼 때) 완전히 이동시켜 우티차와 세묘놉스코예와 보로디노 사이의 들판으로 (그 들판에는 러시아의 다른 모든 들판에 비해 진지로서 더 유리한 점이 전혀 없었다) 옮겨 놓았다. 그리하여 26일에 그 들판에서 모든 전투가 벌어지게 되었다. 예정된 전투와 실제로 벌어진 전투의 평면도를 그리면 대략 다음과 같을 것이다.

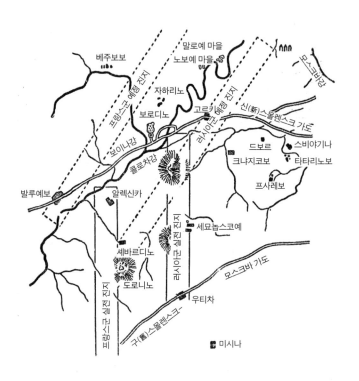

만약 나폴레옹이 24일 저녁에 콜로차강으로 가지 않았다면, 그리고 그날 저녁 즉시 보루를 공격하라는 명령을 내리지 않고 그다음 날 아침에 공격을 개시했다면 누구도 셰바르디노 보루가 아군 진지의 왼쪽 측면이라는 점에 의심을 품지 않았을 것이다. 전투 역시 우리의 예상대로 일어났을 것이다. 그 경우 우리는 아군의 왼쪽 측면인 셰바르디노 보루를 더 견고하게 방어하고 나폴레옹을 중앙이나 오른쪽에서 공격했을 것이다.

그리고 24일에는 미리 점찍어 요새를 구축해 둔 진지에서 결전이 벌어졌을 것이다. 그러나 아군의 왼쪽 측면에 대한 공격이 우리 후위 부대의 후퇴에 뒤이어, 즉 그리드네보 전투 직후인 저녁에 일어나는 바람에, 또 러시아군 지휘관들이 24일 저녁인 그 시점에서 결전을 개시하기를 원하지 않은 데다 미처 그럴 겨를도 없었기에 보로디노 전투의 중요한 첫 싸움은 24일에 이미 러시아군의 패배로 끝나 버렸다. 26일에 벌어진 전투의 패배도 아마 그 때문일 것이다.

셰바르디노 보루를 빼앗긴 25일 아침 무렵 왼쪽 측면에 진지가 없다는 것을 확인한 아군은 왼쪽 날개를 철수시키고 어디든 닥치는 대로 서둘러 진지를 구축해야 할 상황에 처했다. 그러나 그 포진의 약점이 더욱 악화된 것은, 8월 26일에 러시아군이 미완성인 미약한 보루만을 의지할 수밖에 없었다는 점 외에도 러시아군 지휘관들이 이미 벌어진 사실을 (왼쪽 측면의 진지를 빼앗긴 것과 이후의 전장을 오른쪽에서 왼쪽으로 완전히 옮겨 놓은 것) 충분히 인지하지 못하고 노보예 마을부터 우티차까지 길게 늘어선 진지에 계속 머물러 전투 중에 부대를 오른쪽에서 왼쪽으로 이동시켜야 했다는 점 때문이다. 그래서 전투 내내 러시아군은 왼쪽 날개를 노린 프랑스군 전체와 그 절반밖에 안 되는 병력으로 맞서야 했다. (포니아토프스키*가 우티차에서 접전을 벌이고 우바로프가 오른쪽 날개에서 프랑스군과 대적한 일은 전투의 흐름을 벗어난 군사 행동이었다.)

결국 보로디노 전투는 기록되는 것과는 (우리 지휘관들의 실책을 숨기려고 애쓰다가 러시아군과 러시아 국민의 명예를 손상시킨) 완전히 다르게 전개되었다. 보로디노 전투는 미리 선정하여 요새를 쌓아 둔 진지에서, 러시아군의 병력이 다소 열세인 상황에서 일어난 것이 아니다. 보로디노 전투는 러시아군이 셰바르디노 보루를 잃은 결과, 프랑스군보다 두 배나 약한 병력으로 요새를 거의 쌓지 못한 탁 트인 지역에서 치른 전투였다. 다시 말해 그런 조건에서는, 열 시간 동안 싸우고 전투가 승패를 가릴 수 없는 것으로 만든다는 것은 생각도 할 수 없었을 뿐 아니라, 세 시간 동안 전멸과 패주로부터 군대를 지켜 내는 것조차 생각할 수 없었다.

20

25일 아침에 피에르는 모자이스크를 떠났다. 언덕 위 오른편에 있는 대교회를 (그곳에서는 예배가 진행 중이고 종소리가 울려 퍼지고 있었다) 지나 도시에서부터 이어진 크고 가파르고 굽이진 산비탈에 이르자 피에르는 승용 마차에서 내려 걸어갔다. 그의 뒤쪽에서 합창대원들을 앞세운 기병 연대가 산을 내려왔다. 그의 앞쪽 맞은편에서는 전날 전투의 부상병들을 실은 텔레가 행렬이 올라오고 있었다. 마차꾼이 된 농부들이 말 위에서 소리를 지르고 채찍을 휘갈기며 이리저리 뛰어다녔다. 부상병들이 서너 명씩 눕거나 앉은 텔레가가 험준한 오르막을 따라 포장도로처럼 흩어 놓은 돌들 위로 덜커덩거리며 올라왔다. 넝마를 동여맨 부상병들은 창백했고, 입술을 꽉 다물고 눈썹을 찡그린 채 텔레가의 가로대를 붙잡고 덜컹덜컹 흔들리다 서로 부딪치곤 했다. 거의 모든 사람들이 어린아이 같은 순진한 호기심으로 피에르의 하얀 모자와 녹색 연미복을 쳐다보았다.

피에르의 마부는 부상병들을 태운 수송 대열을 향해 길 한쪽으로 붙으라고 화가 나서 소리를 질렀다. 군가를 부르며 산을 내려오던 기병 연대가 피에르의 드로시키 쪽으로 다가오며 길을 비좁게 만들었다. 피에르는 산을 깎아 만든 길 가장자리에 바짝 붙은 채 멈춰 섰다. 산비탈에 가려 깊숙이 파인 길에 햇살이 닿지 않아 그곳은 춥고 축축했다. 피에르의 머리 위로 8월의 반짝이는 아침이 펼쳐져 있었고, 종소리가 경쾌하게 울렸다. 부상병들을 실은 짐수레 한 대가 피에르의 바로 옆쪽 길 가장자리에 멈췄다. 나무 껍질 신발을 신은 수레꾼이 숨을 헐떡이며 자신의 텔레가로 뛰어가 쇠테를 두르지 않은 뒷바퀴에 돌을 괴고는 멈춰 선 작은 말의 엉덩이 띠를 고쳐 매기 시작했다.

텔레가를 뒤따라 걸어오던 한쪽 팔에 붕대를 감은 늙은 부상병이 성한 팔로 텔레가를 붙잡고 피에르를 돌아보았다.

"이보시오, 동포, 우리는 이곳에서 죽는 거요? 아니면 모스크바까지?" 그가 말했다.

피에르는 생각에 깊이 잠겨 그 질문을 제대로 듣지 못했다. 그는 방금 부상병 행렬을 마주친 기병 연대와 자기 옆에 멈춰 선 텔레가를 번갈아 보았다. 그 위에 부상병 둘은 앉고 한 명은 누워 있었다. 피에르에게는 자신의 마음을 사로잡은 질문에 대한 해결책이 바로 그곳에, 그 사람들에게 있는 것처럼 느껴졌다. 텔레가에 앉은 병사들 중 하나는 볼에 부상을 입은 듯했다. 머리에는 온통 넝마를 감고, 한쪽 뺨은 어린아이의 머리통만큼 부어 있었다. 입과 코는 비뚤어져 있었다. 그 병사는 대교회를 보자 성호를 그었다. 또 다른 병사는 옅은 금발에 핏기가 전혀 보이지 않을 만큼 희고 여린 얼굴을 지닌 어린 소년병으로, 선한 미소를 머금은 채 피에르를 쳐다보고 있었다. 세 번째 병사는 엎드려 누워 얼굴이 보이지 않았다. 기병대 합창단이 그 텔레가를 지나쳤다.

"아, 자취를 감추었네…… 고슴도치 같은 머리가……. 타국에 사는……." 그들은 병사의 춤곡을 불렀다. 이에 화답이라도 하듯,

하지만 그와는 다른 명랑함을 띤 교회 종의 금속성 소리가 하늘 높이 울려 퍼졌다. 그리고 또 다른 명랑함을 띤 강렬한 햇살이 맞은편 비탈 꼭대기에 쏟아져 내렸다. 그러나 비탈 아래 부상병을 실은 텔레가 옆은, 숨을 헐떡이는 작은 말들 (피에르는 그 옆에 서 있었다) 근처는 축축하고 음울하고 슬펐다.

볼이 부은 병사는 화가 나서 기병대 합창단을 쏘아보았다.

"쳇, 멋쟁이들이군!" 그가 비난조로 중얼거렸다.

"오늘은 병사들만이 아니더군요. 난 농부들도 봤어요! 이제 농부들까지 내몰리는군요." 텔레가 뒤에 서 있던 병사가 슬픈 미소를 띤 채 피에르를 돌아보며 말했다. "요즘엔 사람을 가리지도 않아요……. 저들은 온 국민이 다 매달리기를 원하지요. 한마디로 모스크바 말입니다. 저들은 오직 한 가지 목적만 수행하기를 바라고 있어요." 병사의 말은 불분명했지만 피에르는 그 병사가 무슨 말을 하고 싶어 하는지 전부 이해했고, 수긍의 뜻으로 머리를 끄덕였다.

길이 뚫리자 피에르는 언덕 아래까지 걸어간 뒤 다시 마차에 올랐다.

피에르는 마차를 타고 가는 동안 길 양쪽을 두리번거리며 아는 얼굴을 찾았다. 하지만 어디에나 그의 하얀 모자와 녹색 연미복을 똑같이 놀란 눈으로 쳐다보는, 온갖 부대에 속한 낯선 군인들뿐이었다.

4베르스타 정도 갔을 무렵 그는 처음으로 아는 사람을 만나 반갑게 말을 걸었다. 상급 군의관 가운데 한 명이었다. 그는 젊은 의사와 나란히 브리치카를 타고 맞은편에서 오고 있었다. 그는 피에르를 알아보자 마부 대신 마부석에 앉은 카자크에게 마차를 세우라고 했다.

"백작님! 각하, 당신이 어떻게 여기 계십니까?" 의사가 물었다.

"그냥 좀 둘러보고 싶어서요."

"네, 그렇군요, 볼 만한 것들이 있을지……."

피에르는 마차에서 내렸다. 그리고 그 자리에 서서 의사와 이야기를 나누며 전투에 참가하려는 의향을 밝혔다.

의사는 대공작을 찾아가 직접 청해 보라고 충고했다.

"전투 중에 어디 있어야 좋을지 아무도 모를 이런 막막한 곳엔 도대체 왜 온 겁니까?" 그는 젊은 동료와 눈짓을 주고받으며 말했다. "하지만 대공작께서 당신을 알고 계시니 친절히 맞이해 주실 겁니다. 그렇게 하세요." 의사가 말했다.

의사는 지쳐 보였다. 그는 서두르는 눈치였다.

"그렇게 생각하는군요……. 나도 묻고 싶은 게 있는데요, 도대체 진지는 어디에 있습니까?" 피에르가 말했다.

"진지요?" 의사가 말했다. "그건 제 소관이 아닙니다. 타타리노보를 지나면 사람들이 그곳에서 뭔가 열심히 파고 있을 겁니다. 거기서 구릉으로 올라가세요. 그곳에서는 보입니다." 의사가 말했다.

"그곳에서 볼 수 있다고요? 당신이 좀……."

그러나 의사는 그의 말을 가로막고 브리치카로 향했다.

"제가 모셔다 드리면 좋겠습니다만, 맹세코, 보시는 것처럼 이렇게 (의사는 목구멍을 가리켰다)* 군단장에게 급히 가는 중이라서요…… 정말이지 우리 러시아군은 어떻게 될까요? 아십니까, 백작님? 내일 전투가 있을 겁니다. 10만 명 병력에 부상자가 적어도 2만 명은 될 거라고 예상해야 합니다. 그런데 우리는 들것과 침상과 위생병과 의사를 6천 명분도 채 갖추지 못했습니다. 텔레가는 1만 대가 있지만 다른 것들도 필요합니다. 하고 싶으면 하라는 식이죠."

유쾌하면서도 놀란 듯한 표정으로 자신의 모자를 보던 활기차고 건강한 젊은이와 늙은이들 수만 명 가운데 2만 명이 (어쩌면 그가 만난 바로 그 사람들이) 부상을 입거나 전사할 운명일지 모른다는 이상한 생각이 피에르에게 충격을 주었다.

'그들은 내일 죽을지도 모르는데, 어째서 그들은 죽음 외의 다른 무언가를 생각하는 걸까?' 그러자 어떤 신비한 연상 작용으로 모자이스크의 비탈길, 부상병을 실은 텔레가들, 교회의 종소리, 비스듬히 비치는 햇살, 기병대들의 노래가 갑자기 생생하게 떠올랐다.

'기병들은 전투를 하러 가다가 부상병들과 마주치고, 자신들을 기다리는 것에 대해서는 단 한 순간도 생각하지 않은 채 부상병들을 지나치며 한쪽 눈을 찡긋거린다. 그들 가운데 2만 명은 죽을 운명에 처해 있다. 그런데도 그들은 나의 모자에 놀란다! 이상하군!' 피에르는 타타리노보로 계속 나아가며 생각에 잠겼다.

도로 왼편에 위치한 지주의 저택 근처에 승용 마차, 유개 화차, 종졸 무리와 보초들이 서 있었다. 대공작은 그곳에서 묵었다. 그러나 피에르가 도착했을 때 그는 없었고 참모들 역시 아무도 없었다. 모두들 기도회에 참석하고 있었다. 피에르는 마차를 타고 고르키를 향해 계속 나아갔다.

언덕을 올라갔다가 내려와서 한 마을의 작은 거리에 들어선 피에르는 모자에 십자가를 달고 하얀 루바시카를 입은 농민 민병들을 처음으로 보았다. 땀에 젖은 그들은 큰 소리로 떠들고 웃으며 길 오른쪽의 잡풀이 무성한 구릉 위에서 활기차게 작업을 하고 있었다.

어떤 사람들은 삽으로 언덕을 팠고, 다른 사람들은 널빤지를 따라 외바퀴 손수레로 흙을 날랐으며, 또 다른 사람들은 아무것도 하지 않고 서 있었다.

두 장교가 그들에게 지시를 내리며 구릉 위에 서 있었다. 군인이라는 자신들의 새로운 신분을 즐기고 있음이 분명한 이 농부들을 보면서 피에르는 다시 모자이스크에서 만난 부상병들이 떠올랐다. 그리고 그에게는 "저들은 온 국민이 다 매달리기를 원해요"라고 말하던 병사가 무엇을 표현하고자 했는지 이해가 갔다.

이상야릇하고 볼품없는 부츠, 땀에 흠뻑 젖은 목덜미, 단추를 풀어 헤친 옆트임 루바시카와 그 사이로 들여다보이는 검게 그을린 쇄골의, 전장에서 일하는 수염이 덥수룩한 농부들의 모습은 현 시점의 엄숙함과 중요함에 대해 이제까지 보고 들은 그 무엇보다 더 강렬하게 피에르의 마음을 움직였다.

21

피에르는 승용 마차에서 내려 작업 중인 민병들을 지나 구릉 위로 올라갔다. 의사의 말대로 그곳에서는 전장이 훤히 보였다.

오전 11시경이었다. 태양이 피에르의 등 뒤로 약간 왼쪽에 떠 있고, 원형 극장처럼 지대가 높아짐에 따라 그의 눈앞에 거대하게 펼쳐지는 전경을 맑고 희박한 공기 사이로 밝게 비추었다.

스몰렌스크 가도는 이 원형 극장을 가로질러 왼편 위를 향해 구부구불 이어져, 구릉 앞쪽으로 5백 걸음 정도 떨어진 저지대의 하얀 교회가 있는 마을을 지났다. (그곳이 바로 보로디노였다.) 길은 마을 부근의 다리를 지나고 내리막길과 오르막길을 지나 6베르스타 너머 보이는 발루예보 마을 (나폴레옹은 지금 그곳에 주둔하고 있었다) 쪽으로 점점 더 높이 구불구불 뻗어 나갔다. 길은 발루예보를 넘어 지평선 위 노랗게 물든 숲속에서 사라졌다. 자작나무와 전나무 숲에 난 길 오른편에는 콜로츠키 수도원의 십자가와 종탑이 햇살을 받아 멀리서 반짝였다. 이 푸르스름한 원경 곳곳에 숲과 길의 오른편 왼편, 여러 장소에서 아군인지 적군인지 분명하지 않은 부대의 군인들과 연기가 올라오는 모닥불들이 보였다. 오른편의 콜로차강과 모스크바강 연안은 온통 협곡과 산으로 이루어진 곳이었다. 그 협곡들 사이로 멀리 베주보보 마을과 자하리노 마을이 보였다. 왼편은 지형이 더 평평했고, 곡식이 있는 들판이었다. 불에 타서 연기가 피어오르는 세묘놉스코예 마을이 보였다.

피에르가 왼편과 오른편에서 본 것들은 너무도 불분명하여 들판의 왼편, 오른편 그 어느 쪽도 피에르가 생각한 것을 충분히 만족시켜 주지 못했다. 어디에도 피에르가 기대한 전장은 없고 그저 들판, 공터, 부대, 숲, 모닥불 연기, 마을, 구릉, 개울뿐이었다. 아무리 자세히 살펴보아도 피에르는 현실의 지형에서 진지를 찾을 수 없었고, 심지어 아군과 적군도 구분할 수 없었다.

'잘 알고 있는 사람에게 물어봐야겠군.' 피에르는 이렇게 생각하고 한 장교에게 말을 건넸다. 그 장교는 군인이 아닌 피에르의 거대한 몸집을 흥미롭게 바라보고 있었다.

"뭘 좀 물어봐도 되겠습니까?" 피에르는 장교에게 말을 걸었다. "저 앞쪽에 있는 마을 이름이 무엇입니까?"

"부르디노인가 뭔가 하는 마을이지?" 장교가 자신의 동료를 돌아보며 물었다.

"보로디노야." 말을 바로잡으며 다른 사람이 대답했다.

장교는 이야기할 기회가 생겨 다행이라는 듯 피에르에게 다가왔다.

"저기 있는 군대는 아군입니까?" 피에르가 물었다.

"예, 조금 더 멀리에는 프랑스군도 있습니다." 장교가 말했다. "저기 있는 것이 그들입니다. 저기에 보이지요."

"어디, 어디요?" 피에르가 물었다.

"육안으로도 보입니다. 바로 저기, 저기입니다!" 장교가 한 손으로 강 건너 왼쪽에서 피어오르는 연기들을 가리켰다. 그의 얼굴에는 피에르가 이제껏 마주친 많은 얼굴에서 본 엄숙하고 진지한 표정이 나타나 있었다.

"아, 저들이 프랑스 군인이군요! 그럼 저기는요?" 피에르는 왼편으로 구릉을 가리켰다. 그 주위에 부대들이 보였다.

"아군입니다."

"아, 아군이군요! 그럼 저기는요?" 피에르는 골짜기 쪽에 보이는 마을 부근의 큰 나무 한 그루가 서 있는 다른 구릉을 가리켰다. 그 골짜기에서도 모닥불 연기가 피어오르고 무언가가 거무스름하게 보였다.

"그쪽에는 **그자**가 있습니다." 장교가 말했다. (그곳은 셰바르디노 보루였다.) "어제까지는 우리 것이었는데 이제는 **그자**의 것이 되었죠."

"그럼 우리 진지는 도대체 어디에 있습니까?"

"진지요?" 장교는 만족스러운 미소를 지으며 말했다. "그것에 관해서라면 내가 당신에게 분명히 말해 줄 수 있습니다. 왜냐하면 내가 아군의 거의 모든 요새를 지었으니까요. 저기 보입니까, 아군 중심부는 보로디노에 있습니다. 바로 저기요." 그는 앞쪽으로 하얀 교회가 있는 마을을 가리켰다. "저곳에 콜로차강 나루터가 있습니다. 바로 저기요. 보이죠? 베어 놓은 풀이 저기 저지대에 아직 널려 있는 곳이오. 바로 저기에 다리가 있답니다. 저곳이 우리 중심부입니다. 오른쪽 측면은 바로 저곳이고요. (그는 단호하게 오른쪽 멀리 있는 골짜기를 가리켰다.) 저기 모스크바강이 있습니다. 우리는 저기에 아주 튼튼한 보루를 세 개 지어 놓았답니다. 왼쪽 측면은……." 장교는 이 부분에서 입을 다물었다. "알다시피 당신에게 설명하기는 어렵습니다만…… 어제 우리 왼쪽 측면은 바로 저기 셰바르디노였습니다. 저기요. 보이죠? 참나무가 있는 곳 말입니다. 하지만 현재 우리는 왼쪽 날개를 뒤쪽으로 옮겼습니다. 지금은 저곳이에요, 저곳. 마을과 연기가 보입니까? 저곳이 세묘놉스코예입니다. 바로 저기요." 그는 라옙스키 구릉을 가리켰다. "하지만 저곳에서 전투가 있을 것 같지는 않습니다. **그자가** 이리로 군대를 옮긴 것은 속임수입니다. **그자는** 아마 모스크바강 오른쪽으로 우회할 거예요. 뭐, 어디가 됐든 내일은 아군 수가 많이 줄어들 겁니다!" 장교가 말했다.

장교가 이야기하는 동안 그에게 다가온 늙은 부사관은 상관의 말이 끝나기를 묵묵히 기다렸다. 그러나 이 부분에서 그는 장교의 말이 못마땅한 듯 상관의 말을 끊었다.

"돌망태를 가지러 가야 합니다." 그가 딱딱하게 말했다.

장교는 당황한 듯했다. 내일 얼마나 많은 병사가 줄어들지에 대해 생각해 볼 수는 있어도 입 밖에 내서는 안 된다는 것을 깨달은 모양이었다.

"아, 그렇지. 다시 3중대를 보내." 장교가 서둘러 말했다.

"그런데 당신은 누굽니까? 군의관이 아닙니까?"

"아닙니다. 어쩌다 보니 여기까지 오게 되었습니다." 피에르가 대답했다. 그리고 나선 다시 민병들을 지나 산을 내려갔다.

"에잇, 빌어먹을!" 피에르를 뒤따라가던 장교가 코를 틀어막고 작업 중인 민병들을 지나쳐 달려가며 말했다.

"저기 그들이야! 운반들 해 오고 있어. 사람들이 온다고……. 저기 오잖아…… 곧 이리로 올 거야……." 갑자기 몇몇 사람들의 목소리가 들렸다. 장교들과 병사들과 민병들이 길을 따라 앞으로 달려갔다.

보로디노에서 출발한 교회 행렬이 언덕을 올라오고 있었다. 행렬 맨 앞에는 군모를 벗은 보병대가 총구를 아래로 향한 채 먼지투성이 길을 따라 질서 정연하게 행군했다. 보병대 뒤에서 찬송가 소리가 들렸다.

병사들과 민병들이 모자를 벗은 채 행렬을 맞으러 피에르를 앞서 제치고 달려갔다.

"성모님을 모시고 온다! 우리의 중보자(仲保者)! 이베르스카야 성모님!"

"스몰렌스크 성모님이야." 다른 사람이 그 말을 바로잡았다.

민병들은 (마을에 있던 사람들이든 포대에서 작업하던 사람들이든) 삽을 내동댕이치고 행렬을 맞으러 뛰어갔다.

먼지가 자욱한 길을 따라 행군하는 대대 뒤에서 제의를 입은 사제들, 두건*을 쓴 작은 노인, 교구 성직자들과 성가대가 걸어왔다. 그 뒤로 병사들과 장교들이 틀 안에 든 크고 검은 얼굴의 이콘을 운반하고 있었다. 이것은 사람들이 스몰렌스크에서 가져와, 군대가 가는 곳마다 함께 들고 다닌 이콘이었다. 이콘 뒤며, 그 주위며, 그 앞이며, 사방에서 모자를 벗은 군인들이 무리 지어 걸어오고 뛰어와서 땅바닥에 닿도록 몸을 숙였다.

언덕에 오르자 이콘이 멈췄다. 수건을 어깨에 대고 이콘을 떠받치던 사람들이 다른 사람들과 교대했다. 하급 사제들이 다시 향로에 불을 붙였고, 기도회가 시작되었다. 뜨거운 햇살이 수직으로 내리꽂혔다. 신선한 산들바람이 모자를 쓰지 않은 머리의 머리칼과 이콘을 장식한 리본을 가볍게 흔들었다. 찬송가 소리가 탁 트인 하늘 아래 크지 않게 울려 퍼졌다. 모자를 벗은 장교들과 병사들과 민병들의 거대한 무리가 이콘을 에워쌌다. 사제들과 하급 사제들 뒤 공터에는 고관들이 서 있었다. 목에 게오르기 훈장을 단 대머리 장군은 사제 바로 뒤에 서서 성호도 긋지 않고 (틀림없이 독일인이었을 것이다) 기도회가 끝나기를 참을성 있게 기다렸다.

그는 아마도 러시아 국민의 애국심을 고취하기 위해서는 기도회에 끝까지 귀를 기울일 필요가 있다고 생각한 듯했다. 군인의 자세로 선 또 다른 장군은 주변을 둘러보며 한 손을 가슴 앞에서 흔들었다. 농부들 무리에 끼여 있던 피에르는 그 고관들 무리 가운데 지인들을 몇 명 알아보았다. 하지만 그는 그들을 쳐다보지 않았다. 그의 관심은 똑같은 모습으로 탐욕스럽게 이콘을 바라보는 병사들과 민병들의 진지한 표정에 온통 빼앗겨 있었다. (스무 번째 기도회를 치르느라) 지친 부사제들이 굼뜨게 습관적으로 "성모님, 당신의 종들을 재앙에서 구해 주소서"라고 노래하자, 한 사제와 하급 사제가 곧바로 그다음 절을 이어 불렀다. "모든 자들의 견고한 벽이며 보호자이신 하느님 당신께 달려가오니." 모든 사람들의 얼굴에 임박한 순간의 엄숙함을 자각하는 표정이 다시 한번 갑자기 번쩍했다. 피에르가 모자이스크 산기슭에서도 보았고, 이날 아침 마주친 수많은 사람들의 얼굴에서도 간간이 보았던 바로 그 표정이었다. 그들은 더 자주 머리를 숙이고 머리카락을 흔들었다. 손으로 가슴을 치며 성호를 긋는 소리와 탄식이 들렸다.

이콘을 둘러쌌던 무리가 갑자기 양옆으로 갈라지며 피에르를 밀어붙였다. 그 앞에 있던 사람들이 황급히 비켜서는 것으로 보아 누군가 매우 중요한 인물이 이콘을 향해 다가오는 것 같았다.

그는 진지를 둘러보던 쿠투조프였다. 타타리노보로 돌아가는 길에 기도회 쪽으로 온 것이다. 피에르는 다른 사람들과 확연히 구분되는 쿠투조프의 독특한 외모로 그를 한눈에 알아보았다.

긴 프록코트를 입고 뚱뚱한 거구에다 새우처럼 굽은 등에 모자를 쓰지 않은 하얗게 센 머리, 통통하게 부은 얼굴, 애꾸눈의 흰자위를 드러낸 쿠투조프가 특유의 휘청휘청 비틀거리는 걸음걸이로 원 안에 들어와 사제 뒤에 섰다. 그는 익숙한 동작으로 성호를 굿고는 한 손을 땅바닥에 대고 깊이 탄식하며 희끗한 머리를 숙였다. 쿠투조프 뒤에는 베니히센과 수행단이 있었다. 민병들과 병사들은 총사령관이 참석하고, 모든 고관들의 관심이 그에게 쏠리고 있음에도 그를 쳐다보지 않고 계속 기도했다.

기도회가 끝나자 쿠투조프는 이콘으로 다가가 힘겹게 무릎을 꿇고 땅에 머리를 숙였다. 그러고는 한참 동안 노력했으나 몸이 무겁고 쇠약하여 일어설 수 없었다. 희끗하게 센 머리가 힘에 겨운 듯 부르르 떨렸다. 마침내 일어선 그는 어린아이처럼 천진하게 입술을 쑥 내밀어 이콘에 입을 맞추고 다시 한 팔을 땅에 가볍게 대며 절을 했다. 수행단도 그를 따라 했다. 그다음에는 장교들이 따라 했다. 그리고 그들 다음에는 병사들과 민병들이 몸을 부딪치고, 발을 쿵쾅거리고, 숨을 헐떡이고, 서로 밀치면서 흥분한 얼굴로 몰려들었다.

22

피에르는 그를 둘러싸는 인파에 몸을 비틀비틀하며 주위를 두리번거렸다.

"표트르 키릴로비치 백작! 당신이 어떻게 여기에 계십니까?"

누군가의 목소리에 피에르는 돌아보았다.

보리스 드루베츠코이가 더러워진 무릎을 (분명히 그도 이콘에 무릎을 꿇고 입을 맞춘 듯했다) 한 손으로 털고는 웃으며 피에르에게 다가왔다. 출정 군인다운 옷차림이었다. 그는 쿠투조프와 똑같이 긴 프록코트를 입고 어깨에 채찍을 걸치고 있었다.

쿠투조프는 마을 쪽으로 걸어가 가장 가까운 집의 그늘 아래에 들어가더니 한 카자크가 달려가 가져오고, 또 다른 카자크가 서둘러 깔개를 깐 긴 의자에 앉았다. 화려하게 빛나는 대규모 수행원들이 총사령관을 에워쌌다.

이콘은 군중을 이끌고 계속 앞으로 나아갔다. 피에르는 쿠투조프로부터 서른 걸음 정도 떨어진 곳에서 보리스와 이야기를 나누며 서 있었다.

피에르는 전투에 참가하고 진지를 둘러보고 싶다는 자신의 의향을 설명했다.

"이렇게 하시죠." 보리스가 말했다. "**내가 당신에게 막사를 제 공하겠습니다.** 베니히센 백작이 계시게 될 그곳이 모든 게 가장 잘 보이는 곳입니다. 실은 내가 그분의 휘하에 있습니다. 그분에 게 보고하겠습니다. 만약 진지를 둘러보고 싶다면 우리와 같이 가 시죠. 우리는 지금 왼쪽 측면으로 갈 겁니다. 그런 다음 함께 돌아 옵시다. 그리고 부디 내 숙소에 묵으십시오. 카드놀이나 합시다. 당신은 드미트리 세르게이치와 아는 사이죠? 그가 바로 저기에 묵고 있습니다." 그러고는 고르키의 세 번째 집을 가리켰다.

"하지만 난 오른쪽 측면을 보고 싶은데요. 그곳이 아주 견고하 다더군요." 피에르가 덧붙였다. "난 모스크바강에서 출발해 진지 를 전부 둘러보고 싶습니다."

"음, 그건 나중에도 할 수 있어요. 중요한 것은 왼쪽 측면이 라⋯⋯."

"네, 그럽시다. 그런데 볼콘스키 공작의 연대는 어디 있습니까? 당신이 그곳을 가르쳐 줄 수 없을까요?" 피에르가 물었다.

"안드레이 니콜라예비치의 연대 말입니까? 우리도 그곳을 지 나갈 겁니다. 내가 그에게 안내하겠습니다."

"왼쪽 측면은 어떻습니까?" 피에르가 물었다.

"솔직히 말하면요, **우리들끼리만** 하는 말입니다만, 우리 왼 쪽 측면이 어떤 상태인지는 하느님만 아실 겁니다." 보리스가 은 밀하게 목소리를 낮추어 말했다. "베니히센 백작이 예상했던 것 이 전혀 아닙니다. 그는 저 구릉을 요새화하려 했지요. 전혀 다르 게⋯⋯ 그러나⋯⋯." 보리스는 어깨를 으쓱했다. "대공작께서 원 하지 않았거나, 아니면 사람들이 그분에게 그것에 대해 비방했나 봅니다. 실은⋯⋯." 보리스는 말을 맺지 못했다. 쿠투조프의 부관 인 카이사로프가 피에르에게 다가왔기 때문이다. "아! 파이시 세르게이치." 보리스가 허물없는 미소로 카이사로프를 맞이하며 말했다. "난 백작에게 진지에 대해 열심히 설명하고 있었습니다. 대공작께서 프랑스인들의 계략을 그처럼 정확하게 알아맞히시다니 놀랍습니다.!"

"왼쪽 측면에 대해 설명하던 중인가요?" 카이사로프가 말했다.

"네, 네. 바로 그렇습니다. 우리 왼쪽 측면은 이제 매우, 매우 강합니다."

쿠투조프는 참모부에서 쓸모없는 인간들을 전부 내쫓았다. 그럼에도 보리스는 쿠투조프가 단행한 그 교체 이후에도 여전히 군 사령부에서 버틸 수 있었다. 보리스는 베니히센 백작 쪽에 있었다. 보리스가 속해 있는 곳의 모든 사람들과 마찬가지로 베니히센 백작도 젊은 드루베츠코이 공작을 제대로 평가받지 못한 인재로 생각했다.

군 지도부에는 확연히 구분되는 두 파벌이 있었다. 쿠투조프파와 참모장 베니히센파였다. 보리스는 후자에 속했다. 보리스처럼 쿠투조프에게 노예 같은 비굴한 경의를 표하면서도 그 노인네는 대단치 않다고, 베니히센이 모든 것을 이끌어 간다고 느끼게 만드는 사람은 아무도 없었다. 이제 전투의 결정적인 순간이 다가왔고, 그 순간은 쿠투조프를 파멸시키고 권력을 베니히센에게 넘기든가, 혹은 설령 쿠투조프가 이 전투에서 이긴다 해도 모든 일이 베니히센에 의해 이루어졌다고 느끼게 만들 것이다. 어떤 경우든 내일의 전투에 대해 큰 포상이 분배되고 새로운 사람들이 나서게 될 것이다. 이런 이유 때문에 보리스는 그날 하루 종일 초조한 기대감 속에 있었다.

카이사로프에 뒤이어 피에르의 지인들 가운데 다른 이들도 그에게 다가왔다. 피에르는 그들이 모스크바에 관해 퍼붓는 질문에

다 대답할 수 없었고, 그들이 들려주는 이야기를 끝까지 들을 수도 없었다. 모든 사람들의 얼굴에 생기와 불안이 함께 떠올라 있었다. 그러나 피에르에게는 이들 중 몇몇 얼굴에 떠오른 흥분의 원인이 개인적인 성공과 관련된 문제에 더 많이 놓여 있는 것처럼 보였다. 다른 사람들의 얼굴에서 본 또 다른 흥분된 표정이 그의 머리에서 떠나지 않았다. 그 표정은 개인적인 문제가 아니라 삶과 죽음의 보편적인 문제를 말하고 있었다. 쿠투조프가 피에르와 그를 둘러싼 무리를 알아보았다.

"저 사람을 불러오게." 쿠투조프가 말했다. 부관이 대공작의 지시를 전했고, 피에르는 긴 의자 쪽으로 향했다. 그러나 그보다 앞서 민병대 병사 하나가 쿠투조프에게 다가섰다. 돌로호프였다.

"저 사람이 어떻게 여기 있는 겁니까?" 피에르가 물었다.

"대단히 교활한 인간입니다. 어디에나 끼어든다니까요!" 누군가 피에르의 말에 대답했다. "강등됐잖아요. 지금 저 사람으로서는 어떻게든 올라서야만 해요. 작전을 제출하기도 하고, 밤중에 적의 산병선으로 잠입하기도 하고……. 그러나 어쨌든 훌륭한 청년입니다!"

피에르는 모자를 벗고 쿠투조프를 향해 정중히 머리를 숙였다.

"저는 결심하기를, 만약 제가 대공작 각하께 보고하려고 한다면, 대공작 각하께서는 저를 내쫓거나 아니면 제가 보고드릴 내용을 이미 아는 것이라고 말씀하실 수 있겠지만, 그렇다 해도 제가 곤란할 것은 없으니……." 돌로호프가 말했다.

"그래, 그래."

"제가 옳다면 저는 조국에 이익을 가져올 것이고, 또 그것을 위해서라면 기꺼이 죽을 수도 있습니다."

"그래, 그래……."

"그리고 만일 대공작 각하께 자기 목숨을 아까워하지 않을 사람이 필요하다면 부디 절 기억해 주십시오. 어쩌면 제가 대공작 각하께 쓸모가 있을지도 모르니까요."

"그래…… 그래……." 쿠투조프는 조롱 섞인 눈을 가늘게 뜨고 피에르를 쳐다보며 같은 말을 반복했다.

그때 보리스가 궁정 신하 특유의 민첩한 태도로 피에르와 나란히 사령관들 가까이 나아갔고, 지극히 자연스러운 표정과 그다지 크지 않은 목소리로 마치 막 화제에 오른 이야기를 이어 가기라도 하듯 피에르에게 말을 건넸다.

"민병들은, 저 사람들은 사실 죽음에 대비해 깨끗하고 하얀 루바시카를 입은 것이랍니다. 엄청난 영웅 정신이지요, 백작!"

분명히 보리스는 대공작의 귀에 들리도록 피에르에게 말하는 듯했다. 그는 쿠투조프가 이 말에 관심을 보이리라는 것을 알았고, 실제로 대공작은 그를 돌아보았다.

"자네, 민병들에 대해 뭐라고 했나?" 그가 보리스에게 물었다.

"대공작 각하, 저들은 내일, 죽음을 대비하여 하얀 루바시카를 입고 있습니다."

"아, 놀라운, 탁월한 국민이야!" 쿠투조프는 이렇게 말하고는 눈을 감고 고개를 저었다. "탁월한 국민이야!" 그는 한숨을 쉬며 같은 말을 반복했다.

"당신도 화약 냄새를 맡고 싶으신 것이오?" 그가 피에르에게 말했다.

"확실히 좋은 냄새이긴 하지. 영광스럽게도 난 당신 부인의 숭배자라오. 부인은 건강하시오? 내 숙소를 마음껏 이용하시오." 그러고는 노인들이 종종 그러듯 쿠투조프는 자신이 말하거나 해야 할 것을 통째로 잊은 양 멍하니 주위를 두리번거리기 시작했다.

그리고 자신이 찾던 것을 기억해 냈는지 부관의 형제인 안드레이 세르게이치 카이사로프를 손짓해 불렀다.

"어땠더라, 어땠지, 마린*의 시가 어땠지? 시가 어땠더라, 어땠지? 게라코프*에 대해 뭐라고 썼더라? '그대는 사관 학교의 교사가 되리라'였나? 말해 보게, 말해 봐." 쿠투조프는 한바탕 웃을 태세로 말했다. 카이사로프는 낭송했다……. 쿠투조프는 미소를 띤 채 시의 운율에 맞춰 고개를 끄덕였다.

피에르가 쿠투조프 앞에서 물러 나왔을 때, 돌로호프는 그에게 다가가 그의 팔을 잡았다.

"여기서 당신을 만나게 되어 무척 반갑습니다. 백작." 그는 다른 사람이 있는 것도 부끄러워하지 않고 큰 소리로 매우 단호하고 엄숙하게 말했다. "우리 가운데 누가 살아남을 운명인지 하느님만 아시는 날을 앞에 둔 지금, 난 당신에게 우리 사이에 있었던 오해를 유감스럽게 생각한다고, 당신이 나에 대해 나쁜 감정을 갖지 않기를 바란다고 말할 기회를 얻어 기쁩니다. 나를 용서해 주시기를 부탁드립니다."

피에르는 돌로호프에게 모슨 말을 해야 할지 몰라 미소를 띤 채 쳐다보았다. 돌로호프는 눈물을 글썽이며 피에르를 안고 입을 맞추었다.

보리스가 자신의 장군에게 뭐라고 말하자 베니히센 백작은 피에르를 돌아보며 함께 전선을 둘러보자고 제의했다.

"당신에게 흥미로울 겁니다." 그가 말했다.

"네, 매우 흥미롭군요." 피에르가 말했다.

30분 후 쿠투조프는 타타리노보로 떠났고, 베니히센은 피에르도 그 속에 끼여 있는 수행단을 거느리고 전선으로 향했다.

23

베니히센은 고르키에서 큰길을 따라 다리 쪽으로 내려갔다. 구릉에서 장교가 피에르에게 진지 한복판이라고 가리켜 보이던 다리였다. 다리 부근 강가에는 베어 놓은 풀들이 건초 냄새를 풍기며 줄지어 놓여 있었다. 그들은 다리를 지나 보로디노 마을로 갔고, 그곳에서 왼쪽으로 돌아 대규모 부대와 대포들 옆을 지나서 민병들이 땅을 파고 있는 높은 구릉으로 향했다. 아직 지명도 없던 그곳은 훗날 라옙스키 보루 혹은 구릉 포대라는 이름으로 불리게 될 보루였다.

피에르는 이 보루에 특별한 주의를 기울이지 않았다. 그는 몰랐다. 그 자리가 자신에게 보로디노 평원의 수많은 장소들 중에서 가장 기억에 남을 곳이 되리라는 사실을……. 그다음엔 골짜기를 지나 세묘놉스코예로 갔다. 그곳에서는 병사들이 오두막과 곡물 건조장의 마지막 통나무들을 끌어내고 있었다. 그러고 나서 그들은 언덕을 오르락내리락하며 마치 우박이라도 맞은 듯 짓밟히고 못 쓰게 된 호밀밭을 지나 계속 앞으로 나아갔고, 갈아 둔 밭이랑에 포병들이 새로 닦은 길을 따라 아직 땅 파는 작업이 진행 중인 **방어** 진지로 갔다.

베니히센은 방어 진지에 멈춰 서서 (어제까지만 해도 아군의 것이었던) 전방의 셰바르디노 보루를 바라보았다. 그곳에는 말을 타고 있는 사람들이 보였다. 장교들은 그곳에 나폴레옹 혹은 뮈라가 있다고 말했다. 피에르도 겨우 보일까 하는 그들 중에 누가 나폴레옹인지 맞히려고 애쓰며 그곳을 바라보았다. 마침내 말을 타고 있는 사람들이 구릉에서 내려가 자취를 감추었다.

베니히센이 자기에게 다가온 장군을 돌아보며 아군의 전체 상황을 설명하기 시작했다. 피에르는 눈앞에 닥쳐온 전투의 본질을 이해하기 위해 모든 지력을 동원하여 베니히센의 말을 들었다. 하지만 그것을 이해하기엔 자신의 지력이 부족하다는 사실을 원통한 심정으로 느꼈다. 그는 아무것도 이해하지 못했다. 베니히센이 말을 멈추더니 가만히 귀 기울이는 피에르의 모습을 알아채고 그를 돌아보며 갑자기 말했다.

"내 생각에 당신은 별 흥미를 느끼지 못하는 것 같군요."

"아, 그 반대입니다. 정말 흥미롭습니다." 피에르는 본심과 완전히 다른 말을 반복했다.

그들은 방어 진지에서 좀 더 왼쪽으로 그다지 크지 않은 울창한 자작나무 숲속으로 구불구불 난 길을 따라 나아갔다. 숲 한가운데에서 몸통은 갈색이고 발은 하얀 토끼 한 마리가 그들 앞으로 뛰어나왔다. 많은 말들의 발굽 소리에 놀란 토끼는 너무 놀라 정신을 못 차리고 말들 앞에서 한참 동안 길 위를 깡충깡충 뛰어다니며 사람들의 관심을 끌고 웃음을 자아내다가, 몇몇 사람들 고함소리에 옆으로 내달려 무성한 숲으로 사라졌다. 그들은 숲을 2베르스타 정도 지나 공터로 나왔다. 그곳에는 왼쪽 측면 방어를 맡은 투치코프* 군단이 주둔하고 있었다.

왼쪽 측면의 가장 끝부분인 이곳에서 베니히센은 많은 말을 열정적으로 쏟아 냈고, 피에르가 생각하기에 군사 관계에서 중요할 법한 지시를 내렸다. 투치코프 부대의 주둔지 전방에는 고지가 자리하고 있었다. 하지만 그 고지에 부대가 없었다. 베니히센은 큰 소리로 실책을 비난하며 그 일대가 한눈에 내려다보이는 고지를 방치한 채 산기슭에 부대를 배치하는 것은 정신 나간 짓이라고 말했다. 몇몇 장군들도 같은 의견을 표명했다. 특히 한 장군은 병사들을 저곳에 배치한 것은 도살장으로 내몬 것이라고 군인다운 과격한 어조로 말했다. 베니히센은 자신의 이름을 내걸고 부대를 고지로 이동시키라는 명령을 내렸다.

왼쪽 측면에 관한 이 지시로 피에르는 전쟁에 대한 자신의 이해력을 더더욱 의심하게 되었다. 산기슭에 부대를 배치한 것을 비판하는 베니히센과 장군들의 말을 들으면서 피에르는 그 말을 충분히 이해했고 그 의견에 공감하기도 했다. 그러나 바로 그 때문에 그는 산기슭에 부대를 배치한 사람이 왜 그런 명백하고 조야한 실수를 했는지 도무지 이해할 수 없었다.

피에르는 그 부대들이 베니히센이 생각한 것처럼 진지를 방어하기 위해서가 아니라 매복을 위해, 즉 눈에 띄지 않게 숨었다가 적이 다가오면 불시에 덮치기 위해 보이지 않는 장소에 배치되었다는 사실을 몰랐다. 베니히센은 그것도 모르고 총사령관에게는 보고도 하지 않은 채 자기 판단에 따라 부대를 전방으로 이동시킨 것이다.

24

8월 25일의 청명한 저녁, 안드레이 공작은 자신의 연대가 주둔한 끝자락에 위치한 크냐지코보 마을의 부서진 헛간에서 팔꿈치를 괴고 누워 있었다. 그는 부서진 벽의 틈새로 낮은 가지들을 쳐낸 30년 정도 된 자작나무들이 담장을 따라 한 줄로 늘어서 있는 모습과, 귀리 다발이 베어져 널린 경작지, 병사들이 취사하는 곳의 모닥불에서 피어오르는 연기가 보이는 떨기나무 숲을 바라보고 있었다.

안드레이 공작은 지금 자신의 삶이 너무나 답답하고, 아무에게도 쓸모없고, 무겁게만 보였고, 7년 전 아우스터리츠 전투 전날과 똑같이 흥분되고 초조해지는 것을 느꼈다.

내일의 전투에 대한 명령이 하달되어 그는 그것을 받았다. 더이상 그가 할 일은 아무것도 없었다. 그러나 지극히 단순하고 명확한, 그 때문에 무시무시한 생각이 그를 가만히 내버려 두지 않았다. 그는 내일의 전투가 분명 자신이 참전했던 전투 가운데 가장 무시무시한 싸움이 되리라는 것을 알았다. 그의 생애 처음으로 죽을 수도 있다는 생각이 들었다. 그 죽음은 일상적인 것과는 아무 관련 없이, 죽음이 다른 이들에게 어떤 영향을 끼칠지에 대한 생각도 없이, 오직 그 자신과 자신의 영혼에 관한 것으로만 생생하게, 거의 확증적으로 단순하게, 무시무시하게 떠올랐다. 그리고 이런 생각의 높이에서는 이전까지 그를 괴롭히고 그를 붙잡고 있던 모든 것들이 갑자기 그림자도 없이, 원근도 없이, 윤곽선도 드러나지 않고 차갑고 하얀 빛을 받아 환히 드러났다. 생애 전체가 그가 인공조명 아래에서 한참 동안 유리를 통해 들여다보던 마술의 환등처럼 그의 눈앞에 떠올랐다. 지금 그는 갑자기 유리도 없이 낮의 밝은 빛 속에서 서툴게 그려진 그 그림들을 보게 된 것이다. '그래, 그래, 바로 저것들이 나를 흥분시키고 매혹하고 괴롭히던 형상들이군.' 그는 머릿속으로 자기 인생의 환등 가운데 중요한 장면들을 넘기며 이 순간 대낮의 차갑고 하얀 빛 아래, 즉 죽음에 관한 명료한 상념 속에서 그 그림들을 보고 혼자서 중얼거렸다. '바로 이것들이구나. 아름답고 신비한 무엇으로 보였던 것들이 조악하게 그려진 이 형상들이었다. 영예, 사회 복지, 여인을 향한 사랑, 조국. 내게 이 그림들은 얼마나 위대해 보였고, 얼마나 심오한 의미로 가득 찬 것 같았던가! 그런데 그 모든 것들이 마치 나를 위해 떠오르는 듯 느껴지는 이 아침의 차갑고 하얀 빛 아래에서는 너무도 단순하고 창백하고 조악하다.' 특별히 그의 인생에서 세 가지 중요한 슬픔이 그를 붙잡았다. 여인을 향한 사랑, 아버지의 죽음, 러시아 절반을 점령한 프랑스군의 침공. '사랑……! 신비한 힘으로 충만해 보였던 그 소녀. 나는 그녀를 얼마나 사랑했던가! 나는 사랑에 대해, 그녀와의 행복에 대해 시적인 계획을 세웠었지. 아, 사랑스러운 소년!' 그는 증오에 차서 소리 내어 중얼거리기도 했다. '하지만 어땠던가! 난 이상적인 사랑을 믿었던 것이다. 그것은 내가 없는 1년 동안 그녀가 신의를 지켜 주는 것이었다. 옛날 우화 속 다정한 여인처럼, 그녀는 나와의 이별 때문에 수

척해져야 했다. 그런데 그 모든 것은 훨씬 단순하다……. 그 모든 것은 끔찍할 정도로 단순하고 추악하다!

아버지도 리시예 고리에 정착하면서, 그곳이 당신의 자리라고, 당신의 땅이라고, 당신의 공기라고, 당신의 농부들이라고 생각했다. 그런데 나폴레옹이 와서 그분의 존재에 대해서는 털끝만큼도 알지 못한 채 길가의 나무토막처럼 차 버리는 바람에 그분의 리시예 고리와 그분의 전 생애는 망가지고 말았다. 그런데 마리야 공작 영애는 이러한 시련이 높은 곳에서 보낸 것이라고 말한다. 아버지는 이미 없고 앞으로도 없을 텐데, 앞으로도 결코 없을 텐데 도대체 무엇을 위한 시련인가? 아버지는 없다! 그렇다면 이 시련은 누구를 위한 것인가? 조국, 모스크바의 멸망! 그리고 내일이면 나도 죽겠지. 어제 한 병사가 내 귓가에 총을 쐈던 것처럼 프랑스 군이 아니라, 심지어 우리 편에게 죽을지도 모른다. 그러면 내가 자기들 코밑에서 악취를 풍기지 않도록 프랑스인들이 와서 내 다리와 머리를 잡고 구덩이 속으로 내던질 것이다. 그리고 삶의 새로운 조건들이 만들어지게 될 것이고, 그것들은 다른 사람들에게 익숙한 것이 되겠지만, 나는 그것들을 알지 못할 테고, 또 나는 이 세상에 없을 것이다.'

그는 움직임이 없는 노란색과 초록색 잎사귀, 하얀 나무껍질을 갖고 햇빛을 받아 반짝이는 한 줄로 늘어선 자작나무들을 바라보았다. '내일이면 내가 죽임을 당해야 한다니, 내가 존재하지 않게 되다니…… 이 모든 것은 그대로인데 나는 존재하지 않게 되다니.' 그는 이 삶 속에 자신이 없는 것을 또렷하게 상상해 보았다. 그러자 빛과 그림자가 아른거리는 이 자작나무들, 이 뭉게구름, 이 모닥불 연기, 이 모든 것들이 그의 앞에 느닷없이 변형되어 무시무시하고 위협적인 무언가로 보였다. 한기가 등을 타고 흘러내렸다. 그는 재빨리 일어나 이리저리 거닐기 시작했다.

헛간 뒤에서 사람들의 목소리가 들렸다.

"거기 누군가?" 안드레이 공작이 소리쳤다.

예전에 돌로호프의 중대장이었고 지금은 장교 결원으로 대대장이 된 빨간 코의 대위 티모힌이 헛간으로 조심스레 들어왔다. 그 뒤를 이어 부관 한 명과 연대의 경리가 들어섰다.

안드레이 공작은 그 장교들이 업무상 전달하는 내용을 끝까지 듣고 몇 가지 지시를 더 내렸다. 그러고 나서 그들을 막 내보내려는데 헛간 뒤에서 귀에 익은 혀짤배기 소리가 들렸다.

"**제길!**" 무언가에 부딪힌 남자의 목소리였다.

헛간 밖을 내다본 안드레이 공작은 피에르가 자기 쪽으로 다가오는 것을 보았다. 피에르는 바닥에 놓인 막대기에 발이 걸려 넘어질 뻔했다. 자기 세계의 사람, 특히 모스크바를 마지막으로 방문했을 때 자신이 겪은 모든 괴로운 순간들을 떠올리게 하는 피에르를 보는 것이 안드레이 공작으로선 불쾌한 일이었다.

"아니, 이럴 수가!" 그가 말했다. "어떤 운명에 이끌려 온 건가? 정말 생각지도 못했는데."

이 말을 하는 순간 그의 눈과 표정 전체에 차가움을 넘어서는 적대감이 드러났다. 피에르는 즉시 그것을 알아차렸다. 그는 매우 활기찬 기분으로 헛간에 다가갔다가 안드레이 공작의 표정을 보자 부자연스럽고 어색한 기분을 느꼈다.

"내가 온 것은…… 그러니까…… 내가 온 것은…… 흥미를 느껴서요." 피에르는 이날 이미 몇 번이나 무의미하게 되풀이한 '흥미롭다'는 그 말을 꺼냈다. "전투를 보고 싶었습니다."

"그래, 그래, 프리메이슨 교단은 전쟁에 대해 뭐라고 하나? 어떻게 해야 전쟁을 막을 수 있지?" 안드레이 공작이 비웃듯이 말했다. "참, 모스크바는 어떤가? 내 가족은? 결국 모스크바로 갔나?" 그가 진지하게 물었다.

"왔어요. 줄리 드루베츠카야가 말해 주었죠. 내가 찾아가긴 했는데 만나지는 못했어요. 당신 가족은 모스크바 근교의 영지로 떠났습니다."

25

장교들은 인사를 하고 자리를 뜨려 했다. 그러나 자기 친구와 마주 대하고 남아 있기 싫은 듯 안드레이 공작이 그들에게 잠시 앉아 차를 마시고 가라며 권했다. 긴 의자와 차를 내왔다. 장교들은 적잖이 놀라서 피에르의 뚱뚱한 거구를 쳐다보며 그가 둘러보고 온 아군의 배치와 모스크바에 대한 이야기를 들었다. 안드레이 공작은 침묵했다. 피에르는 볼콘스키의 얼굴이 너무나 불쾌한 표정을 짓고 있어서 그보다는 선량해 보이는 티모힌에게 더 자주 말을 건네게 되었다.

"그럼 자네는 부대의 모든 배치를 파악했다는 거지?" 안드레이 공작이 피에르의 말에 끼어들었다.

"네, 그런데 어떻게냐고요?" 피에르가 말했다. "민간인으로서 충분히 안다고는 말할 수 없지만, 그래도 전반적인 배치는 파악했습니다."

"음, 그럼 자네가 어느 누구보다 잘 아는 거야." 안드레이 공작이 말했다.

"아!" 피에르가 안경 너머로 안드레이 공작을 바라보며 영문을 모르겠다는 듯 말했다. "그럼 당신은 쿠투조프의 임명에 대해서는 뭐라고 말할 건가요?" 그가 말했다.

"난 그 임명이 대단히 기뻤어. 그게 내가 아는 전부야." 안드레이 공작이 말했다.

"그럼 말해 봐요. 바르클라이 드 톨리에 대한 당신의 견해는 어떤가요? 모스크바에서는 그가 어떤 사람인지 하느님만 아실 거라고 말합니다. 당신은 그를 어떻게 판단하십니까?"

"이 사람들에게 물어봐." 안드레이 공작이 장교들을 가리키며 말했다.

피에르는 사람들이 티모힌을 대할 때 무의식적으로 하는 것처럼 뭔가 겸허하게 묻는 듯한 미소를 띠며 그를 바라보았다.

"백작 각하, 대공작께서 취임하신 덕분에 저희는 광명을 보았습니다."* 티모힌이 자신의 연대장을 소심하게 계속 흘깃거리면서 말했다.

"어째서 그렇습니까?" 피에르가 물었다.

"장작이나 여물에 관한 것만이라도 말씀드리죠. 사실 우리는 스벤챠니에서 퇴각할 때 감히 그곳의 나뭇가지 하나도, 건초 한 가닥도, 그 어느 것도 건드릴 수 없었습니다. 우리가 떠나면 다 **그 자**의 수중에 들어가는데 말입니다. 그렇지요, 공작 각하?" 그는 자신의 공작을 돌아보았다. "꿈도 못 꿀 일이지요. 우리 연대에서도 장교 두 명이 그 문제로 군사 재판에 회부되었습니다. 그런데 대공작께서 취임하시자 그 문제는 아주 간단해졌지요. 광명을 보는 것 같습니다……."

"그는 왜 그것을 금지한 겁니까?"

티모힌은 그러한 질문에 뭐라고 대답해야 할지 몰라 당황하며 주위를 둘러보았다. 피에르는 안드레이 공작에게 똑같은 질문을 던졌다.

"우리가 적에게 넘기고 갈 지역을 황폐하게 만들지 말라는 거지." 안드레이 공작은 조롱 섞인 신랄한 투로 말했다. "그건 매우 타당한 거야. 부대가 지역을 약탈하게 내버려 두거나 약탈에 버릇을 들이게 하면 안 되거든. 그는 스몰렌스크에서도 프랑스군이 우리를 우회할지 모르고, 또 그들의 병력이 우리보다 더 강할 것이라고 올바로 판단했어. 하지만 **그는 그것을 이해하지 못했지.**" 안드레이 공작은 갑자기 봇물 터지듯 가늘고 높은 목소리로 부르짖다시피 했다. "하지만 그는 **이해하지 못했어.** 우리가 처음으로 그곳에서 러시아 땅을 위해 싸웠다는 것, 군대에는 내가 이전에 결코 보지 못한 그런 사기가 있었다는 것, 우리가 이틀 동안 꼬박 프랑스군을 격퇴했다는 것, 그러한 승리가 우리 힘을 열 배나 올려주었다는 것을 말이야. 그는 퇴각을 명령했지. 그 바람에 모든 노력과 손실이 허사가 되었어. 그는 반역을 생각한 게 아니야. 최대한 모든 것을 잘 해내려고 노력했어. 모든 사안을 충분히 고려했지. 하지만 바로 그것이 그가 적합하지 않은 이유야. 그는 이제 쓸모없는데, 바로 모든 것을 아주 철저하고 정확하게 숙고하기 때문이지. 독일인이라면 누구나 응당 그러듯이 말이야. 자네에게 어떻게 말하면 좋을까……. 그래, 자네 아버지에게 독일인 하인이 있다고 쳐. 그는 훌륭한 하인이고 아버지가 필요로 하는 것을 자네보다 더 잘 만족시켜 드려. 그렇다면 그가 일하게 놔둬도 돼. 하지만 아버지가 위독한 병에 걸렸다면 자네는 하인을 쫓아내고 익숙하지 않은 서툰 솜씨로 아버지를 직접 돌보겠지. 노련한 남보다는 자네가 아버지의 마음을 더 안심시켜 드릴 수 있을 거야. 바르클라이한테도 그런 일이 벌어진 거야. 러시아가 별일 없을 때는 다른 사람도 러시아를 위해 일하고 훌륭한 대신도 될 수 있어. 그러나 러시아가 위기에 처하면 러시아에는 당장 자기 사람, 즉 피를 나눈 친족이 필요한 거야. 그런데 자네 클럽 사람들은 그를 반역자로 몰았어! 그를 배신자라며 중상해 놓고, 나중에는 자신들의 그릇된 비난을 부끄러워하며 갑자기 그를 배신자에서 영웅이나 천재로 바꿔 놓겠지. 그게 훨씬 더 부당한 짓이야. 그는 정직하고 아주 꼼꼼한 독일인일 뿐……."

"하지만 그 사람은 노련한 지휘관이라고 하던데요." 피에르가 말했다.

"난 노련한 지휘관이 어떤 건지 몰라." 안드레이 공작이 비웃음을 띠며 말했다.

"노련한 지휘관이란 음, 모든 우연적인 것들을 예측하는…… 음, 적의 생각을 짐작해 내는 사람이죠." 피에르가 말했다.

"그건 불가능해." 안드레이 공작은 이미 오래전에 결론지은 문제인 것처럼 말했다.

피에르는 놀라서 그를 쳐다보았다.

"그렇지만 사람들은 전쟁이 체스와 비슷하다고들 하잖아요." 그가 말했다.

"그래." 안드레이 공작이 말했다. "단, 작은 차이가 있는데, 자네는 체스에서 수를 둘 때마다 원하는 만큼 충분히 생각에 잠길 수 있지. 체스에서는 시간이라는 조건을 벗어나는 거지. 또 하나 차이가 있어. 체스의 말은 언제나 졸(卒)보다 강하고, 졸 두 개는 언제나 졸 하나보다 강하지. 하지만 전쟁에서는 1개 대대가 때론 1개 사단보다 강하기도 하고, 때로는 1개 중대보다 약하기도 해. 군대의 상대적인 힘에 대해서는 누구도 알 수 없어. 내 말을 믿으시게." 그가 말했다. "만약 무언가가 사령부 참모들의 지시에 좌우된다면 난 그곳에 있으면서, 명령을 내릴 거야. 그러나 그 대신 난 영광스럽게도 이곳에서, 이 연대에서 이 신사분들과 함께 복무하고 있지. 난 내일의 승패가 사실은 우리에게 달렸다고 생각해. 그들이 아니라……. 성공은 결코 진지나 무기에, 심지어 병력 수에 좌우되지도 않았었고, 앞으로도 그럴 거야. 특히 진지와는 아무상관 없어."

"그럼 무엇에 달려 있는 것이죠?"

"내 마음속, 이 사람의 마음속……." 그는 티모힌을 가리켰다. "병사들 각자의 마음속 감정에 달려 있어."

안드레이 공작은 놀라서 영문도 모른 채 자신의 지휘관을 바라보는 티모힌을 얼핏 쳐다보았다. 이전의 자신을 절제하며 말을 삼가던 모습과 정반대로 지금은 안드레이 공작이 흥분한 것처럼 보였던 것이다. 예기치 않게 떠오른 생각을 말로 표현하지 않고는 견딜 수 없는 것 같았다.

"전투에서 승리하겠다고 확고하게 결심한 사람이 결국 승리하는 법이지. 우리가 왜 아우스터리츠 전투에서 졌을까? 우리의 손실은 프랑스군과 거의 동일했어. 그러나 우리는 전투에 패했다는 말을 스스로에게 너무 빨리 했지. 그래서 패배한 거야. 우리가 그렇게 말한 건 당시 우리에겐 싸울 이유가 없었기 때문이야. 하루 빨리 전장을 떠나고 싶어 했지. '졌다. 그러니 달아나자!' 우리는 그렇게 달아났어. 우리가 저녁까지 그 말을 하지 않았다면 상황이 어떻게 됐을까? 그건 하느님만 아시겠지. 내일, 우리는 그 말을 하지 않을 거야. 자네는 이렇게 말하지. 우리 진지는 왼쪽 측면이 약하고 오른쪽 측면은 너무 길게 뻗어 있다고 말이야." 그는 계속해서 말했다. "다 헛소리야. 그런 건 없어. 내일 우리 앞에 무엇이 기다리고 있을까? 수십억 가지의 온갖 다양한 우연이야. 적이나 우리 가운데 어느 편이 달아나고 또 앞으로 달아날 것인가, 이쪽이 죽을 것인가 저쪽이 죽을 것인가, 우연은 그런 것들로 순식간에 결정될 거야. 그런데 지금 일어나는 것들은 모두 오락거리에 불과해. 문제는 자네와 함께 진지를 다닌 자들이 전투의 전반적인 흐름에 영향을 끼치지 못할 뿐 아니라, 심지어 방해를 하고 있다는 점이야. 그들은 자신들의 소소한 이익에 정신이 팔려 있어."

"이런 순간에 말입니까?" 피에르가 비난하듯 말했다.

"**이런 순간**에 말이지." 안드레이 공작이 피에르의 말을 반복했다. "그들에게 지금은 그저 적을 계략에 빠뜨려 훈장 하나를 더 챙길 수 있는 기회일 뿐이야. 나에게 내일은 이런 날이지. 10만 명의 러시아군과 10만 명의 프랑스군이 서로 맞붙어 싸워. 사실은 바로 여기에 있는 거야. 그 20만 명이 서로 싸운다는 것, 더 맹렬하게 싸우고 자기 몸을 덜 아끼는 자가 이긴다는 것이야. 자네가 원한다면 말해 주지. 저기서 무슨 일이 있든, 저기 상층부에서 어떤 혼잡이 벌어지든 우리는 내일의 전투에서 승리할 거야. 내일, 무슨 일이 있어도 우리는 전투에서 승리해!"

"그렇습니다, 공작 각하, 정말입니다, 정말입니다, 정말 그렇습니다!" 티모힌이 말했다. "자기 목숨을 아끼다니요! 믿기지 않으시겠습니다만, 우리 대대 병사들은 보드카도 마시지 않습니다. 그럴 날이 아니라고 하면서요." 다들 침묵했다.

장교들이 일어섰다. 안드레이 공작은 그들과 함께 헛간 밖으로 나가 부관에게 마지막 명령을 내렸다. 장교들이 떠나자 피에르는 안드레이 공작에게 다가갔다. 그가 막 이야기를 꺼내려는 순간, 헛간과 그리 멀지 않은 길에서 말 세 마리의 발굽 소리가 울렸다. 그쪽을 돌아본 안드레이 공작은 볼초겐과 클라우제비츠*가 카자크 한 명을 대동하고 오는 것을 보았다. 그들은 옆을 지나치며 계속 이야기를 했고, 피에르와 안드레이는 본의 아니게 다음과 같은 말을 들었다.

"전장을 넓은 공간으로 옮겨야 해. 이 의견은 아무리 높이 평가해도 지나치지 않아."(독일어) 그중 한 명이 말했다.

"그럼, 그렇고말고."(독일어) 다른 목소리가 말했다. "적의 힘을 약화시키는 게 목적이니 개인의 손실에 주의를 기울일 수는 없어."(독일어)

"아, 그럼."(독일어) 첫 번째 목소리가 맞장구를 쳤다.

"그래, 넓은 공간으로 옮긴다고."(독일어) 그들이 지나가자 안드레이 공작은 매섭게 콧방귀를 뀌면서 그들의 말을 반복했다. "넓은 공간으로,(독일어) 그러니까 나의 아버지와 아들과 여동생은 리시예 고리에 머물러 있었단 말이야. 그자에게는 그런 사실 따위야 아무 상관 없겠지. 저것이 바로 내가 자네에게 말한 거야. 내일 저 독일인 신사들은 전투에서 승리하지 못할 거고, 그저 힘닿는 대로 한껏 망쳐 놓기만 할 거야. 왜냐하면 저 독일인의 머릿속엔 썩은 달걀만큼의 가치도 없는 추론만 들었으니까. 내일 필요한 단 한 가지, 바로 티모힌의 마음속에 있는 것이 저 인간의 가슴에는 없어. 저자들은 유럽 전체를 **그자**에게 넘긴 주제에 우리를 가르치러 왔지. 영광스러운 선생들이야!" 그의 목소리가 다시 찢어질 듯 날카로웠다.

"그러니까 당신은 아군이 내일 전투에서 승리할 거라고 생각하는군요?" 피에르가 말했다.

"그렇지, 그렇지." 안드레이 공작이 정신 나간 듯 말했다. "나에게 권한이 있다면 해 보고 싶은 게 한 가지 있어." 그가 다시 말을 이었다. "난 포로를 잡지 않겠어. 포로가 뭔데? 그건 기사도지. 프랑스군은 나의 집을 짓밟았고 이제 모스크바를 짓밟으러 가고 있어. 그들은 매 순간 날 모욕했고 지금도 모욕하고 있어. 그들은 모두 나의 적이고, 내 이해로는 모두 범죄자에 지나지 않아. 티모힌도, 군대 전체도 똑같이 생각해. 그들을 처형해야 해. 그들이 나의 적이라면, 그들이 틸지트 회담에서 무슨 말을 했든 나의 친구일 수는 없어."

"그래, 그래요." 피에르가 반짝이는 눈으로 안드레이 공작을 쳐다보며 말했다. "나도 당신의 의견에 전적으로, 전적으로 동감합니다."

모자이스크 언덕에서부터 그날 하루 종일 피에르를 불안하게 하던 문제가 이제는 완전히 명료하게 충분히 해결된 것으로 보였다. 그는 이제 이 전쟁과 눈앞에 닥친 전투의 모든 의미와 모든 의의를 이해할 수 있었다. 그가 이날 본 모든 것, 그가 얼핏 본 모든 의미심장하고 준엄한 표정이 그의 앞에 새로운 빛으로 비쳤다. 그는 자신이 본 모든 사람들 안에 있던 애국심의 (물리학에서 말하는) 잠열(潛熱)을 이해했다. 그것은 무엇 때문에 그 모든 사람들이 침착하게, 마치 가벼운 마음으로 죽음을 준비하는 듯 행동했는지 설명해 주었다.

"생포하지 않는 것." 안드레이 공작이 계속 말을 이었다. "오직 그것만이 전쟁 전체를 바꾸고 전쟁을 덜 잔인하게 만들 거야. 그렇지 않고 우리는 전쟁놀이를 해 왔던 거지. 그건 추악한 짓이야. 우리는 관대함을 보이거나 그 비슷한 행동들을 하지. 그런 관대함이나 감상성은 도살당하는 송아지를 보면서 구역질하는 마님의 관대함이나 감상성 같은 거야. 그녀는 너무 착해 피를 보지 못하면서도 소스를 친 그 송아지 고기는 맛있게 먹지. 우리는 전쟁의 권리니, 기사도 정신이니, 협상이니, 불행한 사람들에게 자비를 베풀라느니 하는 이야기를 듣지. 하지만 모두 헛소리야. 난 1805년 기사도와 협상을 보았어. 우리를 속였고, 우리도 그들을 속였지. 그들은 남의 집을 약탈하고, 위조지폐를 뿌려……. 그리고 가장 나쁜 것은 우리 자식들과 우리 아버지를 죽이는 거야. 그런데도 전쟁의 규칙과 적에 대한 관대함을 말하고 있어. 포로를 생포하는 것이 아니라 죽이고, 자신도 죽음을 향해 나아가는 거야! 똑같은 고통을 통해 나처럼 이런 결론에 이른 사람은……."

스몰렌스크를 빼앗긴 것처럼 모스크바도 빼앗기든 말든 상관없다고 생각하던 안드레이 공작은 예기치 않은 떨림으로 목이 메어 별안간 말을 중단했다. 그는 말없이 여러 차례 이리저리 거닐었다. 그러나 다시 입을 열었을 때 눈동자는 열에 들떠 빛나고 입술은 바르르 떨렸다.

"전쟁에 관대함이 아예 없다면 우리는 지금처럼 정말로 목숨을 내놓을 만한 가치가 있을 때만 전쟁터에 나갈 거야. 그렇게 되면 파벨 이바니치가 미하일 이바니치를 모욕했다는 이유로 전쟁이 일어나지는 않겠지. 지금 같은 전쟁이라면 전쟁이라 부를 만해. 그리고 그런 때에 군대의 긴장은 지금과 다를 거야. 그러면 나폴레옹이 이끄는 베스트팔렌 사람들과 헤센 사람들이 그를 따라 러시아에 들어오지도 않았을 것이고, 우리 또한 영문도 모른 채 그들과 싸우러 오스트리아와 프로이센으로 가지 않았겠지. 전쟁은 친절한 행동이 아니라 인간의 삶에서 가장 추악한 짓이야. 그러니 그 사실을 잘 깨닫고 전쟁으로 장난질해서는 안 돼. 우리는 이 무시무시한 필요성을 엄격하고 진지하게 받아들여야 해. 모든 것은 이것, '거짓을 버리는 것'에 있어. 전쟁은 전쟁일 뿐 놀이가 아니야. 그러지 않으면 전쟁은 경박한 인간들의 한가한 오락거리가 되고 말아……. 군인은 가장 존경받는 계층이지. 그런데 전쟁이란 과연 무엇이고, 전쟁에서 승리하기 위해 필요한 것은 무엇이며, 군인 사회의 성격은 어떠한가? 전쟁의 목적은 살인이고, 전쟁의 수단은 첩보, 배신, 배신에 대한 포상, 주민들의 파멸, 군대의 식량

조달을 위해 주민을 상대로 벌이는 약탈과 도둑질이야. 기만과 거짓은 군인의 책략이라 불리지. 군인 계층의 성품은 자유의 부재, 즉 규율, 무위, 무지, 잔인성, 방탕, 음주야. 그럼에도 이 최고 계층은 모든 이들의 존경을 받지. 중국 황제를 제외한 모든 황제들이 군복을 입어. 그리고 사람들을 더 많이 죽인 사람에게 더 큰 포상을 내리지……. 내일처럼, 사람들은 서로를 죽이려고 모여들어서, 수만 명의 사람들을 죽이거나 불구로 만들고는 (심지어 수를 부풀려) 많이 죽인 것에 대해 감사 기도를 드리고, 또 많이 죽일수록 공적이 위대하다고 간주하여 승리를 선언하지. 하느님은 그곳에서 그들의 모습을 어떻게 보시고, 그들의 말을 어떻게 들으실까!" 안드레이 공작이 가늘고 날카로운 새된 목소리로 부르짖었다. "아, 사랑하는 친구, 최근에 난 사는 게 힘겨워졌어. 내가 너무 많은 걸 알게 되었나 봐. 인간은 선악을 알게 하는 나무의 과일을 먹는 것이 좋지 않아……. 음, 오래 걸리지는 않을 거야!" 그는 덧붙여 말했다. "그렇지만 자네는 자야지. 나도 잘 시간이군. 고르키로 가 봐." 갑자기 안드레이 공작이 말했다.

"오, 아닙니다!" 피에르는 놀라움과 연민이 담긴 눈으로 안드레이 공작을 쳐다보며 대답했다.

"가, 어서 가. 전투 전에는 충분히 자 두어야 해." 안드레이 공작이 똑같은 말을 반복했다. 그는 빠른 걸음으로 다가가 피에르를 안고 입을 맞추었다. "잘 가게. 어서 가." 그는 큰 소리로 외쳤다. "또 보게 될지……." 그러고는 황급히 등을 돌려 헛간으로 들어가 버렸다.

주위는 이미 컴컴했다. 그래서 피에르는 안드레이 공작의 표정이 매서운지 부드러운지 알아볼 수 없었다.

피에르는 그를 따라갈지 숙소로 갈지 생각하며 잠시 동안 말없이 서 있었다. '아냐, 저 사람에게는 그런 게 필요 없어!' 피에르는 스스로 판단을 내렸다. '나도 이것이 우리의 마지막 만남이라는 걸 알아.' 그는 무겁게 숨을 내쉬고는 고르키로 되돌아갔다.

안드레이 공작은 헛간으로 돌아와 양탄자 위에 누웠으나 잠을 이룰 수 없었다.

그는 눈을 감았다. 일련의 영상들이 차례로 다른 것들로 교체되었다. 그는 하나의 영상에 오랫동안 머물렀다. 그는 페테르부르크에서의 어느 날 저녁을 생생하게 떠올렸다. 나타샤는 생기발랄하고 흥분한 얼굴로 그녀가 지난여름 버섯을 따러 갔다가 큰 숲에서 길을 잃었을 때의 이야기를 그에게 들려주었다. 인기척이 없는 깊은 숲, 자신의 감정, 자신이 만난 양봉가와의 대화를 두서없이 묘사하다가, 이야기를 멈추고는 매번 이렇게 말했다. "아니에요, 못하겠어요. 난 이야기를 잘 못해요. 아니에요, 당신은 몰라요." 그러나 안드레이 공작은 그녀의 말을 잘 알아들었다고 말하며 안심시켰고, 실제로 그녀가 하고 싶어 한 말을 전부 이해했다. 나타샤는 자기 말에 만족하지 않았다. 그녀는 자신이 그날 경험하고 또 밖으로 드러내고 싶어 한 그 열정적이고도 시적인 느낌이 살아나지 않았다고 느꼈다. "그분은 정말 멋있었어요, 그 노인 말이에요. 숲속은 몹시 어두웠는데…… 노인은 너무나 친절한……. 아뇨, 저는 이야기할 줄 몰라요." 그녀는 얼굴이 빨개져서 흥분하며 말했다. 안드레이 공작은 그때 그녀의 눈을 바라보며 미소를 짓던 때와 똑같은 그 즐거운 미소를 지금도 짓고 있었다. '난 그녀를 이해했어.' 안드레이 공작은 생각했다. '이해했을 뿐만 아니라 그 영혼의 힘, 그 진실함, 그 영혼의 솔직함, 육체와 연결된 듯한 그녀의 영혼, 난 그녀의 내면에 있는 그 영혼을 사랑했지……. 그토록 강렬하게, 그토록 행복하게 사랑했는데…….' 그러자 갑자기 자신의 사랑이 어떻게 끝나 버렸는지가 떠올랐다. '**그자에게는** 그런 것이 전혀 필요하지 않았어. **그자는** 그것을 전혀 보지 못했고 이해하지도 못했지. 그녀에게서 예쁘고 **신선한** 소녀를 보았을 뿐, 자신의 운명을 그녀와 결합하려 하지 않았어. 반면에 나는……? 그런데 그자는 지금까지도 살아 있고, 명랑하지.'

안드레이 공작은 마치 누가 자기 몸에 불을 대기라도 한 것처럼 벌떡 일어나 헛간 앞에서 다시 이리저리 거닐기 시작했다.

26

보로디노 전투 전날인 8월 25일 밤, 프랑스 황제의 궁내 대신 무슈 드 보세가, **파비에*** 대령이 발루예보의 숙영지에 있는 나폴레옹을 찾아왔다. 첫 번째 사람은 파리에서, 두 번째 사람은 마드리드에서 왔다.

궁정 제복으로 갈아입은 **무슈 드 보세**는 황제를 위해 자신이 손수 가져온, 자기 앞에 있는 꾸러미를 운반해 가도록 지시하고 나폴레옹의 막사 첫 번째 구역으로 들어갔다. 그는 그곳에서 자신을 에워싼 나폴레옹의 부관들과 이야기를 나누며 궤짝을 여는 일을 했다.

파비에는 막사에 들어가지 않고 입구에 서서 아는 장군들과 이야기를 나누었다.

나폴레옹 황제는 아직 침실에서 몸단장을 마무리하고 있었다. 시종이 솔로 그의 몸을 문지르는 동안 그는 킁킁거리고 끙끙거리며 때로는 뒤룩뒤룩한 등을, 때로는 털이 덥수룩한 살진 가슴을 이리저리 돌렸다. 또 다른 시종은 손가락으로 조그만 유리병을 쥐고 어디에 얼마나 뿌려야 할지는 자기만 안다는 표정으로 잘 손질된 황제의 몸에 오드콜로뉴를 뿌렸다. 나폴레옹의 짧은 머리칼은 축축하게 젖어 이마 위에 헝클어져 있었다. 그러나 얼굴은 비록 부석부석하고 누렇게 뜨긴 했어도 육체적인 만족감을 표현하고 있었다. "더 세게……." 그는 몸을 움츠리고 끙끙 신음 소리를 내면서 몸을 문지르는 시종에게 말했다. 그 전날의 전투에서 포로가 얼마나 잡혔는지 황제에게 보고하러 침실에 들어온 부관은 해야 할 일을 끝낸 후 문가에 서서 물러가도 좋다는 허락이 떨어지기를 기다렸다. 나폴레옹이 얼굴을 찌푸리고 눈을 치뜨며 부관을 언뜻 쳐다보았다.

"포로가 없다고." 그는 부관의 말을 되풀이했다. "**그들이 자멸하려고 하는군. 그럴수록 러시아군에 더 안 좋아.**" 그가 말했다. "음, 더 세게……." 그는 등을 구부려 살진 어깨를 내밀며 중얼거렸다.

"**좋아! 드 보세를 들여보내. 파비에도.**" 그는 고개를 끄덕이고 부관에게 말했다.

"**예, 폐하.**" 부관은 말하기 무섭게 막사 밖으로 사라졌다.

두 시종은 빠르게 황제에게 옷을 입혔다. 파란 근위대 군복을 입은 황제는 응접실로 뚜벅뚜벅 빠른 걸음으로 나갔다.

이때 보세는 두 손을 바삐 놀리며 자신이 가져온 황후의 선물을 황제가 들어올 입구 정면의 두 의자 위에 진열하고 있었다. 그러나 황제가 생각지도 않게 너무 빨리 옷을 입고 나오는 바람에 미처 깜짝 선물을 준비할 시간이 없었다.

나폴레옹은 그들이 무엇을 하고 있는지 금방 눈치챘고, 아직 준비를 끝내지 못했다고 추측했다. 그는 자신에게 깜짝 선물을 하는 그들의 기쁨을 뺏고 싶지 않았다. 그는 보세를 보지 못한 척하고, 파비에를 불렀다. 나폴레옹은 근엄하게 찌푸린 표정으로 말없이 파비에의 말을 들었다. 파비에는 유럽의 반대편 끝 살라망카*에서 싸운, 오로지 자신들의 황제에게 가치가 있고, 황제에게 쓸모 없게 되지는 않을까 하는 두려움만을 간직하고 있는 자기 부대의 용맹함과 충성심에 관해 말했다. 전투 결과는 비참했다. 파비에가 이야기하는 동안 나폴레옹은 마치 자신이 없을 경우에 상황이 달라질 수도 있다고는 전혀 생각하지 않았던 것처럼 냉소적인 언급을 했다.

"난 모스크바에서 이것을 만회해야만 해." 나폴레옹이 말했다. "**또 보지**." 그는 이렇게 덧붙이고, 드 보세를 자기 쪽으로 불렀다. 그때는 이미 의자 위에 무언가를 늘어놓고 그 위에 덮개를 덮어 깜짝 선물을 할 준비를 마친 상태였다.

드 보세는 프랑스의 궁정 예법에 따라 부르봉 왕가의 노신(老臣)만 할 수 있는 방식으로 깊이 허리를 숙여 절하고, 나폴레옹에게 다가와 봉투를 건넸다.

나폴레옹은 유쾌하게 돌아보며 그의 귀를 잡아당겼다.

"서둘러 왔구려, 매우 반갑소. 파리에서는 다들 뭐라고 하오?" 그가 갑자기 이제까지의 엄한 표정을 지극히 다정한 표정으로 바꾸며 말했다.

"**폐하, 파리 전체가 폐하의 부재를 애석해하고 있습니다.**"

드 보세는 응당 해야 할 답변을 했다. 비록 나폴레옹은 보세가 그렇게 혹은 그와 비슷하게 말할 수밖에 없다는 것을 알았고, 정신이 맑을 때는 그것이 사실이 아니라는 것도 잘 알았지만, 드 보세로부터 그 말을 듣는 것이 즐거웠다. 그는 다시 드 보세에게 귀를 만져 주는 영광을 베풀었다.

"**그대를 이렇게 멀리까지 오게 해서 무척 미안하구려.**" 그가 말했다.

"**폐하! 저는 모스크바 성문 옆에서 폐하를 뵙게 되리라 적잖이**

기대했습니다." 보세가 말했다.

나폴레옹은 빙그레 웃고는 무심하게 고개를 들어 오른쪽을 돌아보았다. 부관이 날아갈 듯한 걸음으로 다가와 금제 코담뱃갑을 내밀었다. 나폴레옹은 그것을 받았다.

"그렇소, 그대를 위해서도 잘된 기회요." 그는 코담뱃갑을 열어 코에 가까이 대며 말했다. "그대는 여행을 좋아하잖소. 사흘 후면 모스크바를 보게 될 거요. 그대는 아마도 아시아의 수도를 보리라고 예상치 못했겠지만 말이오. 즐거운 여행이 될 거요."

보세는 (이때까지 그 자신도 몰랐던) 자신의 여행 취미에 이렇듯 세심하게 관심을 기울여 준 데 감사하며 고개를 숙였다.

"아! 이건 뭐요?" 나폴레옹은 모든 궁정 신하가 덮개에 덮인 무언가를 쳐다보는 것을 눈치채고 말했다. 보세는 궁정 신하다운 민첩함으로 등을 보이지 않은 채 몸을 반만 돌려 두 걸음 뒤로 물러났고, 그와 동시에 덮개를 벗기면서 말했다.

"황후께서 폐하께 보내시는 선물입니다."

그것은 제라르*가 선명한 색채로 그린, 나폴레옹과 오스트리아 황제의 딸 사이에서 태어난 소년의 (어찌 된 영문인지 모두 그 소년을 로마 왕이라 불렀다) 초상화였다.

시스티나 성모상의 그리스도와 비슷한 눈길을 지닌 매우 아름다운 곱슬머리 사내아이가 빌보케* 놀이를 하는 모습이 묘사되어 있었다. 공은 지구를 나타내고, 다른 손에 쥔 작은 막대기는 홀(忽)을 묘사하고 있었다.

이른바 로마 왕이 지구를 막대기로 찌르려는 모습으로 화가가 도대체 무엇을 표현하고자 했는지 비록 분명한 것은 아니었지만, 그 비유는 파리에서 그림을 본 모든 사람들에게 그랬듯이 나폴레옹에게도 명확했고, 분명한 듯했으며 또 마음에 들기도

한 것 같았다.

"로마 왕이군!" 그는 우아한 손짓으로 초상화를 가리키며 말했다. "경이로워!" 그는 얼굴 표정을 자유자재로 바꾸는 이탈리아인 특유의 재능을 보이며 초상화에 다가서더니 생각에 잠긴 듯한 부드러운 표정을 지었다. 그는 이제 자기가 말하고 행하는 것이 곧 역사라고 느꼈다. 그리고 이 순간 자신이 할 수 있는 최선의 행동은 위대한 자신이 (아버지의 위대함에 힘입어 그 아들은 지구로 빌보케 놀이를 한다) 그 위대함과 정반대인 지극히 소박하고 아버지다운 부드러움을 보이는 것처럼 보였다. 그의 눈동자가 뿌예졌다. 그는 그림 쪽으로 다가가다가 의자를 돌아보더니 (의자가 그의 몸 아래로 냉큼 옮겨졌다) 초상화를 마주 보고 그 위에 앉았다. 그의 몸짓 한 번에 모든 이들이 그 위대한 남자가 자기 자신에게, 그 자신의 감정에 맡겨 두도록 한 채, 발끝으로 조심조심 걸어 나갔다.

그는 잠시 동안 앉아 있다가 스스로도 무엇을 위해서인지 모르면서 한 손으로 초상화의 거칠거칠한 밝은 부분을 만져 보고, 자리에서 일어나 다시 보세와 당직을 불렀다. 그는 자신의 막사 주위에 있는 고참 근위대*가 그들이 숭배하는 군주의 아들이자 후계자인 로마의 왕을 보는 행복을 빼앗기지 않도록 초상화를 막사 앞으로 옮기라고 지시했다.

나폴레옹이 함께 식사할 영광을 베푼 보세와 아침 식사를 하는 동안, 그가 예상한 것처럼 초상화를 향해 달려온 고참 근위대의 장교들과 병사들이 소리치는 환희에 찬 외침이 막사 앞에서 들려왔다.

"황제 만세! 로마 왕 만세! 황제 만세!" 환희에 찬 목소리들이 들렸다.

아침 식사 후 나폴레옹은 보세가 있는 자리에서 군대에 내릴 명령을 받아 적도록 했다.

"간결하고 힘이 있어!" 나폴레옹은 수정 없이 단숨에 적은 선언문을 직접 읽어 보고 이렇게 말했다. 훈령에는 다음과 같이 쓰여 있었다.

전사들이여! 여기 여러분이 그토록 갈망하던 전투가 눈앞에 있소. 승리는 당신들에게 달렸소. 승리는 분명 우리의 것입니다. 승리는 우리에게 필요한 모든 것, 즉 쾌적한 숙소와 조속한 귀국을 제공할 것입니다. 여러분은 아우스터리츠, 프리틀란트, 비텝스크, 스몰렌스크에서 했던 대로 하십시오. 미래의 후손들이 오늘 여러분의 무훈을 자랑스럽게 기억할 수 있도록 하십시오. 여러분 한 사람 한 사람에 대해 "그는 모스크바 근교 대전투에 참가한 사람이었다"라고 말하도록 하십시오!

"모스크바 근교!" 나폴레옹은 반복해 보았다. 그러고는 여행을 좋아하는 보세를 자신의 산책에 초대하여 막사를 나가 안장을 얹은 말로 다가갔다.

"폐하, 제겐 너무 과분합니다." 보세가 동행을 권하는 황제에게 말했다. 잠을 자고 싶었던 데다 말 타는 데 서툴러 말을 타고 산책하기가 두려웠던 것이다.

그러나 나폴레옹이 여행자에게 고개를 끄덕였고, 보세는 말을 타고 동행하지 않을 수 없었다. 나폴레옹이 막사를 나선 순간, 그 아들의 초상화 앞에 몰려든 근위대 병사들의 함성이 더욱 강해졌다. 나폴레옹은 눈살을 찌푸렸다.

"저걸 치우시오." 그는 우아하고 장엄한 몸짓으로 초상화를 가리키며 말했다. "저 아이가 전장을 보기엔 너무 이르오."

보세는 눈을 감고 고개를 숙인 채 한숨을 깊이 쉬었다. 이러한 몸짓으로 자신이 황제의 말을 높이 평가하고 이해하고 있음을 보여 준 것이다.

27

나폴레옹을 연구한 역사가들의 주장대로, 8월 25일 그는 지형을 둘러보고, 원수들이 제출한 작전 계획을 검토하고, 자신의 장군들에게 직접 지시를 내리면서 하루 종일 말 위에서 보냈다.

콜로차강을 따라 배치된 러시아 부대들의 첫 번째 전선은 격파되었고, 그 전선의 일부, 즉 러시아 부대들의 왼쪽 측면은 24일 세바르디노 보루가 함락되면서 뒤로 밀려났다. 전선의 이 부분은 요새화되지도 않았고, 더 이상 강의 보호를 받지도 못했다. 그 앞에는 그저 더 훤히 트인 평원만 있을 뿐이었다. 전선의 이 부분을 프랑스군이 틀림없이 공격하리라는 점은 군인이든 민간인이든 누구나 명백히 알 수 있었다. 이를 깨닫는 데는 많은 생각도 필요 없고, 황제와 그의 원수들의 그런 염려와 배려도 필요 없고, 또 사람들이 나폴레옹에게 부여하기 좋아하는 이른바 천재성이라는 특별한 최고 능력도 전혀 필요 없을 듯했다. 그러나 후에 이 사건을 기술한 역사가들, 당시 나폴레옹 주위에 있던 사람들, 그리고 나폴레옹 자신은 다르게 생각했다.

나폴레옹은 말을 몰고 들판을 돌아다니며 의미심장하게 지형을 바라보았고, 혼자 수긍하듯 혹은 의심스레 고개를 저었다. 그리고 자신을 둘러싼 장군들에게는 자신의 결정을 이끈 깊은 사고의 과정은 알리지 않은 채 명령의 형태로 최종적인 결론만 전달했다. 러시아군의 왼쪽 측면을 우회하자는, 에크뮐 공이라 불리는 다부의 제안을 듣고 나서 나폴레옹은 왜 그럴 필요가 없는지에 대해서는 설명하지 않은 채, 그럴 필요가 없다고만 말했다. 한편 자기 사단을 이끌고 숲을 통과하겠다는 콩팡* 장군의 제안에 대해 (그는 방어 진지를 공격하기로 되어 있었다) 엘칭겐 공이라 불리는 네*가 숲을 통과해 이동하는 것은 매우 위험하며 사단이 깨질 수 있다고 감히 지적했음에도 불구하고, 나폴레옹은 동의를 표했다.

셰바르디노 보루의 맞은편 지형을 시찰한 나폴레옹은 잠시 생각에 잠겼다가, 러시아군 요새에 대한 대응책으로 다음 날까지 2개 포병 중대를 배치할 지점과 그들과 나란히 야전포가 정렬해야 할 지점을 가리켰다.

이런저런 명령을 내린 후 그는 군사령부로 돌아갔고, 그의 구술에 따라 전투 작전 명령서가 작성되었다.

프랑스 역사가들이 열광하고, 또 다른 나라 역사가들도 깊은 존경을 드러내며 말하는 전투 작전 명령서는 다음과 같다.

에크뮐 공이 포진한 평지에 밤사이 배치되는 새로운 2개 포병 중대는 새벽녘 맞은편의 적군 2개 포병 중대를 향해 포격을 개시한다.

이때 포병 제1군단의 지휘관 페르네티* 장군은 콩팡 사단의 포 30문과 데세 및 프리앙* 사단의 유탄포 전부를 가지고 전진하여 포격을 개시하고, 적군의 포병 중대에 유탄을 퍼붓는다. 이때 포병 중대 공격에는 다음의 화포가 동원될 것이다.

근위 포병대의 포 24문

콩팡 사단의 포 30문

그리고 프리앙 및 데세 사단의 포 8문

총 62문

포병 제3군단 지휘관 푸셰* 장군은 제3군단과 제8군단의 유탄포 총 16문을 왼쪽 요새에 포격을 가할 포병 중대의 양 측면에 배치하여 이 왼쪽 요새를 공격할 포를 총 40문으로 편성한다.

소르비에* 장군은 첫 번째 명령에 따라 근위 포병대의 모든 유탄포를 끌고 어느 요새로든 돌격할 태세를 갖춘다.

포격이 이루어지는 동안 포니아토프스키 공작은 마을과 숲으로 진군하여 적의 진지를 우회한다.

콩팡 장군은 제1요새를 점령하기 위해 숲을 거쳐 이동한다.

이와 같이 전투에 돌입하면 적의 움직임에 따라 명령이 하달될 것이다.

오른쪽 날개의 포격 소리가 들리자마자 왼쪽 측면에서 포격을 시작한다. 모랑* 사단과 부왕(副王)* 사단 사격병들은 오른쪽 날개의 공격 개시를 보는 대로 격렬한 포화를 퍼붓는다.

부왕은 마을*을 점령한 후 세 개의 다리를 건너 모랑과 제라르* 사단과 같은 고도에서 진군하고, 모랑과 제라르 사단은 부왕의 선도 지휘 아래 보루를 향해 다른 부대들과 함께 전선으로 진입한다.

이 모든 것은 가능한 한 예비 부대를 유지하는 형태로 **질서 정연하게 이루어져야 한다.**

모자이스크 부근의 황제 막사에서, 1812년 9월 6일*

나폴레옹의 천재성에 대한 종교적 두려움 없이 감히 그 명령서를 대한다면, 실로 모호하고 뒤죽박죽인 이 작전 명령서는 네 가지 사항, 즉 네 가지 명령을 포함한다. 하지만 그 명령들 가운데 그 어느 것 하나도 실행이 가능했거나 실제로 실행된 것이 없다.

　작전 명령에 적힌 첫 번째 명령은 다음과 같다. **나폴레옹이 선별한 장소에 배치되는 포병 중대가 그들과 나란히 놓일 페르네티와 푸세의 포와 함께 총 102문의 포로 포격을 개시하여 러시아군 방어 진지와 보루에 포탄을 퍼붓는다.** 이 명령은 이루어질 수 없었는데, 왜냐하면 포탄들이 나폴레옹이 지정한 자리에서부터 러시아 보루까지 도달하지 않았기 때문이다. 그리하여 최측근 지휘관이 나폴레옹의 명령을 어기고 포들을 전진 배치할 때까지 102문의 포들은 쓸데없이 포탄을 허비하고 말았다.

　두 번째 명령은 다음과 같다. **포니아토프스키는 마을로 진군하고 숲을 지나 러시아군의 왼쪽 측면을 우회한다.** 이것은 실행될 수도 없었고 실행되지도 않았다. 마을로 진군하고 숲을 지나려던 포니아토프스키는 그곳에서 투치코프와 맞닥뜨리고 길을 차단당하여 러시아군 진지를 우회할 수 없었고 또 우회하지도 않았기 때문이다.

　세 번째 명령은 이러했다. **콩팡 장군은 제1요새를 점령하기 위해 숲으로 이동한다.** 콩팡 사단은 제1요새를 점령하지 못하고 격퇴되었다. 그의 사단이 숲에서 막 벗어 났을 때 나폴레옹도 예상치 못한 산탄의 포격을 받아 그 아래에서 대열을 정렬해야 했기 때문이다.

　네 번째 명령은 이러했다. **부왕은 마을(보로디노)을 점령한 후 세 개의 다리를 건너 모랑과 프리앙의 사단과 같은 고도에서 진군하고** (언제 어디에서 그들이 진군해야 할지에 대해서는 언급하지 않았다) **모랑과 프리앙의 사단은 부왕의 선도 지휘 아래 보루를 향해 다른 부대들과 함께 전선으로 진입한다.**

이 무의미하고 복잡한 문장이 아니라 부왕이 자기가 받은 명령을 수행하려고 한 시도들로부터 최대한 이해해 보자면, 그는 보로디노를 거쳐 왼쪽으로부터 보루를 향해 진군했어야 하고, 모랑과 프리앙 사단은 전선에서 동시에 이동했어야 한다.

작전 명령서의 다른 항목들과 마찬가지로 이 모든 것들은 실행되지 않았고 실행될 수도 없었다. 부왕은 보로디노를 통과한 후 콜로차강에서 격퇴되어 더 이상 전진할 수 없었다. 모랑과 프리앙 사단은 보루를 탈취하지 못하고 격퇴되었으며, 보루는 전투가 끝날 무렵 기병대에 점령당했다. (나폴레옹으로서는 전혀 예상치 못했고, 일찍이 들어 본 적도 없는 일이었을 것이다.) 결국 작전 명령서의 어느 한 명령도 실행되지 않았고 실행될 수도 없었다. 그러나 작전 명령서에는 이런 식으로 전투에 돌입하면 적의 움직임에 따라 명령이 하달될 것이라고 적혀 있었다. 따라서 전투가 벌어지는 동안 나폴레옹이 필요한 모든 명령을 내렸을 것으로 보일지 모른다. 하지만 그런 일은 일어나지 않았고 일어날 수도 없었다. 나폴레옹은 전투가 벌어지는 내내 전장으로부터 너무 멀리 떨어져 있어 전투의 진행을 알 수 없었고, (이것은 이후에 알려졌다) 전투 도중에는 그의 명령들 가운데 단 하나도 실행될 수 없었기 때문이다.

28

많은 역사가들은 프랑스군이 보로디노 전투에서 승리할 수 없었던 것은 나폴레옹이 코감기에 걸렸기 때문이며, 만일 코감기에 걸리지 않았다면 전투 전과 전투가 진행되는 동안에 더 천재적인 명령을 내렸을 것이고, 그러면 러시아는 멸망했을 것이고, **세계의 모습도 달라졌을 것**이라고 말한다. 표트르 대제 한 사람의 의지에 따라 러시아가 형성되었으며, 나폴레옹 한 사람의 의지에 따라 프랑스가 공화국에서 제국으로 변하고, 프랑스군이 러시아로 진군했다고 인정하는 역사가들, 그런 역사가들에게서는 이 같은 추론, 즉 나폴레옹이 26일에 심한 코감기를 앓아서 러시아가 강국으로 남을 수 있었다는 추론이 필연적으로 나올 수밖에 없다.

보로디노 전투를 할지 말지가 나폴레옹의 의지에 달렸다면, 이런저런 명령을 내리는 것이 그의 의지에 달렸다면, 그의 의지가 발현되는 데 영향을 끼친 코감기가 러시아를 구한 원인이 되는 것이 분명하고, 따라서 24일 나폴레옹에게 방수 부츠를 건네는 것을 잊은 시종은 러시아의 구세주임이 분명하다. 이런 사고방식에 따르면, 그 결론은 의심할 여지가 없는 것이 된다. 볼테르가 농담 조로 (그 자신도 무엇에 대한 농담인지 모르면서) 성 바르톨로메오의 밤*이 샤를 9세의 위장병 때문에 일어났다고 말하면서 내린 결론과 마찬가지로 그 결론 역시 의심할 여지가 없는 것이 된다. 그러나 표트르 1세* 한 사람의 의지로 러시아가 형성되었다는 주장, 나폴레옹 한 사람의 의지로 프랑스 제국이 수립되고 러시아와의 전쟁이 시작되었다는 주장을 인정하지 않는 사람들에게 그러한 추론은 믿을 수 없고 비이성적일 뿐 아니라 인간의 모든 본질에 반하는 것으로 보인다. 무엇이 역사적인 사건의 원인을 형성하는가라는 질문에 대해 우리는 다른 대답, 즉 세계의 사건들의 흐름은 높은 곳에서 미리 결정되고 그 사건에 관여하는 인간들의 의지의 총합에 좌우되며, 이 사건들의 흐름에 대한 나폴레옹의 영향은 다만 외적이고 허구적인 것이라는 대답이 제시될 수 있다.

샤를 9세가 지시한 성 바르톨로메오의 밤이 그의 의지로 일어난 게 아니라 단지 그 자신이 그러라고 명령을 내린 것처럼 느낄 뿐이라는 가정, 8만 명이 참가한 보로디노 대전투가 나폴레옹의 의지로 일어난 게 아니라 (그가 전투 개시와 진행에 대해 명령을 내렸음에도) 나폴레옹 스스로 그렇게 명령한 것처럼 느낄 뿐이라는 가정은 언뜻 보기에 매우 이상하게 보일지 모른다. 이러한 가정이 매우 이상하게 보일지라도, 그러나 우리 개개인은 위대한 나폴레옹보다 더 뛰어난 인간은 아닐지 몰라도 결코 그보다 못한 인간은 아니라고 내게 말하는 인간의 존엄성은 앞서 말한 문제를 이런 식으로 해결하도록 명하며, 역사 연구는 이 가정을 넘치게 확증해 준다.

보로디노 전투에서 나폴레옹은 단 한 사람에게도 총을 쏘지 않았고, 단 한 사람도 죽이지 않았다. 그 모든 일을 실행한 것은 병사들이다. 따라서 그는 사람을 죽이지 않았다.

프랑스군 병사들은 나폴레옹의 명령 때문이 아니라 스스로의 바람에 따라 러시아군 병사들을 죽이러 보로디노 전투에 참전했다. 군대 전체, 즉 프랑스인, 이탈리아인, 독일인, 폴란드인 등 배를 곯고 누더기를 걸치고 행군으로 지친 이들은 모스크바로 가는 길을 막아선 군대를 보자 **포도주병의 마개가 뽑힌 이상, 포도주를 마셔야 한다**고 느꼈다. 만약 이때 나폴레옹이 러시아군과 싸우지 못하도록 막았다면, 그들은 그를 죽이고 나서 러시아군과 싸웠을 것이다. 왜냐하면 그들에게는 그것이 피할 수 없는 것이었기 때문이다.

나폴레옹이 그들이 불구가 되거나 전사하는 것에 대해 "그들은 모스크바 근교 대전투에 참가했다"라는 후손들의 말을 위안으로 제시하며 명령을 내렸을 때, 그들은 **"황제 만세!"**라고 외쳤다. 빌보케 채로 지구를 찌르는 소년의 그림을 보며 **"황제 만세!"**라고 외쳤던 것처럼. 마찬가지로 그들은 그 어떤 무의미한 말을 들어도 똑같이 **"황제 만세!"**라고 외쳤을 것이다. **"황제 만세!"**를 외치고 모스크바에서 식량과 승자의 휴식을 찾기 위해 싸우러 가는 것 외에는 그들에게 더 이상 아무것도 남아 있지 않았다. 따라서 그들이 자신들과 유사한 인간들을 죽인 것은 나폴레옹이 내린 명령의 결과가 아니다.

게다가 전투의 흐름을 지배한 것은 나폴레옹이 아니었다. 그의 작전 명령 가운데 어느 것도 실행되지 않았을 뿐 아니라 전투가 벌어지는 동안 그는 자기 앞에서 무슨 일이 벌어지는지 몰랐기 때문이다. 결국 인간들이 서로를 죽인 과정은 나폴레옹의 의지에 따른 것이 아니라 그와 상관없이 공통의 전투에 참가한 수만 명의 의지에 따라 진행되었다. 나폴레옹에겐 그저 상황 전체가 자기 의지대로 일어난 것처럼 보였을 뿐이다. 따라서 나폴레옹이 코감기에 걸렸는가 아닌가의 문제는 역사적으로 볼 때 최후의 수송대 병사가 감기에 걸렸는가 아닌가 하는 문제보다 더 흥미로울 게 없다.

게다가 8월 26일 나폴레옹이 코감기에 걸린 것은 더더욱 중요하지 않다. 코감기 때문에 나폴레옹의 작전 명령들과 전투 중간의 지시들이 예전만 못했다는 저술가들의 진술은 올바르지 않다.

여기에 인용한 작전 명령은 예전에 그가 승리한 전투의 여느 작전 명령들보다 결코 못하지 않을 뿐 아니라 심지어 훨씬 더 낫기까지 하다. 전투 중간에 하달했다는 가상의 명령도 예전에 비해 못하지 않으며 여느 때와 똑같은 것들이었다. 그러나 그 작전 명령과 지시가 예전보다 못하게 보이는 것은 오직 보로디노 전투가 나폴레옹이 패배한 첫 전투였기 때문이다. 전투에서 패하면 더할 나위 없이 훌륭하고 심오한 작전 명령과 지시도 매우 형편없는 것이 되며, 군사 전문가들은 의미심장한 표정으로 그것들을 비판한다. 반면 전투에서 승리하면 가장 형편없는 작전 명령과 지시도 매우 탁월한 것으로 보이고, 진중한 사람들이 온갖 저술을 통해 그 엉터리 지시의 장점을 입증한다.

아우스터리츠 전투 때 바이로터가 작성한 작전 명령은 이런 종류의 저술에서 완벽함의 표본이었지만, 그럼에도 불구하고 그 완벽함 때문에, 그 지나친 상세함 때문에 오히려 비난을 받았다.

나폴레옹은 보로디노 전투에서 권력의 대표자로서 여느 전투 때와 다름없이 자기 역할을 잘 수행했고, 오히려 더 훌륭하게 해냈다. 전투의 흐름에 해가 되는 어떤 일도 하지 않았다. 그는 보다 분별 있는 사람들의 견해를 따랐다. 그는 당황하지도, 자기모순에 빠지지도, 무서워하지도, 전장에서 달아나지도 않았고, 겉으로 드러나는 지휘자로서의 역할을 특유의 뛰어난 기지와 전쟁 경험으로 침착하고 훌륭하게 수행했다.

29

두 번째로 전선을 주의 깊게 시찰하고 돌아와서 나폴레옹은 말했다.

"체스의 말들은 놓였다. 게임은 내일 시작된다."

나폴레옹은 펀치를 내오도록 명하고 보세를 불렀다. 그리고 그와 더불어 파리와 자신이 **황후의 궁정**에서 시도하려는 몇 가지 변화에 대해 이야기를 시작했고, 궁정 관계의 온갖 사소하고 세세한 것들까지 거론하는 기억력으로 궁내 대신을 놀라게 했다.

환자를 수술대에 묶는 동안 저명하고 확신 있고 자기 일에 정통한 외과 의사가 소매를 걷고 수술복을 걸치는 것처럼, 그는 사소한 일들에 관심을 보이면서 보세의 여행벽을 놀리고 또 마음 내키는 대로 잡담을 했다. '모든 것은 내 손안에, 내 머릿속에 있고, 분명하고 명확하다. 일에 착수할 때가 되면 난 어느 누구도 따라올 수 없을 만큼 그것을 잘 해낼 것이다. 하지만 지금은 농담을 할 수 있다. 내가 농담을 하고 침착할수록, 당신들은 그만큼 더욱 확신하며 평정하게 될 것이고, 나의 천재성에 놀라게 될 것이다.'

두 잔째 펀치를 다 마신 후 나폴레옹은 다음 날에 있을 중대사를 (그에게는 그렇게 느껴졌다) 앞두고 휴식을 취하러 갔다.

그는 자기 앞에 닥친 이 사건에 너무 마음이 쓰여 잠을 잘 수 없었다. 밤의 습기로 코감기가 심해졌는데도 새벽 3시에 요란하게 코를 풀고 나서 막사의 큰 구역으로 나갔다. 그는 러시아군이 물러가지 않았느냐고 물었다. 적군의 모닥불이 여전히 같은 장소에 있다는 대답이 돌아왔다. 그는 알았다는 뜻으로 머리를 끄덕였다.

당직 부관이 막사로 들어왔다.

"여보게, 라프,* 그대는 어떻게 생각하시오, 오늘 우리가 잘될 것 같소?" 나폴레옹이 라프에게 말을 건넸다.

"추호도 의심할 여지가 없습니다, 폐하." 라프가 대답했다.

나폴레옹은 그를 바라보았다.

"폐하, 폐하께서 황송하게도 스몰렌스크에서 제게 하신 말씀을 기억하십니까? 포도주병의 마개가 뽑힌 이상, 포도주를 마셔야 한다고 하셨습니다." 라프가 말했다.

나폴레옹은 얼굴을 찌푸렸고, 머리를 숙여 한 손으로 받친 채 오랫동안 말없이 앉아 있었다.

"불쌍한 군대……." 그가 불쑥 입을 열었다. "스몰렌스크 전투 때문에 군대가 많이 줄었어. 행운이란 정말이지 창녀 같은 거요, 라프. 난 항상 그렇게 말했는데, 이제야 그것을 경험하기 시작했소. 그런데 라프, 근위대는, 근위대는 온전하오?" 그가 미심쩍은 눈빛으로 물었다.

"네, 폐하." 라프가 대답했다.

나폴레옹은 사탕 하나를 집어 입에 넣고 시계를 쳐다보았다. 자고 싶지 않았다. 그러나 아침까지는 아직 멀었다. 이제는 명령을 내리며 시간을 때울 수도 없었다. 명령은 전부 내려졌고, 그 명령은 실행으로 옮겨지기만 하면 되었기 때문이다.

"근위대에 건빵이 배급되었소?" 나폴레옹이 엄격하게 물었다.

"네, 폐하."

"그리고 쌀은?"

라프가 쌀에 관한 군주의 명령을 전달했다고 대답했지만 나폴레옹은 자신의 명령이 실행되었다는 것을 믿지 못하겠다는 듯 불만스럽게 머리를 저었다. 하인이 펀치를 들고 들어왔다. 나폴레옹은 라프에게 다른 잔을 주도록 명한 후 말없이 자기 잔에 든 펀치 몇 모금을 마셨다.

"맛도 향도 느낄 수 없어." 그가 술잔에 코를 대고 냄새를 맡으며 말했다. "이번 코감기는 지긋지긋하군. 의사들은 의학을 운운하지. 코감기도 고치지 못하면서 무슨 의학이람? 코르비자르*가 내게 이 사탕을 주었는데 전혀 도움이 되질 않소. 이것들이 무엇을 치료할 수 있겠소? 치료할 수 없소. 우리 몸은 생명을 위한 기계요. 몸은 그것을 위해 만들어졌소. 그것이 몸의 본성이지. 몸속 생명은 가만히 내버려 둬야 하오. 생명이 스스로를 방어하게 돼야 한다니까. 생명은 약의 방해를 받을 때보다 홀로 있을 때 더 많은 일을 해내지. 우리 몸은 일정 시간 동안 움직이도록 정해진 시계와 비슷하다오. 시계공도 이 시계를 열 수는 없소. 그저 눈을 가린 채 손으로 더듬어 그것을 다룰 수 있을 뿐이지. 우리 몸은 생명을 위한 기계요. 그뿐이오." 나폴레옹은 그가 좋아하는 정의(定義)의 궤도에 들어선 듯 예상치 않게 새로운 정의를 내놓았다. "라프, 그대는 전술이 뭔지 알고 있소?" 그가 물었다. "어떤 순간에 적보다 더 강해지는 기술이지. 그게 전부요."

라프는 아무 대답도 하지 않았다.

"내일 우리는 쿠투조프와 전투를 할 것이오!" 나폴레옹이 말했다. "어떤 결과가 나올지 지켜봅시다. 기억하오? 브라우나우에서 그는 군대를 지휘했지만, 3주 동안 단 한 번도 말을 타고 요새를 시찰한 적이 없었지. 두고 봅시다." 그는 시계를 보았다. 이제 겨우 4시였다. 그는 자고 싶지 않았고, 펀치는 이미 다 마신 상태였다. 그러나 아무 할 일이 없었다. 그는 일어나 이리저리 거닐다가 따뜻한 프록코트와 모자를 걸치고 막사에서 나갔다. 밤은 어둡고 습했다. 위로부터 옅은 습기가 내리는 소리가 들렸다. 모닥불들이 가까운 프랑스 근위대에서 희미하게 타오르고, 멀리 러시아 전선을 따라 연기 사이로 번쩍였다. 어디나 고요했으며, 진지를 점령하기 위해 벌써부터 움직이기 시작한 프랑스군의 부스럭대는 소리와 발소리가 또렷하게 들렸다.

나폴레옹은 막사 앞을 거닐며 불빛을 바라보기도 하고 발소리에 귀를 기울이기도 했다. 막사 옆에서 보초를 서던 털모자를 쓴 키가 큰 근위대원이 황제의 출현에 잔뜩 긴장하며 검은 기둥처럼 꼿꼿하게 똑바로 섰다. 나폴레옹은 보초 옆을 지나치다 그 앞에서 걸음을 멈추었다.

"몇 년부터 군에서 복무했나?" 그는 병사들에게 말을 걸 때면 항상 하는 습관이 된, 짐짓 꾸민 듯한 거칠고도 다정한 군인다운 말투로 물었다. 병사가 그에게 대답했다.

"아! 고참이군! 연대로 보낸 쌀은 받았나?"

"받았습니다, 폐하."

나폴레옹은 고개를 끄덕이고 그를 떠났다.

5시 30분에 나폴레옹은 말을 타고 셰바르디노 마을로 향했다.

주위가 밝아지고 하늘은 맑게 개어 동쪽에 구름만 한 점 떠 있을 뿐이었다. 병사들이 버리고 간 모닥불은 아침의 희미한 빛 속에서 힘없이 꺼져 갔다.

오른쪽에서 굵직한 대포 한 발의 포성이 울리며 주위에 퍼지더니 광막한 고요 속으로 사라졌다. 몇 분이 지났다. 두 번째, 세 번째 포성이 울리고 대기가 진동했다. 네 번째, 다섯 번째 포성은 가까운 오른쪽 어딘가에서 장엄하게 울렸다.

처음 몇 발의 포성이 채 사라지기도 전에 또 다른 포성이 계속해서 울리며 서로 합치기도 하고 방해하기도 했다.

나폴레옹은 수행단과 함께 말을 타고 셰바르디노 보루에 도착하여 말에서 내렸다. 게임이 시작되었다.

30

안드레이 공작과 헤어져 고르키로 돌아온 피에르는 조마사에게 말을 준비해 두고 아침 일찍 깨우도록 지시한 후, 보리스가 그에게 양보한 칸막이 너머 한구석에서 곧바로 잠이 들었다.

다음 날 아침 피에르가 잠에서 완전히 깼을 때 통나무집 안에는 아무도 없었다. 작은 창들의 유리가 덜컹거렸다. 조마사가 그를 흔들며 서 있었다.

"각하, 각하, 각하……." 조마사는 깨우려는 기대를 포기한 듯, 피에르를 쳐다보지도 않고 그의 어깨를 흔들며 끈질기게 말했다.

"뭐지? 시작됐어? 때가 되었나?" 잠에서 깬 피에르가 말했다.

"사격 소리를 들어 보십쇼." 퇴역 병사인 조마사가 말했다. "다른 분들은 벌써 다 나가셨다고요. 대공작께서도 한참 전에 지나가셨다니까요."

피에르는 서둘러 옷을 입고 현관 계단으로 뛰어나갔다. 안마당은 눈부시고 상쾌하고 이슬에 젖었고, 즐거워 보였다. 가로막고 있던 먹구름 사이로 방금 나온 태양이 맞은편 거리의 지붕들 너머에서 이슬 덮인 도로의 흙먼지 위에, 집들의 벽에, 담장의 틈새에, 통나무집 옆에 선 피에르의 말에 먹구름으로 반쯤 부서진 빛을 흩뿌렸다. 안마당에서는 대포 소리가 한층 더 또렷하게 들렸다. 거리에는 부관 한 명과 카자크 한 명이 빠른 속도로 말을 몰며 길을 지나갔다.

"시간이 됐습니다, 백작, 시간이 됐습니다!" 부관이 외쳤다.

피에르는 조마사에게 말을 끌고 뒤따라오라고 지시한 후, 거리를 지나 전날 전장을 바라보던 구릉으로 걸어갔다. 그 구릉에는 한 무리의 군인들이 있었다. 참모들의 프랑스어 말소리가 들리고, 빨간 테를 두른 하얀 군모를 쓴 쿠투조프의 희끗희끗한 머리와 양어깨 사이에 파묻힌 희끗희끗한 뒤통수가 보였다. 쿠투조프는 망원경으로 앞쪽 대로를 보고 있었다.

피에르는 구릉 입구의 계단을 오르며 앞쪽을 힐끗 쳐다보다가 그 광경의 아름다움에 숨이 멎는 듯했다. 그것은 어제 그가 그 구릉에서 감탄하여 바라보던 바로 그 전경이었다. 그러나 지금은 그 지역 일대가 부대와 포연으로 뒤덮이고, 피에르의 왼쪽 뒤에서 떠오르는 밝은 태양의 비스듬한 햇살이 이 지역에 맑은 아침 공기 속에서 황금빛과 장밋빛 색조를 띤 찌르는 듯한 빛과 함께 검고 긴 그림자도 던지고 있었다. 그 파노라마를 마무리하는 마치 황록색 보석을 깎아 만든 듯한 머나먼 숲은 지평선 위에 그 우듬지의 곡선을 드러냈고, 그 사이에 발루예보 너머로, 군대들로 뒤덮인 스몰렌스크 대로가 쭉 뻗어 나가고 있었다. 가까이에는 황금빛 들판과 작은 숲이 빛났다. 어디에나, 앞에도, 오른쪽에도, 왼쪽에도 부대가 보였다. 이 모든 것이 모두 생동감 있고, 웅장하고, 전혀 예상치 못한 것이었다. 그러나 무엇보다 피에르에게 강한 인상을 준 것은 다름 아닌 전장, 즉 보로디노와 콜로차강 양쪽 강변을 따라 늘어선 협곡이었다.

콜로차강 위에, 보로디노에, 그리고 그 양옆에, 특히 왼쪽, 즉 습지대의 보이나강이 콜로차강으로 흘러드는 곳에 안개가 끼어 있었다. 안개는 눈부신 태양이 떠오르자 옅어지고 흩어지고 투명해지면서, 그 사이로 보이는 모든 것들을 매혹적으로 채색하고 그 윤곽을 그렸다. 그 안개에 포연이 뒤섞이고, 그 안개와 연기가 있는 어디에나 (때로는 물, 때로는 이슬, 때로는 보로디노와 강 연안을 따라 북적이는 병사들의 총검에서) 아침 햇살이 번개처럼 번득였다. 그 안개 속으로 하얀 교회가 보이고, 보로디노의 통나무 농가 지붕, 빽빽하게 모인 병사들, 녹색 탄약차들, 대포들이 여기저기 보였다. 그리고 이 모든 것들이 움직이고 있었다. 혹은 안개와 연기가 그 공간 전체에 퍼져 있어서 움직이는 것처럼 보였는지도 모른다. 안개로 뒤덮인 보로디노 주변의 저지대와 마찬가지로 외부의 좀 더 높은 곳, 특히 왼쪽의 전선 전체에, 숲에, 들판에, 저지대에, 고지의 정상에 무(無)로부터 포연 뭉치가 저절로 끊임없이 만들어졌다. 혹은 하나로, 혹은 떼를 지어, 혹은 성기게, 혹은 짙게 부풀고 퍼지고 소용돌이치고 어우러지는 포연 뭉치가 그 공간 전체에서 보였다.

그 포연 그리고, 이상한 말이지만, 그 포성은 이 광경의 주된 아름다움을 자아냈다.

푸풋! 갑자기 보랏빛과 잿빛과 젖빛으로 아른거리는 둥글고 짙은 연기가 보이는가 싶더니 1초쯤 뒤에 **꽝** 하고 그 연기의 소리가 울려 퍼졌다.

푸풋, 푸풋. 두 줄기 연기가 서로 밀치고 뒤섞이며 일어났다. 그리고 쿵, 쿵! 하는 소리가 눈이 목격한 것을 확인해 주었다.

피에르는 첫 번째 연기를 돌아보았다. 그것이 둥글고 짙은 작은 공처럼 보일 때 시선을 돌렸는데, 그 자리에는 이미 옆으로 잇따라 움직이는 연기 공이 여럿이었다. 그리고 푸풋(간격을 두고)······ 푸풋 하는 소리가 세 번 더, 네 번 더 들리고, 일정한 간격으로 꽝······ 꽝꽝꽝 하는 아름답고 정확하고 확실한 소리들이 화답했다. 혹은 연기가 질주하는 것처럼 보였고, 혹은 연기는 멈춰 있는데 숲과 들판과 번쩍이는 총검이 그 옆을 달려가는 것처럼 보이기도 했다. 이 커다란 연기들과 웅장한 반향이 왼편의 들판과 관목들 위로 끊임없이 만들어지고, 좀 더 가까운 저지대와 숲 위로 미처 둥그레질 틈도 없이 작은 라이플총 연기가 그와 똑같이 작은 반향을 던지며 확 타올랐다. 트랏, 타, 타 하고 울리는 라이플총 소리는 비록 잦기는 해도 포격에 비해 불규칙하고 빈약했다.

피에르는 그런 포연, 그 반짝이는 총검과 대포, 그 움직임, 그 소리가 있는 곳에 있고 싶었다. 그는 자신이 받은 인상을 다른 사람들과 비교하기 위해 쿠투조프와 수행단을 돌아보았다. 그가 보기에 모든 이들이 그와 동일한 감정으로 눈앞의 전장을 바라보고 있는 것 같았다. 이 순간 모든 사람들의 얼굴에는 피에르가 전날 안드레이 공작과 이야기를 나눈 후 온전히 이해하게 된 감정의 **숨겨진 따스함**이 빛나고 있었다.

"이보게, 떠나게나, 떠나게나. 그리스도께서 자네와 함께하시길." 쿠투조프는 전장에서 눈을 떼지 않은 채 옆에 서 있던 장군에게 말했다.

명령을 들은 장군은 구릉에서 내리막으로 가던 피에르 옆을 지나갔다.

"나루터로!" 장군은 어디로 가느냐는 참모들 가운데 한 명의 질문에 차갑고 엄하게 대답했다.

'나도, 나도.' 피에르는 속으로 이렇게 생각하며 장군을 뒤따라 같은 방향으로 향했다.

장군은 카자크가 대령한 말에 올라탔다. 피에르는 말들을 붙잡고 있는 조마사에게 갔다. 어느 말이 더 온순하냐고 물은 후에 피에르는 말에 올라탔다. 그러고는 갈기를 붙잡고 바깥쪽으로 틀어진 양발의 뒤축을 말의 배에 밀착시켰다. 그는 안경이 흘러내리는 것을 느끼면서도 갈기와 고삐에서 차마 손을 떼지 못한 채로 장군을 뒤따라 달려 나갔는데, 그 모습이 구릉에서 그를 지켜보던 참모들의 웃음을 자아냈다.

31

피에르가 뒤쫓아 간 장군은 언덕을 내려가자 왼쪽으로 방향을 급히 틀었다. 시야에서 그를 놓친 피에르는 앞쪽에서 행군하던 보병 대열에 뛰어들고 말았다. 그는 말을 몰아 앞쪽으로 갔다, 오른쪽으로 갔다, 왼쪽으로 갔다 하면서 그 대열에서 벗어나려고 애썼다. 그러나 어디로 가든, 드러나지는 않지만 분명히 중요한 어떤 일로 바쁜 똑같이 골똘한 표정을 한 병사들이 있었다. 무슨 영문인지 몰라도 자신들을 말발굽으로 짓밟으려 드는 하얀 모자의 뚱뚱한 남자를 다들 똑같이 불만스러운 의심의 눈길로 쳐다보았다.

"무엇 때문에 대대 한복판에서 말을 타고 다니는 거야!" 누군가 그에게 소리를 질렀다. 또 한 사람은 개머리판으로 그의 말을 밀쳤다. 피에르는 안장에 몸을 바짝 붙인 채 주춤거리는 말을 겨우 제어하며 병사들 앞쪽으로 말을 몰고 갔는데, 그곳은 공간이 넓었다.

그의 앞에 다리가 있었고, 다리 근처에는 다른 병사들이 선 채로 사격하고 있었다. 피에르는 그들 쪽으로 말을 몰아 다가갔다. 피에르는 자신도 모르게 콜로차강을 가로지르는 다리까지 다다랐다. 그 다리는 고르키와 보로디노 사이에 있었고, 프랑스군이 전투의 첫 단계에서 (보로디노를 점령한 후) 공격한 곳이었다. 피에르는 자기 앞쪽에 다리가 있는 것과 다리 양편과 목초지와 그가 전날 본 여러 줄의 베어 놓은 건초 더미 사이에서 병사들이 연기 속에서 무언가 하는 것을 보았다. 그 자리에서 총격이 그칠 새 없이 벌어지고 있었지만 그는 이곳이 바로 전쟁터인 것을 전혀 생각하지 못했다. 그는 사방에서 날카롭게 휙휙 소리를 내는 총알 소리와 머리 위로 날아가는 포탄 소리도 듣지 못했고, 강 건너편에 있는 적도 보지 못했다. 그로부터 멀리 떨어지지 않은 곳에서 많은 사람들이 픽픽 쓰러지고 있는데도 오랫동안 사상자들이 눈에 들어오지 않았다. 그는 계속 미소를 지으며 주위를 둘러보았다.

"저 자식은 왜 전선 앞에서 말을 타고 얼쩡거리는 거야?"또다시 누군가가 그를 향해 소리 질렀다.

"왼쪽으로, 오른쪽으로 비켜."사람들이 소리 질렀다.

피에르는 오른쪽으로 비키다가 예기치 않게 안면이 있는 라옙스키 장군의 부관과 마주쳤다. 그 부관은 성질이 나서 피에르를 흘깃 쳐다보았다. 분명 그 역시 소리를 지르려던 것 같았으나 피에르를 알아보고는 머리를 끄덕였다.

"당신이 어떻게 여기까지 오셨습니까?"그는 이렇게 말하고 계속 말을 달렸다.

피에르는 이곳이 자신이 있을 자리도 아니며 할 일도 없다는 것을 느끼고, 또다시 누군가에게 방해가 될까 두려워 말을 달려 부관을 뒤쫓았다.

"여기가 그곳입니까? 아니면 어디인지? 제가 당신과 함께 있어도 됩니까?"그가 물었다.

"잠깐, 잠깐만요."부관은 이렇게 대답하고, 목초지에 서 있던 뚱뚱한 대령에게 다가가 무언가를 건네고 나서 그제야 피에르를 돌아보았다.

"당신은 무엇 때문에 여기까지 오셨습니까, 백작?" 그는 미소를 지으며 피에르에게 물었다. "여전히 호기심을 느낍니까?"

"그래, 그래요." 피에르가 말했다. 그러나 부관은 말을 돌려 계속 나아갔다.

"이곳은 그나마 괜찮은 편입니다." 부관이 말했다. "하지만 왼쪽 측면의 바그라티온이 있는 곳에서는 끔찍한 격전이 벌어지고 있습니다."

"정말입니까?" 피에르가 물었다. "그곳이 어디입니까?"

"나와 함께 구릉으로 갑시다. 그곳에 가면 볼 수 있습니다. 아군 포대는 아직 그런대로 괜찮습니다." 부관이 말했다.

"어때요, 가겠습니까?"

"네, 같이 가겠습니다." 피에르는 주위를 둘러보면서 자신의 조마사를 눈으로 찾으며 말했다. 피에르는 이곳에서 처음으로 발을 질질 끌며 걸어가거나 들것에 실려 가는 부상병들을 보았다. 그가 전날 말을 타고 지나간, 풀 냄새 나는 건초 더미들이 줄지어 늘어선 바로 그 작은 목초지에 한 병사가 군모를 바닥에 떨구고 고개를 불편하게 꺾은 채 건초 더미들의 줄을 가로질러 미동도 없이 누워 있었다. "그런데 어째서 이 사람을 일으키지 않았죠?" 피에르가 말을 꺼내려 했지만, 역시 그쪽을 바라보고 있는 부관의 굳어진 얼굴을 보고 입을 다물었다.

피에르는 자신의 조마사를 발견하지 못하고, 부관과 함께 산기슭을 지나 협곡을 따라 라옙스키 구릉으로 향했다. 피에르의 말은 부관보다 뒤처졌고, 일정한 몸놀림으로 피에르를 흔들었다.

"당신은 말을 타는 것이 익숙하지 않아 보이네요, 백작?" 부관이 물었다.

"아닙니다, 괜찮습니다. 그런데 무슨 일인지 이 녀석이 심하게 펄쩍거립니다." 피에르가 영문을 모르겠다는 듯 말했다.

"이런! 말이 부상을 당했군요." 부관이 말했다. "오른쪽 앞다리요. 무릎 위쪽 말입니다. 틀림없이 총알을 맞은 것 같습니다. 축하합니다, 백작." 그가 말했다. "**포화의 침례입니다.**"

앞쪽에 전진 배치되어 귀를 멀게 할 정도의 포성을 울리며 포격하고 있는 포병대 뒤쪽, 포연이 자욱한 제6군단을 지나 두 사람은 작은 숲에 도착했다. 숲속은 서늘하고 조용했으며 가을 냄새가 풍겼다. 피에르와 부관은 말에서 내려 언덕 위로 걸어 올라갔다.

"장군님이 여기 계십니까?" 부관이 구릉으로 다가가며 물었다.

"방금까지 여기 계시다가 말을 몰고 이쪽 방향으로 가셨습니다." 사람들이 오른쪽을 가리키며 대답했다.

부관은 이 사람을 어떻게 해야 할지 모르겠다는 듯 피에르를 돌아보았다.

"염려하지 마십시오." 피에르가 말했다. "난 구릉으로 가겠습니다. 그래도 됩니까?"

"네, 가십시오. 그곳에선 전부 보입니다. 그렇게 위험하지도 않고요. 나중에 당신을 데리러 가겠습니다."

피에르는 포대로 향하고, 부관은 앞으로 계속 나아갔다. 그들은 더 이상 만나지 못했다. 그리고 한참 후에야 피에르는 그날 그 부관이 한쪽 팔을 잃었다는 사실을 알게 되었다.

피에르가 올라간 구릉은 (훗날 러시아군에는 '구릉 포대' 혹은 '라옙스키 포대'라는 이름으로, 프랑스군에는 '**큰 보루**', '**비운의 보루**', '**중앙 보루**'라는 이름으로 널리 알려지게 되는) 유명한 장소로 수만 명의 병사들이 그 근처에서 쓰러졌고, 프랑스군은 그곳을 진지의 가장 중요한 거점으로 생각했다.

그 보루는 삼면에 참호를 판 구릉으로 이루어져 있었다. 참호의 토벽 틈새로 포신을 내민 열 문의 대포가 포를 발사하고 있었다.

구릉과 나란히 양편에 대포들이 늘어서 있고, 그 대포들도 쉴 새 없이 포를 발사했다. 대포에서 조금 떨어진 뒤쪽에는 보병대가 있었다. 그 구릉에 들어서면서도, 피에르는 작은 참호를 파 놓은 그곳이, 몇 문의 대포들이 포를 발사하고 있는 그 장소가 전투에서 가장 중요한 지점이라고는 전혀 생각지 못했다.

반대로 피에르에게는 이곳이 전투에서 가장 의미 없는 지점들 가운데 하나인 것처럼 (자신이 그곳에 있다는 이유로) 느껴졌다.

구릉에 들어선 피에르는 포대를 에워싼 참호 끄트머리에 앉아 무의식적인 즐거운 미소를 지으며 주위에서 벌어지는 일들을 바라보았다. 가끔씩 피에르는 똑같은 미소를 띤 채 일어나서, 포탄을 장전하고 포탄을 굴려 나르는 병사들이나 자루와 탄약 상자를 들고 끊임없이 그를 지나쳐 달려가는 병사들에게 방해되지 않도록 애쓰며 포대 안을 돌아다녔다. 그 포대의 대포들은 귀가 먹먹 해지도록 요란한 소리를 내고 주위를 포연으로 뒤덮으며 끊임없이 차례차례 포탄을 쏘아 댔다.

엄호를 맡은 보병들 사이에서 느껴지는 섬뜩함과 반대로, 소수의 제한된 사람들이 다른 참호와 떨어져 임무에 몰두하는 이곳 포대에선 모든 사람들에게서 똑같으면서도 공통적인 가정의 활기 같은 것이 느껴졌다.

하얀 모자를 쓰고 민간인 모습을 한 피에르의 출현은 처음에 이 사람들을 기분 나쁘게 놀라게 했다. 그의 옆을 지나치던 병사들은 깜짝 놀라면서 심지어 겁에 질려 그를 곁눈질하기도 했다. 긴 다리의 키가 크고 곰보 자국이 있는 고참 포병 장교는 맨 끝에 있는 대포가 제대로 작동하는지 보려는 척하며 피에르에게 다가와 호기심 어린 눈으로 그를 쳐다보았다.

이제 막 사관 학교를 졸업한 듯 앳되고 얼굴이 둥근 어린 장교가 자신이 맡은 대포 두 문을 열심히 지휘하다 엄한 표정으로 피에르를 돌아보았다.

"신사분, 길에서 비켜 주시겠습니까?" 그가 피에르에게 말했다. "여기 계시면 안 됩니다."

병사들은 피에르를 쳐다보며 못마땅한 듯 고개를 저었다. 그러나 하얀 모자를 쓴 이 남자가 나쁜 짓을 하기는커녕 포벽의 경사면에 온순하게 앉아 있거나 겸연쩍은 미소를 지으며 병사들에게 정중히 길을 양보하거나, 가로수 길을 산책하듯 평온하게 포탄이 휙휙 날아다니는 포대를 거닐 뿐이라는 점을 확신하자, 그를 향한 적대적인 의혹의 감정은 점차 다정하고 익살스러운 공감으로 바뀌었다. 그것은 병사들이 자기네 동물들, 즉 개나 수탉이나 숫염소 등 부대에 사는 동물들에게 품는 감정과 비슷했다. 병사들은 즉시 마음속으로 그를 자신들의 가족으로 받아들이고, 그를 자기들 사람으로 인정하고 별명을 붙여 주었다. 그들은 '우리 어르신'이라고 부르며 자기들끼리 정겹게 그를 조롱하곤 했다.

포탄 한 발이 피에르에게서 두어 걸음 떨어진 곳에 땅을 파헤쳐 놓았다. 그는 미소를 머금고 포탄 때문에 옷에 튄 흙을 털어 내며 주위를 둘러보았다.

"어르신, 정말이지 어르신은 이런 것을 조금도 무서워하시지 않는군요!"

얼굴이 불그레하고 어깨가 넓은 병사가 튼튼한 하얀 이를 드러내며 피에르에게 말을 걸었다.

"그럼 자네는 정말로 무서운가?" 피에르가 물었다.

"어떻게 무서워하지 않을 수 있겠습니까?" 병사가 대답했다.

"그것은 절대 봐주는 법이 없습니다. 그것이 쿵 하고 떨어지면 창자가 튀어나온다니까요. 무서워하지 않을 수가 없습니다." 그가 웃으면서 말했다.

쾌활하고 다정한 얼굴을 한 몇몇 병사들이 피에르 옆에 멈춰 섰다. 그들은 마치 피에르가 자기들처럼 말할 것이라고 기대하지 않았던 것 같았다. 그래서 이 발견이 그들을 기쁘게 했다.

"우리야 직업이 군인이지만, 저 어르신은 정말 놀라운데. 놀랄 만한 어르신이야!"

"제자리로!" 어린 장교가 피에르 주위에 모여든 병사들을 향해 소리쳤다. 이 어린 장교가 임무를 수행하러 나온 것은 이번이 처음이거나 두 번째인 듯했다. 그래서인지 병사들에게든 지휘관에게든 매우 절도 있게 정해진 형식대로 대했다.

구르는 듯한 소리를 내는 대포와 라이플총 소리가 온 들판에, 특히 바그라티온의 방어 진지가 있는 왼쪽에서 점점 더 크게 울렸다. 그러나 피에르가 있는 곳에서는 포연 때문에 거의 아무것도 보이지 않았다. 게다가 피에르는 포대에 있는 가족적인 (다른 모든 이들로부터 떨어진) 소규모 무리의 사람들을 관찰하는 데 온 정신을 쏟고 있었다. 전장의 광경과 소리가 그에게 불러일으킨 처음의 무의식적으로 즐거운 흥분은 이제, 특히 목초지에 쓸쓸하게 누워 있는 병사의 모습을 보고 난 이후 다른 감정으로 변해 버렸다. 그는 지금 참호의 경사면에 앉아 그를 둘러싼 사람들을 관찰하고 있었다.

10시 무렵까지 벌써 스무 명이 포대에서 실려 나갔다. 대포가 두 문 부서지고, 포탄이 점점 더 빈번하게 포대로 떨어졌으며, 먼 곳으로부터 총알이 윙윙거리고 쉭쉭거리며 날아왔다. 그러나 포대에 있는 사람들은 알아차리지 못하는 듯 사방에서 유쾌한 말소리와 농담이 들렸다.

"치논카*다!" 한 병사가 휙휙 가르는 소리를 내며 가까이 날아오는 유탄을 보고 외쳤다. "여기가 아냐! 보병들 쪽으로 간다!" 유탄이 날아가 엄호대 대열에 떨어지는 것을 본 다른 병사가 너털웃음을 터뜨리며 덧붙였다.

"왜 그래, 아는 사이야?" 또 다른 병사가 머리 위로 날아가는 포탄 밑에 주저앉아 있는 농부를 보며 비웃었다.

병사들 몇 명은 앞쪽에서 벌어지는 일을 주시하며 토벽 옆에 모여 있었다.

"산병선이 무너지고 있다. 보이지, 적들이 뒤로 물러났어." 그들은 토벽 너머를 가리키며 말했다.

"각자 자기 일을 봐." 상사가 그들에게 외쳤다. "적들이 물러나는 건 뒤쪽에 할 일이 있기 때문이야." 그러더니 한 병사의 어깨를 잡고 무릎으로 걷어찼다. 왁자지껄한 웃음소리가 들렸다.

"5호 대포로 가져와!" 한쪽에서 사람들이 외쳤다.

"배를 끄는 인부들처럼 다 같이 단번에 하는 거야." 포를 교체하는 사람들의 유쾌한 외침이 들렸다.

"아, 우리 어르신의 모자를 쳐서 떨어뜨릴 뻔했네." 얼굴이 불그레한 재담꾼이 이를 드러내며 피에르를 놀렸다. "에잇, 덜떨어진 놈." 그는 바퀴와 누군가의 다리에 떨어진 포탄을 향해 나무라듯 말했다.

"어이, 여우 새끼들!" 또 다른 병사가 부상병들을 운반하기 위해 등을 웅크리고 포대로 들어온 민병들을 조롱했다.

"죽이 맛이 없나? 어이, 까마귀들, 완전히 얼었구먼!" 병사들은 한쪽 다리가 잘려 나간 병사 앞에서 당황한 나머지 우물쭈물하는 민병들에게 소리쳤다.

"이놈들아, 어떻게든 해 봐라." 그들은 농부들을 흉내 냈다. "정말 싫은가 보군."

매번 포탄이 떨어진 후에, 매번 사상자가 생긴 후에 병사들이 더욱더 활기를 띤다는 것을 피에르는 눈치챘다.

가까이 다가오는 먹구름에서 뿜어져 나오듯, 이 모든 사람들의 얼굴에서 보이지 않게 활활 타오르는 불꽃의 전광(電光)이 점점 더 자주, 더욱더 밝게 번쩍였다. (마치 이 순간 벌어지고 있는 일에 저항이라도 하듯.)

피에르는 앞쪽의 전장을 보지 않았고, 그곳에서 무슨 일이 벌어지는지 알고 싶어 하지도 않았다. 그는 점점 더 활활 타오르는 불꽃을 관조하는 데 마음을 온통 빼앗기고 있었다. 그 불꽃은 자신의 영혼 속에서도 똑같이 (그가 느끼기에) 타오르는 것 같았다.

10시에 포대 앞쪽 덤불과 카멘카강 기슭에 있던 보병들이 후퇴했다. 포대가 있는 곳에서는 보병들이 라이플총들 위에 부상병들을 싣고 포대를 지나 후방으로 달려가는 것이 보였다. 장군 하나가 수행단을 거느리고 구릉으로 올라왔다. 그는 대령과 이야기를 주고받고는 화가 나서 피에르를 쳐다보더니 포대 뒤에 서 있던 보병 엄호대에 포격의 피해를 최대한 적게 입도록 바짝 엎드리라고 지시한 후 다시 아래로 내려갔다. 그 후 포대 오른쪽에 있던 보병 대열 사이에서 북소리와 명령을 외치는 소리가 들렸다. 포대가 있는 자리에서 보병 대열이 앞으로 이동하는 모습이 보였다.

피에르는 포벽 너머를 바라보았다. 순간, 한 사람의 얼굴이 유난히 그의 눈에 들어왔다. 창백하고 앳된 얼굴의 장교였다. 그는 장검을 늘어뜨린 채 뒷걸음질하며, 주위를 불안하게 두리번거리고 있었다.

보병 대열이 연기 속으로 모습을 감추고, 길게 울려 퍼지는 그들의 함성과 빈번한 라이플총 소리가 들려왔다. 몇 분 후 그곳에서 부상병 무리와 들것들이 나왔다. 포대에 포탄이 점점 더 빈번히 떨어졌다. 몇몇 사람들은 실려 가지 못한 채 널브러져 있었다. 대포 주위에서 병사들은 더욱 분주하고 활발하게 움직이고 있었다. 이제 어느 누구도 피에르에게 관심을 두지 않았다. 그가 길 가운데 서서 길을 막고 있다고 그를 향해 두어 번 사람들이 소리를 질렀다. 고참 장교는 얼굴을 찌푸린 채 보폭이 큰 재빠른 걸음으로 두 대포 사이를 오갔다. 앳된 장교는 한층 더 상기된 얼굴로, 더욱더 애를 쓰며 병사들을 지휘했다. 병사들은 군기가 잡힌 멋진 모습으로 탄약 상자를 건네고, 몸을 돌리고, 포탄을 장전하며 임무를 수행했다. 그들은 발바닥에 용수철이 달린 것처럼 통통 튀듯이 걸었다.

소나기 먹구름이 서서히 다가왔다. 피에르가 주시하던 타오르는 불꽃이 모든 이들의 얼굴에서 선명하게 빛났다. 그는 고참 장교 옆에 섰다. 앳된 장교가 거수경례를 하며 고참 장교에게 달려왔다.

"보고합니다, 대령님, 탄약 상자가 여덟 개밖에 남지 않았습니다. 계속 포격하라고 명령할까요?" 그가 물었다.

"산탄이다!" 대답을 하지 않은 채, 포벽 너머를 바라보던 고참 장교가 외쳤다.

갑자기 무언가가 벌어졌다. 앳된 장교가 "악!" 하고 신음 소리를 내며 몸을 웅크리더니 마치 날아가다 총에 맞은 새처럼 땅바닥에 털썩 주저앉았다. 피에르의 눈에는 모든 것이 이상하고 모호하고 음울하게 변했다.

포탄이 연달아 휘이익 소리를 내며 날아와 흉벽과 병사들과 대포들을 맞혔다. 조금 전까지만 해도 그 소리들을 듣지 못하던 피에르의 귀에 지금은 그 소리들만 들렸다. 포대 오른쪽 측면에서 병사들이 "우라!" 하고 함성을 지르며 앞이 아니라 뒤로 달려갔다. 피에르에게는 그렇게 보였다.

포탄 하나가 피에르 앞에 서 있던 포벽 맨 끝에 맞았고, 흙먼지를 일으켰다. 그의 눈앞에서 자그마한 검은 공이 번쩍이더니 동시에 털썩 하고 떨어졌다. 민병들이 포대에 막 들어오려다가 뒤로 물러나 달아났다.

"전원, 산탄으로!" 장교가 외쳤다.

부사관이 고참 장교에게 달려가 더 이상 탄약 상자가 없으며 두려운 기색으로 (식사 때 하인장이 주인에게 더 이상 포도주가 없다고 보고하듯) 소곤거렸다.

"이 날강도들! 뭘 하고 있어!" 장교는 피에르 쪽으로 고개를 돌리며 소리쳤다. 고참 장교의 얼굴은 벌겋게 땀으로 범벅이 되고, 찌푸린 눈동자에선 불꽃이 튀었다. "예비대로 달려가 탄약 상자를 가져와!" 그는 화가 나서 눈길로는 피에르를 외면하며 병사들을 향해 외쳤다.

"내가 가겠습니다." 피에르가 말했다.

장교는 그에게 대답하지 않고 다른 쪽으로 성큼성큼 걸어가 버렸다.

"사격 중지! 기다려!" 그가 외쳤다.

탄약 상자를 가져오라는 장교의 명령을 받은 병사가 피에르와 부딪쳤다.

"에이, 어르신, 여기는 어르신이 있을 곳이 아닙니다." 그는 이렇게 말하고 아래쪽으로 뛰어 내려갔다. 피에르는 앳된 장교가 앉아 있는 자리를 빙 돌아 병사를 뒤따라 달려갔다.

한 개, 두 개, 세 개의 포탄이 그들 머리 위를 지나 앞과 뒤, 양옆에 떨어졌다. 피에르는 아래쪽으로 달려갔다. '내가 어디로 가는 거지?' 어느새 녹색 탄약 상자로 다가간 그는 문득 이런 생각이 떠올랐다. 그는 앞으로 갈지 다시 돌아갈지 결정하지 못하고 그 자리에 멈춰 섰다. 갑자기 무시무시한 충격이 그를 뒤로, 땅바닥으로 내동댕이쳤다. 순간 커다란 불꽃의 섬광이 그를 비추었고, 그와 동시에 귀가 먹먹해지고 윙윙 울릴 만큼 요란한 우레 같은 소리와 무언가 터지는 소리와 휙휙 가르는 소리가 울렸다.

정신이 돌아왔을 때 피에르는 두 손으로 땅바닥을 짚고 주저앉아 있었다. 주위에 있던 탄약 상자는 사라지고 없었다. 그저 불에 탄 녹색 나무판자와 넝마 조각만 불살라진 풀 위를 나뒹굴었다. 말 한 마리가 부서진 끌채를 단 채 그를 지나쳐 달려갔고, 또 다른 한 마리는 피에르처럼 땅바닥에 쓰러져 귀청을 찢는 듯한 날카롭고 긴 울음소리를 냈다.

32

피에르는 공포에 질려 정신없이 벌떡 일어나 마치 그를 둘러싼 모든 끔찍함을 피할 수 있는 유일한 도피처인 듯 포대를 향해 뛰어갔다.

참호로 들어가려는 순간 피에르는 포대에서 더 이상 포격 소리가 들리지 않고, 사람들이 그곳에서 무언가 하고 있다는 것을 알아차렸다. 피에르는 그들이 어떤 사람들인지 미처 깨닫지 못했다. 그는 고참 대령이 마치 아래쪽에 있는 무언가를 바라보듯 엉덩이를 자신 쪽으로 향한 채 포벽에 엎어져 있는 것을 보았다. 또 그가 아는 한 병사가 팔을 붙잡은 사람들에게서 앞으로 빠져나가려 허우적대며 "형제들!"이라고 외치는 모습을 보았다. 그리고 또 이상한 무언가를 보았다.

그러나 대령이 죽었다는 것, "형제들!"이라고 외치던 병사가 포로였다는 것, 눈앞에 있는 또 다른 병사의 등에 총검이 꽂혔다는 것에 아직 생각이 미칠 겨를이 없었다. 피에르가 참호로 막 뛰어들어가자 비쩍 마르고 얼굴이 누런 파란 군복의 남자가 땀에 흠뻑 젖은 얼굴로 한 손에 장검을 든 채 소리를 지르며 그에게 달려들었다. 피에르는 본능적으로 충돌을 피하기 위해 (그들이 보지도 않고 서로를 향해 내달렸기 때문에) 두 팔을 내밀어 한 손으로는 그 남자의 (프랑스군 장교였다) 어깨를 붙잡고 다른 한 손으로는 멱살을 잡았다. 장교가 장검을 내던지고 피에르의 옷깃을 움켜쥐었다.

몇 초 동안 두 사람은 서로의 낯선 얼굴을 놀란 눈으로 바라보았다. 두 사람 모두 자신들이 무엇을 했는지, 또 무엇을 해야 할지 몰랐다. '내가 포로로 잡힐 것인가, 아니면 이자가 내게 포로로 잡힐 것인가?' 두 사람은 각기 이런 생각을 하고 있었다. 그러나 프랑스 장교는 자신이 포로로 잡혔다는 생각에 좀 더 기울어진 것 같았다. 본능적인 공포로 움직이는 피에르의 강한 손이 점점 더 세게 그의 목을 움켜쥐었기 때문이다. 프랑스인은 뭔가 말하려 했다. 그때 갑자기 포탄 하나가 그들의 머리 바로 위로 낮게 무시무시하게 휙 스쳐 지나갔다. 프랑스군 장교가 재빨리 머리를 숙였기 때문에 피에르의 눈에는 그의 머리가 떨어져 나간 것처럼 보였다.

피에르도 머리를 숙이며 프랑스 장교의 멱살을 놓았다. 누가 누구를 포로로 잡을 것인가는 더 이상 생각하지 않고, 프랑스인은 뒤쪽 포대로, 피에르는 산 아래로 사상자들에 걸려 넘어지며 뛰어내려갔다. 그는 사상자들이 자신의 발을 붙잡는 것처럼 느껴졌다. 그러나 그가 아래로 다 내려가기도 전에, 맞은편에서 빽빽하게 무리를 지어 달려오는 러시아군 병사들이 보였다. 그들은 넘어지고 서로 걸리고 함성을 지르면서 포대를 향해 유쾌하게 폭풍처럼 돌진해 왔다. (이것은 예르몰로프가 오직 자신의 용맹과 행운이 이 위업을 가능하게 했다고 말하면서 본인의 공으로 돌린 공격이었으며, 아마도 그가 자기 주머니에 있던 게오르기 훈장을 구릉에 내던진 것 같은 공격이었다.)

포대를 점령했던 프랑스군이 도망가기 시작했다. 아군은 "우라!" 하고 함성을 지르면서 포대 너머 너무 멀리까지 프랑스군을 추격해서 그들을 제지하기도 힘들었다.

포대에서 포로들이 끌려 나왔고, 그중에는 부상을 당한 프랑스 장군도 있었다. 장교들이 그를 에워싸고 있었다. 피에르가 아는 사람과 모르는 사람, 러시아인과 프랑스인이 뒤섞인 부상병 무리가 고통으로 일그러진 얼굴을 하고 포대에서 걸어 나오고, 기어 나오고, 들것에 실려 나왔다. 피에르는 자신이 한 시간 넘게 시간을 보낸 구릉으로 들어갔다. 하지만 그를 자기들 사람으로 받아 준 가족적인 무리 가운데 어느 누구도 찾을 수 없었다. 그곳에는 그가 모르는 사망자들이 많았다. 그러나 몇몇 사람을 알아보았다. 앳된 장교는 여전히 몸을 웅크린 채 피가 흥건히 고인 토벽 가장자리에 앉아 있었다. 붉은 얼굴빛의 병사가 여전히 경련을 일으키고 있었지만 아무도 그를 데려가지 않았다.

피에르는 아래로 뛰어갔다.

'아냐, 이제 저들은 이 짓거리를 그만하겠지. 이제 저들은 자신들이 저지른 짓거리에 끔찍해할 거야!' 피에르는 전장에서 이동해 나가는 들것들의 무리를 목적 없이 뒤따라가며 생각에 잠겼다.

그러나 연기에 가려진 태양은 여전히 하늘 높이 떠 있었고, 앞쪽에는, 특히 왼쪽의 세묘놉스코예 부근에서는 무언가가 연기 속에 들끓었다. 사격 소리와 총격과 포격은 약해지지 않았다. 아니, 오히려 녹초가 된 몸으로 마지막 힘을 다해 외치는 사람처럼, 필사적일 정도로 거세졌다.

33

보로디노 전투의 중요한 군사 행동은 보로디노 마을과 바그라티온의 방어 진지 사이 약 1천 사젠의 공간에서 벌어졌다. (이 공간 외에도 한편에는 정오에 우바로프 기병대의 양동 작전이 있었고, 또 다른 쪽인 우티차 너머에서는 포니아토프스키의 투치코프와 벌인 접전이 있었다. 그러나 이것들은 전장 한복판에서 벌어진 것에 비교하면 개별적이고 미약한 군사 행동에 지나지 않았다.) 전투의 주요 군사 행동은 보로디노 마을과 방어 진지 사이의 숲 근처 들판, 탁 트인, 양쪽에서 환히 보이는 장소에서 어떤 책략도 없이 지극히 단순한 방식으로 벌어졌다.

전투는 양편에서 수백 문의 대포를 쏘며 시작되었다.

그다음, 포연이 온 들판에 자욱이 깔렸을 때, 이 포연 속에서 데세와 콩팡의 2개 사단은 (프랑스 편에서는) 오른쪽에서부터 방어 진지로 움직였고, 부왕의 연대들은 왼쪽에서부터 보로디노로 움직였다.

나폴레옹이 서 있던 셰바르디노 보루에서 방어 진지는 1베르스타 정도 떨어진 반면, 보로디노 마을은 오른쪽 전선을 따라 2베르스타 남짓 떨어져 있었다. 그 때문에 나폴레옹은 그곳에서 벌어지는 상황을 볼 수 없었다. 더욱이 안개와 어우러진 포연이 전 지역을 뒤덮었다. 방어 진지로 향하던 데세 사단 병사들은 그들과 방어 진지 사이에 놓인 협곡 아래로 내려가기 전까지만 보였다. 그들이 협곡으로 내려가자 곧 방어 진지에 배치된 대포와 라이플총의 포연은 협곡 쪽 비탈길을 완전히 뒤덮을 만큼 짙어졌다. 연기 사이로 그곳에서 무언가 검은 것이 (아마도 사람들) 어른거리고 이따금 총검이 번득였다. 하지만 그들이 움직이는지 멈췄는지, 프랑스군인지 러시아군인지 셰바르디노 보루에서는 알아볼 수가 없었다.

태양이 환하게 솟아, 손으로 가리고 방어 진지를 바라보는 나폴레옹의 얼굴을 비스듬히 비추었다. 포연이 방어 진지 앞쪽으로 퍼져 나갔다. 포연이 움직이는 것도 같고 부대가 움직이는 것 같기도 했다. 가끔씩 포성에 섞여 사람들의 고함 소리가 들렸지만, 그들이 그곳에서 무엇을 하는지는 알 수 없었다.

나폴레옹은 구릉에 서서 망원경으로 바라보고 있었다. 그는 망원경의 조그만 원으로 포연과 때로는 프랑스군, 때로는 러시아군을 보았다. 그러나 육안으로 바라볼 때는 자신이 본 것이 어디쯤인지, 무엇을 본 것인지 알 수 없었다.

그는 구릉에서 내려가 앞뒤로 거닐기 시작했다.

가끔씩 그는 걸음을 멈추고, 포성에 귀를 기울이거나 전장을 응시하곤 했다.

나폴레옹이 서 있는 구릉 아래에서도, 뿐만 아니라 지금 그의 장군들 몇 명이 서 있는 구릉 위에서도, 심지어 함께 혹은 교대로 때로는 러시아군 병사들이, 때로는 프랑스군 병사들이 죽은 자와 다친 자와 산 자와 겁에 질린 자와 정신을 잃은 자들로 놓여 있는 바로 그 방어 진지에서도 현장에서 무슨 일이 벌어지는지 알기란 불가능했다. 몇 시간 동안 이곳에서는 라이플총과 대포의 그치지 않는 총성과 포성 가운데 어느 때는 러시아군만, 또 어느 때는 프랑스군만 보였고, 보병과 기병들이 번갈아 나타나기도 했다. 그들은 서로에게 무엇을 해야 할지도 모른 채, 나타나고 쓰러지고 총을 쏘고 부딪치고 소리를 지르며 달아났다.

전장으로부터 나폴레옹이 파견한 부관들과 원수들의 연락 장교가 전투 경과를 보고하기 위해 쉴 새 없이 말을 내달려 왔다. 그러나 그 보고들은 전부 오보였다. 전투가 한창일 때 그 순간 무슨 일이 벌어지는지 말하기는 불가능한 데다, 또 많은 부관이 실제 전투 현장까지 가지도 않고 다른 사람들에게 들은 것을 전했기 때문이다. 더욱이 부관이 말을 타고 나폴레옹이 있는 곳까지 2~3베르스타 거리를 오는 동안 상황들은 바뀌었고, 그가 가져온 소식은 이미 믿을 수 없는 것이 되었다. 부왕의 부관이 보로디노가 함락되고 콜로차강의 다리가 프랑스군의 수중에 넘어왔다는 소식을 가져온 적이 있었다. 부관은 다리를 건너라는 명령을 부대에 내릴지를 나폴레옹에게 물었다. 나폴레옹은 그쪽에서 정렬하여 기다리라고 명령했다. 그러나 나폴레옹이 그 명령을 내린 순간은 물론이고, 부관이 보로디노에서 막 출발하여 떠났을 때, 다리는 이미 피에르가 전투 초반에 참가한 바로 그 접전에서 러시아군에 탈환되어 불살라졌다.

잔뜩 겁에 질린 창백한 얼굴로 방어 진지에서 달려온 부관이 공격은 격퇴되고 콩팡은 부상당하고 다부는 전사했다고 나폴레옹에게 보고했다. 그런데 부관이 프랑스 부대가 격퇴되었다고 들었을 때, 방어 진지는 이미 다른 부대에 점령된 상태였고, 다부는 살아 있었으며 가벼운 타박상만 입었을 뿐이었다. 피할 수 없는 잘못된 보고들에 의거해 판단을 하면서 나폴레옹은 지시를 내렸다.

그 지시들은 그가 내리기도 전에 이미 실행되기도 했고, 혹은 실행될 수 없거나 실행되지 않았다.

원수들과 장군들은 전장에 좀 더 가까이 있었지만, 나폴레옹과 마찬가지로 전투에는 참가하지 않았고, 가끔씩 포화 속으로 말을 달렸을 뿐이다. 그들도 나폴레옹에게 물어보지 않고, 어디에서 어디로 사격할지, 기병들은 어디로 가고 보병들은 어디로 갈지에 대해 독자적으로 명령을 내렸으며, 독자적으로 지시를 내렸다. 하지만 그들이 내린 지시들도 나폴레옹의 지시들처럼 똑같이 미미한 수준으로 아주 드물게 수행되었다. 결과는 대부분 그들이 명령한 것과 정반대로 나타났다. 전진 명령을 받은 병사들은 산탄 사격을 받고 후퇴했다. 제자리를 고수하라고 명령받은 병사들은 예상치 않게 맞은편에서 나타난 러시아군을 보고 갑자기 뒤로 도망가기도 하고, 앞으로 돌진하기도 했으며, 말을 탄 군인들은 명령받은 바 없이 패주하는 러시아군을 뒤쫓아 말을 달리곤 했다. 그렇게 두 기병 연대가 세묘놉스키 협곡을 질주하여 산으로 올라갔다가는 이내 말을 돌려 전력을 다해 되돌아오기도 했다. 보병들도 마찬가지로 똑같이 움직이며, 가끔씩 자신들에게 내려진 명령과 전혀 상관없는 곳으로 달려갔다. 대포를 언제 어디로 움직일지, 사격을 위해 언제 보병들을 내보낼지, 러시아 보병들을 짓밟기 위해 언제 기병들을 내보낼지 등에 관한 명령들은 대열에 있던 가장 가까운 일부 지휘관들이 나폴레옹뿐 아니라 심지어는 네, 다부, 뮈라에게조차도 물어보지 않고 직접 내렸다. 그들은 명령 불이행이나 독자적인 지시로 인한 징계를 두려워하지 않았다. 왜냐하면 전투에서는 인간에게 가장 중요한 것, 자신의 생명과 관련되기 때문이다. 때로는 뒤로 달리는 것에, 혹은 앞으로 달리는 것에 구원이 있는 것처럼 보인다. 그래서 격전 속에 있던 이들은 그 순간의 분위기에 따라 행동했다. 그러나 본질적으로 이러한 모든 진격과 후퇴도 부대의 상황을 유리하게 해 주거나 바꾸지는 못했다. 서로에 대한 공격과 충돌은 그들 서로에게는 거의 손상을 끼치지 않았다. 손상, 죽음, 불구를 초래한 것은 이 사람들이 우왕좌왕하는 공간의 어디에나 휙휙 날고 있는 포탄과 총알이었다. 포탄과 총알이 날아다니는 공간으로부터 이들이 벗어나면 뒤에 서 있던 지휘관들은 즉각 이들을 정렬시켰고, 기강을 잡은 후 이 기강의 위력으로 포화의 현장에 다시 들여보냈다. 그곳에서 이들은 다시 기강을 잃어버리고 (죽음에 대한 공포의 영향으로) 돌발적인 군중 심리에 따라 우왕좌왕했다.

34

나폴레옹의 장군들, 즉 이 포화 지역에 가까이 있었고 심지어 가끔은 그 속으로 들어가기도 했던 다부와 네와 뮈라는 잘 훈련된 대군을 몇 차례씩 포화의 현장에 투입했다. 그러나 이전의 전투에서 어김없이 일어나던 것과 정반대로, 적의 패주에 대한 소식 대신 잘 훈련된 대군이 겁에 질린 지리멸렬한 무리가 되어 **그곳에서** 돌아왔다. 장군들은 다시 그들을 정돈시켰지만 병력은 점점 줄어들었다. 정오 무렵 뮈라는 나폴레옹에게 부관을 보내 병력 보강을 요청했다.

나폴레옹이 구릉 아래에서 펀치를 마시고 있을 때 뮈라의 부관이 말을 타고 나폴레옹에게 달려와 "폐하께서 1개 사단을 더 내주신다면 러시아군은 반드시 격파될 것입니다"라는 확언을 전했다.

"보강?" 나폴레옹은 그의 말을 이해하지 못하겠다는 듯 검은 곱슬머리를 길게 늘어뜨린 (뮈라의 머리 모양과 똑같이) 미소년 부관을 바라보며, 놀라움이 섞인 준엄한 표정으로 말했다. '보강이라니?' 나폴레옹은 생각했다. '이자들이 무슨 보강을 요구한단 말인가? 군대의 절반을 수중에 거느리고 러시아군 가운데서도 무방비 상태인 약한 측면으로 공격해 들어간 자들이!'

"나폴리 왕한테 말하게." 나폴레옹이 엄하게 말했다. "아직 정오도 되지 않았고, 나에게는 아직 나의 장기판의 상황이 잘 보이지 않는다고 말이야. 가 봐……."

긴 머리의 미소년 부관은 모자에서 손을 떼지 못한 채 무겁게 한숨을 쉬고는 사람들을 죽이고 있는 그곳으로 다시 말을 달렸다.

나폴레옹은 자리에서 일어나 콜랭쿠르와 베르티에를 불러 전투와 상관없는 일들에 대한 이야기를 나누었다.

나폴레옹의 흥미를 끌기 시작한 대화 중간에 베르티에의 눈길이 수행단을 거느린 한 장군에게 향했다. 그는 땀에 흠뻑 젖은 말을 타고 구릉으로 달려오고 있었다. 벨리아르*였다. 말에서 내린 그는 빠른 걸음으로 황제에게 다가와 대담하게 커다란 목소리로 보강의 필요성을 주장했다. 그는 황제가 1개 사단을 더 내준다면 러시아군은 반드시 파멸할 것이라며 자신의 명예를 걸고 말했다.

나폴레옹은 어깨를 으쓱하고 아무 대꾸도 없이 산책을 계속했다. 벨리아르는 그를 둘러싸고 있는 수행 장군들과 큰 소리로 활기차게 이야기를 나누기 시작했다.

"대단한 열의구려, 벨리아르." 나폴레옹은 새로 온 장군 쪽으로 다시 걸음을 옮기며 말했다. "포화의 열기 속에서는 잘못된 판단을 내리기 쉽지. 가서 보시오. 그런 다음 다시 나에게 오시오."

벨리아르가 시야에서 채 사라지기도 전에 반대편 쪽에서 전장에서 보낸 새로운 전령이 말을 달려 왔다.

"그래, 또 뭔가?" 나폴레옹은 끊임없는 방해에 신경질이 난 사람의 말투로 말했다.

"폐하, 대공께서……." 부관이 말을 시작했다.

"보강을 요청한다고?" 나폴레옹은 분노에 찬 몸짓으로 말했다. 부관이 긍정의 뜻으로 머리를 숙이고는 보고를 시작했다. 그러나 황제는 몸을 돌려 두어 발짝 걸어갔다. 그리고 걸음을 멈추고는 다시 돌아와 베르티에를 불렀다. "예비 부대를 보내 줘야겠소." 그는 두 팔을 가볍게 벌리며 말했다. "그곳에 누굴 보내지? 당신은 어떻게 생각하시오?" 그는 베르티에를, 훗날 그가 '내가 독수리로 만든 거위 새끼'라고 불렀던 베르티에를 돌아보며 말했다.

"폐하, 클라파레드의 사단을 보낼까요?" 전 사단과 연대와 대대를 하나하나 기억하는 베르티에가 말했다.

나폴레옹은 동의의 뜻으로 머리를 끄덕였다.

부관은 클라파레드 사단으로 말을 달렸다. 그리고 몇 분 후 구릉 뒤에 대기 중이던 젊은 근위대가 자기 위치에서 움직이기 시작했다. 나폴레옹은 그 움직임을 말없이 바라보았다.

"아니요." 그가 갑자기 베르티에를 돌아보았다. "난 클라파레드를 보낼 수 없소. 프리앙 사단을 보내시오." 그가 말했다.

클라파레드 대신 프리앙의 사단을 보내는 것이 어떤 장점도 없음에도 불구하고, 심지어 이제 와서 클라파레드를 묶어 놓고 프리앙의 사단을 보내려면 매우 불편해지고 지체될 것이 분명한데도 그 명령은 정확히 수행되었다. 나폴레옹은 약으로 해를 끼치는 의사의 역할, 자신이 너무도 잘 알고 비난해 온 그 역할을 자기 부대와의 관계에서 스스로 행하고 있다는 것을 보지 못했다.

프리앙의 사단은 다른 사단들과 마찬가지로 전장의 연기 속으로 사라졌다. 사방에서 계속 부관들이 말을 몰고 와서 마치 약속이나 한 듯 똑같은 말을 했다. 모두들 보강을 요청하고, 러시아군이 자신들의 자리를 고수하며 지옥 불을 퍼붓고 있어, 그 때문에 프랑스 부대가 점점 녹고 있다고 말했다.

나폴레옹은 접이식 의자에 앉아 깊은 생각에 잠겼다.

아침부터 계속 시장기를 느끼던 여행 애호가 무슈 드 보세가 황제에게 다가가 대담하게도 정중히 아침 식사를 권했다.

"이제는 이미 폐하께 승리를 축하드려도 좋으리라 기대합니다만." 그가 말했다.

나폴레옹은 부정의 뜻으로 말없이 고개를 저었다. 그 부정이 승리에 관한 것이지 식사에 관한 것이 아니라고 여긴 무슈 드 보세는 아침 식사를 할 수 있을 때 그것을 방해할 이유는 이 세상에 아무것도 없다며 장난기 어리면서도 정중하게 감히 말했다.

"물러가시오……" 갑자기 나폴레옹은 침울하게 말하며 고개를 돌렸다. 유감과 후회와 기쁨이 뒤섞인 행복한 미소가 보세의 얼굴에서 환히 빛났다. 그는 미끄러지는 듯한 발걸음으로 다른 장군들 쪽으로 물러났다.

나폴레옹은 괴로운 기분을 느끼고 있었다. 아무렇게나 돈을 걸어도 늘 따기만 하던 운 좋은 도박꾼이 게임의 모든 경우들을 계산한 바로 그 순간에 그 수를 곰곰이 생각할수록 자신의 패배가 더욱 확실해진다고 느끼면서 겪는 감정과 비슷했다.

부대들도 동일하고, 장군들도 동일하고, 준비도 동일했다. 작전 명령도 동일하고, **간결하고 힘찬 선언문**도 동일하고, 그 자신도 동일했다. 그는 이것을 알았으며, 심지어 지금의 자신이 예전보다 더 노련하고 능숙하다는 것도 알았다. 게다가 적은 아우스터리츠 전투와 프리틀란트 전투 때와 다를 바가 없었다. 그러나 무시무시하게 흔들어 대던 두 팔이 마법에 걸린 것처럼 무기력하게 툭 떨어졌다.

이전의 방법들은 모두 하나같이 성공을 거두었다. 한 지점으로의 포대 집중, 전선 돌파를 위한 예비대의 공격, **철인** 기병대의 공격, 이 모든 방법들을 이미 사용했다. 그런데도 승리를 거두지 못했을 뿐 아니라 장군들이 전사하고 부상을 당했으며, 전력 보강이 불가피하고, 러시아군을 격파하는 것은 불가능하고, 부대들이 혼란에 빠졌다는 등의 똑같은 소식들만 사방에서 들려왔다.

예전에는 두세 가지 명령이나 두세 마디 말을 하고 난 뒤에는 원수들과 부관들이 기쁜 얼굴로 축하의 인사말을 갖고 말을 몰고 와서는 몇 군단의 포로, **몇 다발의 적기와 독수리 문장,**(라틴어) 대포와 수송대 등 전리품을 획득했다고 보고했다. 뭐라도 수송 대열을 인수하기 위해서만 기병대를 요청했다. 로디,* 마렝고,* 아르콜레, 예나, 아우스터리츠, 바그람 등등의 전투에서 그랬다.* 그런데 지금은 그의 군대에 뭔가 이상한 일이 벌어지고 있었다.

방어 진지를 점령했다는 소식에도 불구하고 나폴레옹은 그것이 자신의 이전 전투들에서 벌어진 것과는 다르다는 것, 그것도 전혀 다르다는 것을 보았다. 그는 자신을 둘러싼, 전투 경험이 풍부한 많은 사람들이 자신이 느끼고 있는 것과 똑같은 감정을 느끼고 있음을 보았다. 모든 이들의 얼굴이 슬퍼 보였고, 모든 이들의 눈이 서로를 피했다. 오직 보세 혼자만 지금 벌어지고 있는 상황을 이해하지 못했다. 반면 오랜 전쟁의 경험을 쌓은 뒤의 나폴레옹으로서는 여덟 시간 동안 모든 노력을 기울였는데도 공격군이 승리를 거두지 못한 전투가 무엇을 의미하는지 잘 알았다. 이것이 패전이고, 이제는 즉 전투가 처한 이런 긴장되고 불안한 순간에는, 아주 사소한 우연조차 자신과 자신의 군대를 파멸시킬 수 있다는 사실을 알았다.

단 한 번의 전투에서도 승리를 거두지 못하고 두 달 동안 단 한 개의 군기도, 단 한 문의 대포도, 단 하나의 군단도 빼앗지 못한 이 이상한 러시아 원정 전체를 생각하며 머릿속에서 곱씹고 있을 때, 비통함을 감춘 주위 사람들의 얼굴을 보며 러시아군이 여전히 그 자리에 버티고 있다는 보고를 듣고 있을 때, 꿈속에서 경험한 것과 비슷한 무서운 감정이 그를 사로잡았고, 그에게는 자신을 파멸시킬 수 있는 온갖 불행한 우연들이 떠올랐다. 러시아군은 그의 왼쪽 날개를 덮칠 수도, 한가운데를 돌파할 수도, 유탄이 나폴레옹 자신을 죽일 수도 있었다. 이 모든 것이 충분히 일어날 수 있는 일이었다. 이제까지의 전투에서 그는 오직 성공적인 우연들만을 생각했는데 이제는 그의 머릿속에 무수히 많은 불행한 우연들이 떠올랐다. 그는 이 모든 것을 예상해 보았다. 그랬다. 그것은 마치 꿈속에서 한 사람이 악한에게 습격당하는 것과 비슷했다. 꿈속에서 그 사람은 팔을 휘두르며 무시무시한 힘으로 (그 사람은 그 힘이 악한을 반드시 제거할 것임을 알고 있다) 자신의 상대인 악한을 내리치지만, 자신의 힘없고 물러 빠진 주먹이 헝겊 조각처럼 떨어지는 것을 느낀다. 피할 수 없는 파멸에 대한 공포가 그 의지할 데 없는 사람을 사로잡는다.

러시아군이 프랑스군의 왼쪽 측면을 공격하고 있다는 소식은 나폴레옹의 마음속에 이러한 공포를 불러일으켰다. 그는 구릉 아래의 접이식 의자에 말없이 앉아 머리를 떨구고 두 팔꿈치를 무릎에 괴고 있었다. 베르티에가 다가와 전투 상황이 어떤지 확인하기 위해 전선을 시찰하자고 제안했다.

"뭐요? 뭐라고 했소?" 나폴레옹이 말했다. "그럽시다. 말 가져오라고 명령하시오."

그는 말을 타고 세묘놉스코예 방향으로 출발했다. 나폴레옹이 지나는 공간 전체로 서서히 퍼져 가는 포연과 피 웅덩이 속에 말과 사람들이 드문드문 혹은 떼를 지어 쓰러져 있었다. 나폴레옹도, 장군들 가운데 어느 누구도 그런 끔찍한 장면을, 그렇게 좁은 공간에 그토록 많은 시신이 쓰러져 있는 장면을 본 적이 없었다. 열 시간 동안 그칠 새 없이 계속해서 귀를 괴롭히던 포성이 그 광경에 (마치 활인화*에서의 음악처럼) 특별한 의미심장함을 더했다. 나폴레옹은 세묘놉스코예 고지에 올라가 연기 사이로 그의 눈에 익숙지 않은 색깔의 제복을 입고 있는 사람들의 대열을 보았다. 러시아군이었다.

러시아군이 밀집 대형으로 세묘놉스코예와 구릉 뒤쪽에 자리 잡고 있었다. 그들의 대포가 쉬지 않고 포성을 울리며 전선에 자욱한 연기를 피웠다. 전투는 이미 존재하지 않았다. 러시아군에도 프랑스군에도 그 어떤 소용도 가져오지 않는 살육이 계속되고 있었다. 나폴레옹은 말을 세우고 베르티에가 그를 끌어냈던 깊은 상념 속으로 또다시 침잠했다. 그는 자기 눈앞과 주위에서 일어나는 일을, 자신이 통솔하고 좌우하는 것처럼 보이던 그 일을 멈추게 할 수 없었다. 그런 일은 그에겐 처음이었고, 그러한 실패 때문에 그 일이 불필요하고 끔찍한 것으로 보였다.

나폴레옹 근처로 말을 몰고 온 장군들 가운데 한 명이 고참 근위대를 전투에 투입하자고 용감하게 제안했다. 나폴레옹 옆에 서 있던 네와 베르티에는 서로 눈짓을 주고받으며 그 장군의 무의미한 제안에 경멸스럽다는 듯 웃었다.

나폴레옹은 고개를 숙이고 오랫동안 침묵했다.

"프랑스로부터 3천2백 베르스타 멀리 떨어진 곳에서 나의 근위대를 전멸하게 만들 순 없소." 그는 이렇게 말하고 말을 돌려 셰바르디노로 되돌아갔다.

35

쿠투조프는 희끗한 머리를 숙인 채 양탄자로 덮은 긴 의자에, 피에르가 아침에 보았던 바로 그 자리에 묵직한 몸을 내려놓고 앉아 있었다. 그는 아무 명령도 내리지 않고 그저 그에게 제안되는 것들에 대해 동의하거나 혹은 반대하거나 했다.

"그래요, 그래요, 그렇게 하시오." 그는 상이한 여러 제안에 이처럼 대꾸했다. "그래, 그래. 자네, 가서 보고 오게." 가까이 있던 사람들 가운데 때로는 이 사람에게, 때로는 저 사람에게 말을 건넸다. 혹은 "아니, 그럴 필요 없어. 기다리는 편이 낫겠네"라고 말했다. 그는 부하들의 보고를 듣다가 그들의 요청이 있을 때면 명령을 내렸다. 그러나 보고를 들을 때는 자신에게 들리는 말의 의미에 관심을 갖는 것이 아니라 보고하는 사람들의 어조와 얼굴 표정에 깃든 다른 무언가에 관심이 있는 듯 보였다. 그는 죽음과 싸우는 수십만 명의 인간을 한 사람이 지휘하는 것은 불가능하다는 것을 오랜 전쟁 경험으로 알고 있었고, 노인의 지혜로 이해하고 있었다. 그는 전투의 운명은 총사령관의 명령이나 군대가 포진한 장소나 대포와 전사자의 수가 결정하는 것이 아니라, 군대의 사기라고 불리는 포착하기 어려운 힘이라는 것을 알고 있었다. 그래서 그는 이 힘을 예의 살피면서 자기의 권한 아래 있는 한 그것을 주관하려 했다.

쿠투조프의 얼굴은 전반적으로 침착하게 주의를 집중한 긴장된 표정이었다. 그는 그러한 집중과 긴장감으로 노쇠한 몸의 피로를 가까스로 극복하고 있었다.

오전 11시, 러시아군이 프랑스군에 빼앗긴 방어 진지를 다시 탈환했지만 바그라티온 공작이 부상을 당했다는 보고가 들어왔다. 쿠투조프는 탄식하며 고개를 흔들었다.

"표트르 이바노비치 공작에게 가서 뭐가 어떻게 되었는지 상세히 알아보게." 그는 한 부관에게 말했다. 그러고 나서 뒤에 서 있던 뷔르템베르크*대공을 돌아보았다.

"전하께서 제2군의 지휘를 맡아 주시지 않겠습니까?"

대공이 출발하고 얼마 지나지 않아, 그가 아직 세묘놉스코예에도 도달하지 못했을 이른 때에 대공의 부관이 돌아와 대공이 지원을 요청한다고 총사령관에게 보고했다.

쿠투조프는 얼굴을 찌푸리면서 도흐투로프에게 사람을 보내 제2군의 지휘를 맡으라는 명령을 전달하고, 대공에게는, 자기는 이런 중요한 순간에 대공이 옆에 없으면 안 된다는 말과 함께, 자기가 있는 곳으로 돌아와 달라고 요청했다. 뮈라를 생포했다는 소식이 들어오고*참모들이 축하 인사를 건네자 쿠투조프는 활짝 웃었다.

"기다려 보게, 제군들" 그는 말했다. "전투는 승리했네. 그러니 뮈라가 포로로 잡혔다고 해서 대단할 것도 없네. 어쨌든 좀 더 기다렸다가 기뻐하는 편이 좋겠어." 하지만 그는 부관을 보내 각 부대에 이 소식을 전하게 했다.

셰르비닌이 방어 진지와 세묘놉스코예가 프랑스군에 점령되었다는 소식을 가지고 왼쪽 측면에서 말을 몰고 달려왔을 때, 쿠투조프는 전장의 소리와 셰르비닌의 얼굴에서 그것이 좋은 소식이 아님을 짐작하고 마치 다리를 풀려는 듯 자리에서 일어나 셰르비닌의 팔을 잡고 한구석으로 데려갔다.

"자네가 한번 가 보게." 그는 예르몰로프에게 말했다. "뭔가 할 수 있는 게 없는지 보고 와."

쿠투조프는 러시아군 진지의 한복판인 고르키에 있었다. 나폴레옹이 아군의 왼쪽 측면에 가한 공격은 몇 번이고 격퇴되었다. 프랑스군 중앙부는 보로디노 앞에서 더 이상 진격하지 못했다. 왼쪽 측면에서는 우바로프의 기병대가 프랑스군을 몰아냈다.

2시가 넘어서자 프랑스군의 공격이 중단되었다. 전장에서 온 사람들의 얼굴에서, 주위 사람들의 얼굴에서 쿠투조프는 최고조에 이른 긴장된 표정을 읽었다. 쿠투조프는 기대 이상의 오늘의 성공에 흡족했다. 하지만 체력이 노인을 저버렸다. 그의 머리가 툭 떨어지듯 여러 번 낮게 내려오는가 싶더니, 꾸벅꾸벅 졸기 시작했다. 그의 앞에 식사가 차려졌다.

쿠투조프가 식사하고 있을 때 시종 무관 볼초겐이 〔안드레이 공작 옆을 지나치며 전장을 **넓은 장소로 옮겨야 한다**(독일어)고 말하던, 바그라티온이 몹시도 증오하던 바로 그 사람〕 쿠투조프를 찾아왔다. 볼초겐은 바르클라이가 있던 곳에서 왼쪽 측면 전투 상황을 보고하러 왔다. 분별력이 뛰어난 바르클라이 드 톨리는 달아나는 부상병 무리와 군대의 무질서한 후방을 보면서 모든 전투 상황을 저울질한 후 아군이 패한 것으로 결론짓고 총애하는 부하에게 이 소식을 들려 총사령관에게 보낸 것이다.

쿠투조프는 구운 닭고기를 힘겹게 씹으며 가늘게 뜬 즐거운 눈으로 볼초겐을 힐끔 쳐다보았다.

볼초겐은 조심성 없이 두 다리를 벌리고 반쯤 경멸하는 듯한 미소를 입가에 머금고서 한 손을 살짝 군모 챙에 댄 채 쿠투조프에게 다가갔다.

볼초겐은 다소 꾸민 듯한 무관심으로 대공작을 대했다. 자신은 높은 교양을 겸비한 군인으로서 러시아인들이 이 쓸모없는 노인을 우상화하는 것은 내버려 두겠지만 자기가 상대할 인간이 어떤 인간인지 안다는 점을 보여 주려는 목적에서였다. '이 노인장은(독일인들은 자기들끼리 쿠투조프를 이렇게 불렀다) 아주 느긋하군.'(독일어) 볼초겐은 속으로 이렇게 생각하고 쿠투조프 앞에 놓인 접시들을 굳은 표정으로 흘깃 쳐다본 후 바르클라이가 명한 대로, 또 자신이 보고 이해한 대로 왼쪽 측면의 전투 상황에 대해 노인장에게 보고하기 시작했다.

"우리 진지의 모든 지점이 적의 수중에 들어갔습니다. 우리로서는 부대가 없기 때문에 그것들을 다시 탈환할 수도 없습니다. 병사들이 달아나고 있으며, 그들을 막는 것은 불가능합니다." 그가 보고했다.

쿠투조프는 씹기를 멈추고 마치 그가 하는 말을 이해하지 못하겠다는 듯 놀란 표정으로 볼초겐을 뚫어지게 쳐다보았다. 노인장(독일어)이 흥분했음을 눈치챈 볼초겐이 미소를 띠고 말했다.

"제가 본 것을 대공작 각하게 숨기는 것은 옳지 않다고 생각합니다……. 군대는 완전히 혼돈에 빠져 있고……."

"당신이 보았소? 당신이 직접 보았소?" 쿠투조프가 벌떡 일어나 볼초겐에게 바짝 다가서며 찌푸린 얼굴로 고래고래 소리를 지르기 시작했다. "어떻게 당신이…… 어떻게 감히……." 그는 위협적인 몸짓으로 두 팔을 흔들고 숨을 헐떡이면서 큰 소리로 외쳤다. "이보시오, 어떻게 당신이 감히 내게 그런 말을 할 수 있소? 당신은 아무것도 모르오. 바르클라이 장군에게 전하시오. 그의 정보는 틀렸고, 총사령관인 나야말로 전투의 진짜 과정을 더 잘 알고 있다고 말이오."

볼초겐이 뭐라 반박하려 했지만 쿠투조프가 말을 가로막았다.

"적은 왼쪽 측면에서 격퇴되었고 오른쪽 측면에서 패배했소. 당신이 제대로 보지 못했다면 자신도 모르는 것을 함부로 지껄이지 마시오. 바르클라이 장군에게 가서 내일 내가 반드시 적을 공격할 계획이라는 것을 전하시오." 쿠투조프는 엄격하게 말했다.

모두들 침묵했다. 노장군이 힘겹게 헐떡이는 소리만 들렸다.

"모든 곳에서 적은 격퇴되었소. 나는 그것에 대해 하느님과 우리 용맹한 군대에 감사하고 있소. 적은 패했소. 내일 우리는 그들을 성스러운 러시아 땅에서 몰아낼 것이오." 쿠투조프가 성호를 그으며 말했다. 그리고 갑자기 눈물을 글썽이며 흐느끼기 시작했다. 볼초겐은 어깨를 으쓱한 뒤 입술을 일그러뜨리고 **노인장의 완고함**(독일어)에 놀라며 말없이 옆으로 물러났다.

"저기 오는군, 나의 영웅이……." 쿠투조프는 그때 구릉으로 올라오는 뚱뚱하고 잘생긴 검은 머리의 장군을 향해 말했다. 그는 보로디노 평원의 주요 지점에서 하루 종일을 보낸 라옙스키였다.

라옙스키는 부대들이 자기 자리를 확고하게 지키고 있으며, 프랑스군이 감히 더 이상 공격을 시도하지 못한다고 보고했다.

그 말을 들은 쿠투조프는 프랑스어로 말했다.

"그럼 그대는 아마도 다른 사람들처럼 우리가 후퇴해야 한다고 생각하지 않는 것 같소?"

"정반대입니다, 대공작 각하. 승패를 가리기 어려운 전투에서 승자로 남는 것은 더 끈질긴 쪽입니다." 라옙스키가 대답했다. "제 견해로는……."

"카이사로프!" 쿠투조프가 큰 소리로 부관을 불렀다. "앉아서 내일을 위한 명령서를 써 주게." 그러고는 또 다른 사람을 돌아보며 말했다. "그리고 자네는 전선으로 가서 내일 아군이 공격에 나설 거라고 알리게."

쿠투조프가 라옙스키와 대화를 나누고 명령을 구술하고 있을 때 볼초겐이 바르클라이의 진영에서 돌아와 바르클라이 드 톨리 장군이 원수가 내린 명령의 확인서를 원한다고 보고했다.

쿠투조프는 볼초겐을 쳐다보지도 않고 그 명령을 서면으로 작성하라고 명령했다. 전 총사령관은 개인적인 책임을 회피하기 위해, 매우 당연한 일이지만, 그것을 원한 것이었다.

그리하여 군대의 사기라 불리고, 군대의 중추 신경을 구성하는 동일한 분위기를 군 전체에 유지시켜 주는 모호하고 신비한 연결 고리를 통해 쿠투조프의 말과 다음 날의 전투에 대한 명령이 군대의 말단까지 일제히 전달되었다.

그 연결 고리의 마지막 사슬에 전달된 것은 그 말이나 명령과는 거리가 멀었다. 심지어 군대의 말단부 여기저기에서 주고받은 이야기 속에는 쿠투조프의 말과 비슷한 것이라곤 전혀 없었다. 그러나 그 말의 뜻은 도처에 전해졌다. 쿠투조프가 말한 것은 교활한 판단에서가 아니라 총사령관의 마음에 있는 감정에서, 러시아군 한 사람 한 사람의 마음에 있는 것과 똑같은 감정에서 우러나왔기 때문이다.

다음 날 아군이 적을 공격한다는 것을 알고, 또 자신들이 믿고 싶은 것에 대한 확언을 군 최고위부로부터 듣자 지치고 동요하던 사람들은 위안을 얻고 힘을 얻었다.

36

안드레이 공작의 연대는 예비 부대에 속해 있었다. 예비 부대는 1시가 지나도록 포병이 맹렬한 포화를 퍼붓는 가운데 세묘놉스코예 뒤편에 군사 행동 없이 주둔했다. 1시가 넘었을 때 이미 2백 명이 넘는 병사를 잃은 연대는 세묘놉스코예와 구릉 포대의 중간 지역, 짓밟힌 귀리밭으로 전진했다. 그곳에서 이날 수천 명이 전사했고, 1시에서 2시 사이엔 수백에 달하는 적의 강력한 집중포화를 받았다.

자리를 떠나지 않은 채 사격 한 번 못해 보고 연대는 병사의 3분의 1을 더 잃었다. 전방, 특히 오른쪽 측면에서는 흩어지지 않은 포연 속에 대포들이 쿵쿵 포성을 울려 댔고, 앞쪽의 전 지역을 뒤덮은 비밀스러운 포연 속에서는 빠르게 쉭쉭거리는 포탄과 느리게 휙휙대는 유탄이 쉴 새 없이 날아다녔다. 때로는 휴식이라도 주는 듯이 15분간 모든 포탄과 유탄이 머리 위로 그냥 날아가기도 했지만, 때로는 1분 사이에 여러 명이 연대에서 떨어져 나가거나 전사자와 부상자들이 끊임없이 실려 나갔다.

포탄이 새롭게 떨어질 때마다 아직 죽지 않은 사람들이 생존할 가능성은 점점 줄어들었다. 연대는 3백 보씩 떨어져 대대별로 종대를 짓고 있었다. 그런데도 연대의 모든 사람들이 똑같은 분위기에 휩싸였다. 연대 사람들은 모두 똑같이 말이 없고 침울했다. 대열 사이에서 간혹 말소리가 들리긴 했지만 포탄이 떨어지는 소리와 "들것을 가져와!"라는 외침이 들릴 때마다 말소리도 그쳤다. 연대 사람들은 지휘관의 명령에 따라 대부분 시간 동안 땅바닥에 앉아 있었다. 누군가는 군모를 벗어 애써 주름을 폈다가 다시 주름을 잡았다. 누군가는 마른 찰흙을 두 손바닥으로 부수어 총검을 닦았다. 누군가는 가죽 혁대를 주물러 부드럽게 하고 멜빵 걸쇠를 다시 조였다. 누군가는 각반을 애써 펴서 새로 감고는 부츠를 다시 신었다. 몇몇 사람들은 밭의 흙덩이로 조그만 집을 짓거나, 그루터기의 이엉으로 조그만 바구니를 엮었다. 모두들 이런 일에 완전히 빠져 있는 것 같았다. 사람들이 죽거나 부상당할 때도, 들것이 지나갈 때도, 아군이 후퇴해 돌아올 때도, 포연 사이로 적의 많은 무리가 보일 때에도 누구 하나 그런 상황에 전혀 관심을 돌리지 않았다. 포병대와 기병대가 앞으로 지나가거나 아군 보병대의 움직임이 보일 때면 사방에서 격려의 말들이 들렸다. 그러나 그들의 관심을 가장 많이 끈 것은 전투와는 아무 상관 없는 완전히 별개의 사건들이었다. 정신적으로 녹초가 된 이 사람들의 주의는 이런 평범하고 일상적인 사건에서 휴식을 찾는 것 같았다. 포병 중대가 연대 앞을 지나갔다. 포병대의 한 탄약차에 매인 곁마가 봇줄을 밟았다. "어이! 그 곁마를…… 똑바로 펴! 안 그러면 넘어지겠어……. 에잇, 안 보이나!" 모든 연대의 대열에서 마찬가지로 고함 소리가 들렸다. 또 다른 때는 모두의 관심이 빳빳하게 꼬리를 치켜든 자그마한 갈색 개에 쏠리기도 했다. 어디서 나타났는지 모르게 갑자기 모습을 드러낸 개는 대열 앞을 불안한 걸음으로 달리다가 가까이 떨어진 포탄에 갑자기 깨갱 하고 소리를 지르더니 꼬리를 말고 옆으로 쏜살같이 달려갔다. 연대 전체에 껄껄 웃는 웃음소리와 휘파람 소리가 울렸다. 그러나 이런 종류의 기분 전환은 몇 분 동안 잠깐 이어졌을 뿐이고, 사람들은 이미 여덟 시간 넘게 아무것도 먹지 못하고 아무것도 하지 않고서 가차 없는 죽음의 공포 아래 서 있었다. 찌푸린 창백한 얼굴들은 점점 더 창백해지고 찌푸려졌다.

안드레이 공작은 연대 사람들과 똑같이 창백하고 찌푸린 얼굴을 하고, 뒷짐을 지고 고개를 숙인 채 귀리밭 옆 목초지에서 한 고랑에서 다른 고랑으로 계속해서 앞뒤로 거닐었다. 그가 해야 하거나 명령을 내려야 할 것은 전혀 없었다. 모든 것이 저절로 이루어지고 있었다. 전사자들은 전선 뒤편으로 끌려가고, 부상자들은 들것에 실려 나가고, 대열들은 촘촘하게 붙었다. 병사들은 달아나다가도 곧바로 서둘러 돌아오곤 했다. 처음에 안드레이 공작은 병사들에게 용기를 북돋아 주고 모범을 보이는 것이 자신의 의무라고 생각하며 대열들 사이를 돌아다녔다. 그러나 얼마 지나지 않아 자신이 그들에게 가르칠 것이 하나도 없고 가르칠 방법도 없다는 것을 확신하게 되었다. 각각의 병사들과 똑같이 그의 마음은 무의식적으로 그들 앞에 놓인 비참한 처지에 대한 생각을 피하는 데에만 온통 힘을 쏟고 있었다. 그는 발을 끌며 사락사락 소리가 나도록 풀을 밟고 부츠를 덮은 먼지를 관찰하면서 목초지를 거닐었다. 풀 베는 일꾼들이 목초지에 남긴 발자국에 맞춰 걸으려고 애쓰면서 큰 보폭으로 걷기도 하고, 1베르스타를 가려면 두 고랑 사이를 몇 번 왕복해야 할까 자신의 걸음을 세며 계산해 보기도 하고, 고랑에 피어난 쑥꽃을 뜯어 두 손바닥으로 비비며 쌉쌀하고 향기로운 진한 향을 맡기도 했다. 전날의 정신노동으로부터 남은 것은 전혀 없었다. 그는 아무것도 생각하지 않았다. 포탄이 휙휙 날아가는 소리와 포탄이 발사되는 소리를 구별하면서 지친 귀로 똑같은 소리에 계속 귀를 기울이고, 제1대대 병사들의 낯익은 얼굴을 바라보며 마냥 대기했다. '온다…… 우리 쪽으로 또 온다!' 그는 연기로 뒤덮인 곳으로부터 휙휙 소리를 내면서 다가오는 무언가에 귀를 기울이며 생각했다. '한 발, 두 발! 또 한 발! 명중이다…….' 그는 걸음을 멈추고 서서 대열을 쳐다보았다. '아니, 넘어갔어. 하지만 저것은 명중했군.' 그는 열여섯 걸음으로 고랑까지 가기 위해 보폭을 넓히려고 애쓰며 다시 걷기 시작했다.

휘익, 쿵! 그에게서 다섯 걸음 떨어진 곳에서 마른 흙을 파헤치며 포탄이 사라졌다. 무심결에 한기가 등을 타고 흘러내렸다. 그는 다시 대열을 바라보았다. 이번에도 많은 사람들이 떨어져 나갔을 것이다. 제2대대 옆에 사람들이 모였다.

"부관." 그는 소리쳤다. "모여 있지 말라고 지시하시오."

부관은 명령을 수행한 후 안드레이 공작에게 다가왔다. 반대편에서 대대장이 말을 타고 달려왔다.

"조심해!" 병사의 놀란 고함 소리가 들렸다. 작은 새가 휙 하는 소리를 내며 빠르게 날아와 땅바닥에 내려앉듯, 안드레이 공작에게서 두 걸음 떨어진 대대장의 말 옆에 유탄이 그다지 크지 않은 소리로 쿵 하고 떨어졌다. 말은 공포를 드러내도 되는지 따위는 묻지 않고, 처음엔 푸르르 하고 콧김을 내뿜었고, 소령을 떨어뜨릴 듯 앞다리를 높이 쳐들더니 옆으로 비켜났다. 말의 공포가 사람들에게도 전해졌다.

"엎드려!" 땅바닥에 엎드려 있던 부관의 외침이 들렸다. 안드레이 공작은 망설이며 서 있었다. 유탄은 그와 엎드린 부관 사이에서, 밭과 목초지의 가장자리에서, 무성한 쑥 덤불 옆에서 연기를 내며 팽이처럼 돌았다.

'정말로 이런 게 죽음인가?' 안드레이 공작은 질투 어린 완전히 새로운 시선으로 풀과 쑥을, 빙글빙글 도는 조그만 검은 공에서 원을 그리며 피어나는 한 줄기 연기를 쳐다보며 생각했다. '난 죽을 수 없어. 죽고 싶지 않아. 난 삶을 사랑하고, 이 풀과 흙과 대기를 사랑해……' 그는 이런 생각을 했고, 그와 동시에 사람들이 자기를 보고 있다는 것을 떠올렸다.

"부끄럽군, 부관!" 그는 부관에게 말했다. "얼마나……" 하지만 그는 말을 끝맺지 못했다. 그 순간 폭발음과 함께 부서진 창틀에서 튄 듯한 파편 소리가 들리고 숨 막히는 화약 냄새가 났던 것이다. 안드레이 공작은 옆으로 급히 뛰어가다가 한 팔을 위로 쳐든 채 엎어졌다.

몇몇 장교들이 그에게 달려갔다. 배 오른쪽에서 흘러나온 피가 풀 위에 커다란 얼룩을 그리며 넓게 퍼져 나갔다.

부름을 받고 온 민병들이 들것을 든 채 장교들 뒤에 멈춰 섰다. 안드레이 공작은 얼굴을 풀에 묻고 가슴 쪽으로 엎드린 채 힘겹게 헉헉거리며 숨을 쉬었다.

"뭐 하고 서 있어, 이쪽으로 오라니까!"

농부들이 다가와 그의 어깨와 발을 붙잡았다. 하지만 그가 애처로운 신음 소리를 내자 서로 눈짓을 주고받으며 다시 그를 내려놓았다.

"번쩍 들어서 들것에 눕혀. 어떻게 하든 똑같아!" 누군가의 외치는 목소리가 들렸다. 사람들이 다시 한번 그의 어깨를 붙잡아 들것에 눕혔다.

"아, 하느님! 하느님! 이게 뭐야? 배가! 이렇게 되면 끝이잖아! 아, 하느님!" 장교들 사이에서 몇몇 목소리가 들렸다. "귀 옆으로 머리카락 한 올만큼 떨어져 휙 지나갔어." 부관이 말했다. 농부들은 들것을 어깨에 메고 자신들이 지나온 오솔길을 따라 야전 응급 치료소로 서둘러 움직이기 시작했다.

"발맞춰 가……. 어이! 촌놈들!" 한 장교가 발을 맞추지 않아 들것을 흔들리게 만드는 농부들의 어깨를 붙잡아 세우며 버럭 소리를 질렀다.

"박자를 맞추라니까, 어이, 흐베도르, 흐베도르." 맨 앞의 농부가 말했다.

"그래, 잘했어." 뒤쪽의 농부가 발을 맞추며 기쁘게 말했다.

"각하? 어? 공작님?" 달려온 티모힌이 들것을 힐끔 쳐다보다가 떨리는 목소리로 말했다.

안드레이 공작은 힘겹게 눈을 뜨고, 그의 머리가 그 속에 깊이 파묻혀 있던 들것 안에서 방금 말한 사람들을 쳐다보고는 다시 눈을 감았다.

민병들은 안드레이 공작을 군대의 짐을 운반하는 치중차들과 야전 응급 치료소가 있는 숲으로 데려갔다. 야전 응급 치료소는 자작나무 숲 가장자리에 포장을 걷은 천막 세 개로 이루어져 있었다. 자작나무 숲에는 치중차들과 말들이 있었다. 말들은 꼴망태에 든 귀리를 먹고, 참새들은 그 곁으로 날아와 땅바닥에 흩어진 알곡을 쪼았다. 피 냄새를 맡은 까마귀들이 초조하게 까악까악 울면서 자작나무 숲 위를 날아다녔다. 2데샤티나가 넘는 면적을 차지한 천막 주위에 다양한 옷차림의 사람들이 피투성이가 된 채 눕거나 앉거나 서 있었다. 부상병들 주위에는 들것을 운반하는 병사들이 우울하고 주의 깊은 얼굴로 무리 지어 서 있었다. 그곳의 질서를 책임진 장교들이 그들을 쫓아내려 했지만 아무 소용이 없었다. 병사들은 장교들의 말을 듣지도 않고 들것에 기댄 채, 마치 이 광경의 난해한 의미를 이해하려고 애쓰는 것처럼, 그들의 눈앞에서 벌어지는 광경을 뚫어지게 바라보았다. 천막에서 때로는 화난 커다란 울부짖는 소리가, 때로는 애처로운 신음 소리가 들렸다. 이따금 그곳에서 위생병들이 물을 가지러 뛰어나왔다가 천막 안으로 들여야 할 사람들을 가리키곤 했다. 부상병들은 천막 옆에서 자기 차례를 기다리며 숨을 색색거리고, 신음하고, 울부짖고, 소리 지르고, 욕설을 퍼붓고, 보드카를 요구했다. 몇몇 사람들은 헛소리를 했다. 안드레이 공작이 연대장인 만큼 민병들은 아직 붕대도 감지 못한 부상병들을 통과해서 그를 한 천막 옆에 운반해 놓고는 명령을 기다리며 서 있었다. 안드레이 공작은 눈을 떴지만 그 주위에서 벌어지고 있는 일을 오랫동안 깨닫지 못했다. 목초지, 쑥, 고랑, 빙글빙글 도는 조그만 검은 공, 열정적으로 솟구치던 삶에 대한 애정이 뇌리를 스쳤다. 그로부터 두어 발짝 떨어진 곳에서 머리에 붕대를 감은 훤칠하게 잘생긴 검은 머리의 부사관이 기다란 나뭇가지를 짚고 서서 큰 소리로 떠들며 주위의 관심을 모으고 있었다. 그는 머리와 한쪽 다리에 총상을 입었다. 들것을 운반하는 병사들과 부상병들의 무리가 그 주위에 모여 그의 이야기에 열심히 귀를 기울였다.

"우리가 그자를 그곳에서 죽도록 두들겨 팼지. 그랬더니 그놈이 모든 것을 내려놓더군. 우리가 정말 왕을 잡았다니까!" 병사는 주위를 둘러보면서 흥분에 들뜬 검은 눈을 빛내며 큰소리를 쳤다. "이봐, 형제들, 바로 그때 예비 부대가 와 주었더라면 그자는 자기 직함도 남기지 못했을 거야. 그러니까 내 말이 진짜 맞대도……."

안드레이 공작은 이야기꾼을 둘러싼 다른 이들처럼 빛나는 눈으로 그를 쳐다보며 왠지 위안을 얻는 느낌을 받았다. '그렇지만 사실 이제는 어떻게 되든 상관없지 않은가?' 그는 생각했다. '저기서 무슨 일이 일어날까? 그리고 또 이곳에서는 무슨 일이 있었던 걸까? 왜 나는 삶과의 작별을 이토록 안타까워하는 걸까? 이 세상에는 내가 이해하지 못했고, 또 지금도 이해하지 못하는 무언가가 있어.'

37

의사들 가운데 한 명이 피투성이가 된 수술복을 걸치고 조그만 두 손을 온통 피로 적신 채 천막 밖으로 나왔다. 한 손에 새끼손가락과 엄지손가락으로 시가를 잡고 있었다. (시가를 더럽히지 않기 위해서였다.) 그 의사는 고개를 들어 양옆을 둘러보다가, 부상자들의 머리 위쪽을 쳐다보았다. 잠시 휴식을 취하고 싶은 것이 분명했다. 그는 몇 분 동안 고개를 좌우로 돌려 움직이고 나서, 한숨을 쉬고 눈길을 내렸다.

"음, 지금 하지." 그는 안드레이 공작을 가리키는 위생병의 말에 이렇게 대꾸하며, 그를 천막 안으로 옮기라고 지시했다.

대기하고 있던 부상병들 무리에서 불평이 일었다.

"아마 저세상에서도 귀족 나리들만은 살 수 있겠군." 한 명이 지껄였다.

안드레이 공작은 안으로 옮겨졌고, 방금 위생병이 무언가를 씻어 낸 빈 탁자 위에 눕혀졌다. 안드레이 공작은 천막 안에 무엇이 있는지 제대로 구분할 수 없었다. 사방에서 들려오는 애처로운 신음 소리와 넓적다리와 배와 등의 괴로운 통증이 주의를 흩뜨러뜨렸다. 그가 주위에서 본 모든 것들이 맨살을 드러낸 피범벅의 몸

덩어리라는 하나의 공통된 인상으로 합해졌다. 몇 주 전, 8월의 그 무더운 날에 스몰렌스크 도로 가의 더러운 연못을 가득 채웠던 것처럼 그 몸 덩어리가 나지막한 천막을 가득 채우고 있는 것 같았다. 그랬다, 바로 그 몸 덩어리, 바로 그 **육탄**이었다. 그 모습은 이미 그때에도 지금을 예언하기라도 하듯 그의 마음속에 공포를 불러일으켰었다.

천막에는 탁자 세 개가 있었다. 두 개는 이미 다른 사람들이 차지하고 있어, 안드레이 공작은 세 번째 탁자에 눕혀졌다. 그는 잠시 혼자 남겨졌다. 그래서 무심코 다른 두 탁자에서 무슨 일이 일어나는지 보게 되었다. 가까운 탁자에는 타타르인이 앉아 있었다. 옆에 팽개쳐진 군복으로 보아 카자크인 같았다. 병사 네 명이 그를 붙들었다. 안경을 쓴 의사가 근육이 발달한 그의 갈색 등에서 무언가를 도려내고 있었다.

"우, 우, 우!" 타타르인은 돼지가 꿀꿀대는 듯한 소리를 냈다. 그러다 갑자기 광대뼈 불거진 들창코의 검은 얼굴을 치켜들고, 하얀 이를 드러낸 채, 몸부림치고 경련을 일으키고, 쇳소리 섞인 찢어질 듯한 목소리를 길게 늘이며 날카롭게 울리는 비명을 질렀다. 사람들이 몰려 있는 다른 탁자 위에는 우람하고 뚱뚱한 남자가 고개를 뒤로 젖힌 채 드러누워 있었다. (곱슬머리, 머리 색깔, 두상이 이상하게도 안드레이 공작의 눈에 익은 듯했다.) 몇몇 위생병들이 그 남자의 가슴을 누르며 꽉 붙잡았다. 희고 퉁퉁한 커다란 한쪽 다리가 열로 인한 경련을 일으키며 빠르고 빈번하게 멈추지 않고 부들부들 떨렸다. 그 남자는 발작하듯 흐느끼다가 목이 메어 컥컥거렸다. 의사 두 명이 (한 명은 얼굴이 창백해져서 부들부들 떨고 있었다) 말없이 남자의 다른 쪽 시뻘건 다리에 무언가를 하고 있었다. 타타르인의 (그에게 외투를 던져 덮어 주었다) 처치를 마친 안경 쓴 의사가 손을 닦으며 안드레이 공작에게 다가왔다.

그는 안드레이 공작의 얼굴을 흘깃 보고는 급히 뒤돌아섰다.

"옷을 벗겨! 뭣 하고 서 있어?" 그는 위생병들에게 화를 내며 소리 질렀다.

소맷자락을 걷어붙인 위생병이 다급한 손놀림으로 단추를 끄르고 옷을 벗기는 동안 안드레이 공작의 머릿속에 아득히 먼 유년 시절이 떠올랐다. 의사는 상처 위로 몸을 낮게 숙여 그 부위를 만져 보더니 무겁게 한숨을 쉬었다. 그러고 나서 누군가에게 신호를 보냈다. 그리고 안드레이 공작은 배 속의 지독한 통증에 의식을 잃었다. 그가 정신을 차렸을 때 넓적다리의 부서진 뼈는 적출되고, 찢어진 살들은 절단되고, 상처에는 붕대가 감겨 있었다. 누군가 그의 얼굴에 물을 뿌렸다. 안드레이 공작이 눈을 뜨자마자 의사가 그에게 몸을 숙여 말없이 입을 맞추고는 서둘러 자리를 떠났다.

고통을 견디고 난 후 안드레이 공작은 오랫동안 경험하지 못했던 행복감을 느꼈다. 인생에서 가장 멋지고 행복했던 순간들, 특히 가장 아련한 어린 시절이 떠올랐다. 누군가가 그의 옷을 벗기고 작은 침대에 눕혀 주던 때, 보모가 자장가를 불러 주던 때, 그가 베개에 머리를 묻고 생에 대한 자각만으로도 행복해하던 때, 그 모든 순간들이 그의 상상 속에서 과거가 아닌 현실로 떠올랐다.

안드레이 공작에게 낯익은 두상의 부상자 주위에서 의사들이 부산을 떨었다. 사람들이 그를 안아 일으켜 진정시키고 있었다.

"보여 줘요…… 오오오오! 오! 오오오!" 흐느낌으로 이따금 끊어지는, 고통에 굴복한 겁에 질린 신음 소리가 들려왔다. 그 신음 소리를 들으면서 안드레이 공작은 울고 싶었다. 자신이 영예도 없이 죽어 가고 있기 때문이든, 삶과 작별하는 것이 비통했기 때문이든, 되돌릴 수 없는 어린 시절에 대한 기억 때문이든, 고통을 겪고 있기 때문이든, 다른 사람들이 고통을 겪고 있고, 그 남자가 자기 앞에서 너무도 불쌍하게 신음하고 있기 때문이든, 어쨌든 그는 어린아이 같은 선하고 기쁨에 가까운 눈물을 흘리며 울고 싶었다.

누군가 부츠를 신은 채 절단되어 피가 굳은 한쪽 다리를 그에게 보여 주었다.

"오! 오오오!" 그가 여자처럼 흐느끼기 시작했다. 부상병 앞에 서서 그의 얼굴을 가리고 있던 의사가 자리를 떴다.

'오, 하느님! 이게 어찌 된 일이야? 이 사람이 왜 여기 있단 말인가?' 안드레이 공작은 속으로 중얼거렸다.

불행에 빠져 흐느끼고 있는, 방금 한쪽 다리를 잃고 무력해진 인간에게서 그는 아나톨 쿠라긴을 알아보았다. 사람들은 아나톨의 팔을 부축하고 그에게 물이 든 컵을 내밀었다. 하지만 그는 입술이 부풀어 오르고 떨려서 물컵을 물 수 없었다. 아나톨은 고통스럽게 오열했다. '그래, 그 사람이야. 그래, 저 사람은 무엇 때문인지 나와 괴로운 인연으로 얽혀 있어.' 안드레이 공작은 눈앞에서 벌어진 일을 아직 명확하게 이해하지 못한 채 생각에 잠겼다. '이 사람과 나의 어린 시절, 나의 인생이 어떤 연을 맺고 있을까?' 그는 답을 찾지 못한 채 스스로에게 묻고 있었다. 그때 갑자기 어린 시절의 순수와 사랑의 세계로부터 생각지도 못한 새로운 회상이 안드레이 공작 앞에 펼쳐졌다. 1810년 무도회에서 처음 만났을 때의 나타샤가 기억났다. 가냘픈 목덜미와 가느다란 팔, 금방이라도 환희에 휩싸일 듯 두려움과 행복이 뒤섞인 얼굴…… 그의 마음속에서 그녀를 향한 사랑과 다정함이 그 어느 때보다 더 생생하고 더 강하게 깨어났다. 부풀어 오른 눈동자에 가득 차오른 눈물을 통해 자기를 흐릿하게 바라보는 이 사람, 안드레이 공작은 그와 자기 사이에 존재하는 관계를 기억해 냈다. 안드레이 공작은 모든 것을 기억해 냈다. 그러자 이 사람에 대한 환희 가득한 연민과 사랑이 그의 행복한 가슴을 가득 채웠다.

안드레이 공작은 더 이상 참지 못하고 인간들에 대해, 자신에 대해, 그들과 자신의 잘못에 대해 부드럽고 애정 어린 눈물을 터뜨렸다.

'연민, 형제들에 대한 사랑, 사랑하는 이들에 대한 사랑, 우리를 미워하는 자들에 대한 사랑, 원수에 대한 사랑, 그래, 하느님이 이 땅에 널리 전하신 사랑, 마리야 공작 영애가 내게 가르쳐 준 사랑, 내가 이해하지 못한 사랑이야. 그것이 바로 내가 삶이 아쉬웠던 이유였구나. 그것이 내가 살게 된다면 내게 남겨진 따라야 할 길이었구나. 그러나 이젠 너무 늦었어. 난 그것을 알지!'

38

시체들과 부상자들로 뒤덮인 전장의 끔찍한 광경에 머리가 묵직한 느낌과, 친분 있는 장군들 스무 명가량이 전사하거나 부상당했다는 소식, 한때 강건했던 자신의 한쪽 팔이 이제 힘이 없어졌다는 자각과 결합하여 나폴레옹에게 예상치 않은 인상을 불러일으켰다. 그는 평소 그것을 통해 자신의 정신력을 시험하며 (그가 생각하기에) 전사자와 부상자를 구경하는 것을 좋아했다. 그런데 이날 전장의 소름 끼치는 광경은 그가 자신의 뛰어난 점이자 위대함이라고 여겨 온 그 정신력을 압도해 버렸다. 그는 서둘러 전장을 떠나 셰바르디노 구릉으로 돌아갔다. 누렇게 떠서 부석부석하고 힘겨워 보이는 얼굴, 흐리멍덩한 눈, 빨간 코, 갈라지는 목소리로 나폴레옹은 자기도 모르게 포성에 귀를 기울이며 눈을 내리뜨고 접이식 의자에 앉아 있었다. 그는 병적인 울적함에 빠져 자신을 참가자로 생각하면서도, 그것을 멈출 수 없는 전투가 끝나기를 기다렸다. 개인으로서의 인간적인 감정이 짧은 순간 그가 그토록 오랫동안 몸 바쳐 온 인생의 인위적인 환영을 압도했다. 그는 전장에서 목격한 고통과 죽음을 자신에게로 옮겨 보았다. 머리와 가슴의 묵직함은 자신에게도 고통과 죽음의 가능성이 존재한다는 점을 일깨웠다. 그는 이 순간 자신을 위해 모스크바도, 승리도, 영예도 원하지 않았다. (그에게 무슨 영예가 더 필요하겠는가?) 이 순간 그가 간절히 바라는 것은 오직 하나, 휴식과 평온과 자유뿐이었다. 그러나 그가 세묘놉스코예 고지로 갔을 때 포병대 지휘관이 크냐지코보 앞에 밀집한 러시아군에 더 강력한 포화를 퍼부을 수 있도록 그 고지에 몇 개 중대의 포병을 배치하자고 제안했다. 나폴레옹은 이에 동의하고, 포병 중대들이 어떤 효과를 미쳤는지 보고하도록 명령했다.

부관이 말을 타고 달려와 황제의 명령에 따라 대포 2백 문을 러시아군 쪽으로 돌렸지만 러시아군은 여전히 그 자리에 머물러 있다고 보고했다.

"아군의 포화가 저들의 대열을 차례차례 쓰러뜨리는데도 저들은 여전히 버티고 있습니다." 부관이 말했다.

"**놈들이 아직도 더 원하는구먼!**" 나폴레옹이 쉰 목소리로 내뱉었다.

"네, 폐하?" 제대로 알아듣지 못한 부관이 되물었다.

"**놈들이 아직도 더 원하고 있어.**" 나폴레옹은 얼굴을 찌푸리며 쉰 목소리로 말했다. "**음, 퍼부어 줘.**"

하지만 그의 명령이 없어도 그가 바라는 대로 되고 있었다. 그는 단지 사람들이 자기 명령을 기다린다고 생각하여 명령을 내렸다. 그리하여 그는 또다시 어떤 위대함이라는 인위적인 환영들의 세계로 이동했으며, 그에게 예정되어 있던 그 잔인하고 슬프고 괴롭고 비인간적인 역할을 다시 순종적으로 수행하기 시작했다. (연자방아에 매여 빙글빙글 도는 말이 스스로를 위해 무언가를 하고 있다고 공상하는 것처럼.)

그리고 이 사건에 참여한 어느 누구보다 무겁게 지금 눈앞에서 벌어지는 일의 모든 무게를 짊어진 이 남자의 이성과 양심은 비단 이 시각과 이날에만 흐려졌던 것은 아니었다. 그는 생의 마지막 순간까지도 선도, 아름다움도, 진리도, 자기 행위의 의미도 결코 이해하지 못했으며, 그가 그것들의 의미를 이해하기에는 그의 행위는 선과 진실과 너무도 정반대이고, 인간적인 모든 것과 너무도 거리가 멀었다. 그는 세상 사람 절반이 칭찬하는 자신의 행위들을 거절할 수 없었고, 그래서 진실과 선, 모든 인간적인 것을 거절해야만 했다.

그가 죽은 사람들과 불구가 된 사람들이 (그는 이것이 자기 의지에 따른 것이라고 생각했다) 널브러져 있는 전장을 돌아다니고, 그 사람들을 보면서 프랑스군 한 명을 상대하는 데 러시아군 몇 명과 맞먹을까 셈하고는 프랑스군 한 명이 러시아군 다섯 명과 맞먹으리라 스스로를 속이며 기뻐할 이유를 찾은 것도 이날만이 아니었다. 파리에 보내는 편지에서 5만 명의 시체가 있었다는 이유로 "전장은 웅장했다"라고 쓴 것도 이날만이 아니었다. 세인트헬레나섬의 고독한 정적 속에서도 그는 자신이 해낸 위대한 업적을 저술하는 데 여가를 바치려 한다고 말하면서, 그는 다음과 같이 썼다.

러시아 전쟁은 현대에 가장 지지받은 전쟁이어야 했다. 그것은 양식(良識)과 참된 유익을 위한 전쟁이었고, 만인의 안녕과 안전을 위한 전쟁이었기 때문이다. 그리고 순수하게 평화를 옹호하는 보수적인 전쟁이었다.

그것은 위대한 목적, 즉 불확실성에 종지부를 찍고 안녕의 시작을 가져오기 위한 것이었다. 그렇게 함으로써 만인의 행복과 번영으로 충만한 새로운 지평, 새로운 과업이 열리게 되었을 것이다. 유럽 체제의 토대가 놓이고, 오직 그것의 설립만이 문제로 남았을 것이다.

위대한 안건들에 만족하고 어디에서든 평안을 느꼈던 나도 나의 **의회**와 나의 **신성 동맹**을 소유했을 것이다. 그것들은 내게서 도적질한 착상이다. 그 위대한 군주들의 회합에서 우리는 한 가족처럼 우리의 이익을 논의하고, 서기가 주인의 의견을 고려하듯 여러 민족들의 의견을 고려했을 것이다.

유럽은 이런 식으로 하나의 동일한 국민이 되었을 것이고, 모든 사람이 어느 곳을 여행하든 공동의 조국에 늘 있게 되었을 것이다.

나는 모든 강을 만인을 위한 뱃길로 삼고, 바다를 공해(公海)로 삼고, 상시 체제의 대규모 군대를 단일한 군주의 친위대로 축소하자고 요구했을 것이다.

프랑스로, 위대하고 강력하고 장엄하고 평화롭고 영광스러운 조국으로 돌아갔더라면, 나는 그 국경선들을 더 이상 변화될 수 없는 것으로 선언하고, 미래의 모든 전쟁을 **방어전**으로 한정하고, 모든 새로운 영토 확장을 **반국가적인** 행위로 선언했을 것이다. 나는 아들을 제국의 통치에 참여시켰을 것이다. 나의 **독재**는 종식되고, 아들의 입헌 통치가 시작되었을 것이다……

파리는 세계의 수도가 되었을 것이고, 프랑스 국민은 모든 민족들에게 선망의 대상이 되었을 것이다!

그리고 나의 아들이 황제로서 교육받는 동안 나는 황후와 더불어 진짜 시골 부부처럼 말을 타고 제국 방방곡곡을 차례로 방문하면서 사람들의 고충을 받아 주고 비리를 척결하고 전국 각지 모든 곳에 지식과 선행을 베푸는 일에 나의 여가와 여생의 날들을 바쳤을 것이다.*

신의 섭리에 의해 여러 민족의 사형 집행인이라는 슬프고도 자유롭지 못한 역할을 수행하도록 예정된 그는 자기 행위의 목적이 여러 민족의 행복이었으며, 자신이 수백만 명의 운명을 지배할 수 있으며, 권력을 수단으로 이용해 선행을 베풀 수 있었다고 확신했던 것이다! 그는 러시아 전쟁에 대해 다음과 같이 계속 써 나갔다.

비스와강을 건넌 40만의 군인들 가운데 절반은 오스트리아인, 프로이센인, 색슨족 사람들, 폴란드인, 바이에른 사람들, 뷔르템베르크 사람들, 메클렌부르크 사람들, 스페인인, 이탈리아인, 나폴리 사람들이었다. 엄밀히 말하면 제국군 가운데 3분의 1은 네덜란드인, 벨기에인, 라인 강변의 주민들, 피에몬테 사람들, 스위스인, 제노바 사람들, 토스카나 사람들, 로마 사람들, 제32사단 지역의 주민들,* 브레멘 사람들, 함부르크 사람들 등으로 이루어져 있었다. 그중에서 프랑스어를 할 줄 아는 사람은 14만 명도 채 되지 않았다.

사실 프랑스는 러시아 원정으로 5만 명이 안 되는 병력을 희생했다. 러시아군은 빌나에서 모스크바로 퇴각하는 과정의 여러 전투에서 프랑스군보다 네 배나 많은 병력을 잃었다. 모스크바의 화재로 인해 러시아인 10만 명이 숲에 머물면서 추위와 굶주림으로 목숨을 잃었다. 마지막으로 모스크바에서 오데르강으로 이동하는 동안 러시아군은 그해의 엄동설한으로 어려움을 겪었다. 빌나에 도착했을 때 러시아군은 5만 명에 불과했고, 칼리시에서는 1만 8천 명도 되지 않았다.

그는 자신의 의지에 따라 러시아와의 전쟁이 발생했다고 스스로 공상했다. 그래서 벌어진 참상은 그의 마음을 그다지 놀라게 하지는 않았다. 그는 과감하게 이 사건의 모든 책임을 스스로 짊어졌다. 그리고 그의 흐릿해진 이성은 전사자들 수십만 명 가운데 프랑스인이 헤센 사람들과 바이에른 사람보다 적었다는 점에서 자신의 정당성을 찾았다.

39

다비도프가(家)와 국유지 농민들이 소유해 왔던 밭과 목초지에, 보로디노와 고르키와 셰바르디노와 세묘놉스코예 마을의 농민들이 수백 년 동안 수확을 거둬들이고 가축을 방목하던 그 들판과 목초지에 수만 명의 사람들이 다양한 자세와 다양한 군복 차림으로 시체가 되어 널브러져 있었다. 야전 응급 치료소가 있는 1데샤티나 면적의 풀과 땅이 피로 붉게 물들었다. 온갖 부대의 부상자들과 부상을 입지 않은 자들의 무리가 겁에 질린 얼굴을 하고, 한편에서는 모자이스크로, 다른 편에서는 발루예보로 발을 질질 끌며 후퇴했다. 다른 무리의 사람들은 지치고 굶주린 채 지휘관들에게 이끌려 앞으로 나아갔다. 또 다른 무리의 사람들은 자기 자리를 고수하며 사격을 계속했다.

예전에는 아침 햇살을 받은 총검의 반짝임과 연기로 그토록 활기차고 아름답게 보이던 들판에 이제는 습하고 옅은 안개와 연기가 깔리고, 질산 칼륨과 피의 시큼하고 이상한 냄새가 났다. 작은 구름들이 몰려와 전사자, 부상자, 겁에 질린 사람들, 기진맥진한 사람들, 의혹에 빠진 사람들의 머리 위로 보슬비를 뿌리기 시작했다. 보슬비는 마치 이렇게 말하는 것 같았다. '충분해요, 충분하다

고요, 인간 여러분들. 이제 그만하세요……. 정신 차려요. 당신들은 뭘 하고 있는 겁니까?'

식량도 없고 휴식도 없어 탈진한 이쪽과 저쪽의 병사들은 아직도 서로를 죽여야 하는지에 대해 똑같이 의심을 품기 시작했다. 모든 사람들의 얼굴에 동요하는 기색이 역력하게 나타났고, 각 사람의 마음에는 똑같이 다음과 같은 물음이 일었다. '무엇 때문에, 누구를 위해 내가 사람을 죽이거나 죽임을 당해야 하지? 당신이나 죽이고 싶은 사람을 죽여. 당신이나 하고 싶은 대로 하란 말이야. 난 더 이상은 하고 싶지 않아!' 저녁 무렵이 되자 사람들의 마음속에 이런 생각이 똑같이 무르익었다. 이들은 자신들이 행한 일에 두려움을 느끼며 언제라도 모든 것을 내던지고 발길 닿는 대로 달아날 수 있었다.

그러나 전투가 끝날 무렵 사람들은 이미 자신의 행위가 얼마나 끔찍한지 느끼면서도, 또 그 행위를 멈추면 기뻐할 것이면서도, 어떤 이해할 수 없는 신비한 힘에 여전히 지배받고 있었다. 땀과 피로 흠뻑 젖은, 세 명당 한 명꼴로 남은 포병들은 피로로 휘청거리고 숨을 헐떡이면서도 탄약을 나르고 장전하고 조준하고 점화했다. 포탄은 여전히 빠르고 잔혹하게 양 진영을 날아다니며 인간의 육체를 짓뭉겠다. 인간의 의지가 아니라 인간과 세계를 지배하는 이의 의지로 벌어지는 그 끔찍한 일은 끊임없이 계속해서 벌어지고 있었다.

누군가 혼란에 빠진 러시아군의 후방을 보았더라면 프랑스군이 한 번 더 조금만 힘썼더라면 러시아군이 전멸했을 거라고 말했을 것이다. 그리고 또 다른 누군가는 프랑스군의 후방을 보았더라면 러시아군이 한 번 더 조금만 힘썼더라면 프랑스군이 괴멸했을 거라고 말했을 것이다. 그러나 프랑스군도 러시아군도 그 힘을 쓰지 않았고, 전장의 화염은 천천히 사그라졌다.

러시아군이 그 힘을 쏟지 않은 것은 그들이 먼저 프랑스군을 공격한 게 아니기 때문이다. 전투 초기에 그들은 모스크바로 향하는 도로를 차단하고 그곳에 머물렀는데, 전투가 끝날 무렵에도 여전히 그곳에 머물고 있었다. 그러나 프랑스군을 격파하는 것이 러시아군의 목표였다 할지라도 그들은 그 최후의 노력을 행할 수 없었을 것이다. 왜냐하면 러시아군의 전 부대가 격파되는 바람에 전투에서 피해를 입지 않은 부대가 없었고, 러시아군은 제자리에 머물면서 자기 군대의 **절반**을 잃었기 때문이다.

지난 15년 동안의 모든 승리들을 기억하고 나폴레옹의 불패를 확신하는 프랑스군으로서는, 자신들이 전장의 일부를 장악했고 병사의 4분의 1만 잃었을 뿐이며, 아직 아무런 손실도 입지 않은 근위대 2만 명이 있다는 점을 인식하고 있던 프랑스군으로서는 이런 노력을 해 보는 것이 손쉬웠다. 진지에서 몰아내 섬멸할 목적으로 러시아군을 공격한 프랑스군은 마땅히 노력했어야 했다. 러시아군이 전투 전과 마찬가지로 모스크바로 가는 길목을 가로막고 있는 한 프랑스군의 목적은 달성될 수 없을 뿐 아니라, 모든 노력과 손실이 헛되게 끝나기 때문이다. 그러나 프랑스군은 이런 노력을 하지 않았다. 몇몇 역사가들은 나폴레옹이 전투에서 승리를 거두기 위해서는 아무 손실도 입지 않은 고참 근위대를 내보낼 필요가 있었다고 말한다. 나폴레옹이 자신의 근위대를 내보냈더라면 어떻게 되었을까 하고 말하는 것은 봄이 가을로 변했더라면 어떻게 되었을까 하고 말하는 것과 같다. 그런 일은 있을 수 없었다. 나폴레옹이 근위대를 내보내지 않은 것은 원하지 않아서가 아니라 그것이 불가능했기 때문이다. 프랑스군의 장군들, 장교들, 병사들은 모두 그것이 불가능하다는 것을 알았는데, 왜냐하면 군대의 저하된 사기가 그것을 허용하지 않았기 때문이다.

무시무시하게 흔들어 대던 두 팔이 무기력하게 툭 떨어지는, 마치 꿈을 꾸는 것과 비슷한 감정을 경험한 사람은 나폴레옹만이 아니었다. 모든 장군들, 프랑스군의 모든 전투병들과 비전투병들, 이전 전투들로부터 (이제까지는 그 10분의 1의 노력으로도 적들이 달아났다) 온갖 경험을 갖고 있는 그들도 병력의 **절반**을 잃고도 전투의 초기와 다름없이 위협적인 모습으로 끝까지 자리를 사수하는 적 앞에서 똑같은 공포의 감정을 느꼈다. 프랑스 군대의 공격적인 정신력이 소진되고 말았다. 문양이 들어간 군기(軍旗), 즉 막대기에 매달린 천 조각을 획득하는 것이나 부대가 주둔했거나 주둔하는 공간으로 결정되는 승리가 아니라, 상대에게 적의 정신적 우월함과 자신들의 무력을 믿게 하는 정신적 승리를 프랑스군은 보로디노에서 러시아군에 빼앗겼던 것이다. 기세 좋게 달리다 치명상을 입고 미쳐 날뛰는 맹수처럼 프랑스의 침공은 그 자체의 파멸을 감지했다. 그러나 병력이 프랑스군의 절반에 불과했던 러시아군이 진로에서 벗어나지 않을 수 없었던 것처럼 프랑스의 침공은 멈출 수가 없었다. 일단 충격이 가해지자 프랑스군은 모스크바까지 계속 굴러갈 수 있었다. 그러나 그곳에서 그들은 러시아군의 새로운 노력이 없었지만 보로디노에서 입은 치명상으로 피를 흘리며 파멸할 수밖에 없었다. 나폴레옹의 이유 없는 모스크바로부터의 탈주, 구(舊)스몰렌스크 가도를 통한 회귀, 50만 침략군의 파멸, 나폴레옹의 멸망은 보로디노 전투의 직접적인 결과였다. 나폴레옹의 프랑스는 보로디노에서 처음으로 자신들보다 정신적으로 더 강한 적의 팔에 압도되었던 것이다.

(하권에서 계속됩니다.)

13 **알렉산드르 황제는~에르푸르트에 다녀왔고** 알렉산드르 1세와 나폴레옹
은 1808년 9월 27일에서 10월 14일에 걸쳐 에르푸르트에서 회담
을 갖고 틸지트 조약의 실효성을 확인한 뒤 일련의 영토 문제를 해
결하는 '에르푸르트 조약'을 체결했다. 스페인 전쟁으로 인한 프랑
스 정세의 악화와 전력을 강화한 오스트리아의 새로운 위협에 직
면해 나폴레옹은 러시아와의 동맹을 굳건히 하고자 했다.
　　나폴레옹과 알렉산드르의 관계는 ~ 국경을 넘을 정도였고 틸지트 평화 조
약을 체결할 때 맺은 별도의 밀약에 따라 러시아와 프랑스는 유럽
의 다른 제국에 맞선 전쟁에서 협력해야 했다. 그러나 1809년 오스
트리아가 프랑스와 전쟁을 시작했을 때 알렉산드르 1세는 이 협정
에 반해 오스트리아와의 전쟁을 가급적 피하려 했다. 그는 군대의
출정을 서두르지 않았고, 오스트리아군과의 충돌이나 적대적 행
위를 가능한 한 피하라고 지시했다.

14 **자유농민** 자유농민(vol'nye khlebopashtsy)은 1803년 2월 23일 포
고된 칙령에 의해 농노적 예속 관계에서 해방된 농민의 범주다. 이
칙령에 따라 원하는 지주는 개별적으로 혹은 전체 마을 단위로 땅
을 분할해 주고 매입하게 하여 농민을 자유롭게 해 줄 수 있었다.
그러나 이 정책은 대부분의 귀족들 사이에서 불만을 샀고, 영지에

소속된 농민을 농노 신분에서 해방시킨 지주는 극소수에 지나지
않았다.

27 **대변혁의 에너지가 절정에 달한 때였다** 미하일 스페란스키(Mihail
Speranskii, 1772~1839)는 알렉산드르 1세의 치세 전반기에 황제
의 두터운 신임을 받으며 국가 개혁 정책을 주도한 정치가다. 그
는 시골 사제의 아들로 태어나 신학 교육을 받았지만, 알렉산드
르 1세가 등극하고 얼마 후인 1802년 폭넓은 안목과 탁월한 능력
을 인정받아 내무부 관료로 정계에 진출했다. 1803~1807년 헌법
편찬에 적극 참여했고, 1808년에는 황제의 수행단 일원으로 알렉
산드르 1세의 에르푸르트 회동에 동행했다. 1808년 가을부터 그
는 내정 개혁 분야에서 알렉산드르 1세의 최측근이 되었다. 1809
년 스페란스키는 황제의 위임을 받아 완성한 국가 개조안으로 명
예의 정점에 섰다. 하지만 그의 개혁안은 농노제는 건드리지 않은
채 법에 기반을 둔 절대 권력의 통치를 모토로 자유주의의 이상과
전제 체제의 현실을 절충한 것이었음에도 보수적인 귀족 관료 사
회의 격렬한 저항에 부딪쳐 황제의 자문 기구인 국가평의회 설치
(1810)와 정부 조직 개편(1811)에 그 실현이 국한된 채 좌초되었
다. 스페란스키는 중앙 정계에서 황제의 신임 외에는 다른 뿌리가
없는 고립된 존재였다. 1810년 프랑스와의 동맹 체제가 깨지고 러
시아에 반프랑스 정서가 팽배해지면서 그가 제시한 개혁안이 프
랑스적 성향이 짙다는 이유로 프랑스와 내통하고 있다는 공격을
받아 1812년 3월 실각하고 유형에 처해졌다. '러시아 자유주의의
아버지'로 불리는 스페란스키의 사상은 이후 러시아 개혁주의자
들에게 지속적인 영향을 미쳤다.

페테르고프 Petergof. 러시아 황실의 여름 궁전들 가운데 한 곳이다.
페테르부르크에서 남서쪽으로 약 30킬로미터 떨어져 있으며 표트
르 대제가 세운 여름 별장에서 유래했다.

사회를 어수선하게 만든 두 칙령 귀족 관료 사회는 1809년 스페란스키
가 만든 궁정 관직과 문관 시험에 관한 두 개의 칙령에 격분했다.
예카테리나 여제 시대부터 귀족 계급은 봉직의 의무 없이 어린 시

절부터 '시종'과 '시종보'의 궁정 관등을 소유하고 실제 관직에 들어서면 이내 고위직을 차지하는 특권을 누렸다. 1809년 4월 3일 자 칙령은 이런 특권에 종지부를 찍고 귀족 계급에 봉직의 의무를 부과했다. 1809년 8월 8일 공포된 문관 시험에 대한 칙령에 따르면 8등 문관은 대학 졸업장을 제출하거나 특별 시험을 통과해야 했고, 5등 문관은 그에 더하여 10년 이상 봉직해야 자격을 갖출 수 있었다.

개조할 헌법 전체 스페란스키의 '국가 개조안'을 말한다.

조력자들 '공안위원회(comité du salut publique)'는 프랑스 혁명 때 1793년 국민 공회가 설치한 위원회로, 자코뱅 독재의 지도 기관이 되었다. 알렉산드르 1세의 치세 초기(1801~1803)에 자문 기구로 존재하던 (언급된 인물들이 성원을 이룬) '비밀위원회'와는 아무런 공통점이 없었다.

군사 분야는 아락체예프가 맡았다 1808년 알렉산드르 1세는 아락체예프를 국방 대신에 임명하면서 군에 대한 전권을 그의 손에 쥐여 주었다.

29 **실라 안드레이차** Sila Andreicha. '실라'는 '힘'을 뜻하고, '안드레이차'는 '안드레이치의'라는 뜻이다. 따라서 동시대인들이 아락체예프에게 붙인 이 냉소적인 별명은 '안드레이치의 힘'이라는 말이다. '안드레이치'는 아락체예프의 부칭인 '안드레예비치'를 격식 없이 칭한 것이다.

33 **[빅토르] 코추베이** Viktor Kochubeii(1768~1834). 알렉산드르 1세의 '젊은 시절의 친구들' 중 한 사람으로 '비밀위원회' 위원이었고, 1802~1807년 내무 대신을 지냈다.

35 **나폴레옹과 수차례 만나 회담을 한 사람이었다** 스페란스키는 에르푸르트에서 알렉산드르 1세의 특별한 신임을 받는 인물로 그를 수행하며 나폴레옹의 관심을 끌었다.

36 **[미하일] 마그니츠키** Mikhail Magnitskii(1778~1855). 스페란스키의 신임을 얻어 그가 기획한 개혁안의 열렬한 실행자가 되었던 인물이다. 스페란스키가 실각한 후 유배에 처해졌다가 돌아온 뒤에는

수구주의자가 되어 교육 분야에서 자유주의를 근절하는 활동을 벌였다.

38 **저는 몽테스키외의 숭배자입니다** 안드레이 공작은 프랑스의 계몽주의 법학자이자 정치사상가인 샤를 루이 몽테스키외(1689~1755)와 그의 저작 『법의 정신』의 기본 명제들 중 하나에 대해 말하고 있다.

43 **성직자의 아들** '쿠테이니크(kutejnik)'. 성직 계급 사람들을 조롱하는 별명이다.

모든 조항에 라벨을 붙였다고 냉소적으로 말했다 스페란스키가 법률가로 법전편찬위원회에서 1803년부터 근무한 구스타프 로젠캄프(Gustav Rosenkampf, 1762~1832)의 활동에 불만을 가졌던 것은 실제 사실이다. 러시아 제국에는 17세기 중반에 법전이 편찬된 이래로 새롭게 제정된 수천 개의 법률들이 정리되지 않은 채 산적해 있었다. 새로운 법전을 편찬하기 위해 표트르 대제 시대부터 예카테리나 여제 시대에 이르기까지 18세기 동안 일련의 법전편찬위원회들이 조직되었으나 목적을 달성하지 못했다. 1801년 7월 5일 알렉산드르 1세가 설립한 법전편찬위원회는 1700년 이래 설립된 열 번째 위원회로, 이 위원회 역시 법전 편찬 업무에 관한 분명한 접근 방식을 정하지 못하고 표류했다. 이런 상황을 타개한 인물이 스페란스키였다. 1808년 알렉산드르 1세는 스페란스키를 법무부 부대신으로 임명하고 그에게 별 진척이 없는 위원회를 활성화시키고 법전 편찬 목표를 달성하라는 지시를 내린다. 스페란스키는 19세기 초 당시 유럽 국가들의 법 모델과 법 원칙을 차용하여 낡은 1649년 법전을 새롭고 포괄적인 근대적 법전으로 대체하고자 했다. 스페란스키를 의장으로 새롭게 위원회가 조직되었다. 위원회는 1809년 나폴레옹 법전을 모델로 한 민법전의 첫 부분(가족법)을 완성한 것을 시작으로 결실을 이루어 갔으나, 보수적인 관료들로부터 정치적 공격을 받던 스페란스키가 1812년 초 실각한 후 위원회에서 마련된 법전 초안은 채택되지 못한다.

44 **나폴레옹 법전과 유스티니아누스 법전의 도움으로** 나폴레옹 법전은 1804년 제정된 프랑스 민법전으로 근대 민법의 토대가 되었다. 유스티

니아누스 법전은 비잔틴 제국의 황제 유스티니아누스 1세의 후원으로 529~565년에 편찬된 법전과 법률 해석집으로 정식 명칭은 로마법 대전이다. 후대의 법 연구의 토대가 되었고, 나폴레옹 법전이 그 제정 과정에서 로마법의 강력한 영향을 받은 것처럼 근대 유럽의 법질서에 지대한 영향을 끼쳤다.

50 **일루미나티 교의의 위험한 의도를 본** '일루미나티 교단'은 1776년 바이에른 왕국에서 태동한 독일 프리메이슨의 한 분파로서 군주제를 공화정으로 대체하는 것을 비밀 목적으로 했다. 1785년 바이에른 정부의 탄압으로 해산되었다. 프리메이슨의 정규 강령에는 정치적 삶에 대한 불간섭이 포함되어 있었다.

56 **루 체프 백작과 콜랭쿠르의~나폴레옹 동맹이었다** 니콜라이 루만체프 백작은 프랑스와의 관계 회복을 지지했으며, 1808년 외무 대신에 임명되었다. 아르망 콜랭쿠르(Armand Caulaincourt, 1773~1827)는 나폴레옹의 측근 중 한 사람으로 1807~1811년 페테르부르크 주재 프랑스 대사로서 러시아와의 화친 정책을 추진했다.

리뉴 공 실존 인물로 벨기에의 정치가이자 작가인 샤를 조제프 드 리뉴(Charles Joseph de Ligne, 1735~1814)이다. 예카테리나 여제 시대에 러시아에 사절로 오곤 했다. 프랑스에서 봉직하다 이후 오스트리아로 건너갔다. 오스트리아 황제 요제프 2세의 친구였으며, 재치 있고 경박한 자유사상가로 유명했다.

58 **블루스타킹** 18세기 영국 사교계에서 문학과 학문에 취미를 가진 여성들을 조롱하여 이르던 말이다.

62 **말해질 수 없는 이름** 구약 시대에 히브리인들은 하느님을 여러 이름으로 불렀다. 그 가운데 모세가 하느님에게서 직접 계시받은 '야훼'는 '스스로 있는 자'라는 뜻으로, 함부로 부를 수 없는 이름이었다. 그래서 히브리인들은 '강한 자'라는 의미의 '엘로힘'이나 '주'라는 의미의 '아도나이'라는 호칭을 썼다.

66 **생명은 사람들의 빛이었다~어둠이 빛을 이겨 본 적이 없다** 「요한의 복음서」 제1장 4~5절의 구절. 그리스도의 부활의 비밀과 그리스도를 통한 인간의 부활의 담보에 대한 구절이다.

67　　**노래 중의 노래**　'가장 아름다운 노래', '으뜸가는 노래'라는 뜻으로, '솔로몬의 노래'로 알려진 구약의 「아가」를 말한다. 신비적이고 관능적인 시로 하느님의 뜻에 따라 남녀 간에 나누는 육체적인 사랑을 찬미하고 있다.

69　　**핀란드 전쟁**　1808~1809년에 벌어진 러시아-스웨덴 전쟁을 말한다. 영국과 동맹을 맺은 스웨덴을 대륙 봉쇄에 끌어들이기 위해 벌어진 이 전쟁의 결과로 핀란드가 러시아에 합병되었다.

70　　**리보니아 귀족**　알려지지 않은 발틱 연안 독일인 비명문가 귀족을 말한다. 지금의 라트비아와 리투아니아 일부인 남부 발틱 연안 지역이 리보니아(Livonia)로 불렸다.

71　　**오스트제이스키**　Ostzeiskii. 발틱 연안 지역 주들의 독일어 명칭이다.

83　　**케루비니의 오페라**　루이지 케루비니(Luigi Cherubini, 1760~1842)는 이탈리아에서 태어나 수학한 뒤 파리에 정주한 오페라 및 종교 음악 작곡가다. 프랑스어로 14편의 오페라를 썼는데, 그중 「이틀」이라는 곡이 당시 러시아에서 큰 인기를 끌었다.

84　　**영국 강변로**　'안글리스카야 나베레즈나야(Angliiskaja naberezhnaja)'. 18세기에 영국 상인들이 정착한 데서 이름이 유래한 네바 강변에 있는 구역으로 부유층 저택들이 늘어서 있었다.

85　　**타브리체스키 정원**　흑해 함대 창설자인 그리고리 포툠킨-타브리체스키(Tavricheskii, 1739~1791) 공작의 저택으로 당시 마리야 페오도로브나 황태후의 거처였다.

86　　**모자**　'토카(toka)'. 프랑스어 '토크(toque)'에서 유래한 챙이 없는 모자이다. 러시아에서 19세기에 여성의 머리 장식으로 유행했다. 깃털, 베일, 보석, 조화 등으로 장식했다.

89　　**기장**　여기서는 페론스카야의 시녀 신분의 징표다.

92　　**마리야 안토노브나**　마리야 나리시키나(Maria Naryshkina, 1779~1854). 이름난 미녀로 알렉산드르 1세의 총애를 받은 시녀였다.

93　　**파르마존**　farmazon. '프리메이슨'의 왜곡된 프랑스어다.

98　　**국가평의회**　스페란스키의 개혁안에 따라 설치된 국가평의회는 1810년 1월 1일 첫 회의를 시작으로 1906년까지 존속했다.

101 **코티용** cotillon. 네 사람 혹은 여덟 사람이 한 조가 되어 추는 활발한 무도회 춤으로 빠른 박자의 왈츠와 비슷했다.

106 **군주의 연설은 예사롭지 않았다** 1810년 1월 1일 첫 국가평의회 회의에서 알렉산드르 1세는 스페란스키가 준비한 연설을 했다.

107 **손님은 제르베~스톨리핀이었다** 안드레이 제르베(Andrei Zherve, 1773~1832)는 스페란스키의 친척으로 외무부와 재무부에서 근무했다. 아르카디 스톨리핀(Arkadii Stolypin, 1778~1825)은 작가이자 원로원 의원이었다.

109 **나폴레옹의 스페인 원정** 1807년 나폴레옹은 대륙 봉쇄령 참가를 거부한 포르투갈 점령을 빌미로 대규모 군대를 스페인으로 보냈고, 1808년 5월에는 자신의 형 조제프 보나파르트를 스페인 왕에 즉위시켰다. 그러나 프랑스 군대는 스페인 민중의 끈질긴 저항에 부딪쳤다. 잔혹한 탄압과 대량 학살에도 불구하고 온 나라에 걸쳐 봉기가 일어났고 파르티잔 부대들이 게릴라 전술을 펼쳤다. 1809년 2월 사라고사의 영웅적 방어와 파멸은 전 세계를 뒤흔들었다. 스페인 민중의 해방 전쟁은 나폴레옹 제국의 약화를 촉진시켰다.

119 **파닌** Panin. 오래된 러시아 귀족 가문 중 하나다.

123 **자네는 우리의 여성용 장갑을 알지** 초고에서 안드레이 공작은 프리메이슨으로 설정되어 있었다.

161 **판나** panna. 서남 러시아를 비롯하여 폴란드, 체코, 슬로바키아, 우크라이나, 벨라루스 등에서 미혼녀를 일컫는 호칭이다.

168 **두브라바** dubrava. 참나무 숲.

171 **러시아인들을 가로막는 모든 방해가 헛되도다** 제2권 제1부 제3장의 연회 장면에 나오는 파벨 쿠투조프가 지은 칸타타의 첫 소절이다.

173 **드로시키** drozhki. 지붕이 없는 2인승의 용수철이 달린 경사륜마차이다.

192 **디아나** Diana. 로마 신화에 나오는 사냥의 여신이다.

204 **아저씨가 '콜리도르'라고 부르던** 러시아어로 복도는 '코리도르(koridor)'이다.

 바리냐 barynya. 러시아의 민속 음악과 무용.

208 **리네이카** lineika. 양옆에 등을 대고 앉는 긴 사륜마차다.

218 **귀리를 좀 가져와** 크리스마스 주간에는 바닥에 뿌린 곡식을 가금이 어떻게 쪼아 먹는지를 보며 점을 쳤다.

219 **카차베이카** katsavejka. 모피를 댄 단추나 호크 없는 짧은 여성용 상 의다.

221 **물을 운반하는 사람** 루이지 케루비니의 오페라 「이틀」을 말한다. 제2 권 제3부 참조. 러시아에서 이 오페라는 독일어 제목 '물을 운반하 는 사람'으로 인기를 끌었다.

225 **무슈 필드** 존 필드(John Field, 1782~1837). 아일랜드 작곡가로 1804~1831년 페테르부르크에서 살며 귀족 가정에서 음악 교습을 했다.

229 **피즈미** fizhmy. '고래수염'을 뜻하는 독일어 '피슈바인(fischbein)' 에서 유래한 말로, 18~19세기 초에 유행한 화려한 넓은 치마다. 보 통 고래수염으로 만든 버팀 살로 치마를 퍼지게 했다.

   트로이카 troika. 말 세 마리가 끄는 마차나 썰매로, 장거리를 빠른 속도로 이동하기 위해 고안된 탈것이다. 러시아의 상징 중 하나다.

257 **프란츠 황제가 그에게 딸을 첩으로 주려고 안달이다** 나폴레옹은 프랑스 최상류 사회의 인정을 얻기 위한 방편으로 프랑스 혁명기에 처형 된 장군 알렉상드르 드 보아르네(Alexandre de Beauharnais) 자 작의 미망인으로 사교계의 꽃이던 조제핀 드 보아르네와 1796년 결혼했다가 1810년 이혼한다. 나폴레옹이 프랑스 제정의 정치 적 입지를 강화하기 위해 외국 황실과 인척 관계를 맺으려 한 것 이 그 한 이유다. 오스트리아군을 격파하고 평화 조약을 체결한 직 후인 1809년 10월 나폴레옹은 프란츠 황제가 전쟁에서 거듭 패한 오스트리아의 위상을 회복하기 위해 내민 그의 딸 마리아 루이자 (Maria Luigia)와의 혼인을 긍정적으로 받아들인다. 그와 동시에 알렉산드르 1세와 나폴레옹의 에르푸르트 회담 이후 알렉산드르 1세의 여동생 중 한 명과 나폴레옹의 혼인에 대한 소문이 이어졌 다. 1810년 4월 1일, 러시아 황실로부터 이 혼인을 거절당한 나폴 레옹은 오스트리아 공주와의 혼인 계약에 서명한다.

아스트라이아와 만나 페테르부르크에 있던 두 프리메이슨 지부의 명칭이다. '아스트라이아(Astraea)'는 그리스 신화에 등장하는 정의의 여신이다.

헌장에 대해 법석을 떨지 각 프리메이슨 지부는 상징적 문양이 있는 양탄자를 필수 소품으로 지녔다. 그래서 지부들은 가장 신망 높고 오래된 프리메이슨 조직으로부터 교단의 의례와 규약이 기록된 헌장과 함께 그 양탄자를 구하려고 애썼다.

268 **[표트르] 로푸힌** Pyotr Lopukhin(1753~1827). 예카테리나 여제 시대에 야로슬라블과 볼로그다 총독을 역임하고, 알렉산드르 1세 치세에서는 1803~1810년 법무 대신과 국가평의회 의장 및 내각의 수상을 역임했다.

270 **올덴부르크 공작의 영토에 대한 나폴레옹의 침탈** 올덴부르크 공작 페터 프리드리히 루트비히(Peter Friedrich Ludwig, 1755~1829)는 알렉산드르 1세의 어머니인 마리야 페오도로브나 황후의 여동생과 결혼했다. 1810년 나폴레옹은 대륙 봉쇄령을 지키지 않았다는 이유로 독일 북서 지방을 병합하고, 같은 이유로 올덴부르크 공국의 영토를 침탈했다. 나폴레옹은 대서양 연안 지역을 점령하기 전 올덴부르크 공작에게 에르푸르트를 보상으로 제공하고 포섭하려 했지만, 공작은 알렉산드르 1세의 충고에 따라 거절했다. 1810년 12월 30일, 프랑스군이 공국을 점령하면서 공작은 군주의 직위를 상실한다. 이때 러시아는 프랑스에 격렬한 항의 각서를 보냈다.

가톨릭교의 수장을 끌어내리려 하는데 1809년 나폴레옹은 로마와 함께 교황령을 프랑스 제국에 합병한다는 칙령을 발표했다. 교황 피우스 7세는 프랑스로 압송되어 1814년 봄까지 가택 연금 상태의 인질로 잡혀 있었다.

273 **쿤스트카메라** Kunstkamera. 표트르 대제가 1714년 페테르부르크에 세운 자연사 박물관의 명칭이다.

구슬리 gusli. 러시아 전통 현악기 중 하나다.

280 **부리메** bout rimes. 프랑스어로 '각운'을 뜻한다. 제공된 운 목록에서 운을 골라 시를 짓는 문학 놀이다.

282 가여운 리자 1792년에 발표된 니콜라이 카람진(Nikolay Karamzin, 1766~1826)의 중편 소설이다. 러시아 감상주의 문학을 대표하는 작품으로 귀족 계층에서 큰 성공을 누렸다. 소설의 여주인공인 귀족과 사랑에 빠진 농민 처녀가 그 귀족에게 버림받아 몸을 던진 시모노프 수도원 옆 연못은 감상주의의 성지가 되었다.

289 넝마 여성의 성장을 익살스럽게 표현한 것이다.

마담 오베르 샬메 모스크바에서 큰 인기를 누린 양장점 주인이다. 마리야 드미트리예브나가 오베르 샬메를 '큰 악당'을 뜻하는 '오베르 셸마(Ober-Shel'ma)'로 부른 것은 당시 모스크바의 노인들 사이에서 통용되던 말장난으로, 많은 돈을 끌어모으던 프랑스인 의상 디자이너를 비꼰 것이다.

299 토크 toque. 챙이 없고 높은 부인용 모자다.

302 [님포도라] 세묘노바 Nymphodora Semyonova(1788/1787~1876). 당시 오페라 가수로 유명했던 배우다.

309 [루이 앙투안] 뒤포르 Louis-Antoine Duport(1781~1853). 프랑스의 발레리노로 1808~1812년 마담 조르주와 함께 모스크바와 페테르부르크에서 공연했다.

318 이 여자는 이토록 극진한 사랑을 보였으니 ~ 많이 즐겼기 때문이다 「루가의 복음서」 7장 47절의 일부 구절에 기초한 말장난이다.

326 아들을 향한 범죄적인 사랑에 관한 시였다 여기서 조르주가 낭송하는 작품은 장 라신(Jean Racine, 1639~1699)의 비극 『페드르(Phèdre)』다. 조르주는 『페드르』로 1808년 페테르부르크 무대에 올라 큰 인기를 끌었다.

345 베시메트 beshmet. 타타르인과 캅카스인의 전통 의상으로, 솜을 누빈 짧은 카프탄이다.

뚜껑이 열린 책상 '뷰로(bjuro)'. 경사진 여닫이 뚜껑이 있고 서류용 서랍들이 달린 책상이다.

347 이바니치 Ivanych. 이바노비치의 비격식적 부침.

353 앉아야 해 이사나 여행을 가기 전에 잠시 앉는 것은 행운을 비는 러시아인의 관습이었다.

374 **그의 갑작스러운 유형과 반역 혐의에 대한 소식이 막 모스크바에 닿았던 것이다**

스페란스키의 정치 활동에 반감을 품은 귀족 관료 사회가 그를 탄핵하기 위해 꾸며 낸 죄목은 국가 재정을 파탄시켰고, 정부에 대한 반감을 불러일으킨 세금을 도입했으며, 나폴레옹과 결탁하여 프랑스와의 동맹을 옹호했다는 것 등이었다. 프랑스와의 전쟁이 임박한 상황에서 알렉산드르 1세는 스페란스키의 활동을 부담스러워했으며 예전의 자유주의적 지향으로부터도 멀어졌다. 1812년 3월, 스페란스키는 거짓 죄목으로 해임되어 유형에 처해진다. 1816년이 되어서야 복권된 스페란스키는 이후 펜자 주지사와 시베리아 총독을 역임하고 1821년 페테르부르크로 돌아와 국가평의회 위원에 임명되지만 더 이상 알렉산드르 1세에게 영향력을 발휘하지 못했다.

387 **[샤를 모리스 드] 탈레랑[페리고르]** Charles Maurice de Talleyrand-Périgord(1754~1838). 프랑스의 정치가이자 외교관, 로마 가톨릭 교회의 성직자로서, 혁명 정부, 나폴레옹 제정, 부르봉 왕가 루이 필리프의 통치를 거치는 동안 계속 실권을 유지했으며 주로 '탈레랑'이라고 불린다. 그는 1789년 주교가 되었고, 프랑스 혁명이 일어나던 같은 시기에 삼부회에서 신분 차이를 두지 말고 한방에 모여 '국민 회의'를 구성할 것을 주장했다. 이 회의에서 교회의 특권 폐지 및 혁신 개혁안을 제시했으며, 1790년에 바스티유 감옥 습격 1주년을 기념한 미사를 집전하여 '혁명의 주교'라는 별칭을 갖게 되었다. 혁명 발발 후 교회 재산의 국유화를 제안했다가 교회로부터 파문당해 주교 직을 떠났다. 이후 그는 뛰어난 협상 능력으로 혁명 정부의 외교 임무를 수행했다. 1791년 영국과 오스트리아의 대프랑스 동맹을 막기 위해 런던으로 파견되었고, 나폴레옹이 오스트리아를 이긴 후에는 캄포포르미오 조약의 협상과 조인에 관여했다. 또한 나폴레옹이 오스트리아, 스위스, 이탈리아 등지에서 패권을 잡고 '종신 통령'이 되도록 도왔다. 이처럼 나폴레옹의 뛰어난 재능을 인정하여 나폴레옹을 정계에 등장시키는 데 성공하였고, 1799년 나폴레옹이 정권을 잡으면서 외무 장관에 취임, 능란

한 수완을 발휘하여 권력과 재력을 잡았다. 그러나 1806년 대륙 봉쇄를 계기로 나폴레옹의 정책에 의혹을 느꼈고, 나폴레옹의 끝없는 야심을 깨달은 후 오스트리아의 메테르니히 및 러시아 황제 등과 내통하였고, 1810년 외무 장관을 사임한 후 부르봉 왕가의 복고를 기획했다. 그는 부르봉 왕가의 외무 대신을 역임했고, 빈 회의에서 프랑스 협상단 대표로 역할을 했다. 그러나 이 회의에서 강대국들의 영토 요구를 막아 프랑스 국경을 지키는 데 기여하는 한편, 프로이센의 라인강 서쪽 지배에 동의함으로써 프랑스를 위기에 빠뜨렸다. 나폴레옹의 '백일천하' 때 다시 국무 회의 의장이 되었으며, 이후 루이 필리프를 왕으로 옹립하는 7월 왕정에 가담하여 계속 외교관으로서 활발한 활동을 했다. 백일천하 후에 다시 외무 장관이 되었는데, 왕가(王家)와 하원의 미움을 받아 사임했다. 1830년 7월 혁명 후, 고령의 몸으로 영국 주재 대사가 되어 벨기에의 독립을 도왔다.

388 **그가 세인트헬레나섬에서 말했던 것처럼** 에마뉘엘 드 라스 카즈(Emmanuel de Las Cases, 1766~1842)는 1809년 나폴레옹 황제의 시종 장군이 되었고, '백일천하'에 가담했다가 나폴레옹이 세인트헬레나섬으로 유배를 떠날 때 동행했다. 그 기간 동안 비공식적으로 그의 비서 역할을 했으며, 나폴레옹과의 구술을 받아 적은 수많은 메모를 남겼다. 이 기록에 전쟁, 프랑스 혁명, 정치, 종교 등에 대한 나폴레옹의 견해가 담겨 있는데, 각색과 왜곡된 표현들이 있어 다소 신뢰성이 떨어진다. 라스 카즈는 나폴레옹에 대한 영국 정부의 처우를 불평했다가 세인트헬레나섬에서 추방되고 원고도 빼앗겼으나 이후 브뤼셀에 거주하며 나폴레옹이 사망한 후 파리에 올 수 있는 허가를 얻었고, 원고를 되찾아 『세인트헬레나의 회상』(1823~1824)을 출간했다.

정통주의자 '정통 왕조 통치권' 옹호자들을 주로 가리키지만 이 경우에는 부르봉 왕가 지지자들을 일컫는 말이다.

391 **왕의 마음은 하느님의 손안에 있다** 「잠언」 21장 1절의 "임금의 마음도 야훼의 손에는 흐르는 물줄기 같아 당신 마음대로 이끄신다" 일부

를 인용한 것이다.

392 **프로이센으로의 군대 이동** 프랑스는 1811년 러시아와 전쟁을 준비하면서 프로이센에 군대 지원 요청을 했다가 프로이센이 망설이는 기색을 보이자 나폴레옹은 다부 원수에게 프로이센 점령을 명했다. 이후 1812년 프로이센은 나폴레옹에게 협조를 맹세하는 조약에 서명했다.

사람의 정신을 도취하게 만든 경의의 표현 나폴레옹은 오스트리아 황제, 프로이센의 왕, 작센 왕, 라인 동맹에 속한 16개 독일 공국 대공 등 프랑스와 새로운 동맹을 맺은 인사들과 1812년 5월에 드레스덴에서 한 달을 지냈다.

394 **다른 배우자** 조제핀 드 보아르네(Joséphine de Beauharnais)를 지칭한다.

398 **[루이 알렉상드르] 베르티에** Louis Alexandre Berthier(1753~1815). 프랑스 원수이자 1808년 프랑스 총사령관을 지냈으며, 나폴레옹의 참모총장으로 이탈리아, 이집트, 러시아, 스페인 등 수많은 전쟁에서 나폴레옹을 보필하며 공을 세웠다. 1806년 나폴레옹은 그의 충성심을 인정하여 뇌샤텔 대공 자리에 앉히고 1809년에는 바그람 공 칭호를 수여했다. 1812년 러시아 원정 당시에도 나폴레옹 곁에 있었으며, 나폴레옹 퇴위 후 루이 18세의 신하가 되었다. 그후 은퇴하여 바이에른에서 머물다가 죽음을 맞았다.

400 **3개 군대에는 저마다 총사령관이 있었지만** 여기서의 3개 군대는, 제1서부군의 바르클라이 드 톨리(후에 쿠투조프가 그를 대신함), 제2남부군의 바그라티온, 오스트리아 국경 근처에 주둔했던 제3예비군의 총사령관 토르마소프를 지칭하는 것이다.

402 **[알렉산드르 드미트리예비치] 발라쇼프** Aleksandr Dmitrievich Balashov(1770~1837). 1799년 러시아의 소장이 되었고, 1804년 모스크바 경찰서장에 임명되었다. 1810년에는 새로 설립된 국무위원으로 임명된 후 같은 해 6월 경찰 장관이 되었다. 1812년 나폴레옹의 러시아 침공 때는 빌나 최전선에서 복무했으며 나폴레옹에게 차르의 편지를 전달했다. 1812년 애국 전쟁이 끝난 후 외교

공관으로 참여했고, 1819년부터 1828년까지 그는 오룔, 툴라, 랴잔, 탐보프 및 보로네시의 전쟁 총독 직을 역임했다.

404 **[알렉산드르 세묘노비치] 시시코프** Aleksandr Semyonovich Shishkov (1754~1841). 러시아의 정치가이자 작가, 제독으로 해군 장교 교육을 받고 해군 중장까지 진급했으나 알렉산드르 1세가 치세 초기에 실시한 자유주의적 개혁에 반대하여 전역했다. 그 후 '러시아어 애호가 협회'를 만들어 외국어, 특히 프랑스어의 영향으로부터 러시아어의 순수성을 지킬 것을 주장했다. 또한 외국 해군 용어에 대한 러시아 최초 사전인 『3개 국어 해군 사전』을 저술했다. 한편 그가 저술한 『애국론』(1811)에 감명받은 알렉산드르 1세는 나폴레옹 침공 후 스페란스키를 내무 대신에서 해임하고 그 자리에 시시코프를 임명했다. 그는 대중 교육을 반대하고 엄격한 검열 제도를 실시했으며, 혁명 책자를 배포한다는 구실로 성서협회를 박해했다.

[니콜라이 이바노비치] 살티코프 Nikolai Ivanovich Saltykov(1736~1816). 러시아의 귀족 출신으로 러시아 육군 수장을 지냈다. 1782년 예카테리나 2세가 살티코프를 상원 의원으로 지명하였고, 이듬해 예카테리나 2세의 손자인 알렉산드르와 그의 동생 콘스탄틴을 가르치는 상임 교사로 임명했다. 나폴레옹 전쟁이 시작될 무렵 살티코프는 군대 보고를 조사하였고, 알렉상드르가 1813년과 1814년에 러시아 군대를 이끌고 있는 동안 국가 원수 대행을 지시받기도 했다.

[자크 장 알렉상드르 베르나르 로 드] 로리스통 Jacques Jean Alexandre Bernard Law de Lauriston(1768~1828). 스코틀랜드 출신의 프랑스 군인이자 외교관이었으며 나폴레옹 전쟁 기간 동안 프랑스 군 장교로 지냈다. 로리스통과 나폴레옹은 브리엔의 에콜 군사 학교에서 학생으로 처음 만나 제대 후 통령 정부 시기에 다시 부름을 받아 마렝고 전투와 오스트리아 원정에 참전했으며, 외교단을 통솔하기도 했다. 1813년에 포로로 붙잡혀 제국 멸망 때까지 있었으며 이후 프랑스로 돌아와 1823년 프랑스의 원수가 되었다. 1828년

뇌졸중으로 사망한 후 개선문 13열에 'LAURISTON'이라는 이름이 새겨지는 명예를 얻었다.

[알렉세이 보리소비치] 쿠라킨 Aleksei Borisovich Kurakin(1752~1818). 알렉산드르 1세 재임 기간 여러 직을 역임하던 러시아의 정치가이자 비서실장으로, 1802년부터 공공 교육과 보건을 위해 일했다. 알렉산드르 1세에게 계속 공문을 보내 프랑스와 전쟁이 임박했음을 알렸다.

여권을 청구한 때부터 러시아 대사였던 쿠라킨 공작은 1812년 4월 25일 파리에 주재하며 나폴레옹에게 프로이센에서 군대 철수를 요구하는 알렉산드르 1세의 말을 전했다. 이를 거부하자, 그는 프랑스를 떠나는 데 필요한 문서를 요청했다.

409 **드 발마쇼프** 언어유희가 돋보이는 장면으로, '발라쇼프'라는 쉬운 발음의 이름을 잘못 발음하여 우스운 분위기를 만들고 있다. 그가 잘못 발음한 '발마쇼프(Bal-machève)'는 '나를 죽일 총'이라는 발음인 'balle m'achève'와 비슷해서 뭐라가 '발라쇼프'를 '발마쇼프'라고 부르는 모습은 이 장면을 더욱 희화화한다.

411 **[루이니콜라] 다부** Louis-Nicolas Davout(1770~1823). 프랑스 귀족 출신으로 프랑스 대혁명을 지지하며 혁명 전쟁과 나폴레옹 전쟁 때 야전 사령관으로 활약했다. 벨기에 원정과 이집트 원정에도 참여하였으며 아우스터리츠 전투, 예나-아우어슈테트 전투, 에크뮐 전투와 바그람 전투 등을 승리로 이끌었다. 1808년 공을 인정받아 나폴레옹으로부터 공작 작위를 받았고 1809년 에크뮐 공이 되었다. 1814년 나폴레옹 몰락 이후 육군에서 물러났다가 1815년 백일천하 때 군대로 복귀했다. 나폴레옹의 워털루 전투 패배 후 파리 개방 및 파리 협약에 서명했다. 이후 부르봉 왕가에는 충성하지 않다가 1817년 귀족들로부터 인정을 받고 부르봉 왕가를 받아들여 프랑스 귀족으로서의 명예를 유지했다.

415 **마멜루크 인 루스탕** '맘루크(Mamluk)' 혹은 '마믈룩'이라고도 불린다. 1254년부터 1811년까지 이집트를 장악하여 권력을 유지한 용병 군대를 일컬으며, 원래 체르케스인 노예들로 구성되었다. 열다

섯 살이었던 루스탕(Roustant)은 마멜루크(Mameluke)로 팔려
왔다가 나폴레옹의 이집트 정복 때 카이로의 한 수장에 의해 바쳐
졌으며, 이후 나폴레옹을 충직하게 섬겼다고 한다. 나폴레옹은 마
멜루크들로 기병대를 만들기도 했는데, 이들은 아우스터리츠 전
투에서 큰 공을 세웠다.

416 [제로 크리스토프 미셸] 뒤로크 Géraud Christophe Michel Duroc
(1772~1813). 프랑스의 장군으로 이탈리아, 이집트 원정에 참여
했다. 1796년 나폴레옹의 보좌관이 된 후 여단 총장, 총독을 역임
하며 나폴레옹와 각별한 관계가 되었고, 고귀한 성품과 충직함, 깊
은 신뢰로 나폴레옹의 큰 신임을 받았다. 죽은 후에 나폴레옹이 묘
비를 세워 주었고 개선문 15열에 그의 이름이 새겨지는 영예를 얻
었다.

419 네만강 너머로 철수한다는 조건하에서라고 1812년 당시 네만강은 러시
아와 폴란드의 국경이었다.

421 몰다비아 Moldavia. 우크라이나와 루마니아 사이에 있는 지역으로,
14세기에 독립 국가가 되었지만 16세기부터 약 3백 년 동안 튀르
크의 지배를 받았다. 19세기 후반, 민족주의 운동의 영향으로 발라
키아와 합병하여 루마니아를 수립했다.

이 지방들도 선물했을 것이오 1812년 5월 16일, 오스만 제국과의 전쟁
에서 거둔 일련의 승리와 외교 수완을 바탕으로 쿠투조프는 부쿠
레슈티(루마니아의 현재 수도)에서 오스만 제국과 평화 조약을 맺
었다. 이 조약의 결과로 몰다비아 일부(베사라비아)가 러시아에
병합되었으나 몰다비아의 나머지 지역과 발라키아는 계속 오스만
제국의 통치 아래 있었다. 튀르크 군대를 러시아 전쟁에서 이용하
려 했었기에 나폴레옹은 이 상황에 분노했다.

422 [하인리히 프리드리히 카를 폰] 슈타인 Heinrich Friedrich Karl von
Stein(1757~1831). 독일의 정치가로 괴팅겐 대학을 졸업하고
1780년 프로이센 정부에 들어가 1804년 상공 및 세무 담당 대신이
되었다. 1806년 프랑스에 패한 이후 프로이센 국가 기구 개혁의 필
요성을 느껴 1807년 1월 왕에게 내각 제도 개혁을 진언하였다가

왕의 노여움을 사서 사직했다. 그러나 7월 틸지트의 모욕적인 화평 후의 난국에 처하자, 다시 기용되어 수상으로서 슈타인 개혁이라고 알려진 일련의 쇄신책을 단행했다. 하지만 뜻밖에 파면을 당해 결실을 맺지 못했다. 그의 파면은 나폴레옹의 요구 및 융커 계급의 배척, 왕의 기피에 기인한 것이었다. 이후 오스트리아와 러시아 황제의 고문이 되었고, 나폴레옹의 모스크바 원정이 실패한 뒤 귀국하여 프랑스 동맹에 대항하는 독일위원회 위원장을 맡아 나폴레옹 타도에 힘썼다. 빈 회의(1814~1815) 때는 러시아 황제의 고문 자격으로 참석, 민족주의에 입각한 유럽의 개조를 제안하며 독일의 민족적 통일을 기대했으나 실현을 보지 못했다. 1818년 '고대독일사학협회'를 창설하여 중세 사료를 편찬하는 길을 열었다. 고향으로 돌아가 1827년 베스트팔렌 주의회(州議會) 의장이 되었으나, 대체로 공적 생활에서는 은퇴하여 여생을 보냈다.

[구스타프 모리츠] 아름펠트 Gustaf Mauritz Armfelt(1757~1814). 핀란드 출신의 정치가. 1771년 왕정 경호원이 되었으나 경솔한 실수로 1778년 스웨덴에서 추방당했다. 이후 1780년까지 프랑스 파리에서 살았다. 1780년 구스타프 3세를 다시 만난 이후 그의 신임을 얻었고 스웨덴 아카데미의 제1기 멤버가 되었다. 1788~1790년까지 러시아 전쟁에 참가했으며, 러시아와 평화 협상을 할 때까지 큰 기여를 했다.

끔찍한 기억들을 불러일으킬 거요 1812년 프로이센의 폰 슈타인 남작은 나폴레옹에 의해 스페인 동정(東征) 및 프랑스를 프로이센에서 몰아내려 한 혐의로 추방령이 내려져 러시아에서 지냈다. 아름펠트는 스웨덴의 장군이자 정치가로 1811년부터 러시아에서 핀란드 문제를 위한 위원회 의장을 지냈고 국무 협의회 위원으로 재임하고 있었다. 그는 스페란스키를 모함하여 그를 추방하는 데 일조했고, 1812년 알렉산드르 황제를 보필하며 전쟁에 참전했다. 1898년 이후 러시아에서 복무한 빈친게로데를 나폴레옹이 '프랑스 국민'이라 부를 구실은 오직 나폴레옹이 빈친게로데 장군의 고향인 헤센을 자신이 지배하는 라인 연방에 편입시켰다는 점뿐이다. 1807년 프리틀란트 전투에서 나폴레옹에게 패한 베니히센은, 나폴레옹이 언급한 '끔찍한 기억'과 관련되어 있다. 그 기억은 알렉산드르 황제의 아버지 파벨 1세의 암살 모의에 베니히센 장군이 관여한 것을 가리킨다.

422 **[미하일 보그다노비치] 바르클라이 [드 톨리]** Mikhail Bogdanovich Barclay de Tolly(1761~1818). 독일 귀족 집안 출신으로 그의 아버지가 러시아에서 귀족으로 처음 인정받았다. 1776년 어린 나이에 러시아 제국 육군에 들어가 1788년 오스만 제국과의 전쟁에서 공을 세우고 그리고리 포툠킨으로부터 훈장을 수여받았다. 이후 제1차 러시아-스웨덴 전쟁에 참여하고 1794년 그는 코시치우슈코 봉기에 참전해 빌나를 점령하는 공을 세웠다. 1806년 나폴레옹 전쟁의 지휘관이 되어 업적을 남겼으며 1808년 핀란드 전쟁에선 스웨덴에 맞서 큰 공을 세우고 러시아로부터 이를 인정받아 핀란드 제(諸) 공국의 총독이 되었다. 1812년 러시아 원정이 시작되었을 때는 나폴레옹 보나파르트를 상대하는 가장 큰 부대인 제1서부군을 지휘했다. 총사령관으로 임명된 그는 청야 전술(淸野戰術)을 펼쳤다. 그의 작전에 대해 러시아인들은 달갑지 않게 여겼다. 스몰렌스크 전투에서 프랑스군이 승리한 이후, 러시아인들 사이에서 그에 대한 불만이 커져 알렉산드르 1세는 그를 대신해 총사령관으로 미하일 쿠투조프를 임명했다. 그러나 쿠투조프 역시 청야 전술을 이어 나갔고, 보로디노 전투가 발발했다. 하지만 나폴레옹은 이후 러시아에서 철수했고, 바르클라이의 전략이 결정적으로 성공함으로써, 러시아인들은 그를 영웅으로 여겼다. 1813년 쿠투조프의 사망 이후, 바르클라이는 다시 한번 사령관이 되었고, 1814년 파리 전투에서 파리를 점령하는 지휘관이 되었다. 이 공으로 육군 원수가 되었다. 이후 건강이 계속 악화되다가 1818년 독일 방문 중 사망했다.

[에른스트 하인리히 아돌프 폰] 풀 Ernst Heinrich Adolf von Phull(1779~1866). 'Phull(풀)'은 독일인 성이고, 'Pfuel(푸엘)'로도 표기한다. 이 작품에서 작가는 이 성을 러시아어 음가 'pful''로

표기했다. 풀은 프로이센의 장관을 역임했으며 이후 프로이센의 총리가 되었다.

423 **[장바티스트] 베르나도트** Jean-Baptiste Bernadotte(1763~1844). 스웨덴과 노르웨이의 국왕이자 스웨덴의 현(現) 왕가인 베르나도테 왕조의 시조로 프랑스 남부 지방 출신의 프랑스 장군이었다. 법률가가 되기 위해 법률 학교를 다니다가 부친 사망 후, 1780년 프랑스 육군에 입대했다. 1789년 프랑스 혁명이 일어났을 때 그는 왕립군의 하사관이었다. 프랑스 혁명은 베르나도트 같은 비귀족에게도 장교가 될 수 있는 길을 열어 주었다. 1792년까지 하급 장교로 복무하다 플뢰뤼스 전투에서 큰 공을 세워 1794년 육군 소장이 되었고 중장으로 승진했다. 1797년 2만 명의 보충병을 데리고 이탈리아로 가서 처음 나폴레옹을 만났고 '브뤼메르 18일의 쿠데타'로 나폴레옹이 정권을 잡은 이후에도 꾸준히 관계를 유지하되 중립을 지켰다. 이후 나폴레옹의 옛 연인인 데지레 클라리(Désirée Clary)와 결혼했고, 그 덕에 원수까지 올랐지만 전투 중에 명령을 어기고 제멋대로 후퇴했다. 나폴레옹은 그를 용서하고 스웨덴 왕으로 앉혀 주기까지 했으나, 곧바로 반나폴레옹 전선에 가담했다. 이후 스웨덴으로 돌아와 1814년 노르웨이를 병합하는 킬 조약(Treaty of Kiel)에 성공하는 등 외교에서도 공적을 쌓아 1818년 스웨덴-노르웨이 연합 왕국의 카를 14세 요한으로 정식 국왕이 되었다.

425 **유럽이 죄악과 눈이 멀어 파괴했던 그 장벽을 다시 세울 것이오** 여기서 나폴레옹이 언급한 지역은 러시아와 인접한 폴란드 영토로, 러시아는 세 차례에 걸쳐 폴란드 분할의 결과로 이 지역을 획득했다.

427 **[장바티스트] 베시에르** Jean-Baptiste Bessières(1768~1813). 프랑스 혁명 전쟁과 나폴레옹 전쟁에 참전한 장군으로 나폴레옹 군 최고의 기병대장이자 최강의 기병 사령관으로 알려져 있다. 1792년 루이 16세의 근위병으로 시작하여 스페인의 카탈루냐에서 근무한 후 1796년 이탈리아 원정 때 나폴레옹 경호대 사령관으로 복무했다. 이후 이집트 전쟁, 마렝고 전투, 아우스터리츠 전투에 참전해

공을 세웠고 1808년 스페인 전투에서 승리하여 나폴레옹의 동생 조제프 보나파르트를 스페인 왕위에 앉혔다. 나폴레옹과 각별한 관계를 유지하며 신임을 얻었고, 1813년 뤼첸 전투가 일어나기 전 정찰 임무를 수행하다 전사했다.

427 **콜랭쿠르** Marquis de Caulaincourt duc de Vicence(1773~1827). 프랑스 출생으로 나폴레옹의 개인 보좌관을 지냈으며, 군인이자 외교관 직을 역임하고 나폴레옹 치하에서 외무 장관까지 올랐다. 러시아어에 능통했던 콜랭쿠르는 1801년 상트페테크부르크 법정 에서 근무했으며, 1804년부터 황제의 사복시(司僕寺) 장관으로 나 폴레옹이 여러 차례 큰 전투를 벌이는 동안 그의 곁에 있었다. 제 국 설립 이후 1808년 나폴레옹으로부터 비첸차 공작 칭호를 받았 고, 상트페테르부르크 대사로 프랑스와 러시아의 틸지트 동맹을 위해 노력했으며 이때 알렉산드르 1세와 친분을 쌓았다. 그는 이 기간 동안 나폴레옹의 독재를 중재하며 평화를 위해 일했고, 나폴 레옹 황제와 나눈 대화를 기록으로 남겼다.

429 **스페인에서 프랑스군이 패한 사실을 암시하는** 1812년에 영국, 스페인, 포 르투갈 연합군이 웰링턴 지휘하에 프랑스로부터 일련의 승리를 거두었으며, 이 전쟁은 같은 해 7월 22일 스페인 살라망카에서의 전투를 끝으로 종전했다.

카를 12세가 택한 폴타바로 가는 길도 있다고 대답했다 스웨덴 왕 카를 12 세는 당시까지 북유럽에서 가장 강력한 군주였고, 러시아의 표트 르 대제와 오랜 기간 영토 전쟁을 했다. 그러나 결정적으로 우크라 이나를 통해 모스크바에 가려다 1709년 폴타바 전투에서 표트르 대제에게 격파되고, 이후 표트르 대제가 서유럽으로 보다 적극적 으로 진출하게 된다.

폴타와 러시아 지명인 '폴타바(Poltava)'를 일부러 '폴타와 (Poltawa)'라고 표기하여 폴란드 억양을 가미하고 있다.

431 **뷔르템베르크 공국, 바덴 공국, 바이마르 공국의 인간들을 쫓아낼 것이오** 뷔르 템베르크 공국의 공주였던 마리야 페오도로브나는 알렉산드르 1세 의 어머니로 파벨 1세와 결혼했고, 그의 누이 예카테리나 파블로

브나는 올덴부르크 공국의 대공과 결혼했으며, 또 다른 누이 마리
야 파블로브나는 작센 바이마르 공국의 대공과 결혼했다.

433 **노장군은 그곳 군 총사령관으로 임명되었던 것이다** 쿠투조프는 아우스터
리츠 전투 후 황제의 총애를 잃고, 키예프와 빌나의 행정직으로 파
견되었다. 그러나 1811년 3월 다시 몰다비아에 주둔한 군대를 지
휘하라는 명령을 받았다.

437 **[니콜라이 미하일로비치] 카멘스키** Nikolaii Mikhailovich Kamensky
(1778~1811). 미하일 표도로비치 카멘스키 장군의 둘째 아들로
1787년 아버지로부터 군인으로 임명되었고, 1799년 나폴레옹과
처음 만났다. 1808년 스웨덴 전쟁에서 큰 공을 세워 명성을 거머쥐
었으며 1810년 바틴 전투에서 4만 명의 튀르크 군대를 격파했다.
1810년 몰다비아에서 총사령관으로 임명되었고 비딘(Vidin)에서
오스만 제국의 군대를 상대로 큰 승리를 거두었다.

442 **폴란드 현들** '폴란드 현들'이라 불리는 이 지역들은 스몰렌스크 서
쪽에서 위치한 현들(수년 전 러시아에 합병된 현들까지)을 포함하
고 있다.

443 **특유의 독일어 억양** 스코틀랜드 가문의 후손이자, 리투아니아 출생
인 바르클라이 드 톨리는 리보니아에서 성장했으며 러시아군에서
경력을 쌓았다. 여기서 언급된 '독일인 억양'이란 표현은 실제 독
일어 억양을 뜻하는 것일 수도 있지만, 당시 러시아인들 사이에서
일반적으로 외국인을 통칭하여 낮춰 부를 때의 '독일인'으로 볼 수
도 있다.

[알렉산드르 페트로비치] 토르마소프 Aleksandr Petrovich Tormasov
(1752~1819). 러시아 귀족 출생으로, 나폴레옹 전쟁에서 큰 공
을 세웠다. 1772년 스무 살의 나이에 대위로 군 복무를 시작하여
1775년 중령으로 승진했다. 1787~1792년의 튀르크 전쟁에 참전
했으며 1791년 장군으로 승진했다. 1799년 파벨 1세에 의해 해고
되어 수감된 이후 1800년에 복귀하였고 1년 후 알렉산드르 1세 대
관식 당일 기병 총장으로 취임했다. 1803년부터 키예프, 민스크 그
리고 1807년 리가 총독을 지냈으며 1809~1811년에 조지아 총독,

캅카스 총사령관을 지냈다. 퇴임 후에는 국무 위원이 되어 도시 재건을 위해 힘썼다.

444 **[마르키스 오시포비치] 파울루치** Marquis Osipovich Paulucci(1779~1849). 이탈리아 귀족 출생으로 1806년 이탈리아와 오스트리아 군대에서 복무한 후 러시아로 이주하였고 1807년 아내의 도움으로 대령으로 승진했다. 1811년 그루지야 총독이 되었다. 1812년 나폴레옹과의 전투 준비가 시작되자 러시아로 소환되어 육군 참모로 임명되었다. 그러나 며칠 후 바르클라이 드 톨리의 반대로 리보니아 주지사 총재로 옮겨 갔으며 1829년 이탈리아로 넘어가 피에몬테 군대를 지휘했다.

[루트비히 율리우스] 볼초겐 Ludwig Julius Wolzogen(1773~1845). 나폴레옹 전쟁 기간에 장교로 복무했고, 그의 아버지는 공작을 지낸 외교관이었다. 1781년 군인 학교에 입학하였고 1792년 뷔르템베르크 군대에 합류했다. 그는 프로이센 군대에 합류하고자 했으나 거부당했고, 1812년 대령으로 승진하여 바르클라이 드 톨리 본부에 배정되었다. 이후 프랑스의 러시아 침공을 도왔으며 1813년 알렉산드르 1세가 그를 두 번째 연합 전쟁의 원수 중 한 명으로 임명했다. 1814년 러시아 육군을 사임하고 빈 총회에 참석한 후 프로이센 육군 장성 직위를 받았다.

446 **[알렉세이 페트로비치] 예르몰로프** Aleksei Petrovich Ermolov(1777~1861). 모스크바 출신의 러시아 장군으로 대다수의 프랑스-러시아 전쟁에 참전하여 공을 세웠다. 1812년 전투 때 바르클라이 드 톨리 장군과 바그라티온 장군의 분쟁에서 중요한 역할을 했으며 같은 해 러시아 군대 참모, 사령관으로 임명되었다. 1813년 캅카스의 총사령관을 맡았던 예르몰로프는 성공적으로 직위를 수행하였고 1814년 게오르기 훈장을 받았다.

447 **자신이 해낼 수 있는 것을 보여 줄 것이다** 바르클라이 드 톨리는 1809년 핀란드 전쟁에서 러시아군을 지휘하며, 스웨덴과 핀란드 사이에 있는 보트니아만의 빙판 위를 이틀 동안 행군하여 우메오(스웨덴 도시)를 함락시키고 스웨덴과 평화 조약을 맺었다.

448 **그런 사람은 오직 베니히센뿐이다** 베니히센에 대해서는 다섯 번째 파벌
과 여섯 번째 파벌이 다른 견해를 보인다.

452 **[알렉상드르] 미쇼** Alexandre Michaud(1771~1841). 프랑스 니스
출생으로 러시아의 군사령관을 지냈다. 수석 기술자였던 아버지
를 이어 군대의 요새 만드는 일을 담당했고 여러 전투에서 공을 쌓
아 훈장을 받았다. 1813년 장군으로 임명되었고, 1815년 백작 지
위를 부여받았다.

[알렉산드르 이바노비치] 체르니쇼프 Aleksandr Ivanovich Chernyshov
(1786~1857). 상원 의원이었던 이반 체르니쇼프의 아들로 엘리
트 교육을 받고 자랐으며 러시아의 군사 지도자이자 외교관, 정치
가였다. 나폴레옹 전투, 아우스터리츠 전투 등에서 성공적인 외교
업무를 수행했으며 국무 위원에 역임되었다. 1808년 알렉산드르
황제의 개인 사자로 나폴레옹에게 가서 두 황제 사이의 사적인 관
계 발전을 위해 노력했으며 나폴레옹의 신임을 얻었다. 뛰어난 외
교 능력과 정책 전략으로 1856년까지 최고의 정치가라는 칭호를
받았다.

458 **노란 집** 제정 러시아 시대 상트페테르부르크에 있던 오부홉스카야
정신 병원 건물이 노란색이었던 것을 염두에 둔 표현이다.

468 **[니콜라이 니콜라예비치] 라옙스키** Nikolai Nikolaevich Raevskii
(1771~1829). 상트페테크부르크 출신의 러시아 장군이자 정치가
로 나폴레옹 전투에서 큰 업적을 남기고 명성을 얻었다. 어린 나이
에 군에 입대한 후 1789년 총리 계급으로 진급했다. 1790년 중령
이 되었고, 1792년 폴란드-러시아 전쟁에 참가한 이후 카멘스키
백작을 따라 1806~1812년에 튀르크 전쟁에 참전하여 몰디비아
군대에서 복무했다. 1812년 보로디노 전투에 참전했다. 1812년에
는 바그라티온 군대의 제7보병 군단을 지휘했다. 스몰렌스크 전투
때는 적의 대군에 맞서 스물네 시간 동안 스몰렌스크를 방어했고,
보로디노 전투 때는 훗날 라옙스키 보루로 알려지는 전략적 요충
지의 지휘를 맡았다. 이후 말리 야로슬라베츠와 크라스노예 전투
에 참가했으며 유럽 원정에도 참전했다.

468 테르모필레 Thermopyle. 그리스 중부 칼리드로몬산과 말리아코스
만 사이의 좁은 고개다. 이곳에서 그리스인들은 외적들과 여러 번
격렬한 전투를 치렀다. 그중 가장 유명한 전투는 기원전 480년에
스파르타 왕 레오니다스 휘하의 스파르타군 3백 명이 페르시아 왕
크세르크세스의 전군과 맞서 테르모필레로 향하는 협로를 지켜
낸 전투이다.

라옙스키의 활약을 들려주었다 라옙스키 장군은 프랑스군의 다부 원수
와 살타놉카에서 1만 5천 명의 군인들을 이끌고 모르티에의 5개
사단에 맞서 열 시간 동안 싸웠다. 이 전투에서 라옙스키의 용맹함
이 널리 알려지게 되었지만, 두 아들 이야기는 사실이 아니라고 스
스로 밝혔다.

471 **입구의 반대편 구석** 러시아의 일반 농가에선 입구 반대편 모퉁이에
성화가 배치되어 있고, 주로 집안의 가장이나 어른들이 자리한다.

478 **[알렉산드르 이바노비치] 오스테르만-톨스토이** Aleksandr Ivanovich
Ostermann-Tolstoy(1770~1857) 러시아 귀족 출신의 장군으로,
1787년 러시아-튀르크 전쟁에 참전하면서 군 복무를 시작했다.
1798년 장군이 되었고, 1805년 중장으로 승진했다. 1805년에서
1814년까지 나폴레옹 전쟁을 비롯한 러시아의 주요 전쟁에 참전
하였고 1805년 상트페테르부르크 주지사를 역임했다. 1812년 서
부군 제4군대 지휘관으로 참전하였고 1813~1814년 유럽 원정 전
투에서 왼손을 잃었다. 알렉산드르 황제가 이를 슬피 여겨 "그가
자기 손을 희생하여 우리에게 승리를 안겨 주었다"라고 말했던 일
화가 전해 내려온다.

493 **정진** 6월 29일은 성 베드로와 성 바울을 기리는 제일(祭日)이다. 이
제일의 앞 두 주간은 '정진' 기간이라 하여 금식재를 지내며 몸과
마음을 정화하는 기간을 갖는다. 이 기간 동안 러시아 정교회 신자
들은 평일과 일요일에 예배와 기도·금식·참회에 참석하면서 보
낸다.

494 **그 말들을 좇으려 노력하며 예배 드리는 소리를 들을 때** 러시아 정교회의
언어는 고대 교회 슬라브어로, 9세기 말 불가리아 지방의 방언을

토대로 형성되었다. 현대 러시아어의 모태가 되기도 하지만 시간이 지나면서 일상적인 러시아어와 분리되어 교회의 예배나 기도서 등에 사용되면서 오늘날 러시아인들도 완전히 이해하지 못하는 경우가 많다.

495 **단어들로 즐겁게 말장난을** 러시아어에서 접두사 등을 이용하여 언어유희를 하는 경우다. 아그라페나 이바노브나가 러시아어에서 '성찬을 받다'를 뜻하는 '프리오브시티샤(priobshchit'sja)'와 '소통(교제)을 하다'는 뜻의 '소브시티샤(soobshchit'sja)'의 단어들로 말장난하고 있다.

496 **침을 퉤퉤 살짝 뱉었다** 러시아 민간 신앙을 반영하고 있다. 러시아인들은 선하고 긍정적인 일을 앞두고 침을 뱉으면 부정한 악귀가 훼방하지 못한다고 믿는다.

499 **왕의 문** 러시아 정교회의 제단 중앙에 위치한 문.

하나의 세계 '미르(mir)'라는 단어는 고대 교회 슬라브어와 일상 러시아어에서 '평화', '세계', '공동체'를 의미한다. 이 작품의 원제인 '전쟁과 평화'의 '평화'에 해당하는 단어이다. 부제가 '평화'라고 말할 때 나타샤는 이 단어를 '세계'로 이해하는데, 러시아인들이 기도문을 들을 때 흔히 일으키는 착각이기도 하다.

501 **삼위일체의 날** 러시아 정교회가 성령 강림절 혹은 오순절을 일컬을 때 사용하는 명칭이다.

502 **모세가 아말렉 족속을 이기게 하신 것처럼~그에게 적에 대한 승리를 주소서** 구약 성서에 등장하는 히브리인과 이민족들의 역사적 갈등과 대결 장면을 이용한 기도문이다. 히브리인들의 역사적 지도자로 지칭되는 모세와 기드온과 다윗은 이민족들과의 대결에서 승리를 거둔다. 모세가 아말렉 민족으로부터 승리를 거두는 장면에 대해서는 「출애굽기」17장 8~16절을 참조. 이스라엘의 제5대 사사인 기드온이 미디안인들과의 전투에서 승리하는 장면에 대해서는 「판관기」7~8장을 참조. 다윗이 블레셋 민족(팔레스티나인)의 거인 골리앗과 싸워 이기는 장면에 대해서는 「사무엘 상」17장을 참조.

507 **수들의 총합이 666** L'Empereur는 Le Empereur의 축약형으로, 축약된

모음 e가 포함된 Le Empereur Napoléon의 철자의 합은 666이다.

507 **프랑스 황제가 마흔두 살이 되는 1812년에 올 것이라는 결론이 나온다** 나폴레옹은 1769년 8월 15일에 태어났으므로, 1811년 8월 15일은 나폴레옹의 42번째 생일이고, 그가 마흔두 살인 기간은 1811년 8월 15일부터 1812년 8월 14일까지다. 피에르는 자신의 예측에 확실성을 부여하기 위해 나폴레옹이 마흔두 살이 되는 해를 1812년으로 단정하고 있다.

515 **샴피니언** 러시아어로 간첩(스파이)은 시피온(shpion)이고 버섯은 샴피니온(shampin'on)이다. 작품 속 인물들이 독일인을 '버섯'이라고 한 것은 '간첩'이라는 단어를 정확히 몰라 착각했기 때문인 듯하고, 신신이 식사 자리에서 이 이야기를 하고 있는 것은 샴페인(shampanskoe)을 마시며 좌중의 흥을 돋우려는 의도로 추측된다.

516 **길거리에서 프랑스어로 말하는 것이 점차 위험해지고 있어요** 당시에는 러시아 귀족이 프랑스어로 말하는 게 일반적인 관례였으므로 러시아어를 정확히 사용하지 못하는 귀족이 많았다. 이에 반해 평민 계층은 러시아어만 사용했다.

524 **차르의 대포** 1586년에 주조된 거대한 청동 대포로, 크렘린 내부의 우스펜스키 대교회에서 멀지 않은 곳에 있다.

525 **크바스** kvas. 러시아의 전통 음료이며 엿기름, 보리, 호밀 등으로 만든다.

530 **삼부회** 귀족, 가톨릭 고위 성직자, 평민이라는 프랑스의 세 신분의 대표자들이 모여 중요 의제를 토론하는 장으로서 중세부터 근세까지 존재했던 신분제 의회다.

535 **[세르게이 니콜라예비치] 글린카** Sergei Nikolaevich Glinka(1774~1847). 러시아 출생의 극작가로, 작곡가로 유명한 표도르 니콜라예비치 클린카의 형이다. 1794년부터 3년간 군 복무를 한 후 제대하여 강렬하고 애국적인 작품들과 역사서들을 집필했다. 대표적인 작품은 『1812년에 대한 수기』(1836)이다. 1808년 당시 러시아 사회에 만연한 프랑스 문화의 영향에 맞서기 위해 잡지 『러시아

통보』를 창간했다. 1812년 모스크바에 거주하며 활발한 활동을 펼쳤다.

540 **징세업자** '오트쿱시크(otkupshchik)'. 일반적으로 국가로부터 세금 징수권을 매입하여 평민들에게 세금을 거두는 사람을 일컬으며, 정부의 인가를 받은 전매 상인을 가리키는 용어이기도 하다.

[마트베이 알렉산드로비치] 마모노프 Matvei Aleksandrovich Mamonov(1790~1863). 러시아 대부호 집안 출신으로, 예카테리나 대제가 총애하던 인물의 아들이다. 프리메이슨이었고, 이후 니콜라이 1세의 취임식에 즈음하여 입헌 군주정, 농노제 폐지 등을 주창하며 1825년 12월 봉기한 데카브리스트 의거의 주동자 가운데 한 명으로 알려져 있다. 그의 연대는 타루티노와 말리 야로슬라베츠에서 두각을 드러냈다.

549 **류보미르스키, 브라니츠키, 블로츠키** 류보미르스키, 브라니츠키, 블로츠키는 당시 러시아 군대에 복무하던 폴란드인 시종 무관들이다.

556 **적이 벌써 드네프르강까지 왔는데, 네만강을 말하고 있는 공작을 쳐다보았다** 드네프르강은 네만강보다도 동쪽에 있으므로, 이미 적들이 네만강을 건너 근처까지 왔음을 의미한다.

561 **그때** 여기서의 '그때'는 그가 예카테리나 대제의 정부로 권세를 누리던 때를 뜻한다. 예카테리나 대제로부터 애정을 한 몸에 받아 권력을 쥐었던 그는 후에 애정이 시들해지자 직접 예카테리나 대제에게 젊고 멋진 귀족들을 소개하는 역할을 자처하며 오랫동안 권력을 이어 갔다.

[플라톤 알렉산드로비치] 주보프 Platon Aleksandrovich Zubov (1767~1822). 예카테리나 2세의 정부로, 그녀의 비호하에 큰 권력을 누리고 막대한 부를 쌓았다. 또한 러시아 역사상 네 번째로 신성 로마 제국의 왕자 칭호를 부여받았을 만큼 예카테리나 2세의 사랑을 받았다.

568 **바르클라이 드 톨리가 스몰렌스크현 지사 아시 남작에게 보내는 지령서** 여기서 언급된 지령서는 모데스트 이바노비치 보그다노비치(Modest Ivanovich Bogdanovich, 1805~1882)가 『1812년 조국 전쟁의 역

사』(1859, 페테르부르크)에 실은 것으로, 1812년 8월 20일에 바르클라이가 실제로 내린 것이기도 하다. 톨스토이가 인용한 것은 바로 이 지령서이다.

572 **이콘이 실려 나오고 있었던 것이다** 러시아에는 나라에 문제가 생길 때마다 성모 마리아상을 들고 행진하며 길 위에 서서 구원의 기도를 드리는 풍습이 있을 정도로 러시아 사람들은 성모 마리아상이 기적을 가져온다고 믿었다.

581 **체트베르티** 곡물의 양을 재는 단위로 209.21리터에 해당한다.

585 **바그라티온 공작은~다음과 같이 썼다** 여기에 언급된 바그라티온의 글은 앞에서 언급되었던 모데스트 이바노비치 보그다노비치의 『1812년 조국의 전쟁의 역사』 제2권의 부록에 해당한다.
대신 바르클라이 드 톨리를 가리킨다.

589 **문제를 해결하는 것은 화약이 아니라 화약을 발명한 사람** 러시아에서는 어리석은 사람을 가리켜 '화약을 발명하지 않을 사람'이라고 부른다.

590 **큰 덕을 가진 사람** 프랑스의 사상가이자 철학자인 조제프 드 메스트르(Joseph de Maistre, 1753~1821)를 언급한 것으로 보인다. 반계몽주의의 대표적인 사상가로 『상트페테르부르크의 야회』를 쓴 저자이기도 한데, 그가 1803년부터 약 15년간 러시아에서 근무한 경험을 했고, 이와 관련한 글을 남겼으므로 당시의 야회 장면을 자세히 쓰기 위해 톨스토이가 그 편지를 참고했을 것이다.

591 **그는 부쿠레슈티에서 명성을 얻었지요** 1811년 5월 쿠투조프는 러시아와 오스만 제국의 평화 조약 회담에서 전권 대표를 역임했다.

593 **조콩드** Joconde. 라퐁텐이 쓴 관능적인 운문 소설.

595 **[루이아돌프] 티에르** Louis-Adolphe Thiers(1797~1877). 프랑스 제2대 대통령이며 역사가이기도 하다. 프로방스 출신으로 법학을 전공하여 변호사로 근무하며 부르봉 왕가의 독재 정치를 비판하고 『프랑스 혁명의 역사』(1823~1827)를 집필했다. 1848년 프랑스 2월 혁명을 계기로 오를레앙 왕조가 붕괴되자 나폴레옹 3세 지지를 표명했다. 1851년 나폴레옹 3세가 쿠데타를 일으켜 프랑스에서 추방당하고 이듬해 나폴레옹 3세가 다시 돌아와 그에게 보좌관이

되어 줄 것을 요청했으나 거절하고 집필 활동에 몰두했다. 1869년 프로이센-프랑스 전쟁을 계기로 복귀하여 국민 의회로부터 행정 장관으로 임명되었고, 나폴레옹 3세가 프로이센에 패하여 퇴위한 뒤 국방 정부 대표로 임명되었다. 그는 프로이센 항전을 주장하면서도 프로이센에 알자스, 로렌을 독일 제국에 할양하는 조건으로 평화 조약을 추진하며 1871년에 국민 의회를 결성했다. 프랑스 제3공화국의 초대 대통령으로 선출된 이후에는 이 조약에 분노한 파리 시민들에 의해 공산주의 중심의 파리 코뮌이 수립되었다. 베르사유를 임시 수도로 옮기고 파리 코뮌과의 대립 끝에 프로이센의 도움을 받아 티에르 정부는 결국 코뮌을 강제 해산시키고 같은 해 공식적으로 프랑스에 공화정을 수립하며 티에르가 대통령으로 취임한다. 이후 프로이센에 대한 배상 문제를 해결하고 부르주아 공화국의 확립과 안정을 도모하였으나, 파리 코뮌을 진압했다는 이유로 여전히 비판의 시선을 받기도 한다.

597 무관 나리 '바셰 블라고로디에(vashe blagorodie)'. 러시아 제정 시대에 직급이 낮은 문무관(이등 대위 이하의 무관과 9등 문관 이하의 문관)에게 아랫사람이 붙이던 경칭이다.

613 노공작의 뻣뻣하게 굳은 차가운 손에 입을 맞추었다 러시아의 장례 풍습으로, 죽은 자의 손에 키스하는 것으로 마지막 인사를 건넨다.

614 표트르 페오도로비치 Pyotr Feodorovich(1728~1762). 표트르 3세로, 예카테리나 대제가 그의 아내였다. 그가 암살당한 후 예카테리나 대제가 왕위에 올랐으나, 당대 민중들은 그가 여전히 살아 있으며 언젠가 왕위에 다시 오를 것이라는 소문을 믿고 있었다.

661 [표트르 페트로비치] 코노브니친 Pyotr Petrovich Konovnitsyn (1767~1822). 1785년부터 군 복무를 시작하여 1796년에 장군으로 임명되었고 나폴레옹 전쟁을 비롯하여 보로디노, 타루티노, 말리 야로슬라베츠, 뱌지마 전투 등에 참전했다. 1812년 제3보병 사단장으로 바르클라이 드 톨리의 서부군에 속해 있었다. 전쟁이 끝난 후에는 러시아의 대륙 봉쇄에 참여하여 발트해의 해안을 지켰고 다수의 전장에서 공을 세웠다. 이후 국방 대신으로 임명되었다.

662 **비록 그중 하나는 선박의 밧줄로 틀어막아 두었지만** 옛날 선원들이 밧줄을 푼 삼실을 귀마개로 쓰던 풍습으로, 이후 일반인들에게도 널리 퍼졌다.

665 **백조의 기사** 『백조의 기사, 즉 샤를마뉴의 신하들』은 1797년 함부르크에서 출간된 세 권짜리 고딕 소설이다.

671 **바실리 리보비치 푸시킨** Vassili L'vovich Pushkin(1766~1830). 러시아의 시인으로, 알렉산드르 푸시킨(Aleksandr Sergeyevich Pushkin, 1799~1837)의 친척이다. 당대에 유행했던 낭만주의보다는 신고전주의 경향이 짙은 작품을 주로 썼다.

카론의 배 카론의 배에 탄다는 것은 저승으로 가는 배에 올랐다는 것을 뜻한다. 그리스 신화에서 카론은 망자의 혼을 태우고 스틱스 강을 건너 죽음의 신 하데스에게 인도해 주는 뱃사공이다.

677 **[표트르 흐리스티아노비치] 비트겐시테인** Pyotr Khristianovich Wittgenstein(1769~1843). 독일계 러시아인으로 자인비트겐슈타인벨레부르크 백작 루트비히 아돌프 페테르(Ludwig Adolf Peter Graf)라고 불리기도 한다. 1789년부터 군 복무를 시작하여 1793년 우크라이나 경기병 여단의 소령으로 진급한 후 코시치우슈코 봉기에 참여했다. 1799년 대령으로 진급한 비트겐시테인은 1805년 아우스터리츠 전투, 1806년 러시아-튀르크 전쟁, 1807년 나폴레옹에 맞서 프리틀란트 전투에 참전했다. 러시아 원정 당시 러시아 육군 우익을 맡아 프랑스군과 전투를 벌였고, 상트페테르부르크를 구하여 '상트페테르부르크의 구원자'라는 별칭을 얻었다. 1812년 전쟁 초에는 바르클라이 드 톨리의 명령으로 페테르부르크 가도를 지키기 위해 기동대를 지휘했다. 쿠투조프가 죽은 후 러시아군 총사령관이 되어 유럽 원정에 참전했다.

680 **열기구** 프란츠 레피흐는 라스톱친에게 자신이 만든 열기구로 프랑스군을 공격할 것을 제안했다. 그러나 1812년 열기구가 완성되어 시험 운행을 할 때 제대로 작동하지 않는 문제가 생기기도 했다.

691 **[유제프 안토니] 포니아토프스키** Józef Antoni Poniatowski (1763~1813). 그의 아버지는 폴란드의 마지막 국왕인 스타니스와프 아우

구스트 포니아토프스키의 형제로, 폴란드 왕족 출신이다. 1780년 대위로 임관하여 1788년 대령으로 진급했다. 1789년 우크라이나 지역의 군대 사단장으로 부임하여 지내면서 폴란드군 개혁의 필요성을 절감하고 개혁안을 제출하였으나 의회의 반대에 부딪혔다. 그는 무력을 동원하여 개혁안과 법안을 통과시켰다. 이후 러시아와의 전투에서 계속 패한 후 폴란드를 떠나 빈으로 돌아왔고, 1792년 폴란드를 지키기 위해 러시아에 맞서 싸웠으며, 1794년 코시치우슈코 독립 운동에 동참했다. 나폴레옹이 러시아를 침공하자 나폴레옹과 동맹을 맺고 이후 보로디노 전투에 참가하여 스몰렌스크에서 승리를 거두었다. 나폴레옹의 프랑스 군대에서 폴란드 군대를 이끌었던 장군으로 나폴레옹의 원수 26인 중 한 명이다.

696 **의사는 목구멍을 가리켰다** 러시아인들이 바삐 서둘러야 한다는 뜻으로 해 보이는 몸짓이다.

703 **두건** 정교회 주교들이 쓰는 것이다.

711 **마린** 알렉산드르 1세의 근위 부관이며, 패러디와 희화적인 시를 잘 짓는 인물로 유명했다.

게라코프 페테르부르크 사관 학교의 역사 교사이자 애국적인 성향을 지닌 작가로, 그의 작품은 종종 조롱의 대상이 되었다. 그를 풍자한 마린의 시는 다음과 같다. "그대는 작가가 되리라, 그렇다. 그대는 / 그리고 당신의 독자들을 말로 훈련시킬 것이다, / 그대는 사관 학교의 교사가 될 것이다, / 그대는 언제나 대위일 것이다."

713 **[알렉산드르 알렉세예비치] 투치코프** Aleksandr Alekseevich Tuchkov (1777~1812). 1805년에 입대하여 스웨덴에 대항하는 전투에 참전했다. 나폴레옹 전투에 참가했던 투치코프 형제 중 막내로, 1812년 제3보병 여단 지휘관을 맡았다. 보로디노 전투에서 바그라티온 부대 측면 방어와 함께 적의 군기를 탈취하는 등의 뛰어난 업적을 남겼다.

721 **대공작께서 취임하신 덕분에 저희는 광명을 보았습니다** '대공작'의 러시아어 음가는 '스베틀레이시 크냐즈(svetleishii knyaz)', 즉 문자 그대로의 뜻은 '가장 눈부신 공작'이다. '광명, 빛'으로 번역될 수 있는

러시아어 음가 '스베트(svet)'가 '대공작'의 칭호 속에 포함되기 때문에 티모힌은 이 어근 'svet'를 가지고 말장난을 하는 것이다.

725 **[카를 필리프 고트프리트 폰] 클라우제비츠** Karl Philipp Gottfried von Clausewitz(1780~1831). 프로이센 출신의 군인이자 『전쟁론』을 집필한 군사 사상가이다. 나폴레옹 전쟁이 시작된 1803년 사관 학교를 수석으로 졸업하고 1806년 전쟁에 참전했다가 아우어슈테트 전투에서 황태자 아우구스트와 함께 나폴레옹 군대의 포로가 되어 1년 동안 파리에 억류되었다. 포로 생활을 마치고 귀환한 뒤에는 샤른호르스트 장군의 핵심 참모로 기용되어 프로이센군의 개혁과 개편 작업에서 중요한 역할을 맡았지만 프로이센 정부의 프랑스에 대한 굴욕적인 종속 상태를 받아들일 수 없어 조국의 군대를 떠났다. 1812년 러시아 정벌에 나선 나폴레옹의 요구로 프로이센 왕국의 군대가 동맹군으로 참여했을 때 탈영한 뒤 러시아 군대에 입대하여 나폴레옹 군대와 대적했다. 1813년 프로이센 왕국이 대불 동맹에 가담하는 계기를 만들어 내기도 했다. 프로이센군에 복귀한 뒤 1815년 나폴레옹의 백일천하 시절에 제3군단 참모장으로 근무했다. 이 군단은 워털루 전투에서 프랑스군의 그루시(Grouchy) 군단을 묶어 놓는 역할을 성공적으로 수행함으로써 연합군 승리에 결정적인 기여를 했다. 나폴레옹 전쟁 이후 프로이센 군부 내에서 늘 보수파로부터 심한 견제를 받아 최고위급 요직까지는 오르지 못했다. 1818년 베를린 사관 학교 교장으로 부임하며 연구를 시작하여 『전쟁론』을 집필했다.

732 **[샤를 니콜라] 파비에** Charles Nikolas Fabvier(1782~1855). 그리스 독립 전쟁에서 중요한 역할을 한 프랑스 의회 의원 출신이다. 1804년 독일에서 나폴레옹 군대에 합류한 이후 포병대 장교, 외교 사절단 등의 임무를 수행했다. 1812년 보로디노 전투에서 나폴레옹 본부에서 복무하다가 다리를 잃는 중상을 입었다. 1815년 나폴레옹의 몰락 이후 계속 부르봉 왕가에서 일했으나 자유주의 신념으로 군을 나와 영국, 스페인 등으로 떠났다가 그리스의 독립을 돕기 위해 1825년 그리스로 이주했다. 1830년 프랑스로 돌아와 7월 혁명

에 참여하였고 이후 프랑스 대사, 국회 의원을 역임했다.

733 **살라망카** Salamanca. 스페인 북서부에 위치한 도시로 이 부근에서 벌어진 7월 22일 전투에서 웰링턴 장군의 연합군 부대가 라몬 장군이 이끄는 프랑스군을 크게 격파했다.

735 **[프랑수아] 제라르** François Gérard(1770~1837). 로마 출생의 프랑스 화가. 신고전주의 화풍으로 신화화, 역사화와 초상화를 주로 그렸다. 1809년 나폴레옹으로부터 남작 지위를 부여받았으며, 아우스터리츠 전투를 그린 그림이 베르사유 미술관에 전시되어 있다.
빌보케 bilboquet. 나무채 끝으로 나무공을 가지고 노는 놀이.

736 **고참 근위대** '스타라야 그바르디야(staraya gvardiya, old guards)'. 나폴레옹의 가장 가깝고 충성스러운 근위대로, 오랫동안 전장에서 함께하며 강한 전우애와 결속력을 보여 주었다.

740 **[장도미니크] 콩팡** Jean-Dominique Compans(1769~1845). 프랑스 출신의 장군으로 1795년 여단장, 1798년 참모장으로 승진했다. 아우스터리츠 전투에서 심각한 부상을 입고 1806년 예나 전투에서 총장 직을 수행하였으며 1808년 육군 참모 총장이 되었는데, 이때 나폴레옹이 그를 자기 휘하의 가장 뛰어난 장군들 중 한 명으로 꼽았다.
[미셸] 네 Michel Ney(1769~1815). 나폴레옹 전쟁에서 활약한 프랑스 장군으로 19세 때 군에 입대했으며 여러 전투에 참전하여 공을 세웠다. 나폴레옹의 인정을 받아 1802년 스위스 외교관으로 부임하였으며 1804년 원수 칭호를 받았고, 1808년 엘칭겐 공의 자위를 받았다. 1812년 모스크바 원정 때 나폴레옹과 함께 종군하였고 보로디노 전투에서 공을 세워 모스크바 공의 작위를 받았다. 1815년 나폴레옹의 백일천하 때 워털루 전투에 참여했으나 크게 패하여 프랑스 남서부에서 부르봉 왕가에 체포되었다. 그리고 1815년 12월에 뤽상부르 정원에서 반역죄로 기소되어 총살형을 당했다.
[조제프 마리 드] 페르네티 Joseph Marie de Pernety(1766~1856). 프랑스 출신의 장군으로 프랑스 혁명 전쟁, 이탈리아 원정, 오스트리아 원정에 참전하였고 아우스터리츠 전투, 예나 전투 등 주요 전투

에 참전했다. 1812년 러시아 원정 중에 라옙스키 방어 진지에서 포병대의 엄호 사격 아래 보로디노 전투를 개시했다. 프랑스의 여러 전투에서 세운 공으로 개선문에 이름이 새겨지는 영예를 얻었다.

740 **[루이] 프리앙** Louis Friant(1758~1829). 프랑스 출신의 장군으로 22세 때 군에 입대하여 평생 군인으로 지냈다. 베르나도트의 지휘 아래 이탈리아에서, 그리고 나폴레옹의 지휘 아래 이집트에서 싸웠다. 아우스터리츠 전투와 보로디노 전투 등 여러 전투에 참전하여 공을 세웠고, 1815년 워털루 전투에서 나폴레옹의 근위대를 지휘했다.

741 **[조제프] 푸셰** Joseph Fouché(1759~1820). 프랑스 출신의 장군이자 정치가로 10대에는 가톨릭 사제 모임인 오라토리오 수도회에서 지냈다. 20세 때 그곳에서 교사로 근무하다가 프랑스 혁명 발발 이후 혁명에 투신했다. 고향 낭트에서 '헌법의 벗 협회'라는 자코뱅 클럽 지부의 대표자가 되었고, 국민 공회 의원이자 자코뱅파로서 1793년 리옹 반란을 진압하는 데 중요한 역할을 했다. 나폴레옹 1세 때 임시 정부 수상으로 나폴레옹 편에 섰고, 황제가 된 나폴레옹으로부터 오트란토 공작의 작위를 받았다. 그 후 나폴레옹 황제의 몰락과 부르봉 왕가의 복고를 도모했다.

[장 바르텔르모] 소르비에 Jean Barthélemot Sorbier(1763~1827). 프랑스 출생의 장군으로 1782년 보나파르트를 만났다. 1792년 프랑스 혁명 전쟁에 참여하였고, 1805년 아우스터리츠 전투에서 포병대 3개 사단을 지휘했으며, 이후 스페인에서도 복무했다. 1809년 제5연대를 이끌었고, 1812년 스몰렌스크와 보로디노 전투에 참가했다. 프랑스 파리의 개선문 15번째 기둥에 그의 이름이 새겨져 있다.

[샤를 앙투안 루이 알렉시스] 모랑 Charles Anotoine Louis Alexis Morand(1771~1835). 프랑스 출신의 장군이다. 변호사로 일하다 1792년 군에 입대했다. 프랑스 혁명 전쟁과 나폴레옹 전쟁을 비롯한 아우스터리츠 전투, 보로디노 전투, 워털루 전투 등 주요 전쟁에 모두 참전했다.

부왕 외젠 드 보아르네(Eugène de Beauharnais). 조제핀의 친아들이자 나폴레옹 1세의 의붓아들이다. 1805년 스스로 이탈리아 왕을 자처한 나폴레옹이 그를 이탈리아의 부왕으로 삼았다.

마을 보로디노 마을을 가리킨다.(톨스토이 주)

[모리스 에티엔] 제라르 Maurice Etienne Gérard(1773~1852). 프랑스 출신의 정치가이자 프랑스 제정군의 원수로 1794년 베르나도트가 지휘하던 여단에 합류하였고, 1799년 베르나도트의 공식 보좌관이 되었다. 이후 오스트리아, 스페인 전쟁, 스몰렌스크와 보로디노 전투에 참전하여 많은 공을 세웠다.

1812년 9월 6일 톨스토이가 이 작품에서 기록하고 있는 날짜는 러시아 신력(그레고리우스력)과 구력(율리우스력) 중에서 신력을 따른 것으로 알려져 있다. 신력과 구력은 약 12일의 차이가 난다.

745 **성 바르톨로메오의 밤** 1572년 8월 24일 성 바르톨로메오 축일 밤에 벌어진 프랑스 신교도의 대학살 사건을 일컫는다. 샤를 9세의 명령으로 자행되었다.

표트르 1세 표트르 알렉세예비치 로마노프(Pyotr Alekseevich Romanov, 1672~1725). 차르 알렉세이와 그의 두 번째 부인 나탈리야 나리시키나의 장남으로 태어났다. 차르 알렉세이의 다섯 아들 중 막내였던 표트르 1세는 네 살 되던 해, 아버지의 사망으로 아들 중 제일 연장자였던 표도르 3세가 차르에 오르면서 표트르의 외가인 나리시킨 가문은 권력에서 배제되었다. 외인촌에서 자라며 독일, 영국, 스웨덴 등에서 온 사람들과 교유하였고 서유럽의 선진 문물을 일찍 받아들였다. 또한 그는 이 시기에 전쟁놀이를 즐겼다고 전해지는데 이러한 유년기의 경험은 표트르가 독자적인 통치를 시작하며 서구를 모델로 한 근대화 정책과 군비 강화를 통한 해외 확장 정책을 추진하게 된 배경이 되었다고 한다. 1689년 모스크바 대공국이 오스만 제국과 흑해 진출 확보를 위해 전쟁을 벌였다가 패하자, 표트르 1세는 쿠데타를 일으켜 실질적인 최고 통치자가 되었다. 군사 정비에 심혈을 기울이던 표트르 1세는 1694년 모친 사망 이후 본격적인 독자적인 통치를 시작했다. 서구를 모델로

한 개혁 정책을 펴며 러시아의 근대화를 이끌었던 표트르 1세는 문화적인 발전과 함께 군비 증강을 통한 영토 확장을 이루어 냈고, 1721년 러시아 황제로 추대되어 '러시아 제국'의 시대를 열었다.

749 **[장] 라프** Jean Rapp(1771~1821). 프랑스 출신의 장교로 프랑스 혁명 전쟁, 나폴레옹 전쟁에 참전했다. 신학을 전공했으나 프랑스 혁명이 발발하자 군에 합류하였고, 보나파르트로부터 인정을 받아 보좌관을 역임했다. 이집트 원정에 참전했다가 나폴레옹 정부 출범과 함께 파리로 와 나폴레옹을 보좌했다. 오스트리아 원정에 참전했으며, 1809년 10월 12일 쇤브룬에서 대학생 프리드리히 슈탑스(Friedrich Staps, 1792~1809)가 조국 오스트리아의 패배에 분노해 나폴레옹을 칼로 찌르려는 것을 막았다. 나폴레옹의 러시아 침공 계획을 반대했으나 결국 러시아 원정에 참전하여 스몰렌스크, 보로디노, 말리 야로슬라베츠 전투 등에 참가했고, 백일천하 때에는 지휘관을 지냈다.

750 **[장니콜라] 코르비자르** Jean-Nikolas Corvisart(1755~1821). 프랑스 출신의 의사이자 심장증후학의 창시자로, 프랑스 근대 내과학의 기초를 마련했다. 1797년 콜레주드프랑스에서 내과 교수를 지냈으며, 1804년 나폴레옹의 시의가 되었다. 1815년 나폴레옹이 세인트헬레나섬으로 유배를 떠날 때까지 나폴레옹의 주치의로 지내며 의사와 환자 관계 이상의 각별한 사이를 유지했다.

765 **치뇬카** Chinyonka. 러시아어의 '그라나타(granata)', '스나리아드(snariad)' 등과 같이 포탄 종류를 일컫는 용어 가운데 하나로, 안에 금속 파편이 들어 있다고 한다. 밀가루 반죽에 호박이나 삶은 달걀 등을 넣고 구워 내는 손바닥만 한 크기의 러시아 요리를 일컫기도 한다.

779 **[오귀스트 다니엘] 벨리아르** Auguste Daniel Belliard(1769~1832). 프랑스 출신의 장군으로 프랑스 혁명 발발 이후 1791년 본격적으로 군 활동을 시작했다. 1796년 보나파르트가 지휘하는 이탈리아 원정에 합류한 뒤 준장으로 승진했다. 이후 이집트, 스페인, 오스트리아 원정 등에 참전했다. 1805년부터 2년간 뮈라의 총사령관

을 지냈으며, 1808년 스페인 군대에서 복무한 뒤 마드리드 총독으로 임명되었다. 1812년 러시아 원정에 참전하였고 나폴레옹으로부터 군대 보좌관 직을 부여받았다. 나폴레옹 전복 이후 루이 18세로부터 귀족 칭호를 받았다.

782 **로디** Lodi. 이탈리아 밀라노 남동쪽 31킬로미터 부근의 마을로, 로디 전투로 잘 알려져 있다. 로디 전투는 1796년 5월 10일 나폴레옹 보나파르트가 이끄는 프랑스군이 아다강 로디 다리에서 장 피에르 볼리외가 이끄는 오스트리아군 일부와 싸운 전투이며, 나폴레옹 보나파르트의 제1차 이탈리아 원정 때 벌어진 세 번째 전투이다. 이 전투에서 나폴레옹의 군대는 오스트리아군을 상대로 승리를 거두었다.

마렝고 Marengo. 이탈리아 피에몬테 지방의 도시로, 마렝고 전투로 잘 알려져 있다. 제2차 이탈리아 전쟁 중이던 1800년 6월 14일 마렝고 지역에서 오스트리아의 멜라스 장군이 이끄는 오스트리아군이 나폴레옹 보나파르트의 프랑스군을 기습하면서 벌어진 전투로, 쿠데타 집권 이후 아직 권력이 불안정했던 나폴레옹은 이 전투에서 하마터면 쌓아 온 모든 것을 잃을 뻔했지만 결국 승리로 이끌면서 그의 중요한 전적 중 하나가 되었다. 그러나 실상은 알려진 것만큼 위대한 전투의 승리는 아니었다.

아르콜레, 예나, 아우스터리츠, 바그람 등등의 전투에서 그랬다 아르콜레(1799), 예나(1806), 아우스터리츠(1805), 바그람(1806), 이 네 곳은 모두 나폴레옹이 승리를 거둔 장소들이다.

784 **활인화** 팬터마임의 일종으로, 사람을 물감, 페인트 등으로 분장시켜 전체 그림 속 일부분으로 만드는 구경거리.

786 **[알렉산더 프레데리크] 뷔르템베르크** Alexander Frederick of Würtemberg(1771~1833). 독일 출생의 러시아 장군으로 파벨 1세의 황후인 마리야 페오도르브나의 형제이다. 1791년 대령으로 뷔르템베르크에서 군 복무를 시작했으며 1798년 오스트리아 군대 소장 및 육군 소장이 되었다. 1800년 카발리 장군의 제안으로 러시아 육군에 장군으로 입대하여 1812년 스몰렌스크와 바지먀 전투

등에 참전하고 1813년부터 유럽 원정에도 참전했다. 1822년 러시아 서부의 대규모 수로 프로젝트의 의장을 맡았고 이후 국무 위원을 역임했다.

786   **뮈라를 생포했다는 소식이 들어오고** 포로로 잡힌 것은 뮈라가 아니라 벨퐁텐(Charles Auguste Bonnamy de Bellefontaine, 1764~1830) 장군이었지만, 이 소식을 러시아군에 알린 장교가 제대로 전달하지 못해 오보가 퍼졌던 것이다.

807   **러시아 전쟁은~바쳤을 것이다** 이 문구의 출처는 『세인트헬레나의 회상』이다.

808   **제32사단 지역의 주민들** 제32사단은 함부르크와 브레멘 지역에서 병력을 충원했던 다부 원수의 사단을 말한다.

나폴레옹의 러시아 원정 지도(1812년)

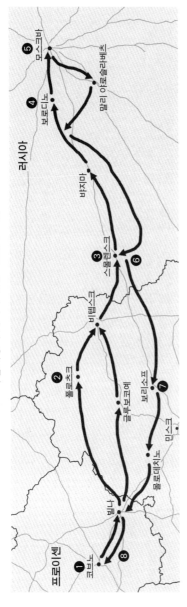

1. 6월, 나폴레옹과 그의 군대가 네만강을 건너 러시아로 진군함.

2. 나폴레옹이 왼쪽 측면을 보호하기 위해 일부 병력을 폴로츠크로 보냄.

3. 탈영, 질병, 기아 등으로 병사가 줄어듦. 나폴레옹군, 스몰렌스크에 도착함.

4. 9월 7일, 보로디노 전투에서 프랑스 쪽에 3만여 명의 사상자가 발생하나 나폴레옹이 승리함.

5. 9월 14일, 나폴레옹, 모스크바 입성. 러시아, 항복하지 않음. 겨울이 되어 철군 퇴각함.

6. 11월, 스몰렌스크로 회군한 나폴레옹 군대는 부상자를 내버려두고 계속 퇴각함.

7. 베레지나강을 건너는 도중에 수천 명이 익사함.

8. 프랑스군이 네만강을 넘어감. 나폴레옹은 러시아 원정 실패 이후 몰락함.

※ 지도에 나온 나폴레옹군의 진격 루트와 사상자 수는 연구자에 따라 다소 차이가 있음을 밝힌다.

주요 등장인물 가계도

볼콘스키가

엘리자베타
(리자, 리즈)
볼콘스키야
공작부인
└─ 니콜라이
볼콘스키
공작

안드레이
볼콘스키
공작

니콜라이
볼콘스키
공작

마리야
볼콘스키야
공작 영애 ----결혼---- 니콜라이
로스토프
백작

로스토프가

일리야
로스토프
백작 ─── 나탈리야
로스토바
백작부인

피에르
(표트르)
로스토프
백작

베라
로스토바
백작 영애

나탈리야
로스토바
백작 영애

니콜라이
로스토프
백작

베주호프가

키릴
베주호프
백작
└─ 피에르
(표트르)
베주호프
백작

결혼 ---- 시별

쿠라긴가

바실리
쿠라긴
공작

이폴리트
쿠라긴
공작

엘레나
쿠라기나
공작 영애

알리나(알린)
쿠라기나
공작부인

아나톨리
(아나톨)
쿠라긴
공작

드루베츠코이가

안나
드루베츠카야
공작부인
└─ 보리스
드루베츠코이
공작

새롭게 을유세계문학전집을 펴내며

을유문화사는 이미 지난 1959년부터 국내 최초로 세계문학전집을 출간한 바 있습니다. 이번에 을유세계문학전집을 완전히 새롭게 마련하게 된 것은 우리가 직면한 문화적 상황에 적극적으로 대응하기 위해서입니다. 새로운 을유세계문학전집은 세계문학의 역할이 그 어느 때보다 중요해졌다는 인식에서 출발했습니다. 오늘날 세계에서 타자에 대한 이해는 우리의 안전과 행복에 직결되고 있습니다. 세계문학은 지구상의 다양한 문화들이 평등하게 소통하고, 이질적인 구성원들이 평화롭게 공존할 수 있는 문화적인 힘을 길러 줍니다.

을유세계문학전집은 세계문학을 통해 우리가 이런 힘을 길러 나가야 한다는 믿음으로 만들어졌습니다. 지난 5년간 이를 준비하기 위해 많은 노력을 기울였습니다. 세계 각국의 다양한 삶의 방식과 문화적 성취가 살아 있는 작품들, 새로운 번역이 필요한 고전들과 새롭게 소개해야 할 우리 시대의 작품들을 선정했습니다. 우리나라 최고의 역자들이 이들 작품 속 한 문장 한 문장의 숨결을 생생히 전하기 위해 심혈을 기울였습니다. 또한 역자들은 단순히 번역만 한 것이 아니라 다른 작품의 번역을 꼼꼼히 검토해 주었습니다. 을유세계문학전집은 번역된 작품 하나하나가 정본(定本)으로 인정받고 대우받을 수 있도록 최선을 다했습니다. 세계문학이 여러 경계를 넘어 우리 사회 안에서 주어진 소임을 하게 되기를 바라며 을유세계문학전집을 내놓습니다.

을유세계문학전집 편집위원단(가나다 순)

김월회(서울대 중문과 교수)

김헌(서울대 인문학연구원 교수)

박종소(서울대 노문과 교수)

손영주(서울대 영문과 교수)

신정환(한국외대 스페인어통번역학과 교수)

정지용(성균관대 프랑스어문학과 교수)

최윤영(서울대 독문과 교수)

을유세계문학전집

을유세계문학전집은 계속 출간됩니다.

을유세계문학전집 연표